Lin Rin

Vom Wind g

Band 1

W0362516

Besuchen Sie uns im Internet:

www.zeilengold-verlag.de

ZEILENGOLD

Nadine Skonetzki
Blütenhang 19
78333 Stockach
info@zeilengold-verlag.de

2. Auflage
Alle Rechte liegen bei Zeilengold Verlag, Stockach 2018
Buchcoverdesign: Coverandbooks / Rica Aitzetmueller
Illustrationen: Lin Rina
Lektorat: Christine Hochberger, www.buchreif.de
Satz: Grittany Design, www.grittany-design.de
Druck: bookpress, 1-408 Olstzyn (Polen)

ISBN Print: 978-3-946955-06-1

ISBN Ebook: 978-3-946955-92-4

Alle Rechte vorbehalten

Ein Titeldatensatz für diese Publikation ist bei der Deutschen Nationalbibliothek erhältlich.

Lin Rina

Vom Wind geküsst

ZEILENGOLD

Für meine Schwester Rebecca.
Weil ich dich für immer lieb habe.

Und für alle, die glauben,
dass man Freiheit nur in der Ferne finden kann.

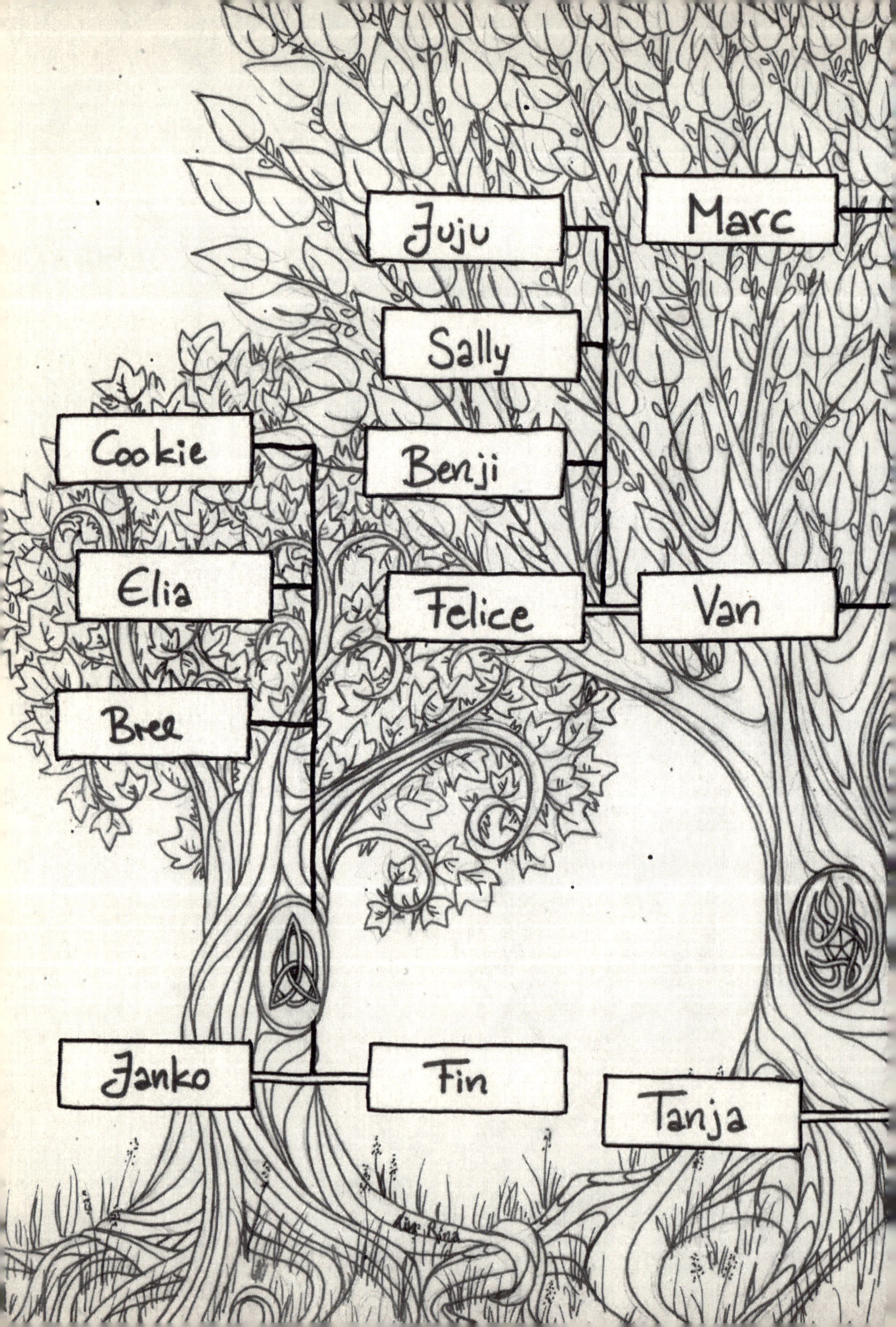
Juju
Marc
Sally
Cookie
Benji
Elia
Felice
Van
Bree
Janko
Fin
Tanja

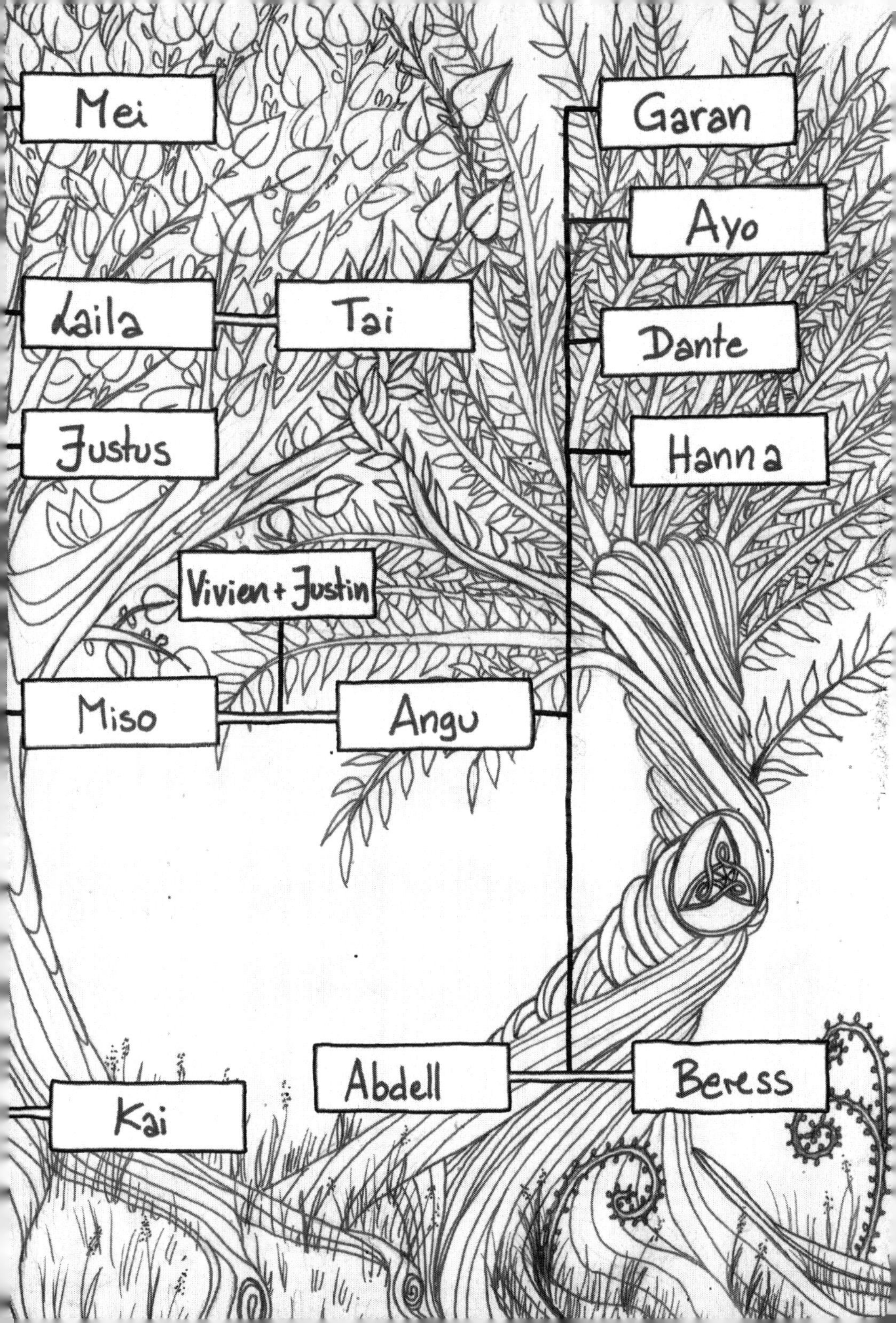
Mei
Garan
Ayo
Laila
Tai
Dante
Justus
Hanna
Vivien + Justin
Miso
Angu
Abdell
Beress
Kai

Prolog

Ich saß auf der Treppe vor meinem Wohnwagen und starrte in den langsam heller werdenden Himmel. Er war klar und wolkenlos.

Ein paar Vögel segelten im stetigen Wind, der sanft über mich wehte. Ich sah ihnen zu, wie sie sich von ihm treiben ließen, absanken und wieder aufstiegen, sich gegenseitig jagten und mich mit einem Gefühl der Sehnsucht am Boden zurückließen.

Der Wind kreiste um mich, fuhr mir in die Haare und streichelte meine Wange. Ein leichtes Lächeln kam auf meine Lippen, weil er versuchte, mich aufzumuntern. Er schlich weiter um mich herum, zog spielerisch an meinen Kleidern und flüsterte mir Dinge ins Ohr, erzählte von der Weite des Himmels, vom endlosen Blau des Meeres und von der Freiheit. Die Freiheit, die ich nur haben konnte, wenn ich mit ihm kam. Wie so oft versuchte er, mich zu locken, und ich seufzte darüber.

So lange hatte ich das Meer nicht gesehen. Es würden sicher noch zwei Monate vergehen, bevor ich wieder dort sein konnte. Ich vermisste es, einfach in die Endlosigkeit zu starren und mir vorzustellen, sie mit dem Wind zu erkunden. Mich vom Boden aufheben zu lassen und wegzutreiben, hinaus über die weißen Schaumkämme der Wellen; von oben die Schatten der großen und kleinen Meereslebewesen beobachten, mit den Vögeln spielen, versuchen, den Sonnenuntergang zu erreichen.

»Cate?!«, drang mir eine bekannte Stimme ans Ohr und ich schrak aus meinen Gedanken auf.

Augenblicklich krachte ich recht schmerzhaft auf die Holztreppe unter mir und schnappte erschrocken nach Luft.

Der Wind löste sich von mir, pfiff Justus heftig um den Kopf und kehrte empört zu den Vögeln zurück.

Blinzelnd hob ich den Blick. Ich hatte gar nicht gehört, wie er herangetreten war.

Er sah mich mit dunklen Augen vorwurfsvoll an. Stumm stand er da, die eine Hand fest um seinen Bogen geschlossen. In der anderen hielt er etwa ein halbes Dutzend Rebhühner, die er mit einem Stück Zwirn an den Füßen zusammengebunden hatte. Den Köcher voller elegant geschnitzter Pfeile hatte er sich locker über die Schulter gehängt.

Er musste nichts sagen, ich wusste auch so, wie seine Worte ausfallen würden. Ich hatte sie bereits Hunderte Male gehört.

Um ihm nicht in die Augen sehen zu müssen, wandte ich den Blick ab. Meine Wangen glühten. Wahrscheinlich waren sie schon wieder puterrot.

Du passt nicht auf, Cate! Du bringst uns alle mit deinem Leichtsinn in Gefahr. Was, wenn jemand gesehen hätte, wie du fliegst!

Ich versuchte mühsam, den Kloß runterzuschlucken, der mir plötzlich im Hals steckte. Wieso konnte ich mich nicht ein Mal zusammenreißen? Warum fiel mir das so schwer?

Es war früh am Morgen und daher mehr als unwahrscheinlich, dass mich ein Fremder gesehen hatte. Doch mit dieser Argumentation würde ich bei Justus nicht weit kommen.

»Es tut mir leid«, murmelte ich und sah wieder zu ihm auf.

Hinter ihm segelten noch immer die Vögel in ihren ruhigen Bahnen am Himmel. Wie elegant sie waren … und wie frei.

Er folgte meinem Blick. Als er sich erneut zu mir umdrehte, war kein Vorwurf mehr in seinem Gesicht zu sehen. Er schickte sich an, sich ebenfalls auf die Stufen zu setzen, und ich machte ihm Platz.

Sie knarrten heftig, als er sein Gewicht darauf absetzte.

Selbst im Sitzen musste ich noch zu ihm aufschauen. Freundschaftlich legte er mir den Arm um die Schultern und drückte mich sanft. »Mir auch«, sagte er.

Ich lehnte meinen Kopf bei ihm an.

Beschützend zog er mich noch ein bisschen näher an sich. Sein Körper war warm, viel wärmer, als ein Körper sein durfte. Mir wurde augenblicklich flau im Magen. In letzter Zeit passierte das häufiger und ich war weit genug, um zu wissen, dass es an Justus lag und dass mir immer komisch wurde, wenn er da war.

Früher war das nicht passiert, da war ich mir ganz sicher. Wir waren seit Jahren die besten Freunde, ja fast wie Geschwister. Etwas Derartiges hatte ich da noch nicht gefühlt.

Ich wusste nicht, wann das angefangen hatte. Egal, wie lange ich darüber nachdachte, ich konnte mich nicht erinnern, wann es zum ersten Mal passiert war.

Nur eins war klar: Es war jetzt da und ging einfach nicht mehr weg.

Vielleicht war ich auch nur krank. Das sollte ich mal von Fin untersuchen lassen.

Wir saßen eine Weile da und sahen zu, wie die Sonne langsam über den Baumwipfeln aufging und die Schatten der Nacht sich in den Wald zurückzogen. Keiner sagte etwas. Wir blieben einfach nur hier und genossen die Stille.

Das hatten wir gemeinsam. Eine Eigenschaft, die in Justus— Familie eher eine Seltenheit war. Doch wir beide konnten stundenlang zusammensitzen, ohne diese Stille stören zu müssen.

Das wäre den anderen nie passiert, die allesamt laute, temperamentvolle Menschen waren, die viel lachten und überall mitredeten. Sie standen gern im Mittelpunkt und wetteiferten jeden Tag miteinander. Aber sie waren auch gutmütig und warmherzig und liebten einander so, wie es nur wenige Familien taten.

Als der erste Sonnenstrahl die Treppe berührte, schwang im Wagen neben uns die Tür auf und zerriss unsere wohlbehütete Stille, als sie gegen die blau bemalte Holzwand krachte.

Marc stand im Türrahmen, war nur mit einer hellen Leinenhose bekleidet, die ihm schief auf der Hüfte saß, und gähnte ebenso herzhaft wie unüberhörbar. Er streckte seine muskulösen Arme über den Kopf und kratzte sich dann am Nacken und am Bauch.

Justus ließ mich sofort los, zog ruckartig den Arm zurück und brachte so unauffällig wie möglich ein wenig Platz zwischen uns.

Ich schüttelte gespielt den Kopf und sah ihn mit einem einfachen Lächeln an.

Er zuckte nur mit den Schultern und erhob sich von den Stufen, die wieder herzerweichend knarrten.

Obwohl ich so tat, als sei es unbedeutend, dass er mich so plötzlich losgelassen hatte, fühlte ich einen dumpfen Stich in meiner Brust.

Warum genau tat es mir so weh? Es war doch nichts Ungewöhnliches.

Vielleicht war ich wirklich krank.

»Guten Morgen, Bagage!«, rief Marc uns zu, als er uns entdeckte, und grinste schief.

Und damit war es vorbei mit der Ruhe. Innerhalb der nächsten Minuten kam Leben in die Wagenkolonne. Es waren sieben Wagen, im Halbkreis angeordnet. Sie waren bunt bemalt, jeder in einer anderen Farbe des Regenbogens, und mit mir lebten noch siebenundzwanzig weitere Menschen darin.

Wir zogen durch die Lande und handelten mit allerlei Waren. Manchmal transportierten wir gegen Lohn Dinge von einer Stadt zur anderen. Ab und zu auch Briefe.

Und sobald die Sonne sank, wurden wir zu einer Attraktion für die Leute der Umgebung. Unser Feuerspektakel war mittlerweile legendär in den Dörfern, durch die wir reisten, und die Menschen kamen scharenweise, um es mit eigenen Augen zu sehen.

Justus nickte mir noch mal zu, hob die erlegten Rebhühner auf und ging damit zum lilafarbenen Wagen.

Dort öffnete gerade Tanja, seine Mutter, die Fenster und kam anschließend heraus, um ihm die Hühner zum Rupfen abzunehmen.

Sie kochte für uns. Und zwar hervorragend.

Marc, der inzwischen ein Hemd und eine anständige Hose trug, scheuchte Dante lautstark vor sich her, damit sie anfangen konnten, die Stände aufzubauen.

Van und Tai hatten schon den ersten aufgestellt und stritten sich über etwas.

Hanna, Mei und Ayo trugen die Waren fröhlich schwatzend zusammen, um sie fein säuberlich ausbreiten zu können.

Garan und Elia kämpften mit Stöcken gegeneinander.

Bree kämmte der strampelnden Sally die Haare.

Tanja rief zum Essen.

Ich beobachtete sie alle. Jeder hatte seine Aufgabe und jeder Morgen lief auf dieselbe Weise ab. Sie schwatzten, lachten und stritten. Eine große Familie.

Bis auf mich.

Ich war nicht wie sie und konnte es auch nie werden. Ich wusste das, und ich wusste auch, dass sie es wussten.

Nicht, dass sie nicht versuchten, mich ständig und überall mit einzubeziehen. Die Wagenleute bemühten sich wirklich. Doch ich war nun mal keine von ihnen.

Langsam stand ich von den Stufen meines Wagens auf, verscheuchte die trüben Gedanken und ging zu den anderen, um mir etwas zu essen zu holen.

Es gab Haferbrei mit Honig, Obst und das Gebäck vom gestrigen Abend.

Justus saß bei Marc und Dante im Gras, lachte über etwas, das Marc gesagt hatte, und boxte ihm mit dem Ellenbogen freundschaftlich in die Seite.

Sein Lachen war ansteckend und ich musste unwillkürlich lächeln.

Er sah gut aus. Sowohl wenn er lachte als auch wenn er nachdenklich war. Selbst wenn er vor Wut raste, was durchaus vorkam, fand ich ihn noch immer faszinierend.

Er war ein großer Mann, selbst in einer Familie, in der alle ziemlich groß waren. Mit dunklem vollen Haar, das in der Sonne glänzte und ein wenig zu lang war, sodass ihm einige Strähnen in die Stirn fielen. Sein Gesicht war schmal und kantig, das Kinn von groben Bartstoppeln bedeckt, was ihm etwas Verwegenes und Geheimnisvolles gab. Etwas, das einen unweigerlich anzog; vor allem die Mädchen aus den Dörfern.

Justus hob den Kopf, als er bemerkte, dass ich ihn ansah, lächelte und winkte mich heran.

Mein Herz begann, schneller zu schlagen, und mir wurde augenblicklich flau im Magen. Warum war ich in letzter Zeit so leicht aus der Ruhe zu bringen?

Ich setzte mich zwischen ihn und Dante ins Gras. Da die drei Jungs sich einen Wagen teilten, steckten sie häufig zusammen.

Dante nickte mir mit vollem Mund zu und wandte sich wieder an Marc.

Dieser sah Justus kaum ähnlich, obwohl sie Brüder waren. Sie hatten nur das gleiche dunkle Haar, doch die Gesichtszüge waren völlig unterschiedlich. Marc hatte einen breiten Kiefer, einen vorwitzigen Zug um den Mund, grüne Augen und eine laute Stimme, die er möglichst oft benutzte.

Er hatte wohl gerade irgendeinen anzüglichen Witz gemacht, denn Dantes Kopf leuchtete rot und er verschluckte sich vor Lachen so sehr, dass ich ihm auf den Rücken klopfen musste.

Ich mochte die Jungs. Sie waren um einiges einfacher als die Mädchen. Sie sagten wenigstens, was sie meinten.

Natürlich war ich auch mit den Mädchen befreundet. Am besten verstand ich mich wohl mit Mei, Justus' jüngster Schwester. Hanna war herzlich, aber wir konnten meist nicht so viel miteinander anfangen. Ayo war sehr nett, jedoch auch schnell eingeschnappt. Und von Bree wollte ich erst gar nicht anfangen. Allem Anschein nach hasste sie mich.

Wir hatten gestern unweit eines Dorfes haltgemacht. Ab dem späten Vormittag kamen die Bürger herbei, um zu handeln, zu feilschen und sich nach dem Feuerspektakel zu erkundigen.

Ich saß an einem der Stände und sah einem untersetzten Mann zu, wie er einige Perlenbroschen beäugte, die Hanna mit ihren geschickten Händen und endloser Geduld fertigte. Lachend redete er mit Ayo, die gerade dort verkaufte, und sie kicherte über seine Witze.

Er trug dunkle Kleider aus teurem Tuch und eine weiße Schärpe spannte sich über den Wohlstandsbauch.

Der Wind war nah bei mir und spielte sanft mit einigen losen Haarsträhnen, die er aus meinem Zopf gezupft hatte. Leise wisperte er mir zu und erzählte von einem blauen Haus in der Mitte des Dorfes, an dem wir gerade waren; groß, mit einem Stall voller Pferde.

Der Mann entschied sich für eine hellblaue Brosche und hielt sie zufrieden ins Licht. »Die ist für meine Frau«, sagte er begeistert.

Ich lächelte, weil ich nicht anders konnte.

Er betrügt sie, flüsterte der Wind neben mir. *Er schläft mit dem Dienstmädchen und verprasst alles Geld mit Kartenspielen und leichten Mädchen.*

Schockiert schüttelte ich den Kopf und scheuchte ihn mit einer unauffälligen Geste weg. So etwas wollte ich nicht hören!

Ich wollte solche Dinge über die Menschen nicht wissen. Der Wind erzählte es mir; erzählte alles über jeden, dem ich zu lange meine Aufmerksamkeit schenkte. Er tat es einfach, weil er es konnte. Er wusste alles, war in jedem Land, in jeder Stadt und jedem Dorf, auf jedem Feld und in jedem Wald. Er war in jedem Zimmer mit offenem Fenster und erhaschte jeden Moment im Haus, wenn er durch den Kamin blies.

Und er gab sein Wissen an mich weiter.

Ich hatte schon vor Jahren aufgehört, es wissen zu wollen. Schnell hatte ich erkannt, dass die Menschen allesamt verdorben waren. Da machte ich mir keine Illusionen.

Aber manchmal wollte ich einfach glauben, dass ein Mann seiner Frau eine Brosche kaufte, weil es ihm Freude machte. Und nicht aus einem schlechten Gewissen heraus, weil er ein Spieler war und sie mit anderen Frauen betrog.

Als Ayo dem teuer gekleideten Herrn das kleine Broschentäschchen aus gefärbtem Leinen reichte und sich lächelnd bedankte, musste ich meinen Blick abwenden. Plötzlich fand ich das Lachen des Mannes gar nicht mehr so ansteckend und sympathisch.

Unauffällig stand ich auf und ging.

Niemand hielt mich auf. Ich hatte sowieso keine Arbeit zu erledigen. Manchmal half ich beim Verkaufen, wenn zu großer Andrang war, was eher selten vorkam.

Ansonsten hatte jeder seinen Platz.

Auch ich.

Allerdings anders als die anderen.

Ich gehörte nicht zu ihrem Volk, war kein *Kind des Feuers*.

Ich war eine vom Windvolk. Das Mädchen, das der Wind geküsst hatte.

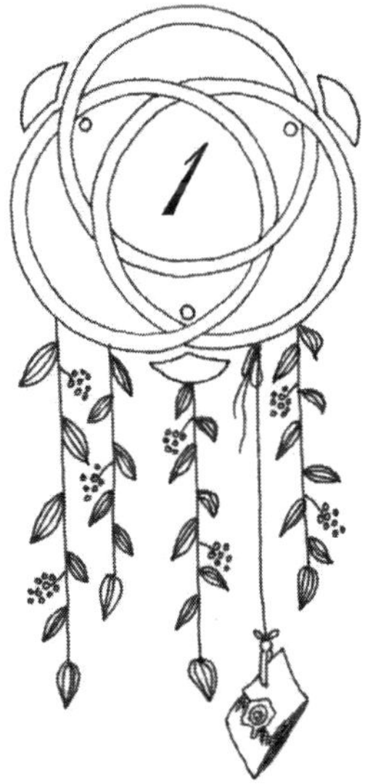

1

»Kommst du mit ins Dorf, Cate?«, rief Marc quer über die Lichtung, an der wir gestern haltgemacht hatten.

»Ja, Cate, komm mit!«, ereiferte sich Mei mit fröhlicher Stimme, nahm Anlauf und hüpfte ihrem Bruder mit einem Satz auf den Rücken.

Marc ächzte unter ihrem Gewicht, fing sich aber schnell wieder, während das Mädchen lachend auf ihm thronte und mir auffordernd zuwinkte.

Und ich gab nach. Gegen Meis Fröhlichkeit konnte man einfach nichts ausrichten.

Ich legte das Kleid beiseite, an dem ich gerade den Saum nähte, und erhob mich.

Mei brach in Jubel aus und Marc hüpfte mit ihr über die Lichtung, wobei sie ihn halb erwürgte.

»Was brauchen wir denn?«, fragte ich und musste ebenfalls lachen, weil die beiden zu komisch aussahen. Wie ein Affe, der auf einem Stier durch die Gegend ritt.

Der Wind hatte beschlossen, mit ihnen zu spielen, und brachte Meis Zöpfe zum Tanzen.

»Wir geben Briefe ab«, sagte Justus, der hinter mir auftauchte, und ein warmer Schauder lief über meinen Rücken.

Mein Herz machte einen kleinen Sprung und ich war doppelt froh, dass ich mich entschlossen hatte, mitzukommen.

Ich ging selten mit ins Dorf.

Zum einen war es mir unangenehm, zu viele fremde Menschen um mich zu haben, da der Wind einfach zu viel über sie wusste.

Bei der Familie, die mich umgab, hatte ich ihn bereits davon überzeugt, mir die Dinge nicht mitzuteilen. Keine Ahnung, wie ich das gemacht hatte, denn er plauderte einfach sehr gern, auch über die Menschen, die mir nahestanden. Aber deren Geheimnisse wollte ich nun wirklich nicht wissen.

Zum anderen war es gefährlich. Ich war ein Mädchen vom Windvolk. Die Menschen hatten uns gehasst, weil sie auf unsere Kräfte neidisch gewesen waren, genauso wie sie sie gefürchtet hatten. Dabei waren wir keine Bedrohung. Ich konnte nicht verstehen, wieso man eine Gefahr in jemandem wie mir sah.

Erpicht war ich also nicht darauf, dass jemand erfuhr, wer ich war.

Das Feuervolk hielt es da anders. Sie hatten sich von Anbeginn der Zeiten vor den Menschen verborgen und ihre Fähigkeiten geheim gehalten.

Wenn schon das friedfertige Windvolk so gefürchtet wurde, wie würde man erst auf ein Volk reagieren, das Feuer leiten konnte? Sie hatten eine eigene Stadt am Rande des Egralin-Gebirges, die über dicke Mauern verfügte und in die niemand hineinkam, der nicht zu ihnen gehörte.

Ich war bisher die einzige Ausnahme seit Errichtung der Stadt. Man gewährte mir Asyl, aus dem einfachen und traurigen Grund, dass es das Windvolk nicht mehr gab und ich die Einzige war, die den Genozid vor zwölf Jahren überlebt hatte. Ich allein. Ich war die Letzte meines Volkes.

»Bringt mir ein kleines Fass Butter mit!«, rief Tanja uns hinterher.

»Ja, Mama!«, antworteten Justus, Marc und Mei beinahe gleichzeitig.

»Und fragt nach Dinknerkraut.« Sie kam auf uns zugelaufen und drückte mir einen kleinen gelben Seidenbeutel mit Münzen in die Hand. »Und Cate, achte ja darauf, dass sich die drei gut benehmen. Man kann nie wissen, was sie anstellen, wenn du nicht ein Auge auf sie hast.« Um ihre warmen dunkelbraunen Augen bildeten sich Lachfältchen, als sie mir zuzwinkerte.

Justus' Iris hatte genau die gleiche Farbe.

»Als ob wir so schlimm wären«, beschwerte sich Marc mürrisch und ließ Mei zu Boden gleiten.

»Gerade du solltest lieber den Mund halten. Wegen dir haben wir immer den meisten Ärger«, erwiderte Tanja mit ernster Miene und stieß ihm mit dem Zeigefinger gegen die breite Brust. »Wehe, du lachst dir wieder ein hübsches Mädchen an, das so dumm ist und sich von deinem Charme einwickeln lässt.«

»Mama!«, empörte er sich und zog eine Fleppe. »Du tust gerade so, als wäre ich ein Lüstling.«

Energisch stemmte Tanja die Hände in die Hüften und hob herausfordernd die Augenbrauen. »Was du nicht sagst.«

»Müssen wir nicht los?«, warf ich ein, bevor die Scherze zwischen den beiden zu ernst wurden und sie sich wieder heftig in die Haare kriegen konnten.

»Mei! Wir wollen los!«, rief Justus, der sich bei den Streitereien zwischen Marc und seiner Mutter meistens raushielt, sich dafür aber immer darüber amüsierte.

Seine jüngere Schwester hatte davon wie immer nichts mitbekommen und sich während des ganzen Geredes abgesetzt, um mit den Kindern zwischen den Wagen Fangen zu spielen.

Sie sah herüber, als Justus sie rief, winkte Cookie, Benji und den Zwillingen zu und kam wieder zu uns gerannt.

Ich mochte Mei. Sehr sogar. Sie war zwar schon sechzehn, hatte aber trotzdem das heitere Gemüt eines Kindes. Sie war keineswegs dumm, nur ein wenig zu optimistisch und etwas naiv.

Marc zog spielerisch an ihren unzähligen langen Zöpfen, in denen die blauen Bänder sich langsam aufzulösen schienen. Woraufhin sie ihm die Zunge rausstreckte.

Mei war auf ihre Art ebenfalls anders, was meine Sympathie für sie noch steigerte. Sie hatte die seltsame Eigenart, überall hinaufzuklettern.

Höhen waren vom Feuervolk nicht sehr bevorzugt, soweit ich das beurteilen konnte. Doch sie hatte sich freiwillig gemeldet, als es darum ging, eines der oberen Betten im Wagen zu belegen, bei denen *unbeliebt* das falsche Wort war. Verhasst oder auch gefürchtet traf es da besser.

Mich amüsierte diese Tatsache jedes Mal aufs Neue, denn mit Höhen und dergleichen hatte ich natürlich keine Probleme.

Die Strecke zum Dorf war nicht weit. Wir gingen durch eine kleine Tannenschonung zu einem gepflasterten Weg, der an einem kleinen Brunnen vorbei und dann direkt in den Ort führte.

Es war uns immer wichtig, nicht in Sichtweite der Siedlungen haltzumachen. Man konnte nie wissen, was bei uns alles passieren würde, und dann hatte man lieber keine unerwünschten Zuschauer.

Es war ein großes Dorf. Zumindest sehr viel größer als die, an denen wir in den letzten Wochen vorbeigekommen waren. Es gab bunte Stadttore und viele Straßen. Als wir auf den Marktplatz kamen, wuselte es nur so von geschäftigen Menschen. Vor mehreren Ständen mit Obst und Gemüse drängten sich die Leute. Frauen tratschten am Brunnen und füllten ihre Krüge und Eimer. Kinder eilten mit ihren Schreibtafeln und Büchern zur Schule. Männer saßen vor ihren Geschäften oder gingen in der Morgensonne ihren Handwerken nach.

Justus und Marc waren die Ruhe selbst und bahnten sich zielstrebig ihren Weg durch die Menge. Mei bestaunte mit großen Augen die grellfarbenen Gewänder der Frauen, die hier im Süden Mode waren.

Ich dagegen fühlte mich furchtbar, versuchte aber, mich zusammenzureißen und immer nah bei den anderen zu bleiben. Überall waren Menschen. Sie gingen dicht an mir vorbei, rempelten mich an, traten mir auf die Füße.

Ich achtete darauf, niemanden lange anzusehen, damit der Wind nicht aufmerksam werden konnte.

Doch sie alle sahen mich an! Ich konnte ihre Blicke spüren, auf meinem Rücken, meinen Händen, meinem Gesicht. Ich konnte sehen, wie sie meine helle Haut und meine im Wind tanzenden Haare betrachteten.

Was, wenn sie zu genau hinsahen? Was, wenn sie den Windhauch, der mich immer begleitete, richtig deuteten? Was, wenn sie wussten, wer ich wirklich war?

Meine Heimat war nicht weit von hier. Es war eine Reise von höchstens einem Tag in Richtung Südosten, zum Meer. Dort war das Stück Küstenland, das einmal dem Windvolk gehört hatte.

Die Menschen hier in den Dörfern waren Teil der Aufstände gewesen. Hatten uns gefürchtet, uns gehasst und alle auf einmal heimtückisch mit List und Verrat in einem Akt sinnloser Gewalt abgeschlachtet.

Ich fühlte, wie mir das Atmen schwerer fiel, wie sich die Menge um mich herum enger schloss, mich erdrückte, mir die Luft nahm.

Eine Hand legte sich auf meine Schulter und schickte Todesangst durch meinen Körper, wie ein harter Schlag gegen die Brust. Mir setzte das Herz aus, meiner Kehle entfuhr ein halb erstickter Schrei. Die Beine versagten mir den Dienst, während Panik meine Sicht vernebelte.

Justus schlang mir in diesem Moment einen Arm um die Mitte und hielt mich aufrecht. Seine Hand lag auf meiner Schulter, sein Blick war auf mich gerichtet.

Es war kein Meuchelmörder, der mich angreifen wollte. Es war nur Justus. *Bei allen Winden!*

Jetzt war er mir so nah, dass ich die Hitze seines Oberkörpers durch den Stoff seines grob gewebten Leinenhemdes spüren konnte. Mein Herz klopfte auf einmal so schnell und so hart, dass es aus der Brust zu springen drohte. Mir wurde noch schwindliger.

Es war, als ob jemand die Welt hinter einem Vorhang verborgen hätte. Plötzlich war sie weg, alles um uns herum war bedeutungslos.

Nur Justus schien noch zu existieren. Sein rechter Arm um meine Taille, der mich zurück auf die Füße hob. Seine Wange war so nah, dass sie meine leicht streifte. Eine dunkle Haarsträhne kitzelte mich am Ohr.

Für einen Moment fielen mir die Augen zu. Mir war so heiß, ich glaubte, zu verglühen. Bei allen Winden, ich war von Sinnen.

»Alles in Ordnung?«, fragte er bestürzt.

Der Augenblick war vorbei. Ich blinzelte.

Wir waren in einer Seitengasse, er kniete vor mir auf dem staubigen Boden und musterte sichtlich besorgt mein Gesicht.

Irritiert sah ich mich um. Hinter ihm erblickte ich am Ende der Gasse das Gewirr des Marktplatzes.

Auch Marc und Mei tauchten von der Seite auf und wirkten nicht weniger betroffen.

Ich musste noch einmal blinzeln, um ganz zu mir zu kommen. Warum waren wir nicht mehr auf dem Platz?

Der Wind drehte sorgenvolle Runden um meinen Kopf. Als ich ihm Aufmerksamkeit schenkte, kam er näher und liebkoste mich sanft.

Irgendwas war hier gerade schiefgegangen.

»Ähm, ja … Ich denke, ich …«, stammelte ich und versuchte, mich zu erinnern, was passiert war. Da fiel mir das schreckliche Gefühl wieder ein, die Panik, die die Menschenmasse in mir ausgelöst hatte. »Es waren nur die vielen Leute. Ich habe ein bisschen Angst bekommen«, erklärte ich und meine Stimme klang immer noch zittrig. Mühsam probierte ich, ein Lächeln zustande zu bringen, doch es endete eher in einer schüchternen Grimasse.

Der Wind versteckte sich in meinen Haaren und zerzauste sie noch mehr.

Justus seufzte lautlos, aber eindeutig erleichtert. Er beruhigte sich jedoch nur ein wenig und versuchte sich ebenfalls an einem halben Lächeln.

»Sag vorher was, damit du uns nicht so'n Schreck einjagst, verdammt, wenn du einfach so ohnmächtig wirst«, warf Marc mit fast schon samtiger Stimme ein.

Es überraschte mich, dass er so sanft fluchen konnte.

Moment, was hatte er gesagt?

»Ich war ohnmächtig?«, fragte ich verblüfft. Wann war das denn gewesen?

Auf dem Platz. Ich habe mich auch erschreckt, flüsterte der Wind und pustete mir eine Haarsträhne aus der Stirn.

»Nur kurz«, versuchte Mei, mich zu beruhigen, wedelte abwehrend mit den Händen und blinzelte viel zu oft. Das machte sie nur, wenn sie nervös war.

Sah ich so furchtbar aus, dass alle sich solche Sorgen um mich machen mussten?

Ich blickte zu Justus, der mich noch immer beunruhigt ansah und schnell zu seinem Bruder schaute, als unsere Blicke sich begegneten. »Ich denke, es ist in Ordnung«, erklärte er mit fester Stimme. »Lasst uns zum Haus des Stadtrates gehen.«

Die Gelassenheit ihres älteren Bruders wirkte auf Marc und Mei offenbar gleichermaßen beruhigend.

Der Wind tanzte um meine Fingerspitzen, als jagte er sich selbst.

Justus erhob sich und reichte mir die Hand.

Ich griff danach, und genau in dem Moment, in dem ich seine Haut berührte, durchzuckte es mich, als würde ein Blitz in mein Herz einschlagen.

Der Wind zerstob erschrocken in alle Richtungen.

Justus half mir auf die Füße und ließ mich wieder los. Doch mein Herz wummerte weiter, entschlossen, aus meiner Brust auszubrechen.

Er bemerkte es gar nicht.

»Lasst uns die Seitenstraßen nehmen. Ich denke, ich weiß, wo wir lang müssen«, sagte er nur ungerührt zu Marc.

Der zuckte mit den Schultern und sie setzten sich in Bewegung.

Mei kam zu mir, hakte sich unter und wir gingen den beiden Männern hinterher.

Ihr Blick ruhte auf mir, als befürchtete sie, dass ich noch einmal umkippen könnte.

»Cate?«, fragte sie plötzlich.

Ich sah zu ihr auf. Obwohl sie jünger war, war sie schon fast einen Kopf größer als ich. Aber in ihrer Familie waren ja schließlich alle recht groß.

»Ja?«, antwortete ich und versuchte, einen festen Schritt vorzugeben, um ihre Sorgen ein wenig zu zerstreuen. Sie sollte sehen, dass ich mich wieder gefangen hatte.

»Geht es dir wirklich gut?«, wollte sie wissen. Misstrauen schwang in ihrer Stimme mit, jedoch sehr viel weniger Sorge, als ich geglaubt hatte.

»Ja, warum?« Ich ließ den Blick schweifen, versuchte aber, dabei nicht zu Justus zu sehen.

»Dein Gesicht ist glühend rot«, behauptete sie und musterte mich argwöhnisch.

Ich seufzte innerlich, denn sie hatte recht. Zudem schwitzte ich, obwohl meine Hände eiskalt waren, und mein Herz raste, als wäre es vor mir auf der Flucht.

Der Wind war zurückgekommen und versuchte, mir das Gesicht zu kühlen. Es half nichts.

Mei hatte sicher eine Bemerkung von mir erwartet, aber ich schwieg, wagte es nicht, den Mund aufzumachen, als mir langsam der Grund für all das zu dämmern begann.

Ich hatte es bereits gewusst, aber es mir einzugestehen war viel schwerer als gedacht.

Justus war immer wie ein Bruder gewesen und die Tatsache, dass er etwas anderes für mich sein könnte, machte mir Angst.

Mein Blick wanderte nun doch zu Justus, der uns durch die engen Seitenstraßen des Dorfes um den Marktplatz herumführte.

Er schaute im selben Moment zu mir, als wüsste er, dass ich ihn ansah, und lächelte so, wie er es immer tat. Ruhig und bescheiden. Freundlich und frei von versteckten Absichten.

Es raubte mir den Verstand und zauberte auch mir ein Lächeln auf die Lippen, das ich nicht kontrollieren konnte.

Bei allen Winden, ich war nicht krank! Nein, ich war bestimmt verrückt. Und Justus war schuld daran.

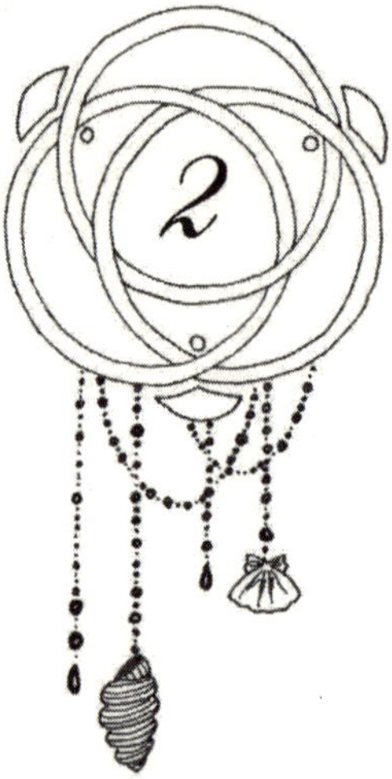

Das Haus des Stadtrates lag nicht weit vom Dorfplatz entfernt. Wir brauchten durch die Seitengassen nicht viel länger als über den Platz, auf dem sich immer noch die Menschenmassen drängelten.

Marc schlug an die große, mit feinen Schnitzereien verzierte Holztür. Sie erbebte unter seinen wuchtigen Hieben. Über der Tür kam das Wappen des Bürgermeisters ins Schwingen.

Hier im Süden, wo das Wetter im Sommer sengend heiß und im Winter äußerst mild war, wurden die Häuser luftig und nicht besonders massiv gebaut. Türen und Fenster ließen immer einen leichten Windhauch hinein, selbst wenn sie einmal geschlossen waren.

Ein junger Mann in weißen Gewändern öffnete uns die Tür und sah uns fragend an. »Ja bitte?«

»Wir haben hier ein paar Briefe, die uns auszuliefern aufgetragen wurde«, antwortete Justus ihm förmlich und zog einen Stapel gefalteten Papiers aus einer ledernen Tasche, die an seinem Gürtel baumelte.

Der Mann nahm sie ausdruckslos entgegen und bat uns mit einer Handbewegung hinein, in einen fast leeren Raum mit vielen Fenstern, in dem lediglich ein Schreibtisch, ein Stuhl und ein offenes Regal mit vielen kleinen Fächern standen.

Ich liebte die Art, wie die Häuser in Meeresnähe gebaut wurden, mit all dem hellen Holz und den zahlreichen Schnitzereien.

Der Wind mochte es auch. Fröhlich spielte er mit den naturfarbenen Gardinen wie eine Katze mit einem Grashalm.

Ich ermahnte ihn, sich zu mäßigen, als er sich vorsichtig an den Papieren zu schaffen machen wollte, die jemand fein säuberlich auf dem Tisch gestapelt hatte. Wahrscheinlich der Mann, der sich gerade auf den Stuhl dahinter niederließ.

»Ich bin Ratssekretär Lar«, stellte er sich vor und sah flüchtig die Briefe durch, die wir gebracht hatten. »Ich danke vielmals für eure Mühe. Schulden wir euch noch etwas? Oder wurde die Rechnung fürs Überbringen dieser Schriften schon beglichen?«, fragte er mit steifer und wenig emotionaler Stimme.

Er nimmt diese Arbeit sehr ernst und ist sehr gewissenhaft. Er hat deshalb Ärger mit seiner Frau, weil er zu viel arbeitet, flüsterte der Wind und zupfte spielerisch an dem Dokument, das obenauf lag.

Lar merkte es sofort und legte einen Briefbeschwerer auf den Stapel, ohne ihm viel Aufmerksamkeit geschenkt zu haben.

Ich sah mir den Mann an, wie er mit regungslosem Gesicht zu Justus sah, und konnte mir kaum vorstellen, dass er verheiratet war oder wie seine Frau wohl aussehen mochte. Er war nicht hässlich, das war es nicht. Er war nur so… steif.

»Schau dir das an, Cate«, wisperte Mei mir zu, ergriff meine Hand und zog mich neben sich zum Fenster. Durch die durchscheinenden Gardinen konnten wir auf die Straße hinter dem Gebäude sehen.

Ich folgte ihrem ausgestreckten Finger. In der Nähe stand eine Ansammlung einiger junger Männer, die eine Frau umringten.

Sie hatte langes weizenblondes Haar und ihr tiefblaues goldbesticktes Seidengewand betonte ihre schlanke Figur fast genauso gut wie ihre adrett in die Taille gestützte Hand.

»Die Stickereien sind wunderschön. Das hat sicher Monate gedauert, bis sie damit fertig war«, raunte Mei und sah schmachtend auf die blaue Seide.

Ich musterte erst die junge Frau und dann Mei. »Dir würde das bestimmt auch toll stehen«, sagte ich und lächelte.

Ihre Augen glitzerten. »Wirklich?«, fragte sie überrascht und biss sich verlegen auf die Unterlippe.

Lachend lehnte ich mich an Mei, weil sie sich so niedlich benahm. Sie liebte prachtvolle Kleider, so wie alle Mädchen in ihrem Alter, was ich ihr nicht verdenken konnte.

»Ja. Aber ich bezweifle, dass sie es selbst bestickt hat«, erklärte ich und wandte mich vom Fenster ab.

Es war ein Geschenk von der Tochter eines Landesfürsten, flüsterte der Wind.

Mit einer unauffälligen Handbewegung scheuchte ich ihn zu den Vorhängen zurück, damit er mir nicht noch mehr erzählte.

Marc lehnte sich neben Mei an den Fensterrahmen und pfiff leise durch die Zähne. »Wer ist denn das?«, fragte er mit einem anzüglichen Lächeln auf den Lippen.

Ich musste einfach die Augen verdrehen, als er sich vorbeugte und zu der weizenblonden Schönheit hinausstarrte, die seine Schwester entdeckt hatte.

Mei funkelte ihn böse an und ich kniff ihn ziemlich fest in die Seite.

»Uh, das sage ich Tanja«, witzelte ich amüsiert und nun war es Marc, der mich böse ansah.

»Ich hab gar nichts gemacht!«, versuchte er sofort, sich zu verteidigen, und verschränkte reserviert die Arme vor der Brust.

»Ich kann hören, was du denkst«, erwiderte ich herausfordernd und hob demonstrativ die Augenbrauen.

»Kannst du nicht!«, zischte er und sah woanders hin.

Ich musste nicht Gedanken lesen können, um zu wissen, was Marc dachte. Dafür kannte ich ihn schon zu lange und seine Mimik war viel zu leicht zu durchschauen.

»Kann ich wohl«, behauptete ich weiterhin und wollte noch etwas

Stichelndes nachsetzen, da sah Justus zu mir und zog meine Aufmerksamkeit sofort auf sich. Er nickte in Richtung Tür und ich lächelte als Bestätigung.

»Wir gehen«, teilte ich den anderen mit und scheuchte sie vom Fenster weg zum Ausgang.

Bevor wir jedoch nach der Klinke greifen konnten, wurde die Tür von außen geöffnet und ein Mann trat in den Raum. Blond, schlaksig, vielleicht Anfang zwanzig, in Justus' Alter.

Er hielt uns die Tür auf und schenkte mir ein auffallendes Lächeln. Eins, bei dem die Mundwinkel sich nur minimal bewegten und die Augen zu glänzen begannen. Sie waren blau und tief wie das Meer.

Er neigte leicht den Kopf, wie zu einer Begrüßung, als ich an ihm vorbeitrat, und eine vorwitzige Locke fiel ihm in die Stirn.

Rasch sah ich zu Boden. Hatte ich ihn etwa angestarrt?

Ich eilte die Stufen hinunter und in die Gasse, ohne mich noch einmal umzusehen. Hinter mir fiel die Tür ins Schloss.

Justus und Marc ließen den Blick über den Marktplatz schweifen und ich schnappte die Worte *Butterfass* und *Kräuterstände* auf.

Justus reckte den Hals und versuchte wohl, herauszufinden, wo sie die Besorgungen für Tanja erledigen konnten.

Als hätte er es nötig, sich so zu strecken. Seine Körpergröße erlaubte es ihm, immer einen Blick über die Menge zu haben, und ich beneidete ihn ein bisschen dafür. Er war den Wolken näher, wenn auch nur ein kleines Stück.

Mei blickte immer noch mit gerunzelter Stirn zur Tür des Stadtrates.

»Kanntest du ihn?«, fragte sie und riss mich damit aus meinen Gedanken.

»Wen?«, gab ich zurück und zwang mich, die Augen von Justus abzuwenden.

»Diesen Mann gerade.« Sie zeigte zur Tür. Ihre bunten Armbänder klimperten. »Er hat dich angesehen, als ob ihr euch kennen würdet. Er hat dir sogar nachgesehen.« Da hellte sich ihre Miene plötzlich auf. »Oder …«, flüsterte sie geheimnisvoll und kam einen Schritt auf mich zu. Mir wurde mulmig zumute. »Oder er findet dich toll. Vielleicht hat er dich angesehen, eure Blicke trafen sich und die Liebe ist ihm unerwartet ins Herz gefahren!« Sie legte theatralisch eine Hand an die Stirn.

Widerwillig schüttelte ich den Kopf.

Oh Mei. Aber ich hatte eigentlich auch nichts anderes erwartet.

»Ja klar doch«, gab ich ironisch zurück, nahm ihre Hand und hoffte, dass sie nicht sah, wie meine Ohren langsam rot wurden. »Ich glaube, die Jungs wollen weiter«, versuchte ich, abzulenken, und tat, als wäre es mir gleichgültig.

Als würde sich irgendein Wildfremder für mich interessieren. Ich fand das mehr als absurd.

Mei lachte nur, sprang zu ihren Brüdern und zog mich mit. »Habt ihr den Kerl gesehen, der uns die Tür aufgehalten hat? Ich denke, er hat ein Auge auf Cate geworfen!«, verkündete sie sogleich, strich sich kokett ein paar ihrer Zöpfe aus dem Gesicht und wackelte albern mit den Augenbrauen.

»Im Ernst?«, wollte Marc wissen und grinste mich wölfisch an.

Mir war sofort klar, dass er vorhatte, mich mindestens die nächsten zwei Wochen damit aufzuziehen.

Ich konnte nicht länger aufhalten, dass meine Ohren zu glühen begannen. Dabei lag mir an diesem Fremden nichts, und an seinen möglichen oder auch eingebildeten Gefühlen schon gar nicht.

»Redet keinen Stuss!«, fuhr Justus die beiden unvermittelt an und sah sie mit einem Ausdruck an, der deutlich machte, dass er sie nicht für voll nahm. Doch das führte nur dazu, dass sie anfingen, unkontrolliert zu kichern.

Mein Kopf wurde immer heißer.

Justus kniff genervt die Lippen zusammen, griff nach meiner Hand und zog mich zu sich.

Vor Schreck ließ ich Mei los.

»Achte nicht auf die. Die haben nur nichts zu tun«, redete er mit ernstem Gesicht auf mich ein und neigte den Kopf näher zu mir. Sein Blick wurde noch eindringlicher.

Alles in mir kribbelte. Seine Finger waren so unglaublich warm. Ich schluckte, weil mein Hals wie ausgedörrt war.

Halte deine Sinne beisammen, Cate!, sagte ich zu mir und versuchte, mich zu konzentrieren.

»Fühlst du dich stark genug, es mit der Menge aufzunehmen, oder soll ich mit dir zurückgehen? Dann können auch Marc und Mei die Besorgungen machen«, fragte er und ich musste lächeln. Er machte sich Sorgen, ich konnte es in seinen Augen lesen.

Er hatte sich schon immer als mein Beschützer gefühlt. Seit er den Deckel eines Wasserfasses geöffnet und darin ein kleines weinendes Mädchen entdeckt hatte, dessen Eltern gerade in einer Schlacht ums Leben gekommen waren. Er hatte mich gefunden, meine Hand genommen, und manchmal, so wie jetzt, hatte ich das Gefühl, er hätte sie niemals losgelassen.

»Es wird gehen«, versicherte ich ihm und konnte nur hoffen, dass das stimmte.

Justus nickte und der Ernst wich seiner üblichen Gelassenheit. Er richtete den Rücken wieder auf und trat aus der Gasse auf den Platz hinaus. Mich ließ er dabei nicht los.

Er schritt durch die Menge und die Menschen traten instinktiv zur Seite. Feuerleute hatten diese Wirkung auf andere, aber den wenigsten fiel das bewusst auf.

Mei und Marc kamen hinter uns her. Sie scherzten immer noch über heimliche Verehrer und darüber, wie vielen armen Bauernsöhnen ich wohl schon das Herz gebrochen hatte.

Justus beachtete sie gar nicht und seine Hand um meine ermutigte mich, es ihm gleichzutun.

Als ich ein kleines Butterfass bei einem Stand am Rande des Platzes bezahlte und Marc es von der gebückten Marktfrau entgegennahm, bemerkte ich plötzlich, dass der Wind seit einiger Zeit verdächtig still war.

Stumm rief ich ihn und erwartete, dass er an meinen Haaren ziehen oder mir über die Wange streichen würde. Doch nichts geschah.

Ich rief ihn noch einmal und sah mich um, ob ich etwas entdecken konnte, das ihn aufhielt. Ein loses Tuch, das er bewegen wollte, oder ein Stück Wolle, das er über den Boden jagte. Aber ich fand nichts dergleichen.

Ihn nicht mehr zu spüren, setzte ein zweites Mal an diesem Tag Panik in mir frei. Etwas stimmte nicht.

Justus blickte zu mir. Auch er bemerkte, dass irgendwas nicht in Ordnung war. Mit mir.

Ich seufzte in mich hinein, denn ich machte ihm heute nur Ärger. Er verstärkte den Druck auf meine Hand und öffnete gerade den Mund, um etwas zu sagen, als plötzlich der Wind kräftig anschwoll und über den Platz fegte.

Männer hielten ihre Hüte fest oder rannten ihnen hinterher, Frauen versuchten, ihre Röcke zu halten, und kreischten, als der Wind sie zu lüften drohte. Eine Schar Mädchen stützte ihren Milchstand und Marc konnte sich das Lachen nicht verkneifen, als eine Böe einem davon die Unterwäsche entblößte.

Der Wind ebbte so schnell ab, wie er sich aufgebäumt hatte, und sammelte sich als laues Lüftchen in meinen Haaren. Er wirkte seltsam erschöpft.

Ich fuhr mit den Fingern hindurch und streifte ihn dabei beruhigend. *Was ist los*, fragte ich stumm, bekam aber keine Antwort. Nur noch mehr Erschöpfung.

Und dann begann er, leise zu singen.

»Was war das denn?«, zischte Justus und zog mich unauffällig vom Butterstand weg.

»Keine Ahnung. Ich war das nicht«, entgegnete ich verwirrt.

Der Wind summte weiter, wurde lauter, und dann erklang die Melodie plötzlich neben mir. Überrascht drehte ich mich um und brauchte nur einen Augenblick, bis ich es fand. Ich sah in die offenen Fenster eines kleinen Ladens mit allerlei Ramsch. Das Lied kam von dort drinnen.

Ich atmete tief durch. Es weckte etwas in mir. Bilder, Gerüche, verschüttete Erinnerungen. Eine Frau in einem langen grünen Kleid, eine goldene Kette, Salz in der Luft, blaue Muscheln und die starken Arme eines Vaters, der mich auf seine Schultern hob.

Ich blinzelte. Ich kannte diese Melodie.

»Hörst du das?«, fragte ich Justus und drückte ihm, ohne nachzudenken, den Beutel mit den Münzen in die Hand.

»Cate?« Er sah mich verständnislos an, als ich seine Hand losließ und mich umwandte.

»Dieses Lied. Ich kenne es. Kannst du es hören?«, wollte ich erneut wissen, wartete aber nicht auf eine Antwort.

Die vertrauten Klänge zogen mich an. Ich ging ihnen entgegen, achtete nicht auf die anderen Menschen und betrat den winzigen Geschäftsraum ohne Tür.

Der Wind kam unter meinen Haaren hervor, streifte sanft durch das Zimmer, das vollgestopft war mit Ramsch und Glitzerzeug. In gleichmäßigen Bahnen begann er, um einen Gegenstand zu kreisen, der vor einem der hinteren Fenster hing.

Bedächtig ging ich darauf zu und betrachtete ihn. Es handelte sich um ein hölzernes Kreuz, an dem silberne Röhren in unterschiedlicher Dicke baumelten. Immer wieder ließ der Wind sie gegen eine Kette blauer Muscheln stoßen, sodass die verschiedenen Töne zum Lied beitrugen, das der Wind weiter vor sich hin summte. Wie in Trance drehte er seine Runden um das klimpernde Gebilde.

Ich streckte die Hand aus und berührte eine der blauen Muscheln. Es waren dieselben, die ich gerade in meinen verschütteten Erinnerungen gesehen hatte. Sie schimmerten im Licht der Vormittagssonne und erinnerten an das Meer und an Wellen und …

»Ähm, kann ich behilflich sein?«, erkundigte sich eine Stimme von der Seite und ich fiel zurück in die Wirklichkeit.

Erschrocken drehte ich meinen Kopf und sah auf einen Mann hinunter. Er war erstaunlich klein und hatte schütteres Haar, ein winziges Brillengestell auf der knubbeligen Nase und eine geschäftstüchtige Miene.

Nicht weit von mir entfernt stand Justus am Türrahmen gelehnt und beobachtete mich mit erstauntem Gesichtsausdruck.

Ich war selbst überrascht. Normalerweise machte ich mir nichts aus Trödel und noch nie hatte ich aus eigenem Antrieb so einen Laden betreten.

»Was ist das?«, fragte ich den Verkäufer und fuhr mit den Fingern durch die herunterhängenden Silberröhren, die jetzt aufgeregt klimperten. Der Wind löste sich widerwillig aus seiner Bahn und tanzte zu den Vögeln, die am Himmel kreisten.

»Oh, das«, der Mann rückte seine Brille zurecht, »das ist ein Windspiel.«

»Windspiel«, echote ich, als hätte ich nichts Besseres zu sagen, und sah wieder zu den blauen Muscheln.

»Wie viel kostet es?«, erkundigte sich Justus von der Tür, schlenderte auf uns zu und stellte sich neben mich.

Überrascht musste ich feststellen, dass er zum ersten Mal seit Wochen nicht zu den vorherrschenden Gedanken in meinem Kopf gehörte. Ich hatte sogar vergessen, dass er da war.

»Ähm, mein Herr, es ist mir wirklich peinlich … Ähm …« Der kleine Mann spielte mit seinen dicken Fingern nervös an den schimmernden Knöpfen seines Hemdes. »Ähm, es ist, soweit mir bekannt ist, ähm, nicht verkäuflich.«

Justus schob die Augenbrauen zusammen.

Ich wusste, dass es nur ein Ausdruck von Nachdenklichkeit war, doch auf den Mann, der neben ihm wie ein Zwerg aussah, wirkte es wohl sehr bedrohlich.

»Ich … ähm …«, stammelte er und glitzernde Schweißperlen sammelten sich auf seiner hohen Stirn. »Ähm, man könnte natürlich darüber verhandeln. Es ist ein Sammlerstück. Ihr stammt nicht von hier, nicht wahr?« Sein rechtes Bein begann zu zittern.

Ich musste mir ein Lachen verkneifen. Offensichtlich bekam er ganz schön Angst.

Sacht legte ich Justus eine Hand auf den Arm, damit er davon abließ, den Armen in Grund und Boden zu starren.

Er blinzelte mich an und ich versuchte, ihm ohne Worte mitzuteilen, dass er ein wenig sanfter vorgehen sollte.

Lautlos seufzend, wandte er sich wieder dem Verkäufer zu.

»Wie viel soll es kosten?«, fragte er erneut und bemühte sich um einen freundlichen Ton.

»Ähm … sagen wir mal … ähm … zwanzig Inda?«, erwiderte dieser und zwinkerte unsicher. Der freundliche Ton hatte ihn wohl etwas mutiger werden lassen.

Meine Augen wurden groß, als ich die Summe hörte.

»Zwanzig Inda?!«, fuhr Justus ihn grob an. »Das ist der Preis eines ganzen Kappas! Lebendig!«

Der kleine Mann schrak zusammen und wäre vermutlich am liebsten geflohen. Sein Gesicht wurde noch blasser.

Auch ich war zusammengezuckt.

»Fünf, ähäm, fünf Inda. Aber weiter runter kann ich nicht gehen.« Die Stimme des Verkäufers hatte einen jammernden Tonfall angenommen.

Justus knirschte mit den Zähnen. »Drei!«, sagte er bedrohlich und ich legte ihm wieder die Hand auf den Arm. Das war zu viel. Selbst drei Indas waren noch überteuert.

Der Händler zog ein Tuch aus der Hosentasche seiner weit geschnittenen Leinenhose und wischte sich damit den Schweiß vom Gesicht. »Vier«, gab er halblaut von sich und ich musste zugeben, dass ich nicht erwartet hätte, dass er mutig genug war, dagegenzuhalten.

Justus nickte. Weiter runter konnte er ihn kaum treiben, ohne dass der arme Kerl einen Nervenzusammenbruch erlitt. Er zog einen roten Beutel aus seiner Ledertasche und öffnete ihn.

Ich hatte ihn noch nie gesehen und mir war auch nicht bewusst gewesen, dass Justus so viel Geld hatte.

Er zog vier silberne Münzen heraus und legte sie dem Händler in die zitternde Hand.

Es war kaum zu glauben. Vier Inda! Er hatte gerade vier Inda für ein Windspiel bezahlt.

»Nehmt es«, sagte der Mann und zog sich sichtlich erleichtert zurück.

Ich streckte die Hände aus und nahm es von dem Haken, der in den hölzernen Fensterrahmen gedreht war.

Ehrfürchtig betrachtete ich die metallenen Röhren, in die jemand buntes Glas eingearbeitet hatte. Das war mir bisher nicht aufgefallen.

Der Händler reichte mir ein Stück weiches Tuch, in das ich es einschlagen konnte. Ich bedankte mich mit einem Lächeln und verließ mit Justus den Laden durch den türlosen Rahmen.

Ein paar Schritte weiter warteten Marc und Mei auf uns.

Marc wedelte sich mit einem Bündel Dinknerkraut Luft zu.

Justus ging auf sie zu, doch ich hielt ihn am Arm zurück.

Er sah mich an.

»Vier Inda?«, fragte ich ihn skeptisch und zuckte unsicher mit den Schultern. »Ich glaube, ich habe nicht genug Geld, um es dir zurückzuzahlen.«

Ein schiefes Lächeln erschien auf seinen Lippen. »Musst du auch nicht«, meinte er und ich schüttelte den Kopf.

»Aber …«, wollte ich gerade zu einer Erwiderung ausholen, als er die Hand ausstreckte und mir eine Haarsträhne aus dem Gesicht strich. Er hatte leicht meine Stirn gestreift und schon spielte mein Herz verrückt.

»Es ist ein Geschenk«, sagte er eindringlich, sah mir in die Augen.

Ich wusste, mein Kopf glühte bereits wieder vor Scham.

Er hatte mir ein Geschenk gemacht. Ich konnte es kaum fassen, so glücklich war ich darüber. Er hatte vier Inda ausgegeben. Nur für mich!

»Aber es war so teuer«, brachte ich mühsam hervor und versuchte, keine Regung in seinem Gesicht zu verpassen.

Doch er lachte nur. »Ja«, bestätigte er und ging auf die Wartenden zu. »Erzähl das ja nicht den anderen.«

»Verflucht noch mal!«, keifte Marc lautstark und schüttelte seine schmerzende Hand.

Ich sah von meinem neuen Schatz auf, den ich im Wagen übers Bett gehängt hatte. Obwohl ich so gut wie nie darin schlief, bestanden die anderen darauf, dass es mir gehörte.

Alarmiert ließ ich mich auf den Boden gleiten und rannte hinaus.

»Verdammt!«, fluchte Marc weiter und kam auf mich zu. Den zur Hälfte abgebauten Verkaufsstand und Dante, der die Überreste aufrecht hielt, ließ er einfach stehen.

Er streckte mir die Hand entgegen. »Kannst du mir den verfluchten Splitter rausziehen?«, fragte er und schnaubte dabei so heftig, dass sich seine Nasenflügel blähten.

Ich setzte mich auf die Stufen vor der Tür und Marc ließ sich daneben ins Gras fallen.

Eingängig begutachtete ich seine Handfläche und fand schnell die gerötete Stelle. Der Splitter saß ganz schön tief, war aber nicht allzu groß.

»Willst du damit nicht lieber zu Fin gehen?«, wollte ich wissen und drückte knapp neben das Holzstück, um es ein wenig aus der Haut zu schieben.

Marc zuckte zusammen, verzog schmerzerfüllt das Gesicht und gab einen zischenden Laut von sich. »Bist du verrückt? Die Quacksalberin hackt mir womöglich gleich die ganze Hand ab«, schnaubte er und sah beunruhigt zu seiner Tante Fin hinüber, die mit ihrer Tanja zusammensaß, quatschte und in Brees feuerrote Haare ein grünes Band einflocht.

Ich schüttelte stumm den Kopf. Marc, der sich sonst so stark und unverletzbar gab, verwandelte sich bei einem kleinen Splitter zu einem jammernden Kind.

Aber das war scheinbar normal bei Männern. Sobald sie Schmerzen hatten oder krank wurden, spielte es plötzlich keine Rolle mehr, ob sie erst fünf oder bereits zwanzig Jahre hinter sich hatten.

Auch wenn Fin unsere Pflegerin für alle Wehwehchen war, hatten die meisten doch, nun ja, Respekt vor ihren manchmal recht unkonventionellen Behandlungsmethoden. Am schlimmsten waren dabei eindeutig ihre Salben, die wie totes Tier oder Moorschlacke stanken.

Seufzend griff ich hinter mich in den Wagen und zog den Nähkorb hervor, in dem noch mein Kleid mit dem halb hochgenähten Saum lag. Ich zog eine Nadel aus dem Heft und sah mich nach Mei um.

Sie saß auf Justus' Wagendach und baumelte mit den Beinen.

»Mei!«, rief ich und winkte sie heran.

Geschickt kletterte sie an der Seitenwand herunter und kam mit schnellem Schritt zu mir. Mit Schwung ließ sie sich neben mir auf die Stufen plumpsen, dass unsere Hüften zusammenstießen, und grinste mich an. »Was gibt's?«, fragte sie und legte mir spielerisch den Kopf auf die Schulter. Sie musste sich dafür nach unten beugen, da sie, wie für das Feuervolk üblich, sehr groß gewachsen war.

Ich beneidete sie um ihre langen schlanken Beine.

»Was hast du da oben gemacht?«, erkundigte ich mich und hielt ihr die Nadel hin. »Abflämmen, bitte.«

Sie zog rasch einen feurigen Faden mit Daumen und Zeigefinger darum. Das Metall glühte wunderschön. Dann zischte es leise, als Mei die Flamme allein durch ihren Willen wieder verlöschen ließ.

»Ich hab das Dach repariert«, sagte sie beiläufig und Marc schnaubte.

»Das war aber auch nötig«, begann er zu wettern und unterbrach sich selbst mit einem Fluch. »AUA! Scheiße, verdammte!«, keifte er und zuckte heftig zusammen, als ich mir mit der Nadel vorsichtig Zugang zum Splitter verschaffte.

»Heul nicht rum, du Memmenbruder!«, blaffte Mei ihn an und steckte eines ihrer vielen Zöpfchen, das sich aus dem Knoten am Hinterkopf gelöst hatte, wieder zurück. »Vor einer Woche hat Tante Fin mir 'nen Splitter aus dem Fuß gezogen. Der war locker doppelt so dick und ich hab nicht mal mit der Wimper gezuckt«, behauptete sie, schlug die Beine übereinander und wippte mit dem Fuß.

»Pah, das Märchen glaubt dir nicht mal Juju!«, erwiderte Marc großkotzig und straffte die breiten Schultern.

Ich lächelte und sah zu Juju, die nicht weit von uns mit ihren kurzen Beinchen über die Wiese stakste. Sie war gerade mal drei.

»Au! Kannst du nicht ein bisschen sanfter sein?« Marc sah mich mit zusammengekniffenen Augen an. Und ich hätte schwören können, dass eine Träne darin glitzerte.

»Kannst du ein bisschen weniger fluchen und netter zu deiner Schwester sein?«, fragte ich ihn meinerseits und wies ihn an, nicht hinzuschauen, wenn ich den Splitter herausholte.

»Warum hattet ihr eigentlich ein Brandloch in der Decke?«, wollte Mei von ihrem Bruder wissen und zeigte auf den Wagen, von dem sie gerade heruntergeklettert war.

Marc schnaubte laut. Schon wieder. »Sagen wir, Dante träumt manchmal sehr lebhaft«, gab er zurück und verdrehte die Augen.

»Ich mach das doch nicht mit Absicht!«, verteidigte sich dieser. Er hatte aufgegeben, den Stand allein abzubauen, und sich zu uns gesellt.

Dante hatte die Fähigkeit, Feuer mit seinem Körper zu erzeugen. So praktisch das auch manchmal war, haperte es allerdings noch etwas an der Umsetzung. Mit viel Konzentration schaffte er es, nur eine Hand oder seinen Kopf in Brand zu setzen. Aber es kam oft genug vor, dass sich der Rest von ihm ebenfalls entzündete und er am Schluss ohne Kleider dastand.

Die Tatsache, dass wir ihn alle schon einmal nackt gesehen hatten, trug auch nicht gerade zur Steigerung seines Selbstwertgefühls bei. Dabei bräuchte er genau das dringend.

»Du bist doch nur neidisch, dass ich Feuer selbst erzeuge, während du dir immer erst 'ne Fackel vors Gesicht halten musst!«, würgte er Marc rein und schob trotzig das Kinn nach vorn.

Das war wirklich sein einziger Trumpf, denn Marc brauchte zumindest einen Funken, mit dem er seinen hitzigen Atem entzünden konnte, im Gegensatz zu Dante, der selbst Feuer hervorbrachte.

Doch Marc ließ sich dieses Mal nicht beirren. »Ha! Dafür weiß *ich*, was ich tue, wenn ich es tue«, erwiderte er mit einem anzüglichen Ton in der Stimme. »In jeglicher Hinsicht!«

Gezielt spießte ich das Holzstückchen mit der Nadel auf.

»AU! Bei allen sengenden Feuerstürmen!«, fluchte er, als ich ihm den Splitter aus der Wunde zog.

Ich kräuselte die Nase und hielt ihm das winzige Stück Holz vors Gesicht.

Er begutachtete erst seine Hand und dann den Splitter. »Das ist alles?«, fragte er, als er ihn mir abnahm. »Der ist ja winzig«, meinte er sichtlich enttäuscht.

Er hatte wohl etwas Dramatischeres erwartet.

»Sag ich doch. Memmenbruder.« Mei zuckte selbstgefällig mit den Schultern und lehnte sich zurück, um sich die letzten Sonnenstrahlen ins Gesicht scheinen zu lassen.

Ich hatte dafür gesorgt, dass der Himmel wolkenlos war, und der Sonnenuntergang an diesem Abend würde sicher wunderschön werden.

Allerdings konnte ich ihn mir nicht ansehen, da die Bäume um uns herum mir die Sicht versperrten. Und fliegen war nicht drin.

Ich seufzte sehnsüchtig, steckte die Nadel zurück ins Heft und schob den Korb auf seinen Platz neben der Tür.

Dante und Marc erhoben sich, nicht ohne sich weiterhin gegenseitig aufzuziehen.

Mei rannte ihnen hinterher und lachte über Marcs Schimpftiraden.

Sie klappten gemeinsam den Stand zusammen und verstauten ihn im hinteren Teil von Abdells Wagen, der für Material vorgesehen war.

Die Dunkelheit kam schnell. Van und Justus hatten gerade die letzten Fackeln entzündet, als die ersten Dorfbewohner auf dem Weg auftauchten. Aufgeregt redeten sie miteinander und gafften zu uns herüber, in der Hoffnung, einen der Tricks schon im Voraus zu sehen.

Doch das war vergebliche Mühe.

Marc und Dante waren in ihrem Wagen und zogen sich für den Auftritt Kleidung aus robustem Kappaleder an. Auch alle anderen bereiteten sich vor. Van und Felice, Miso und Angu, Tai und natürlich Mei und Justus.

Laila hielt sich seit ein paar Wochen zurück, da ihr Babybauch immer größer wurde. Wir alle wussten, dass sie auf einen Jungen hoffte, während Tai lieber ein Mädchen wollte und der Rest der Familie die ständigen Diskussionen darüber längst leid war.

Zu Lailas Aufgabe gehörte ein langes besticktes Kleid, auf dem unzählige Glasperlen glitzerten. Hanna machte es Freude, die silbernen Stickereien auf dem nachtblauen Stoff weiterzuführen, immer wenn sie dafür Zeit fand.

Ich hatte mich oben auf unseren Wagen gesetzt und überblickte die Szenerie.

Es war ziemlich sicher das ganze Dorf gekommen. So ein Spektakel ließ sich kaum jemand entgehen.

Obwohl ich es schon Hunderte Male gesehen hatte, war ich doch jedes Mal aufs Neue von der Schönheit der Feuerspiele überwältigt. Und von der Eleganz der Akteure.

Ayo begann, die Trommel zu spielen, und das Publikum wurde ganz still.

»Willkommen! Willkommen in dieser wunderschönen, sternenklaren Nacht!«, rief Laila mit ihrer klaren Stimme, die mit Leichtigkeit bis in den letzten Winkel der Lichtung drang.

Ich mochte es, wenn sie die Begrüßungsworte sprach. Ihr Tonfall hatte etwas ähnlich Beruhigendes wie der von ihrem Bruder Justus.

Im letzten Winter hatte sie ihren Liebsten geheiratet, was für eine Menge Trubel gesorgt hatte. Tai und sie hatten schon seit Jahren füreinander geschwärmt und miteinander geflirtet, sich jedoch nie getraut, einander ihre Gefühle zu gestehen. Bis Tai es endlich geschafft hatte, um ihre Hand anzuhalten.

Jetzt erwarteten sie sogar schon das erste Kind.

»Heute Nacht ist eine Nacht, die für viele unvergessen bleiben wird«, fuhr sie fort und hob elegant die Arme. »Es ist eine Nacht voller Geheimnisse, spektakulärer Kunststücke, Feuerkunst und Magie!« Sie ließ ihre Hände umeinander tanzen, um ihre Worte zu unterstreichen, und ihr Blick schweifte über das Publikum hinweg. »Und nun …«, sie senkte die Stimme und die Menschen lauschten gespannt, »lasst das Spektakel beginnen!« Sie verdeckte die Linke mit der Rechten und als sie sie wieder voneinander trennte, brannte darin eine blaue, sich windende Flamme.

Die Dörfler holten erschrocken Luft. Obwohl viele von ihnen uns schon im letzten Jahr und auch in den Jahren davor gesehen hatten, schien es sie jedes Mal aufs Neue zu überraschen.

Applaus ging durch die Reihen. Laila verbeugte sich mit einer Hand auf dem runden Bauch, die andere mit der langsam verlöschenden Flamme nach vorn gestreckt. Dann verließ sie den mit Fackeln abgesteckten Platz im Halbkreis der Wagen und zog sich zu Ayo, Hanna und den anderen Musikern zurück.

Ich klatschte mit dem Publikum und lachte in mich hinein.

Es war ein Trick. Die ganze Ansprache, das Spektakel, das Feuer. Das alles diente nur zweitrangig der Unterhaltung irgendwelcher Dörfler. In Wirklichkeit erfüllte es den Zweck, zu verstecken, was sie wirklich waren.

Erzählte man den Menschen offen, es handele sich um Magie, um Feuerkunst, um etwas Übernatürliches, glaubten sie es nicht. Sie lachten darüber und freuten sich, nicht auf die Täuschung hereingefallen zu sein. Für sie waren es nur Tricks, wie Kartenzauberei und Zirkuskunst.

Es schien schon fast zu einfach. Die Feuerspektakel schützten das Feuervolk, schützten ihr Geheimnis, die Wahrheit, dass es wirklich Feuermagie gab.

Ayo begann wieder, zu trommeln, und ich rief den Wind zu mir. Ohne zu murren, legte er sich in meine Hände und ließ die Lichtung windstill zurück.

Ihm machte es nichts aus, mir jedoch gab es das Gefühl, etwas zur Sicherheit der Vorstellung beizutragen. Obwohl er sich dazu nie äußerte, vermutete ich, dass er sich die Feuerkunst auch gern ansah.

Marc trat mit einer Fackel in die Mitte und spie durch die Flamme eine gewaltige Feuerwolke.

Beress, Dantes Mutter, und ihr jüngster Sohn Garan setzten mit ihren Flöten zu einer verspielten und schnellen Melodie an.

Mei tauchte hinter einem von Marcs riesigen Flammenstößen auf. Sie zog mit allen Fingern Feuerfäden zwischen ihren Händen, die flackernd heller und dunkler wurden, und begann, zu tanzen. Die Fäden wirbelten um sie herum und ihre vielen schmalen Zöpfe peitschten um ihren Kopf.

Die Musik wurde schneller und schneller und Mei mit ihrem Tanz ebenso, bis sie wie ein wirbelnder Feuerkokon aussah.

Dann endete das Stück abrupt und die Feuerfäden um Mei zerfielen zischend zu Rauch.

Tosender Applaus folgte auf die plötzliche Stille. Ich klatschte ebenfalls und der Wind flog begeistert um meine Hände herum.

Der Junge mit dem blauen Hut ist in sie verliebt. Schon seit dem letzten Jahr, flüsterte er mir zu.

Ich musste grinsen, während ich nach dem besagten Jungen Ausschau hielt.

Es war nicht schwer, ihn zu entdecken. Er stand weit vorn, hatte gebräunte Haut, blonde Locken, die unter seinem Hut hervorlugten, und sah Mei mit großen Augen an.

Ich schüttelte den Kopf und fand es fast ein bisschen traurig. Er würde sie niemals für sich gewinnen.

Selbst wenn es nicht verboten wäre, sich mit einem Menschen außerhalb des eigenen Volkes einzulassen, würde sie sich nicht für ihn interessieren. Das Feuervolk war so stark in seinen Traditionen, dass Mei nicht im Traum daran denken würde, ihm ihr Herz zu schenken.

Aber wenn er nicht schüchtern war, blieb ihm zumindest die Möglichkeit, ein wenig mit ihr zu flirten. Darin waren die Feuerleute nämlich auch besonders gut. Den Charme spielen lassen! Allerdings unterschieden sie dabei immer sehr klar zwischen Spiel und Ernst.

Als Nächstes traten Felice und Miso auf, begleitet von Ayos rhythmischem Trommeln und Brees engelsgleichem Violinenspiel. Während Felice in einer Feuerschale allerlei Dinge aus dem Feuer formte, bewegte Miso sie in die Luft und hauchte ihnen zauberhaftes Leben ein. Es war ein wirklich beeindruckendes Schauspiel.

Und dann kam endlich mein Lieblingsteil des Spektakels. Justus, Marc, Van, Angu, Tai und Dante erschienen mit brennenden Stöcken, die sie durch die Luft wirbelten. Justus gab seinen ab und erzeugte schimmernde Feuerkugeln, die er zu jonglieren begann.

Marc spuckte Feuer durch die Flammen seines Stabes, den er als Fackel verwendete. Van schoss glühende Funken in den Himmel, die mit lautem Krach explodierten. Laila, die immer noch am Rand stand, verwandelte sie in viele bunte Flammen, die auf das Publikum herabregneten.

Miso achtete peinlichst genau darauf, dass keiner davon getroffen wurde und alle Funken vorher erloschen.

Falls ihr etwas entging, gab es noch mich, die der Stelle die Luft entzog, um das Feuer zu ersticken. Ich agierte sozusagen als letzte Sicherung, auch wenn ich nur selten gebraucht wurde.

Angu und Dante setzten ihre Hände in Brand und zogen flammende Schlieren durch die Luft. Letzterer brach seine Vorführung allerdings ab, als sich das Feuer über die Arme ausbreitete. Er trat zur Seite und zwang es unter großer Anstrengung zurück zu den Händen. Sein großer Auftritt würde noch kommen.

Die Instrumente spielten ein wildes Lied, das an Kampf und Abenteuer denken ließ, mit schnellem Rhythmus und schreienden Violinsaiten.

Und dann kam der Schluss. Ich konnte es an der Musik erkennen. Der Wind wurde unruhig, während ich mich aufrecht hinsetzte, um mich bereit zu machen.

Dante trat in die Mitte des wirren Feuerspiels und vergewisserte sich, dass Marc hinter ihm war. Für einen winzigen Moment entzündete er seinen ganzen Körper, sodass er eine lebendige Fackel abgab. Doch ehe es jemand im Publikum genauer sehen konnte, holte Marc tief Luft und spuckte durch Dantes Feuer eine gigantische Feuerwolke, die den größten Teil des Halbkreises einnahm.

Nun war ich an der Reihe. Bevor die Flammen ausbrechen und Schaden anrichten konnten, stieß ich den Wind hinunter auf den Platz. Mit einem Mal löschte er alles bis auf den letzten Funken.

Im selben Augenblick, als die letzte Fackel erlosch und die Lichtung stockfinster zurückließ, endete auch die Musik und das Spektakel war vorbei.

Das Publikum applaudierte mit Verzögerung, dafür so tosend, dass der Wagen unter mir vibrierte.

Ich konnte mir ein Grinsen nicht verkneifen. Es fühlte sich gut an, Applaus zu bekommen, obwohl die Menschen aus den Dörfern natürlich nicht wussten, dass ich zu dem pompösen Schluss genauso beigetragen hatte wie die Feuerleute.

Justus entzündete eine einzelne Fackel und lief den Halbkreis ab, um die Lichter erneut zu entfachen.

Einige offiziell aussehende Männer traten aus der euphorischen Menge und begannen, an einer Seite Tische aufzubauen.

Es dauerte nicht lange, bis sie aus den mitgebrachten Körben allerlei Gebäck darauf verteilt hatten. Auch Fässer voll Nubeerwein und Limonensaft wurden aufgestellt und dörfische Musikanten lösten die unseren ab.

Die Bewohner der Dörfer zelebrierten unser Erscheinen gern in einer Art Volksfest, das jeder Landstrich auf seine eigene Weise beging. Hier im Süden des Landes, nahe des Meeres, feierte man mit Beerenwein und süßem traditionellen Gebäck.

Ich liebte das Hefegebäck dieser Gegend. Es erinnerte mich an meine Heimat.

Gerade biss ich von einem ab, das aussah wie eine Schnecke und zusätzlich mit kandierten Nüssen bestreut war, als mir Mei auffiel. Sie wurde gerade von einem jungen Mann angesprochen, der seinen blauen Hut nervös zwischen den Händen zerdrückte.

Grinsend ging ich näher heran, um sie ein bisschen zu belauschen. Er hatte sich also wirklich getraut.

Sie lächelte, als er ihr anbot, ihr einen Becher Wein zu bringen.

Doch da fiel mein Blick auf einen Mann, der hinter ihnen an einem Tisch lehnte und aus einer Holzschale trank, ohne die Augen von mir zu nehmen. Sein Starren war so intensiv, dass ich es fast körperlich spüren konnte.

Ich stand wie versteinert da. Es war derselbe, der uns im Haus des Stadtrates die Tür geöffnet hatte. Der, von dem Mei behauptete, er hätte mir nachgesehen.

Mir wurde mulmig zumute. Ich senkte mit flammend rotem Gesicht den Kopf und drehte dem Mann eilig den Rücken zu.

Es war, als könnte ich spüren, dass er lächelte. Dieses besondere Lächeln, das er bereits bei unserer ersten Begegnung gezeigt hatte.

Ich hatte keine Ahnung, was ich davon halten sollte, und war natürlich zu feige, um mich noch einmal umzudrehen und zu versichern, dass ich es mir nicht nur einbildete.

Wind, mein Freund. Was tut er?, fragte ich im Stillen. Doch die Antwort blieb aus. *Wind*, rief ich energischer, aber nichts geschah. Irritiert schüttelte ich den Kopf und legte die Hände an meine heißen Wangen.

Das war schon das zweite Mal an diesem Tag, dass er mir nicht antwortete. Was war nur los mit ihm?

Sonst war er immer so versessen darauf, bei mir zu sein, mir die Haare zu zerzausen und mich zu locken, dass ich meine Möglichkeiten und Freiheiten ausleben sollte. Was war heute nur anders als sonst?

Ein Klimpern drang an mein Ohr. Klar und deutlich, obwohl die Menschen in meiner Nähe laut redeten und Musik den Platz erfüllte. Doch ich wusste gleich, dass es das Windspiel war, und fragte mich, ob es daran liegen könnte.

Ich schlängelte mich durch lachende und schwatzende Dörfler und lief zügig zu meinem Wagen. Fetzen des Liedes, das mich am Vormittag in den Ramschladen gezogen hatte, kamen mir entgegen und übertönten die Tanzmelodien der dörfischen Musikanten in meinen Ohren.

Hastig eilte ich die Stufen hinauf und da war er. Der Wind kreiste völlig erschöpft um die silbernen, im spärlichen Licht der Fackeln glitzernden Röhren und sang mit den Tönen des Windspiels vor sich hin.

Ich streckte die Hand nach ihm aus und hatte keine Erklärung für das, was gerade geschehen war. Als sanfter Hauch zog er meinen Arm hinauf, streichelte mir den Hals und kroch in meine Haare.

Was ist mit dir?, fragte ich ihn, doch er antwortete wieder nicht. Da war nur noch mehr Erschöpfung. Genau wie am Vormittag.

Argwöhnisch musterte ich das schimmernde Gebilde. Schwächte das Windspiel ihn in irgendeiner Form? War es vielleicht schlecht für ihn? Aber wie konnten eine Ansammlung silberner Röhren und eine blaue Muschelkette dem Wind schaden? Es war doch der Wind! Eines der vier Elemente, der Urheber von Meereswellen, vom Rauschen der Bäume und von Stürmen.

Wie sollte so ein kleines Ding ihm etwas anhaben?

Ein Geräusch von draußen ließ mich aufschrecken. Ich spähte vorsichtig zur Tür hinaus.

Im schwachen Licht der Fackeln konnte ich zwei Gestalten ausmachen. Die eine war klein, schmal gebaut und kicherte, während die andere groß und stämmig wirkte.

Als sich beide an Justus' Wagenwand drängten und sich scheinbar küssten, wurde mir schlagartig klar, dass es Marc war.

Natürlich war er es. Als er sich ein wenig zur Seite lehnte, sah ich sein Wolfsgrinsen. Und auch das Mädchen wurde vom Lichtschimmer gestreift. Ich erkannte die weizenblonde Schönheit aus dem Hinterhof des Stadtrates. Die Stickereien auf ihrem Kleid schimmerten im fahlen Lichtschein.

»Das ist dein Wagen?«, hörte ich sie flüstern. Sie kicherte, als Marc zustimmend brummte und sie am Hals küsste.

Ich wandte den Blick ab und versteckte mich im Schatten, bis die Tür hinter ihnen zuschlug.

Das war ja mal wieder typisch. Hatte seine Mutter ihn nicht am Morgen noch genau davor gewarnt? Dieser triebgesteuerte Hornochse.

Vorsichtig trat ich nach draußen, um nachzusehen, ob sie wirklich verschwunden waren. An der Türklinke hing ein in Metall gefasstes Trinkhorn, das, an einer Lederschnur baumelnd, den Feuerschein der Fackeln zurückwarf.

Das war ihr Zeichen. Justus und Dante würden ihn heute Nacht nicht stören und sich einen anderen Ort zum Schlafen suchen.

Ich lief zu den anderen zurück. Sie hatten in der Mitte des Platzes einen Kreis geöffnet, in dem sich Paare zum Tanz aufstellten.

Um mich abzulenken, sah ich mich nach Mei um, die ich bei Ayo und Bree fand. Von dem Jungen mit dem blauen Hut keine Spur. Die drei Mädchen kicherten, warfen sich Blicke mit einer Schar Burschen zu, die bei den Platten voller Gebäck standen, und bedienten sich ungesehen am Beerenweinfass.

Sie würden morgen mit Kopfschmerzen erwachen, das wusste ich bereits jetzt. Und dann bekämen sie gewaltigen Ärger mit ihren Müttern, die ihnen vergorene Getränke schon mehr als einmal verboten hatten.

Ich wollte gerade hinübergehen, als hinter einer Ansammlung von Dörflern Justus in meinem Blickfeld auftauchte. Wie ein Magnet wurde mein Blick von ihm angezogen.

Auch er hatte einen Krug in der Hand und nahm einen tiefen Schluck daraus. Ich bezweifelte stark, dass er sich für Limonensaft entschieden hatte. Doch diese Überlegung wurde sofort nebensächlich, als ich die wunderschöne junge Frau sah, die neben ihm stand und mit ihrer eindeutigen Haltung all ihre Vorzüge zur Geltung zu bringen versuchte.

Mit einem Mal zog sich mein Herz so schmerzhaft zusammen, dass ich aufkeuchte.

Die Frau fuhr sich mit ihren langen schlanken Fingern durch die goldenen Haare und lachte über etwas, das er gerade gesagt haben musste.

Auch er lachte und wandte sich ihr ein wenig mehr zu.

Seine Augen funkelten geheimnisvoll und sein Lächeln war eine einzige Einladung.

Mein Magen verkrampfte sich. Ich glaubte, ich müsse mich übergeben, so schlecht war mir auf einmal. Trotzdem war es mir unmöglich, den Blick zu senken oder einfach woanders hinzuschauen. Meine Knie gaben nach, ich sank in die Hocke, als Justus den Kopf neigte und den Abstand zwischen sich und der jungen Frau noch verringerte.

Sie grinste kokett und wand sich in gespielter Geziertheit.

Er wird sie küssen. Bei allen Winden, das war zu viel für mich. Ich konnte es nicht länger ertragen.

Es brannte wie Feuer in meinem Inneren und ehe ich wusste, was ich tat, rannte ich zurück zum Wagen. Ich stürmte hinein, griff in das Fach am Ende des Bettes und zog mein Schlafbündel hervor.

Keinen Augenblick später war ich schon wieder draußen und lief in den Wald. Das Blut rauschte mir in den Ohren, das Herz schlug heftig gegen meine Rippen.

Erst als ich die Fackeln nicht mehr sah, blieb ich stehen. Mein Schlafbündel fiel zu Boden, löste sich und rollte auf dem Waldboden auseinander. Es bestand aus einer Hängematte aus Kappafell, einer Schafwolldecke und einem Kissen.

Ich atmete ein und wieder aus, versuchte, Luft zu bekommen, doch es fühlte sich an, als säße jemand auf meiner Brust.

Die Musik vom Platz konnte ich mehr erahnen als hören, und das war gut so.

Ich konzentrierte mich weiter auf meine Atmung, den Wind und das Rauschen der Blätter in den Bäumen. Langsam schloss ich die Lider und ließ die Welt für einen Moment verschwinden.

Mein Herz entkrampfte sich ein wenig, nur um sich im selben Augenblick erneut schmerzhaft zusammenzuziehen. Vor meinem inneren Auge sah ich Justus. Meinen Justus, wie er *sie* anlächelte. Mit diesem geheimnisvollen, alles versprechenden Blick, der nur mir gelten sollte.

Die ersten Tränen rannen mir über die Wangen und ich schluchzte auf.

Ich spürte den Wind kaum noch, der wie ein kleiner Sturm um mich herumwirbelte. *Bei allen Winden!* Warum tat es so weh?!

Nur mühsam befreite ich mich aus der Starre meines Körpers und befestigte die Hängematte zitternd und schluchzend zwischen zwei jungen Buchen. Wie immer legte ich die Decke und das Kissen hinein, schnürte meine ledernen Schuhe auf und hängte sie an den Schnürsenkeln an einen Ast.

Ich hob vorsichtig vom Boden ab und es war mir gerade völlig egal, ob mich jemand dabei sehen konnte. Die Matte schwankte leicht, als ich mich in ihr niederließ. Frustriert kroch ich unter die Decke, zog sie mir eng um die Schultern und weinte weiter, bis der Schlaf mich in dunkle Gleichgültigkeit zog.

4

Der Wind weckte mich sanft, als die Morgendämmerung einsetzte, da er mal wieder versuchte, mein Haar auf dem Kissen zu drapieren. Er stellte seltsame Dinge damit an, wenn ich schlief. Meist waren sie einfach nur hoffnungslos verknotet, manchmal breitete er sie fein säuberlich aus. Einmal war ich auch mit einem gedrehten Zopf aufgewacht.

Guten Morgen, säuselte er, als ich blinzelte, und schmiegte sich an mich.

Ich lächelte. Ich konnte spüren, wie sehr er mich mochte. Er liebte mich. Mich, die Letzte meines Volkes. Und ich liebte ihn.

Ich streckte die Finger unter der Decke hervor und fuhr damit durch den Wind, der warm meine Haut berührte.

Das Lächeln verging mir jedoch gleich wieder, als ich plötzlich an Justus denken musste, und wich einem lautlosen Seufzen. Ihn liebte ich auch!

Innerlich fluchte ich alle Flüche, die ich je von Marc gehört hatte. Wie hatte mir so was nur passieren können?

Natürlich war mir schon länger klar gewesen, dass ich verliebt war. Und spätestens seit gestern Abend konnte ich es nicht mehr leugnen.

Hoffentlich hatte mich keiner gesehen! Hoffentlich wusste es niemand außer mir!

Wenn die anderen es erfuhren, würden sie sich die Mäuler darüber zerreißen. Bei allen Winden!

Meine Wangen begannen zu glühen, wenn ich nur daran dachte. Ich zog die Hand unter die Decke zurück und vergrub das Gesicht im Kissen.

Natürlich meinten sie es nicht böse und wollten auch keinem schaden, aber sie tratschten für ihr Leben gern und würden weder ihn noch mich je wieder damit in Ruhe lassen.

Und Justus! Ich wagte es kaum, an gestern zu denken. Was war nur mit mir los? Es war doch nicht das erste Mal, dass er mit einem Mädchen geflirtet hatte. Das passierte eigentlich andauernd.

Und trotzdem machte es mich so wütend!

Wie war ich denn damit in der Vergangenheit umgegangen? War es mir egal gewesen? Hatte ich nicht so genau hingeschaut? Ach verflucht!

Es tröstete mich nur wenig, ziemlich sicher zu sein, dass er nie eine von ihnen mit in seinen Wagen genommen hatte, wie Marc das gern tat.

Ich biss in mein Kissen, um vor Wut nicht laut zu schreien.

Der Wind passte sich meiner Stimmung an und frischte auf, drehte sich um die Hängematte und wirbelte trotzig Laub durch die Gegend.

»Cate?«, sagte eine dunkle Stimme recht verschlafen.

Ich hielt die Luft an.

Justus! Er war hier. Mein Herzschlag setzte zur doppelten Geschwindigkeit an.

Natürlich! Dieser verdammte Mistkerl lag direkt unter mir.

Marc hatte den Wagen für sich besetzt und das hieß für Dante und Justus, dass sie woanders übernachten mussten.

Dante kam dann meist bei seinem kleinen Bruder Garan unter. Na ja, und Justus schlief draußen. Unter meiner Hängematte am Boden.

Ich hatte ihm schon tausendmal gesagt, ich würde ihm auch eine weben, wenn er das wollte. Doch er hatte jedes Mal abgelehnt. Die Erde sei sicherer, als in der Luft zu schlafen, hatte er erwidert. Und bei mir sowieso, denn das Regenrisiko war dort gleich null.

Selbst heute lag er dort. *Dieser blöde Haufen Kappadreck!*

»Ich weiß, dass du wach bist«, murmelte er.

Ich hörte das Lächeln in seiner Stimme. Er hatte wirklich die Dreistigkeit, so zu tun, als sei nichts gewesen. Wie mich das ärgerte!

»Der Wind pustet wie ein kleiner Orkan. Du wälzt dich von einer Seite zur anderen und schnaubst wie ein Kappa.« Er lachte.

Erneut biss ich ins Kissen und kniff die Augen fest zu, um vor Wut nicht zu weinen.

Ich antwortete ihm nicht, versuchte, meine Gefühle zusammenzuhalten, und spürte, wie die Sekunden verstrichen.

»Alles klar bei dir?«, fragte er irritiert und plötzlich spürte ich seine Hand an meinem Rücken. Sie war so heiß, dass ich ihre Hitze durch die Hängematte fühlte.

Das war zu viel für mich. Zu viel für meine Wut, für meine gespannten Nerven und zu viel für mein Herz.

Wie ein Pfeil schnellte ich aus meiner Hängematte in die Luft und stürzte mich mit einem Kampfschrei auf Justus.

Ich sah für einen Moment den Schreck auf seinem Gesicht, als ich auf ihm landete. Dann holte ich aus, war entschlossen, mit meiner Faust gegen seine Brust zu hämmern, um meiner Wut Ausdruck zu verleihen. Doch er wich im letzten Augenblick aus, packte mich und drehte sich mit mir zur Seite. Der Schlag erwischte nur seine Schulter, aber meine Fingerknöchel knackten trotzdem schmerzhaft. Es tat höllisch weh.

Wir rollten weiter durchs Laub und ich biss ihm wutentbrannt in den Oberarm.

»Aua! Cate!«, rief Justus verwirrt und erschrocken.

Mir war das ganz recht. Sollte er sich ruhig erschrecken.

Er drückte meine Schultern mit den Armen zu Boden und hielt mich mit seinem Gewicht nach unten gepresst. Wütend versuchte ich, ihn zu treten, doch ich bekam die Beine nicht frei.

Aus seinem Gesicht wich der erste Schreck einem langsam aufsteigenden Ärger. »Was ist in dich gefahren? Bist du verrückt geworden?!«, blaffte er und sah mir in die Augen, als ob dort eine Antwort zu finden wäre. Blätter rieselten ihm aus dem Haar und in seinen schwarzbraunen Augen glomm der Funke der Wut.

Und er war so warm. *Bei allen Winden!* Mein Magen begann, fürchterlich zu flattern, und ich verlor zunehmend die Konzentration.

Verzweifelt nahm ich mich zusammen. »Geh von mir runter!«, schrie ich ihn an.

Es dauerte nur einen kleinen Moment, bis Justus reagierte und losließ. Hastig setzte er sich auf und gab mich frei.

Sofort schwang ich mich vom Boden in die Luft und auf die Füße. Der Wind blies mir die Haare aus dem Gesicht.

Justus sah mich halb wütend, halb verwirrt an.

Doch es war mir egal. Mein Ärger verrauchte langsam und verwandelte sich wieder zu einem quälenden Gefühl in der Brust. Ich musste hier weg.

In meiner Hand pulsierte der Schmerz, aber ich ignorierte ihn. Mit einem letzten Schnauben drehte ich mich um und marschierte in den Wald.

Der Wind folgte mir, wühlte weiter Blätter auf und rauschte durch die Bäume.

Hinter mir hörte ich, wie Justus sich aufrappelte und mir hinterherlief. Äste knackten, Laub raschelte.

»Lauf mir ja nicht nach!«, kreischte ich und stapfte umso entschlossener weiter. Der Boden fühlte sich unter meinen nackten Füßen feucht und kalt an.

Justus war stehen geblieben. »Habe ich was angestellt?«, rief er mir hinterher, aber ich antwortete nicht. Sollte er ruhig selbst herausfinden, was er getan hatte. Ich würde ihm dabei sicher nicht helfen. »Hast du etwa deine Tage?«, fragte er dann und ich kam vor Überraschung ins Straucheln. Das hatte er jetzt nicht wirklich gefragt?! Die Wut, die schon fast verraucht war, loderte wieder auf. *Dieser dreckige…*

Ich wirbelte herum, hob in derselben Bewegung die Hand und riss Justus mit einem gezielten Windstoß die Füße unter dem Körper weg. Noch während er fiel, stapfte ich weiter.

Nur das dumpfe Geräusch des Aufschlags und sein erstauntes Aufkeuchen waren zu hören. Und das verschaffte mir ein gewisses Maß an Genugtuung.

Erst als ich nach einer Weile einen kleinen See erreicht hatte, blieb ich stehen. Die Sonne ging gerade über den Baumwipfeln auf und ließ die Wasseroberfläche glitzern.

Ich schickte den Wind los, um nachzusehen, ob ich wirklich allein war. Es dauerte nur einen Augenblick, bis er zu mir zurückkehrte.

Er hatte zwei streitende Eichhörnchen entdeckt und einen Hirsch, der auf der anderen Seite des Sees Haselnüsse fraß. Ansonsten war keiner in der Nähe.

Nicht einmal Justus. Er hatte die Warnung offensichtlich verstanden und war zurück zu den Wagen gegangen.

Er hat deine Sachen mitgenommen, teilte mir der Wind mit, während ich die Schnürungen an meinem Kleid öffnete.

Nickend schälte ich mich etwas umständlich aus dem groben Leinenstoff, wickelte das Brustband auf und entledigte mich auch meiner restlichen Unterwäsche.

Ein Bad würde mir guttun. In vielerlei Hinsicht.

Ich atmete tief durch, nahm Anlauf und sprang in einem weiten Bogen fast bis zur Mitte des Sees.

Es platschte laut, als ich die Oberfläche durchdrang. Eisiges Nass umfing mich. Alle Geräusche wurden gedämpft und für einen kleinen Moment war ich in einer anderen Welt. Eine Welt, in der ich allein war, weil mir nicht einmal der Wind hierher folgen konnte.

Doch langsam ging mir die Luft aus und ich bekam Kopfschmerzen von der Kälte des Wassers. Doch wenigstens hatte ich es geschafft, für ein paar Augenblicke einfach alles zu vergessen.

Mein Kopf brach durch die Wasseroberfläche und ich schüttelte mir das Haar aus dem Gesicht. Einige Strähnen blieben an Stirn und Wange kleben.

Es war herrlich. Viel zu kalt, aber wundervoll. Genau das, was ich jetzt brauchte, um wieder einen freien Kopf zu bekommen.

Zitternd und mit schnellen Zügen schwamm ich zurück ans Ufer und rieb mich im seichten Wasser mit kleinen Kieseln ab.

Mir klapperten die Zähne, aber ich schrubbte weiter, bis meine Haut kribbelte und von allein wieder warm wurde. Sorgfältig kämmte ich mir die Haare mit den Fingern, die im nassen Zustand dunkler aussahen, als sie waren, und zog einige Blätter und Ästchen heraus, die vom Kampf mit Justus stammen mussten.

Ich zwang mich, alle Gedanken daran aus meinem Kopf zu verbannen, um später darüber nachzudenken. Diesen seltenen stillen Moment wollte ich nicht kaputt machen.

Zum Schluss tauchte ich im tieferen Wasser noch einmal unter, um die Sandreste abzuwaschen, die beim Abreiben hängen geblieben waren. Dann stieg ich ans Ufer und wrang meine Haare aus, während der Wind mich in der langsam wärmer werdenden Morgensonne trocken pustete. Ich schlüpfte rasch wieder in meine Kleider und machte mich mit nassen Haaren auf den Weg zurück zu den Wagen.

Nicht mehr lange und wir würden weiterreisen. Zum nächsten Dorf.

Sicher würde Tanja gleich zum Essen rufen und wir danach die Kappas von ihrem Weideplatz unweit der Lichtung treiben, um sie vor die Wagen zu spannen.

Der Wind tanzte über den Waldboden, rauschte nun sehr viel sanfter in die Baumkronen und ärgerte einige Vögel, die darin nisteten.

Ich lächelte ein wenig. Meine Wut hatte ich im See abgewaschen, doch der harte Klumpen im Bauch war geblieben. Und auch der Schmerz in meinem Herzen.

Es würde wohl noch eine Weile an mir nagen und ich würde mich in Zukunft hüten, Justus beim Flirten zuzusehen. Vielleicht erleichterte mir das die ganze Sache. Oder auch nicht.

Oh Justus, wie soll das mit uns nur weitergehen?

Ich seufzte und schüttelte die Haare auf, damit der Wind sie schneller trocknen konnte.

Justus dachte bestimmt, ich hatte den Verstand verloren. Schließlich hatte ich ihn ohne Vorwarnung angegriffen. Jetzt, da die Wut verraucht war, wunderte ich mich über meinen Mut. Ich hatte ihn angegriffen! Hatte versucht, ihn zu schlagen. War mit ihm über den Boden gerollt und er hatte …

Meine Ohren wurden sofort feuerrot, als ich daran zurückdachte, wie er auf mir gelegen hatte.

Bei allen Winden. Und ich wusste genau, dass es mir gefallen hatte.

Frustriert bedeckte ich mein Gesicht mit den Händen.

Wie sollte das nur weitergehen?

Der Wagen ruckelte heftig, als wir vom weichen Waldboden auf den festen Weg ratterten.

Das Kappa, das davor gespannt war, muhte empört, da die Halterung an seinem Rücken zog.

Kappas waren wirklich riesenhafte und sehr gutmütige Tiere. Sie hatten einen massigen Körper, stämmige Beine, breite Hufe und zwei in Spiralen gedrehte Hörner. Wegen ihrer ungewöhnlich kurzen Hälse mussten sie die Vorderbeine einknicken, um mit ihren riesigen wippenden Köpfen grasen zu können. Zu ihren Leibspeisen gehörten unter anderem Blätter von Sträuchern, Rinde von Nadelbäumen, Äpfel, Kartoffeln und Honiggebäck. Ihr Fell war lang, zottelig und hart. Wir webten daraus meist Taschen und Körbe, da es sich für Kleidung nicht eignete.

Diese Tiere waren zwar nicht besonders schnell, aber dafür sehr ausdauernd. Und stark. Jedes von ihnen zog allein einen Wagen.

Hanna und ich saßen auf dem Kutschbock. Sie hielt die Zügel, wobei es dabei nicht viel zu tun gab, da das Kappa einfach dem Gefährt vor uns folgte.

Sie sah ein wenig müde aus, was nichts im Vergleich zu Mei und Ayo war, die sich hinter uns an die Wagenwand lehnten. Bei jedem Schlagloch hielten sie sich mit schmerzerfülltem Gesicht den Kopf, tranken abwechselnd aus einem Wasserschlauch und blinzelten in die strahlende Morgensonne.

»Wie wär's mit ein paar Wolken, Cate?«, stöhnte Ayo und zog sich ihr dunkles krauses Haar vor die Augen.

Mei äußerte sich nicht. Sie wusste, was ich davon hielt, wenn sie Wein trank. Würde sie jammern, bekäme sie eine Standpauke, und darauf hatte sie wohl keine Lust.

Ich im Übrigen auch nicht. Gedankenverloren war ich froh, mit niemandem reden zu müssen.

Hanna war glücklicherweise feinfühlig genug, um mich in Ruhe zu lassen.

Der Wind streifte umher, raschelte durch Blätter, kitzelte das Kappa oder tanzte mir durchs Haar. Der Wald zog an uns vorbei, wurde lichter und schlussendlich ließen wir ihn hinter uns.

Goldene Felder erstreckten sich zu beiden Seiten der Straße. Mais, der schon hoch stand, Weizen und Hafer, so weit das Auge reichte.

Zwischendurch hielten wir an einem Bauernhof, damit Tanja Eier kaufen konnte.

Bree kam von hinten zu uns und setzte sich zu Ayo und Mei, die ihr müßig Platz machten, als sie sich zu ihnen hinter den Kutschbock schob.

Auch Bree hatte schon mal besser ausgesehen. Da ihre Haut von Natur aus blasser war, wirkte sie noch kränklicher als ihre Freundinnen.

»Meine Brüder nerven mich zu Tode«, jammerte sie und vergrub ihr Gesicht in Ayos Strubbelhaaren. Diese legte nur wortlos die Arme um sie.

Die Wagenkolonne setzte sich wieder in Bewegung.

Ich konnte mir gut vorstellen, was Bree gemeint hatte. Ihre zwei jüngeren Brüder waren nicht immer einfach zu handhaben. Was wohl in der Familie lag.

Elia war zwölf und Cookie im letzten Monat acht geworden. Bei beiden würde es noch dauern, bis sich ihre Feuerkräfte entwickelten. Bree, die schon seit einem Jahr im Vollbesitz ihrer Kunst war, rieb ihnen diese Tatsache nur zu gern unter die Nase.

Als Jungen bekamen sie ihre Kräfte erst mit sechzehn. Mädchen waren da, wie bei so vielem, zwei Jahre früher dran.

»Hey, Mei«, murmelte Bree und schob ihren dicken roten Zopf zurück. »Was is'n mit deinem Bruder los?« Sie streckte die Hand nach dem Wasserschlauch aus.

»Mit welchem?«, fragte Mei und reichte ihr das Wasser.

»Justus!«, antwortete Bree.

In mir machte sich sofort zittrige Aufregung breit, die mich hellhörig werden ließ, ob ich nun wollte oder nicht.

Aber ja, was war mit ihm?

Ich war ihm aus dem Weg gegangen, nachdem ich das Lager wieder erreicht hatte. Die Kappas waren schon eingespannt gewesen und jeder hatte noch einmal nachgesehen, ob sie etwas vergessen hatten. Justus hatte mit seinem Kappa zu tun gehabt und nicht aufgeschaut, als ich aus dem Wald gekommen war.

Eilig war ich in meinem grünen Wagen verschwunden und hatte dort auf dem Bett das Schlafbündel und die Schuhe vorgefunden.

Kurz darauf waren wir losgefahren.

»Keine Ahnung. Was ist denn mit ihm?«, stellte Mei die Gegenfrage und lehnte sich nach hinten. Bis das nächste Schlagloch kam. »Kappadreck!«, fluchte sie leise, als ihr Kopf gegen die Holzwand schlug, und legte anschließend die Stirn auf ihren angezogenen Knien ab.

»Er hat sich beim Frühstück Haferbrei geholt, aber keinen Löffel davon gegessen. Und dann hat er sein Kappa falsch herum eingespannt«, sagte Bree, schraubte den Verschluss des Wasserschlauches auf und setzte an, um zu trinken.

»Vielleicht hat er gestern ja zu viel Wein getrunken«, bemerkte Hanna spitz.

Es war das Erste, das ich heute von ihr zu hören bekam. Sie war eine starke Verfechterin von Disziplin und Tugendhaftigkeit. Und sie wünschte sich, dass ihre Schwester Ayo und deren Freundinnen das ähnlich sehen würden.

Die Mädchen verstummten schlagartig. Die Kopfschmerzen und das schlechte Gewissen nagten sicher an ihnen.

Ich schwieg ebenfalls, denn ich war noch damit beschäftigt, zu begreifen, was Bree gerade erzählt hatte.

Heute Morgen war ich Justus als Erste begegnet und er hatte nicht gewirkt, als ob ihm der Wein von gestern zu Kopf gestiegen wäre.

Also blieben noch ich und mein verrücktes Verhalten. Hatte ich ihn wirklich so aus dem Konzept gebracht, dass er bei einem Kappa hinten und vorn verwechselte? War das überhaupt möglich? Oder war danach noch etwas vorgefallen?

Ich knotete die Finger ineinander und starrte in den Himmel. Das musste ich genauer wissen, aber ich traute mich kaum, zu fragen. Missmutig seufzte ich in mich hinein, biss mir auf die Unterlippe und gab schlussendlich doch meiner Neugierde nach.

Wind!, rief ich und sofort war er bei mir, um fröhliche Kreise um mich zu drehen. Er mochte es, wenn wir unterwegs waren.

Normalerweise griff ich nicht auf derartige Informationsquellen zurück. Ein bisschen schämte ich mich sogar dafür, schließlich waren es nicht selten die Geheimnisse anderer.

Aber ich musste einfach sichergehen, dass nicht *ich* der Grund für sein sonderbares Verhalten war.

Was ist mit Justus? Was hat er heute gemacht?, fragte ich den Wind und er begann sogleich, aufgeregt hin und her zu schwingen.

Wie genau willst du es denn wissen?

Ich machte eine Handbewegung, dass er endlich anfangen sollte.

Er ist zu deinen Sachen gegangen und hat sie zusammengerollt. Meine Aufmerksamkeit regte ihn dazu an, stärkere Böen durch die Felder zu schicken. *Dann ist er zum Lager zurück und hat sie in deinen Wagen gelegt. Er hat geseufzt und sich die Haare gerauft. Und er hat mit der Faust gegen den Türrahmen geschlagen. Bree hat ihm Haferbrei mit Honig gegeben, er hat ihn nicht gegessen und zu Marc gesagt, er habe keinen Hunger. Er hat ihn an ein Kappa verfüttert.*

Ich stoppte ihn und kaute wieder auf meiner Unterlippe herum. *Ist irgendwas Besonderes vorgefallen?*, versuchte ich, die Sache zu beschleunigen.

Irgendwas Besonderes vorgefallen, wiederholte er meine Worte und zeigte damit seine Verwirrung, weil er die Frage nicht verstand, und auch ein bisschen Frustration, da er mir nicht das geben konnte, was ich offensichtlich hören wollte.

Schon gut, vergiss es!, sagte ich stumm und fuhr mit den Fingern durch ihn hindurch, um ihm zu zeigen, dass ich nicht böse war. Der Wind war eben nur der Wind und sein Bewusstsein hatte Grenzen.

Er kehrte seufzend zu den Wiesen zurück, an denen wir gemächlich vorbeifuhren.

Ich starrte wieder in den Himmel.

»Manchmal bist du schon merkwürdig, Cate«, sprach Hanna mich unvermittelt an und schreckte mich damit auf.

Ich drehte ihr den Kopf zu. »Wie bitte?« Blinzelnd versuchte ich, wieder zu mir zu finden.

»Wenn du so in die Luft starrst, als wäre da etwas, und wenn du mit den Händen tanzt. Du siehst dann einfach ein bisschen *verrückt* aus«, meinte sie mit einem Lächeln im Mundwinkel und sah mich an. Ihre warmen braunen Augen waren inzwischen sehr viel wacher und die sanft gewellten blonden Haare umrahmten ihr schmales Gesicht, als sie mir einen kurzen, leicht zweifelnden Blick zuwarf.

Sie schaute wieder nach vorn, als der Wagen durch ein Schlagloch ratterte und von hinten kollektives Aufstöhnen zu hören war.

»Der Wind ist doch dort«, versuchte ich, es zu erklären.

»Ja, aber manchmal sieht es so aus, als würdest du mit ihm reden.« Sie sagte es, als hätte sie einen Witz gemacht. Meine Wangen färbten sich rot. Zum Glück sah sie nicht hin.

Ich seufzte in mich hinein.

Hanna wusste es nicht. Keiner wusste es, denn ich hatte es niemandem gesagt. Nicht einmal Justus. Obwohl ich es hasste, Geheimnisse vor ihm zu haben. Und auch wenn ich mir schon mehr als einmal vorgenommen hatte, es ihm irgendwann zu sagen.

Keiner wusste, dass ich mit dem Wind sprechen konnte, geschweige denn, dass er mir antwortete.

Wir rasteten, als die Sonne gerade ihren Zenit überschritten hatte.

Tanja packte die Kochutensilien aus und ihr Mann Kai entfachte ein Kochfeuer. Hanna war natürlich gleich hinübergeeilt und hackte Gemüse. In letzter Zeit schien sie etwas übereifrig. Ich dachte allerdings nicht weiter darüber nach. Schließlich hatte ich sie noch nie so richtig verstanden.

Ayo, Mei und Bree holten in unseren Wagen ein wenig Schlaf nach. Das würde ihnen guttun. Bree schlief meist mit Ayo in einem Bett, da sie ihres noch im Wagen ihrer Eltern hatte.

Obwohl sie bereits fünfzehn war und ihre Kräfte sich entfaltet hatten, war ihr nicht das Privileg zuteilgeworden, bei den Frauen zu wohnen.

Das war keine böse Absicht, vielmehr waren sämtliche Betten bereits besetzt. Die gesellschaftliche Zurückstufung zu einem Kind, die sie dadurch empfand, machte ihr ziemlich zu schaffen.

Manchmal glaubte ich, sie gab mir die Schuld daran. Weil ich nicht zu ihnen gehörte und trotzdem ein Bett beanspruchte, in dem ich so gut wie nie schlief.

Wahrscheinlich war das auch der Grund, warum sie mich nicht leiden konnte.

Um ihrer Schmach zu entgehen, legte sie sich, so oft es ging, zu Ayo, die sich ihrerseits über die Anwesenheit ihrer besten Freundin freute.

Im Gegensatz zu ihnen wäre es mir egal, ihr das Bett zu überlassen und die Hängematte zu meinem festen Schlafplatz zu machen.

Ich war nun mal anders. Warum es leugnen?

Justus, der bei Marc und Dante stand, sah zu mir herüber und versuchte, meinen Blick aufzufangen. Ich wandte mich jedoch wie zufällig zu den Kindern um, die mit Würfeln spielten. Sobald sie auf mich aufmerksam wurden, wollten sie natürlich auch, dass ich mitspielte.

Benji schob mir einen roten Würfel zu und Vivien zeichnete gleich eine Spalte für meine Punkte mit einem Stock in den Boden. Juju kletterte mir wie selbstverständlich auf den Schoß.

Das Spiel war einfach, aber ich musste den Wind mehrmals davon abhalten, den Würfel nicht zu meinen Gunsten zu beeinflussen.

Ich war gerade haushoch am Verlieren, als er nah an mein Ohr kam und über meine Wange strich, um meine Aufmerksamkeit auf sich zu ziehen.

Da kommen vier Männer zu euch, flüsterte er mit Nachdruck und ich wandte mich ihm sofort zu. *Sie sind bewaffnet. Sie suchen ein Mädchen. Es hat sich in Marcs Wagen versteckt!*

Ich blinzelte ein paarmal. Was sollte ich mit dieser Information anfangen? Ich konnte ja schlecht zu Justus rennen und ihm sagen, dass ein Trupp zu uns unterwegs war. Wie sollte ich denn bitte erklären, woher ich das wusste?

»Da kommen Reiter auf uns zu!«, schlug in diesem Augenblick Bree Alarm und lehnte ihren leicht schwankenden Körper an den Türrahmen. Ihre sonst so fein säuberlich geflochtenen Haare sahen vom Schlafen sehr zerzaust aus.

Alle erstarrten in ihren Bewegungen. Selbst die kleine Juju war mucksmäuschenstill.

Ich seufzte erleichtert.

»Sind sie nur in der Nähe oder kommen sie tatsächlich auf uns zu?«, fragte Kai und bewahrte äußerlich völlige Ruhe.

Mit säuerlicher Miene strich Bree sich ihren Zopf nach hinten. »Glaubst du, ich würde aufstehen, wenn sie nur in der Nähe wären? Sie reiten in gerader Linie über die Felder, genau auf uns zu. Es sind vier, und sie haben ein zusätzliches Pferd dabei.«

»Aus welcher Richtung kommen sie?«, verlangte Kai, zu wissen, und sah zu Justus.

Bree hob den Arm nach Westen.

»Gut gemacht«, bedankte sich Justus knapp und straffte die Schultern. Er tauschte Blicke mit Marc und Van. Die beiden stellten sich zu ihm, an die Seite ihres Vaters.

Auch die anderen Männer kamen hinzu.

Dante wollte ebenfalls aufstehen, doch sein Vater Abdell hielt ihn davon ab.

Alles geschah, ohne dass jemand ein Wort sagte. Jedem war klar, was getan werden musste, wenn es die Familie zu verteidigen galt.

Juju klammerte sich mit ihren kleinen Fingern an mein Kleid und ich legte ihr beruhigend die Hände auf den Rücken. Sie spürte wohl die Spannung, die unter uns herrschte.

Vorsichtig zog sie sich an mir hoch, den kleinen Mund nahe an meinem Ohr.

»Was ist?«, wisperte sie.

»Nichts Schlimmes«, versicherte ich ihr, obwohl ich das nicht wusste.

Moment, nein. Eigentlich wusste sich sehr wohl, was los war. Ich hatte mich so daran gewöhnt, alle unerwünschten Informationen, die der Wind mir aufdrückte, gleich zu verdrängen, dass ich es gar nicht realisiert hatte.

Wieso war da ein Mädchen im Wagen der Männer?

Zögerlich stand ich auf, gab mir Mühe, nicht aufzufallen, und hob Juju auf den Arm, da sie sich weiterhin an mir festklammerte.

Justus' Kopf schnellte sofort zu mir herum, als er meine Bewegung bemerkte. Auch wenn ich mir nicht erklären konnte, wie ihm das hatte auffallen können.

Sein Blick war eine offene Frage. Und ich kannte ihn lange genug, um zu wissen, welche es war.

Sind sie wegen dir hier?

Ich schüttelte leicht den Kopf, gerade so, dass er es verstehen würde, und versuchte mich an einem zuversichtlichen Gesichtsausdruck.

Er runzelte die Stirn und sah nicht überzeugt aus.

Bist du sicher?, sollte das wohl heißen.

Ich nickte wieder und gab Juju an ihre Mutter ab, die ihr sanft den Kopf streichelte und sich mit ihr und Sally in ihren Wagen zurückzog.

Justus schien noch immer nicht sonderlich beruhigt, aber er sah nicht weiter zu mir, sondern wandte sich in die von Bree angegebene Richtung.

Diese hatte inzwischen Gesellschaft von Ayo und Mei bekommen. Wenn etwas Spannendes passierte, konnten sogar Kopfschmerzen zur Nebensache werden.

Als die Reiter hinter einer kleinen Baumgruppe zum Vorschein kamen, wurden alle noch unruhiger.

Wir wurden während unserer Reisen selten behelligt. Wenn wir nicht gerade an einem Dorf haltmachten und Waren feilboten oder ein Feuerspektakel veranstalteten, interessierten sich die Menschen so gut wie gar nicht für uns.

Am Ende waren wir, so beeindruckend sie die Feuerkunst auch fanden, nur ein Haufen Zigeunergesindel, das in bunten Holzwagen durch die Lande zog.

Die Pferde näherten sich schnell. Die Reiter hatten ledernes Rüstzeug an und der letzte von ihnen führte eine graue Stute mit sich.

Brees Feuerkunst war wirklich erstaunlich. In ihr ruhte die seltene Gabe, die sich auf das Innere bezog. Diese zeigte sich darin, Feuer und Wärme zu spüren und sogar grob zu bestimmen, in welcher Entfernung sie sich befanden. Daher diente Bree uns als Vorwarnung für solch ungebetene Besucher.

Die Männer bauten sich in einer Linie vor uns und den Wagen auf und zwangen die Reiter dadurch, anzuhalten, da sie keinen Fingerbreit zurückwichen.

Der vorderste schwang sich geübt aus dem Sattel und landete mit den geputzten Stiefeln im Staub des Feldes. Ein schmales Langschwert hing an seinem Gürtel und er hielt die Hand so, dass er es ziehen konnte, falls nötig. Er war eindeutig der Anführer des Trupps. Auf seiner ledernen Brustplatte erkannte ich das Wappen, das ich schon über der Tür des Stadtrates gesehen hatte.

»Uns ist eine junge Frau abhandengekommen«, eröffnete er das Gespräch, ohne Atem an eine Begrüßung zu verschwenden.

»Beschreibt sie uns und wir werden nach ihr Ausschau halten«, entgegnete Kai, ungerührt von dem barschen Ton des Soldaten.

Der Truppenführer lachte humorlos auf und kam noch einen Schritt näher. »So einfach ist es nicht. Man sagt, sie sei zuletzt bei euch gesehen worden.«

Kai schürzte die Lippen. Beim gestrigen Fest waren viele Mädchen gewesen, doch für Kai würde das kein ausreichendes Argument sein.

Allerdings hatte der Wind mir gesagt, sie sei in Justus' Wagen. Ich zerbrach mir den Kopf. Wieso war sie dort? Was hatte sie da verloren?

»Wie ihr sicher wisst, gab es gestern ein Spektakel. Etliche junge Frauen waren dort. Warum sollten wir dafür verantwortlich sein, wenn eine von ihnen nicht nach Hause gekommen ist?«, hielt Kai dagegen, wie ich vermutet hatte.

Der Soldat seufzte genervt. »Wir werden eure Wagen durchsuchen müssen«, kündigte er an, und es war nicht als Bitte gedacht. Seine Männer schickten sich an, von ihren Pferden zu steigen.

»Nein«, erwiderte Kai schlicht. Er und seine Männer traten dem Trupp einen Schritt entgegen.

Einschüchterungstaktik!

Der Anführer wich instinktiv zurück, die eine Hand sofort an seinem Schwertgriff. Eines der Pferde scheute bei all der Spannung in der Luft, sodass der Reiter Mühe hatte, es zu besänftigen.

Die Feuerleute waren aber auch ziemlich Furcht einflößend, wenn sie das wollten; selbst wenn man nicht wusste, dass sie Funkenbälle nach einem werfen konnten. Sie überragten alle um einen Kopf und in ihnen brannte das Feuer eines Kriegers, so wie keiner von ihnen für sein ruhiges Gemüt bekannt war.

Die Miene des Soldaten verfinsterte sich zunehmend. Er war es offenbar weder gewohnt, Widerworte zu bekommen, noch, auf Gegenwehr zu treffen. »Es ist so«, setzte er nach, die Stimme ein wenig versöhnlicher, und ließ seinen Blick wachsam über die Gruppe schweifen. »Es ist nicht irgendein Mädchen«, sagte er endlich. »Sie ist die Tochter unseres Bürgermeisters. Da werdet ihr verstehen, dass wir alle Möglichkeiten in Betracht ziehen müssen, um sie zu finden«, betonte er, traf aber nicht auf Verständnis.

Die Feuerleute rührten sich nicht von der Stelle, nicht mal ein Wimpernzucken war zu sehen.

Bei mir ratterte es. Die Tochter des Bürgermeisters! Ich seufzte leise, als sich die Teile zu einem Bild fügten. Verdammt!

Mir schoss eine Erinnerung an blaue goldbestickte Seide durch den Kopf. Ein zuckersüßes Kichern und zwei Gestalten, die in Marcs Wagen verschwanden.

Wind!, rief ich still und er kam unter meinem Haar hervor. *Ist sie das Mädchen, das Marc heute Nacht bei sich hatte?*

Ich konnte spüren, wie er kicherte. Das war dann wohl ein *Ja*. Kappadreck!

»Immer noch kein Grund, uns zu beschuldigen!« Kais Stimme war hart wie ein Fels. Es tat mir weh, weil ich wusste, dass er unrecht hatte.

Die Männer des Trupps schauten unsicher vom einen zum anderen.

»Man behauptet, sie habe die Nacht in eurem Lager verbracht«, brachte der Soldat vor und umklammerte den Griff seines Schwertes fester.

Ich fuhr mir mit der Hand über meine schweißnasse Stirn. Langsam müsste der Groschen bei den Feuerleuten doch fallen.

Und das tat er, denn plötzlich drehten sich alle Köpfe zu Marc.

Es war unter uns allgemein bekannt, was er in seinem Wagen so trieb. Meistens lachte man nur darüber oder hielt ihm vor, die Gefühle junger Mädchen nicht ernst zu nehmen. Manchmal bekam er auch eine Standpauke von seiner Mutter.

Aber heute war es anders.

»Marc?« Kai blickte ihn herausfordernd an.

Ich sah, wie der Angesprochene zu schrumpfen begann.

»Sie hat nicht gesagt, dass sie die Tochter eines Bürgermeisters ist. Und ich habe sie heute Morgen vor Sonnenaufgang nach Hause geschickt!«, verteidigte er sich sofort und verschränkte reserviert die Arme vor der breiten Brust. Keiner sagte etwas, deshalb setzte er noch »Ich schwör's!« hinzu.

Angu und Justus lösten sich aus der Reihe und liefen zum blauen Wagen hinüber. Justus riss die Tür auf und trat ein, dicht gefolgt von Angu.

Es dauerte nur einen Augenblick, bis eine weibliche Stimme zu kreischen anfing. »Lass mich los, du ungehobelter Grobian!«, schrie das Mädchen, das am Arm aus dem Inneren gezerrt wurde.

Marcs Gesicht erstarrte und er wandte sich verschämt ab.

»Lady Elena!«, rief der Truppenführer und machte einen Schritt nach vorn.

Die Linie der Feuerleute löste sich auf und ließ ihn ungehindert durch.

»Nein, nein!«, kreischte Elena wenig damenhaft und versuchte, sich aus Justus' Griff zu befreien.

»Ich habe nicht gewusst, dass sie da ist«, versicherte Marc uns immer wieder, doch er erntete nur böse Blicke.

Es war einfach zu typisch. Selbst ich war sauer auf ihn. Wie konnte er seiner Familie nur solchen Ärger machen?

»Nehmt sie mit, sie gehört euch«, sagte Justus grob, als er den Soldaten erreichte, und schob das zappelnde Mädchen nach vorn.

»Mylady.« Der Truppenführer verbeugte sich knapp vor ihr und packte sie am anderen Arm.

Justus ließ sie los.

»Nein!«, schrie sie weiter aus vollem Hals, dass es in den Ohren wehtat, und stemmte die Füße in den Boden. »Ihr versteht das nicht! Ich gehöre hierher!«

Der Anführer seufzte. »Jaja, das hatten wir ja schon«, grummelte er, sah einen Moment ein wenig verzweifelt aus und warf sich dann die junge Frau ungalant über die Schulter, wie einen Sack voll Mehl. »Verzeiht, Lady Elena«, murmelte er dabei nur und ging zu seinem Trupp zurück.

»Es ist Liebe! Wir lieben uns! Ich will nicht weg! Er liebt mich!« Elenas Kreischen erreichte eine neue Tonhöhe.

Marcs Gesicht glühte vor Scham und er schaute nicht hin, als man sie auf das freie Pferd setzte.

Kai schnaubte und trat vor. »Es tut mir aufrichtig leid.«

Ich sah ihm an, wie auch er sich für seinen Sohn schämte.

Der Truppenführer zuckte mit den Schultern. »Ja, uns auch«, erwiderte er fast schon bescheiden und wahrte damit Kais Stolz, was ich für eine sehr großzügige Geste hielt.

Kai runzelte die Stirn. Wir hatten alle eine andere Reaktion erwartet.

Der Mann schwang sich in den Sattel. »Macht euch keine Sorgen«, rief er Kai zu. »Das war nicht das erste Mal. Danke für die Kooperation.« Er nickte ihm zum Abschied zu und setzte sein Pferd in Bewegung.

»Marc! Marc!«, schluchzte Lady Elena, und dann waren sie aus unserem Blickfeld verschwunden.

»Du Vollidiot!«, brüllte Kai und schlug Marc mit der flachen Hand ins Gesicht.

Dieser zuckte nicht zurück. Er war sich wohl bewusst, dass er es verdiente. Wenigstens so viel Ehrgefühl hatte er.

»Hat dir ein Kappa in den Kopf geschissen?!«, fuhr Kai ihn weiter an. »Wie kannst du uns nur so beschämen und in so eine Gefahr bringen?! Was, wenn sie uns angegriffen hätten? Oder uns vorgeworfen hätten, sie entführt zu haben?«

Marc antwortete nicht und ließ Kais Schimpftiraden über sich ergehen, bis diesem die Puste ausging.

Erschöpft sah er seinen jüngsten Sohn an und schüttelte den Kopf. »Wenn ich sehe, dass du wieder ein Mädchen abschleppst, werde ich dir Feuer unterm Hintern machen!«, drohte er ihm, seufzte und ging zu seiner Frau, die ihm beruhigend die Hand auf die Schulter legte.

Der Vorfall fand ein Ende, die Spannung wich langsam und kurz darauf saßen alle beisammen und aßen.

Nur Marc war offensichtlich der Appetit vergangen. Er verkroch sich im Wagen und ließ sich nicht mehr blicken.

Ich machte es mir bei Juju und Sally bequem, die mir beim Würfelspiel das Versprechen abgenommen hatten, mit ihnen zu essen. Mir war das nur recht.

Justus sah immer wieder zu mir herüber und ich versuchte, das geflissentlich zu übersehen.

Mein Herz zog sich jedes Mal zusammen, wenn ich seinen Blick auf mir spürte, und ich konnte nur mit Mühe verhindern, rot anzulaufen.

Juju war die perfekte Ablenkung. Wie ein kleines Wolfsjunges schlug sie ihre Zähnchen in einen Rebhuhnschenkel und verschmierte dabei Öl und Gewürze in ihrem ganzen Gesicht. Ihr zuzuschauen brachte mich mehr als einmal zum Lachen, doch sie weigerte sich hartnäckig, sich beim Essen helfen zu lassen.

»Ich kann das allein!«, sagte sie bockig und ihre ältere Schwester Sally kicherte vergnügt.

Ich löffelte ohne Appetit ein paar Linsen. Irgendwie bekam ich in letzter Zeit kaum etwas hinunter. Als Kai zum Aufbruch rief, hatte ich das großzügige Stück Rebhuhn, das daneben lag, nicht mal angerührt.

5

Die Zeit verging immer im gleichen Trott.

Marc hatte nach dem misslichen Zwischenfall mit der Tochter des Bürgermeisters nicht gerade einen Stein im Brett. Doch die Lage normalisierte sich schnell wieder und kaum fünf Tage danach lachte und witzelte er mit Dante und Mei wie zuvor.

Nur Kai behielt an den Abenden ein wachsames Auge auf ihn. Marc war sich dessen nur zu gut bewusst und verhielt sich allen hübschen Dorfjungfern gegenüber nett, aber reserviert.

Ich für meinen Teil legte mich frühzeitig schlafen. Auf keinen Fall wollte ich wissen, was Justus tat. Auch dem Wind schärfte ich ein, nichts zu erzählen. Selbst wenn es mir unter den Nägeln brannte, es doch zu erfahren. Ich ging Justus noch immer aus dem Weg. Seit unserer Auseinandersetzung im Wald hatten wir kein Wort mehr miteinander gewechselt. Ich wusste, dass das nicht ewig so weitergehen konnte, aber irgendwie schaffte ich es nicht, mich dazu zu überwinden, ihn einfach anzusprechen.

Was sollte ich denn sagen? Wahrscheinlich würde er erfahren wollen, was vorgefallen war. Aber es war mir unmöglich, ihm den wahren Grund zu nennen.

Natürlich lag es in seiner Natur, nicht gegen meinen Willen auf mich zuzukommen. Also schwiegen wir.

Obwohl mir unser Schweigen sonst immer gefallen hatte, war diese Stille eine Qual für mich. Es war eine andere Art von Schweigsamkeit. Eine, die uns nicht das Gefühl unserer eigenen kleinen Welt gab, sondern eine, die Distanz zwischen uns schaffte.

Und es tat weh.

Ich wusste nicht, wie er sich fühlte, aber mir ging es miserabel.

Sogar das Windspiel, sein Geschenk, musste ich in das weiche Tuch einwickeln und in meinem Fach verstauen, weil ich den Anblick nicht ertrug.

Auch den anderen war schnell aufgefallen, dass bei uns etwas nicht stimmte. Was klar war, da Justus und ich sonst so gut wie unzertrennlich waren. Wie beste Freunde. Wie Bruder und Schwester.

Mei hatte mich schon mehrere Male darauf angesprochen, doch ich hatte immer das Thema gewechselt, um nicht darüber reden zu müssen.

Es war der sechste Tag unserer Schweigsamkeit, als Justus auf die Idee kam, sich von Mei die Haare schneiden zu lassen. Es war ein ruhiger und sonniger Vormittag. Wir lagerten in der Nähe eines sehr kleinen Dorfes, unweit der Grenze zum nächsten Fürstentum.

Mei hatte viele Talente, doch eine Schere zu handhaben war keines davon.

Justus saß so unbeweglich wie möglich auf einem Baumstumpf, während Mei einige Strähnen kürzte.

Ich saß auf der Holztreppe zu meinem Wagen und sah heimlich zu, wobei ich vorgab, am Saum meines Kleides weiter zu nähen.

Mei legte den Kopf schräg und fuhr ihm mit der Hand durch das dichte Haar. Dann zog sie an mehreren Haarbüscheln und zupfte sie zurecht. Ab und zu schnitt sie etwas ab.

Ich stöhnte. Was das nur geben sollte?

Der Wind kicherte, zog ein paar Runden um mich herum und tanzte wieder davon.

Mei schnitt eine Stelle an der Seite etwas zu kurz und ich vergrub die Finger im Stoff meines Kleides, da ich am liebsten aufgesprungen wäre, um ihr die Schere aus der Hand zu reißen.

Sie setzte erneut an und Justus zuckte zurück.

»Willst du mir das Ohr abschneiden?«, rief er entrüstet.

Mei zog die Schere schnell weg. Ihre Augenbrauen hatten sich zweifelnd zusammengezogen und nachdenkliche Falten bildeten sich auf ihrer Stirn.

Das war zu viel für mich. Ich legte die Näharbeit wieder in den Korb, obwohl ich nicht mehr als ein paar Stiche geschafft hatte, erhob mich von der leise knarrenden Treppe und lief mit schnellen Schritten auf die beiden zu.

Ohne Vorwarnung nahm ich Mei die Schere aus der Hand. »Das ist ja nicht mit anzusehen!«, schimpfte ich empört.

Mei sprang erschrocken zur Seite, als ich mich hinter Justus drängte und anfing, ihm systematisch die Haare zu schneiden. Ich würde meine liebe Mühe haben, aus diesem Geschnippel eine ordentliche Frisur zu machen.

»Na endlich!« Mei atmete sichtlich erleichtert auf.

Justus lachte. Er bedankte sich und wollte den Kopf zu mir drehen.

»Beweg dich nicht!«, befahl ich schroff und fuhr ihm mit einer Hand durch die seidig weichen Strähnen, um die Länge anzugleichen. Sein Haar fühlte sich wirklich wundervoll an.

Ich hatte ihn in den letzten Tagen so vermisst. Vor allem seine Stimme und seine Nähe. Wie hatte ich ihm nur die ganze Zeit aus dem Weg gehen können?

»Ich hatte wirklich Angst, dass ich ein Ohr verliere«, brummte er und warf Mei einen Seitenblick zu.

Sie grinste und setzte sich neben uns ins Gras.

»Wieso fragst du auch Mei? Bist du verrückt geworden, ihr eine Schere in die Hand zu geben?«, fuhr ich ihn an und Mei lachte verhalten.

Das verwirrte mich. Es war mir, als ginge hier irgendetwas vor, von dem ich nichts wusste.

Der Wind kehrte zu mir zurück und auch er kicherte. Er wusste es also ebenfalls.

Ich hörte abrupt auf, zu schneiden, sah erst zu Mei und dann zu Justus, der sich lächelnd zu mir drehte.

»Fertig?« Seine Augen strahlten noch mehr als sein Lächeln.

Mein Herz beschleunigte sich und mir wurde ganz flattrig im Bauch. Das fühlte sich so viel besser an als der harte Klumpen, der mir in den letzten Tagen Übelkeit bereitet hatte.

»Was geht hier vor?«, schaffte ich trotzdem, misstrauisch zu fragen, und stemmte sogar die Hände in die Seiten.

»Was soll denn vorgehen?«, erwiderte Justus mit gespielter Unschuldsmiene und berührte seine Locken, die jetzt um einiges kürzer waren als zuvor. Obwohl er mir mit den Zotteln besser gefallen hatte, sah er auch jetzt verdammt gut aus.

Mei lachte noch lauter, was meine Vermutung bestätigte, dass die beiden irgendetwas ausgeheckt hatten. Doch sie wollten es mir offensichtlich nicht sagen.

Und ich bohrte nicht weiter.

»Dreh dich wieder um!«, befahl ich und schüttelte den Kopf über Mei, die vor Lachen auf dem Boden lag, bis sie von Ayo gerufen wurde, um ihr bei den Ständen zu helfen. Die beiden tuschelten und begannen zu kichern.

Ich lächelte nur. Was auch immer es war, wenigstens redeten Justus und ich wieder miteinander. Und das machte mich sehr glücklich.

Zügig schnitt ich die restlichen Haare und kontrollierte noch einmal, ob ich auch wirklich nichts vergessen hatte. Dann ließ ich einen kurzen kräftigen Windstoß die abgeschnittenen Reste wegpusten.

Ich steckte die Schere in die Tasche meiner Rockschürze, legte die Hände auf Justus' Schultern und die Stirn auf seinen Kopf. Eigentlich sollte ich so etwas nicht tun, aber ich wollte ihm einfach nah sein, nach all den Tagen, die ich es nicht gewesen war. »Fertig«, flüsterte ich.

»Danke«, sagte er und schob zu meiner Überraschung seine Hände über meine. Sie waren so warm. Mein Herz pochte wie verrückt. Ich hatte vergessen, dass Justus so warm war.

Er lachte und sah auf. Ich wich mit dem Gesicht ein Stück zurück, damit er Platz hatte, mich anzusehen. Seine Augen wirkten dunkler als sonst und glühend wie gebrannte Maronen. »Was hältst du davon, Wachteln jagen zu gehen?«, wollte er wissen.

»Hier im Wald gibt es Wachteln?«, entgegnete ich skeptisch und befreite unauffällig meine Hände.

»Klar. Ich habe heute früh eine Menge gesehen.« Er stand auf und marschierte los, um Bogen und Pfeile zu holen.

»Ich habe noch keine gesehen!«, rief ich verwundert und lief ihm nach.

»Da, wo du geschlafen hast, sind ja auch keine.« Seine Stimme klang gedämpft, als er seinen Wagen betrat.

Wie bitte? »Woher weißt du denn, wo ich geschlafen habe?«, platzte es aus mir heraus, obwohl ich die Frage eigentlich nicht hatte stellen wollen.

Justus schwang sich aus der Tür und grinste. Ein Grinsen, das ich bisher nur an Marc gesehen hatte: das Wolfsgrinsen.

»Du glaubst doch nicht wirklich, dass ich nicht immer ein Auge darauf habe, wo du gerade steckst?«

Eine kleine Flamme sprang aus der Glut in meinem Herzen.

Wachteln sahen wir nur wenige, obwohl Justus steif und fest behauptete, am Morgen mindestens zwei Dutzend auf einmal beobachtet zu haben.

Aber dafür lachten wir viel, alberten herum und zu meiner Erleichterung führte das Gespräch nie zu unserer Auseinandersetzung der letzten Woche.

Selbst das Feuerspektakel an diesem Abend machte mir mehr Spaß als die vorherigen. Und auch Justus wirkte viel gelöster.

Ich hatte seit meinem Ausraster versucht, kaum auf ihn zu achten, doch bei den Feuerspielen war er mir trotzdem sehr zurückhaltend vorgekommen.

Nach dem großen Finale, als der Applaus langsam abebbte, begannen einige Dorfbewohner, ihr kleines bescheidenes Gebäck auf Platten zu servieren. Diesmal floh ich nicht in den angrenzenden Wald, um mich schlafen zu legen. Ich blieb und nahm mir ein einfach geformtes Zuckerbrötchen. Es war köstlich, noch viel besser als die Nussschnecke, die ich bei meinem letzten Fest gegessen hatte. Ich probierte gleich ein zweites, das mit rotem Kompott gefüllt war. Herrlich! Hefegebäck war einfach mein Lieblingsessen.

Justus stand mit Marc und drei jungen Männern aus dem Dorf zusammen. Sie plauderten über die diesjährige Ernte und den Weg, den wir mit den Wagen noch zurücklegen würden, bevor der Winter uns nach Hause rief.

Bis sie dann auf die herrschenden Unruhen zu sprechen kamen.

Die Fürsten des westlichen und des östlichen Meeresgebietes bekriegten sich bereits seit Jahren und hier im Grenzland bekam man das am stärksten zu spüren.

»Weswegen bekämpfen sie sich denn?«, erkundigte ich mich und die Männer sahen erstaunt auf. Sie hatten scheinbar gar nicht bemerkt, dass ich zu ihnen getreten war. Mir war es selbst kaum aufgefallen, doch plötzlich stand ich neben Justus, um mich an dem Gespräch zu beteiligen.

Justus warf mir einen erschrockenen Blick zu und sah dann warnend zu den anderen. Fast hatte ich das Gefühl, er wollte, dass sie mir nicht antworteten. Aber das kam mir absurd vor.

»Sie streiten sich um Land«, sagte einer der Dörfler etwas verunsichert und sah von mir zu Justus und wieder zurück. Er hatte eine angenehme Stimme und ein sehr gewöhnliches Gesicht.

»Um welches? Ich dachte, die Grenze wäre durch den Nordfluss klar abgesteckt?«

Justus seufzte tief.

»Cate, wie ist das Gebäck?«, fragte er mich unvermittelt.

Ich sah ihn an, als hätte er nicht mehr alle beisammen. Was sollte das denn für eine plumpe Art sein, das Thema zu wechseln?

»Sehr gut, besonders die Zuckerbrötchen sind die besten, die ich je gegessen habe.« Ich zeigte auf die Platte, auf der ich es gefunden hatte, wandte mich aber sofort wieder an den Dörfler und schaute ihn auffordernd an.

Er sah noch irritierter aus. Sicher wusste er nicht recht, was er von Justus' Kommentar halten sollte. Ich wusste es schließlich auch nicht.

»Und?«, forderte ich ihn auf.

Er blinzelte zu mir herunter. »Sie kämpfen um die Landesspitze«, brachte er etwas unsicher heraus und schob die Hände in die Hosentaschen. »Das Windland.«

Ich verschluckte mich beinahe an dem Bissen, den ich gerade im Mund hatte.

»Es liegt nicht auf eurer Route, aber es ist ein wunderschöner Landstreifen. Mein Vater und ich waren letzten Herbst einmal dort. Ich habe noch nie so einen wundervollen Strand gesehen«, fuhr er fort.

Das Windland! Meine Brust wurde eng. Die Fürsten stritten sich seit Jahren, intrigierten am Hofe des jeweils anderen, um sich einen Vorteil zu verschaffen, und das alles wegen des Windlandes?

Meine Heimat, schoss es mir durch den Kopf. Ich kannte den Strand und die seichten Wellen, die um die nackten Knöchel schäumten und sich sanft wieder zurückzogen. Die Sonnenuntergänge, die hellen Laubwälder, die flachen Steppenländer.

Das Land war die Heimat meines Volkes gewesen, bevor die Menschen es ausgerottet hatten. Jetzt, da es kein Windvolk mehr gab, gehörte es niemandem.

Außer vielleicht mir. Aber ich konnte schlecht einen Anspruch geltend machen, ohne dass sie versuchen würden, mich umzubringen.

Justus nahm meine Hand in seine und holte mich aus meinen Gedanken in die Wirklichkeit zurück.

Ich schluckte umständlich und sah in die Gesichter der Anwesenden, die alle ein wenig verwundert schauten. Die Dörfler glaubten sicher, ich sei ein wenig verrückt.

»Ich hole mir noch ein Zuckerbrötchen«, stammelte ich, obwohl ich noch ein halbes in Händen hielt, und wandte mich schnell ab.

Justus drückte ein letztes Mal meine Finger und ließ mich dann widerwillig gehen.

Ich lief zu den Platten, ohne wirklich darauf zu achten, und stand ratlos davor. Mir war der Appetit vergangen.

Laila kam zu mir und lächelte. »Na, alles klar?«, fragte sie leichthin und stellte sich neben mich.

Ich nickte und schaffte es sogar, ihr ebenfalls ein Lächeln zu schenken. Doch es gefror mir im Gesicht, als ich hinter ihr einen jungen Mann entdeckte, der mir einen kalten Schauder über den Rücken jagte. Er war schlank, etwas schlaksig, und beobachtete mich. Seine blonden Locken tanzten in einem leichten Lüftchen. Bei allen Winden, es war wieder der Kerl aus dem Dorf, in dem Justus, Marc, Mei und ich die Briefe am Haus des Stadtrates abgegeben hatten.

Er war mir nach der Sache mit Justus und diesem Mädchen total entfallen.

Warum war er hier? War es Zufall? Es musste Zufall sein.

Oder hatte Mei am Ende recht gehabt? Er hatte sich Hals über Kopf in mich verliebt und folgte uns nun von Dorf zu Dorf.

Blödsinn! So etwas passierte nur in Geschichten und nicht in der Wirklichkeit. Und vor allem nicht mir.

Der junge Mann fing kurz meinen Blick auf, lächelte wieder dieses besondere Lächeln und verschwand dann mit schnellen Schritten in der Dunkelheit.

Ich fröstelte, obwohl es nicht kalt war, und fühlte mich einen Moment lang so schrecklich einsam, als ob ich der einzige Mensch auf der Welt wäre. Heute Nacht wollte ich auf keinen Fall allein sein.

Ich war von einer Nervosität befallen, die ich einfach nicht abschütteln konnte. Besonders, weil der Wind schon wieder verschwunden war. Ich wusste nicht, was zurzeit mit ihm los war, aber es trug nicht gerade zu meiner Beruhigung bei. Im Gegenteil.

Zwischenzeitig ging ich sogar zu meinem Wagen und hängte das Windspiel wieder auf.

Aber der Wind blieb weiterhin fern.

Der Abend war noch nicht weit fortgeschritten, als die letzte Gruppe Dörfler den Weg nach Hause antrat. Das war das Schöne an kleinen Dörfern. Es war alles viel familiärer und man kam früher ins Bett.

Als ich wieder zu meinem Wagen lief, fand ich dort auch endlich den Wind in gleichmäßigen Bahnen um die Muscheln kreisen. Er summte wieder dieses Lied, unterstützt von den leisen Klängen der silbernen Röhren.

Was ist nur los mit dir?, fragte ich ihn besorgt.

Erneut trug er mir diese tiefe Erschöpfung entgegen. Keine Erklärung. Doch zumindest war er da.

Liebevoll berührte ich ihn und er schmiegte sich müde an meine Hand.

Als ich wieder hinausging, folgte er mir und zog träge an meinem losen Haar.

Die Dörfler waren gegangen und viele von uns schon in ihren Betten verschwunden.

Ich wusste nicht recht, was ich tun sollte. Ich konnte heute Nacht unmöglich in einem stickigen Wagen schlafen, in dem Ayo schnarchte und Mei im Traum redete. Allein im Wald wollte ich allerdings genauso wenig sein.

Zum ersten Mal wünschte ich mir, dass Marc ein Mädchen mitgenommen hätte, damit Justus bei mir war.

Ich konnte ihn ja kaum darum bitten, bei mir zu bleiben. Oder etwa doch?

Nachdem ich mein Schlafbündel aus dem Wagen geholt hatte, sah ich ihn. Gähnend kam er auf mich zu.

»Du bist noch wach?«, fragte er überrascht und gähnte noch einmal.

»Ich dachte, du wärst schon schlafen gegangen. Wollte gerade schauen, wo du dich in den Wald verkrochen hast.« Er ließ die muskulösen Schultern kreisen, um sie ein bisschen zu lockern, und fuhr sich dann mit der Hand durchs kurz geschnittene Haar.

Justus. Ich seufzte still und wünschte mir, er würde mich auf der Stelle in die Arme schließen, mir übers Haar streichen und sagen, dass alles in Ordnung war. »Du?«

Er sah mich fragend an.

Ich öffnete den Mund und stockte. Es war so schwer, mich zu überwinden und meine Gedanken in Worte zu fassen. Konnte ich das wirklich tun?

Ich nahm all meinen Mut zusammen, schaffte es aber trotz allem nicht, ihm in die Augen zu sehen. »Kannst du … Ich möchte nicht … Wäre es möglich, dass du …«, stammelte ich, krallte die Finger in das Schlafbündel und versuchte schnell, noch einmal darüber nachzudenken, wie ich es am besten formulierte.

»Was ist los? Du bist ja blass wie ein Gespenst«, sagte er und Sorge trat an die Stelle der Müdigkeit, die vorher seine Züge gezeichnet hatte.

»Ich bin doch immer blass«, wollte ich mich rausreden.

Justus streckte seine große warme Hand nach mir aus und berührte meinen Arm.

»Aber nicht so blass. Wenn du sonst so stotterst, bist du normalerweise so leuchtend rot wie ein Signalfeuer.«

Er machte sich immer so viele Gedanken um mich. Der beste große Bruder der Welt, wenn ich ihn nur länger als solchen sehen könnte. Aber das ging jetzt nicht mehr. Außerdem wollte ich ihm nicht ständig Sorgen bereiten.

»Es ist nichts. Vergiss es lieber.«

Ich wand mich aus seiner beschützenden Hand, drückte mein Schlafbündel fester an die Brust, drehte mich um und lief in Richtung Wald.

»Cate?«

Ich blieb stehen, drehte mich aber nicht zu ihm um. Wenn ich mich umdrehte, würde ich schwach werden.

»Du glaubst doch nicht wirklich, dass du mir so davonkommst.«

Er war mit wenigen Schritten bei mir, packte mich an den Schultern und drehte mich zu sich.

Ich war bemüht, im Dunkeln die Spitzen meiner Schuhe zu erkennen.

»Ich übersehe ja schon großzügig dein seltsames Verhalten in letzter Zeit. Aber wenn es dir nicht gut geht oder etwas ist, bei dem ich dir helfen kann, dann lass mich dir helfen.« Seine Stimme war dunkel und weich wie Samt.

Meine Gegenwehr fiel in sich zusammen wie ein Strohhaus. *Ach Justus! Wenn du nur wüsstest.*

Ich gab dem Drang nach, lehnte mich etwas vor und drückte meine Stirn gegen seine breite Brust. Er strahlte in der kühlen Nachtluft eine unglaubliche Wärme aus. Wärme, die ich jetzt wirklich gut gebrauchen konnte.

Justus seufzte tief und strich mir übers Haar, genau wie ich es mir nur kurz zuvor ausgemalt hatte.

Doch es fühlte sich anders an. Ich hatte geglaubt, es müsse wunderschön sein. Aber zu wissen, dass er in mir eine kleine Schwester sah, die es zu beschützen galt, vergiftete den Moment mit einer Bitterkeit, die mir Tränen in die Augen trieb.

Es war einfach zu viel. Die Gefühle für ihn raubten mir Appetit, Kraft und Verstand. Der Blick dieses blonden Fremden jagte mir plötzlich noch mehr Angst ein und der Wind war aus mir unerfindlichen Gründen krank geworden.

»Oh Justus«, schluchzte ich und begann zu zittern. Wie armselig ich aussehen musste. Das war der Tiefpunkt.

Ich schalt mich selbst für mein feiges Selbstmitleid und versuchte, mich schnell wieder zusammenzureißen. Der Wind, dem es besser zu gehen schien, strich mir an den Händen entlang und flüsterte Ermutigungen.

Justus legte die Arme um mich, ein Geborgenheitsgefühl überwältigte mich. Es kam mir vor, als würde Justus immer wärmer werden.

Angestrengt versuchte ich, nicht mehr zu schluchzen. Der nun erreichte Tiefstand gab mir neuen Mut. Oder war es Verzweiflung?

»Ich möchte nicht allein im Wald schlafen«, brachte ich atemlos heraus und spürte, wie Justus nickte.

Vorsichtig ließ er mich los und gebot mir mit einer Geste, kurz auf ihn zu warten. Er ging zu seinem Wagen und zog aus dem Fach unter dem Kutschbock sein Schlafbündel hervor.

Keine Fragen, kein Zögern. Justus kam meiner Bitte einfach so nach.

Wir machten uns schweigend auf, meine Hand in seiner, um ein geeignetes Baumpaar zu suchen. Schnell fanden wir eines und er half mir, die Hängematte zwischen die beiden Stämme zu spannen.

»Danke«, sagte ich leise und schaffte es sogar, ein wenig zu lächeln.

»Willst du mir nicht sagen, was dich bedrückt?«, fragte er unvermittelt und nahm wieder meine Hand.

Ich mochte es, wenn wir uns berührten. Es war eine so gewohnte Geste und doch begann ich, ihr mehr Wert beizumessen, als ich es früher getan hatte.

Langsam schüttelte ich den Kopf. Dass ich in ihn verliebt war, konnte ich ihm einfach nicht sagen. Es würde alles zwischen uns kaputt machen. Denn ich war mir ziemlich sicher, dass er meine Gefühle nicht erwiderte.

Irgendwas würde ich aber sagen müssen. Also konnte ich ihm doch wenigstens die anderen Dinge berichten.

Ich seufzte zum bestimmt hundertsten Mal.

»Erinnerst du dich an den Mann im Haus des Ratssekretärs? Der, der uns die Tür aufgehalten hat?«, fragte ich vorsichtig.

Justus nickte.

Ich hob leicht vom Boden ab, setzte mich in die Hängematte und zupfte Justus am Ärmel, damit er sich neben mir niederließ.

»Der, von dem Mei behauptet hat, er hätte ein Auge auf dich geworfen?«, brummte er nur.

Wir lehnten uns nach hinten. Zwischen den Blättern der Bäume glitzerten vereinzelt Sterne am wolkenlosen Himmel.

»Er hat mich so seltsam angesehen.« Mir wurde übel, wenn ich daran zurückdachte.

»Sag mir bitte nicht, dass du dich in ihn verguckt hast!«, sagte Justus plötzlich mit strengem Ton.

Ich schrak zusammen. Was war denn das?

»Nein!« Ich boxte ihm gegen das Knie. »Er war an dem Abend beim Fest und hat mich beobachtet.« Mir fuhr ein unangenehmer Schauder über den Rücken, es schüttelte mich leicht. »Und heute war er wieder da.«

»Was?!« Mit einem Ruck hatte Justus sich aufgesetzt und brachte die Hängematte gefährlich zum Schaukeln. »Ist das Zufall?« Er schien kurz zu überlegen. »Hast du ihn die Male dazwischen auch gesehen?«

Ich schüttelte den Kopf, zuckte aber gleichzeitig mit den Schultern. »Ich bin nach dem Feuerspektakel gleich schlafen gegangen.« Es gefiel mir nicht, das zuzugeben, denn es könnte zu weiteren Fragen führen.

Doch Justus blieb einfach still sitzen und starrte in die Dunkelheit.

»Er macht mir Angst«, gab ich zu und drückte mich nur ein klein wenig enger an ihn. »Sein Blick und dieses seltsame Lächeln. Es fühlt sich komisch an. Als ob er irgendwas über mich wüsste.«

Erst nachdem ich es ausgesprochen hatte, wurde mir bewusst, was ich gesagt hatte.

Justus war sofort alarmiert. »Du glaubst, er weiß, wer du bist?«, fragte er scharf.

Ich spürte seinen bohrenden Blick, auch wenn ich im Schatten der Bäume sein Gesicht kaum erkennen konnte, und atmete tief durch. »Ich habe keine Ahnung«, antwortete ich wahrheitsgemäß und rieb mir die Augen. »Es gibt aber noch mehr.«

»Mehr was?«

»Probleme«, erklärte ich und spürte den Windhauch, der uns umschwebte. »Es geht um den Wind.«

Justus sagte nichts, wartete darauf, dass ich weitersprach. Der Wind kam zu mir, wie als Bestätigung, dass er nicht schon wieder verschwunden war.

»Es ist, als ob er in letzter Zeit ab und zu krank wäre. Er …« Ich stockte wieder und bedachte meine Worte noch einmal. »Er verschwindet einfach für eine Weile, und jedes Mal, wenn ich ihn dann suche, finde ich ihn bei dem Windspiel, das du mir gekauft hast.«

Kurz hatte ich überlegen müssen, wie ich es ihm beschreiben sollte, ohne ihm zu sagen, dass der Wind mir nicht antwortete, wenn ich ihn rief.

»Und das passiert, seit du das Windspiel hast?« Justus bewegte sich ein wenig und die Hängematte begann, leicht zu schaukeln. Er zischte verhalten und hielt sich am Rand fest. Er mochte es nicht, wenn die Seile ins Schwingen gerieten. Dabei waren wir gerade mal einen Meter vom Boden entfernt.

»Ja, schon dreimal, zuletzt vorhin beim Fest. Er dreht sich dann immer in derselben Schleife um diese silbernen Stäbe.« Ich machte die Bewegung mit den Fingern nach, um zu zeigen, was ich meinte.

Er schwieg.

»Justus?«, fragte ich, nur um sicherzugehen, dass er nicht eingeschlafen war. Hatte er zugehört?

»Mach das bitte noch mal«, bat er. Seine Stimme klang, als sei ihm etwas eingefallen.

Ich beeilte mich, die Geste zu wiederholen.

Er erzeugte eine kleine Feuerkugel auf seiner Handfläche, um besser sehen zu können. Erst folgte sein Blick meinem Finger, dann sah er mich an und lächelte.

»Du bist nicht mehr so blass«, sagte er unvermittelt.

Ich spürte die Röte in mein Gesicht steigen, wusste aber nicht recht, warum mir das peinlich war. Mir ging es, nachdem wir etwas geredet hatten, viel besser. Und seine Wärme tat das Ihre dazu.

»Und was ist jetzt mit den Kreisen? Oder findest du es nur hübsch, wie sich meine Hand durch die Luft bewegt?«, fragte ich ein bisschen schnippisch, um meine Unsicherheit zu überspielen.

Er lachte kurz auf und löschte die Flamme. »Nein. Aber ich habe so was schon mal gesehen. Das Feuer verhält sich manchmal auch seltsam, und es summt dabei.«

Das Lied. Der Wind sang, wenn er um das Windspiel kreiste. »Ja, der Wind fängt an, zu singen!«

»Dann wird es so sein«, murmelte Justus und lehnte sich wieder in die Hängematte. Vorsichtig, damit sie nicht anfing, zu schaukeln. »Hast du mal von den Artefakten des Feuers gehört?«, erkundigte er sich und ich verneinte.

Justus räusperte sich.

Die Artefakte des Feuers waren verschiedene Edelsteine, die oft in Schmuckstücke eingearbeitet wurden und für das Feuervolk eine besondere Bedeutung hatten. Sie stellten so etwas wie Speicher für Feuerkräfte dar.

Das Volk des Feuers verfügte zusammen über eine gewisse Stärke, die sich gleichmäßig auf alle Angehörigen verteilte. Je mehr Feuerleute es gab, desto schwächer war jeder Einzelne. Dünnte das Volk aus, wurden seine Mitglieder dafür stärker, da die Macht an sich in etwa dieselbe blieb.

Starb ein Mensch, floss die Feuerkraft dieser Person zurück in das gemeinsame Kraftpotenzial. Allerdings waren diese Kräfte recht zähflüssig und so profitierten am meisten die direkten Angehörigen davon. Andersherum war es genauso. Erlangte ein junges Familienmitglied seine Kräfte, schwächte es dadurch die Verwandten.

Damit keine Familie sich über die anderen erheben konnte oder es zu Machtkämpfen kam, hatte der Rat verfügt, dass jedes Familienoberhaupt eine gewisse Anzahl Kinder zu zeugen hatte, um zu große Kraftansammlung in Einzelpersonen zu verhindern.

Doch durch jede neue Persönlichkeit, die ihre Fähigkeiten entfaltete, sie benutzte, mit ihr lebte und sie weiterentwickelte, nahm die Macht des gesamten Volkes mit der Zeit doch in gewisser Weise zu.

So bannte das Oberhaupt des Feuervolks alle fünfundzwanzig Jahre bei einem großen Fest diese sich vermehrende Kraft in einen Edelstein.

Und das waren die Artefakte des Feuers.

So war gewährleistet, dass die Feuerleute immer etwa gleich stark blieben und nicht zu mächtig wurden, was nur unnötig Aufmerksamkeit erregen würde.

Und das galt es um jeden Preis zu vermeiden, denn egal wie mächtig sie auch sein konnten, zahlenmäßig gab es im Vergleich zu den gewöhnlichen Menschen nur wenige. Und sie würden früher oder später von ihnen ausgelöscht werden. Genau wie das Windvolk.

Die Artefakte des Feuers, Speicher der überschüssigen Energien, lagen gut beschützt im Haus des Volksoberhauptes.

Warf man eines davon ins Feuer oder brachte es auch nur in dessen Nähe, begann dieses, in gleichmäßigen Schleifen darum zu kreisen, und die Steine fingen an, zu summen.

Ich starrte Justus mit großen Augen an, obwohl ich ihn in der Dunkelheit kaum sehen konnte. So etwas hatte er mir noch nie erzählt. Ich war seit zwölf Jahren mit ihnen unterwegs, hatte bereits elf Winter in ihrer Stadt verbracht, und keiner hatte je auch nur eine Silbe davon erwähnt.

Na ja, warum hätte ich als Außenseiterin es auch wissen sollen? Es war eines der Geheimnisse des Feuervolkes und allein schon dass sie mich in die Feuerstadt ließen, war eine sehr großmütige Geste.

Aber was bedeutete das jetzt für mich?

Ich hatte nie nach Parallelen zwischen den Völkern gesucht. Die Art, wie ich mit dem Wind umging und sie mit dem Feuer, war so grundverschieden, dass ich immer geglaubt hatte, es müsse in allen anderen Bereichen ebenso sein.

Sie hatten keinen persönlichen Bezug zu ihrem Element, wie ich ihn zu meinem hatte, und behandelten ihre Kräfte wie Werkzeuge, die sie zu Hilfe nahmen und dann wieder löschten. Bei mir war der Wind ein Teil meiner Seele, bestimmte meine Wünsche und Sehnsüchte. Ich beherrschte ihn nicht einfach, sondern arbeitete mit ihm zusammen wie mit einem Freund.

Doch das Kreisen des Windes um das Windspiel war wirklich eigenartig und auch das Singen gab mir einen guten Grund, es mit den Artefakten des Feuers zu vergleichen.

War es ein Artefakt des Windes? Gab es so etwas überhaupt?

Der Wind war so still gewesen, dass ich für einen Augenblick befürchtete, er wäre schon wieder verschwunden. Doch als ich ihm meine Aufmerksamkeit schenkte, tanzte er sofort um meinen Kopf herum.

Ist das wahr?, fragte ich ihn. *Ist das Windspiel ein Artefakt?*

Zum Schutz und zur Ermutigung!, gab er zurück. *Die Windartefakte, so besonders, so geachtet, und trotzdem hat es alles nichts genützt.*

Es war kein klares *Ja*, aber es reichte als Bestätigung.

Der Wind stob davon und rauschte kraftvoll durch die Baumkronen über uns. Junge Bäume und lange Äste ächzten, jammerten. Es klang, als würde er sein verlorenes Volk betrauern.

Ich konnte ihn gut verstehen, denn auch ich vermisste es, zu einer Familie zu gehören, Teil eines Volkes zu sein.

»Ein Windartefakt, was?«, sagte ich müde zu Justus. Meine Augen waren schwer und mein Geist wirr. Es musste mittlerweile sehr spät sein.

Er rieb sich die Augen und nickte. »Wenn es wirklich so ist, Cate, und es wirklich ein Artefakt ist, so wie es das bei uns gibt, dann sollten sich dir allerdings zwei Fragen stellen«, sagte er und begann, sich vorsichtig aus der Hängematte zu schieben. »Erstens, ob es noch mehr von ihnen gibt und wie du sie so schnell wie möglich in deinen Besitz bringst. Und zweitens …« Er stockte und zündete mit der einen Hand eine winzige tanzende Feuerkugel an, um mir ins Gesicht sehen zu können. Mit der anderen fuhr er sich durchs Haar. Müde, aber todernst kamen die nächsten Worte über seine Lippen. »Du musst dir bewusst werden, dass du im Moment *allein* die gesamte Kraft deines Volkes besitzt. Wie mächtig bist du also wirklich?«

Ich schluckte gegen meinen trockenen Hals an. So viele Gedanken, so vieles, über das ich nachdenken musste.

In dieser Nacht blieb mir der Schlaf trotz Müdigkeit fern.

Der Morgen graute und mein Kopf fühlte sich an wie Grütze. Ich hatte die ganze Nacht gegrübelt und jetzt, wo feiner Dunst vom Boden aufstieg, hatte ich das Gefühl, noch weniger zu wissen als vorher.

Was sollte ich mit diesen neuen Informationen anfangen?

Ich hatte versucht, mit dem Wind darüber zu sprechen, aber er hatte mir auf keine meiner Fragen eine sinnvolle Antwort gegeben. Und sobald ich konkret nachgehakt hatte, war er verstummt.

War er also wirklich krank?

Oder war ich es vielleicht?

Mir war sogar schon der Gedanke gekommen, dass es an meiner Verliebtheit liegen könnte. Allerdings hielt ich das doch für ziemlich abwegig.

Am wahrscheinlichsten erschien mir, dass das Windspiel die Ursache war, oder auch meine Unfähigkeit, es zu verwenden.

Ich wälzte mich auf die andere Seite. Meine Hängematte schwankte dabei leicht. Meine Gefühle spiegelnd, zog der Wind träge durch die Baumkronen über mir.

Justus hatte die ganze Nacht selig geschlafen. Anfangs hatte er leise geschnarcht, sich dann auf den Bauch gedreht und seitdem nicht mehr viel bewegt.

»Weil es gebraten besser schmeckt«, hatte er vor ungefähr zwei Stunden im Schlaf gemurmelt und sich an der Stirn gekratzt.

Vorsichtig linste ich über den Rand meiner Hängematte und betrachtete sein schlafendes Profil. Mit den strubbligen Haaren und dem entspannten Gesicht wirkte er viel jünger. Mein Herz schlug mir bis zum Hals, während ich ihn musterte. Seine weich geschwungenen Lippen waren leicht geöffnet und er atmete gleichmäßig.

Mein Kopf war so furchtbar übermüdet, dass ich mich nicht vor meinen eigenen Gedanken retten konnte. Wie sich seine Lippen wohl anfühlten? Wie es wohl war, sie zu küssen?

Unbewusst fuhr ich mir mit der Zunge über den Mund. Ob er wohl aufwachte, wenn ich es versuchte?

Erschrocken zog ich den Kopf zurück und der Schreck half mir, wieder klar zu denken.

Ich konnte ihn unmöglich küssen. In meinen Wangen brannte die Röte und ich legte die Fingerspitzen daran, um sie zu kühlen.

Als hätte ich nicht schon genug Probleme.

Ich erhob mich lautlos aus der Hängematte und schwebte den Baumwipfeln entgegen.

Am Horizont ging die Sonne auf.

»Was ist los, Bree? Ist dir nicht gut?«, erkundigte sich Ayo vorsichtig bei ihrer Freundin.

Die beiden saßen hinter mir im Gras, eine Schale mit Eintopf und eine Scheibe Brot in den Händen.

Ich drehte mich zu ihnen, um zu sehen, was Ayo zu so einer Frage veranlasst hatte. Obwohl mein Kopf und mein Körper sich immer noch matt und müde anfühlten, hielt ich mich bisher ganz gut. Nur Mei hatte mich auf meine dunklen Augenringe angesprochen.

Justus hatte es auch gemerkt, da war ich sicher, doch er hatte nichts gesagt. Nur hin und wieder warf er mir besorgte Blicke zu.

Es war gerade Mittag und wir hatten zum Essen haltgemacht. Vor wenigen Stunden hatten wir den Nordfluss überquert und so die Grenze zum nächsten Fürstentum überschritten.

Bree starrte mit weit geöffneten Augen in ihre Suppe, dann wandte sie den Kopf ruckartig gen Süden. Achtlos glitt ihr das Essen aus der Hand und sie stand auf.

Ayo versuchte, die Suppenschale aufzufangen, war aber zu langsam. Die Flüssigkeit ergoss sich über ihre Finger und lief ins Gras, die Schale blieb jedoch heil. Zum Glück war Ayo unempfindlich gegen Hitze.

Inzwischen beobachteten alle aufmerksam Bree, die ein paar Schritte ging. Wir warteten gespannt darauf, dass sie etwas sagte.

Irgendwas geschah gerade und scheinbar sah nur Bree, was es war.

Dante war ebenfalls aufgestanden und hatte sich schützend hinter sie gestellt. Es kam nicht selten vor, wenn sie mit ihrer Gabe sehr weit zu schauen versuchte, sich dabei überanstrengte und dann einfach ohnmächtig umfiel.

Ich dachte kurz daran, den Wind zu fragen, der bis eben noch mit dem Dampf meiner Suppe gespielt hatte und nun aufgeregt um meinen Kopf flog.

Er wartete nur darauf, mir mitzuteilen, was er wusste.

Doch da machte Bree endlich den Mund auf. »Da ist eine Kutsche. Keine Meile von hier.«

»Kommt sie auf uns zu?«, fragte Marc ein wenig übereifrig. Offensichtlich hatte er das Gefühl, etwas wiedergutmachen zu müssen, nachdem der letzte Besuch von Fremden für ihn nicht so gut verlaufen war.

Bree blinzelte und sah ihn an. Erst jetzt schien sie wieder völlig da zu sein. »Nein, aber sie wird von einem halben Dutzend angegriffen. Sie war ziemlich stark bewacht. Acht Mann! Vier sind bereits tot. Im Inneren der Kutsche sitzt eine Frau!« Sie sah von einem zum anderen.

Was war zu tun?

Auch die Wagenleute blickten sich gegenseitig fragend an.

Normalerweise hielt sich das Feuervolk aus sämtlichen Auseinandersetzungen der gewöhnlichen Menschen raus. Nur sehr selten kam es vor, dass sie sich einmischten.

Brees Blick schnellte wieder in die Richtung, in der offensichtlich die Kutsche war. »Jetzt sind es fünf«, flüsterte sie, doch wir hatten sie alle gehört.

Der Wind wurde energischer und ich schenkte ihm widerwillig meine Aufmerksamkeit. Er wirkte aufgeregt.

Sie ist die Tochter des Landesfürsten!, wisperte er und zog an meinen Haaren.

Aua.

Wer?, fragte ich ihn.

Die Frau in der Kutsche! Sie wird überfallen!

Ich wusste kaum, wie mir geschah, doch ich erschrak so sehr, dass ich plötzlich kerzengerade dastand.

»Was ist los, Cate?«, wollte Mei wissen und sah erstaunt zu mir auf.

»Die Frau in der Kutsche ist die Tochter des Landesfürsten!«, entfuhr es mir.

Jetzt starrten alle *mich* an.

Oh Cate! Wie dumm du bist!

Ich wartete auf die erste unangenehme Frage, doch sie kam nicht. Glücklicherweise war der Angriff an sich wichtiger als mein plötzliches Wissen über die Herkunft des Opfers.

Ihre Blicke wanderten geschlossen zu Kai, von dem sie eine Entscheidung erwarteten.

Doch die Fragen würden sicher hinterher noch kommen. Bis dahin musste ich mir nur etwas Überzeugendes einfallen lassen.

Kai stemmte die Hände in die Hüften und wandte sich an Justus. »Was sagst du?«

Die Spannung war kaum noch auszuhalten.

»Wir versuchen's!«, entschied dieser prompt.

Marc und die anderen Männer stellten ihre Essensschalen zur Seite.

Justus eilte zu seinem Wagen, holte seinen Jagdbogen und die Pfeile und reichte Marc seine Wurfdolche.

Auch die anderen bewaffneten sich mit dem, was sie hatten. Bree wies ihnen die Richtung und schon waren sie verschwunden.

Mir und den Zurückgebliebenen blieb nichts, als zu warten.

Quälend langsam verging die Zeit. Bree stand noch immer abwesend da, ihre Sinne wohl auf das Geschehen eine Meile entfernt konzentriert.

Ich schickte den Wind los, um ihnen zu helfen. Er trieb sie voran, wehte die Äste der Bäume aus dem Weg und schubste sogar einmal Justus, damit er nicht vom Weg abkam.

»Sie sind angekommen«, teilte Bree uns mit. Dann blinzelte sie überrascht und lächelte. Das war ein gutes Zeichen.

Als die Männer zurückkehrten, sahen sie sehr erschöpft aus. Es war eben nicht ohne, zuerst eine Meile zu rennen und anschließend ein halbes Dutzend Soldaten in die Flucht zu schlagen, wie mir der Wind erzählte. Es waren Soldaten im Dienst des Fürsten des westlichen Meeresgebietes.

Die junge Frau aus der Kutsche war die Tochter des Fürsten des östlichen Meeresgebietes. Der Krieg zwischen den beiden Fürstentümern machte also selbst vor unschuldigen Mädchen nicht halt, wenn ihre Entführung jemandem zum Nutzen sein konnte.

Marc führte ein Pferd am Zügel, auf dem eine wunderschöne Frau saß. Sogar mit verstrubbelten Haaren und erschöpfter Miene wirkte sie immer noch sehr anmutig.

Ich seufzte. Warum mussten Frauen, die sowieso schon reich waren, zudem derart bezaubernd aussehen? Das war doch unfair!

Marc reichte die Zügel an Mei weiter, die neben ihm aufgetaucht war, und half der Frau vom bloßen Rücken des Tieres herunter. Er lächelte sie aufmunternd an und erntete dafür einen warnenden Blick von seinem Vater, der mehr sagte als tausend Worte.

Niemand wusste so recht, was er tun sollte, bis Tanja zu der Fürstentochter trat, um ihr einen Sitzplatz und eine Schale Wasser anzubieten.

Da kam wieder Leben in die Gruppe. Alle umringten das schöne Mädchen und stellten Fragen: Wer sie war? Woher sie kam? Warum sie angegriffen wurde? Und so weiter.

Sie hieß Elyssabed, war gerade auf dem Weg von der Sommerresidenz der Familie zurück in die Hauptstadt und dabei beinahe entführt worden. Sie taute während des Gespräches etwas auf und erzählte uns schließlich alle Einzelheiten des Überfalls und wie schrecklich aufwühlend es für sie gewesen war.

Die Frauen und Kinder hingen an ihren Lippen, als sie die Ereignisse mit blumigen Worten schilderte.

Ich fand sie ein bisschen zu theatralisch. Doch vielleicht würden die anderen darüber ja meinen Ausrutscher vergessen.

Ich seufzte, erhob mich, um nicht weiter zuhören zu müssen, und ging zu Justus, der mit Kai und Angu diskutierte.

»Wir können sie schlecht einfach hier aussetzen!«, sagte Angu gerade und machte mit den Händen eine hilflose Geste.

»Mitnehmen können wir sie aber auch nicht!«, entgegnete Justus energisch.

Sie bemerkten nicht, dass ich zu ihnen getreten war. Also drehte ich mich wieder zu der Tochter des Fürsten und musterte sie.

Das lange goldblonde Haar, das so typisch für die Südregion war und im Licht der Mittagssonne schimmerte, hatte man kunstvoll um ihren Kopf geflochten.

Die Seide ihres Kleides war in mehreren Grüntönen gefärbt und mit Glassteinen bestickt. An der einen Seite war der Rock aufgerissen, was wahrscheinlich beim Kampf passiert war, und man konnte ein Stück ihres hellen Schenkels sehen. Scheinbar war ihr das noch gar nicht aufgefallen.

»Wir können sie bis zum nächsten Stadtrat bringen. Dort gibt es immer Soldaten und eine Kutsche dürfte auch nicht so schwer zu organisieren sein«, mischte ich mich ins Gespräch der Männer und drehte ihnen das Gesicht wieder zu.

Sie sahen überrascht aus. Diese Idee war ihnen wohl noch nicht gekommen.

»Was ist eigentlich mit ihrer jetzigen Kutsche?«

»Eines der Räder ist gebrochen«, erwiderte Justus und ein Lächeln lag plötzlich auf seinen Lippen. Sein Blick wirkte erstaunt und noch etwas lag darin, das ich nicht einordnen konnte. Es machte mich allerdings nervös. So sah er mich sonst nicht an.

Meine Ohren wurden heiß.

»Der nächste Stadtrat dürfte drei Tagesreisen entfernt sein«, sagte Kai und nickte. Ihm schien der Vorschlag zu gefallen. Auch er lächelte zufrieden.

»In unserem Tempo also sechs Tage. Das wäre zumindest ein Kompromiss«, stimmte Angu zu.

»Ihr wollt trotzdem das Feuerspektakel veranstalten? Warum fahren wir die Strecke nicht am Stück? Dann sind wir sie schneller wieder los«, protestierte Justus und seine Augenbrauen zogen sich zu einem finsteren Blick zusammen.

Kai war dagegen. Das Spektakel ausfallen zu lassen, würde zu viel Aufmerksamkeit erregen. Vor allem hier in den Grenzlanden war es besser, jeden Ärger zu vermeiden.

Besonders, wenn man die Tochter des Landesfürsten bei sich hatte.

»Ich habe mich mit den Dörflern unterhalten. Die Auseinandersetzungen zwischen den beiden Fürsten spitzen sich zu. Selbst im eigenen Land ist man nicht mehr sicher. Überall sind Spione.« Kai hatte die Stimme gesenkt und sah sehr besorgt aus.

Mir fiel plötzlich der Mann mit den blonden Locken und den tiefblauen Augen ein, der mir erst gestern wieder begegnet war. Vielleicht war es kein Zufall, dass er in den Grenzlanden herumschlich. Und er musste auch nicht zwangsläufig hinter mir her sein.

Vielleicht war er einer der Spione.

Kai verließ den Kreis und die anderen machten ihm Platz, als er vor die Fürstentochter trat, die ihm entgegensah.

Er verbeugte sich knapp und nicht besonders vornehm. »Mylady, wir bieten Euch an, Euch bis zum nächsten Stadtrat zu geleiten. Dort könnt Ihr Euch eine Kutsche nehmen und Eure Reise fortsetzen.«

Das Mädchen sah ihn mit großen Augen an. Sie war gerade dabei gewesen, mit aufgeregter Stimme zu schildern, wie sehr das Auftauchen ihrer Retter sie überrascht hatte. Doch jetzt wurde ihr Gesicht verschlossen und spitz. Sie drückte Fin die Wasserschale in die Hand und erhob sich elegant von der kleinen Holzbank.

»Ach, ihr bietet mir das an? Aber könnt ihr denn für meine Sicherheit garantieren?« Herausfordernd reckte sie das Kinn.

»Mylady, in der jetzigen Situation habt Ihr keine andere Wahl, als darauf zu vertrauen.« Kais Augen blitzten. Die Fürstentochter hatte geradewegs seinen Stolz angegriffen. »Wenn Ihr mit uns reist, müsst Ihr euch nur unauffällig kleiden, um unerkannt zu bleiben, und Eure Chance, heil an Eurem Ziel anzukommen, würde sich stark erhöhen.« Kai lächelte sie selbstsicher an.

Doch Elyssabeds Gesichtsausdruck hatte eine Mischung aus List, Arroganz und dem Wissen, immer alles zu bekommen, was sie sich wünschte, angenommen.

»Das ist wahr. Und ziemlich schlau«, begann sie und mir schwante nichts Gutes. »Dann verlange ich, dass ihr mich die ganze Strecke von hier bis zu der Stadt meines Vaters mitnehmt!«

Kai war für einen Moment sprachlos. Damit hatte er wohl nicht gerechnet.

»Das ist nicht möglich!«, fuhr Justus dazwischen. Sein Gesicht war jetzt wirklich finster und ich hatte für einen Augenblick Angst um die Fürstentochter.

Sie ließ sich jedoch nicht einschüchtern. Im Gegenteil. Die Ablehnung stachelte sie noch mehr an. »Wenn ihr mir das verweigern solltet, werde ich dafür sorgen, dass euch in Zukunft die Durchfahrt durch dieses Land verweigert wird«, warf sie ihm an den Kopf und stützte die schlanken Arme in die Taille. »So einen Feind wollt ihr doch nicht, oder?«, fügte sie hinzu und lachte so glockenhell, als hätte sie einen belanglosen Scherz gemacht.

Uns allen hingegen war nicht zum Lachen zumute.

»Wir könnten Euch auch einfach im nächsten Graben verscharren«, zischte Justus gefährlich, trat einen Schritt auf sie zu und ballte die Hände zu Fäusten.

Kai ging sofort dazwischen, noch bevor ich mich bewegen konnte, um ihn wieder zu beruhigen.

Denn obwohl das auch ihm nicht gefallen konnte, war er schlau genug, sich nicht gegen so eine mächtige Frau zu stellen.

»Wir werden darüber nachdenken«, knickte er widerwillig ein.

Justus' Kiefer schien vor Wut Steine zu zermahlen.

»Tut das«, entgegnete die Fürstentochter spitz und wandte sich an Tanja. »Besorgt mir unauffällige Kleider und zeigt mir, wo ich mich umkleiden kann«, befahl sie, als würde sie eine Dienstmagd scheuchen.

Tanja sah sie nur entgeistert an, schockiert von so viel Frechheit und ungeschminkter Arroganz. Dann ging ihr Blick zu Kai, der heftig schluckte und seiner Frau schließlich einen Wink gab, der Aufforderung nachzukommen.

Es dauerte länger als gewohnt, bis wir weiterfahren konnten. Die Fürstentochter, die wir ab sofort mit Elyssabed ansprechen sollten, damit sie keine unnötige Aufmerksamkeit erregte, setzte sich auf den Kutschbock neben Hanna. Selbst in dem schlichten Leinenkleid sah sie hinreißend aus.

Die Flechtkunst auf ihrem Kopf hatte sie gelöst und der einfache Zopf reichte ihr bis zur Hüfte. Sie hatte nach bunten Bändern verlangt, wie die anderen Frauen sie in den Haaren trugen. Man hatte ihr jedoch erklärt, dass sie die Zugehörigkeit einer Frau zu einem Clan bedeuteten und sie es nicht mit ihrer Ehre vereinbaren konnten, ihr eines der Bänder zu geben.

Elyssabed hatte gemeckert und ich gab ihr einen meiner braunen Leinenstreifen. Die Fürstentochter nahm es pikiert hin, obwohl sie sichtlich verärgert darüber war. Ich hatte ebenfalls keine Bänder in den Haaren, da ich keinem Clan angehörte. Das schien sie schlussendlich ein bisschen zu beruhigen.

In unserem Wagenzug waren drei Feuer-Clans vertreten.

Der *Clan des Feuersturms* zeichnete sich durch blaue Bänder aus. Das jetzige Oberhaupt dieses Clans war Kai. Der Titel des Oberhauptes wurde immer vom Vater auf den ältesten Sohn übertragen, der seinen Vater ablöste, wenn dieser es an der Zeit hielt.

Die Zugehörigkeit eines Mannes zu seinem Clan zeigte sich an einer Tätowierung auf dem rechten Oberarm mit dem jeweiligen Clan-Wappen.

Ich hatte das von Marc schon oft gesehen, da er sich nichts daraus machte, halb nackt herumzulaufen.

Die anderen beiden Clans waren der *Clan der aufgehenden Sonne* – in der ehrenvollen Farbe Rot – und der *Clan der sprühenden Glut.* Passend zu ihren roten Haaren, die in dieser Familie häufiger auftraten, war die Farbe Grün.

Da Bree unbedingt mit Ayo und Mei bei der Fürstentochter sitzen wollte, räumte ich den Platz. Gerade als ich mich daranmachte, mir einen anderen zu suchen, zeigte Elyssabed auf mich. »Warum trägt sie keine Bänder in den Haaren?«, fragte sie ganz unverblümt und legte den Kopf zur Seite.

Mir ging ein Stich durchs Herz und ich wandte das Gesicht zu Boden, damit sie nicht sah, wie ich vor Scham errötete.

»Weil sie nicht zu uns gehört«, antwortet Bree kühl, setzte sich aufrechter hin und schob ihren roten Zopf nach hinten. »Sagt, wie viele seidene Kleider habt Ihr in Eurem Besitz?«, erkundigte sie sich und zeigte mir damit einmal mehr, für wie unwichtig sie mich hielt.

Mir standen fast Tränen in den Augen, als ich mich vom Wagen entfernte. Doch ich schob es auf meine Übermüdung, da ich sonst eigentlich nicht so schnell weinte. Zumindest bildete ich mir das gern ein.

Ich schlich zu Justus' Wagen, der sich für gewöhnlich hinter unserem einreihte, und kletterte auf den Kutschbock.

Dante saß hinter dem Bock an der Wand und seufzte. Er sah zu Kai, seinem Vater, Justus und den anderen Männern, die sich an Kais Wagen versammelt hatten und lebhaft diskutierten.

Ich wusste, dass Dante bei ihnen sein und mitreden wollte. Doch als fünfter Sohn wurde er selten gefragt.

Er wandte den Kopf und erschrak leicht, als er mich auf dem Kutschbock sitzen sah. »Seit wann sitzt du da?«, fragte er überrascht und fuhr sich mit der Hand durchs hellbraune Haar. Er ließ es sich gerade wachsen, weil Bree einmal gesagt hatte, ihr gefiel es besser, wenn es lang war.

Ich verstand nicht, wie er eine Schwäche für jemanden wie Bree haben konnte, die ihn entweder wie Kappadreck behandelte oder als wäre er nicht existent.

»Noch nicht so lange«, beruhigte ich ihn.

Die Versammlung löste sich auf und alle strebten zu ihren Wagen.

Marc und Justus kamen auf uns zu. Justus' Gesicht war immer noch finster. Das Ergebnis der Unterredung missfiel ihm also. Und das hieß, dass wir Elyssabed wohl den ganzen Weg mitnehmen würden.

Ohne ein Wort schwang er sich zu mir auf den Kutschbock und nahm die Zügel auf.

Marc ließ sich neben Dante nieder und warf uns einen bedeutungsvollen Blick zu. *Bloß nicht darauf ansprechen!*, hieß das und wir hielten uns daran.

Schweigsam setzte sich der Zug in Bewegung. Das gleichmäßige Ruckeln des Wagens machte mich schläfrig.

Justus war still und starrte verbissen vor sich hin. Und ich musste ihm einmal die Hand auf den Arm legen, als die Zügel zwischen seinen Fingern zu qualmen begannen.

Das Land zog an uns vorbei. Wald löste Felder ab und dann kamen wir durch eine sanfte Hügellandschaft. Auf den weiten Wiesen grasten Kappas, Schafe und ein paar Esel. Die Schäferhunde hoben verschlafen die Köpfe, wenn wir auf den festen Straßen vorbeiratterten.

Ich sah in den Himmel, beobachtete die Vögel beim Segeln und fühlte mein schlechtes Gewissen, weil ich heute Morgen ein wenig in den Baumkronen gesessen hatte, obwohl ich wusste, was Justus davon hielt.

Der Wind flüsterte, erzählte von weißen Städten, fröhlichen Farben und vom Meer, das nicht mehr weit war. Bald würden wir es erreichen.

Doch dann kam mir in den Sinn, dass Berill, die Hauptstadt des östlichen Meeresgebietes, tiefer im Landesinneren lag und nicht gerade am Wasser. Außerdem war sie fernab der Route, die wir sonst nahmen.

Wenn Kai die Fürstentochter tatsächlich zurückbringen wollte, kürzte er dann die Strecke ab und fuhr dafür nicht ans Meer?

Ich seufzte und hoffte, dass es nicht so war.

7

Ich erwachte, als der Wagen holpernd vom Weg auf eine kleine Waldlichtung fuhr.

Mein Kopf ruhte auf Justus' Schoß. Er hielt mich mit einem Arm fest, damit ich nicht wegrutschte, während er mit der anderen Hand an den Zügeln zog, um das Kappa zum Stehen zu bringen.

Erschrocken versuchte ich, mich aufzurichten, aber sein Griff verstärkte sich, hielt mich, wo ich war. Erst als wir standen, ließ er los.

Unüberhörbar klopfte mir das Herz in der Brust und mein Gesicht war heißer als je zuvor.

»Was sollte das denn?«, fragte ich ihn und gab vor, entrüstet zu sein. Doch es verunglückte in einer viel zu hohen Stimmlage.

»Entschuldigung«, erwiderte Justus, atmete tief durch und hängte die Zügel an den Knauf des Kutschbocks. »Ich kann einfach nicht so viel gleichzeitig. Das Kappa wollte ausbrechen und du hast dich plötzlich bewegt und …«

Er sah in mein feuerrotes Gesicht und es war mir, als ob auch seine Ohren sich langsam verfärbten. Das hatte es ja noch nie gegeben!

»Ach, vergiss es«, murmelte er und stieg nach unten, um das Tier zu beruhigen, das aufgeregt muhte.

Ich wusste nicht, was ich sagen sollte. Ich wusste nicht mal, was ich denken sollte.

Der Wind kam zu mir, blies mir beschwingt eine Böe ins Gesicht und pustete dabei meine Röcke durcheinander.

Das nächste Dorf hat einen wunderschönen Brunnen und der Dorfälteste Ranu hat eine so große Nase, dass alle ihn heimlich Ranu Rübennase *nennen,* flüsterte er vergnügt. Über seinen Übermut konnte ich nur den Kopf schütteln, aber wenigstens lenkte es mich von Justus ab.

Hinter mir erwachte Marc mit einem Schnarcher und setzte sich auf. Ich drehte mich nach ihm um. Er rieb sich die Augen und streckte seine Arme über den Kopf, sodass sein Hemd die Muskeln an seinem Bauch frei gab.

Dante schlief an ihn gelehnt und sabberte auf seinen Hemdkragen.

Fin tauchte neben uns auf und klatschte laut in die Hände, woraufhin Marc zusammenzuckte und Dante aus dem Schlaf schrak. »Los, Jungs, Holz sammeln!«, rief sie beschwingt.

Mit großen Augen sah ich sie an und sie lächelte mir flüchtig zu.

Holz sammeln? Seit wann brauchten wir denn Holz, um ein Feuer zu betreiben?

Normalerweise schichteten wir ein paar dickere Holzklötze aufeinander und einer der Feuerleute entzündete sie. Durch die Anwesenheit des Feuervolkes hatte Feuer die Eigenschaft, einfach weiter zu brennen, auch ohne Brennstoff. Daher benutzten wir schon seit Wochen dieselben vier Scheite, um den Eindruck eines normalen Feuers zu erwecken.

Dante sah verwirrt aus und Marc war gerade im Begriff, sich lautstark zu beschweren, als die Tochter des Landesfürsten sich neben Fin stellte und uns interessiert beäugte.

Natürlich. Den Dörflern, die abends dem Spektakel beiwohnten, fiel das seltsame Feuer nie auf. Ab und zu legten wir ein Stöckchen nach, um den Schein zu wahren.

Doch jemandem, der den ganzen Tag mit uns zusammen war, musste irgendwann auffallen, dass alles nicht so war, wie es sollte.

Marc klappte den Mund wieder zu, ohne etwas gesagt zu haben. Mit grimmiger Miene packte er den verschlafenen Dante am Arm und zog ihn mit sich in Richtung Wald.

Auch ein paar der anderen waren bereits dabei, Holz zu suchen. Ich konnte ihnen ihren Unmut ansehen.

Es würde sich so einiges ändern, solange Elyssabed bei uns war!

Auch Fin ging davon und ließ mich mit der Fürstentochter allein zurück. Justus war mit dem Kappa irgendwohin verschwunden.

Sie musterte mich abschätzig von Kopf bis Fuß und ich hatte das Gefühl, unter ihrem kritischen Blick geradezu zu schrumpfen. Musste ich etwas sagen? Sollte ich vielleicht einfach weggehen? Erwartete sie irgendeine bestimmte Reaktion von mir?

»Wie war dein Name? Cathrin?«, fragte sie mich schließlich, fasste mit der zierlichen Hand um den Knauf am Kutschbock und schwang sich graziös herauf. Sie nahm Platz, schüttelte ihr goldenes Haar und kontrollierte den Fall ihres Rockes.

Sie war wahrhaftig die Tochter eines Landesfürsten.

»Cate«, korrigierte ich sie mit leiser Stimme. Ich hatte es lauter sagen wollen. Warum wurde ich nur immer so schnell nervös? Meine Hände begannen schon, zu schwitzen, obwohl noch nichts weiter passiert war. Warum konnte ich Dinge nie so aussprechen, wie ich es gern wollte?

»Und wessen Liebste bist du?« Sie spitzte die Lippen leicht.

Ich wusste diese Frau nicht einzuschätzen. In ihrem Gesicht bewegte sich ständig etwas. Einen Augenaufschlag hier, ein angedeutetes Lächeln da. Machte sie das mit Absicht oder passierte das alles von allein?

»Wie bitte?« Ich war so irritiert von ihrem Mienenspiel gewesen, dass ich die Frage überhört hatte.

»Welcher der Männer ist dein Liebster?«, wiederholte sie und diesmal konnte ich eindeutig sehen, dass es ihr missfiel, sich wiederholen zu müssen.

Die Frage schockierte mich und Schamesröte stieg mir ins Gesicht. So wie immer. Fast schämte ich mich dafür, dass ich mich immer schämte.

»Kei… keiner«, stammelte ich entrüstet und knotete meine Finger ineinander.

»Ach!« Elyssabed sah überrascht aus. »Ich dachte nur …«, sie zuckte mit den Schultern, »… weil du die Einzige bist, die anders ist als die anderen.«

»Ja.« Mehr konnte ich nicht sagen, da mir der Hals eng wurde.

Überraschenderweise schien es ihr nicht entgangen zu sein, dass dies bei mir ein wunder Punkt war, denn sie hob sogleich abwehrend die Hände. »Ich meine das keinesfalls böse. Im Gegenteil«, bemühte sie sich, einzulenken, und lächelte. »Ich bin sogar ziemlich froh, dass du anders bist. Da fühle ich mich gleich wohler«, gestand sie und strich sich eine Strähne aus dem Gesicht. »Stell dir vor, wie seltsam es für die Leute sein muss, mich allein bei all diesen finsteren Gestalten zu sehen. Die würden doch gleich glauben, ich sei entführt worden.« Sie lachte und ihre Augen lachten zum ersten Mal mit. »Außerdem habe ich eine Freundin, die dir ähnlich sieht.«

Ich war verblüfft. Nachdem sie uns erpresst hatte, damit wir sie mitnahmen, hatte ich geglaubt, dass sie unfreundlich und hochnäsig sein musste.

Doch jetzt wirkte sie richtig nett. Vielleicht hatte sie mit ihrem Gehabe nur ihre Angst überspielt. Schließlich wäre sie fast vom Feind entführt worden, ehe *finstere Gestalten*, wie sie es nannte, sie gerettet und in ihr Lager verschleppt hatten. Das konnte nicht spurlos an ihr vorbeigegangen sein.

»Sie sind nicht wirklich finster«, versuchte ich, ihre Vorstellung von den Feuerleuten ein wenig zu erhellen. »Sie sind nur lieber unter sich.«

Und sie werden nicht gern erpresst.

Sie nickte und legte die Handflächen aneinander. Ihre Finger waren lang und filigran, ihre Nägel perfekt oval und blank poliert. »Bist du nur auf der Durchreise oder gehörst du zu ihnen?« Sie sah in den Wald hinter mir und dann wieder in mein Gesicht.

Ich zwang mich, mich nicht umzudrehen, um zu sehen, was ihre Aufmerksamkeit erregt hatte. »Ich gehöre zu ihnen«, bestätigte ich und es war mir plötzlich egal, was Bree vorhin gesagt hatte. Denn es stimmte nicht. Nicht ganz zumindest.

Ich war vielleicht nicht Teil des Feuervolkes, aber irgendwie gehörte ich doch zu ihnen.

Vielleicht sollte ich aufhören, das ständig zu vergessen, und ein bisschen weniger in Selbstmitleid schwelgen.

»In gewisser Weise«, schwächte ich dennoch ab, damit es der Wahrheit näher kam. Mein Mund lächelte ganz von allein und mein Herz wärmte sich an dem Funken der Zugehörigkeit.

Auch Elyssabed lächelte. »Wie lange bist du schon bei ihnen?«, erkundigte sie sich.

Ich fühlte mich geschmeichelt, dass es sie zu interessieren schien. »Seit zwölf Jahren.«

Sie sah mich mit großen Augen an.

Ich war ja selbst überrascht, wie schnell die Zeit vergangen war.

»Und was ist mit deiner Familie?«

Das Lächeln gefror mir auf den Lippen. Es war, als würde eine Faust meine Brust zusammenpressen.

»Sie sind tot«, brachte ich sehr leise heraus und versuchte, die Haltung zu wahren, damit Elyssabed sich deswegen nicht schlecht fühlte. Sie hatte es ja nicht wissen können.

»Das … das tut mir leid! Ich wollte nicht … Ich hätte nicht fragen sollen«, stammelte die Fürstentochter und senkte beschämt den Blick.

»Schon gut«, flüsterte ich und der Wind streichelte liebevoll meine Hände. Ich wandte den Kopf zum Wald und sah Justus, der ganz in der Nähe, eine Axt in der Hand, auf einem Baumstumpf saß und herüberschaute. Als sich unsere Blicke kreuzten, blickte er allerdings sofort weg und rief Marc etwas zu, der mit Dante einen umgestürzten Baumstamm über den Waldboden zog.

Zwar verstand ich nicht, was er gesagt hatte, aber es war mir auch egal. Was zählte, war, dass er mich angesehen hatte.

Ich drehte mich wieder weg und blickte in das wunderschöne Gesicht der Fürstentochter.

Wie schnell man doch vergessen konnte, dass man gerade noch mitten in einem Gespräch gewesen war.

»Wie ist sein Name?«, fragte sie und ich blinzelte verwirrt.

»Von wem?«, gab ich zurück und runzelte leicht die Stirn.

»Von dem Mann mit der Axt. Er starrt schon die ganze Zeit mit düsterer Miene zu uns herüber.« Ihr Blick ging an mir vorbei, zu Justus.

Die Art, wie sie ihn ansah, war mehrfach zu deuten. Einerseits lag etwas verhaltene Wut darin, was nicht weiter verwunderlich war, schließlich hatte er ihr gedroht, ihre Leiche in einem Straßengraben zu verscharren; aber auch Faszination, eine allgemeine Reaktion der Frauen auf ihn. Ob es mir gefiel oder nicht! Und es versetzte meinem Herzen einen Stich leiser Eifersucht.

Bitte nicht er, bitte nicht Justus!, flehte ich still und schloss für einen Moment die Augen. Denn da war noch mehr in Elyssabeds Blick, der sich stetig veränderte und andere Facetten zum Vorschein brachte, die ich nicht mehr so einfach erraten konnte. Und die mir Angst machten. Es war, als zöge ein kalter Nordwind durch meinen Kopf.

»Das ist Justus«, beantwortete ich schließlich ihre Frage und fühlte mich gar nicht gut dabei. »Er ist mein bester Freund«, fügte ich eilig hinzu und schalt mich im selben Augenblick für diesen Leichtsinn. Ich versuchte, ihn für mich zu haben, Ansprüche an ihn geltend zu machen. Dabei konnte ich ihn gar nicht haben.

Doch sie kann es auch nicht!, spottete meine innere Stimme. Ich erhob mich ohne Vorwarnung vom Kutschbock.

Elyssabed blinzelte überrascht.

Ich sprang ins Gras. »Entschuldige mich«, sagte ich knapp und ging zu Tanja, die mit Hanna vor ihrem lilafarbenen Wagen saß und Brotteig knetete. Tai entfachte gerade mühsam ein kleines Feuer aus Holzspänen und Rinde. Die großen Steine, die wir zum Backen verwendeten, lagen bereit.

Als ich mich auf die Holzbank zu ihnen setzte, hob Tanja erstaunt den Kopf und spähte an mir vorbei in die Richtung, aus der ich gekommen war. Ich sah nicht hin, denn ich wusste auch so, dass Elyssabed ihr auffallen musste.

Sie seufzte wie als Bestätigung, nickte mit wissender Miene und kippte mir wortlos einen Löffel voll Mehl über die Hände. Dann legte sie einen großen Klumpen Teig vor mir auf den niedrigen Tisch.

»Kräftig durchkneten!«, wies sie mich an.

Ich begann zu kneten. Und wie ich knetete! All meine Wut, Eifersucht und enttäuschten Hoffnungen schlug ich mit den Fäusten in den Teig.

»Und wo werde ich schlafen?«, fragte Elyssabed beim Essen, als Bree ihr sagte, dass am heutigen Abend sonst nichts weiter passieren würde. Wir wollten alle früh zu Bett gehen, um uns von dem Reisetag zu erholen und für den morgigen bereit zu sein.

»Ähm. Keine Ahnung«, gab sie zu und sah sich Hilfe suchend um.

Ayo, die neben ihr saß, wusste es ebenso wenig und Dante zuckte nur mit den Schultern, da sein Mund voller Kartoffelpüree war. Justus und Marc schwiegen.

Justus hatte sich offensichtlich immer noch nicht mit dem Gedanken angefreundet, Elyssabed bis zur Hauptstadt mitzunehmen.

Marc dagegen versuchte krampfhaft, wegzusehen, was ihm bisher weniger gut gelungen war. Sein Blick huschte ständig zu ihr und verschlang sie mit Haut und Haaren. In seinem Kopf lockte er sie sicher schon in seinen Wagen.

Doch ich hatte gehört, wie Justus ihm in dieser Sache einen Riegel vorgeschoben hatte. »Denk nicht mal dran!«, hatte er ihn gewarnt und Marc hatte sich beleidigt auf die Lippe gebissen.

Ich seufzte. Der Wind erkundete die Gegend und erzählte mir kleine Nichtigkeiten aus dem nahe gelegenen Dorf.

»Du kannst mein Bett haben«, bot ich an, als niemand antworten konnte, und versuchte, unverfänglich zu lächeln. Warum auch nicht, ich schlief ja eh im Freien.

Elyssabed schien sichtlich erleichtert, dass sich das Problem so einfach auflöste. »Welcher Wagen ist denn deiner?«, wollte sie wissen und drehte sich nach hinten um.

»Der grüne!«, ereiferte sich Ayo aufgeregt und grinste breit. Sie freute sich, dass die Fürstentochter bei ihnen schlafen sollte. Wahrscheinlich hoffte sie auf nächtliche Unterhaltungen.

»Aber ist das nicht der Wagen, in dem du auch schläfst?«, erkundigte sich Elyssabed verwirrt und sah sich nach Ayo um.

»Ja, mit Hanna und Mei«, bestätigte diese und Brees Gesicht wurde immer verkniffener. Es ärgerte sie jetzt wohl mehr denn je, dass sie kein Teil davon war.

Elyssabed biss vorsichtig in den Brotfladen, den ich vorhin auf einem Stein ausgebacken hatte. Er war an einer Ecke ein wenig verbrannt, da ich nicht besonders geschickt im Kochen war. Es von Tanja oder Hanna zu lernen, konnte mühsam sein, da ihnen ihre Feuerfähigkeiten zugutekamen.

»Und wo werdet ihr solange schlafen?«, fragte Elyssabed ganz unbedarft in die Runde.

»Auch in dem Wagen. Es gibt vier Betten darin«, sagte Ayo etwas unsicher. Scheinbar war ihr auch nicht klar, wie die Fürstentochter das gemeint hatte.

Diese lachte jedoch glockenhell, als erlaubte man sich einen Scherz mit ihr. »Das ist unmöglich!«, rief sie aus und schüttelte königlich den Kopf. »Niemand kann von mir verlangen, in einem Raum mit anderen Menschen zu schlafen. Was wären denn das für Zustände?«

Ich schluckte schwer und wollte es einfach nicht glauben. Alle starrten sie entgeistert an. Diesmal sogar Justus.

Elyssabeds Lächeln wurde schwächer, als sie die Blicke bemerkte, die man ihr zuwarf. Sie räusperte sich. »Ihr meint wirklich, dass ich …«, sie stockte und holte tief Luft, »… dass ich mit euch zusammen in einem Wagen schlafen muss?« Das Lächeln verschwand und Panik stieg in ihre Augen.

Keiner sagte ein Wort, obwohl Justus nur zu gern etwas geäußert hätte. Ich konnte es spüren und legte ihm sofort eine Hand auf den Arm, damit er ruhig blieb. Er tat mir den Gefallen.

Elyssabed erhob sich von dem Holzklotz, auf dem sie gesessen hatte, und starrte in die Runde. »Gibt es denn keine andere Möglichkeit?« Ihre Stimme klang fast schrill und ihre vollen Lippen zitterten, als wollte sie gleich in Tränen ausbrechen.

Ayo und Bree sahen sich mit gerunzelter Stirn und traurigen Blicken an.

Dante war zu verwirrt, um etwas zu machen. Er hatte sogar aufgehört, zu essen.

Justus platzte beinahe. Ich sah es an den angespannten Armen, der Falte zwischen den Augenbrauen und dem gefährlichen Glühen seiner Augen. Er wollte am liebsten lautstark in die Luft gehen und ihr, wenn sie auch nur noch einen Piep von sich geben sollte, den Hals umdrehen.

Ich grub meine Nägel in seinen Unterarm und war entschlossen, den Griff nicht zu lockern.

Es kam mir vor, als würde sogar seine Haut vor Anspannung langsam heißer werden.

Dann machte Marc den Mund auf. Und ich sah ihm an der Nasenspitze an, was er sich dabei dachte. »Du könntest unseren Wagen haben«, meinte er leichthin und lächelte ein strahlendes Wolfslächeln. Entweder spürte er die Spannungen seines Bruders nicht oder er ignorierte sie. Ich tippte aber auf Ersteres.

»Wirklich?«, kam Elyssabed ihm sofort entgegen, strahlte erleichtert und setzte sich wieder.

Marc sonnte sich in ihrem Lächeln und straffte die Schultern. »Klar«, sagte er und machte eine gönnerhafte Geste mit der Hand. »Dante übernachtet einfach bei seinem Bruder und Justus schläft sowieso ständig draußen.«

Ständig war natürlich übertrieben, aber der Wahrheitsgehalt von Marcs Aussagen sank meist gegenproportional zur Schönheit, mit der er es zu tun hatte.

»Das ist wunderbar!«, rief die Fürstentochter aus und legte mit einem zufriedenen Lächeln die Handflächen aneinander. »Dann ist ja alles geklärt«, stellte sie sichtlich zufrieden fest, erhob sich wieder und schwebte davon, um sich aus dem Wasserfass zu bedienen.

Justus' Anspannung war ein wenig gewichen und ich lockerte den Griff. Auf seinem Arm sah ich die tiefen halbmondförmigen Einkerbungen meiner Fingernägel. Es musste ziemlich wehgetan haben, doch er sah nicht einmal hin. Er drehte sich zu Marc, der sich mit stolzgeschwellter Brust und siegessicherem Lächeln Kartoffelbrei in den Mund schaufelte.

Justus seufzte und schüttelte den Kopf.

»Was?«, fragte Marc ihn und schaffte es nicht, sein Grinsen zu verbergen.

»Und wo schläfst du?«, wollte Justus von ihm wissen und wandte sich seinem Essen zu, das er so ruhig aß, als sei alles bestens.

Marc verharrte kurz. Ich konnte fast hören, wie es in seinem Kopf ratterte. Dann sackte er zusammen und starrte in seine Essensschale.

Darüber hatte er sich bisher wohl keine Gedanken gemacht.

Der Abend ging zu Ende und Marc verbrachte die Nacht vor sich hin fluchend auf einer harten Kappamatte neben Justus im Wald, unter meiner Hängematte.

8

Mei lief auf mich zu und ich schob den Nähkorb gleich wieder zurück, den ich gerade erst hervorgeholt hatte. Doch ich würde sicher zu nichts kommen, denn Mei hatte diesen bestimmten Ausdruck im Gesicht. Kichernd kam sie auf mich zu und ihre vielen schmalen Zöpfchen tanzten um ihren Kopf. »Du glaubst nicht, wen wir im Dorf gesehen haben!«, rief sie aufgeregt und ließ sich vor mir ins Gras fallen.

Ich grinste. Ihre Fröhlichkeit war ansteckend. »Wirst du es mir trotzdem erzählen?«, fragte ich sie belustigt und auch ein wenig neugierig.

Mei war an diesem Nachmittag mit Marc, Ayo, Bree und Elyssabed ins nächste Dorf gegangen, um ein Kleid für die Fürstentochter zu kaufen.

Obwohl Marcs eigene Unüberlegtheit ihn für die Nächte nach draußen verbannt hatte, gab er nicht auf, um Elyssabeds Gunst zu werben, was die anderen argwöhnisch beäugten.

Sie hielten sich bisher nur zurück, weil es so schien, als habe er ohnehin keine Chancen bei ihr.

»Diesen Mann mit den blauen Augen. Der, den wir am Haus des Stadtrates getroffen haben. Er hat uns damals die Tür aufgehalten. Erinnerst du dich?«, erzählte sie sogleich aufgeregt und wackelte im Schneidersitz hin und her.

Plötzlich schien es, als ob sich oben und unten verkehrte und ich zu fallen begann.

Er war hier! Der Mann, der mich, immer wenn wir uns begegnet waren, mit diesem seltsamen Blick und dem ungewöhnlichen Lächeln bedacht hatte.

Wo ist er? Warum ist er hier?, beschwor ich den Wind, der gerade noch fröhlich mit dem quietschenden Fensterladen an unserem Wagen gespielt hatte. Doch sobald ich ihn mit dieser Frage berührte, schien er zu zerfallen. Erschrocken sprang ich auf, doch da war er schon weg.

Der Wind hatte sich einfach aufgelöst, sein Bewusstsein war zerflossen und die Luft um mich herum stand still.

Mei sah mich erstaunt an.

»Bist du dir sicher, dass er es war?«, fuhr ich sie an und sie zuckte erschrocken vor mir zurück.

»Was ist denn los, Cate?«, wollte sie verwirrt wissen, ohne auf meine Frage zu antworten.

Ich sprang auf die Füße, ließ sie einfach im Gras sitzen und lief in den Wald hinter den Wagen.

Der Wind hatte sich einfach aufgelöst! Ich konnte es nicht fassen. Er war verschwunden, als ich ihn nach dem Mann fragte, den ich fast verdrängt hatte. Das konnte doch kein Zufall sein. Nicht schon wieder!

Schon von Weitem hörte ich, wie Holz auf Holz schlug. Dante und Justus führten zwei robuste Stöcke gegeneinander und lieferten sich einen Übungskampf.

Die Kinder und Janko standen um die beiden herum und beobachteten das Geschehen mit großen Augen. Sie lachten, als Dante einen Schlag auf den Hintern bekam. Er hatte noch einiges zu lernen.

Doch mir war es gleich, ob sie gerade kämpften. Ich musste mit Justus sprechen.

Ich rauschte, ohne anzuhalten, zwischen den Kindern hindurch und duckte mich unter Dantes vorbeisausenden Stock hindurch, der seinen Schlag nicht schnell genug stoppen konnte, als er mich bemerkte.

Ich packte Justus am Arm, ungeachtet der Tatsache, dass er Dante gerade von den Beinen reißen wollte, und zog ihn mit mir aus dem Kreis.

»Wow! Cate!«, rief er überrascht, wehrte sich aber nicht, nachdem er mir ins Gesicht gesehen hatte. Ich fühlte mich wie ein Gespenst und sicher war ich auch so bleich.

Er warf Janko im Vorbeigehen den Stock zu und folgte mir in den Wald.

»Cate?«, sprach er mich sanft an, als die anderen außer Hörweite waren und ich immer noch weiterlief. Er blieb stehen und zwang mich dadurch, ebenfalls zu verharren.

Doch am liebsten wäre ich einfach weitergelaufen. So weit weg, dass niemand uns jemals finden konnte. Nur Justus und ich.

»Cate?« Seine Stimme wurde eindringlicher und er legte warm die Hand auf meine, die sich ihm immer noch in seinen Arm bohrte.

Sofort löste ich sie und stellte fest, dass ich ihm schon wieder meine Nägel in die Haut getrieben hatte.

»Entschuldigung«, entfuhr es mir und ich strich vorsichtig über die roten Abdrücke. Sie befanden sich direkt neben denen von gestern und waren noch deutlich zu sehen, da sich langsam kleine dunkelblaue Blutergüsse darunter bildeten.

»Vergiss den Arm!«, sagte er und versuchte, meinen Blick einzufangen. »Was ist passiert?«

»Mei …«, stammelte ich und wusste gar nicht, wie ich anfangen sollte. »Mei … Sie hat ihn wiedergesehen. Im Dorf. Und dann … Der Wind ist einfach … «

Ich begann von jetzt auf gleich, unkontrolliert zu zittern. Verzweifelt rief ich den Wind, doch er antwortete nicht. Er war weg. Ich hatte gesehen, wie er sich aufgelöst hatte.

Panik machte sich in meinem Kopf breit. Es fühlte sich unendlich falsch an, von ihm getrennt zu sein.

»Wen? Wen hat Mei im Dorf gesehen?«, drang Justus in mich und packte meine Schultern.

Seine Berührung gab mir Halt. »Den blonden Mann. Der, der mich verfolgt!«, brachte ich heraus.

Unvermittelt zog Justus mich an sich und ich erstarrte vor Schreck.

»Bist du sicher, dass er dich verfolgt?«

Er presste mich so fest an sich, dass ich mich nicht rühren und kaum atmen konnte. Seine Wärme umfing mich und mein Herz schmolz wie Wachs im Feuer.

Gerade war ich noch in Panik gewesen und jetzt stand ich schon in akuter Gefahr, meinen Verstand zu verlieren.

»Justus«, keuchte ich, weil er mir die Luft aus den Lungen presste.

Er ließ mich sofort los. »Ist der Wind wieder verschwunden?«, fragte er mit zusammengezogenen Augenbrauen.

Ich war irritiert. Wie konnte er das wissen? »Ja«, hauchte ich. »Aber woher weißt du …«

»Er hat mich nicht geschlagen«, sagte er nur und schüttelte den Kopf, als sei es unwichtig.

»Er schlägt dich?«, fragte ich ungläubig und schaffte es nicht, das alles in meinem Kopf zusammenzubringen. Warum schlug der Wind ihn? Und warum hatte ich das noch nie bemerkt? Es war alles so verwirrend.

»Vergiss es. Was ist mit dem Mann?«, nahm Justus den Faden wieder auf.

Mir war schwindlig und so setzte ich mich ins trockene Laub.

Justus tat es mir gleich, ohne mich aus den Augen zu lassen.

Ich sah ihn an. »Ich glaube, er ist dafür verantwortlich, dass der Wind verschwindet«, fasste ich meinen Verdacht in Worte und achtete auf Justus' Reaktion. Doch er schaute nur verwirrt.

»Das erste Mal ist es auf dem Marktplatz passiert, kurz nachdem wir ihm am Haus des Stadtrates begegnet sind«, begann ich mit der Erklärung und konnte nicht fassen, dass mir das nicht früher aufgefallen war. »Dann noch mal am selben Abend, als ich ihn auf dem Fest gesehen habe. Und das dritte Mal vor zwei Tagen, als er wieder aufgetaucht ist. Der Wind war immer unmittelbar nach seinem Erscheinen verschwunden. Und gerade erzählt mir Mei, er sei im Dorf, und der Wind löst sich vor meinen inneren Augen einfach auf. Justus, wie kann das sein? Wie kann es sein, dass er zu so etwas fähig ist?«

Meine Stimme wurde immer lauter. Ich hätte am liebsten geschrien, weil es so frustrierend war.

Justus' Ausdruck hatte sich gewandelt, von Verwirrung zu Erkennen und dann zu tiefer Nachdenklichkeit. »Ich weiß es nicht«, war das Einzige, was er dazu sagte.

Ich seufzte. »Ich auch nicht.«

Wie von allein kippte mein Kopf an seine Schulter und ich versuchte, nur daran zu denken, dass er immer auf mich aufpassen würde. Egal, was kam. »Es macht mir Angst«, murmelte ich kleinlaut.

»Mir auch, Cate.« Justus legte den Arm um meine Schultern und drückte mich an sich. »Mir auch.«

So saßen wir, bis die Sonne ihre letzten roten Strahlen durch den Wald warf. Dann gingen wir zurück, Hand in Hand, wie immer.

Mein Blick fiel wieder auf die dunklen Abdrücke an Justus' Arm.

Er bemerkte es und lächelte. »Mach dir keinen Kopf«, versuchte er, mich zu beruhigen. »Ich halte das schon aus. Und beim letzten Mal hat es wirklich geholfen.« Sein Lächeln wurde breiter und ich ließ mich davon anstecken.

»Ich wollte ja nicht, dass du ihr gleich den Hals umdrehst.«

Er hob abschätzig eine Augenbraue. »Ich hätte ihr nicht den Hals umgedreht!«, verteidigte er sich. »Ich hätte sie lediglich übers Knie gelegt und ihr den Hintern blau und grün gehauen!« Er schürzte die Lippen und schielte zu mir herunter.

Ich schüttelte den Kopf über ihn. Das konnte ich mir nur zu gut vorstellen.

»Oh!«, machte Justus plötzlich und schob seinen Hemdsärmel noch weiter nach oben. »Aber das ist gar nichts. Schau dir das an!«, meinte er und ich erblickte auf seinem muskulösen Oberarm einen fies aussehenden Bluterguss, der sich von Violett in Gelb-Braun verfärbte.

»Wo hast du den denn her?«

Er lachte auf. Seine Zähne blitzten in der untergehenden Sonne und seine Augen waren schwarz wie Kohlentöpfe.

»Da hast du mich gebissen«, verkündete er amüsiert und beobachtete mit sichtlich wachsender Begeisterung, wie mein Gesicht erst bleich und dann spürbar feuerrot wurde.

Irgendwann kostete mich dieser Mann wirklich den Verstand.

Doch ein Geräusch unterbrach uns und unsere Blicke schossen nach oben. Wind rauschte durch die Baumkronen, kam auf uns zu und verstrubbelte mir das Haar so schlimm, dass ich kaum noch etwas sehen konnte.

Und Justus lachte einfach weiter.

Als sich alle auf das Feuerspektakel vorbereiteten, fing Elyssabed an, sich komisch zu benehmen. Den ganzen Tag war sie eine wirklich umgängliche Person gewesen, hatte sich gut mit Bree, Fin und Tanja unterhalten, Freude am Verkaufen unserer Ware gezeigt und war am frühen Nachmittag mit Marc und den Mädchen in der Stadt gewesen.

Doch jetzt, am Abend, wo jeder etwas anderes zu tun hatte, als sich mit ihr zu beschäftigen, begann sie, unerträglich zu werden. Sie jammerte darüber, noch Hunger zu haben, obwohl sie beim Essen die Hälfte hatte stehen lassen. Sie kreischte laut um Hilfe, als ein Käfer über ihr Knie lief, und ließ Marc und Justus keinen Moment allein, als die beiden sich in ihrem Wagen umziehen wollten.

»Cate!«, rief Justus über den ganzen Platz.

Ich eilte aus Tanjas Wagen, in dessen hinterem Teil Laila und Tai lebten. Ich hatte Laila dabei geholfen, sich in das nachtblaue Glitzergewand zu zwängen, das durch den stetig größer werdenden Bauch langsam zu eng wurde. Auch wenn Hanna schon alle Nähte so weit wie möglich ausgelassen hatte.

Justus trug immer noch seine gewöhnliche Kleidung, obwohl Angu und Tai bereits die Fackeln anzündeten. Die Arme vor der Brust verschränkt, blickte er mit finsterer Miene konsequent an der Fürstentochter vorbei, die neben ihm stand und nicht aufhörte, zu reden. Sie erzählte gerade, wie wundervoll ihr eines der Kleider im Dorf gefallen hatte und Mei und Ayo sie davon abgehalten hatten, es zu kaufen, weil es zu auffällig gewesen wäre.

Justus sah sie weder an, noch reagierte er auf ihr Geplapper. Als er mich bemerkte, hellte sich sein Gesicht jedoch sofort auf.

»Zum Glück, Cate!«, rief er, packte Elyssabed unsanft am Arm und schob sie zu mir. »Kümmere dich mal schnell um *das da*«, meinte er nur kurz angebunden und schubste sie ein Stück in meine Richtung. »Ich muss mich umziehen!« Und schon war er im Wagen verschwunden.

Na toll! Danke, Justus!, dachte ich und verdrehte in Gedanken die Augen.

Die Fürstentochter rieb sich empört den Arm, obwohl Justus unmöglich fest zugedrückt haben konnte. »Er ist ganz schön grob«, jammerte sie.

»Ich werde ihm sagen, dass er in Zukunft ein wenig netter sein soll«, behauptete ich, obwohl ich nicht wusste, ob das irgendetwas bewirken konnte.

»Oh, das wäre wirklich toll!«, jubelte Elyssabed freudig, musterte mich kurz und blinzelte dann, als sei ihr etwas eingefallen. Unvermittelt hakte sie sich bei mir unter und spazierte mit mir im Licht der Fackeln über den Platz.

»Cate, sagtest du nicht, du und Justus seid beste Freunde?«

Augenblicklich verspürte ich wieder dieses ungute Gefühl. Das, was jetzt kam, würde mir sicher nicht gefallen.

»Ja?«, erwiderte ich mit leicht misstrauischem Ton und rieb mir die Nase. Von Weitem hörte ich bereits die aufgeregten Stimmen der Dörfler, die über einen kleinen Trampelpfad vom Dorf zur Lichtung liefen, um das Spektakel zu sehen.

»Gut!« Elyssabed trat vor mich, um mir mit aufgeregter Miene ins Gesicht zu sehen. »Dann weißt du sicher, welche Art von Frauen er bevorzugt. Nicht wahr?«

Ich war ein bisschen schockiert. Was sollte ich dazu sagen?

Natürlich wusste ich, mit welcher Art von Frau Justus an den Abenden redete, welche er heimlich im Schatten der Bäume geküsst hatte und wie ihr Kichern klang, wenn sie sich in seiner Aufmerksamkeit sonnten.

Mir wurde schlecht, wenn ich daran dachte, mich an all die Gesichter erinnerte. Schön waren sie, immer war es nur das schönste Mädchen im Dorf. Er konnte es sich schließlich leisten, nur die Schönste mit seinen Avancen zu beehren.

Mir stiegen fast Tränen in die Augen, so furchtbar fühlte ich mich plötzlich. Zum Glück war es bereits dunkel und das Licht der Fackeln erreichte uns kaum.

Elyssabed war auch schön. Wahrscheinlich schöner als jede andere, die ich je gesehen hatte. Ihr Haar war strahlend blond und glänzend, das Gesicht fein geschnitten, mit hohen Wangenknochen und großen blauen Augen. Auch ihre Figur war ideal, schmal und doch an den richtigen Stellen üppig.

Sie war perfekt. Genau die Art Frau, die Justus an einem normalen Abend ansprechen würde. Mit der er bis in die Nacht flirtete und die am Ende möglicherweise mit einem Kuss auf den Lippen nach Hause schwebte.

Bei allen Winden, es fühlte sich an, als risse mir jemand das Herz aus dem Leib.

»Er mag Frauen, die schön sind«, wisperte ich, weil meine Stimme nicht mehr hergab. Selbst wenn ich es wollte, ich schaffte es nicht, sie anzulügen. Was brachte es schon, zu lügen, jeder andere hätte ihr die Frage auch so beantwortet.

Ein leises Lächeln erschien auf Elyssabeds perfekten Lippen und ihr Blick sprühte vor Entschlossenheit. Sie wollte ihn, ich konnte es sehen, und sie würde ihn bekommen.

Mein Herz bekam einen tiefen Riss und ich schnappte nach Luft.

Sie würde ihn bekommen, nur weil sie es wollte. Und weil sie wusste, dass sie schön war.

Während des Feuerspektakels verhielt sich Elyssabed ruhig. Sie saß neben den Musikern und bestaunte alles mit großen Augen.

Von meinem Platz oben auf den Wagen beobachtete ich einmal mehr die Eleganz der Akteure und bewunderte sie dafür.

Als Justus an der Reihe war, konnte ich ihn jedoch nicht ansehen. Mein Herz begann, wie wild zu flattern, wie ein verletzter Vogel, obwohl ich gar nicht hinschaute. Stattdessen ließ ich den Blick über die Dorfbewohner schweifen.

Die Dörfler waren zahlreich erschienen. Neben dem Rauschen und Knistern des Feuers waren viele *Ah*s und *Oh*s zu hören.

Manchmal glaubte ich für einen Schreckmoment, den blonden Mann mit den meeresblauen Augen zu sehen. Doch er war es nie wirklich.

Mein Einsatz kam und das Spektakel ging zu Ende.

Ohne Appetit aß ich das Gebäck, während ich nach bekannten Gesichtern in der Menge von lachenden Dörflern suchte, und fand natürlich als Erstes Justus. Als wäre er die Sonne und ich eine Blume, die ihren Kopf immer ihm entgegenstreckte.

Er stand allein an einen Baumstamm gelehnt und trank aus einer Schale. Justus, der Mann, dem schon immer mein Herz gehörte.

Gerade wollte ich zu ihm gehen, als Elyssabed ihn erreichte.

Ich blieb wie angewurzelt stehen, weit genug entfernt, dass ich noch nicht auffiel.

Kokett warf die Fürstentochter ihre Haare zurück und lächelte ihn an. Sie zeigte wie all die Frauen die gleiche Haltung, den gleichen leicht herausfordernden Gesichtsausdruck, spitzte leicht die Lippen, um die Aufmerksamkeit ihres Erwählten auf sich zu ziehen. Auch sie präsentierten ihren Körper so vorteilhaft wie möglich.

Wie kam es, dass sie alle das konnten, nur ich nicht?

Ich schüttelte den Kopf und rieb mir die Augen. Wollte ich das überhaupt können?

Ich sollte einfach gehen, aber ich konnte nicht, beobachtete sie weiter, obwohl mir bewusst war, dass es für mich sehr schmerzhaft enden konnte, da Elyssabed ihre Sache wirklich fantastisch machte.

Doch Justus bedachte Elyssabed nur mit skeptischem Blick und ging nicht ein bisschen auf ihr Getue ein.

Mir fiel ein Stein so groß wie ein ganzer Berg vom Herzen.

Ja, sie war wunderschön, aber so leicht würde sie seine Gunst wohl nicht gewinnen. Dafür hatte sie sich bisher zu schlecht benommen.

Er hörte ihr höflich zu, trank weiter aus seiner Schale, ließ seinen Blick immer wieder abschweifen und als Marc zu ihnen stieß, atmete er sichtlich erleichtert auf. Er blieb noch einige Augenblicke am Baum gelehnt stehen, bis Marc das Gespräch übernommen hatte, und entfernte sich dann unauffällig.

Ich hätte beinahe laut aufgelacht, so sehr freute ich mich. Sie hatte alles versucht, ihre Weiblichkeit ausgespielt, und Justus hatte sich für nichts davon interessiert.

Ich war so glücklich, dass ich mich vom Wind am liebsten in die Lüfte hätte tragen lassen, um dort mit ihm zu tanzen. Doch das ging natürlich nicht.

Plötzlich bekam ich sogar Hunger und holte mir schnell eines der Hefebrötchen mit rosafarbener Zuckerglasur, bevor es keine mehr gab.

9

In dieser Nacht wurde ich von Albträumen geplagt. Der blonde Mann verfolgte mich durch den Wald. Er kam mir immer näher, sein Blick brannte sich in meinen Kopf.

In Panik rannte ich durchs Unterholz. Doch ich stolperte die ganze Zeit und kam kaum voran. Als ich den Wind rufen wollte, damit er mir half, bekam ich keine Antwort.

Die Feuerleute waren plötzlich da und ich rief um Hilfe, aber einer nach dem anderen löste sich einfach auf, bis nur noch Justus übrig war. Angestrengt versuchte ich, zu ihm zu gelangen, mühte mich, weinte und schrie nach ihm, doch er drehte sich nicht einmal um.

Und dann war da auf einmal Elyssabed neben ihm.

Sie lachte und warf ihr goldenes Haar zurück. Und Justus sah sie an, stimmte in ihr Lachen ein, legte den Kopf schräg und stützte die Hände lässig in die Hüfte.

Mein Herz gefror. »Justus!«, rief ich. »Justus, nein!«

Wie konnte er mit ihr flirten? Wie konnte er nur Augen für sie haben, wenn ich in Gefahr war? Warum kam er nicht, um mich zu beschützen?

Die Fürstentochter schlug ihn spielerisch gegen die Brust und kicherte, woraufhin Justus sie liebevoll an der Hand nahm, sanft ihre Wange streichelte und sie wegführte.

»Nein, bitte! Du nimmst ihn mir weg. Wieso nimmst du ihn mir weg?«, schrie ich verzweifelt, doch niemand schien mich zu hören. Alle waren weg.

Alles verschwamm in tobendem Feuer und Schreien.

Justus öffnete die Tür seines Wagens, ging mit Elyssabed hinein und schloss sie wieder.

Am Türgriff baumelte das in Silber gefasste Trinkhorn.

Ich erwachte mit einem Schrei. Zitternd versuchte ich, mich aufzusetzen, doch etwas hielt mich fest. Jemand.

Nein!

Verzweifelt schlug ich um mich, um mich von den Händen zu befreien, die mich an den Schultern festhielten.

»Cate«, flüsterte Justus eindringlich. »Cate. Es war nur ein Traum. Alles ist gut. Es war nur ein Traum!«, sprach er sanft auf mich ein.

Erleichterung durchströmte mich.

Bei allen Winden, es war Justus.

Ich hörte auf, mich zu wehren, atmete keuchend weiter.

»Alles klar?«, erkundigte er sich, während ich mir das wirre Haar aus dem Gesicht strich. Es fühlte sich feucht an. Hatte ich so sehr geschwitzt?

Es war so finster, dass ich Justus kaum sehen konnte.

»Machst du bitte Licht?«, bat ich ihn und meine Stimme klang dünn und brüchig in der beängstigenden Stille um uns herum.

Eine kleine flackernde Flamme entzündete sich nah bei mir und Justus tauchte aus der Dunkelheit auf. Es tat gut, ihn zu sehen.

»Ich habe schlecht geträumt«, erklärte ich und rieb mir das Gesicht. Es war ebenfalls feucht. Hatte ich etwa auch geweint?

»Ich hab's gemerkt«, sagte er nur und hob vielsagend eine Augenbraue.

»Ich auch«, bemerkte eine weitere Stimme aus der Dunkelheit und ich schrak so heftig zusammen, dass ich beinahe aus der Hängematte gefallen wäre. Justus' Arm war allerdings sofort zur Stelle, um mich aufzufangen.

Marc trat in den Lichtkreis. Natürlich. Wasser tropfte ihm aus dem Haar und auch sein Gesicht und sein Hemd schienen nass zu sein.

»Was ist mit dir passiert?«, fragte ich verwirrt und sah ihn erstaunt an. »Wieso bist du so nass?«

»Es hat geregnet«, behauptete er schlicht und schürzte beleidigt die Lippen.

Es hatte geregnet? Ich rief den Wind. Er brauste vom Himmel herunter und fegte über den Waldboden, wild und ungebändigt.

Beruhige dich!, ermahnte ich ihn und er wurde sofort schwächer, bis er nur noch ein Hauch war, der sanft mein Gesicht streichelte.

Alles war nass, weil es geregnet hatte. Das machte auch viel mehr Sinn. Ich tastete nach meiner Überdecke, die sich mit Wasser vollgesogen hatte.

»Wieso hat es geregnet?«, flüsterte ich, eher an mich als an die Jungs gerichtet.

»Das sollten wir eher dich fragen«, sagte Marc. »Du bist doch das Mädchen, das über den Wind gebietet. Woher kommen also die Regenwolken, wenn nicht von dir?«, blaffte er mich an und verschränkte mürrisch die Arme vor der breiten Brust. Er war schlecht gelaunt. Er schlief ohnehin schon ungern im Freien, aber nass werden mochte er noch weniger.

Obwohl ich die Antwort kannte, wandte ich mich dem Wind zu.

Hast du die Wolken geholt?

Es lag wohl daran, dass ich schlecht geträumt hatte. Der Wind war ein Spiegel meiner Gefühle und hatte das Wetter entsprechend verändert. Mir war nur nicht klar gewesen, dass dies auch im Schlaf passierte.

»Zuerst hat es nur gestürmt«, berichtete Justus und warf einen Seitenblick auf seinen Bruder. »Ich bin wach geworden, habe mir aber nichts weiter dabei gedacht. Es stürmt öfter, wenn du schlecht träumst.«

War das so? Warum erzählte mir das niemand?

»Doch dann hat es angefangen, zu regnen. Marc ist aufgewacht und …« Justus verstummte und blickte in den Wald. Auch Marc hatte seinen Kopf gedreht und starrte in die Dunkelheit.

»Was ist los?«, flüsterte ich und blinzelte ebenfalls in die Richtung. Waren dort nicht die Wagen? Kam da jemand durch den Wald?

»Jungs?«, hörte ich Vans Stimme und nur einen Augenblick später erfasste das schwache Licht seine Züge. »Ist alles okay?«

Ich wusste nicht recht, was ich sagen sollte. Das war mir irgendwie zu viel Aufmerksamkeit.

»Ähm, ja, ich denke schon«, erwiderte ich, weil es schien, als ob er wirklich eine Antwort von mir erwartete.

»Wir haben uns Sorgen gemacht. Vater hat mich geschickt. So schlimm gestürmt hat es lange nicht mehr, und dann auch noch der Regen! Bist du dir sicher, dass alles in Ordnung ist?«, fragte er skeptisch und ich nickte hastig.

Sie machten sich Sorgen um mich! Ich konnte nicht anders, als mich zu freuen, obwohl der Anlass nicht gerade ideal war.

»Sie hatte nur einen Albtraum«, erklärte Justus und legte seinem älteren Bruder eine Hand auf die Schulter. Die Feuerkugel wurde größer und er hängte sie neben sich in die Luft.

Van nickte, doch sein Blick war undurchschaubar. »Cate, nichts gegen dich, aber du solltest vorsichtiger sein. Du kannst es dir von uns allen am wenigsten leisten, deine Kräfte nicht kontrollieren zu können!« Seine Stimme war schneidend.

Es traf mich wie eine Ohrfeige, auch wenn es vermutlich nicht böse gemeint war. Verlegen biss ich mir auf die Unterlippe.

»Eure Sachen sind sicher nass«, meinte Van und drehte sich nach den Schlaflagern seiner Brüder um. »Wenn ihr wollt, könnt ihr bei den Kindern schlafen. Sally haben wir schon zu Juju gelegt und Benji hat gesagt, dass er sein Bett teilt.«

Natürlich hatte Van bei diesem Angebot Marc und Justus gemeint, denn für mich gab es jederzeit einen Ort im Wagen der Frauen.

Doch da wollte ich nicht hin. Zum einen, weil ich innerhalb des kleinen Wagens nicht gut schlief, und zum anderen, weil ich mir jetzt Gedanken über mich machte.

Was, wenn ich wieder einen Albtraum hatte und der Wind den Wagen auseinandernahm? Jetzt, da ich wusste, dass ich des Nachts eine Naturgewalt war, konnte ich es nicht über mich bringen, näher zu den Wagen zu gehen.

Justus schien es mir anzusehen. Er lächelte mich müde an. »Danke, aber ich bleibe hier draußen bei Cate.«

Ich atmete innerlich auf und strich ihm dankbar über den Arm.

»Marc?«, wandte sich Van an seinen jüngsten Bruder, der sich demonstrativ schüttelte.

»Ich komme sofort mit. Ich will keinen Augenblick mehr hier draußen schlafen!«

Ich atmete auf und Justus schien es ähnlich zu ergehen. Wessen Idee war es denn gewesen, ihren Wagen der Fürstentochter zu überlassen?

Van grinste nur. »Wenn du dich bereiterklärst, jeden Abend eine Geschichte zu erzählen, bevor die Kinder schlafen gehen, wirst du dauerhaft ein Bett vorfinden«, erklärte er leise.

Marc nickte und fuhr sich durch die nassen Haare. »Klar. Gar kein Problem«, meinte er und folgte Van durch den Wald. Sein nasses Schlafbündel ließ er einfach liegen.

»Aber nichts Unanständiges!«, hörte ich Van noch sagen und Marc lachte kurz auf.

Dann waren sie verschwunden.

Ich rief den Wind und sagte ihm, er solle den Himmel langsam wieder klären, damit am Morgen schönes Wetter war. Er sollte sich dabei jedoch Zeit lassen. Es hätte natürlich schneller gehen können, doch solche Wetterphänomene waren immer auffällig. Falls es jemand sah, würde er gleich ahnen, dass da etwas nicht mit rechten Dingen zuging.

»Soll ich deine Decke trocknen?«, fragte Justus und ich schrak zusammen, da ich in den Windkontakt vertieft gewesen war.

»Wie willst du das machen?«, wollte ich wissen und kämpfte mich mühsam aus ihr heraus. Zum Glück hatte die Unterdecke nicht so viel abbekommen.

»Ich verdampfe das Wasser mit Hitze.« Er nahm etwas umständlich das schwere Teil von meiner Hängematte und legte es sich um den Körper.

»Verbrennt die Decke nicht, wenn du darunter Feuer machst?« Ich blinzelte ihn verwirrt an.

»Kein Feuer, Cate. Hitze!«, korrigierte er mich und die Decke begann plötzlich, zu dampfen.

Moment. Was? Erstaunt sah ich den Dampf im leichten Wind verwehen.

»Wie machst du das?«, rief ich viel lauter, als ich gewollt hatte.

Justus betrachtete mich skeptisch.

»Cate, Windkind des Südens, wir kennen uns seit zwölf Jahren. Ich habe meine Kräfte seit acht und du behauptest, ahnungslos zu sein?« Er warf die Decke wieder über mich und ich zupfte sie verlegen zurecht. Sie war tatsächlich trocken und warm, als hätte man sie im strahlenden Sonnenschein ausgelegt.

Ich verstand nicht, was er meinte. »Wovon redest du?«

Justus lachte und schüttelte den Kopf. »Du hast echt keine Ahnung, was?« Er setzte sich auf sein Lager unter mir und verschwand damit aus meinem Blickfeld.

Das konnte ich nicht auf mir sitzen lassen. Ich spähte über den Rand meiner Hängematte.

Justus fischte gerade nach Marcs Decken und breitete sie unter sich aus.

»Wovon habe ich keine Ahnung?«, fragte ich ihn, doch er grinste nur und drehte sich einfach zur Seite.

Hatte er wirklich vor, zu schlafen, ohne mir zu sagen, worum es hier ging?

Dann war es still.

War er etwa eingeschlafen? Das war ja nicht zu fassen!

»Hey!«, fuhr ich ihn an. »Wovon habe ich keine Ahnung?«, wiederholte ich die Frage und bekam nur einen verhaltenen Lacher als Antwort.

Genervt rollte ich mich zurück und starrte in den sich langsam lichtenden Himmel. Sogar einige Sterne waren bereits zu sehen. Es war nicht mehr so finster wie zuvor.

Und ich lag schon wieder wach und konnte nicht schlafen, nur weil Justus mir nicht sagen wollte, was ich von ihm nicht wusste. Ich grübelte, ob es noch mehr gab, das ich von ihm nicht wusste. Von allen Feuerleuten war er der verschwiegenste, mit geheimnisvollen Zügen und unergründlichen Augen. Wie konnte ich mir da einbilden, ihn so gut zu kennen?

»Verdammt!«, fluchte ich leise und hörte ihn unter mir gleichmäßig atmen. Dieser blöde Kerl war doch tatsächlich eingeschlafen.

Glücklicherweise schlief ich die restliche Nacht völlig traumlos und erwachte, als die Sonne am wolkenlosen Himmel aufging.

Justus war bereits weg, als ich mich aufsetzte und über den Rand meiner Hängematte spähte. Doch das war nicht weiter ungewöhnlich.

Das Frühstück brachte allerdings so einiges an Aufregung, als plötzlich Dantes Unterarm in Flammen stand. Er war natürlich selbst schuld daran, weil er sich schwertat, seine Kräfte zur Gänze zu kontrollieren.

Doch auch Bree hatte ihren Anteil. Sie hatte dem armen Kerl an diesem Morgen schon mehr als einmal schöne Augen gemacht. Das war völlig neu und ich traute der Sache nicht so recht.

Nicht nur, weil sie überraschenderweise ihre Meinung geändert haben sollte, sondern vor allem, weil Ayo und die Fürstentochter immer in der Nähe waren und sich zwanghaft das Lachen verkneifen mussten.

Es war also sicher so etwas wie ein Spiel auf Kosten des armen Dante, der nicht wusste, wie ihm geschah.

Und schlussendlich endete es in einem Desaster.

Elyssabed schrie auf und erst da begriffen wir anderen, wie schwerwiegend das Missgeschick war.

Im ersten Moment wussten wir nicht, was wir tun sollten. Wie reagierte man richtig? Wie löschte man ein Feuer, ohne Feuer- oder Windkräfte zu benutzen?

Zum Glück reagierte Elyssabed schneller als wir. Sie griff nach dem kleinen Wasserfass und goss den gesamten Inhalt über Dante.

Endlich kam Leben in uns. Zuerst stießen wir Schreckensrufe aus, die so gespielt klangen, dass man sie kaum glauben konnte. Dann tauchte Fin auf, ein helles Leintuch in der Hand, das sie schnell über Dantes Arm legte, damit man nicht sah, dass er unter den verbrannten Resten seines Ärmels völlig unversehrt war.

Erst als Fin ihn hochzerrte und mit sich zog, kam er auf die Idee, zu schreien. »Oh nein!«, rief er sehr uninspiriert und ich schämte mich für diese schlechte Schauspielkunst.

»Es tut so weh!«, kreischte er noch, dann hatte Fin ihn schon in ihren Wagen gezogen.

Ich konnte nur den Kopf schütteln und versuchen, bestürzt auszusehen.

Zum Glück war Elyssabed zu schockiert, sodass ihr unser gespielter Schrecken offenbar nicht auffiel.

Justus, der neben mir gesessen hatte, war aufgestanden und starrte die Fürstentochter an. Sein Blick war wild und ich hatte kurz Angst, dass er sie schon wieder übers Knie legen wollte.

»Was ist los?«, fragte ich ihn, doch er antwortete nicht, musterte nur angestrengt die Fürstentochter.

Ich sah ebenfalls hin. Sie war immer noch in heller Aufruhr. Bree und Ayo ließen sich durch Elyssabeds Aufregung mitreißen und lieferten nun ein perfektes Schauspiel an ihrer Seite.

»Hey, was ist?«, wiederholte ich und berührte Justus am Arm.

Er holte tief Luft. »Nur ein kleiner Funke und auf einmal wandelt sich das Bild über einen Menschen«, sagte er plötzlich, als ich schon nicht mehr mit einer Antwort rechnete. Seine Stimme war ausdruckslos, doch in seinen Augen flackerte es.

Ich konnte das nicht richtig deuten. Weder die Worte noch das Funkeln in seinem Blick. Erneut bestätigte es sich, dass ich ihn nicht so gut kannte, wie ich immer gedacht hatte.

Verunsichert saß ich da, die Schüssel voll Haferbrei in der Hand, und biss mir auf die Unterlippe. Ich sah zu Justus, entschied mich, ihn einfach nach der Bedeutung von alldem zu fragen, da setzte er sich in Bewegung.

Rasch ging er zu Elyssabed und den Mädchen.

Mein erster Impuls war, ihm zu folgen und ihn aufzuhalten. Doch er sah nicht so aus, als wäre er wütend. Und er war es auch nicht.

Als er sie erreichte, legte er der Fürstentochter eine Hand ganz leicht auf den Arm, sah sie an und versuchte, sie mit seiner ausgleichenden Art und ermutigenden Worten zu beruhigen.

Vor Erstaunen stand mein Mund weit auf. Schnell wandte ich mich wieder meinem Essen zu und dachte verstört über seine Worte nach.

Etwas hatte sich gerade verändert. Justus hatte sich verändert. Der letzte Satz musste eine entscheidende Bedeutung haben, aber es wollte mir einfach nicht aufgehen.

Vielleicht meinte er, dass sich Elyssabeds Bild von den Feuerleuten änderte, weil sie gesehen hatte, wie Dante in Flammen stand. Aber konnte es das sein? Hätte irgendwer von ihnen ernsthaft geglaubt, dass sie etwas anderes dachte, dass sie verstand, was sie da gerade gesehen hatte, wäre sie sicher nicht mehr lange am Leben.

So brutal es auch klang. Sie konnten nicht riskieren, aufzufliegen, nur weil sie ein Mädchen am Leben gelassen hatten. Sie alle stellten das Überleben ihres Volkes immer über das eines Einzelnen. Selbst bei Feuermenschen.

Falls einer von ihnen angegriffen wurde oder in Gefangenschaft geriet, durfte er sich nicht mit seinen Feuerkräften zur Wehr setzen, wenn nur die kleinste Chance bestand, dass es jemand sah, der es weitererzählen konnte.

Das war der einzige Grund, warum das Feuervolk noch existierte, während man das Windvolk ausgelöscht hatte. Es galt Geheimhaltung um jeden Preis.

Was war es also, das Justus plötzlich so verändert hatte?

Wie er da bei den Mädchen stand, Elyssabed in die Augen sah und ihre Gedanken in andere Bahnen lenkte, damit sie wieder Farbe im Gesicht bekam, machte es auch nicht den Eindruck, als wolle er sie töten.

Im Gegenteil. Umso länger ich zusah, desto mehr erschien es mir, als freundete er sich mit ihr an. Woher aber der plötzliche Wandel?

Wandel! Hatte er nicht gesagt, dass sich durch einen Funken das Bild über einen Menschen wandeln konnte? Meinte er damit sein Bild über sie?

Elyssabed machte einen unbeholfenen Witz und Justus lachte. Ich traute meinen Augen kaum. Er lachte.

Schockiert stellte ich meine Schüssel beiseite, der Appetit war mir vergangen. War er etwa von ihrer schnellen Reaktion beeindruckt, mit der sie Dante zu retten versucht hatte? Oder hatte sie mit ihrer zarten Art und dem vor Schreck bleichen Gesicht seinen Beschützerinstinkt geweckt?

Ich kannte niemanden mit einem so ausgeprägten Beschützerinstinkt wie ihn. Immer hatte er die Augen überall, um auf alle gleichzeitig aufzupassen.

Besonders auf mich! Ich tat mich schwer, es mir einzugestehen, aber es war so. Stets hatte ich gemeint, eine besondere Stellung bei Justus einzunehmen, dass er sich für mich persönlich verantwortlich fühlte – seit dem Zeitpunkt, als er mich aus einem Wasserfass gefischt hatte.

Konnte Elyssabed mir diesen Platz nehmen? Einfach so?

Ich schüttelte den Kopf. Wie konnte ich Justus so wenig Vertrauen entgegenbringen?

Nur weil sie sich einmal erschreckt hatte, machte sie mir doch nicht gleich meine Stellung streitig. Wer war sie denn schon? Ein Mensch, ohne jede Ahnung von der Welt. Vor allem von unserer.

Entschlossen nahm ich die Schüssel wieder zu Hand und schob mir trotzig einen Löffel voll Haferbrei mit Honig in den Mund. Ich kaute und schluckte und es wurde zu einem bitteren Klumpen, der mir in den Magen rutschte.

Ich aß einen zweiten Löffel voll und redete mir ein, dass die Welt noch genauso war wie vor einer Stunde.

Fürst Bolarcss stand auf einem der Balkone und starrte auf die verschlungenen Straßen, die durch die Stadt zur Festung führten. Er wartete.

Er wartete schon seit Tagen.

Nicht auf seine Tochter, die gestern die Sommerresidenz verlassen hatte, um wieder zurück in die Hauptstadt zu kommen. Sie würde noch mindestens eine Woche brauchen, oder auch länger, wenn sie in jeder kleinen Stadt hielt, um Kleider, überteuerten Schmuck und weiteren unnützen Firlefanz zu kaufen.

Nein, der Landesfürst des östlichen Meeresgebietes wartete auf eine ganz andere Person.

Als ein eigentümlicher roter Kutschwagen in den Straßen unter ihm auftauchte, rief der Fürst laut vor Freude und stürmte in den Salon, in dem drei Diener standen, bereit, alles zu erledigen, was man ihnen auftrug.

»Holt meine feierlichen Gewänder!«, befahl er und einer der Diener entfernte sich hastig. Ein anderer goss Wein in einen goldenen Becher, den er Bolaress reichte.

Der Fürst lehnte ab und lief aufgeregt im Zimmer hin und her.

Als der erste nach einigen Augenblicken noch nicht wieder aufgetaucht war, nahm er den Weinbecher doch und leerte ihn, ohne abzusetzen. Er war wahrhaftig kein besonders geduldiger Mensch. Schon gar nicht bei Dingen, die er so ersehnte wie diesen Besucher.

Endlich kam der Diener mit einem Bündel fein säuberlich gefalteter Kleider zurück.

»Beeilt euch!«, rief der Fürst genervt und hob die Arme, damit man ihn umkleiden konnte. Heute war es ihm egal, dass sein bereits ergrautes Haar durcheinandergeriet, und schickte einen weiteren Diener mit dem Kamm wieder weg, stattdessen fuhr er sich nur kurz mit der Hand über den Kopf.

Er warf einen Blick in den Spiegel, um seiner Eitelkeit Genüge zu tun und seine leicht gebräunte Haut und die wachen blaugrauen Augen zu bewundern.

Er hatte schon immer eine Vorliebe für farbenfrohe Kleidung gehabt. Das feierliche Gewand war in strahlenden Blautönen gefärbt und mit vielen bunten Edelsteinen und Perlen bestickt. Das Wappen seines Landes, ein Fischreiher mit ausgebreiteten Flügeln und einem zappelnden Fisch im Schnabel, war groß mit Goldfäden auf den Rücken gestickt.

Gerade als man ihm noch die breite rot schimmernde Schärpe umlegte, erschallten im Hof die Fanfaren, die den Besucher ankündigten.

Am liebsten wäre der Fürst vor Freude in die Luft gesprungen, doch da viele Menschen am Hof ihm bereits nachsagten, dass er seine Gefühle zu freizügig zeigte, verkniff er sich diesen Übermut.

Also straffte er nur die Schultern, scheuchte mit einer Handbewegung den Diener weg, der immer noch dabei war, penibel alle unerwünschten Fältchen aus dem Gewand zu streichen, und lief aus seinem privaten Salon, den hellen Säulengang entlang, um oben an der breiten Festtreppe auf den lang ersehnten Gast zu warten.

Das Tor wurde geöffnet und ein Mann, begleitet von einigen Palastdienern, betrat die Halle.

Er war auffallend groß und hager. In seinem Gesicht traten die hohen Wangenknochen deutlich hervor. Die knochigen Schultern waren schmal und selbst unter dem fremdländischen, dick gewebten Gewand schienen sie ungewöhnlich spitz.

Die Kleidung stammte eindeutig von einem der Nordstämme und war in dunklen natürlichen Farben gehalten. Um den Hals, lang und schmal wie ein Turm, hingen allerlei Ketten aus einfacher Schnur, mit skurrilen Amuletten.

»Willkommen, Professor Low!«, rief der Fürst und breitete die Arme zur Begrüßung aus, sodass die vielen kleinen Steine und Perlen klimperten. »Willkommen in Berill!« Er stieg die Stufen hinunter. »Welch eine Ehre, Euch hier zu empfangen.«

Der hagere Mann verbeugte sich förmlich und lächelte. »Verehrter Fürst, die Ehre ist ganz meinerseits«, sagte er mit tiefer, melodischer Stimme.

»Ihr seid sicher erschöpft von der langen Reise, Professor. Mein Hofmeister wird Euch Eure Gemächer zeigen«, erwiderte der Fürst eifrig, der nun am unteren Ende der Treppe angelangt war. Aus einer Nische trat auf ein Zeichen ein älterer Herr mit ernstem Gesicht.

»Mein verehrter Fürst, es ist überaus nett von Euch, zuerst an mein Wohlergehen zu denken. Doch ich muss ehrlich gestehen, dass ich es kaum erwarten kann, Eure so hochgelobte Sammlung zu betrachten.« Der Professor lächelte noch freundlicher und rang die knochigen Hände.

Die Sammlung! Der Fürst warf sich in die Brust. Seine Sammlung war sein ganzer Stolz. Seit Jahren trug er antike Stücke aus aller Welt zusammen, besonderen Schmuck und andere Artefakte. Es war seine Leidenschaft. Ständig schickte er sachkundige Männer durchs ganze Land und darüber hinaus, um nach weiteren wundervollen Kleinoden Ausschau zu halten.

Es ehrte ihn zutiefst, dass Professor Tantarus Low, ein vielgeschätzter und außergewöhnlicher Völkerkundler, ein solches Interesse an seinem

Schatz hegte und er ihn dafür hatte gewinnen können, die Stücke zu katalogisieren.

»Aber selbstverständlich. Es ist mir ein außerordentliches Vergnügen!«, frohlockte er und wies die Treppe hinauf. »Hier entlang, Professor.«

Auf dem Weg zum *Saal der Schätze* tauschten sie Belanglosigkeiten über die Reise, das Wetter und das derzeitige Wohlbefinden aus, wie es sich für Edelmänner bei Hofe gehörte.

Als zwei Diener die Türen zum *Saal der Schätze* öffneten, verstummten sie jedoch.

Das Zimmer war einst ein prächtiger Festsaal gewesen, mit wunderschönen Wandmalereien, Bildteppichen, hohem Kuppeldach und großen Bogenfenstern, die den Raum hell und luftig machten.

Doch nun, da die Feste, Bankette und Bälle im neuen Teil der Festung veranstaltet wurden, hatte der Fürst diesen Saal für seine eigenen Zwecke umgestalten lassen. Überall standen Tische mit Skulpturen aus Stein und verschiedenen Metallen. Schmuck und andere antike Kostbarkeiten waren in Vitrinen ausgestellt, Truhen und Schränke voller Kunst und handgefertigten Gegenständen.

Der Professor konnte sich kaum sattsehen an all den Dingen, die nur darauf zu warten schienen, von ihm untersucht, bestimmt und geordnet zu werden. Eine wahre Schatzkammer breitete sich vor ihm aus und seine Augen begannen, zu funkeln.

»Fantastisch!«

»Nicht wahr?«, gab der Fürst zurück und betrachtete seine Sammlung voller Stolz.

»Darf ich?« Der Professor zeigte in den Saal.

»Aber selbstverständlich! Fühlt Euch wie zu Hause, seht Euch alles an. Schließlich habe ich Euch dafür eingeladen.« Der Fürst lachte.

Professor Low trat über die Schwelle und spürte förmlich all die Geheimnisse, die er lüften würde.

Seit er denken konnte, hatte er sich für Menschen und ihre Art, zu leben, interessiert. Als kleiner Junge war er fasziniert gewesen von den Händlern aus fernen Ländern, ihren Kleidern und Umgangsformen. Als er alt genug gewesen war, hatte er sich aufgemacht, die Welt zu erforschen. Einer der Kaufmänner aus dem Westen hatte ihn mitgenommen. Dadurch hatte er viel über deren ausschweifendes Leben und über ihre entspannte Art erfahren.

Die Gebirgsvölker hatten ihn danach lange in Atem gehalten. Es waren raue und recht unfreundliche Menschen und es hatte ihn viel Zeit gekostet, ihr Vertrauen zu erlangen. Sie waren Jäger und dem Stein sehr zugetan. Diese Leute schürften tief in den Bergen, erforschten Höhlen und bauten Mienen. Faszinierend!

Dann war er im Norden gewesen. Hatte sich unterschiedlichen Stämmen angeschlossen und ihre strengen Sitten und Riten ergründet.

Jetzt war er im Süden angekommen. Er hatte sein Leben der Forschung des Menschen gewidmet und es gab noch so viel zu entdecken.

Er wanderte zwischen den Kisten, Tischen und Vitrinen herum und kam an einen Durchgang, der zu einem Pavillon führte. Es gab keine Wände, nur einen niedrigen Sims, von dem ein paar bauchige Säulen aufragten, die ein durchbrochenes Dach hielten, in das buntes Glas eingesetzt war. Dazwischen waren weiße Vorhänge gespannt, die sich leicht im Wind bewegten.

Doch das eigentlich Faszinierende an diesem Bau war nicht seine Beschaffenheit, sondern es waren die Gebilde, die von der Decke hingen. Auf den ersten Blick wirkte es, als sei es nur ein einziges großes, das sich durch den ganzen Raum spannte. Bei näherer Betrachtung erkannte er jedoch mindestens zwei Dutzend Einzelstücke.

Sie alle waren verschieden und wiesen doch einige Gemeinsamkeiten auf. Jedes Stück bestand aus mehreren langen Röhren in unterschiedlichen Stärken und aus diversen Materialien. Und in allen hingen bunte Steine, Glas, Perlen und Muscheln.

Sie waren wunderschön. Er musste sich eingestehen, dass er so etwas noch nie gesehen hatte.

»Was ist das?«, fragte er den Fürsten, der hinter ihm den Pavillon betrat.

»Das sind Windspiele. Sie stammen von einem Volk, das einst an der Südspitze des Landes gelebt hat. Ich bin besonders stolz auf diese Sammlung. Sie sind schwer zu bekommen und werden zu hohen Preisen gehandelt.« Der Fürst fuhr mit der Hand durch die Röhren, die sogleich aufgeregt zu klingen begannen.

»Wirklich bemerkenswert«, sagte der Professor und lächelte. »Wie heißt dieses Volk? Wie ist es so?« Sein Interesse war geweckt. Ganz plötzlich, wie es immer bei ihm war.

Er musste die Menschen kennenlernen, die so wundersame Dinge herstellten.

»Es nannte sich das Volk des Windes. Sie sind alle tot!«

Dem Professor entglitt das Lächeln. Er starrte den Fürsten entsetzt an und trat näher zu seinem Gastgeber. »Wie ist das passiert?«

»Man hat sie getötet. Mein Volk und das des westlichen Meeresgebietes hatten Angst vor ihnen. Sie besaßen die Fähigkeit, den Wind zu lenken. Einige konnten sogar fliegen. Eigenartig waren sie! Es gab Unruhen. Dabei sind sie alle gestorben.« Der Fürst schüttelte bedrückt den Kopf.

Low spürte, dass sein Trübsinn nicht echt war. Vermutlich hatte er ein ebenso großes Interesse daran gehabt, sie loszuwerden.

Er seufzte tief. Auch wenn es das Volk nicht mehr gab, war er entschlossen, so viel wie möglich über sie herauszufinden. Ihre Geschichte reizte ihn auf Anhieb, obwohl er bezweifelte, dass es jemanden gab, der fliegen konnte. Aber dem würde er auf den Grund gehen.

»Nimm den Kopf runter, Symmon«, raunte Uro und griff mit der linken Hand nach, um sich besser an dem Vorsprung unter dem Erkerfenster festhalten zu können.

»Wenn ich den Kopf noch weiter runternehme, sehe ich aber nichts mehr und dann wäre die ganze Kletterpartie umsonst!«, fauchte dieser zurück und schob vorsichtig den Fensterverschlag weiter auf.

Im Inneren des Erkerzimmers entkleideten sich gerade die Kammerzofen der Herzogin von Waalen, die derzeit in Berill einen Besuch machte. Sie wollten ein Bad nehmen und sich gegenseitig mit einem Stück Süßholzseife den Rücken einreiben.

»Wenn sie uns entdecken, war diese Kletterpartie nicht nur umsonst, sondern auch peinlich«, warf Uro ein und lugte über den groben Stein hinweg ins Zimmer.

»Dir vielleicht. Mir ist nichts peinlich«, entgegnete Symmon gepresst und schob sich mit den Armen näher an den Erkersims, um besseren Halt für die Füße zu finden.

Uro rollte mit den Augen. »Ich erinnere dich ja nur ungern an den Vorfall im letzten Monat. Sich des Abends in Frauenkleidern in sämtlichen Spelunken herumzutreiben, war nicht deine beste Idee. Auch nicht, um an Informationen für Fristan zu kommen. Und vor allem nicht, als du nach dieser durchzechten Nacht im Bett vom Bäcker Olaf erwacht bist.«

»Und wie der geguckt hat, die blinde Tonne, als er gemerkt hat, dass er sich einen Mann als Bettwärmer gesucht hat!«, lachte der drahtige junge Kämpfer und duckte sich schnell weg, als eine der Frauen zum Fenster sah. »Aber peinlich war das schon.«

»Ja! Ich habe gehört, dass der Bäcker seit jenem Vorfall von seinen erkorenen Bettgespielinnen ausreichende Beweise ihrer Weiblichkeit verlangt, bevor er sie mit nach Hause nimmt.« Uro gluckste und hatte dabei Mühe, sich festzuhalten.

Symmon krümmte sich vor Lachen.

»Hört ihr das?«, fragte eine der Zofen und trat ans Fenster, während sie sich ein leinenes Tuch um ihre weiblichen Rundungen schlang. Als sie Symmon und Uro an der Brüstung des Erkers hängen sah, entfuhr ihr ein spitzer Schrei.

Sie mussten dadurch nur noch heftiger lachen und entkamen so auch nicht dem Schlag, den die Zofe plötzlich mit einem Schürhaken auf sie herabsausen ließ.

Sie erwischte Symmon an der linken Schulter, während sich Uro rechtzeitig ducken konnte, sich dafür aber das Knie an der Mauer aufschlug.

Beide Männer fluchten lautstark und entkamen nur um Haaresbreite einem weiteren Hieb, da sie sich einfach nach hinten fallen ließen.

Mit lautem Krachen durchschlugen sie das morsche Holzdach des angrenzenden Heulagers. Lachend, spuckend und ihre Verletzungen reibend, kletterten sie aus dem getrockneten Gras und stapften auf den Hof hinaus.

»Hoffentlich brecht ihr euch irgendwann den Hals!«, schrie ihnen die Zofe hinterher.

Symmon und Uro verbeugten sich elegant und lüfteten die nicht vorhandenen Hüte.

Dann machten sie auf dem Absatz kehrt und spazierten durch das Bedienstetentor auf den Festungsvorhof.

In der Mitte des Hofes stand ein eigenartiger dunkelrot lackierter Kutschwagen.

Sie blieben stehen und lehnten sich im Schatten an die Mauer.

»Ich glaube, dein Vater hat Besuch«, sagte Uro und biss in einen Apfel, den er einer Magd aus dem Korb gestohlen hatte, die gerade an ihnen vorbei zur Küche geeilt war.

»Ja, das ist so ein Professor, der sich seine *Sammlung* anschauen soll! Irgendein hochwichtiger Mann.«

Symmon nahm Uro den Apfel aus der Hand, als dieser gerade ein zweites Mal abbeißen wollte, und schlug seine Zähne selbst hinein.

»Sicher, dass es nicht deine Schwester ist?« Uro starrte auf den Apfel. Er wollte ihn sich auf die gleiche Art zurückholen, wie Symmon ihn ihm abgenommen hatte, doch dieser schlug ihm wie beiläufig auf die Hand, als er es versuchte.

Sie beobachteten die Stallburschen dabei, wie sie den Wagen behutsam in den Kutschverschlag stellten, die Pferde anschließend ausspannten und zu den Ställen führten.

»Sicher! Erstens reist sie nicht mit so einem seltsamen Gefährt. Und zweitens«, er biss noch einmal ab und gab Uro das Apfelgehäuse zurück, »hörst du, wie die Zofen aufgeregt hin und her rennen, wie eine anstrengende Frauenstimme zetert und gleichzeitig damit prahlt, das schönste Kleid im ganzen Land erstanden zu haben?« Er sah Uro an, der nur enttäuscht auf den kläglichen Rest in seiner Hand starrte.

»Nein«, gab der zurück.

»Dann wird Elyssabed nicht hier sein!« Symmon stieß sich von der Mauer ab, griff in seine Umhängetasche und warf seinem verdutzten Freund einen frischen Apfel zu.

Uro schüttelte nur den Kopf und biss hinein. »Man könnte fast glauben, du magst sie nicht.«

Der Fürstensohn lachte auf. »Man könnte fast glauben, du wünschst dir, dass sie schnell wieder hier ist.« Er sah Uro mit hochgezogenen Augenbrauen an.

»Hey, sie ist wunderschön!«, verteidigte sich dieser.

Sie schlenderten an der Mauer entlang und durch ein weiteres Bedienstetentor.

»Ja, da hast du recht. Aber das war's dann auch schon!«, verkündete Symmon und ließ die linke Schulter kreisen, um sie nach dem Schlag mit dem Schürhaken zu entspannen.

»Als würdest du mehr von einer Frau verlangen«, sagte Uro spottend und die beiden traten aus der Festung.

Die Oberstadt mit ihren hellen, luftig gebauten Häusern breitete sich unter ihnen aus. Doch ihr Ziel lag auf der anderen Seite des Flusses, in den engen und schmutzigen Gassen der Unterstadt.

»Ich verlange von einer Frau, dann und wann still zu sein«, gab Symmon zurück und beide lachten. Still zu sein, war eindeutig keine von Elyssabeds Tugenden.

Aber egal, wie sehr sich Symmon auch über seine jüngere Schwester beschwerte, Uro wusste genau, dass er sie eigentlich mochte. Obwohl er es ungern zugab.

Und dieser wiederum wusste sicher, dass Uro Elyssabed nicht halb so gernhatte, wie er manchmal andeutete.

»*Zum trunkenen Schwätzer*?«, fragte Symmon.

Uro grinste. »Du willst dich schon so früh am Tag betrinken? Welch ein Frevel!«, rief er so laut, dass es auch die edlen Damen hören konnten, die ihnen auf der breiten Feststraße entgegenkamen.

Die Frauen sahen erschüttert zu Symmon, der nur ein anzügliches Lächeln für sie bereithielt, woraufhin sie empört und mit geröteten Wangen die Blicke senkten.

Symmon lachte. Es war einfach zu komisch, wie leicht sich Edeldamen aus der Fassung bringen ließen.

»Schließlich müssen wir unsere Kletterpartie doch gebührend feiern«, erklärte er und reckte ruhmesreich die Faust in die Luft.

»Als würde ich *Nein* sagen«, erwiderte Uro und biss ein letztes Mal in den Apfel.

»Genau das ist seit jeher dein Problem, mein Freund. Du kannst einfach nicht *Nein* sagen«, führte Symmon den Witz mit gespielt ernster Stimme weiter aus.

»Es würde auch nichts nutzen, zu dir *Nein* zu sagen, du würdest mich ja doch mit reinziehen«, murmelte Uro und wog das Apfelgehäuse in der Hand.

»Wie bitte?«, empörte sich der Fürstensohn mit unschuldigem Ton und Uro warf ihm das Gehäuse an den Kopf.

Die Unterstadt war nicht weit, wenn man die Schleichwege kannte.

Das Schankhaus *Zum trunkenen Schwätzer* war eine kleine und verwinkelte Spelunke, in der sich allerlei seltsame Gestalten herumtrieben. Selbst jetzt, am frühen Nachmittag, war relativ viel Betrieb.

Uro und Symmon grüßten den bulligen Mann an der Tür mit Handschlag und setzten sich an ihren Stammtisch. Tauron, der Türsteher, schreckte Fremde ab und hielt das Gesindel fern.

Selbst wenn es wie ein gewöhnliches, leicht schmuddeliges Wirtshaus wirkte, war es doch weit mehr.

Es gehörte zum Herrschaftsgebiet der *Schwarzen Sonne*, der Diebesgilde.

Uro und Symmon wussten, dass die Leute nicht verstanden, warum sich der Sohn des Landesfürsten und der Sohn seines Hofverwalters in solcher Gesellschaft herumtrieben. Eigentlich sollten sie die vornehmsten Männer des Landes sein. Mehr oder weniger zumindest, denn ihre Abenteuerlust und ihr Geschick, immer in Schwierigkeiten zu geraten, stieß in den gehobenen Kreisen nicht auf allzu viel Anklang.

Obwohl es eine Zeit gegeben hatte, in der sie sich ernstlich bemüht hatten, anständige Bürger zu werden und sich ihrem Stand entsprechend zu benehmen, hatte es ihnen nie zu besonderer Ehre gereicht.

Mit der Diebesgilde Hand in Hand zu arbeiten, auch nicht. Doch es war immer noch besser, als sich selbst vorzuheucheln, dass der Fürst in seinem Land wirklich etwas bewirkte. Die Kriegspolitik trat seit bestimmt zehn Jahren auf der Stelle.

Der sinnlose *Krieg*, den der Fürst gegen das westliche Meeresgebiet führte, war ein Witz und nicht wert, ein solcher genannt zu werden. Und doch verschlang er Unmengen an Geld, Zeit und auch immer wieder Menschenleben von Soldaten und Bewohnern des Grenzgebiets.

Und worum ging es? Um ein Stück Land, das keinem der Gegner zustand, weil sie das Volk, das es einst bewohnt hatte, heimtückisch und aus reiner Gier zu Tode gebracht hatten.

Symmon ärgerte sich immer wieder darüber, dass er damals noch nicht zurück gewesen war, um seinem Vater diese Idee, die dem Wahnsinn selbst entsprungen sein musste, auszureden.

Solange er und Uro der Diebesgilde angehörten, konnten sie wenigstens am politischen Geschehen mitwirken. Zwar nicht legal, aber dafür wirksamer als alle Sackgassen-Maßnahmen, die der Fürst von Zeit zu Zeit vornahm, um sich einen Vorteil gegenüber seinem Gegner zu verschaffen, der nie lange anhielt.

Sie betraten den Schankraum. Im *trunkenen Schwätzer* fand man immer Zerstreuung, Ausgelassenheit und eine Leichtsinnigkeit, auf die man wetten konnte.

Der Wind rauschte durch die Bäume am Rand der Lichtung. Er war in den letzten Tagen sehr stürmisch. Was wahrscheinlich an mir lag.

Denn ich war verzweifelt.

Auch wenn ich mir immer wieder einzureden versuchte, dass es nicht so war, schien es doch, als hätte ich mit meiner Vermutung recht.

Justus war seit jenem Morgen nicht mehr von Elyssabeds Seite gewichen. Er saß beim Essen neben ihr, ging mit ihr in die Dörfer, ließ sie bei sich auf dem Kutschbock sitzen und war sogar bei den Festen nach dem Feuerspektakel bei ihr.

Immerhin flirtete er nicht. Kein einziges Mal hatte ich einen falschen Blick oder ein herausforderndes Lächeln von ihm gesehen. Im Gegensatz zu ihr, die jede Gelegenheit nutzte, um ihm schöne Augen zu machen.

Er war stets freundlich, hilfsbereit und zuvorkommend, doch nie so, wie er es mit den Mädchen aus den Dörfern gewesen war.

Aber ich verstand die Welt nicht mehr.

Der Wind schlug lautstark einen Fensterladen zu.

Von den Lösungen, die mir einfallen wollten, gefiel mir eine weniger als die andere.

Was, wenn er in sie verliebt war? Ich hatte Justus noch nie ernsthaft verliebt gesehen, wer wusste schon, wie das bei ihm aussah? Vielleicht ja genau so!

Er schlief nicht einmal mehr unter meiner Hängematte. Ich hatte keine Ahnung, wo er sich nachts rumtrieb.

Soweit ich von Marc wusste, war Justus zumindest nicht in ihrem Wagen. In dem seines älteren Bruders allerdings auch nicht. Niemand schien zu wissen, wo Justus zurzeit die Nächte verbrachte. Die anderen konnten sich wenigstens einbilden, er sei draußen im Wald, bei mir.

Brees Gezeter riss mich aus den Gedanken.

»Warum immer ich?«, rief sie und stampfte wütend mit dem Fuß auf.

Tanja stemmte die Arme in die Seite und sah auf ihre Nichte hinab. »Weil ich es gesagt habe! Nimm Ayo mit. Ihr zwei vertrödelt eure Zeit doch sowieso nur nutzlos mit Geschnatter und Getratsche.«

Wütend und schimpfend drehte sich Bree um und stapfte mit Ayo im Schlepptau in den Wald.

Ich zog die Beine an und umschlang meine Knie.

Gedankenverloren saß ich auf unserem Wagen und sah den anderen zu, wie sie herumwuselten und ihrer Arbeit nachgingen.

Hanna fertigte aus feinen Schnüren und Glasperlen eine Brosche. Fin rührte mit Elias Hilfe eine Salbe an, die von hier oben wie gelblicher Eiter aussah und Elias Miene nach zu schließen auch nicht besser roch.

Hoffentlich war sie nicht für den armen Dante, der seit Tagen gelangweilt herumsaß, während alle ihm ständig sagten, er solle sich schonen. Selbst am Feuerspektakel durfte er nicht teilnehmen, schließlich würde sein Verband verbrennen.

Van, Angu und Tai waren mit ihren Frauen in das nächste Dorf gegangen und hatten die Kinder bei Beress und Tanja gelassen. Zuerst hatten sie Würfelspiele gespielt, doch dann war Marc aufgetaucht und nun spielten sie mit ihm *Die Heldensaga des Dresch Karonan* nach; eine Figur, die Marc in den Abenteuergeschichten, die er den Kindern erzählte, als Protagonisten verwendete.

Bree und Ayo waren zum Holzsammeln verdonnert worden. Eine unliebsame Arbeit, da alle wussten, wie überflüssig sie war.

Die Zwillinge stritten gerade darüber, welcher der Stöcke, die sie gefunden hatten, denn nun Dresch Karonans *schwarzes Schwert der Verzweiflung* war, als Mei zwischen den Wagen hindurchgestürmt kam.

»Ich habe Steinpilze entdeckt!«, rief sie triumphierend und warf die Arme in die Luft. Das war eine tolle Nachricht, da es Abwechslung in unserer Verpflegung bedeutete.

Tanja erhob sich mit freudigem Gesicht von ihrem Platz vor dem lilafarbenen Wagen. »Wirklich? Moment …« Sie räumte Kartoffeln von einem Korb in einen anderen. »Ich gebe dir den hier. Bring so viele, wie du finden kannst.« Sie pustete den Dreck heraus und reichte den Korb an ihre Tochter weiter, die schon ungeduldig von einem Fuß auf den anderen trat. »Und nimm jemanden mit!«, setzte Tanja hinterher, als Mei ihr den Korb beinahe aus der Hand riss, und bedachte sie mit einem strengen Blick.

»Ach Mama«, nörgelte Mei, sah sich aber gehorsam nach jemandem um. »Marc?«

»Bin beschäftigt!«, antwortete dieser sofort und band Garan ein schwarzes Tuch so, dass es wie der Umhang von Dresch Karonans bösem Widersacher aussah.

»Haha! Dresch Karonan, dies wird dein Untergang sein!«, rief Garan mit verstellter Stimme und reckte einen Ast in die Luft.

Er war so süß, dass ich einfach über ihn lachen musste. Das hob meine

Laune ein wenig und ich entschloss mich gerade, vom Dach des Wagens zu klettern, um Mei zu begleiten, als Elyssabed von ihrem Spaziergang zurückkehrte – Justus neben ihr.

Wie er an ihr klebte! Mir wurde wieder schlecht. Der Entschluss, hinunterzusteigen, löste sich im vorbeirauschenden Wind auf und meine Stimmung kippte erneut.

»Justus! Genau zur richtigen Zeit!« Tanja zeigte lachend zu Mei. »Sie hat Pilze gefunden. Kannst du sie begleiten?«

»Ist sie nicht langsam alt genug, um mal was allein zu machen?«, erwiderte er trocken.

Doch der Blick seiner Mutter duldete keinen Widerspruch.

Justus seufzte und ging zu Mei.

»Ist es weit?«, erkundigte sich Elyssabed sofort und schloss zu den beiden auf. Sie wollte sie demnach begleiten.

Am liebsten hätte ich mich übergeben. Jetzt würde ich erst recht nicht mehr von dem Wagen steigen.

Sollen sie doch Arm in Arm verrotten!

Wütend wiegte ich mich vor und zurück. Mir wurde noch elender, als ich sie mir wirklich Arm in Arm vorstellte, also verdrängte ich den Gedanken schnell wieder aus meinem Kopf.

Ich beobachtete, wie sie zu dritt in den Wald gingen. Justus immer einen Schritt hinter Elyssabed.

Ich schnaubte laut. Was dachte er sich nur dabei? Dieser Idiot!

Ach, Kappadreck!

Als sie nicht mehr zu sehen waren, hielt ich es nicht länger auf meinem Platz aus. So gab ich mir einen Ruck, kletterte an der Rückseite des Wagens hinunter, damit die anderen mich nicht sahen, und ging ebenfalls in den Wald.

Der Wind hatte mir am Morgen von einem kleinen See erzählt.

In der Nähe des Nordflusses, der seinen Namen nur daher hatte, dass er von Norden her ins Meer floss, gab es viele dieser Seen, in denen man baden konnte.

Ich ging dort immer allein hin. Es hätte keinen Zweck gehabt, jemanden zu fragen, ob er mitkommen wollte, denn niemand hätte *Ja* gesagt.

Feuer und Wasser vertrugen sich nicht gut. Deshalb vermied das Feuervolk es im Großen und Ganzen, nass zu werden. Gewaschen wurde sich mit einem feuchten Tuch und die Haare am besten kopfüber, damit der Körper keinen Tropfen zu viel abbekam.

Es wirkte manchmal fast lächerlich, wie wasserscheu sie alle waren.

Und Elyssabed zu fragen, war ausgeschlossen. Zum einen war sie sowieso mit Justus und Mei Pilze suchen gegangen, zum anderen wollte ich sie nicht in meiner Nähe haben.

Als sie mich gestern kurz angesprochen hatte, schwärmte sie mir vor, wie wundervoll es doch war, von einem so starken und gut aussehenden Mann wie Justus überallhin begleitet zu werden. Schnell hatte ich mich entschuldigt und war in den Wald gerannt, um dort laut zu schreien. Der Wind hatte für mich meine Stimme verborgen, sodass mich keiner hören konnte. Auch wenn ich mir gewünscht hätte, dass Justus angerannt gekommen wäre, aus Angst, mir sei etwas passiert.

Aber ich wusste, dass es ein alberner Gedanke war.

Der See war wesentlich kleiner als der letzte und hatte an drei Seiten ein steil aufsteigendes Ufer. Ich kletterte den Hang an einer flacheren Stelle hinunter und verkniff es mir, zu fliegen. Es wäre alles so einfach, wenn ich einfach fliegen könnte, ohne ständig Angst zu haben, dass mich jemand sah. Obwohl der Wind mir sagen würde, wenn ich nicht allein wäre.

Ich entkleidete mich schnell und hängte meine Kleider in einen Baum.

Das Wasser war kalt und klar.

Gerade rieb ich mich mit kleinen Kieseln ab, nachdem ich ein paar Bahnen durch den See geschwommen war, als der Wind zu mir kam. Ich spürte seine Aufregung, bevor er bei mir war.

Mei kommt zu dir!, rief er mir zu und brauste ungehalten weiter.

Mei? Aber wenn es nur Mei war, warum dann diese Aufregung?

Als ich plötzlich einen Schrei hörte und das Rutschen von Geröll, blieb ich erschrocken stehen. Nur ein Augenzwinkern später rauschte Mei auf einer kleinen Steinlawine über die Kante des Hanges zu meiner Rechten und stürzte die letzten fünf Meter hinunter ins Wasser.

»Bei allen Winden!«, schrie ich und schnellte wie ein Pfeil durch die Luft zu der Stelle, an der sie untergegangen war.

Ich sah sie nur schwer im aufgewühlten Wasser. Steine und Erde trübten die Sicht. Doch es reichte, zu wissen, wo sie ungefähr war. Ich ließ mich fallen, griff nach unten, erwischte irgendwie ihre Bluse und zog. Sie zappelte und schlug um sich, machte es mir schwer, sie nach oben zu ziehen.

Als wir allerdings die Wasseroberfläche durchbrachen und sie wieder atmen konnte, hörte sie augenblicklich auf, sich zu wehren, und ließ sich an Land ziehen.

»Bist du verletzt?«, fragte ich sie eindringlich und besah mir ihre Arme und Beine. An den Ellenbogen hatte sie fiese Schürfwunden. Ich schlug ihre klatschnassen Hosenbeine hoch. Die Beine wirkten soweit in Ordnung.

»Cate?!«, japste Mei völlig aufgelöst und sah mich ungläubig an.

»Bist du verletzt?«, wiederholte ich die Frage und sah sie scharf an.

Der Wind rauschte. Er sagte etwas, aber ich hörte nicht zu.

»Ich denke nicht«, antwortete Mei mit kläglicher Stimme und griff an ihre rechte Seite. Scheinbar hatte sie doch etwas abbekommen, aber wenigstens war nichts Schlimmeres passiert.

Auf einmal kam Justus den flachen Hang runtergeschlittert. »Mei!«, brüllte er und als er uns sah, blieb er erschrocken stehen.

Mei setzte sich umständlich auf und drehte sich zu ihrem Bruder. »Mir geht's gut! Schau gefälligst weg!«, fauchte sie ihn an und sein blasses Gesicht wurde augenblicklich rot wie glühende Kohlen. Schnell wandte er den Blick ab.

Erst da wurde mir bewusst, dass ich nackt war. Mein Kopf fühlte sich auf einmal wie ein frisch gekochter Krebs an.

Oh verdammt, er hatte mich nackt gesehen! Justus hatte mich nackt gesehen! Meine Wangen schienen vor Scham zu verglühen und ich eilte zu meinen Kleidern, um mich hastig anzuziehen.

Ich habe versucht, dich zu warnen, hauchte der Wind. *Du hast mir nicht zugehört!*

Bei allen Winden! Jetzt war es zu spät. Ich scheuchte ihn, damit er mich trocken pustete.

»Ist ihr was passiert?«, hörte ich Elyssabed von weit oben rufen. Typisch, das Prinzesschen traute sich nicht den Hang herunter.

»Ist dir was passiert?«, gab Justus die Frage an Mei weiter. Ich wusste, dass es auch die seine war.

»Ich denke nicht«, sagte sie, doch der Ton ihrer Stimme war vage. Sie versuchte, aufzustehen, und verzog schmerzlich das Gesicht. »Ich werd 'ne Menge blaue Flecken haben«, stellte sie fest und zog die nasse ärmellose Bluse nach oben, um ihren Bauch zu betrachten und den Rücken zu betasten. An der engen Weste, die sie darüber trug, war die Schnürung gerissen und sie hing schlaff an ihr herunter.

»Und Schürfwunden«, fügte ich hinzu.

Ich verknotete mein Brustband und band eine Schleife in die Kordel an der Unterhose. »Wie ist das denn passiert?«, wollte ich wissen, um mich abzulenken, und schlüpfte in meine grüne Lieblingsbluse.

Justus schnaubte und verschränkte die Arme vor der Brust.

Bildete ich es mir nur ein oder dampfte sein Kopf?

»Wir waren Pilze sammeln und dann stand da ein riesiger Steinpilz«, erzählte mir Mei und setzte sich ächzend wieder hin.

»Direkt am Abhang! Ich habe dir gesagt, du sollst ihn stehen lassen!«, rief Justus entrüstet, drehte sich zu seiner Schwester und zeigte anklagend mit dem Finger auf sie.

Ich quietschte vor Schreck und hielt mir mein Kleid vor den Körper.

»Verdammt! Entschuldige«, stammelte er und wandte sich wieder ab.

Ich zog mich fertig an und versuchte, schnell mit den Schnürungen zu sein. Was nicht so einfach war, so völlig verwirrt, weil mein bester Freund, der Mann, in den ich verliebt war, mich splitternackt gesehen hatte.

»Warum hast du sie nicht aufgehalten?«, fragte ich und gab die Bemühung auf, eine schöne Schleife hinzubekommen. Das war ja jetzt auch schon egal.

Ich konnte mir ziemlich genau vorstellen, wie Mei trotz der Ermahnung an den Riesensteinpilz hatte rankommen wollen. Es war so typisch für sie, dass es mich wunderte, dass Justus das nicht auch klar gewesen war.

»Ich habe es ihr doch gesagt!«, verteidigte er sich und fuchtelte mit der Faust in der Luft herum.

»Gesagt? Hier geht's um Mei. Ein Sack voll Flöhe hört besser als sie. Wo war dein Kopf, als sie es trotzdem gemacht hat?!«, erwiderte ich laut und zog genervt die Augenbrauen zusammen.

»Hey!«, empörte sich Mei, doch wir überhörten sie geflissentlich.

»Ich … ich war beschäftigt!«, meinte Justus mit hartem Ton und die Art, wie er es sagte, ließ mich aufhorchen. Es klang wie eine Ausrede. Und zwar keine gute!

»Womit warst du beschäftigt?« Ich wrang meine Haare aus und trat zu den beiden. Schnell tippte ich ihm gegen den breiten Rücken, damit er wusste, dass ich angezogen war.

»Ich war einfach abgelenkt!«, fuhr er mich an, während er sich umdrehte und mich wütend anstarrte.

Hoppla! Warum war er denn so sauer? Ich hatte ihn doch nur gefragt, was los gewesen war.

Obwohl ich spürte, dass er das Thema am liebsten einfach fallen gelassen hätte, konnte ich nicht anders, als weiterzufragen. »Womit warst du abgelenkt?«

Doch da ging es mir plötzlich auf. Die richtige Frage war, *von wem*? Entgeistert riss ich die Augen auf.

Justus biss sich erst auf die Unterlippe und befeuchtete sie dann mit der Zunge. Er fühlte sich offensichtlich gar nicht wohl in seiner Haut.

»Elyssabed, nicht wahr?«, fauchte ich entrüstet. »Was hast du mit ihr getrieben, hm? Hat sie dich zufällig hinter einen Baum gelockt?«, warf ich ihm an den Kopf und erschauderte bei dem Gedanken.

Wie schrecklich! Was, wenn sie sich geküsst hatten? Wie sollte ich das ertragen?

»Da war ein Käfer!«, versuchte er, sich zu verteidigen. »Auf ihrem Rock!«

»Auf ihrem Rock?!«, rief ich. Was sagte ich da nur? Bei allen Winden! Was, wenn er ihren Rock gelüftet hatte? Ich wollte auf der Stelle sterben, so furchtbar war mir zumute!

»Ja, sie hat geschrien. Ich habe versucht, den Käfer wegzunehmen!« Er sah mich gehetzt an, wie ein Tier, das sich in die Enge gedrängt fühlte. Und da war auch Wut, wahrscheinlich auf Mei, die nicht hören konnte, und auf mich, die ich immer weiter bohrte. Oder aber auf sich selbst, weil er sich für seine Schwester verantwortlich fühlte und es vermasselt hatte.

»Du kümmerst dich um Käfer, während deine Schwester in den Tod stürzt?«, keifte ich ihn an und schlug ihm mit der Faust gegen die Brust.

»Sie ist ins Wasser gefallen«, wehrte er ab und zeigte auf Mei, die sich gerade aufrichtete. »Ihr ist ja nicht mal wirklich was passiert!«

»Aber was, wenn da kein Wasser gewesen wäre? Oder sie sich den Kopf gestoßen hätte und ohnmächtig geworden wäre? Dann wäre sie ertrunken!« Meine Stimme überschlug sich fast.

Sie hätte tot sein können!

Ich dumme Gans! Ich war so sauer, weil er sich nur noch für Elyssabed interessierte, dabei wäre Mei beinahe gestorben. Ja, es war mein eigenes Argument gewesen, aber ich hatte geredet, bevor ich realisiert hatte, was ich da sagte.

»Schluss jetzt!«, schrie Mei, stellte sich zwischen uns und schob uns auseinander. »Ich bin am Leben und alles ist in Ordnung. Ich bin nur ein bisschen nass geworden!«

Der Wind kam herbei und begann, Mei gezielt anzupusten, damit auch sie trocknete. Doch sie schien das so befremdlich zu finden, dass sie mich irritiert ansah. Ich ließ ihn aufhören und er zog beleidigt davon, um kleine Wellen auf dem See zu schlagen.

Ich hatte das Mittagessen verpasst. Aber es war mir gleich. Ich hätte eh nichts runtergekriegt.

Mei und Justus waren gegangen, nachdem Mei unseren Streit beendet hatte. Ich war allein am See zurückgeblieben. Aufgewühlt und wütend, auf Justus und auf mich selbst.

Dieser Idiot, dieser Schuft! Wie war er nur so unvorsichtig geworden? Und warum hatte ich mich mit ihm streiten müssen?

Doch diese Wut war inzwischen verraucht und ich fühlte mich zerschlagen und hohl.

Langsam ging ich zurück und hörte die Musik im Lager schon von Weitem.

Als Erstes Ayos Trommeln, die sie wie wild schlug, dann eine Flöte, und als ich um einen Wagen herumkam, setzte Bree gerade mit ihrer Geige ein.

Sie spielten fröhliche Tanzmusik und ein paar versuchten sich an einem einfachen Reigen.

Es herrschte ausgelassene Stimmung.

Der Wind stürzte sich fröhlich zwischen die Tanzenden und wirbelte um sie herum.

Laila saß auf einem Hocker, wippte mit den Füßen und klatschte in die Hände. Tanzen konnte sie in ihrem Zustand nicht mehr. Das Baby dürfte bald kommen.

Ich setzte mich auf die Treppe vor unseren Wagen und sah eine Weile zu.

Marc forderte gerade die Fürstentochter zum Tanz auf. Sie nahm an, aber ich konnte an ihrem Blick zu Justus ablesen, dass sie lieber von ihm aufgefordert worden wäre.

Doch da konnte sie lange warten! Nicht ein einziges Mal in zwölf Jahren hatte ich Justus tanzen sehen. Ihn hatte kein Betteln oder Weinen, keine Bestechung meinerseits erweichen können.

Er saß in der Nähe der Musiker und sah dem Treiben zu, während er sich mit Fin unterhielt.

Elyssabed lernte schnell und nach wenigen Takten wirbelte sie durch die Tanzenden, als täte sie seit Jahren nichts anderes. Marc lachte laut und alle klatschten ihr Beifall.

Ich war nicht in der Stimmung für eine Freudengesellschaft gewesen, aber es dauerte nur zwei oder drei Lieder und meine Laune hatte sich merklich gehoben. Mir ging es mittlerweile sogar so gut, dass ich wahrscheinlich *Ja* gesagt hätte, wenn man mich aufforderte. Leider kam das eher selten vor. Ich konnte zwar einigermaßen gut tanzen, doch wegen meiner Schüchternheit lehnte ich oft ab, obwohl ich gern wollte.

Mei kam zu mir und zeigte mir die eklig stinkende Salbe, die Fin ihr auf die Schürfwunden aufgetragen hatte. »Warum müssen die Sachen von Tante Fin immer so stinken?«, empörte sie sich und pustete eines ihrer Zöpfchen aus dem Gesicht.

Ich war froh, dass ihr nichts weiter passiert war.

Fin hatte sie gründlich untersucht und gesagt, es sei nichts gebrochen.

Am liebsten hätte ich Mei umarmt, doch die Salbe hielt mich davon ab.

Hanna kam schwer atmend auf uns zu getaumelt und ließ sich zu mir auf die Treppe fallen. Sie strahlte uns an. Ihre Wangen waren vom Tanz gerötet.

Ich musste lächeln.

Ihr allerdings fiel das Lachen aus dem Gesicht, als sie mich ansah.

»Wie sehen denn deine Haare aus?!«, rief sie und ich fasste mir an den Kopf.

Mein Haar war mittlerweile getrocknet und heillos verknotet, da ich es nicht gekämmt und der Wind wie ich ein bisschen getobt hatte.

Hanna holte eine Bürste aus dem Wagen, die sie wie einen Zauberstab schwang. Eifrig setzte sie sich hinter mich und versuchte sorgfältig, alle Knötchen zu entfernen, ohne mir dabei allzu sehr wehzutun. Und sie war da die Einzige, die das schaffen konnte.

Kai hatte seine Mandoline zur Hand genommen und begann, darauf zu spielen. Es wurde ruhiger im Lager. Die erschöpften Tänzer setzten sich, tranken Wasser und lauschten den Klängen des Saiteninstrumentes. Irgendwann begann Tanja, zu singen, und alle applaudierten überrascht.

Sie hatte eine wundervolle Stimme und sang ein romantisches Lied über die Schönheit des Waldes, über eine Reise und einen Liebsten, der zu Hause auf sie wartete.

Hanna begann, mir die Haare zu einem hoch angesetzten festen Zopf zu flechten. Egal, wie oft ich ihr sagte, dass es unnütz war, mich zu frisieren, versuchte sie es immer wieder und ärgerte sich dann, dass sich mein Zopf nach kürzester Zeit aufzulösen schien.

Natürlich war dafür der Wind verantwortlich. Er mochte es nicht, wenn meine Haare nicht frei waren. Er war ja schon der Meinung, ich sei es auch nicht. Immer wieder behauptete er, ich sei eine Gefangene; mein Körper gefesselt an den Boden und mein Herz an die Menschen, die mir meine Freiheit versagten.

»Ach komm schon, Justus!«, hörte ich Ayos Stimme.

Neugierig reckte ich den Hals. Was wollte sie von ihm?

Kai hielt ihm das Instrument hin und Tanja versuchte, sie an ihren Sohn weiterzureichen.

»Zier dich nicht so. Sing etwas für uns!«, drängte sie ihn und lachte über seinen unwilligen Gesichtsausdruck.

Er hatte die Arme abwehrend vor der Brust verschränkt und sah seine Eltern finster an. »Das ist doch nicht euer Ernst?!« Empört weigerte er sich, das Instrument entgegenzunehmen.

»Los, Justus!«, rief Mei neben mir, stand auf und lief nach vorn, um ihn weiter anzustacheln.

Und dann bestürmten sie ihn alle. Sein Gesicht wurde immer finsterer und ich war mir sicher, dass er dabei bleiben würde, als die kleine Juju vom Schoß ihrer Mutter rutschte und zu Justus rannte.

Als das Mädchen ihn erreichte und ihm ans Knie tippte, verflog sein grimmiger Blick sofort. Er hob sie hoch, sie strich ihm mit der Hand über die Wange und flüsterte etwas in sein Ohr.

Ich sah wie gebannt zu.

Was sagt sie?, fragte ich den Wind.

Er kam vergnügt zu mir.

Sie bittet ihn, er solle für sie spielen. Sie will ihm dafür auch einen Kuss schenken.

Fast musste ich laut auflachen. Erst drei Jahre alt und schon verschenkte sie Küsse.

Justus seufzte laut. »Na gut, ich mach's! Gib mir das Ding.«

Alle brachen in Jubel aus. Er setzte Juju auf den Boden und ließ sich von Tanja die Mandoline reichen.

Es wurde still. Das kam selten vor, aber wenn Justus ein Instrument zur Hand nahm, konnte man nicht anders, als zuzuhören.

Ich sah ihn selten spielen. Wir alle sahen ihn selten spielen. Wenn er es tat, dann meist früh am Morgen, irgendwo im Wald, wo ihn keiner hören konnte. Was für eine Verschwendung seines Talents.

Er hielt kurz inne, dann setzte er die Finger an die Saiten und stimmte ein langsames Lied mit vielen traurigen Tönen an, die mir sofort nahegingen. Die Melodie hatte ich nie zuvor gehört, doch sie fühlte sich irgendwie einsam an. Als sei das Herz des Menschen, der sie ersonnen hatte, nicht heil und nicht frei.

Justus begann zu singen und mir stellten sich alle Härchen am Körper auf. Seine Stimme war tief und voll.

Auch er sang von der Schönheit des Waldes. Von einem kalten Morgen, dem Sonnenaufgang, der Endlosigkeit des Himmels und von der haltlosen Zuneigung zum Morgenstern, der ihn jede Früh verließ, allein ließ mit seinen Gedanken.

Ich konnte meinen Blick nicht von ihm abwenden. Die Welt um mich herum verschwand, nur noch Justus existierte, und er sang nur für mich. Mein Herz floss über vor Gefühlen. Ich wollte die Hände ausstrecken, ihm durchs Haar fahren, ihm sagen, dass ich ihn nicht jeden Morgen verlassen und bei ihm bleiben würde, bis ans Ende der Zeit.

Als der letzte Ton verklungen war, erwachte ich wie aus einem Traum. Alle applaudierten stürmisch.

Elyssabed war von ihrem Platz aufgesprungen und eilte zu ihm.

Justus beachtete sie nicht. Er schaute über die Menge seiner Zuhörer und wirkte ein wenig verlegen. Als sein Blick jedoch auf mich fiel, wich alle Farbe aus seinem Gesicht. Er fuhr erschrocken hoch. Beinahe glitt ihm die Mandoline aus den Händen.

Ich zuckte zusammen. Sein Schreck wurde meiner, als mir bewusst wurde, warum er so reagiert hatte. Mit einem lauten Poltern krachte ich aus der Luft auf die Holzstufen vor dem Wohnwagen unter mir.

Einige sahen sich verwundert nach mir um, auch Elyssabed starrte verwirrt herüber.

Mir legte sich ein Fels auf die Brust, ich konnte nur mühsam atmen. Verdammt, wieso war ich geflogen? Ich hatte es nicht mal gemerkt, es nicht mit Absicht gemacht.

Wusste Elyssabed nun Bescheid?

Sie würde mich verraten, wenn sie es gesehen hatte, es jemandem erzählen, und die würden kommen, um mich zu holen und zu töten, so wie die anderen.

Ob man die Feuerleute bestrafen würde, mich versteckt zu haben?

Was, wenn man auch sie tötete?

Oder würden sie es nicht dazu kommen lassen und vorher Elyssabed umbringen?

Bei allen Winden! Was hatte ich getan?!

Der Wind, der meine Angst spürte, zog augenblicklich eine Mauer aus dichter Luft um mich herum. Sie war nicht zu sehen, aber sie hielt andere Menschen von mir fern. Er tat so etwas nur, wenn er wirklich in Sorge um mein Leben war.

Sie hatte mich also gesehen?

Justus packte Elyssabed am Arm und sie drehte den Kopf zu ihm. Er wechselte einige Worte mit ihr und sie lachte zaghaft.

Er hat sie gefragt, ob es ihr gefallen hat, informierte mich der Wind.

Es war mir ausnahmsweise lieb, zu wissen, was vor sich ging.

Sie fand es wundervoll, flüsterte der Wind weiter. *Und sie wüsste gern, von wem die Rede ist. Ob der Morgenstern ein Mädchen sei und ob es lange her wäre, dass er es erdacht hat.*

Ich schluckte und unterdrückte den bitteren Kloß Eifersucht, der sich in meinem Hals bilden wollte. Das war jetzt nicht wichtig!

Er sagt, er hätte sich nichts gedacht und dass er wohl nicht fesselnd genug war, wenn du so einfach einschläfst.

Ich erhob mich von der Treppe. Eingeschlafen? Versuchte er, sich eine Geschichte auszudenken, die mich retten konnte? Ich rieb mir schnell die Augen, um mein Möglichstes zu tun, damit seine Worte überzeugend wirkten.

Elyssabed kicherte und blickte verstohlen zu mir.

Sie sagt, dass du vor Müdigkeit beinahe von der Treppe gefallen seiest. Die Mauer um mich lockerte sich. Der Wind und ich verloren an Anspannung.

Sie hatte mich nicht gesehen! Ein Stein fiel mir vom Herzen. Ich gähnte, um sie auch wirklich davon zu überzeugen, dass ich beinahe geschlafen hatte. Dann setzte ich mich wieder auf die Stufen.

Als sich die Angst auflöste, begann ich zu zittern. Ich schlang meine Arme um den Oberkörper, damit es aufhörte, doch es half nichts. Ich fühlte mich zerschlagen, noch schlimmer als sonst.

Plötzlich war Justus bei mir, packte mich am Oberarm und zerrte mich hoch. Verwirrt ließ ich mich mitziehen und folgte ihm in den Wald. Zwar konnte ich sein Gesicht nicht sehen, da er stur geradeaus schaute, doch in mir machte sich ein ungutes Gefühl breit. Ich spürte, dass er wütend war, nicht zuletzt daran, dass er meinen Oberarm schmerzhaft zusammenquetschte.

Dann blieb er stehen. Es dauerte etwa fünf Herzschläge, bis er sich zu mir umdrehte, und es fühlte sich an wie eine Ewigkeit.

Mit vor Wut flackernden Augen starrte er mich an, den Mund zu einem Strich zusammengepresst. Seine Nasenflügel blähten sich bei jedem Atemzug. Aber er sagte kein Wort.

Die Stille war erdrückend, noch hundertmal schlimmer als die sechs Tage, die wir schweigend verbracht hatten. Ich musste etwas sagen, egal was, sonst würde ich platzen.

»Es tut mir leid«, kam über meine Lippen, doch es war wohl nicht das Richtige.

»Es tut dir leid?!«, fuhr Justus mich an und schüttelte mich am Arm, um den er den Griff keineswegs gelockert hatte.

Es tat weh, aber das war nichts gegen den Schmerz, den sein Blick in meinem Inneren erzeugte. Er sah mich an, als hasste er mich. Wahrscheinlich hasste er mich wirklich.

»Weißt du eigentlich, was du getan hast?«, schnaubte er gepresst. Ich spürte, dass er mich am liebsten angeschrien hätte, doch er wagte es wohl nicht, aus Angst, man könnte ihn bis zu den Wagen hören.

Mein Herz war wie zu Eis erstarrt. Mein Magen bäumte sich auf und ich konnte Galle auf der Zunge schmecken.

»Ich wollte das doch nicht.« Meine Stimme klang kläglich und ich schämte mich unendlich, doch mein Gesicht blieb kalt und beinahe totenblass.

»Es ist aber passiert!«, schrie er nun doch.

Ich zuckte zusammen, als hätte er mich geschlagen. »Und sie hat dich gesehen! Ich weiß, dass sie das hat. Sie hat es nur nicht wahrgenommen! Ich habe ihr gesagt, du wärst sicher eingenickt und dann weggekippt. Zum Glück hat sie mir das geglaubt!«

Ich konnte nichts sagen. Bei allen Winden, wie hatte das passieren können?

»Aber was, wenn sie es nicht geglaubt hätte oder sie das nächste Mal genauer hinsieht?«, drang er auf mich ein und benutzte exakt dieselbe Argumentation wie ich noch vor Kurzem bei Meis Absturz.

Ich schloss die Augen, um nicht auf der Stelle in Tränen auszubrechen. *Oh Justus.* Ich hatte es doch nicht mit Absicht gemacht!

»Es wird kein *nächstes Mal* geben!«, hauchte ich verzweifelt. Ganz plötzlich ließ er meinen Arm los. Haltlos taumelte ich zurück.

»Du kannst es ja nicht mal kontrollieren!«, blaffte er und seine Augen schienen Funken zu sprühen.

Natürlich kann ich es!, wollte ich zurückgeben, aber der Wind, der mir jäh das dunkle Band aus den Haaren riss, mit dem Hanna den Zopf zusammengebunden hatte, hätte mich Lügen gestraft. Er war zu einer ausgewachsenen Böe angeschwollen, rauschte heftig durch die Baumkronen über uns und wirbelte das Laub in die Luft.

Justus fing blitzschnell das Band auf, bevor es vom Wind davongetragen wurde. »Hör auf damit!«, befahl er und seine Stimme war eiskalt.

Oh nein, er hasste mich!

Ich erschauderte und fuhr mit der Hand an die Stelle, an der er mich gepackt hatte. Es tat ziemlich weh und ich zuckte zusammen.

Ich wollte etwas erwidern, ihm sagen, dass ich doch nicht immer schuld daran war. Aber er würde es nicht verstehen. Für ihn war der Wind keine Persönlichkeit, sondern nur ein Werkzeug, genau wie das Feuer.

Mein Herz splitterte an seinem unverhohlenen Hass und Wut keimte in den Scherben, die mir in die Brust stachen. Es war das Einzige, das ich jetzt noch fühlen konnte, ohne weiter verletzt zu werden.

In mir kam das Bedürfnis hoch, ihn anzuschreien, ihm zu sagen, dass ich den Wind vielleicht gar nicht damit aufhören lassen wollte. Dass ich nicht seine Schwester war, der er befehlen konnte, und dass *er allein* daran schuld war, dass mir in letzter Zeit die Kontrolle entglitt. Dass er mich um den Verstand brachte.

Aber ich tat nichts von alledem. Der letzte Rest Würde, der mir und meinem zerschlagenen Herzen noch geblieben war, sagte mir, dass ich keinen Sturm erzeugen konnte, nur weil ein Mann mir das Herz gebrochen hatte.

Mein Wille war stärker als geahnt und ich erkämpfte mir ein Stück Kontrolle zurück.

Es tat mir unendlich weh, meinen Stolz zu ignorieren und der Wut nicht freien Lauf zu lassen. Ich schloss die Augen, rief den Wind zur Ruhe und er verstummte augenblicklich.

Es lagen nur wenige Wimpernschläge zwischen jetzt und den Worten, die Justus gesagt hatte. Ich war quasi seiner Aufforderung augenblicklich nachgekommen.

Der Luft war wieder vollkommen ruhig, der Schmerz und die Wut jedoch tobten weiter. Ich versuchte, den Schmerz tief in mir zu verstecken und nur den Ärger in meinen Blick zu legen, als ich die Augen wieder öffnete. Doch es gelang mir nicht. Nicht mal ein bisschen.

Justus starrte mich immer noch an. Sein Gesicht war nicht mehr so hasserfüllt, dafür jedoch unergründlich.

Er streckte mir das Band hin, das er aufgefangen hatte, aber ich nahm es nicht entgegen.

Justus ließ es los und es segelte in völliger Windstille zwischen mir und ihm nach unten.

»Es ist wohl besser, wenn ich dich ab jetzt in Ruhe lasse«, sagte er mit einer Kälte, die mir die Nackenhaare aufstellte, und wandte sich zum Gehen.

Das braune Band kam sacht auf dem Boden auf. Doch ich sah es nicht mehr, da meine Tränen mir die Sicht nahmen.

12

Ich verplemperte meine Zeit mal wieder an dem kleinen Waldsee, an dem ich gesessen und geweint hatte, bis ich zu erschöpft gewesen war, um noch mehr Tränen zu vergießen.

Jetzt, als die Sonne am Horizont verschwand, streifte ich am Seeufer entlang. Es wurde schnell dunkel.

Ich überlegte, zurückzugehen, entschied mich aber dagegen. Seit Dante nicht mehr beim Feuerspektakel mitmachte, war das Ende ohnehin ein anderes und sie kamen gut ohne mich zurecht.

Also lief ich noch einmal um den See und kauerte mich an die Stelle, an der Justus und ich uns am Vormittag zum ersten Mal gestritten hatten.

Wie hatte das alles passieren können?

Ich schlug mir die Hände vors Gesicht, weil ich ganz genau wusste, dass ich es versaut hatte. Jetzt würde er sich niemals in mich verlieben. Nicht, dass ich mir vorher wirklich eine Chance ausgerechnet hatte, aber nun war es endgültig vorbei.

Selbst unsere Freundschaft war in die Brüche gegangen!

Wie hatte ich mich nur in ihn verlieben können, wenn es doch von vornherein zum Scheitern verurteilt gewesen war? Wie hatte ich das nur zulassen können?

Ich raufte mir die Haare.

Wäre es überhaupt zu verhindern gewesen? Wie sollte ich jetzt damit umgehen? Selbst wenn ich es schaffte, meine Gefühle beiseitezuschieben oder gar aufzugeben, wäre zwischen Justus und mir nicht alles wieder beim Alten.

Was konnte ich nur tun? Was?

Ich zog die Knie an und legte die Stirn darauf.

Vielleicht sollte ich noch mal mit ihm reden? Allerdings müsste ich warten, bis sich seine Wut etwas abgekühlt hatte. Möglicherweise morgen. Oder übermorgen?

Bei allen Winden, ich bekam es mit der Angst zu tun, wenn ich nur daran dachte, ihm wieder gegenüberzustehen. Könnte ich es ertragen, wenn er mich wieder so ansah? So voller Hass und Kälte?Ich wollte auf der Stelle sterben!

Der Wind strich mir sanft über den Nacken. Ich hatte ihm ausdrücklich verboten, zu stürmen. Justus sollte keinerlei Anlass mehr haben, länger auf mich sauer zu sein als nötig.

Die Luft wurde langsam kälter und da ich nur ein leichtes Kleid trug, begann ich zu frieren.

Ich blieb sitzen, so lange ich es aushielt, und lief dann noch ein paar Schritte hin und her. Aber ich musste ja doch zurück, also gab ich mir einen Ruck und trat den Rückweg an.

Der Wind führte mich durch die Dunkelheit zurück zu den Wagen. Ich konnte von Weitem die Musik und das Gelächter des Volksfestes hören.

Da alle Fackeln brannten, war das Feuerspektakel bereits vorbei. Und das wohl schon eine ganze Weile, so ausgelassen, wie sie klangen.

Ich atmete tief durch, bevor ich mich weiter näherte.

Eigentlich musste ich Justus heute ja gar nicht mehr begegnen, redete ich mir gut zu. Ich konnte einfach mein Schlafbündel holen und wieder im Wald verschwinden.

Sollte er weiterhin so an Elyssabed hängen, würde ich ihn auch in der nächsten Zeit kaum zu Gesicht bekommen, wenn ich ihm nur ein bisschen aus dem Weg ging.

Ich seufzte. Es wäre viel zu einfach, sich der Sache nicht zu stellen.

Und das an sich war ziemlich traurig. Waren wir nicht mal wie Geschwister gewesen? Hatten wir nicht täglich die Köpfe zusammengesteckt und Geschichten und Spiele erdacht? Hatten wir früher nicht den ganzen Tag zusammen gelacht, waren spazieren gegangen oder im Wald jagen gewesen?

Was war nur aus uns geworden?

Ich spürte, wie mir die Tränen wieder in die Augen stiegen, und zwang mich, an etwas anderes zu denken.

Ich ging um meinen Wagen herum, als ich zwei Gestalten bei dem blauen Gefährt bemerkte.

Sie redeten, doch ich konnte sie nicht verstehen. Zuerst dachte ich, es sei Marc, der wieder eine Frau bei sich hatte, aber dann erkannte ich Justus' Stimme.

Panik stieg in mir auf. Was sollte ich tun? Weglaufen? Ihn ansprechen? In meinem Kopf herrschte absolutes Chaos.

Und da passierte etwas, mit dem ich niemals gerechnet hätte.

Die Frau trat einen Schritt vor und das schwache Licht der Fackeln fiel auf ihr Profil. Es war Elyssabed. Sie stellte sich auf die Zehenspitzen, legte die Arme um seinen Hals und küsste ihn.

Sie küssten sich!

Mein Kopf, der gerade noch so voll gewesen war, wirkte plötzlich wie leer gefegt.

Nur ein einziger einsamer Gedanke war geblieben: *Er liebt mich nicht!*

Wie irrational es auch sein mochte, ich konnte an nichts anderes mehr denken. Obwohl ich geglaubt hatte, ich hätte diese Tatsache bereits begriffen, tat der Beweis mehr weh als jemals irgendetwas zuvor.

Mir entglitt die Kontrolle und der Wind fuhr blitzartig und so heftig unter meinem Haar hervor, dass die Wagen neben mir wackelten. Er schlug gegen Justus und Elyssabed, nur wenige Herzschläge nachdem sich ihre Lippen berührt hatten, und Elyssabed wurde von ihm weg und auf den Boden gerissen.

Justus' Kopf flog herum. »Cate!«

Die Überraschung war deutlich in seiner Stimme zu hören. Er sah mich, obwohl ich im Schatten stand. Die Augen der Feuerleute waren besser als meine.

Bei allen Winden, was hatte ich getan?! Ich hatte meine Kräfte benutzt – und das schon wieder vor Elyssabed!

Doch dann war da wieder das Bild in meinem Kopf. Sie hatten sich geküsst! Er liebte mich nicht!

Es fühlte sich an, als würde mir jemand mein Herz aus der Brust reißen. Ich konnte kaum atmen, mir war speiübel.

Mein Körper bewegte sich wie von allein. Ich drehte mich um und rannte.

»Cate!«, schrie Justus hinter mir her, aber ich ignorierte ihn. Was wollte er mir schon sagen, was nicht noch mehr wehtun würde?Ich rannte, so schnell ich konnte, und der Wind trieb mich voran. Was zuvor eine heftige Böe gewesen war, entwickelte sich zu einem Sturm. Die Bäume bogen sich, die Blätter rauschten und die Äste knarrten lautstark.

Doch ich konnte nicht anders, als immer weiterzulaufen.

Justus hatte Elyssabed geküsst. Sie hatten sich geküsst. Er liebte sie. Niemals hätte Justus sie geküsst, wenn er sie nicht lieben würde. Mit der Tochter des Landesfürsten trieb man keine Spielchen.

Mir wurde schwindlig, doch ich blieb nicht stehen. Mein Atem ging rasselnd. Wie weit war ich schon gelaufen? Ich wusste es nicht. Ich wusste auch nicht, wo ich war, und es war mir auch völlig egal.

Denn er liebte mich nicht. Er würde mich niemals lieben. Warum auch? Ich war doch für ihn nur eine Schwester. Vielleicht nicht mal mehr das. Nie wieder würde es wie früher sein. Nie wieder!

Ich bekam kaum noch Luft, aber ich weigerte mich, stehen zu bleiben, und steigerte mich immer weiter hinein.

Bis ans Ende der Welt würde ich laufen. Weit weg und nie zurückkommen!

Dunkle Punkte tanzten vor meinen Augen, ich konnte kaum noch atmen. Keine Luft! Mein Fuß blieb an etwas hängen und ich fiel. Bevor ich auf dem Boden aufkam, versank die Welt bereits in Schwärze.

Er liebt mich nicht!

Justus wusste nicht, wie ihm geschah, als Elyssabed sich plötzlich an seinen Hals warf und ihm ihre vollen Lippen auf den Mund drückte.

Für einen Wimpernschlag war er vor Überraschung wie gelähmt.

Doch dann hob er die Arme, wollte sie gerade wegschieben, als ein heftiger Windstoß sie von ihm fortriss.

Elyssabed stürzte zu Boden und blinzelte schockiert.

Justus achtete jedoch kaum auf sie. Seine Aufmerksamkeit galt der Quelle dieser plötzlichen Windböe.

Cate stand hinter ihm im Schatten zwischen den Wagen und starrte ihn an. »Cate!«, rief er überrascht. Seit wann war sie wieder da?

Es war sehr dunkel, doch er konnte die vor Schreck geweiteten Augen sehen. Ihr Atem ging stockend und ihr Gesichtsausdruck wurde von Herzschlag zu Herzschlag schmerzerfüllter. Dann drehte sie sich abrupt um und rannte davon, schneller als ein Mensch es konnte. Ihre Füße berührten dabei kaum den Waldboden.

»Cate!«, schrie er ihr hinterher, doch sie war schon zwischen den Bäumen verschwunden.

Es traf ihn wie ein Schlag in die Magengrube. In den letzten Tagen hatte er kaum ein Wort mit ihr gewechselt. Seine ganze Aufmerksamkeit hatte der Tochter des Landesfürsten gegolten.

Sie reiste mit ihnen, war ständig in der Nähe. Und er hatte Angst. Seine Familie, ja, sein Volk war in Gefahr, solange diese Frau mit ihnen zusammenlebte.

Bei Dante hatten sie Glück gehabt. Doch würde sie immer noch an Zufall glauben, wenn so etwas öfter passierte?

Ja, sie waren vorsichtig. Sie alle hatten von klein auf gelehrt bekommen, Stillschweigen über ihre Kräfte zu bewahren. Nicht einmal Juju würde auf die Idee kommen, auch nur ein Wörtchen darüber verlauten zu lassen. Aber gegen manche Dinge war man einfach nicht gefeit.

Dante verlor manchmal die Kontrolle. Seine eigene Mutter und Hanna gingen oft viel näher an das Kochfeuer heran, als ein normaler Mensch es könnte, und Mei spann in unbesonnenen Momenten Feuerfäden zwischen ihren Fingern.

Elyssabed musste es früher oder später merken. Es war einfach nicht möglich, täglich mit ihnen zusammen zu sein, ohne es irgendwann zumindest zu ahnen. Doch nur eine Ahnung war schon zu viel.

Also verfolgte er sie auf Schritt und Tritt, sah, was sie sah, hörte, was sie hörte, und erstickte den leisesten Verdacht im Keim. Es war wirklich leicht gewesen, ihr Vertrauen zu gewinnen. Fast zu leicht.

Und jetzt musste er die Folgen ausbaden. Sie hatte ihm schöne Augen gemacht, jede Gelegenheit genutzt, ihre Vorzüge im rechten Licht zu präsentieren. Außerdem war sie eine wirklich verdammt schöne Frau.

Aber das ließ ihn kalt, denn sie war eine Gefahr für sie alle. Was als einfache Landplage auftrat, könnte für seine Familie den Tod bedeuten! Er würde nicht zulassen, dass es so endete.

Und Cate litt. Er hatte es in ihrem Gesicht gesehen, gespürt, wie der Wind in den vergangenen Tagen auffrischte und wild durch die Baumkronen rauschte. Etwas bedrückte sie und er hatte sich nicht einmal die Zeit genommen, sie danach zu fragen.

Dann war Mei abgestürzt. Er, ihr Bruder, hatte nicht auf sie geachtet, nur weil dieses Weib, das keinen Moment Ruhe geben konnte, zwanghaft nach seiner Aufmerksamkeit haschte.

Er machte sich große Vorwürfe deswegen und Cate war zu Recht wütend geworden.

Aber das alles lastete so schwer auf ihm, dass er ihr gegenüber nicht mal diesen Fehler zugegeben hatte.

Kappadreck! Wie konnte er nur so verstockt sein?

Doch das Schlimmste war ja erst danach passiert. Cate war geflogen!

Er hatte den Schreck gesehen, als sie es bemerkte, hatte gesehen, wie sie aus der Luft auf die Treppe vor ihrem Wagen gefallen war. Sie hatte es nicht bewusst getan und doch hatte er all seine angestaute Wut an ihr ausgelassen. Er hatte sie angeschrien, ihr das Gefühl gegeben, es nie wiedergutmachen zu können, und sie dann damit allein gelassen.

Offensichtlich war er zu weit gegangen.

Er wusste selbst nicht mehr, wieso er so unfair gewesen war.

Es war doch Cate, das Mädchen, das er geschworen hatte, auf ewig zu beschützen. Das Mädchen, das niemanden sonst auf der Welt hatte. Das Mädchen, das ihn verstand und immer zu ihm hielt. Das Mädchen, das eine so wohltuende Quelle der Ruhe war. Eine Ruhe, die ihm Frieden gab.

Und jetzt war sie davongelaufen. Und das nicht zum ersten Mal an diesem Tag.

Diesmal wollte er ihr nachrennen, doch die Fürstentochter hinderte ihn daran.

Schnaubend stand sie vom Boden auf und kam auf ihn zu gerauscht. »DU!«, toste sie mit unheilvoller Stimme und griff nach seinem Handgelenk.

Er drehte sich zu ihr um und zwang sich, sie anzusehen.

»Was glaubst du eigentlich, wer du bist?«, fuhr sie ihn an. »Du weist mich zurück? Du stößt mich zu Boden?«

Justus erwiderte nichts. Seine Gedanken waren nicht hier. Er konnte sich kaum darauf konzentrieren, was sie sagte.

»Wären wir nicht hier, sondern in der Festung meines Vaters, könnte ich dich hinrichten lassen. Einfach so! Wenn wir dort wären …«

»Wir sind aber nicht dort! Wir sind hier! Und hier hat ein Mann das Recht, eine Frau abzuweisen, wenn er sie nicht haben will«, unterbrach Justus sie und musste sich höllisch zusammenreißen, sie nicht anzuschreien.

Sie war wirklich das arroganteste, selbstverliebteste und unvernünftigste Miststück, das ihm je untergekommen war. Und er hatte es satt.

Er wollte das einfach nicht mehr. Sollte Marc es übernehmen, sie Tag und Nacht zu bewachen. Der riss sich ja förmlich darum. Er konnte nicht mal im Ansatz verstehen, was sein Bruder an ihr fand.

»Ich glaube dir nicht! Wieso bist du so nett zu mir, wenn du mich nicht willst?«, schrie Elyssabed schäumend vor Wut. Ihre Augen blitzten im flackernden Licht der Fackeln.

Frauen! Wie war sie nur wieder auf so eine Schlussfolgerung gekommen? So was konnte er nicht verstehen.

»Keine Sorge«, sagte er kalt. »Das wird sich in Zukunft ändern!«

Und dann ließ er sie stehen.

Allerdings musste er Marc suchen, damit er ab jetzt den Aufpasser geben konnte.

Er fand ihn schnell, umringt von einem halben Dutzend Dorfmädchen, die sich alle darum rissen, von ihm zum Tanz aufgefordert zu werden.

Unauffällig näherte sich Justus von der Seite und legte seinem Bruder eine Hand auf die Schulter. Sie tauschten nur einen Blick und Marc nickte. Er vertröstete die Schar Bewerberinnen und ging mit Justus ein Stück hinaus in die Dunkelheit, weg von den feiernden Dorfbewohnern.

»Was ist los?«, wollte er wissen.

»Du musst ab jetzt auf Elyssabed aufpassen. Sie hat sich mir förmlich an den Hals geschmissen. Wenn ich sie noch länger ertragen muss, erschlage ich sie!«

Marc fing an, zu lachen.

Nie nahm er etwas ernst!

»Das ist nicht lustig, Marc. Meine Nerven liegen blank. Ich habe seit Tagen kaum geschlafen und mich allein heute zweimal mit Cate gestritten!«, schnauzte Justus ihn an und er riss sich sofort zusammen.

»Und was soll ich jetzt tun?«, fragte Marc und Justus war ihm dankbar, dass er nicht weiter nach Cate fragte. Er konnte auch so in Marcs Gesicht sehen, dass es ihn schockierte.

Es hatte mal eine Zeit gegeben, in der sie höchstens ein- oder zweimal im Jahr Unstimmigkeiten gehabt hatten, die zusammen nicht annähernd so schlimm gewesen waren wie eine der heutigen Auseinandersetzungen.

Verdammt! Justus fuhr sich nervös mit der Hand durch die Haare. »Ich habe sie vor unserm Wagen stehen gelassen, nachdem sie mich geküsst hat. Keine Ahnung, wo sie hingegangen ist«, meinte er und trat von einem Bein aufs andere. Er wollte los, nach Cate suchen.

»Sie hat dich geküsst?!«, rief Marc schockiert und packte Justus an den Oberarmen.

»Ja, verdammt. Ich habe doch gesagt, sie hat sich mir an den Hals geworfen!«

»Und was hast du gemacht?«, ereiferte sich Marc.

Justus musterte ihn mit zusammengekniffenen Augen. Er wusste nicht, ob sein Bruder wirklich Anteil an seiner Situation nahm oder einfach nur sensationsgeil war.

»Ich wollte sie wegschieben. Aber Cate war schneller. Sie hat sie mit einer Windböe zu Boden gestoßen«, sagte er und schüttelte Marcs Hände ab. Verdammt, warum war es ihm nur so furchtbar peinlich, dass sie es gesehen hatte?

Dann kam ihm noch ein Gedanke. Wusste sie überhaupt, dass er den Kuss nicht gewollt hatte?

»Cate hat es gesehen?!« Marc sah bestürzt aus, was Justus' dunkle Vorahnung nur noch bestätigte. Er dachte also ähnlich.

»Elyssabed glaubt allerdings, *ich* hätte sie weggeschubst. Sie hat nicht gemerkt, dass es Cate war. Du gehst jetzt nach ihr sehen. Um Cate kümmere ich mich!«

»Wo ist Cate denn?« Marc zog bedrückt die Augenbrauen zusammen. Er machte sich Sorgen um sie, genau wie alle anderen von ihrer Wagen-Familie, wenn sie von den Umständen wüssten. Sie liebten Cate, auch wenn es manchmal schwierig war, an sie heranzukommen.

Immer verzog sie sich mit ihren Gedanken in ihr Inneres und ließ keinen heran. Selbst Justus musste sich immer erst vorsichtig herantasten, bevor sie ihm einen kleinen Teil ihres Selbst öffnete.

Ach verdammt! Und er hatte sie angeschrien.

»Ich weiß es nicht«, gab er zähneknirschend zu. »Sie ist in den Wald gelaufen.«

»Scheiße!«, stieß Marc aus und stemmte die Hände in die Seiten.

»Was hast du angestellt?«, kreischte plötzlich Hanna neben ihnen.

Marc und Justus fuhren vor Schreck zusammen.

»Was?« Justus war verwirrt, doch sie starrte ihn finster an. Woher wusste sie, was er getan hatte? War Cate etwa zurückgekommen?

»Elyssabed sitzt vor meinem Wagen und heult sich die Augen aus dem Kopf! Und der Einzige, der dafür verantwortlich sein kann, bist du!«, fuhr sie ihn an und bohrte ihm ihren Zeigefinger in die Brust.

Elyssabed! Bei allen sengenden Feuerstürmen! Justus unterdrückte knapp ein Knurren. »Hanna! Verdammt, das interessiert mich im Moment herzlich wenig!«

Sie trat, eingeschüchtert von seiner heftigen Reaktion, einen Schritt zurück und blinzelte irritiert.

»Marc?« Er sah ihn auffordernd an. Dieser nickte nur und verschwand in Richtung der Wagen.

Sein Bruder würde sich um die Fürstentochter kümmern und konnte das bestimmt besser als er. Das hätte er ihm von Anfang an überlassen sollen.

Wenn man an Marcs Verantwortungsgefühl appellierte, tat er seine Sache stets gewissenhaft.

Justus wandte sich an Hanna, die verstimmt die Lippen aufeinander kniff.

»Elyssabed hat sich an mich rangemacht und ich habe sie abgewiesen. Mehr ist nicht passiert«, versuchte Justus es ruhiger, weil er das Gefühl hatte, Hanna eine Erklärung schuldig zu sein.

Sie verschränkte allerdings nur die Arme vor der Brust und starrte ihn weiterhin nieder. »Du bist selbst schuld, wenn du mit dem Herzen eines Mädchens spielst. Hättest du dich nicht so demonstrativ für sie interessiert, wäre das nie passiert!«

Justus hob ungläubig die Augenbrauen. »Ich interessiere mich überhaupt nicht für sie!«, empörte er sich und straffte die Schultern, um seiner Aussage Nachdruck zu verleihen.

»Das sah aber ganz anders aus! Wir alle haben gesehen, wie du ständig in ihrer Nähe herumgeschweift bist. Keinen Moment hast du sie aus den Augen gelassen! Was sollen wir da bitte anderes denken?«, erläuterte Hanna genervt und schob patzig das Kinn nach vorn.

Justus fuhr sich wiederholt mit den Händen durchs Haar. »Oh verdammt!«, raunte er, nachdem der Groschen gefallen war.

Hatte Cate es auch so gesehen? Wusste eigentlich irgendwer außer Marc, was er damit bezweckt hatte? Wenn sie dachte, er hegte Gefühle für Elyssabed, und dann die Sache mit dem Kuss… Es war eine Katastrophe!

»Ich habe versucht, sie im Auge zu behalten, damit ich notfalls verhindern kann, dass wir in irgendeiner Art auffliegen. Nach der Sache mit Dantes Arm… Ich dachte, das wäre klar!«, stöhnte er.

Verfluchter Kappadreck!

»Ach, und jetzt ist es auch noch Dantes Schuld?« Hannas Augen sprühten förmlich Funken.

»Nein, verdammt! Können wir später darüber reden?«, rief Justus und warf die Hände in die Luft. Warum mussten Frauen so kompliziert sein? »Tu mir einen Gefallen und schau nach, ob Cates Schlafbündel noch in eurem Wagen ist«, bat er sie im freundlichsten Ton, den er gerade zustande brachte.

»Cate?« Sie sah ihn irritiert an, riss dann aber erschrocken die Augen auf und polterte los. »Oh, du Idiot! Du hast es verbockt, nicht wahr? Seit wann ist sie weg?« Hanna schlug ihm mit der Faust gegen die Brust.

Justus fühlte sich getroffen, obwohl es mehr ihre Worte waren als der mädchenhafte Schlag ihrer Faust. Denn er hatte es tatsächlich verbockt und sie war weg.

Wie auch immer Hanna so schnell darauf gekommen war.

»Keine Ahnung! Keine Viertelstunde, denke ich. Sie ist in den Wald gerannt. Verflucht, ich weiß nicht mal, wo ich nach ihr suchen soll, wenn ihr Schlafbündel noch da ist!« Justus wurde sich immer deutlicher seiner verzwickten Situation bewusst.

Cate schlug ihren Schlafplatz immer an denselben Stellen auf, doch wenn ihr Bündel noch hier war, hatte er für seine Suche keinerlei Anhaltspunkt.

»Ich sehe nach«, sagte Hanna und eilte davon.

Gerade heute, wo Justus wünschte, dass die Dörfler früher gingen, tanzten und lachten sie besonders ausgelassen.

Doch plötzlich riefen alle durcheinander, die Frauen kreischten und alle flüchteten von der Lichtung in den Wald und in Richtung Dorf.

Justus hob den Blick und starrte fassungslos in den finsteren Himmel. Dicke Tropfen klatschten auf sein Gesicht und es dauerte nur einen Augenblick, bis sein Hemd so nass war, dass er es hätte auswringen können.

Es regnete! Das Feuer in der Mitte des Platzes, um das gerade noch fröhlich getanzt worden war, zischte und erlosch kläglich unter dem wasserfallartigen Regenguss.

Justus rannte über die langsam im Wasser versinkende Wiese und stürmte in den ersten Wagen, den er erreichen konnte.

Seine Eltern waren darin und auch Mei, Ayo und Bree.

»Du bist ja total durchnässt!«, rief Tanja, als sie ihn sah.

Das Wasser rann aus seinen Kleidern und bildete auf dem Boden große Pfützen, als hätte er in einem See gebadet.

»Schon gut. Nicht so schlimm«, wehrte Justus ab, als sie ihm eine Decke reichen wollte, damit er sich darin einwickeln konnte. Er hatte im Moment andere Sorgen.

»Ich glaube, ich habe seit zehn Jahren keinen solchen Regenguss erlebt«, behauptete Kai und reichte die Decke an die Mädchen weiter, die frierend beieinanderstanden.

Die hochsommerliche Luft hatte sich rapide abgekühlt.

»Seit zwölf, Vater! Es hat nicht mehr so geregnet seit dem Tag, an dem wir Cate gefunden haben«, verbesserte Justus und massierte sich verzweifelt die Schläfen.

Alle blickten ihn erschrocken an.

»Wo ist Cate?«, fragte Mei, die eins und eins als Erste zusammengezählt hatte, trat auf ihn zu und streckte die Hände nach ihm aus.

Doch er wich zurück. Trost war so ziemlich das Letzte, was er verdiente.

»Ich habe keine Ahnung.« Es tat unendlich weh, das immer wieder zugeben zu müssen. Vor allem vor seiner Schwester! Die Schwester, die er heute auch schon im Stich gelassen hatte.

Wo war Cate nur? Wie ging es ihr?

Hanna stürmte durch die offene Tür, schlug die Decke zurück, die sie sich gegen den Regen über den Kopf gezogen hatte, und schüttelte sich.

Justus sah sie erwartungsvoll an.

»Ihr Bündel ist noch da.«

»Scheiße!« Justus schlug verzweifelt mit der Faust gegen die Wand. Der Wagen erzitterte unter der Wucht seines Gefühlsausbruchs.

»Ist sie etwa weggelaufen?«, fragte Tanja verwirrt und sah ungläubig zwischen ihm und Hanna hin und her.

»Kann gut sein«, antwortete er und begann, in dem kleinen Wagen auf und ab zu gehen. »Entweder ist sie bereits so weit weg, dass wir aus ihrem Wetterbereich herausgekommen sind, oder …«

»Oder es geht ihr so furchtbar, dass sie dieses Wetter herbeigerufen hat«, beendete Hanna den Satz und rieb sich mit einem Zipfel ihrer Decke über das nasse Gesicht.

Alle schwiegen.

»Hoffen wir, dass sie einfach nur weit weg ist«, fügte Hanna schließlich hinzu.

Es war ein einfacher Satz und Justus wusstet nicht, welche der beiden Möglichkeiten für ihn schlimmer wäre.

»Justus, du Drecksbruder! Sie ist sicher weggelaufen, weil du sie die ganze Zeit angeschrien hast!«, schimpfte Mei ganz plötzlich in die aufgekommene Stille.

Justus zuckte bei ihren Worten zusammen. Sie hatte recht, aber für Anschuldigungen blieb keine Zeit. Er musste Cate finden. Besser früher als später. Falls sie sich von ihnen weiter entfernt und entschieden hatte, zu fliegen, war es vielleicht sogar schon zu spät, sie wieder einzuholen.

Sein Blick ging zu Bree, so unlieb es ihm auch war. Er wusste genau, wie ihre Meinung über Cate war, doch hatte er eine andere Wahl?

»Bitte sag uns, wo sie ist.«

Sie kniff den Mund zusammen, blickte finster zurück und wirkte nicht gerade so, als sei sie gewillt, zu helfen.

»Bree, bitte. Konzentrier dich und such sie für uns«, sagte Hanna und trat neben Justus.

Im Stillen dankte er ihr für die Unterstützung. Sie beide waren nicht gerade Freunde, aber man konnte immer auf sie zählen. Und bei Bree hatte er ihre Hilfe bitternötig.

Bree schüttelte nur vehement den Kopf.

»Bree!«, rief Kai, der nun auch neben Justus getreten war. »Was ist denn los mit dir?«

»Ich werde euch nicht helfen, diese blöde Kappakuh zu finden!«, keifte sie und schlang die schlaksigen Arme um ihren Körper. »Ich bin froh, dass sie endlich weg ist, und hole sie sicher nicht zurück. Sie hat uns nur Ärger gemacht! Sie gehört nicht hierher und sie gehört nicht zu uns! Am liebsten wäre mir gewesen, sie wäre damals mit dem Rest ihrer verwünschten Art umgekommen!«

Justus konnte sie nur schockiert anstarren.

Doch Mei holte aus und schlug ihr mit der flachen Hand ins Gesicht. Ein lautes Klatschen ertönte und Bree stürzte, mehr vor Schreck als vor Schmerz, auf die Knie.

»Wie kannst du nur so etwas sagen?!«, schrie Mei sie an und baute sich vor ihr auf. »Nimm das zurück, du fiese Gans!«

Bree rührte sich nicht und die anderen waren zu erschrocken, um zu reagieren.

»Nimm es zurück!«, wiederholte Mei und stampfte mit dem Fuß auf den Boden.

»Niemals!«, kreischte Bree und Mei spannte die Muskeln an, um sich auf sie zu stürzen.

Doch Ayo ging dazwischen. »Aufhören!«, rief sie und stellte sich zwischen ihre Freundinnen. Niemand hätte erwartet, dass es gerade Ayo sein würde, die die Ordnung wiederherstellte. »Beruhigt euch. Mei, hör auf, Leute zu schlagen! Und du hörst auf, ein Gift sprühendes Miststück zu sein!« Sie sah zwischen den beiden hin und her, dann packte sie Bree am Arm und zerrte sie auf die Füße.

Mei trat einen Schritt von ihr zurück, damit Ayo wusste, dass sie nicht mehr vorhatte, Ärger zu machen, doch sie erdolchte Bree weiterhin mit den Augen.

»Falls du sie suchen gehst, komme ich mit!«, sagte Ayo bestimmt und reckte das Kinn vor. »Außer mir und Hanna wird dir im Moment sowieso niemand von uns nützlich sein.«

Hanna nickte, sie würde auch mitkommen.

Ayo hatte recht! Nur sie würden ihm in dem strömenden Regen, der ohne Unterlass aus den Wolken brach, eine Hilfe sein.

Ihre Fähigkeiten wurden oft vom Feuervolk niedriger erachtet, denn sie konnten nur Licht, aber kein Feuer oder Hitze erzeugen. Während Ayo ihren ganzen Körper zum Leuchten brachte, waren es bei Hanna nur die Hände und Unterarme. Doch im Gegensatz zu den anderen konnten sie ihre Fähigkeiten auch im Regen nutzen.

»Bree?«, versuchte Justus es ein letztes Mal, doch sie sah ihn nicht einmal an, sondern hielt sich nur die schmerzende Wange, die sich langsam rot verfärbte.

»Ich will auch mitkommen«, sagte Mei, aber er schüttelte den Kopf.

»Du könntest nichts ausrichten. Es ist stockfinster da draußen. Du würdest dich nur verirren und dann müssten wir zwei Leute suchen«, erklärte Justus und legte seiner Schwester den Arm urn die Schultern. Er war furchtbar stolz auf sie, obwohl er nicht gutheißen sollte, dass sie ihre Freundin schlug. Doch ihre Loyalität gegenüber Cate ging ihm zu Herzen und er war froh, sie zu haben.

»Lasst uns gehen!«, wandte er sich an Hanna und Ayo, die sich bereits in große Felldecken wickelten.

Der Regen hatte den Boden der Lichtung bereits so aufgeweicht, dass sie knöcheltief im Schlamm steckten. Justus führte sie in die Richtung, in der er Cate zuletzt gesehen hatte.

Nachdem sie genügend Abstand zwischen sich und das Lager gebracht hatten, schlugen Hanna und Ayo die Decken etwas auf und begannen zu leuchten.

Ayo erzeugte ein helles weißes Licht, mit dem man fast hundert Schritt weit sehen konnte. Hannas reichte nicht so weit, war aber nicht minder hell.

Sie gingen zuerst hinunter zum See, an dem er sich heute Vormittag mit Cate gestritten hatte. Doch sie war nirgends zu entdecken.

In regelmäßigen Abständen heizte Justus den beiden Frauen mit seiner erhöhten Körperwärme die Decken auf, damit sie nicht zu sehr froren.

Es war so kalt, dass man den Atem sehen konnte.

»Sie ist auf keinen Fall so weit weg, dass wir nicht mehr in ihrem Wettergebiet sind!«, rief Hanna Justus und Ayo zu, während sie entschieden, in welcher Richtung sie weitersuchen sollten.

»Wie kommst du darauf?«, fragte Ayo mit klappernden Zähnen und sah sich um.

»Es regnet, als hätte jemand die Himmelsschleusen geöffnet. Es ist so kalt, dass wir fast erfrieren. Und das im Hochsommer! Das ist auf keinen Fall natürliches Wetter«, sagte Hanna und blinzelte sich das Wasser aus den Augen.

»Was nun?«, wollte Ayo wissen und trat von einem Fuß auf den anderen.

»Wenn ich das nur wüsste«, antwortete Justus und schlang seine Arme um das zitternde Mädchen, um sie ein wenig aufzuwärmen.

»Du kennst sie am besten! Wo würde sie hingehen, wenn es ihr wirklich schlecht geht?«, grübelte Hanna und ging ein Stück in den Wald hinein.

Justus seufzte und schüttelte nur verzweifelt den Kopf. Er kannte sie am besten, ja, aber das hieß nicht, dass er auch nur erahnen konnte, was in ihrem Kopf vor sich ging.

»Cate!«, schrie er in das Unwetter hinein und seine Stimme wurde vom Regen verschluckt. Obwohl er wusste, dass es sinnlos war, musste er einfach irgendetwas tun. »Cate!«, rief er noch einmal und plötzlich schlug ihm ein unerwarteter Windstoß den Regen kräftig ins Gesicht.

Er und Ayo, die er immer noch im Arm hielt, taumelten zurück. Was war das denn gewesen?

Er ließ das Mädchen los und drehte sich in die Richtung, in die ihn der Wind geschubst hatte, und dieser tat es wieder. Er trieb ihn vom See weg und weiter in den Wald hinein.

Justus begann zu laufen. Ayo und Hanna folgten ihm, ohne zu fragen.

Der Wind trieb sie voran und schob Justus zurück auf den richtigen Weg, wenn er davon abkam. Ayo und Hanna erhellten den Wald.

Justus hatte schon öfter erlebt, dass der Wind ihm den Weg zeigte. Er hatte Cate nie danach gefragt, aber er war sich sicher, dass sie ihn damit leitete.

War es jetzt auch so? Wollte sie von ihm gefunden werden? Oder wollte der Wind, dass sie gefunden wurde?

Es fühlte sich an wie eine halbe Ewigkeit, die sie durch den finsteren, verregneten Wald liefen. Ayo und Hanna brauchten zwei Pausen, in denen Justus fast um den Verstand kam. Ohne sie konnte er allerdings auch nicht weiter.

Und dann hörte der Wind unvermittelt auf, sie voranzutreiben, und zerstob zu allen Seiten.

»Sie muss irgendwo hier sein!«, rief Justus aufgeregt und sie begannen, die Umgebung abzusuchen.

Es dauerte nicht lange, bis Ayo aufschrie. »Hier ist sie!«, kreischte sie und er und Hanna stürmten zu ihr.

Und tatsächlich!

Justus stürzte sich auf das am Boden liegende Mädchen.

Sie war völlig durchnässt und eiskalt. Schmutz klebte in ihrem porzellanweißen Gesicht.

»Cate«, hauchte er ihren Namen. »Mein kleiner Vogel.« Die Stimme versagte ihm. Er schüttelte Cate leicht, doch sie bewegte sich nicht.

Bei allen Feuerstürmen! War sie etwa tot? Sein Herz zog sich schmerzlich zusammen. Was sollte er nur tun, wenn sie tot war? Wie konnte er es ertragen?

Hanna beugte sich über Cate und hielt das Ohr an ihren Mund. »Sie atmet«, sagte sie und legte ihm die Hand auf die Schulter.

»Sie … sie ist eiskalt«, stammelte er und drückte Cate an sich, um sie zu wärmen. Aber es schien, als würde es gar nichts nutzen.

»Ist sie ohnmächtig?«, wollte Ayo wissen und schlang die Decke enger um sich.

»Sie wird sicher nicht schlafen«, spottete Hanna leise und erlaubte es sich, zu gähnen.

Justus hob Cate auf seine Arme. Sie war so leicht. So zerbrechlich!

Dann machten sie sich auf den langen Heimweg. Die Frauen liefen voraus und Justus hinterher.

Er konnte den Blick nicht von dem Mädchen in seinen Armen nehmen. Was wäre passiert, wenn er sie nicht gefunden hätte? Wäre sie erfroren?

Hatte sie erfrieren wollen?

Der Gedanke jagte ihm einen Schreckensschauer über den Rücken und stach ihm so schmerzhaft in die Brust, dass er zusammenzuckte. Niemals wieder durfte er zulassen, dass es so weit kam. Nie mehr würde er sie aus den Augen lassen.

Er würde es nicht überstehen, wenn ihr etwas zustieß. Schon jetzt fühlte es sich an, als hätte man ihm brutal das Herz zerquetscht.

Behutsam küsste er Cate auf die eisig kalte Stirn.

Und genau in diesem Moment hörte es auf, zu regnen.

13

Als ich erwachte, war es so wunderbar warm, dass ich wohlig seufzte. Ich wagte kaum, mich zu bewegen.

Eine verschwommene Erinnerung an endlose Dunkelheit und beißende Kälte ließ mich jedoch erschaudern. Was war nur geschehen?

Es dauerte eine ganze Weile, dann kam auch der Rest zurück.

Ich war weggerannt, hatte beschlossen, nie wieder zu den Feuerleuten zurückzukehren! Nie wieder Justus zu begegnen!

Bei allen Winden, wie war ich nur auf so eine Schnapsidee gekommen?

Ja, Justus hatte mich verletzt, sich in letzter Zeit nicht um mich geschert, hatte mich angeschrien und mir sogar Hass entgegengebracht.

Er hatte eine andere geküsst!

Aber selbst wenn er mir das Herz brach, wusste ich, dass ich es niemals ohne ihn aushalten würde.

Oh Mann, Cate! Du weißt auch nie, was du willst!

Ich drehte mich zur Seite.

Mein Arm stieß gegen etwas sehr Warmes. Wo war ich eigentlich?

Vorsichtig öffnete ich die Augen und glaubte im ersten Moment, zu träumen.

War das Justus, der da neben mir lag? Warum lagen wir im selben Bett?

Und wie war ich hierhergekommen?

Blinzelnd sah ich mich um. Ich lag in einem Bett in einem der Wagen. War es der von Justus?

Moment.

Die Informationen erreichten meinen Verstand alle gleichzeitig.

Ich lag mit *Justus* in *seinem* Bett!

Auf einen Schlag war ich hellwach. »Bei allen Winden!«, schrie ich und versuchte, so schnell wie möglich aus den Laken zu kommen. Ich riss dabei die Decke mit mir, die ich mir hastig um den Körper schlang.

Wieso trug ich eines von Hannas Nachthemden? Und wo war meine Unterwäsche?!

Justus, der von dem Geschrei erwacht war, richtete sich verschlafen auf und sah sich erschrocken um. »Was ist passiert?«, rief er verwirrt und griff nach seinem Jagdmesser, das am Kopfende an einem Haken hing.

Mein Kopf glühte förmlich vor Scham und als ich Justus betrachtete, musste ich mich zwingen, weiter zu atmen.

Er saß auf dem Bett, nur mit einer hellen Leinenhose bekleidet. Sein Oberkörper war nackt und ich konnte die Tätowierung auf seinem rechten Oberarm sehen.

Bei allen Winden! Nur nicht durchdrehen!!

Seine Brust war breit und kräftig, der Bauch flach, und bei jeder Bewegung zeigten sich Muskeln unter der gebräunten Haut. So hatte ich ihn noch nie gesehen.

Mein Herz raste und ich konnte keinen klaren Gedanken fassen, so schnell wirbelten sie durch meinen Kopf.

Justus blinzelte mich an und war plötzlich viel wacher. »Es ist nicht so, wie es aussieht«, versuchte er sofort, sich zu verteidigen, ließ das Messer fallen und hob abwehrend die Hände. »Cate, ehrlich. Ich habe dir nichts getan. Ich habe dich nicht angefasst!«

»Warum lag ich in deinem Bett?«, war das Erste, was ich rausbrachte. Was war hier nur los?

»Ich … Wir! Hanna, Ayo und ich. Wir haben dich im Wald gefunden. Du wärst fast erfroren. Wir wussten nicht … Ich konnte dich doch nicht …«, stammelte er.

Mein Bauch begann zu flattern.

Oh verdammt! Ich konnte doch nicht schon wieder dieses Gefühl haben. Nicht bei einem Mann, der mich gar nicht wollte. Und den ich obendrein nicht haben konnte. Aber die Tatsache, dass er sich um mich gesorgt und nach mir gesucht hatte, rief in mir ein unglaubliches Glücksgefühl hervor.

»Und wieso war ich nun in deinem Bett?« Ich war froh, dass er nie erahnen würde, was genau mich so aus der Ruhe brachte. Wer glaubte in so einer Situation schon, dass ich nervös war, weil ich ihn halb nackt so gut aussehend fand.

»Du warst eiskalt und Hanna meinte, nun ja, sie meinte, wenn ich dich wärme, dann würdest du nicht krank werden oder sterben.« Er holte tief Luft. »Sagte ich, dass es Hannas Idee war?« Es war ihm sichtlich peinlich. Verzweifelt rang er die Hände. Sein Gesicht hatte sogar rote Flecken, so verlegen schien er zu sein.

Und es war auch irgendwie logisch. Durch seine Körperwärme hatte er verhindert, dass ich noch mehr ausgekühlt war. Aber wie war es nur dazu gekommen, dass ich fast erfroren wäre? Ich konnte mich noch an die Kälte erinnern und daran, dass ich dachte, es wäre vielleicht besser, wenn ich nicht wieder aufwachte.

Ich schüttelte mich.

Was für ein furchtbarer Gedanken!

»Und warum gerade du? Warum nicht Hanna oder Mei?«, wollte ich wissen. Jeder andere hätte mich genauso gut aufwärmen können.

»Weil … weil ich wärmer bin.« Justus wurde immer nervöser.

Ich musste mir fast das Lachen verkneifen. Wie süß er aussah, wie er da im Schneidersitz auf dem Bett saß und verzweifelt versuchte, sich zu erklären. Obwohl süß vielleicht nicht das richtige Wort war.

»Inwiefern?«, fragte ich so sachlich wie möglich und klang selbst in meinen Ohren mehr als misstrauisch. Wie konnte ich nur so ruhig wirken? Gerade jetzt?!

Justus seufzte laut, schüttelte den Kopf und fuhr sich mit der Hand durchs Haar. »Ich kann es immer noch nicht fassen, dass du das nicht weißt, Cate. Du musst das doch gemerkt haben!«, meinte er, rutschte ein Stück zur Seite und klopfte neben sich aufs Bett.

Ich sah ihn zweifelnd an. Dass es ihm gar nicht peinlich war, dass er so wenig anhatte?

Zögernd setzte ich mich zu ihm. Zielstrebig griff er nach meinen Händen, mit denen ich mir die Decke an die Brust drückte. Er achtete nicht darauf, dass ich sie ihm wieder entziehen wollte, sondern hielt sie fest umschlossen. Dann legte er seine Handfläche an meine.

Ich blinzelte nervös.

In mir wirbelte alles durcheinander. Mir wurde abwechselnd heiß und kalt und mein Herz war dabei, zu platzen.

»Fühlst du's?«, fragte er und es durchzuckte mich heftig, zusätzlich zu dem Chaos in mir.

Ich zwang mich zur Konzentration und versuchte zu fühlen, was er mir zeigen wollte. Sicher hatte er nicht die Schmetterlinge in meinem Bauch gemeint.

Und tatsächlich, seine Hand fühlte sich wärmer an und die Hitze verstärkte sich noch. Erschrocken zog ich die Hand zurück, als er so heiß wurde, dass ich mich beinahe daran verbrannte. Mit großen Augen sah ich ihn an.

Der Groschen fiel spät, doch als ich verstand, zog ich scharf die Luft ein. »Du … du kannst das schon immer?!«, fuhr ich ihn an.

»Seit acht Jahren, Schnarchnase«, gab Justus zurück und lachte.

Es war so schön, wenn er mit mir lachte. Selbst wenn er über mich lachte, war es noch schöner, als nichts von ihm zu haben.

Kopfschüttelnd sah er mich an. »Wieso hast du das nie gemerkt? Selbst als ich dir letztens deine Decke getrocknet habe, bist du nicht draufgekommen?«

Verlegen schlug ich die Beine unter und zog mir die Decke wieder vor den Körper, um mich nicht so bloß zu fühlen. Was sollte ich dazu schon sagen? Ich konnte ihm ja schlecht auf die Nase binden, dass mir so oder so immer heiß wurde, wenn ich in seiner Nähe war.

»Woher soll ich das denn auch wissen?«, sagte ich schließlich und fühlte, wie mein Gesicht bis zu den Ohren rot wurde. »Ich habe gedacht, ich bilde mir das ein.« Das war wenigstens die Wahrheit.

Justus lachte noch immer und wuschelte mir durchs Haar.

Wenn doch die Zeit anhalten und dieser Moment ewig währen könnte. Doch nicht mal der Wind vermochte so etwas. Und obwohl Justus offensichtlich mehr Kräfte besaß, als ich gewusst hatte, zweifelte ich stark daran, dass er über die Zeit gebieten konnte.

Es wäre mir auch viel zu peinlich gewesen, danach zu fragen.

Plötzlich wurde die Tür aufgerissen und Marc kam in den Wagen gestürmt. »Na, ihr Turteltauben. Ausgeschlafen?«, rief er lachend.

Wir rutschten augenblicklich auseinander. Ich drückte die Decke fester an mich.

»Musst du uns so erschrecken? Kannst du nicht anklopfen?«, pflaumte Justus ihn an und fuhr sich wieder mit den Händen durchs völlig verstrubbelte Haar.

»Mama hat gesagt, ich soll mal schauen, wie es Cate geht«, behauptete Marc völlig ungerührt. »Aber ich sehe, dass sich die anderen umsonst solche Sorgen um dich machen und ihr hier drin ja 'ne Menge Spaß zu haben scheint.«

Ich verstand nicht, was er meinte, und sah ihn verwirrt an.

»Ihr solltet vielleicht das Horn an die Tür hängen, dann platze ich auch nicht rein.« Marc zog das frechste Wolfsgrinsen auf, das ich je gesehen hatte.

Ich sprang vor Schreck vom Bett.

Was dachte er nur? Justus würde so etwas doch niemals mit mir tun!

»Bist du verrückt geworden?!«, kreischte ich und spürte, wie die Röte wieder in mein Gesicht schoss. Verdammt, das konnte auf die Dauer nicht gesund sein.

Für einen Moment fragte ich mich, ob es mir nicht vielleicht gefallen würde, wenn das wirklich Justus' Absicht gewesen wäre. Doch mal davon abgesehen, dass das nie passieren würde, wäre es mir sicher unangenehm. Ich wollte keine kleine Eroberung sein, die man danach wieder nach Hause schickte.

Marc lachte laut und es ärgerte mich, dass er mich so aufziehen konnte. Ich schlug ihm gegen die Schulter, doch er zuckte nicht mal.

»So, das reicht!«, sagte Justus plötzlich. Sein Gesicht war finster. War er etwa ernstlich sauer? »Sag Mama, dass es Cate besser geht«, forderte er seinen Bruder auf und Marc verdrehte die Augen.

»Krieg dich wieder ein. Niemand wird sie dir wegnehmen«, murmelte er und verschwand durch die Tür, die er hinter sich zuzog.

Ich starrte Justus entgeistert an. »Was ist los mit dir?«, fragte ich.

Er hatte sich an die Bettkante gesetzt und sah zu mir auf. Ein wirklich seltsames Gefühl, einmal größer zu sein als er.

In einer plötzlichen Bewegung schlang er seine Arme um meine Taille und zog mich noch ein Stück näher zu sich. Vor Schreck hatte ich die Decke fallen gelassen. Ich wusste nicht, was ich tun sollte, so überrascht war ich – und es fühlte sich so gut an.

Er legte seine Stirn an meinen Bauch und mir wurde kurz schwindlig. So viele Berührungen, so viel Justus. Und das, nachdem ich ihn in der letzten Zeit kaum gesehen oder gesprochen hatte.

Warum? Ich konnte mich nicht erinnern, dass er so etwas schon mal gemacht hätte.

»Es gefällt mir nicht, dass Marc dich mit seinen Eroberungen in einen Topf wirft«, sagte Justus, wich allerdings keinen Fingerbreit von mir zurück.

Ich versuchte, meine Stimme wiederzufinden. Mein Herz war so voll, dass es überzulaufen drohte. Ich musste jetzt unbedingt etwas sagen. Irgendwas!

»Du bist heute aber launisch«, brachte ich raus und versuchte zu lächeln.

Oh Cate, wieso sagst du so was Dämliches? Konzentrier dich gefälligst!

Doch das war leichter gesagt als getan.

Justus zog mich noch näher an sich.

Ich würde sterben, sicher. An Atemnot oder an einem Herzschlag. Wusste er eigentlich, was er mir da antat?

»Ich habe im ersten Moment gedacht, du wärst tot«, nuschelte er an meinen Bauch. Dann hob er den Kopf. »Und ich wusste nicht, was ich ohne dich tun sollte!«

Ich schluckte schwer, um den Kloß in meinem Hals loszuwerden. Aber es gelang nicht. Er sah mich so furchtbar traurig an, dass es plötzlich doppelt so schwer war, nicht in Tränen auszubrechen. Eine kleine Flamme entfachte die Glut in meinem Herzen, von der ich gedacht hatte, sie sei für immer erloschen. Was, wenn er mich doch mochte? Mehr mochte?

Bitte lass es keinen Traum sein! Bitte lass mich jetzt nichts Dummes sagen!

Doch Justus ließ mich los, bevor ich irgendetwas machen konnte, was garantiert auch besser so war, und schob mich eine Armlänge von sich. Sein Gesicht wandelte sich und er blickte zornig zu mir auf.

»Tu das nie wieder!«, schnauzte er plötzlich los, stand unvermittelt vom Bett auf und baute sich in voller Größe vor mir auf. »Ich warne dich, Cate! Wenn das noch mal vorkommt, dann leg ich dich übers Knie! Ich schwör's! Du kannst dir gar nicht vorstellen, was für Ängste wir ausgestanden haben!«

Die Flamme in mir flackerte und erlosch. Er behandelte mich, als sei ich seine Schwester.

Ich seufzte. Wie sollte da auch mehr sein? Schließlich hatte er gestern erst Elyssabed geküsst.

Ich versuchte, das Stechen in meinem Magen zu ignorieren.

Besser seine Schwester, als von ihm gehasst zu werden. Ich vertrieb die trüben Gedanken und bemühte mich um fröhlichere.

Zumindest konnte ich ihn dann auch triezen wie eine Schwester.

»Ich weiß nicht, ob ich das garantieren kann«, sagte ich salopp, reckte das Kinn nach vorn und stützte die Hände in die Seiten. »Wer weiß, wann ich mal wieder vor dir fliehen muss.«

Doch es hatte nicht den gewünschten Effekt. Statt mit mir zu schimpfen und danach darüber zu lachen, starrte er mich entgeistert an und sackte aufs Bett zurück, als hätten seine Knie plötzlich nachgegeben. Schmerz stand in seinem Gesicht und er sah zu Boden.

Hilfe, was hatte ich nur getan? »Es tut mir leid. Ich nehm's zurück.

Ich werde nicht mehr weglaufen! Wirklich«, versuchte ich, es wiedergutzumachen.

Dumme Cate! Dumme, dumme Cate!

»Ach, nicht so schlimm«, murmelte Justus nur, während er sich langsam erhob, griff nach seinem Hemd und streifte es sich über den Kopf. Dann schnappte er sich seine Hose und ging zur Tür. Allerdings hielt er mitten in der Bewegung inne und drehte sich noch mal um.

Er streckte die Hand nach mir aus und wuschelte sanft durch mein Haar. »Es tut mir leid. Ich hätte dich gestern nicht so anschreien dürfen«, entschuldigte er sich und seufzte.

Er machte sich also Vorwürfe.

Zaghaft versuchte ich mich an einem Lächeln. »Schon gut.«

Justus nickte, trat zur Tür und öffnete sie. »Ich sag den Mädels, sie sollen dir Kleider bringen.«

Der Wind wehte zur Tür herein und Justus ließ sie angelehnt, damit er sich ungehindert bewegen konnte.

Ich seufzte und widmete ihm meine Aufmerksamkeit, als er um mich herumwirbelte, an meinem Nachthemd zerrte und fröhlich um meine Finger tanzte, mit denen ich durch ihn hindurchfuhr. Es tat gut, ihn bei mir zu haben. Er freute sich so sehr, dass es mir gut ging. Das konnte ich spüren.

Genauso wie ich wusste, dass ich auch ihm wehgetan hatte. Und all das nur wegen einer aussichtslosen Liebe.

Justus hatte gesagt, die anderen wären in Sorge gewesen, und ich hatte nur an mich gedacht. Was, wenn ich wirklich erfroren wäre? Sie wären sicher traurig gewesen.

Jetzt kam mir mein gestriges Verhalten noch bescheuerter vor. Ich hatte wirklich weglaufen wollen? Ich konnte es nur wiederholen: *Dumme, dumme Cate!*

Ich werde sein, wo du bist, flüsterte der Wind und schmiegte sich an meine Wange.

Ein leises Lächeln legte sich auf meine Lippen und dann stürmte Mei auch schon mit einem Bündel Kleider in der Hand den Wagen. Sie warf sich mir an den Hals und rief etwas, das in meinem Haar unterging. Ich verstand nur »Wir haben uns solche Sorgen gemacht!« und »Bree, die Ziege …« und »bleich wie eine Leiche!«

Aber es war eigentlich egal. Ich erwiderte die Umarmung und war nur glücklich, heute früh hier im Lager erwacht zu sein und nicht irgendwo anders allein.

Nachdem sich alle vergewissert hatten, dass es mir gut ging, und mir eine große Portion Haferbrei mit Erdbeeren und frischer Sahne aufgezwungen hatten, lief ich allein hinunter zum See.

Wir zogen heute nicht weiter. Der Regen und all die anderen Umstände, die ich ihnen bereitet hatte, waren Grund gewesen, die Abreise einen Tag zu verzögern.

Morgen würden wir wie gewohnt zum nächsten Dorf fahren.

Ich hatte mir zunächst Sorgen gemacht, doch scheinbar freuten sich alle über den freien Tag.

Bis auf Elyssabed. Als ich ihr an diesem Vormittag begegnet war, hatte sie kein Wort gesagt. Aber ihre Blicke sprachen Bände. Sie hätte mir am liebsten die Augen ausgekratzt. Beinahe hätte sie sogar gefaucht.

Marc begleitete sie auf Schritt und Tritt, wie zuvor Justus.

Was ist denn mit ihr los?, fragte ich den Wind und eine Vermutung kam in mir, die mir verdammt gut gefiel.

Justus hat sie abgewiesen. Er wollte sie nicht. Sie hat sich ihm aufgezwungen, raunte er mir zu und ich musste mir ein breites Grinsen verkneifen. Wahrscheinlich wäre sie sonst wirklich auf mich losgegangen.

Sie haben sie für dich mitten in der Nacht aus dem Wagen gejagt. Sie musste in deinem Bett schlafen. Und sie hat sich die ganze Zeit herumgewälzt und sich über Ayos Schnarchen geärgert.

Schnell hatte ich ihn weggewinkt, da ich mich kaum noch halten konnte. Eilig war ich zu dem kleinen Waldsee gelaufen, jedoch nicht ohne Mei und Hanna Bescheid zu sagen, die gerade in meiner Nähe waren.

Der See lag still in der strahlenden Vormittagssonne.

Doch auch wenn der Anblick wunderschön war, dachte ich nur an eines: Justus hatte Elyssabed abgewiesen!

Der Wind erzählte mir alles bis ins kleinste Detail und ich ließ es ihn noch mal wiederholen, weil es so schön war.

Sie hatte ihn gegen seinen Willen geküsst! Warum hatte ich nicht gestern schon gefragt?

Aber ich war selbst schuld! Wenn ich dem Wind den Mund verbot, brauchte ich mich nicht zu wundern, dass solche Missverständnisse passierten.

Ich konnte meine Freude über diesen Tag kaum zügeln. Ich hatte heute Nacht neben Justus geschlafen und er hatte mich mit seinem Körper gewärmt. Mir wurde wieder ganz heiß und mein Bauch flatterte wie verrückt.

Beim Frühstück hatte er neben mir gesessen und mich nicht aus den Augen gelassen. Ich musste ihm sagen, ich könne nicht entspannt essen, wenn er mich so anstarrte, damit er wenigstens einmal wegsah.

Und jetzt hatte ich mich regelrecht weggeschlichen, damit er nicht hinter mir herkam.

Natürlich wäre es schön gewesen, hier mit Justus allein am See. Doch wie sollte ich denn in Ruhe über alles nachdenken, wenn er meine Gedanken die ganze Zeit so furchtbar verwirrte?

Und wie verwirrt ich war! Es war fast unmöglich, sich keine Hoffnungen zu machen, mehr für ihn zu sein, selbst wenn er mich angeschnauzt hatte, als sei ich seine Schwester.

Auch wenn ich es versuchte, es war wirklich schwer, meinen Kopf zu zügeln, damit er nicht total übergeschnappte Dinge erdachte.

Doch unsere Situation hatte sich über Nacht nicht geändert. Auch wenn er vielleicht etwas für mich übrighatte, ich war nicht von seinem Volk und die Gesetze waren mehr als eindeutig. Es war den Feuerleuten verboten, etwas Ernsthaftes mit jemandem zu haben, der nicht von ihrem Volk war.

Ich spazierte am See entlang und blickte übers Wasser. Es war trüb, weil der Regen den Boden aufgewühlt hatte.

Mei hatte mir erzählt, wie heftig das Wetter gewesen war. Der Regenguss, die Kälte und die Sturmböen. Ich war dafür verantwortlich.

Inzwischen hatte ich Angst, jemand könnte dadurch vielleicht auf die Idee kommen, dass nicht alle vom Windvolk tot waren. Nach zwölf Jahren war das vielleicht nicht gerade der erste Gedanke der Menschen, aber trotzdem hätte ich so ein großes Risiko nicht eingehen dürfen.

Gewissensbisse machten sich in mir breit und ich sammelte einige flache Steine auf, die ich über die Wasseroberfläche flippen ließ, um mich abzulenken.

Gerade hatte ich den See zur Hälfte umrundet, als ich ein Geräusch hörte.

Hinter mir erhob sich eine Felswand, etwa dreißig Fuß hoch.

Zuerst dachte ich, es sei ein Tier, doch dann war es ein ziemlich großes.

Ich rief den Wind. *Was ist das?*, fragte ich und spürte plötzlich, wie er sich langsam aufzulösen begann.

Nein! Wieso jetzt?

Sofort fiel mir der Mann ein, dieser blonde Kerl, der uns vor Wochen die Tür zum Haus des Stadtrates aufgehalten hatte. War er etwa hier? War er es, der sich oben auf dem Felsen befand?

Der Wind schwand, aber diesmal sah ich nicht einfach entsetzt zu, sondern klammerte mich mit meinem Bewusstsein, so fest ich konnte, an das seine.

Und es funktionierte. Es fühlte sich an, als würde er weggesaugt werden. Es tat mir weh, wie kleine Nadeln, die sich in meinen Geist bohrten, doch ich war stärker als der Sog und zog den Wind zu mir zurück. Erschöpft sammelte er sich in meinem Haar. Atemlos stützte ich die Hände auf den Knien ab.

Über mir brach jemand durchs Gestrüpp. Mein Blick schnellte nach oben und ich sah eine Gestalt über den Felsrand springen.

Ich wollte erschrocken aufschreien, doch der Schrei blieb mir im Hals stecken, als ich sah, wie sie langsam nach unten schwebte und dann leicht wie eine Feder landete.

Es war der Mann. Seine blonden Locken glänzten in der Sonne. Ich war starr vor Schreck.

War er gerade geflogen? Das war doch unmöglich!

Niemand konnte fliegen. Außer, er war vom Windvolk. Mein Herz begann vor Aufregung wie wild zu schlagen.

Er war wie ich!

»Du!«, rief ich und der Fremde zuckte erschrocken zusammen.

Sein Kopf flog herum und er machte große Augen, als er mich sah. »Bist du vom Windvolk?«, musste ich ihn einfach fragen und es war für ihn wie ein Stichwort.

Sein Blick wechselte von Angst zu böser Entschlossenheit. Wie aus dem Nichts schoss er auf mich zu und wollte mir einen Schlag verpassen. Er war schneller, als ein normaler Mensch sein konnte.

Doch ich konnte das auch! Ich tauchte unter seinem Arm hindurch und schleuderte ihm den Wind entgegen, der sich unter meinem Haar versteckt gehalten hatte. Er warf den Mann durch die Luft und ließ ihn unsanft gegen die Felswand krachen.

Mit aufgerissenen Augen blieb er schwer atmend und wie erstarrt am Felsen sitzen.

Vorsichtig trat ich näher.

Entgeistert starrte er mich an. »Du bist vom Windvolk!«, sagte er und setzte sich mühsam auf.

Ich hatte ihn wohl fester getroffen als beabsichtigt.

»Ja«, war das Einzige, das ich zu sagen vermochte. Mein Hals war so trocken, dass ich kaum schlucken konnte.

Der Fremde lächelte. Doch diesmal war es nicht dieses ungewöhnliche Lächeln, bei dem sich die Mundwinkel kaum bewegten, sondern ein echtes. Eines, bei dem man unwillkürlich zurücklächeln musste. Er nickte und seine meeresblauen Augen begannen immer mehr zu strahlen.

»Und ich habe gedacht, es gäbe niemanden mehr«, sagte er und schwang sich mit dem Wind auf die Füße.

14

Aufgeregt rannte ich zurück zu den Wagen und versuchte dabei, die Füße auf dem Boden zu lassen. Der Wind trieb mich voran.

Beinahe knallte ich mit Hanna zusammen, die gerade um die Ecke bog und vor Schreck einen Korb voll Äpfel fallen ließ, die durchs Gras davon kullerten.

»Entschuldigung!«, rief ich nur und lief weiter zu Justus' Wagen.

Ohne anzuklopfen, riss ich die Tür auf und stolperte über die letzte Stufe hinein.

Justus richtete sich überrascht in seinem Bett auf.

Der Wind hatte es mir gesagt, dass er dort war. Und er hatte mir auch gesagt, dass er nur so dasaß, auf seiner Mandoline klimperte und grübelnd dreinblickte. Deshalb hatte ich auch kein schlechtes Gewissen, hineinzustürmen, ohne zu klopfen.

»Du wirst nicht glauben, wer mir gerade begegnet ist!«, platzte es aus mir heraus. Ich musste mich mit dem Rücken an der Wand abstützen, weil ich sonst wohl umgefallen wäre.

»Wer?«, fragte Justus irritiert.

Ich holte japsend Luft. Ich war wirklich so schnell hierhergekommen, wie ich konnte, ohne zu fliegen.

»Der Mann! Der Mann, der den Wind verschwinden lässt«, brachte ich endlich heraus.

Justus sprang wie von einer Wespe gestochen auf. Seine Mandoline polterte neben ihm auf den Boden.

»Wo?«, rief er, griff nach meinen Schultern und schob mich zum Bett, damit ich mich setzen konnte.

Mir war kurz nicht wohl bei dem Gedanken, schon wieder auf seinem Bett zu sitzen. Ich musste aufpassen, dass ich mich da nicht irgendwann zu wohl fühlte.

Sicher wäre ich jetzt rot geworden, wenn mein Gesicht es durch die Rennerei nicht schon längst wäre.

»Am See«, antwortete ich, obwohl ich etwas ganz anderes hatte sagen wollen.

Justus erstarrte kurz und griff dann nach seinem Messer. Oh Mann!

»Nein! Lass das und hör mir erst mal zu!«, fuhr ich ihn an. »Er ist wie ich! Verstehst du? Deshalb kann er das mit dem Wind. Er ist vom Windvolk!«

Jetzt war er wirklich verblüfft. Sein Gesicht wurde blass und er ließ sich auf Marcs Bett fallen, das gegenüber von seinem an der Wand befestigt war.

»Sicher?«, war das Einzige, was er herausbrachte.

»Er ist von einem Felsen gesegelt, als wäre er eine Feder, und dann war er so schnell bei mir, um mich zu schlagen, als wäre er der Wind selbst!«, erzählte ich voller Elan und konnte es vor meinem inneren Auge noch einmal sehen. Ich war einfach so begeistert davon, dass ich gar keine Worte dafür fand.

»Er hat dich geschlagen?«, brauste Justus auf, der natürlich nur die Hälfte gehört hatte. Seine Augen bekamen einen wilden Glanz.

Das hätte ich wohl besser verheimlicht.

»Er hat es nur versucht. Ich bin ausgewichen! Jetzt krieg dich wieder ein.« Ich atmete noch mal tief durch, um genug Luft zum Sprechen zu haben. »Du würdest auch jeden angreifen, der dich als das enttarnt, was du wirklich bist!«

Er nickte, schien aber nicht wirklich beruhigt. Das war so typisch für ihn.

»Wo ist er jetzt?« Justus stützte die Fäuste auf den Bettrand.

»Er ist noch am See. Ich habe ihm gesagt, ich müsste erst mit euch sprechen, bevor ich ihn herbringen könnte.«

»Hast du ihm von uns erzählt?« Justus' Ton war scharf, doch ich hörte kein Misstrauen in seiner Stimme.

Er würde mir nicht wirklich zutrauen, dass ich irgendjemandem vom Feuervolk erzählte.

»Natürlich nicht!

Er nickte.

»Das muss ich mit den anderen besprechen.« Justus erhob sich und wandte sich zögernd zur Tür. Kurz hielt er inne, um mich anzusehen, und zog finster die Augenbrauen zusammen, sodass sich eine steile Falte dazwischen bildete. »Und du bist dir sicher, dass er vom Windvolk ist?«, wollte er argwöhnisch wissen.

Ich verdrehte die Augen. »Das habe ich dir doch gesagt. Er kann fliegen! Ich habe es gesehen!«

Klar war Justus misstrauisch. Ich konnte es ja selbst kaum glauben. Einer vom Windvolk! Mir wurde beinahe schwindlig vor Aufregung.

Immer hatte ich gedacht, ich sei die Letzte. Niemals wäre ich auf die Idee gekommen, dass außer mir noch jemand den Angriff überlebt hatte.

Eine Gänsehaut überkam mich, wenn ich an damals dachte. Ich vermied es meistens, darüber nachzudenken. Die Erinnerungen waren unklar und verschwommen.

Weiße Tücher, fröhliche Gesichter, Laternen, die im Wind baumelten. Und plötzlich waren überall Schreie, Menschen liefen durcheinander, alles stand in Flammen. Auch ich hatte geschrien, bis mich jemand packte, hinter ein Haus führte und in ein Fass mit Wasser setzte. Ich bekam einen Kuss auf den Kopf und der Deckel schloss sich über mir.

Ich saß im Dunkeln, bis zum Hals im Wasser, und wartete. Wartete und versuchte, all die Schreie nicht zu hören, sie nicht in meinen Kopf zu lassen.

Und dann kam die Stille. Unendlich lange und tiefe Stille, die mir noch größere Angst eingejagt hatte als das Geschrei.

Ewigkeiten vergingen und dann war da eine Stimme. Eine Jungenstimme, die mir Hoffnung gab, mich aus meiner Starre riss und mich weinen ließ.

»Hallo?«, hatte jemand gesagt und Justus hatte den Deckel des Fasses geöffnet.

Die Männer standen beisammen und redeten.

Ich saß mit Mei auf den Stufen unseres Wagens und wartete darauf, dass sie mich zu sich riefen. Der Wind spielte mit meinen Haaren und ließ Meis Zöpfe hin und her wippen. Ich traute mich nicht, ihn zu fragen, was sie beredeten. In letzter Zeit war ich viel zu neugierig gewesen und hatte manchmal sogar ein schlechtes Gewissen gehabt.

Bree und Ayo waren mit Elyssabed in die Stadt gegangen, damit die Fürstentochter so wenig wie möglich von der ganzen Sache erfuhr. Tanja hatte ihnen eine beachtliche Einkaufsliste gegeben, mit der sie sicher einige Zeit beschäftigt waren.

Es dauerte nicht lange, bis Justus mich heranwinkte.

Zögerlich stand ich auf, trat zu ihnen und sah in die Runde. Jeder schaute anders. Janko schien zuversichtlich. Marc lächelte mich ermutigend an. Justus verzog keine Miene, legte mir dafür aber seine Hand auf den Rücken, mit der Absicht, mich zu beruhigen.

Das ging allerdings nach hinten los. Meine Haut wurde heiß, ein Schauder zog sich über meine Arme und meinen Nacken und meine Gedanken drehten sich plötzlich nur noch um Justus' Berührung.

Doch das Misstrauen, das sich in den Gesichtern der anderen Männer zeigte, hielt mich in der Wirklichkeit, wie ein schwerer Stein im Magen.

Ich konnte es nachvollziehen. Es war schließlich ein Fremder, den sie zu sich lassen würden. Wer wusste schon, wie er war.

Kai richtete das Wort an mich. »Cate! Wir haben beschlossen, dass es in Ordnung ist, wenn du ihn herbringst. Allerdings wird es mit Betten schwierig, solange die Fürstentochter einen ganzen Wagen beschlagnahmt.« Ein strenger Seitenblick zu Marc, der zu Boden sah. Seit der Sache mit der Tochter des Bürgermeisters hatten Marc und sein Vater nicht gerade ein freundschaftliches Verhältnis.

»Ich werde noch eine Hängematte knüpfen«, meinte ich schnell, um von Marc abzulenken. Wenn er wie ich war, wäre es für ihn sicher in Ordnung, draußen zu schlafen. Schließlich war er vom Windvolk, da konnte ich mir nicht vorstellen, dass er enge Räume mehr mochte als ich.

»Gut. Allerdings müssen wir dich bitten, ihm nichts über das Feuervolk zu sagen. Solange wir nicht wissen, was er für ein Mensch ist, können wir unser Vertrauen nicht blind in einen Fremden setzen«, fuhr Kai fort und sah mich eindringlich an.

Die Art seines Blickes hatte ich schon oft bei Justus gesehen und ich musste lächeln.

»Natürlich«, sagte ich und nickte. »Danke.«

Kai lächelte nur halb und nickte ebenfalls. Dann legte er mir plötzlich eine Hand auf die Schulter. »Cate, denk immer daran: Auch wenn du jetzt jemanden gefunden hast, der von deinem Volk ist, wir werden immer auf deiner Seite sein!«

Ich wusste zwar nicht genau, warum er das gesagt hatte, aber es rührte mich sehr.

Justus bestand darauf, mich zum See zu begleiten.

Der Wind hielt sich dicht bei mir, als hätte er Angst, schon wieder zu verschwinden. Ein Teil von mir versuchte, immer auf ihn zu achten, um ihn aufzuhalten, falls es passieren sollte.

Der blonde Mann saß noch an der Stelle, an der ich ihn verlassen hatte, und starrte über den See.

Er drehte den Kopf und stand auf, als er uns hörte.

»Justus, das ist Felio. Felio, das ist Justus«, stellte ich die beiden einander vor.

»Hallo«, sagte er lächelnd und streckte Justus die Hand zum Gruß hin.

Doch Justus ignorierte die Geste, verschränkte demonstrativ die Arme vor der Brust und musterte den Fremden mit finsterem Blick. Er meinte es nicht böse, ich sah es in seinen Augen, aber er konnte einfach nicht aus seiner Haut. Er war misstrauisch gegenüber einem Menschen, der nun wusste, dass ich vom Windvolk stammte. Dass dieser selbst ein Windkind war, spielte dabei keine Rolle.

»Dann nicht«, murmelte Felio und senkte die Hand wieder.

Unauffällig stieß ich Justus den Ellenbogen in die Seite.

Er sah mich an. *Was?!*, schien sein Blick zu sagen, als ob er sich keiner Schuld bewusst wäre, und ich versuchte stumm, ihn zur Höflichkeit zu ermahnen. Er seufzte, nahm die Arme allerdings nicht herunter und straffte zusätzlich die Schultern, sodass er Felio um einen Kopf überragte.

Die beiden waren so unterschiedlich wie Tag und Nacht.

Justus war groß und hatte breite, muskulöse Schultern. Haare und Augen waren beinahe schwarz, die Haut von Natur aus gebräunt. Ein Mann mit einem Feuer, das in ihm brannte, und ihm die Ausstrahlung eines Kriegers verlieh.

Felio dagegen war schmal gebaut und eher klein. Der Körper wirkte sehnig und flink. Seine Locken waren honigblond und seine Augen blau und wach. Sie zeigten, dass er zu allem bereit war.

Eine Erinnerung blitzte durch meinen Kopf. Mein Vater war auch blond gewesen. Plötzlich wusste ich es, einfach so. Und das machte mir Felio noch sympathischer. Wie hatte ich nur jemals Angst vor ihm haben können?

»Du bist also der Kerl, dem wir vor Wochen im Haus eines Stadtrates begegnet sind«, brummte Justus und versuchte tatsächlich, nicht so finster zu schauen. Schnell blickte er zu mir, um zu sehen, ob ich damit zufrieden war.

War ich nicht, aber wenigstens bemühte er sich ein bisschen.

»Ja! Ich erinnere mich an Cate. Du warst also damals auch dabei? Ich war dort, um einen Brief abzuholen«, antwortete Felio und versuchte, einen lockeren Ton anzuschlagen.

»Aha«, erwiderte Justus.

Wieder entstand diese unangenehme Stille.

Hilfe, was für ein schleppendes Gespräch. Vielleicht sollte ich irgendetwas sagen. Aber was?

»Gibt es nicht bald Essen? Wir sollten vielleicht zurück«, warf ich ein und lächelte gezwungen. »Du bist eingeladen, Felio«, setzte ich hinzu und versuchte, Justus' Reaktion zu ignorieren.

»Danke. Das ist wirklich sehr freundlich«, erwiderte Felio und sein Lächeln strahlte wie die Sonne selbst.

»Justus' Mutter kocht und es schmeckt immer sehr gut«, plauderte ich weiter und bemühte mich, mir meine Nervosität nicht anmerken zu lassen.

Justus knurrte missmutig neben mir und nahm meine Hand. Ich zuckte erschrocken zusammen, entzog sie ihm und schlang mir die Arme verlegen um den Körper. Schnell versuchte ich, mich zu beruhigen, mir zu sagen, dass das bei uns etwas Normales war. Er hatte doch immer meine Hand gehalten!

Wieso war es mir plötzlich so peinlich? Lag es an uns oder daran, dass Felio uns dabei sah?

Was würde der blonde Mann denken, wenn er uns so sah? Würde er glauben, zwischen uns wäre mehr als nur eine Beziehung wie die von Geschwistern? Oh, wie kompliziert.

Justus tat, als sei nichts passiert, und stapfte vom Ufer weg nach oben in den Wald.

Felio nahm seinen großen Rucksack auf, der an einem Stein gelehnt hatte, und wir folgten Justus.

Schon wieder wusste ich nichts zu sagen. Vielleicht war es keine gute Idee gewesen, Justus mitgehen zu lassen.

»Und warum ziehst du durch die Südlande?«, fragte ich Felio, weil mir nichts Besseres einfiel.

»Ich bin auf der Suche nach etwas.« Er sah zu Justus, der ein paar Meter vor uns lief und sich teilnahmslos gab. Doch ich wusste genau, dass er jedem Wort lauschte, das wir sprachen. Und Felio sicher auch.

»Es ist schon in Ordnung«, versuchte ich, ihn zu beruhigen. »Du kannst ihm alles sagen, was du mir auch sagen würdest. Er weiß über alles Bescheid.«

Bis auf die Tatsache, dass der Wind mit mir redete. Das wusste Justus nicht. Doch ich hätte das wohl kaum laut sagen können. Ich musste einfach hoffen, dass Felio nichts darüber sagen würde.

»Ich weiß nicht, wie alt du warst, als …« Er leckte sich nervös über die Lippen. »Ich weiß also auch nicht, wie viel du über … unser Volk weißt. Ich bin auf der Suche nach etwas, das für das Windvolk sehr wertvoll gewesen ist. Und das nicht in den falschen Händen sein sollte.«

Ich verstand zwar nicht wirklich, was er sagen wollte, aber das würde ich ihn wohl später fragen müssen. Denn offensichtlich traute er Justus nicht.

Na ja, Justus hatte sich bisher auch nicht gerade beliebt gemacht. Ich hoffte, dass es mit den anderen besser wurde. Wenn sich alle so unhöflich verhielten, wäre es mir mehr als unangenehm.

Als wir ankamen, hatten sie gerade mit dem Mittagessen begonnen und Felice, die heute am Topf stand, reichte Felio eine Holzschale voll mit Reis, Artischocken und gegrilltem Lamm.

Er setzte sich neben mich auf die Treppe vor dem grünen Wagen und nahm das erste Stück auf die Gabel.

»Oh Mann, das ist ja fantastisch!«, rief er, nachdem er gekostet hatte. »So gutes Lamm habe ich in meinem Leben noch nicht gegessen!«

Damit war das Eis gebrochen. Tanja errötete, Kai lachte laut, Hanna versuchte, sich mit ihm über Rezepte auszutauschen, während er über

Marcs Witze lachte und mit Angu diskutierte, welcher der kürzeste Weg über die Hochlande im Norden war.

Nachdem Felio berichtet hatte, wo im Land er schon überall gewesen war, quetschten Ayo und Mei ihn über verschiedene Modeerscheinungen aus. Er brachte den Kindern ein neues Spiel mit kleinen Steinen und einer Feder bei und gegen Nachmittag half er Janko, eines der Räder nachzubessern, damit es nicht bei der nächsten Unebenheit brechen konnte.

Er und ich hatten ausgemacht, dass wir am Abend reden würden, wenn alle zu Bett gegangen waren. Ich hatte so viele Fragen an ihn und er sicher auch an mich. Doch ihm fehlte noch der Mut, frei über das alles zu reden, nachdem er sich jahrelang verborgen hatte. Ich verstand das. Nicht jeder konnte so viel Glück haben, von jemandem aufgenommen zu werden.

Ich rechnete zurück. Wenn Felio etwa so alt wie Justus war, müsste er damals ungefähr zwölf gewesen sein.

Wie war es ihm ergangen, nachdem alle, die er kannte, tot waren? Wo hatte er sich versteckt, dass die Menschen ihn nicht gefunden hatten, die alle anderen getötet hatten?

So viele Fragen! Doch ich würde sie ihm am Abend stellen und webte den ganzen Nachmittag bis in den Abend hinein an einer zweiten Hängematte.

Justus kam zu mir und setzte sich vor mir ins Gras. Kurz sah ich von meiner Arbeit auf und lächelte ihn an. Ich hatte das Gefühl, es ging langsam aufwärts mit mir. Mit uns beiden stand es wieder ganz gut und es fühlte sich in meinem Innern auch gar nicht mehr so wund an wie noch vor ein paar Tagen. Allerdings war mir klar, dass das, was ich wirklich von ihm wollte, immer noch genauso fern war.

Und jetzt war Felio da. Jemand, der wie ich war und der mir all die Fragen beantworten konnte, die ich schon lange mit mir herumtrug. Das würde mir mehr als genug Ablenkung verschaffen. Ich war richtig aufgeregt.

»Cate«, sprach Justus mich an.

»Ja?« Ich grinste. Komisch, dass es mir so gut ging, obwohl er doch nur vor mir im Gras saß und mich ansah. Seine Augen schienen heute nicht so dunkel zu sein wie sonst, was aber auch am Stand der Sonne liegen konnte, die ihm entgegenschien. Es war mir sogar möglich, das dunkle sternförmige Muster in seinen Augen zu erkennen, das sich vom Rest der braunen Iris absetzte. Wie schön seine Augen waren.

»Ich weiß, du und … Felio, ihr wollt später ungestört über … euch reden. Aber mir ist echt nicht wohl dabei, wenn ihr zwei allein im Wald seid«, sagte er, senkte den Blick und köpfte ein Gänseblümchen mit den Fingern. Dann begann er, kleine Knötchen in Grashalme zu machen.

Ich schüttelte den Kopf über ihn. »Ich werde schon nicht weglaufen, nur weil du nicht in meiner Nähe bist«, erwiderte ich und zog das Webstück im Rahmen nach.

Kappafell war störrisch und ich hatte meine liebe Mühe damit. Allerdings fühlte das Kappa, von dem ich die Wolle abgeschnitten hatte, sich jetzt sicher wohler und luftiger in der Nachmittagshitze.

»Das meine ich nicht.« Er sah wieder zu mir auf. Die Sorge stand ihm förmlich ins Gesicht geschrieben. »Was, wenn er dich in der Nacht anfällt? Wer weiß schon, was er wirklich vorhat!«

Ich blinzelte ungläubig. Oh bitte, das war aber jetzt sehr weit hergeholt.

»So ein Quatsch, Justus. Was soll er schon vorhaben?«, fuhr ich ihn an und hob skeptisch die Augenbrauen.

Er kniff die Lippen aufeinander. *Oho!* »Wenn ich in der Nähe wäre, könnte ich auf dich aufpassen«, presste er hervor und verhaltener Ärger schwang in seiner Stimme mit.

Irgendwie hatte ich ihn wohl vor den Kopf gestoßen. Ich musste achtgeben, was ich sagte. In letzter Zeit war Justus ungewöhnlich reizbar.

»Wenn du in der Nähe bist, wird nichts aus dem Gespräch zwischen Felio und mir, weil er dann keinen Piep sagen wird«, erklärte ich sanfter. »Bitte!«

Meine Bitte erreichte ihn offenbar nicht. Seine Miene wurde nur noch unwilliger.

»Ich schicke dir einen Windstoß, wenn was passiert«, setzte ich hinzu und lächelte verkrampft.

Er sagte immer noch nichts. Also probierte ich es mit meinem letzten Trumpf.

»Justus. Es ist mir wirklich wichtig, dass ich mit Felio reden kann. Er und ich, wir sind vielleicht die Letzten eines ganzen Volkes, von dem ich nichts weiß. Ich muss so viel von ihm wissen, was mir sonst niemand sagen kann.«

Justus seufzte tief. *Endlich!* »Gut. Aber du schickst mir einen Windstoß, wenn was ist. Ich schlafe im Wagen von Van, bei den Kindern. Und wehe, der Wagen wackelt dann nicht so, dass er fast umfällt!«, knurrte er und ich lachte. Was er sich für Sorgen machte! Wahrscheinlich würde er heute Nacht bei jedem kleinen Lüftchen angerannt kommen.

Justus blieb bei mir sitzen, während ich die Hängematte weiter webte. Von irgendwoher hatte er sich ein Stück helles Holz besorgt und begann, daran zu schnitzen. Still saßen wir beisammen und genossen den Sonnenschein, bis Laila zum Abendessen rief.

Ich wurde gerade mit der Hängematte fertig, als die Sonne am Horizont verschwand und die meisten von uns beschlossen, schlafen zu gehen.

Felio kam zu mir und wir richteten unser Nachtlager unweit der Wagen ein.

»Schläfst du immer so?«, fragte er und testete vorsichtig, ob das Gewebe der Hängematte sein Gewicht trug.

Diese Hängematten hielten sogar Justus und Marc zusammen aus und Felio wog sicher nicht einmal so viel wie einer von ihnen.

Aus seinem ledernen Rucksack zog er einen dicken Wollumhang, den er als Decke benutzte.

»Meistens«, antwortete ich auf seine Frage und hob mich vom Boden in meine Hängematte. Der Wind zog kleine Kreise um meine Fußgelenke, während ich mir die Schuhe auszog und sie mit den Schnürsenkeln an einen Ast knotete. »Ich habe auch noch ein Bett in einem der Wagen. Aber ich schlafe lieber draußen.«

»Sehr bequem!«, lobte Felio und sah anerkennend zu mir. »Ich sollte mir auch so eine Matte zulegen. Wenn mir das früher eingefallen wäre, hätte ich nicht immer auf dem Boden und in Bäumen schlafen müssen«, meinte er und rollte sich ein wenig hin und her.

Ich kicherte und versuchte, mir vorzustellen, wie es wohl aussah, wenn man oben in einem Baum schlief. »Du kannst sie behalten. Ich habe sie für dich gemacht.«

Felio setzte sich überrascht auf.

»Wirklich? Wow, danke!«, sagte er und grinste. »Wer hätte gedacht, dass das einzige Windvolkmädchen auch noch so nett ist.«

Ich errötete spürbar. Natürlich tat ich das. Man hatte mir gerade ein Kompliment gemacht, und das kam nun wirklich nicht oft vor.

»Bist du etwa rot geworden?«, rief Felio amüsiert und begann zu lachen. »Du bist wirklich süß.«

Schon wieder ein Kompliment! Meine Ohren wurden heiß. Was antwortete man denn auf so was?

Da ich es nicht wusste, wechselte ich das Thema.

»Hast du heute Mittag nicht gemeint, du ziehst durchs Land, um etwas zu suchen?«, warf ich ein und hoffte, er würde nicht merken, wie plump dieser Themenwechsel war.

Er merkte es, denn er lachte noch lauter. »Du kannst wohl nicht so mit Komplimenten, was?« In seinen blauen Augen blitzte der Schalk.

Ich versuchte, woanders hinzusehen.

»Scheint so«, murmelte ich. Wieso konnte ich nicht einfach so locker sein wie andere Mädchen, die ein Kompliment mit einem koketten Lächeln beantworteten, dann ihre Haare nach hinten strichen und so etwas sagten wie ›*Aber nicht doch.*‹? Aber das konnte ich nun mal nicht, selbst wenn ich es bei anderen schon hundertmal gesehen hatte.

»Doch zu deiner Frage«, meinte er und mir fiel ein Stein vom Herzen, dass er auf den Themenwechsel einging. »An dem Tag, als wir uns zum ersten Mal begegnet sind, war ich nicht nur wegen des Briefes in dem Dorf. Ich war eigentlich dort, um das Windspiel zu kaufen. Aber du warst schneller.«

Säße ich nicht schon längst kerzengerade da, würde ich es spätestens jetzt tun. »Du suchst nach den Windspielen?«, platzte es aus mir heraus.

»Ja. Und als du es hattest, bin ich euch in euer Lager gefolgt. Ich habe mir das Feuerspektakel angeschaut und bin dann hinter euch her gereist, um eine Möglichkeit zu finden, nun ja, es in meinen Besitz zu bringen.« Er sah sichtlich verlegen auf seine Hände.

»Du wolltest es stehlen?« Ich war verblüfft. Er war uns also wirklich gefolgt! Allerdings nicht wegen mir, sondern wegen des Windspiels.

»Ich wäre nie auf die Idee gekommen, wenn ich gewusst hätte, dass du vom Windvolk bist«, beeilte er sich, zu erklären. »Ich hatte ja nicht ahnen können … Ich meine, weißt du überhaupt, was das ist, was du da hast? Oder hast du es gekauft, weil es so hübsch ist?«

»Ich weiß, was es ist«, sagte ich und wollte gerade hinzufügen, dass Justus es mir erzählt hatte, hielt mich aber sofort zurück. Wie hätte ich erklären können, woher Justus das wusste?

»Wirklich?« Felio klang überrascht. Langsam wurde es so dunkel, dass ich ihn kaum noch sehen konnte. »Du weißt von den Artefakten des Windes?«

»Ja.« Es war seltsam, mit einem Fremden über so etwas zu reden. Aber irgendwie kam es mir vor, als würde ich ihn bereits ewig kennen. Und auch die anderen schienen ihn zu mögen. Er war ein redegewandter, hübscher junger Mann, der schnell Freundschaften schloss und wusste, wie man sich beliebt machte.

»Das habe ich jetzt nicht erwartet. Wie alt … warst du, als es passiert ist?«, fragte er zögerlich und mit vorsichtigem Ton.

Mein Magen zog sich zusammen.

Wir hatten damals alles verloren, was uns lieb war. Zum ersten Mal konnte ich mit jemandem darüber reden, der dasselbe erlebt hatte wie ich.

»Ich war sechs«, antwortete ich und der Wind strich mir beruhigend über den Rücken.

»Noch sehr jung«, sagte er und machte eine Pause. »Wow, dann bist du ja schon achtzehn!«, rief er plötzlich. »So viele Überraschungen! Ich hätte dich auf höchstens fünfzehn geschätzt.«

Ich stöhnte innerlich auf. Na toll. Justus würde sich niemals für ein Mädchen interessieren, das aussah, als sei es noch ein Kind. Dabei hatte ich irgendwie gedacht, ich wäre endlich darüber hinaus, als meine Brüste eine ordentliche Größe angenommen hatten. Aber scheinbar war das wohl nicht genug.

»Wenn du weißt, was es ist, dann verstehst du sicher, warum es so wichtig ist, dass alle Windspiele in unseren Besitz zurückkommen. Nicht auszudenken, was passieren würde, wenn jemand die Kräfte, die darin gespeichert sind, für sich nutzt«, flüsterte er mir verschwörerisch zu.

»Es ist möglich, die Kräfte darin zu nutzen?«

»Natürlich. Sie wurden gesammelt, um mit ihnen das Volk zu schützen, falls es jemals angegriffen wird.«

Er stockte und mir kamen wieder neue Fragen in den Sinn.

Doch gerade hatte ich nicht den Mut und wartete ab, ob er noch mehr sagen würde.

»Was offensichtlich nicht so gut funktioniert hat«, fügte er mit bitterem Ton zu seiner Erklärung hinzu.

Jetzt musste ich einfach fragen. »Wie kam es dazu? Weißt du, wie sie es gemacht haben? Die Menschen? Wie konnten sie alle umbringen?«

Wieder blitzten Bilder in meinem Kopf auf. Ein brennendes Haus, eine Frau, die an den Haaren gepackt wurde. Ein Soldat mit silberner Rüstung. Ein Schwert, von dem Blut auf den Boden tropfte.

Ich musste aufpassen, dass ich nicht zu viel darüber nachdachte, damit meine Albträume nicht zurückkehrten.

Es schüttelte mich heftig und ich wickelte mir meine Decke eng um den Körper. Doch ich wollte trotzdem wissen, wie das alles hatte passieren können. Warum hatte der Wind sie nicht beschützt? Warum hatte man die Kraft aus den Artefakten nicht genutzt, um alle zu retten, oder wenigstens ein paar von ihnen?

»Spione. Ich denke, es gab damals Spione unter dem Windvolk. Sie haben den besten Zeitpunkt gewählt, damit sie alle auf einmal erwischten. Und das war der *Tag des wechselnden Windes.*«

Ich blinzelte. »Was war das für ein Tag?«, fragte ich und meine Stimme war nur ein Hauch.

»Alle fünfundzwanzig Jahre wurde im Windvolk ein neues Oberhaupt gewählt.«

Das erinnerte mich sehr an das, was Justus mir vom Feuervolk berichtet hatte. Es gab also wirklich mehr Parallelen, als ich dachte.

»Und an dem Tag wurde ein Teil der Kraft des Windvolkes auf ein Artefakt übertragen. Das Volk war geschwächt und der Wind hatte sich gerade vom Oberhaupt gelöst, um ein neues auszuwählen. Und da haben sie angegriffen!«, raunte er bitter, doch der Wind trug mir seine Worte herüber. »Am *Tag des wechselnden Windes* waren alle Windleute in der Windstadt versammelt und ohne Anführer konnte niemand die Artefakte einsetzen.« Felio verstummte.

Mir war schlecht. Bisher hatte ich geglaubt, die Menschen hätten während einer Unruhe aus einer Laune heraus angegriffen und uns getötet. Aus Angst, im Affekt!

Doch dass sie es so präzise geplant hatten, drehte mir den Magen um.

»Und ein Mensch, der nicht zum Windvolk gehört, kann die Kräfte auch nutzen?«, wollte ich wissen, um auf andere Gedanken zu kommen. Es klang für mich ein bisschen komisch. Doch selbst Justus hatte gemeint, ich solle die Windartefakte in meinem Besitz haben. War es also wirklich möglich?

»Ich bin mir nicht sicher. Aber ich habe davon gelesen«, sagte Felio. »Trotzdem möchte ich es ehrlich gesagt nicht darauf ankommen lassen. Die Artefakte entfalten ihre Kräfte umso schneller, je mehr zusammenkommen. Wenn irgendwer sie hat, würde mir das nicht gefallen.«

Das musste ich erst mal verdauen. So viel Neues, das mich innerlich aufwühlte. Die Artefakte des Windes in den Händen von jemandem, der den Wind zu kontrollieren gedachte. Oder was hatte er sonst damit vor?

»Und weißt du, wo sie sind?«, fragte ich vorsichtig. Wenn wir sie suchen müssten … Wäre das zu schaffen? Sie konnten doch überall sein.

»Ich habe welche«, flüsterte Felio und klang zum Glück nicht mehr so traurig. »Zwei habe ich vor einem Monat in einem abgelegenen Ort weiter im Süden entdeckt. Dann noch eines nicht weit von hier, bei einem alten Mann, der fast blind war und es mir für ein Mittagessen überlassen hat.« Er griff nach seinem Rucksack, zog drei Leinenbündel heraus und reichte sie mir.

Ich öffnete ein Bündel. Es war bereits dunkel, doch der Mond ging gerade auf und beschien die silbernen Röhren, die ich hervorzog. Zwischen ihnen hingen flache ovale Steine an groben Schnüren. Es war wunderschön.

Die anderen sahen ähnlich aus. Nur dass beim letzten die Röhren aus bemalten Bambusstäben bestanden.

Als ich eines in die Luft hob, begann der Wind sofort, zu singen. Wieder dieses Lied, das mich an das Meer und an Freiheit erinnerte. Und dann waren da Gesichter. Sie lachten und tanzten. Menschen, die sich gemeinsam in die Luft erhoben, den Sonnenuntergang betrachteten und Muscheln am Strand sammelten.

Ich ließ das Windspiel sinken und die Erinnerungen verblassten. Der Wind summte leise weiter, zog über uns hinweg in die Baumkronen.

»Was hast du gesehen?«, fragte Felio und sah mich mit erstauntem und gleichzeitig neugierigem Blick an.

Ich zögerte, schluckte. »Menschen. Windleute. Und das Meer.« Es fühlte sich irgendwie nicht richtig an, es zu verraten. Als seien es die Erinnerungen anderer Leute, zu denen nur mir allein Zugang gewährt worden war.

»Erstaunlich«, murmelte er und streckte die Hand aus, damit ich ihm die Windspiele wiedergab.

Ich reichte sie ihm und er verstaute sie fein säuberlich in seinem Rucksack.

»Es gibt eine Methode, wie wir die anderen schneller finden können, ohne das ganze Land danach abzusuchen«, eröffnete Felio mir.

Ich konnte ihn jetzt im Mondschein viel besser sehen als noch vor einigen Momenten. Er lächelte und sah dabei sehr verheißungsvoll aus. Dann kletterte er aus der Hängematte und kam zu mir. »Gib mir deine Hände!«

Zögernd streckte ich sie ihm hin und er nahm sie in seine. Es war ein komisches Gefühl. Nicht so wie bei Justus, nicht so vertraut. Seine Hände waren kühl und die Berührung war mir unangenehm.

»Gut. Schließ die Augen!«

Ich tat es, wenn auch etwas unsicher.

»Da ist ein Lied, nicht wahr? Ein Lied im Wind. Kannst du es hören?«

Der Wind sang es über mir in den Baumkronen und ich nickte.

»Sing es mit ihm in deinen Gedanken. Dann musst du dem Lied nur noch folgen«, flüsterte Felio.

Ich versuchte, seinen Anweisungen nachzukommen.

Das Lied war da und ich summte es mit dem Wind, erst ganz zaghaft, dann mit mehr Entschlossenheit. Es trug mich tatsächlich fort. Ich sah die Windspiele im Dunkel von Felios Rucksack. Dann meines über dem Bett im grünen Wagen. Ich flog weiter, schnell wie der Wind, über Felder und Wälder.

Und plötzlich sah ich die anderen. All die fehlenden Windspiele, die in einem großen Raum hingen. Einem ohne Fenster und mit weißen wehenden Vorhängen.

Und sie sangen mit mir. Die Klänge, die sie erzeugten, wenn die Röhren gegeneinanderschlugen, ergaben das Lied, das der Wind sang.

Sie waren genauso schön wie die, die ich bisher kannte, und schimmerten im Mondlicht, das durch die großen Erker hineinschien.

»Was siehst du?«

Erschrocken öffnete ich die Augen, war ganz versunken gewesen in die Bilder, dass es wie ein Schock war, so plötzlich in die Wirklichkeit zurückgeschleudert zu werden.

Ich entzog Felio meine Hände.

»Sie sind alle zusammen. In einem großen Raum. Alles ist weiß und aus Stein. Vielleicht ein Schloss«, versuchte ich, meine Eindrücke zu schildern, und klang dabei sicher ein bisschen wirr. Doch ich hatte sie gesehen und wusste auch, in welcher Himmelsrichtung sie lagen. Aber was war das für ein Ort gewesen?

»Berill«, hauchte Felio. »Die weiße Festung ist das Herz der Hauptstadt. Dann hat der Landesfürst sie!«

Berill. Dort war ich noch nie gewesen. Wir hatten immer einen Bogen um die Hauptstadt des östlichen Meeresgebietes gemacht und uns eher an die Dörfer gehalten. Zu viel Aufmerksamkeit von zu vielen

Menschen, hatte Kai mal gesagt; und die wollten wir schließlich nicht auf uns ziehen.

Und dann kam mir noch ein Gedanke.

»Die Frau, Elyssabed, die mit uns reist. Du hast sie sicher gesehen«, erzählte ich aufgeregt. »Sie ist die Tochter des Landesfürsten!«

»Ja, das hat sie erwähnt«, erwiderte Felio trocken. »Aber wir werden ihr kein Wort darüber sagen! Und den anderen deiner Freunde am besten auch nicht.« Sein Ton war scharf geworden.

»Was?«, rief ich und zuckte bei meiner eigenen lauten Stimme zusammen. »Warum?«

Er sah mich eindringlich an. »Wir dürfen keinem davon etwas sagen. Die Tochter des Fürsten könnte uns verraten. Sie würde nicht still sein, wenn es um die Besitztümer ihres Vaters geht!«

Das leuchtete mir ein. »Und warum die anderen? Warum darf ich es Justus nicht sagen?«, hakte ich nach und Felio seufzte.

Er wischte sich nervös die Hände an der Hose ab. »Es ist gefährlich. Wissen ist gefährlich! Du bringst sie nur in Gefahr, wenn du ihnen so etwas sagst. Ich weiß, es ist dir nicht bewusst, aber ich glaube kaum, dass der Fürst, sofern er wirklich der Besitzer der Windspiele ist, sie uns aus freien Stücken überlassen wird!«

Erschrocken schnappte ich nach Luft, als mir klar wurde, was er damit meinte. »Du hast vor, sie zu stehlen?«, rief ich empört.

»Hast du einen besseren Plan?«, hielt Felio patzig dagegen.

»Wir könnten sie ihm abkaufen«, schlug ich vor, doch selbst ich hörte den Zweifel in meiner Stimme. Wenn er so viele hatte, sammelte er sie sicher und wusste, dass sie wertvoll waren. Ich erinnerte mich gut daran, wie viel Justus für mein Windspiel ausgegeben hatte.

»Wir stehlen sie ihm eigentlich nicht. Sie gehören ihm ja nicht. Sie gehören uns! Sie wurden uns weggenommen!«, sagte Felio hart und bedachte mich mit einem Blick, der wohl zuversichtlich wirken sollte.

Ich seufzte stumm. Was sollte ich davon nur halten?

15

»Niemals!«, rief Fristan und stellte den Humpen ab. »Niemals sind die Schwerter aus dem Norden besser als unsere!«

Symmon lachte auf. »Ha! Schärfer sind die allemal, und härter obendrein.« Mit einer weit ausholenden Geste zog er sein Kurzschwert und drehte es so, dass das Licht der Lampen auf der Klinge auf und ab glitt.

»Aber es ist mickrig«, behauptete sein Gegenüber und zog seine eigene Waffe. Das Schwert war lang und breit und der Griff mit Edelsteinen verziert.

»Versuch mal, mit diesem Dachbalken an deiner Seite eine Hauswand hochzuklettern«, merkte Symmon an und zeigte auf Fristans Zweihänder.

»Wieso sollte ich an einer Wand hochklettern, wenn ich dich für so was habe?«, konterte dieser und schob das Schwert wieder in die Metallscheide.

»Schon wahr. Aber für einen Dieb ist das Ding ganz schön unpraktisch. Und laut! Was bist du nur für ein Anführer!«, spottete Symmon mit gespieltem Vorwurf in der Stimme, steckte seinerseits die Klinge weg, hob sein Glas und nahm einen tiefen Schluck.

Fristan lachte und schlug ihm auf den Rücken.

Symmon verschluckte sich natürlich prompt und das Bier stieg ihm aus der Nase.

Uro konnte sich kaum halten, so sehr amüsierte er sich über ihn. Beinahe wäre ihm sogar eines der Schankweiber vom Schoß gerutscht.

»Ich wette um die Schlafhaube meiner Frau, dass ich bei einem Zweikampf mit meinem Schwert gegen deines gewinne!«, verkündete Fristan und hob sein Glas.

Symmon wischte sich mit einem Tuch das Gesicht ab und hob seines ebenfalls. »Jederzeit, alter Mann. Ich halte mit der gepuderten Perücke meines Vaters dagegen!«

Der ganze Schankraum lachte schallend, als sie ihre Wette besiegelten, indem sie anstießen und die Gläser in einem Zug leerten.

Tauron kam herein, beugte sich zu Fristan und raunte ihm etwas zu. Nachdem er dem Türsteher gedankt hatte, ging dieser wieder nach draußen.

Fristan lehnte sich zu Symmon hinüber, der gerade ein neues Maß ordern wollte.

»Da steht jemand für dich vor der Tür.«

»Und das vor dem Mittagessen«, grummelte Symmon und erhob sich mürrisch. Er trat nach draußen und schlenderte auf den schwarz gekleideten Mann zu, der dort auf ihn wartete.

»Mein Herr«, sagte der und verbeugte sich knapp in militärischer Haltung.

»Ich habe dir hundertmal gesagt, du kannst dich in diesem Teil der Stadt nicht vor mir verbeugen! Bitte, was sollen denn die Leute denken«, brummte Symmon und machte einer vorbeieilenden Frau mit einem großen Krug in der Hand schöne Augen. Sie lächelte ihn an und schwang dann die Hüften ein wenig mehr als zuvor.

»Mein Herr! Euer Vater verlangt, Euch zu sehen«, sagte der Soldat.

»Ach verdammt!«, fluchte Symmon, obwohl er sich schon fast gedacht hatte, dass es so kommen würde, wenn der Hauptmann der schwarzen Garde in der Unterstadt auftauchte. »Weißt du, worum es geht, Alasar?«

Der Soldat stützte die Hände in die Seiten und seufzte. »Ich weiß, Ihr habt hier Euren Spaß. Aber findet Ihr es nicht noch ein wenig früh für Alkohol?«

»Die zwei, drei Bier«, erwiderte Symmon mit einer wegwerfenden Handbewegung.

»Sechs«, verbesserte Uro, der hinter ihnen aus der Schenke kam. »Was gibt's?«

»Ich weiß es nicht. Klingt nach etwas Familiärem.« Der Hauptmann kratzte sich an der Stirn.

»Na toll«, stöhnte Symmon genervt und wollte sich gar nicht vorstellen, was jetzt schon wieder passiert sein könnte.

Uro fuhr sich durch die hellen Locken und rieb sich das Gesicht. »Ich lasse schnell anschreiben.«

Kurze Zeit später fanden sie sich in der weißen Festung ein. Der Fürst kam ihnen im Audienzsaal entgegen.

»Ach du meine Güte, Symmon. Wo hast du denn den Fetzen her, den du da trägst?«, rief er entsetzt.

Symmon sah an sich hinunter. Er trug einfache schwarze Hosen und ein ausgebeultes dunkles Leinenhemd, das an manchen Stellen nicht mehr ganz so frisch aussah. An seinen Lederstiefeln klebte der Schlamm etwa zwei Zoll dick.

»Was?«, fragte er verständnislos. So sah er schließlich immer aus. Nicht jeder konnte sich an den bunten, ziemlich albernen Prunkkleidern des Fürsten erfreuen. Zumindest fand er sie albern. Lieber würde er bei den Schweinen schlafen, als jemals so etwas Geschmackloses zu tragen.

Die Hose seines Vaters war fliederfarben und bauschte sich wie ein Kürbis um die Knie. Das Wams hatte ein sattes Hellblau mit grünen

Stickereien und das Hemd mit weiten trompetenartigen Ärmeln leuchtete in stechendem Sonnengelb.

Symmon schämte sich fast für seinen alten Herrn. Doch dem Hofstaat gefiel es offensichtlich, denn sie ahmten diesen skurrilen Modegeschmack mit eigener Kreativität nach.

»Aber sei's drum«, ließ der Fürst das Thema fallen und legte ihm die Hände auf die Schultern. »Lady Merilla von Waalen hat mich darauf aufmerksam gemacht, dass deine teure Schwester schon vor einer Woche hätte hier sein sollen«, meinte er und sah Symmon auffordernd an.

»Und was hat das mit mir zu tun?«, wollte er wissen und schüttelte die Hände seines Vaters ab, die ihm wie eine Bürde vorkamen.

»Du wirst sie natürlich suchen gehen«, eröffnete der Fürst und warf die Arme in die Luft.

Sein Vater tat gerade so, als sei dies das Selbstverständlichste auf der Welt.

»Na toll!«, schnaubte Symmon wütend. Darauf konnte er wirklich verzichten. Schnell drehte er sich auf dem Absatz um und schickte sich an, den Raum zu verlassen.

»Nimm deine Garde mit!«, rief der Fürst ihm hinterher und Symmon kam ins Stolpern.

Das war ja wohl die Höhe!

Er blieb stehen und starrte zu seinem Vater zurück. »Ich soll die schwarze Garde mitnehmen, nur weil Elyssabed wahrscheinlich so viele Kleider gekauft hat, dass ihr die Pferde lahmen?« Er konnte es nicht fassen.

Diese Männer waren dazu da, ruhmreiche Schlachten zu schlagen und für die Sicherheit des Landes zu sorgen, und nicht dazu, dass er sie wegen einer Nichtigkeit spazieren führte.

»Aber ja doch! Was, wenn ihr etwas passiert ist? Wir haben nicht nur Freunde, mein Sohn!« Sein Vater begann, hin und her zu laufen.

Als ob er das nicht wüsste. Er wusste es sogar um einiges besser als sein Vater, der ein Schwert nur zur Hand nahm, wenn es von geschichtlichem oder antiquarischem Wert war.

»Wenn ich sie mitnehme, dann aber in Schwarz. Es ist schließlich nicht die violette Garde«, erwiderte Symmon und strebte auf die Tür zu, die ihm zwei Diener öffneten.

»Aber in Violett finde ich sie wesentlich angenehmer«, warf der Fürst ein und Symmon verdrehte die Augen.

»Sie sollen nicht angenehm sein, Vater! Sie sind Krieger!«, sagte er trocken und verließ den Saal. Wie konnte man nur so einen Vater haben?!

Sein Widerwille gegen den höfischen Zirkus lag wohl darin begründet, dass er seine Kindheit bei seiner Mutter im Norden verbracht hatte und nicht am Hofe des Fürsten, der ihn erst nach dem Tod seiner Mutter zu sich holen ließ.

Uro wartete bereits auf dem Gang. »Und?«, fragte er, als Symmon zu ihm schlenderte.

»Elyssabed ist im Verzug und wir sollen sehen, wo sie bleibt.« Symmon fuhr sich mit den Händen durchs Haar. »Und der werte Herr wünscht, dass wir die schwarze Garde mitnehmen!«

»Nicht dein Ernst, oder?«, rief Uro und zog zweifelnd die Augenbrauen zusammen.

»Doch! Und deswegen gehen wir uns jetzt umziehen. Wenn wir schon mit einer Kriegskompanie reisen, dann mit Stil!«, verkündete er und schlug Uro auffordernd gegen die Schulter.

Es war spät am Abend und Professor Tantarus Low saß an einem Tisch über ein Schmuckstück gebeugt und betrachtete es im Kerzenschein.

Nur widerwillig beschäftigte er sich mit der kunstvoll geschmiedeten Kette, für die er wesentlich mehr Begeisterung aufgebracht hätte, würde ihn das Studium über das vergangene Volk des Windes nicht so in Atem halten. Er hatte viele Leute befragt, die damals Kontakt zum Windvolk gehabt hatten. Zumeist Händler oder Kaufleute.

Er versuchte, alles zu Papier zu bringen. Doch das brauchte Zeit.

Dann hatte er in einer kleinen, reich verzierten Kiste einige Schriften entdeckt, geschrieben von Männern, die wohl einmal eine enge Verbindung mit dem Windvolk gehabt hatten.

Windalchemisten nannten sie sich. Doch die vorliegenden Aufzeichnungen waren lückenhaft, weshalb er nicht ermitteln konnte, welcher Art diese Verbindung war.

Dennoch hatte er viel Interessantes erfahren. Über die Kultur, die Fähigkeiten; erstaunliche Dinge, die er fast nicht glauben wollte.

Auch die Windspiele hatte er genauestens untersucht, katalogisiert und farbige Illustrationen dazu gezeichnet.

Nun saß er da und war gezwungen, sich mit den anderen Kunstwerken des Südfürsten zu beschäftigen. Schließlich war er deswegen eingeladen worden.

Der Wind frischte auf und wehte seine Dokumente durcheinander, die er auf dem Tisch ausgebreitet hatte. Er war vom Pavillon zur offenen Tür hereingekommen.

Der Professor erhob sich und drückte das Kreuz durch, das dabei leise knackte. Schlurfend ging er zu den Türen, um sie zu schließen.

Auf einmal fuhr der Wind durch die Windspiele und erzeugte ein riesiges Durcheinander an Tönen. Doch daraus ergab sich nur der Auftakt für eine Melodie. Der Wind suchte sich seinen Weg exakt so durch die Klangröhren, dass ein Lied entstand. Eine getragene Symphonie, melancholisch, die die Sehnsucht nach Ferne und Freiheit weckte.

»Der Wind singt«, flüsterte Tantarus Low und starrte fassungslos zu den Windspielen, die im Takt hin und her schaukelten. Die Brise zog Kreise um die Kunstgebilde, sich wiederholende Kringel und Schleifen, immer in gleichmäßigen Bahnen. Ein Muster.

Das war kein Zufall. Das musste die Macht des Windvolkes sein!

Und dann verstummte das Lied so plötzlich, wie es angefangen hatte, und riss Tantarus aus seiner Trance zurück in die Wirklichkeit.

Das konnte und durfte er nicht für sich behalten.

Aufgeregt rannte er aus dem *Saal der Schätze* und hinunter zu den Festsälen des Fürsten.

Eine Feier war noch im Gange. Lächerlich bunt gekleidete Männer und Frauen tanzten vornehme Reigen und die reichlich gedeckte Tafel lockte mit exotischen Gerüchen.

Er war ebenfalls zu den Festlichkeiten eingeladen, hatte aber dankend abgelehnt. Die alte Kammer mit den wertvollen Gegenständen gefiel ihm besser als ein betrunkener Haufen Edelleute, die ohne Sinn und Verstand ihre Zeit totschlugen.

Er eilte zum Fürsten, der vor einem riesigen Braten saß und sich gerade davon abschneiden ließ.

»Mein Fürst!«

»Professor Low! Welche Ehre, Euch heute Abend hier zu sehen.«

Der Herrscher erhob sich sichtlich überrascht aus seinem Sessel und breitete wohlwollend die Arme aus.

»Ich danke Euch, mein Fürst. Aber ich komme mit einer Neuigkeit zu Euch, die mich erschreckt. Eure Windspiele, die Kunstwerke des Windvolkes. Sie haben gesungen! Ein Lied, so schön und gleichzeitig so traurig, wie ich es noch nie gehört habe! Was hat das zu bedeuten?«

Der Fürst machte große Augen. »Das ist unglaublich! Mir war bekannt, dass sie zu singen vermögen, doch kam ich bislang nie in den Genuss. Es ist wirklich erstaunlich!«

»Nicht wahr? Ich musste es Euch gleich erzählen. Hat Euch zuvor schon einmal jemand berichtet, dass die Windspiele gesungen hätten?«

»Nein, niemals. Zu dumm, dass ich es verpasst habe«, rief der Fürst sichtlich enttäuscht.

»Das ist wirklich eine große Neuigkeit«, sagte ein Mann, der hinter dem Herrscher vortrat.

Der Professor war von seinem so plötzlichen Erscheinen irritiert.

Seine Gewänder waren in Erdfarben gehalten, sodass er zwischen all den bunten Gestalten völlig unterging, und seine Gesichtszüge waren von einer Intelligenz, wie er sie selten gesehen hatte.

»Lord Peka! Kennt Ihr schon den berühmten Völkerkundler Professor Tantarus Low? Er ist hier, um meine Schätze zu katalogisieren«, erklärte der Fürst. »Professor, dies ist mein hochgeschätzter Berater und Freund Lord Peka. Er und seine Tochter Macadamya wohnen in einer wunderschönen Stadtresidenz gleich neben der äußeren Festungsmauer. Ihm gehören auch einige Walnusshaine vor der Stadt.«

»Sehr erfreut«, sagte der Professor eilig und neigte höflich den Kopf, obwohl er sich nicht sicher war, wirklich so erfreut zu sein.

Lord Pekas Augen blitzten im Schein der Kerzen und ihm wurde noch mulmiger zumute. Wie ein Lord, der ein gesetztes Leben am Hofe des Fürsten führte, sah er nicht gerade aus. Und dieser wissende Blick, den er ihm zugeworfen hatte, ließ ihn nicht mehr los.

16

»Seitdem bist du bei ihnen?«, fragte Felio mit ungläubiger Miene und starrte in den Himmel.

»Ja«, bestätigte ich und lächelte. »Sie passen auf mich auf.«

»Aber bist du nicht langsam alt genug, um auf eigene Faust die Welt zu erkunden?« Er stützte sich auf die Ellenbogen, um mich anzusehen.

Wir beide saßen auf dem Dach von Justus' Wagen, der ratternd über eine Brücke fuhr.

Folgte man der Straße in Richtung Nordosten, lag dort die Hauptstadt des östlichen Meeresgebietes. Berill, in deren Herzen, der Festung des Landesfürsten, alle Windspiele hingen, die uns noch fehlten.

Dank Elyssabed machten wir keinen Bogen hinunter ans Meer und dann an der Küste nach oben, sondern nahmen direkten Kurs darauf.

Mir tat es weh, das Meer nicht sehen zu können, auf das ich mich schon das ganze Jahr gefreut hatte. Doch je näher wir der Hauptstadt kamen, desto aufgeregter wurde ich.

Schließlich brach man nicht alle Tage bei einem Fürsten ein, um etwas zurückzustehlen, das eigentlich jemand anderem gehörte.

Egal wie sehr ich mir einredete, dass die Windspiele unser Eigentum waren, ich fühlte mich nicht wohl dabei. Was, wenn wir erwischt wurden? Was, wenn man erfuhr, wer wir waren, wo wir herkamen? Was, wenn ich dadurch das Feuervolk in Gefahr brachte?

Ich seufzte. Der Wind wehte fröhlich und kühlte uns die Gesichter, die von der Spätnachmittagssonne erhitzt waren.

Im Stillen dankte ich ihm und er sauste weiter; hinauf zu den Vögeln, die in der Brise segelten, erhaben über die Welt.

Ich wollte Felio gerade antworten, als der Wagen heftig holperte und ich mich festhalten musste, um nicht herunterzufallen. Auch Felio klammerte sich an einem der Bretter fest, die das schwarz gerußte Loch verdeckten. Sie waren nicht sonderlich gut befestigt, aber es reichte, um Regen abzuhalten. Alles Weitere würden wir wohl erst im Winter in der Hauptstadt ausbesser können.

»Alles klar bei euch da oben?«, rief Marc.

Ich krabbelte zur Dachkante und blickte kopfüber hinunter. Eine Strähne kringelte sich so, dass sie mich an der Nase kitzelte. »Ja. Uns geht's gut. Was war los?«

Dante und Justus blickten zu mir nach oben.

Marc starrte weiter geradeaus, die Zügel des Kappas fest in der Hand, und zuckte mit den Schultern. »Ein Ast. Ich dachte, er würde brechen, wenn wir drüberfahren. Aber na ja …«

»Bei solchen Gelegenheiten brechen gern die Räder. Pass besser auf«, sagte Justus und schlug ihm gegen den Hinterkopf.

»Aua!« Marc rieb sich die Stelle.

Ich kicherte und Justus sah wieder zu mir hoch. »Wann hast du das letzte Mal was getrunken?« Ohne meine Antwort abzuwarten, reichte er mir den Wasserschlauch. »Du kannst auch runterkommen und dich in den Schatten setzen«, meinte er fast zu beiläufig.

Ich musste lachen.

»Du solltest vielleicht hier raufkommen und die Sonne genießen«, erwiderte ich und zog mich mit dem Schlauch von der Kante zurück. Er würde nie und nimmer hier heraufklettern.

»Hast du vor, dein Leben lang bei diesen Menschen zu bleiben?« Felio sah mich fragend an.

Ich schraubte den Wasserschlauch auf und trank einige Schlucke. »Warum sollte ich nicht bei ihnen bleiben wollen?« Verwundert fragte ich mich, worauf er hinauswollte.

»Sie engen dich ein. Ohne sie könntest du tun und lassen, was du willst«, sagte er und machte eine ausladende Geste.

Ich seufzte. Das erzählte mir der Wind auch immer. Fliegen zu können, wann ich wollte, und am Meer wohnen. Das wäre ein Leben, wie es dem Wind für mich gefallen würde. Wie zur Bestätigung kam er zu mir und fuhr mir unter den Armen hindurch, als wolle er mich anheben.

Es war leicht, sich vorzustellen, wie ich am Strand stand, die Füße im feinen Sand und das Rauschen der Wellen in der Luft. Wie die Sonne unterging und ich einfach dortbleiben könnte, ohne dass mir jemand sagte, man müsse langsam los.

Und dann war da Justus neben mir. Und Mei, die mit den Kindern im Sand Burgen baute. Marc und Ayo und Hanna, die um ein Lagerfeuer saßen, und Tanja, die anfing, zu den Klängen der Mandoline zu singen.

Kopfschüttelnd lächelte ich über mich. Selbst wenn ich mir vorstellte, frei und allein zu sein, schlichen sie sich doch in meine Gedanken. Das war mir noch nie so bewusst gewesen wie jetzt.

Ja, ich wollte frei sein, wollte fliegen und mit dem Wind davontanzen. Aber nicht allein. Ohne Justus und die anderen Wagenleute wäre es niemals so schön!

»Nein«, sagte ich entschieden und drehte mich wieder zu Felio.

»Was, nein?« Er sah mich forschend an. Doch ich ignorierte seine Frage und reichte ihm den Wasserschlauch, damit er auch etwas trinken konnte.

»Ohne sie wäre ich sicher einsam. Sie sind …« Mir fehlten ein bisschen die Worte. »Sie sind wie …« Freunde? Nein.

»Deine Familie?«, schlug Felio missmutig vor und ich musste plötzlich lachen.

»Ja! Meine Familie!«, rief ich. Wie dumm, dass ich da nicht selbst draufgekommen war. Sie waren wie meine Familie!

Bisher hatte ich mich nie getraut, es so zu formulieren. Aber es passte irgendwie. Obwohl wir manchmal stritten oder nicht einer Meinung waren. Auch wenn Bree mich nicht mochte und ich anders war, sie waren doch meine Familie.

Ob sie das wohl auch so sahen?

»Was ist mit dir? Welchen Menschen bist du begegnet?«, fragte ich Felio überschwänglich, von meinem Hochgefühl getragen, und bereute es sogleich, als ich sein düsteres Gesicht sah.

»Niemandem von Belang«, zischte er und ich zuckte zusammen.

Oh, dumme, dumme Cate! Wie hatte ich nur so taktlos sein können. Schließlich konnte ich nicht annehmen, dass er, nachdem seine Eltern getötet worden waren, auch Menschen getroffen hatte, die sich seiner angenommen hatten.

Was, wenn er seitdem allein gewesen war? Niemand, der sich um ihn gekümmert hatte, niemand, der ihn in den dunklen Nächten hielt, in denen er den Verlust seiner Familie betrauerte, in denen die Albträume ihn plagten. Bei allen Winden, wie furchtbar das gewesen sein musste!

Aus einem Impuls heraus rutschte ich näher zu ihm und schlang ihm die Arme um die Mitte.

Er war so viel schmaler als Justus. Ich konnte problemlos um ihn herumfassen.

Vielleicht hatte er nie genug zu essen gehabt.

»Es tut mir leid«, flüsterte ich.

Felio seufzte laut und es klang sehr unwillig. Doch als ich den Kopf hob, war sein Blick weich und er legte mir die Hand auf den Kopf.

»Mach dir nichts draus«, sagte er und lächelte halb. »Jedem das seine. Du hast deine Familie und ich habe meine Freiheit.«

Wir lagerten am Abend auf einem offenen Feld und wurden durch einige kleine Hügel vor direkten Blicken aus dem Dorf geschützt.

Der Dorfälteste war überrascht gewesen, als wir nach einem Lagerplatz gefragt hatten. Schließlich waren wir zum ersten Mal in der Gegend, da wir nicht unserer gewöhnlichen Route folgten. Allerdings wandelte sich die Überraschung schnell in Vorfreude, als die Leute hörten, dass wir morgen Vormittag Stände aufbauen und am Abend ein Feuerspektakel veranstalten würden.

Aus Mangel an Bäumen war ich gezwungen, im Wagen zu schlafen. Da es in der Nacht aber furchtbar warm war, ließen wir die Fensterläden und die Tür offen und der Wind wehte angenehm hindurch.

Felio hatte es sich unweit des Lagers auf einigen liegen gelassenen Heuballen bequem gemacht. So hatte ich kein schlechtes Gewissen, ihn draußen allein zu lassen.

Ich schlief unruhig, obwohl der Wind ständig bei mir war. Es war ungewohnt, nach so langer Zeit wieder in meinem Bett zu schlafen. Zusätzlich quälte ich mich mit unnützen Gedanken.

Lange dachte ich über die Freiheit nach, über das Leben, das Felio bisher geführt hatte. Wie furchtbar einsam er gewesen sein musste, wollte ich mir nicht mal vorstellen.

Doch egal wie intensiv ich versuchte, mich weiter darauf zu konzentrieren, tauchte ständig Justus in meinen Gedanken auf. Obwohl ich ihn in den hintersten Winkel meines Kopfes verbannte, kam er doch immer wieder hervor.

In den späten Nachtstunden, wenn mein Verstand müde war und ich doch nicht schlafen konnte, trieb meine Fantasie Unsinn mit meinen Wünschen, die ich sonst nicht einmal zu denken wagte.

Justus, wie er meine Hand hielt und mich in die Arme nahm. Wie es wäre, wenn er mich lieben würde. Wenn ich morgens in seinem Bett erwachte, nicht weil ich gerade fast erfroren wäre, sondern weil es mein Platz war. Sein schlafendes Gesicht neben mir.

Und irgendwann verwischte die Grenze zwischen Fantasie und Traum, sodass ich nicht genau sagen konnte, wann ich eingeschlafen war.

17

»Seit wann redet Dante eigentlich nicht mehr mit Bree?«, fragte ich Mei, die beim Frühstück neben mir saß.

Die Sonne schien kräftig auf uns herab, obwohl es noch früh am Morgen war. Es war ungewohnt, nicht die Kühle des Waldes um sich zu haben, und ich fühlte mich etwas verloren ohne das Rauschen der Blätter und die dicken Stämme, die Schutz und Zuflucht versprachen.

Die Kinder machten Lärm, weil sie auf einem Stein eine Eidechse entdeckt hatten.

Mei verzog das Gesicht und da wurde mir bewusst, dass ich auch sie lange nicht mit Bree hatte reden sehen.

»Sie hat Mist gebaut!«

Ich bildete mir ein, sie mit den Zähnen knirschen zu hören.

»Und als Dante davon erfahren hat, ist ihm seine Schwärmerei für sie ganz plötzlich abhandengekommen.«

Ihr Ton war vieldeutig. Aber klar war, dass bei *dem Mist* auch ihre Freundschaft einen Knacks bekommen hatte.

Verstohlen sah ich zu Dante, der versuchte, sich heimlich mit einem Stock unter dem Verband zu kratzen. Was war nur vorgefallen, dass er, der seit Jahren kein anderes Mädchen angeschaut hatte, plötzlich seine Zuneigung zu Bree hatte verlieren können?

Es fröstelte mich bei dem Gedanken. Ich wusste, dass Bree zu so manchen Bosheiten fähig war. Aber wahrscheinlich stellte ich es mir auch schlimmer vor, als es gewesen war.

Ich fragte nicht weiter, da Mei nicht so aussah, als wollte sie darüber reden.

Bree saß mit Elyssabed auf der anderen Seite unseres Lagers und stocherte in ihrer Schale herum. Plötzlich zuckte sie zusammen, hob den Kopf und starrte in die Ferne.

Das war kein gutes Zeichen.

Sah sie etwas? Bekamen wir schon wieder unerwarteten Besuch?

Doch dann kniff sie die Lippen aufeinander und wandte sich mit zusammengezogenen Augenbrauen wieder ihrem Essen zu.

Das kam mir seltsam vor und ich rief nach dem Wind.

Männer kommen zu euch, eröffnete er mir, noch bevor ich fragen konnte. *Es sind Krieger. Schwarze Krieger!*

Wie erstarrt saß ich da, wusste nicht, wie ich mit dieser Information umgehen sollte. Hatte Bree sie etwa gesehen und keine Vorwarnung gegeben? Wieso tat sie das?

War es wegen Elyssabed? Oder Felio? Aber warum sagte sie es dann nicht wenigstens ihrer Mutter oder Kai?

Ich sah mich nach Felio um und entdeckte ihn ein Stück weiter mit Tai. Die beiden Männer unterhielten sich angeregt und lachten laut über etwas, das Leila zum Gespräch beitrug. Sie saß auf einer kleinen Bank und aß einen Apfel, während sie mit einer Hand über ihren Bauch strich.

Was wollen sie?, fragte ich den Wind und er kicherte.

Sie kommen wegen Elyssabed, säuselte er und rauschte über das Feld davon. Ihm war es egal, ob wir im Wald oder auf offenem Gelände waren. Er hatte überall seinen Spaß.

Es war überaus beruhigend, dass er sich um mich keine Sorgen zu machen schien. Er wechselte jedoch gleich die Richtung und trug das Geräusch vieler klappernder Hufe zu uns herüber.

»Hört ihr das?«, rief ich sofort und die anderen begannen überrascht, zu lauschen.

»Sind das Pferde?«, fragte Mei.

Ich war so dankbar, dass ich es ohne viel Aufsehen geschafft hatte, die anderen darauf aufmerksam zu machen.

Das Getrappel wurde stetig lauter und die Unruhe unter uns größer. Viele Blicke gingen fragend zu Bree, die meistens wegsah.

Wenig später waren die ersten Reiter auf den Hügeln zu sehen.

Die Männer erhoben sich schnell und bildeten eine Linie vor dem Lager, wie sie es immer zu tun pflegten, wenn wir unerwarteten Besuch bekamen.

Etwa drei Dutzend Reiter in schwarzen Rüstungen und auf schwarzen Pferden machten auf der Hügelkuppe halt. Sie sahen bedrohlich aus, viel zu viele, dass es einem nicht bange wurde.

Nur der Blick auf Justus' geraden Rücken half mir, nicht die Nerven zu verlieren. Er zeigte keine Angst, war die Ruhe selbst. Das konnte ich an seiner Haltung ablesen.

»Heiliges Kanonenrohr!«, schrie Elyssabed plötzlich in die unangenehme Stille, sprang von ihrem Platz auf und ließ ihre Schale achtlos auf den Boden fallen, wo sie klirrend auf dem harten Lehmboden zersprang. »Nicht zu fassen!« Sie raffte eilig ihre Röcke und lief zu den Männern.

»Du weißt, wer das ist?«, fragte Kai und Elyssabed schnaubte laut.

»Ob ich das weiß? Die Spielzeugsoldaten meines dämlichen Bruders sind das!«, kreischte sie beinahe und stampfte wie ein Kind auf dem Boden herum. »Was für eine Erniedrigung! Nicht einmal die weiße Armee bin ich meinem Vater wert. Welche Schande!«, jaulte sie und wir sahen sie verdutzt an.

Zumindest für den Moment, bis sich zwei Reiter aus dem Trupp schwarzer Krieger lösten und auf uns zugeritten kamen. Sie zügelten ihre Pferde wenige Schritte vor Elyssabed und den Männern.

»Wie ich sehe, seid Ihr wohlauf, Mylady!«, rief der eine, während sie fuchsteufelswild die Fäuste ballte. Er nahm seinen Helm ab und schwarzes wildes Haar kam zum Vorschein, das in alle Himmelsrichtungen stand. Sein Gesicht war kantig und unrasiert, doch sein Grinsen war so breit und strahlend, dass es einem Prinzen würdig gewesen wäre.

Mir fiel ein Stein vom Herzen, als ich ihn sah. Die Soldaten in ihrer schwarzen Rüstung hatten so bedrohlich gewirkt, doch dieses Lachen entschärfte die Situation sofort.

»Spar dir dein blödes Gequatsche, Symmon, du Stück Kappadreck! Wieso bist du hier? Willst du mich verhöhnen?«, kreischte Elyssabed und hüpfte empört auf und nieder. Ihr Gesicht war rot vor Wut und sie wusste offensichtlich nicht, wohin mit ihren Händen.

Die Reihe der Feuerleute lockerte sich. Alle beobachteten mit wachsendem Interesse das für sie äußerst amüsante Gespräch.

Auch ich musste mir das Lachen verkneifen. Was waren das nur für Typen, dass Elyssabed wegen ihnen so in Rage geraten konnte?

Der zweite Krieger nahm den Helm vom Kopf und ich war sehr überrascht über das Gesicht des Mannes. Er hatte hellbraune Locken und einen so frechen Gesichtsausdruck wie ein dreister Schuljunge.

»Wieder bei bester Laune, was?«, witzelte er und lachte laut.

»Aufhängen werd ich dich lassen, Uro, für dein loses Mundwerk!«, fauchte Elyssabed und zeigte anklagend mit dem Finger auf ihn.

»Aber klar doch«, sagte der Schwarzhaarige mit zutiefst ironischem Ton, stieg mit Schwung von seinem Pferd und warf dem Zweiten die Zügel zu. »Ihr ehrbaren Leute«, sprach er und der Gelockte prustete vor Lachen, dass er beinahe aus dem Sattel gerutscht wäre.

Besonders ernst meinten sie ihr Auftreten ja nicht gerade. Und doch mochte ich die beiden, obwohl ich sie nicht kannte. Sie hatten offensichtlich viel Spaß daran, Elyssabed aufzuziehen, und das machte sie sympathisch.

Oder sie waren betrunken, so wie sie sich benahmen. Aber wer betrank sich denn am frühen Morgen?

Justus drehte sich zu mir um und grinste mich an. Er hatte wohl auch seine Freude an der Sache.

Allein Elyssabed zu sehen, wie sie undamenhaft auf dem Boden herumtrampelte, war schon ein wirklich komisches Bild.

»Ich bin hier, um Elyssabed nach Hause zu bringen, wie mein Vater, der Landesfürst, es mir befohlen hat! Was schulde ich euch für das Beherbergen meiner kleinen Schwester?«, fragte der dunkelhaarige Mann nun etwas ernster und sah in die Reihe der Leute.

Schwester? Er war also tatsächlich ein Prinz. Ich sah zwischen den beiden hin und her, doch ich konnte nichts finden, in dem sie sich ähnelten. Weder vom Aussehen noch vom Auftreten.

»Das kannst du gar nicht bezahlen!«, feixte Justus und verschränkte die Arme vor der Brust. Die Feuerleute lachten.

Empört drehte Elyssabed den Hals. Viel fehlte nicht und ihr wären sicher die Augen aus dem Kopf gefallen, wie sie zu Justus starrte und nicht glauben konnte, dass er so etwas gesagt hatte.

Da tat sie mir plötzlich leid. Egal, wie viel Ärger sie uns gemacht hatte und wie viel Kummer sie mir im Speziellen bereitet hatte; von allen verlacht zu werden, hatte ich ihr nicht gewünscht.

»Aber ich kann es versuchen«, konterte der Fürstensohn, zog einen Beutel von seinem Gürtel und warf ihn Van zu, der neben seinem Bruder stand.

Dieser fing ihn gekonnt aus der Luft, wog ihn in der Hand und zog überrascht die Augenbrauen hoch. Sicher war er sehr schwer.

»Hast du rein zufällig ein paar Sachen gekauft, die wir mitnehmen müssen?«, fragte der Sohn des Fürsten seine Schwester. Er kannte sie offensichtlich recht gut.

Sie verkniff säuerlich den Mund.

»Rein zufällig, ja«, sagte sie schnippisch und wandte sich von ihm ab, wobei sie ihren goldblonden Zopf auf überhebliche Art in den Nacken warf.

Bree stürmte sofort auf den blauen Wagen zu und verschwand darin.

Tanja legte ihre Essensschale ins Gras und folgte ihr, jedoch wesentlich langsamer.

»Wünschen Ihr und Eure Männer etwas zu trinken, Mylord?«, erkundigte sich Fin höflich, die neben ihren Mann getreten war. Er legte ihr beschützend den Arm um die Taille.

»Wirklich sehr zuvorkommend, aber wir haben, was wir brauchen«, antwortete der schwarze Krieger und neigte zum Dank leicht den Kopf.

Tanja und Bree kamen aus dem Wagen, in den Händen zwei große Bündel, die sie in Leinentücher geschlagen hatten.

Der Mann, den Elyssabed *Uro* genannt hatte, griff sich fassungslos an die Stirn und stieg ab, um diese in Empfang zu nehmen.

»Pass ja auf damit!«, schnaubte Elyssabed und ließ sich von ihrem Bruder, der ebenfalls abgestiegen war, auf sein Pferd heben.

Uro verdrehte die Augen, während er die Bündel sorgsam am Sattel festschnallte.

Mit verschränkten Armen thronte die Fürstentochter auf dem schwarzen Ross, wunderschön wie eh und je, und starrte beleidigt in den Himmel.

Ihr Bruder sah zu ihr hoch und stieß ihr mit dem Ellenbogen gegen das Knie, doch sie hielt die Nase nur noch höher.

Der dunkle Krieger seufzte.

»Normalerweise hat sie Manieren«, grummelte er entschuldigend in unsere Richtung und neigte den Kopf. »Also bedanke ich mich in ihrem Namen bei euch«, fügte er hinzu, schwang sich hinter seiner Schwester in den Sattel und trieb sein Pferd wieder den Hügel hinauf.

Uro folgte ihm.

Bree winkte Elyssabed etwas zu enthusiastisch zum Abschied, aber diese drehte sich nicht mal mehr nach ihr um.

Und dann war sie fort. Ebenso plötzlich, wie sie zu uns gestoßen war.

Alle schienen erleichtert zu sein und bis auf Bree würde sie wahrscheinlich auch keiner vermissen.

18

Der Tag verlief wie sonst. Allerdings ohne den Wald und ohne Elyssabed.

Aber mit Felio, von dem ich kaum etwas sah, da er sich mit den Leuten aus dem Dorf unterhielt, die in großer Zahl kamen, um unsere Waren zu sehen.

Später focht er einen Übungskampf mit Marc, den er gnadenlos verlor, half Tanja beim Mittagessen, redete mit Mei über Häuser in Bäumen und spielte Fangen mit Cookie und den Zwillingen. Irgendwann sah ich ihn sogar angeregt mit Bree sprechen. Er machte sich bei den Feuerleuten sehr beliebt und sie schienen ihn wirklich zu mögen.

Ein gutes Zeichen, fand ich.

Bis auf Justus. Der saß auf dem Boden vor meinem Wagen, schnitzte wieder an etwas herum, beobachtete Felio aus den Augenwinkeln und machte dabei eine so finstere Miene, als versuchte er, ein Gewitter heraufzubeschwören.

Ich hatte gerade den Nähkorb hervorgeholt und schaute nach, wo ich aufgehört hatte, den Saum an meinem Kleid hochzunähen. Schon seit Wochen saß ich jetzt daran und kam einfach nicht weiter. Jedes Mal war ich unterbrochen worden.

Schnell suchte ich die Nähnadel, die ich am Rock festgesteckt hatte, zog sie heraus und begann, zu nähen.

»Was stört dich an ihm?«, fragte ich Justus, der verwundert den Kopf zu mir drehte.

»An wem?«

Als ob er das nicht wüsste.

Ich tat ihm den Gefallen, darauf zu antworten. »An Felio. Hast du immer noch Angst, er würde jemandem etwas antun?« Ich machte einen weiteren Stich. Dann war das Garn zu Ende und ich bemühte mich um einen sauberen Knoten.

»Weiß nicht«, murmelte er mit tiefer Stimme und sah wieder zu Felio, der lachend bei Bree und Ayo stand, einen Apfel in der Hand.

»Du hast wirklich noch Zweifel?« Ich war ehrlich erstaunt. Felio war so ein offener und netter Kerl. Die anderen machten sich ja auch keine Sorgen. Warum dann Justus?

»Du etwa nicht?«, platzte er empört heraus und sah mich herausfordernd an. Er schien irgendwas in meinem Gesicht zu sehen, das ihm nicht gefiel, und presste den Mund zu einem schmalen Strich zusammen.

Schlechtes Zeichen!

»Oh nein, ich vergaß. Du und er, ihr seid ja jetzt beste Freunde. Er musste nur einen kleinen Windtrick aus dem Ärmel ziehen und schon vertraust du ihm alles an, was er wissen will!« Seine Augenbrauen zogen sich düster zusammen.

Der verbale Angriff traf mich wie ein Schlag in die Magengrube. Das war nicht fair! Warum behauptete er so etwas? Und warum war er in letzter Zeit andauernd so gereizt?

»Oh Mann!«, fuhr ich ihn an und verknüllte den Stoff des Kleides zwischen meinen Fingern. »Warum willst du dich eigentlich ständig mit mir streiten? Wir waren doch früher auch nicht so!« Ich konnte es einfach nicht verstehen. Was hatte sich denn geändert?

»Früher hast du auch nicht so dumme Sachen gemacht!«, schnauzte er zurück.

Mir blieb der Mund offen stehen.

Langsam wurde ich sauer, obwohl ich versuchte, ruhig zu bleiben. »Du willst sagen, es sei dumm, ihm zu vertrauen?«, sagte ich gepresst und zog die Garnrolle aus dem Nähkorb, um Justus nicht ansehen zu müssen. Sonst wäre mir sicher der Kragen geplatzt. War das zu fassen? Musste er sich so aufspielen?

»Ja, das will ich! Du weißt absolut nichts über ihn!«, rief er genervt und warf die Arme in die Luft.

»Ach!« Woher wollte er das denn bitte wissen? »Ich weiß, dass er vom Windvolk ist! Von meinem Volk!«, betonte ich.

Justus schüttelte den Kopf. »Er hat uns seit Wochen verfolgt. Warum hat er sich nicht früher zu erkennen gegeben, wenn ihr zwei euch doch so gut versteht, weil ihr vom selben Volk seid?«, maulte er.

»Woher hätte er das denn wissen sollen? Ich trage schließlich kein Schild um den Hals, auf dem *Windkind* steht!«, fauchte ich ihn an. Ich kochte vor Wut.

Justus verkniff wieder die Lippen. Doch offenbar nicht so wütend wie erwartet, eher unwillig. Das hieß, ihm waren die guten Argumente ausgegangen. Meiner Meinung war er allerdings trotzdem nicht.

Mit aller Kraft kämpfte ich die Wut in mir zurück, glättete die Wogen, schluckte meinen Stolz und versuchte, Haltung zu bewahren.

»Ach komm, leg einfach mal dein Misstrauen beiseite und sei ein bisschen freundlich zu ihm. Dann wirst du schnell erkennen, dass er ein netter Mensch ist.«

Er zeigte keine Regung.

»Bitte, Justus! Tu's für mich!«

Keine Ahnung, ob das helfen würde. Ich war ihm viel wert, das wusste ich, aber wenn er sich festgefahren hatte, konnte ihn niemand umstimmen.

Justus blickte mir in die Augen und ich versuchte, nicht zu blinzeln. Endlich schmolz die feste Miene in seinem Gesicht dahin und ich seufzte erleichtert.

Er hob die Hand und wuschelte mir durchs Haar, das wahrscheinlich vom Wind sowieso total zerzaust war.

Aufmunternd lächelte ich ihn an und er lächelte leicht unsicher zurück.

Was mich wiederum verunsicherte. Ich musste den Blick abwenden. Warum sah dieser Mann auch so verdammt gut aus?

Meine Finger zitterten so, dass ich den neuen Faden nicht durchs Nadelöhr bekam, während mein Blick immer wieder zu Justus ging, der sich wieder seiner Schnitzarbeit zugewandt hatte. Die dunklen Haare glänzten in der Sonne und ich wäre gern mit den Fingern hindurchgefahren. Aber ich traute mich nicht.

Frustriert legte ich das unfertige Kleid zurück in den Korb. Wenn das so weiterging, würde ich damit niemals fertig werden.

Das Feuerspektakel an diesem Abend war das beste seit Langem. Dante durfte endlich den Verband abnehmen, unter dem sich die Haut durch die seltsamen Salben von Fin grünlich verfärbt hatte.

So hatte das Spektakel wieder sein pompöses Ende zurück.

Ich machte es mir mit dem Wind auf einem Wagen bequem, um von dort auf unseren Einsatz zu warten.

Ayo begann, die Trommeln zu schlagen.

Die Zuschauer waren zahlreicher als in den Wochen zuvor. Was wohl daran liegen konnte, dass wir zum ersten Mal in dieser Gegend waren; viel näher an Berill als je zuvor.

Laila lockte das Publikum mit ihrer fast magischen Stimme und eröffnete den Abend. Die Leute waren beeindruckt von Meis Tänzen und Marcs Feuerspuckkünsten. Als Miso und Felice begannen, Vögel aus dem Feuer zu holen und sie über ihre Köpfe fliegen zu lassen, verschlug es ihnen beinahe die Sprache.

Dann, als Justus auftauchte, zog es auch mich in seinen Bann. Ich konnte meine Augen keinen einzigen Augenblick von ihm nehmen, wollte keinen Moment verpassen, nicht die Feuerbälle, die er in die Luft wirbelte, das Muskelspiel seiner nackten Arme und sein Lachen. Es war wunderschön, zu sehen, wie sich ein kleines Grübchen auf seiner Wange zeigte und winzige Lachfältchen an seinen Augen entstanden.

Ich zerfloss förmlich zu einer Pfütze.

Der Wind kreiste um meinen Kopf, um ihn zu kühlen, was ich wirklich bitter nötig hatte, damit ich nicht vor Hitze zerging.

Vor einem Publikum aufzutreten, das unser Feuerspektakel zum ersten Mal sah, machte allen besonders viel Spaß, da wir dieses ganz anders beeindrucken konnten.

»Faszinierend«, flüsterte plötzlich eine Stimme neben mir und ich schrak zusammen.

Felio hatte sich zu mir gesetzt und sah auf die Feuerleute hinab, die zur schneller werdenden Musik ihre Stäbe schwangen und Feuer durch die Luft wirbelten.

Ich war so von Justus' Anblick gefesselt gewesen, dass ich nicht gemerkt hatte, wie er zu mir gekommen war. Obwohl ich ihn mochte, machte er mir den Moment kaputt, in dem ich nur für Justus existiert hatte.

»Von hier oben hat man eine ganz neue Sicht auf die Dinge«, stellte Felio fröhlich fest und grinste mich an. »Wie machen die das?«

Mein Mund wurde plötzlich trocken. Ich war nicht besonders gut im Lügen.

Also lächelte ich erst einmal. »Zauberei«, raunte ich und war froh, dass man im Schein des Feuers die Röte in meinem Gesicht nicht so gut sah.

»Nein, jetzt mal im Ernst. Wie schützen sie sich vor Verbrennungen? Und wie machen Dante und Angu es, dass ihre Unterarme brennen? Das ist einfach total irre!«, rief er und blickte zuerst runter auf den Platz und dann wieder zu mir. Seine Augen leuchteten, als er mich erwartungsvoll ansah.

Was sollte ich denn jetzt sagen? Mir wollte keine gute Ausrede einfallen.

Doch da hörte ich das Finale der Musik. Gleich würde es vorbei sein!

»Moment!«, hielt ich Felio hin und versuchte, meine ganze Konzentration zusammenzuraffen, um bloß nichts falsch zu machen.

Ich setzte mich aufrecht hin, versicherte mich, dass der Wind bei mir war, und wartete auf den letzten Schlag von Ayos Trommeln.

Marc ging in Position, Dante stellte sich vor ihn und dann war es so weit. Eine riesige Feuerwolke erhellte den Platz, ich ließ den Wind hinabsausen und er löschte mit einem Schlag alle Flammen.

Es war stockfinster, obwohl wir auf offenem Feld waren und die Sterne über uns leuchteten. Geblendet von der Feuerwolke, wirkte die Welt vollkommen schwarz.

Plötzlich packte mich Felio am Arm und riss mich nach hinten mit sich vom Dach des Wagens. Der Schreck zuckte durch meinen Körper, als wir fielen, doch wir wussten beide, wie man sich am besten abfing.

Als wären wir leicht wie Federn, kamen unsere Füße auf dem Gras auf. Niemand hatte uns gesehen. Da konnte ich mir ausnahmsweise sicher sein.

Auf der anderen Seite begann das Publikum, mit riesigem Getöse zu klatschen und zu grölen.

Der Schreck fiel langsam von mir ab und ich blinzelte überrascht.

»Bist du verrückt geworden?«, fuhr ich Felio an, der meinen Arm nicht losgelassen hatte.

»Cate?«, flüsterte er, als hätte er mich nicht gehört. »Weißt du es?«

»Was weiß ich? Was ist denn los? Du hast mich zu Tode erschreckt! Lass mich los!« Ich wollte ihm meinen Arm entreißen, doch er ließ mich nicht.

Im Gegenteil, er verstärkte seinen Griff noch.

»Weißt du es?«, wiederholte er die Frage, jetzt noch eindringlicher.

Langsam machte er mir Angst.

Auf der anderen Seite des Wagens entzündete jemand die Fackeln wieder und ein schwacher Schein drang zu uns.

Ich konnte Felios Gesicht sehen. Wenn mich nicht alles täuschte, war er totenblass.

»Was ist denn passiert?«

Er ignorierte meine Frage erneut.

»Du weißt es also nicht?«

Endlich ließ er mich los, hielt sich beide Hände an den Kopf und raufte sich die Haare. Er wirkte ernst und gehetzt. Was war denn nur passiert?

»Diese Menschen, mit denen du reist, deine *Familie* …«

Mir gefiel ganz und gar nicht, wie spöttisch er das Wort *Familie* ausgesprochen hatte. Ich musste mich auf alles gefasst machen.

»… die sind nicht wie normale Menschen! So wie du zum Windvolk gehörst, gehören sie zu einem Feuervolk!«

Mir blieb der Atem stehen. Damit hatte ich nicht gerechnet. Wie hatte er das herausgefunden?

Ich wusste von Tanja, dass das Windvolk und das Feuervolk sich gekannt hatten. Wusste Felio deshalb, dass es sie gab, und war daher schneller draufgekommen?

Was sollte ich jetzt nur tun?

»Das weiß ich«, war das Erste, was mir in den Sinn kam.

Er packte mich unsanft an den Schultern. »Du weißt das?!« Fassungslos schüttelte er mich.

Ich war froh, dass der Applaus noch nicht verebbt war und ihn so niemand außer mir gehört hatte.

Warum regte er sich denn so auf? Es machte mich wütend, dass er sich deshalb so aufspielte. Und dass er mich schüttelte.

Er hätte das nicht mal wissen sollen! Was sollte ich jetzt Justus sagen?

»Natürlich weiß ich das! Ich lebe mit diesen Menschen seit zwölf Jahren zusammen. Glaubst du, sie würden mich unter sich dulden, wenn sie ständig Angst haben müssten, dass ich so etwas herausfinde?«, blaffte ich ihn an und riss mich mit einem Ruck los.

Felio ließ die Hände sinken und drehte den Kopf, wodurch sein Gesicht noch tiefer im Schatten lag. »Und warum hast du es mir nicht gesagt?«

Ich wusste nicht, was der Ton seiner Stimme zu bedeuten hatte. War er enttäuscht von mir? Oder war er sauer? Ich konnte es nicht einordnen.

»Ich durfte nicht!«, antwortete ich wahrheitsgemäß. »Sie wollten dich erst besser kennenlernen und dann entscheiden, ob ich es dir erzählen darf.«

Felio seufzte tief. Seine Züge waren ausdruckslos. »Wirst du ihnen sagen, dass ich es weiß?« Er sah mir direkt in die Augen.

Mir war nicht sehr wohl zumute.

Wie würden die anderen reagieren, wenn sie es erfuhren? Falls sie ihm auch nur ein bisschen misstrauten, würden sie ihn töten wollen! Und zumindest von Justus wusste ich, dass es nicht nur ein bisschen war.

»Nein. Jedenfalls nicht in der nächsten Zeit«, beschwichtigte ich ihn und rieb mir die Arme. Ich fröstelte, obwohl es nicht kalt war, und ich hatte ein ziemlich ungutes Gefühl.

Seit Felio da war, kam es mir vor, als müsste ich Justus ständig etwas verheimlichen.

Der Wind kam zu mir und stupste mich an. Er wollte wieder herumstreunen. Ich ließ ihn mit einer heimlichen Handbewegung ziehen. Er wehte in die Dunkelheit und rauschte leise durch das hohe Gras.

»Da seid ihr!«, rief eine fröhliche Stimme und wir zuckten heftig zusammen.

Es war Mei. Sie blieb ein wenig verdattert stehen. »Störe ich euch?«

Ich schüttelte den Kopf. »Nein, nein«, versuchte ich, abzuwehren, trat auf sie zu und hakte mich bei ihr unter. »Schon in Ordnung. Du hast uns nur ein bisschen erschreckt.« Ich schenkte ihr ein Lächeln und sie erwiderte es auf ihre heitere Art.

»Kommst du auch aufs Fest, Felio?«, fragte sie und zog mich hüpfend mit sich hinaus auf den Platz und zu den anderen, die zusammen mit den Dorfbewohnern ein großes Feuer entzündeten.

Bree setzte ihre Geige an und spielte einen schnellen Reigen. Die anderen Instrumente stimmten ein und kurze Zeit später tanzte eine ganze Reihe von Feuerleuten und Dörflern miteinander.

Marc hatte sich natürlich mal wieder eine wahre Schönheit als Tanzpartnerin gesucht. Zu Zöpfen gedrehtes weißblondes Haar, ein elegantes rotes Kleid, das ihre schmale Taille betonte. Bei den Blicken, mit denen er sie bedachte, fragte ich mich, ob Justus wohl noch eine Nacht bei seinem Neffen schlafen musste.

Doch eigentlich interessierte mich das nicht mehr, als ich Justus erblickte. Er stand am Feuer und sprach mit einer Frau. Sofort schlug mein Herz schneller und mein Mund wurde ganz trocken.

In der Zeit, in der Elyssabed bei uns gewesen war, hatte er jedes Fest an ihrer Seite verbracht und über sie gewacht. Er hatte keine Augen für irgendein Mädchen gehabt. Aber jetzt war sie weg!

Ich trat ein paar Schritte näher, um ihn besser sehen zu können. Flirtete er mit ihr? War sie schön? Ich wollte es wissen, selbst wenn es wehtat.

Ich versuchte, mich im Hintergrund zu halten, sodass er mich nicht sofort bemerkte.

Der Wind kam zu mir zurück und tanzte sacht mit meinen Haaren.

Als ich nur wenige Schritte näher getreten war, hob Justus den Blick, sah mich sofort und lächelte. Mein Herz machte einen Satz. Er winkte mich zu sich, als hätte er bereits auf mich gewartet.

Damit hatte ich nicht gerechnet.

Zögerlich ging ich zu ihm.

Ist sie schön?, fragte ich den Wind im Stillen, ohne zu wissen, ob er so etwas beurteilen konnte.

Ihr Ehemann sagt ihr jeden Tag, dass sie schön ist. Er heißt Gal und ist Gerber, flüsterte er mir zu und ich blinzelte überrascht. Ihr Ehemann? Sie war verheiratet!

Die Frau drehte sich zu mir um, als ich zu ihnen trat, und lächelte leicht.

Erstaunt erkannte ich, dass sie über fünfzig Jahre alt sein musste, was ich ihr von hinten nicht angesehen hatte. Ihr silbernes Haar hatte blond gewirkt.

Auch ich lächelte und konnte gar nicht damit aufhören, so froh war ich, dass Justus nicht mit einer jungen Schönheit geflirtet hatte.

»Cate, darf ich vorstellen, das ist Fura, die Frau des ansässigen Gerbers. Sie hat mir gerade zugesichert, dass wir bei ihr Leder zu einem sehr guten Preis kaufen können.«

»Wow, wirklich toll«, sagte ich, obwohl ich nicht wusste, was ich mit dieser Information anfangen sollte. Warum holte mich Justus zu einem Gespräch dazu, mit dem ich nichts zu tun hatte?

»Guten Abend, Cate«, grüßte Fura und nickte mir freundlich zu. Dann seufzte sie verträumt und sah zum Feuer. »Es muss schön sein, so zu leben. Immer durchs Land ziehen zu können und Feste zu feiern.« Sie zeigte zu den Wagen, die sich dunkel vom endlosen Feld abhoben.

»Als ich jung war, habe ich mir immer gewünscht, die Welt zu erkunden«, sagte sie schwärmerisch. »Und Feste finde ich auch toll. Am besten gefällt mir die Musik!« Sie lachte wieder.

»Ich mag die Musik auch«, kam Justus ihr entgegen. »Aber für mich ist meist die Gesellschaft das Schönste.« Er strahlte sie an und Fura bedankte sich für dieses Kompliment. Sie war eine gesprächige Frau, deren fröhliches Wesen ansteckend war.

»Und was magst du am liebsten?«, erkundigte sie sich bei mir.

Meine Wangen wurden sofort heiß, weil man mir Aufmerksamkeit schenkte.

»Ich … ich mag das Hefegebäck«, stammelte ich und wunderte mich, dass es mir so peinlich war, das zuzugeben.

Justus und Fura lachten laut und mein Gesicht begann, noch schlimmer zu brennen.

»Es gibt wohl sonst immer was zu essen?«, erkundigte sich Fura.

Justus nickte, während er die Hände gelassen in seine Hosentaschen schob.

»Ja, die Dörfler erwarten uns auf unserer üblichen Route meist schon und bringen Gebäck und Wein mit«, erklärte er und sie seufzte.

»Wirklich schade, dass wir das nicht vorher gewusst haben. Mit etwas zu essen und ein bisschen Wein wäre es sicher noch lustiger.« Doch dann kam ihr Lächeln sofort zurück. »Tanzt ihr nicht?«, fragte sie so unerwartet, dass ich zusammenschreckte. »Es sieht so reizvoll aus. Wenn mein Knie nicht kaputt wäre, würde ich sicher nicht hier stehen und zuschauen. Warum stürzt ihr zwei euch nicht ins Getümmel, anstatt mit einer alten Frau zu tratschen?«

Ich schüttelte den Kopf.

»Ähm …«

Nein, Justus tanzt nie, wollte ich sie gerade aufklären, kam allerdings nur bis Ähm, dann schnitt Justus mir das Wort ab.

»Klar, warum nicht?«, sagte er gelassen und ich traute meinen Ohren kaum. Hatte er das gerade wirklich gesagt? Nie und nimmer hatte er das gesagt!

Ungläubig starrte ich ihn an.

»Möchtest du mit mir tanzen, Cate?«

Ich hielt die Luft an. Es war mir beinahe unmöglich, in die endlose Tiefe seiner dunklen Augen zu sehen, ohne dass ich darin verloren ging. Meine Knie verwandelten sich sofort in Pudding und in meinem Bauch begann es so heftig zu kribbeln, dass ich jetzt nicht mal an Hefegebäck denken wollte.

Ich wusste nicht, wie mir geschah, doch dann lächelte ich so breit, dass mir beinahe die Wangen wehtaten. Natürlich bekam ich keinen Ton heraus.

Justus übersah das einfach. Er lachte so wunderschön wie nie zuvor, nahm meine Hand in seine und nickte Fura noch einmal zu, bevor er mich zu der Gruppe der Tanzenden führte.

Ich fühlte mich, als würden meine Füße in der Luft schweben, und ich vergewisserte mich schnell, ob es nicht wirklich so war. Doch meine Füße berührten tatsächlich den Boden.

Am liebsten hätte ich Justus gefragt, wie er dazu kam, plötzlich tanzen zu wollen, traute mich aber nicht, weil ich fürchtete, er würde es sich dann vielleicht anders überlegen. Außerdem hätte ich jetzt sowieso kein Wort herausgebracht.

Als er meine zweite Hand in seine nahm, die sich so wundervoll warm anfühlten, und mich für die erste Tanzposition ein Stück zu sich zog, war es sowieso vorbei mit Überlegungen jeder Art.

Mein Kopf war unfähig, etwas anderes zu tun, als an Justus zu denken. Die Welt um uns herum war mit einem Mal verschwunden, nur wir beide existierten noch.

Und wir tanzten. Er wirbelte mich im Kreis, führte mich durch die Figuren und verhaspelte sich manchmal, was mich zum Lachen brachte. Doch die anfängliche Holprigkeit war schnell verschwunden und wir tanzten und tanzten und tanzten, bis ich kaum mehr atmen konnte.

Der Wind wirbelte um uns, bis wir uns in der Nähe des Feuers ins Gras fallen ließen.

Justus, der ebenfalls außer Atem war, lachte jedoch immer noch. »Wow. Wenn ich gewusst hätte, dass das so viel Spaß macht, hätte ich das früher ausprobiert.«

Ich wollte ebenfalls lachen, doch mir fehlte die Luft dafür.

»Das war wirklich das erste Mal, dass du getanzt hast?«, brachte ich schließlich heraus und strahlte ihn an.

»Na ja, fast. Als Kind hat mich meine Mutter immer gezwungen, mit ihr die Schritte zu üben. Tanzen kann man das aber nicht nennen«, antwortete er etwas selbstironisch und grinste ganz frei und offen.

Mein Herz flirrte und mein Blut rauschte mir in den Ohren. Bei allen Winden! Er hatte mit mir getanzt. Seinen ersten richtigen Tanz, und das mit mir! Mit mir!

Wahrscheinlich war mein Kopf glühend rot, doch das war mir egal. Wichtig war nur, dass Justus bei mir war.

»Warum so plötzlich? Wieso kommst du gerade jetzt auf die Idee, tanzen zu wollen?«

Es war, als ob seine Augen glühten, und ich versank in der Wärme, die er ausstrahlte. Er saß so nah bei mir, dass ich sie spüren konnte. Wurde er etwa heißer oder bildete ich mir das jetzt wirklich ein?

Justus grinste, halb Wolfsgrinsen und halb etwas, das ich schon hundertmal an ihm gesehen hatte. Konnte das wahr sein?

Er legte den Kopf zur Seite und zuckte leicht mit der Schulter. »Vielleicht war's einfach an der Zeit«, stellte er mit etwas rauer Stimme fest.

Eine Gänsehaut lief mir den Rücken hinunter.

Bei allen Winden! Flirtete er etwa mit mir?

Beinahe wäre ich vor Schreck aufgesprungen. Dieser Abend wurde immer verwunderlicher. Zuerst tanzte Justus und jetzt flirtete er mit *mir*!

Ging das mit rechten Dingen zu?

»Cate, geht es dir gut?«, erkundigte er sich sichtlich verwundert und ich wusste nicht, was ich antworten sollte.

Ob es mir gut ging? Keine Ahnung? Sollte es mir gut gehen? Ich blinzelte aufgewühlt.

»Ich hole dir einen Schluck Wasser«, sagte er, lachte und strich mir flüchtig mit den Fingern die Wange entlang. »Das nächste Mal machen wir nicht gleich drei Tänze hintereinander.«

Er erhob sich und ging zu einer Bank, auf die jemand unsere Wasserfässer gestellt hatte.

Er hat nächstes Mal *gesagt!*, schoss es mir aufgeregt durch den Kopf und ich dachte, ich müsste vor Freude umkommen. Er wollte also noch mal mit mir tanzen.

Der Wind zog wieder zu den Tanzenden. Er spiegelte meine Freude und meine Verwirrtheit und taumelte wie ein Betrunkener zwischen ihnen hin und her.

Was sollte ich nur tun?

Justus' Verhalten war sicher nicht dem Wein zuzuschreiben, denn es gab heute keinen.

Und verwechselt hatte er mich nach zwölf Jahren des Zusammenlebens sicher auch nicht.

Mein Kopf war ganz wirr, meine Gefühle dagegen ziemlich klar. Schnell und hart schlug mein Herz gegen meine Rippen und in meinem Bauch kribbelte es, als hätte ich einen ganzen Ameisenstamm verschluckt.

»Hier«, sagte Justus leise und reichte mir eine Holzschale voll Wasser. Als ich sie entgegennahm, berührten sich unsere Finger und ich musste achtgeben, die Schale vor Nervosität nicht fallen zu lassen. Ich trank in kleinen Schlucken und Justus setzte sich wieder neben mich ins Gras.

Eine Weile starrten wir ins Feuer, ohne etwas zu sagen. Ich hätte sowieso nicht gewusst, was.

Ich ließ den Blick langsam schweifen und entdeckte Laila und Tai, die auf der anderen Seite des Feuers saßen und sich mit ein paar Dorfbewohnern unterhielten.

Als Laila zu mir herübersah, lächelte sie mit einem wissenden Zug um den Mund.

Ich zuckte ein wenig zusammen und schielte zu Justus, der viel zu dicht neben mir saß.

Was wohl die anderen dachten, wenn sie uns so sahen? Ihnen war sicher nicht entgangen, dass er getanzt hatte. Mit mir! Und nun saßen wir gemeinsam am Feuer. Würden sie glauben, zwischen uns wäre etwas? Mehr als zwischen Geschwistern? Und falls ja, würden sie es gutheißen?

Es war schließlich immer noch gegen das Gesetz! Er durfte nichts Ernsthaftes mit mir anfangen.

Wenn er das überhaupt wollte. Vielleicht flirtete er ja nur mit mir, weil Marc das hübscheste Mädchen schon beschlagnahmt hatte.

Ich schüttelte leicht den Kopf über meine unsinnigen Gedanken. Nein, so etwas würde er nicht tun! Oder?

Verstohlen musterte ich Justus' Gesicht, bis er es merkte und sich zu mir drehte. Ich unterdrückte meinen ersten Impuls, schnell woanders hinzusehen. Wie albern wäre das denn gewesen?

Er öffnete den Mund, um etwas zu sagen, und klappte ihn wieder zu. Ich blinzelte verlegen.

»Wirklich schade, dass … dass es kein Hefegebäck gibt«, setzte er zum zweiten Mal an und wirkte unglaublich nervös.

Er war doch nicht wegen mir nervös, oder?

»Ja. Stimmt«, brachte ich mit piepsiger Stimme heraus und wusste nicht weiter.

»Hey, Leute!«, rief Marc, der plötzlich neben Justus auftauchte.

Wir zuckten erschrocken zusammen.

»Wär's für dich in Ordnung, wenn du noch 'ne Nacht bei Benji pennst? Ich hätte den Wagen gern für mich«, sprudelte es aus ihm heraus.

Wir rutschten unauffällig ein Stück auseinander.

»Wenn's sein muss«, brummte Justus und verschränkte die Arme vor der Brust.

»Mann, verflucht, das letzte Mal ist ewig her und ich habe sie extra gefragt, wer ihr Vater ist!«, versuchte Marc, sich zu verteidigen, und stemmte die Hände in die Seiten.

»Jaja«, meinte Justus nur. »Mach, was du nicht lassen kannst. Und jetzt verschwinde!«

Marc sah ihn verdutzt an und die Brüder tauschten Blicke, die ich nicht verstand. Dann sah Marc zu mir.

Ich spürte, wie mein Gesicht feuerrot wurde, und starrte angestrengt auf die Schuhspitzen meiner Lieblingsschuhe.

»Kann ich kurz mit dir reden?«, fragte Marc plötzlich und ich schaute auf. Er hatte mit Justus gesprochen.

»Geht das später?«, wollte dieser wissen. Er klang nicht so ruhig, wie er hätte sein können. In letzter Zeit war er wirklich seltsam.

»Gut. Morgen! Aber du kommst nicht drum rum!«, warnte Marc etwas bissig und hob streng den Finger. Die beiden starrten sich noch einen Augenblick an, dann erhob sich Marc aus der Hocke und verschwand irgendwo hinter uns.

Mir war das plötzlich alles zu viel. Zu viele Gefühle, zu viele Gedanken, zu vieles, das einfach nicht sein konnte. Ich schickte mich an, ebenfalls aufzustehen.

»Wo willst du hin?«, rief Justus überrascht und sah mich mit großen Augen an.

Ich schmolz erneut unter diesem Blick. Oh verdammt! »Ich denke, ich sollte jetzt schlafen gehen«, sagte ich zögerlich, ohne es wirklich zu wollen.

Justus fuhr sich mit der Zunge über die Unterlippe und biss dann darauf. Seine Lippen waren wirklich wunderschön. Und sicher auch unglaublich weich. »Magst du nicht noch ein bisschen bleiben?«, fragte er fast schüchtern und meine Knie gaben nach.

Und da saß ich nun und war nicht einmal mehr fähig, wieder aufzustehen. »Klar«, flüsterte ich und strich mir nervös eine Haarsträhne hinters Ohr.

Justus lächelte, griff bedächtig nach meiner Hand und verschränkte vorsichtig unsere Finger.

Gut, dass ich schon auf dem Boden saß, denn spätestens jetzt hätte ich das Gleichgewicht verloren.

Das Feuer knisterte, Funken flogen ab und zu heraus und die Welt war für einen Augenblick einfach nur perfekt.

Ich saß auf der Treppe vor meinem Wohnwagen und starrte in den langsam heller werdenden Himmel.

Ich war früher wach als beabsichtigt und konnte nicht behaupten, ich hätte viel geschlafen.

Als das Feuer beinahe heruntergebrannt war, hatte mich Mei mitgeschleppt.

Justus war noch sitzen geblieben. Er hatte mir eine gute Nacht gewünscht und mich angelächelt, während er etwas widerwillig meine Hand losgelassen und mir mit vieldeutigem Blick hinterhergesehen hatte.

Zu erschöpft war ich einfach eingeschlafen, sobald mein Kopf das Kissen berührt hatte.

Doch jetzt versuchte ich, all die Geschehnisse zu begreifen. Es kam mir fast vor wie ein Traum, der nicht wirklich passiert war. Hatte Justus wirklich mit mir getanzt? Hatte er mich wirklich mit diesem Blick angesehen, der mir das Herz schmelzen ließ?

Bei allen Winden, was bedeutete das alles? Mochte er mich etwa?

Ich schüttelte mir das Haar ins Gesicht und verdeckte damit meine glühenden Wangen. Nein, so was durfte ich mir nicht einmal vorstellen. Was, wenn es nicht so war? Wenn es eine ganz einfache Erklärung gab, die nichts mit seinen Gefühlen zu mir zu tun hatte?

Je mehr Hoffnungen ich mir jetzt machte, desto tiefer würde ich fallen, wenn es sich als nichtig herausstellte.

Also hör auf, daran zu denken!

Ich seufzte. Was für ein Wahnsinn.

Ein Geräusch drang an meine Ohren und ich strich mir schnell das Haar aus dem Gesicht.

Die Tür des blauen Wagens erzitterte und öffnete sich dann langsam.

Sofort dachte ich, es sei Justus. Aber er hatte ja gar nicht dort geschlafen, wie das in Metall gefasste Horn an der Klinke zeigte, das leicht hin und her schwang.

Zarte Füße kamen zum Vorschein und ein Stück von einem roten Kleid. Die Frau, die sich gerade davonschlich, zog an einem hellen Tuch und wickelte es sich um die nackten Schultern, während sie leise die drei Stufen hinunterstieg. Als ihre nackten Füße das Gras berührten, sah sie sich zum ersten Mal um und entdeckte mich. Überrascht zuckte sie zusammen und drückte dann die Hand auf ihren Mund, um nicht zu kichern. Sie fasste sich jedoch schnell und legte einen Finger an die Lippen, damit ich still blieb.

Leise schloss sie die Tür, schlich auf mich zu und ging langsam vor mir in die Hocke.

»Hey«, flüsterte sie und lächelte, was sie irgendwie frech aussehen ließ. »Ich bin Susan.« Sie strich sich eine goldene Locke aus dem Gesicht hinters Ohr.

Ich blinzelte verwundert. Warum hatte sie mich angesprochen?

»Cate«, sagte ich trotzdem und sah sie erwartungsvoll an. Sie war wirklich eine sehr schöne Frau.

»Gehörst du zu ihnen?«, fragte Susan grinsend.

Obwohl sie so ein hübsches Äußeres hatte, war sie doch irgendwie anders als die Mädchen, die er sonst mitgenommen hatte. Sie gefiel mir viel besser als die Tochter des Bürgermeisters, die uns solchen Ärger gemacht hatte.

Ich nickte als Bestätigung.

»Ich war heute Nacht … nun ja …« Sie stockte und befeuchtete ihre Lippen mit der Zungenspitze. »Sagen wir, ich war zu Gast bei Marc.«

»Ich weiß«, erklärte ich und fragte mich wieder, was sie von mir wollte.

Susan machte große Augen. »Oh«, hauchte sie. »Kommt es denn öfter vor, dass er … Ich will sagen, wird es ihn sehr treffen, wenn ich ohne ein Wort davonschleiche und er allein erwacht?«, kam sie endlich auf den Punkt und sah mich schuldbewusst an.

Das war mal was Neues. »Was möchtest du von mir hören?« Ich dachte an die Tochter des Bürgermeisters, die laut gekreischt hatte, es sei wahre Liebe.

»Die Wahrheit wäre nett.«

Ich musste lächeln.

»Ja, er macht das öfter, und nein, er wird sich eher freuen, dich nicht rausschmeißen zu müssen. Das ist ihm immer peinlich«, sagte ich daher freiheraus und erschrak über meine Kühnheit, so einfach die schonungslose Wahrheit über Marc auszusprechen.

Doch Susan war keineswegs abgeschreckt. Sie seufzte nur erleichtert und legte eine Hand an ihre Brust. »Zum Glück! Ich hatte schon Angst, ich könnte ihm das Herz brechen oder so«, gab sie zu und richtete sich wieder auf.

Ich hob skeptisch eine Augenbraue. Das war ja eine. Aber wenigstens würden wir mit ihr keinen Ärger haben.

»Gut, dann grüß ihn noch mal von mir, wenn er aufwacht, Cate. Und danke für die Auskunft.« Sie grinste und winkte mir, während sie über das taunasse Gras in Richtung Dorf lief. An ihrem rechten Handgelenk baumelten ein Paar silberne Sandalen.

Marc würde einen angenehmen Morgen haben.

Ich sah in den Himmel, der jetzt schon viel heller war. Die letzten

Sterne versteckten sich im endlosen Blau und es zog mich innerlich hinauf.

Doch gleichzeitig war ich mir noch niemals zuvor so sicher gewesen, dass es richtig war, nicht dort oben allein zu sein, sondern hier unten bei Justus. Bei Mei. Bei Tanja. Bei Marc. Bei all den anderen. Und plötzlich musste ich lachen.

Wir brachen wie gewohnt nach dem Frühstück auf. Zuerst hielten wir jedoch im Dorf und holten einen Stapel Leder bei Fura ab.

Es würde vier Tagesreisen in Anspruch nehmen, bis wir wieder auf unserer ursprünglichen Route waren.

Ich saß neben Mei auf dem Kutschbock, obwohl ich nichts lieber getan hätte, als bei Justus zu sein. Doch sie hatte mich gefragt, ob Felio und ich bei ihr mitfahren wollten, da sie sonst allein gewesen wäre.

Felio lachte und plauderte mit ihr, als sei ihm gestern nicht aufgegangen, dass sie zu einem Volk gehörte, das über das Feuer herrschte. Er verhielt sich ganz normal.

Ich war froh darüber, da es so niemandem auffallen würde, dass er mehr wusste.

Während die beiden in ihr Gespräch vertieft waren, dachte ich an Justus. Er saß mit Marc und Dante auf dem Wagen hinter uns. Und ich sehnte mich nach seiner Nähe.

Ich hatte vorgehabt, bei ihnen mitzufahren, aber Mei hatte mich auf dem Weg dorthin abgefangen.

Ich konnte einfach nicht *Nein* sagen. Und mit Felio allein wäre es mir auch nicht geheuer gewesen. Schließlich hatte ich nicht gewusst, dass er die ganze Sache so gut verdaut hatte.

Gern hätte ich ihn gefragt, woher er vom Feuervolk wusste, ob ihm seine Eltern damals, vor langer Zeit, davon erzählt hatten. Aber solange Mei bei uns war, ging das nicht.

Der Wind tanzte umher, ziellos und verträumt, wie meine Gedanken es waren.

Justus redete sicher mit Marc. Dieser hatte ihm gestern etwas sagen wollen und tat das wahrscheinlich jetzt. Da war es vielleicht gut, dass ich nicht dabei war. Auch wenn mich die Neugierde in den Nacken biss.

Doch ich traute mich nicht, den Wind danach zu fragen. Es war zu privat, ich hätte mich furchtbar gefühlt, zu lauschen.

Insgeheim bildete ich mir ein, dass es um mich gehen könnte. Weil wir getanzt und zusammengesessen hatten.

Mein Bauch begann wieder zu kribbeln, als ich an Justus' Hand dachte, die sich um meine geschlossen hatte, so wie immer und doch so anders. Konnte es denn überhaupt etwas anderes bedeuteten, als dass er mich mochte?

Und was, wenn es so wäre? Würde er es mir sagen? Ich versuchte mir vorzustellen, wie er das wohl anstellte, kam aber auf keine besonders guten Ideen. Justus war kein Mensch vieler Worte. Und ich auch nicht.

Das konnte ja was werden.

Falls er mich denn wirklich mochte. Vielleicht ging auch nur meine Fantasie mit mir durch und eigentlich war gestern nichts Ungewöhnliches passiert. Möglicherweise hatte er mir einfach nur so sehr den Kopf verdreht, dass ich schon Andeutungen sah, wo keine waren.

Mir kam der völlig abwegige Gedanke, mit jemandem darüber reden zu wollen. Mei vielleicht. Doch wenn ich nur versuchte, einen Satz zu formulieren, mit dem ich sie darauf ansprechen konnte, wurde mein Mund ganz trocken vor Verlegenheit. Also verwarf ich den Gedanken wieder.

Dann lenkte Felio mich ein wenig ab, weil er Geschichten über das Windvolk erzählte, über das Meer und wundersame Kräfte, über Sagen und Geschichten.

Bei der Rast am Mittag gab es Reis und Knollengemüse, doch ich bekam kaum etwas runter, da Justus neben mir saß und mir ab und zu verstohlene Blicke zuwarf. Genau wie ich ihm. Wir sprachen kein Wort, rückten aber so nah zusammen, dass sich unsere Knie immer wieder berührten.

Dann ging es weiter, wobei ich diesmal hinter dem Kutschbock saß, während Felio sich zu Mei setzte.

Gegen Abend erreichten wir ein kleines Waldstück aus Birken, Buchen und einigen Kirschbäumen, an dessen Rand wir unser Lager aufschlagen wollten.

Angu und Dante liefen ins Dorf, um die Bewohner von unserer Anwesenheit in Kenntnis zu setzen.

Wie erschlagen taumelte ich vom Kutschbock herunter auf das weiche Gras. Die Reise hatte mir zugesetzt, oder aber es lag am mangelnden Schlaf. Ich aß nichts zu Abend und zog mich stattdessen mit meinem Schlafbündel in den Wald zurück. Alles in mir schrie nach ein wenig Ruhe und Einsamkeit.

Es war so schön, endlich wieder im Wald zu sein. Das sanfte Licht der Abendsonne, das durch die Blätter fiel, der Wind, der leicht durch die Baumkronen über mir rauschte und einige Wolkenfetzen auseinanderzupfte, die gewohnten Geräusche und Gerüche. Der Wald war wie ein Zuhause. Ich konnte mir nicht vorstellen, jemals ein anderes Leben zu leben als dieses. Immer auf der Reise und dem Wald so nah.

Ich lag in meiner Hängematte und blickte in den Himmel. Es war noch viel zu früh, um schlafen zu gehen, doch es war angenehm, die Stille zu genießen.

Ich hatte mich in meine Decken eingewickelt, obwohl es nicht kalt war. Aber die Erschöpfung ließ mich frösteln und meine Gedanken träge werden.

Ich hörte leise Schritte im Laub und richtete mich langsam auf, um zu sehen, wer da kam.

Mein Herz hoffte auf Justus, doch es war Felio, der durch den Wald auf mich zukam, seine Hängematte unterm Arm und seinen Rucksack lässig über eine Schulter gehängt.

»Hey, macht's dir was aus, wenn ich mich in deine Nähe *hänge*?«, wollte er wissen, grinste breit und ich lächelte zurück.

Eigentlich wäre es mir lieber gewesen, noch ein bisschen allein zu sein, aber ich wollte ihn nicht vor den Kopf stoßen.

Er band seine Matte allerdings gute zehn Schritt von mir entfernt in die Bäume. Ich hatte das Gefühl, er schätzte heute die Ruhe ähnlich wie ich.

Ich beobachtete, wie er mit seinen langen Fingern feste Knoten in das Seil machte, und fragte mich, ob wohl alle aus dem Windvolk so gewesen waren wie wir.

Felio fing meinen Blick auf, lächelte fein und kam langsam zu mir.

Der Wind tanzte durch den Wald, zupfte an seinen Kleidern und brachte immer wieder Bewegung in das blonde Haar. Sah das bei mir auch so aus?

Er blieb bei mir stehen und lehnte sich lässig an den Baumstamm. »Es ist bald so weit«, eröffnete er mir leise.

Ich wusste sofort, was er meinte. Wie hatten ja schon öfter darüber gesprochen.

»Näher werden wir nicht an Berill herankommen. Morgen Nacht sollten wir los«, sagte er und bedachte mich mit einem ernsten Blick.

Ich nickte und er tat es auch. Es war, als ob mir dieses Geheimnis auf die Brust drückte, mir das Atmen erschwerte, und ich schluckte gegen meinen engen Hals an.

»Nach dem Feuerspektakel?«, erkundigte ich mich mit gedrückter Stimme und biss mir auf die Unterlippe. Es fühlte sich so furchtbar an, sich auszumalen, was wir vorhatten.

»Ja, am besten. Wenn wir uns beeilen, können wir noch vor Ende des Festes zurück sein. Vorausgesetzt, die feiern hier genauso gern wie in den anderen Dörfern«, witzelte Felio, um die Stimmung ein bisschen aufzulockern.

Ich klammerte mich an den Gedanken, dass die anderen vielleicht nicht einmal merken würden, dass wir fort gewesen waren.

Felio hatte recht. Es war am besten, wenn es keiner merkte und wir niemandem davon erzählten. Vor allem nicht Justus. Er würde mich sicher niemals gehen lassen.

»Du siehst müde aus«, sagte Felio plötzlich und sah mich fragend an.

»Ich schlafe nur zu wenig«, murmelte ich abwehrend und sah an ihm vorbei in den Wald.

»Und du isst nicht genug«, fügte er hinzu und überraschte mich damit. »Du hast in den letzten Tagen kaum etwas gegessen und ich glaube nicht, dass du immer so wenig isst.«

Ich senkte den Blick auf meine kalten blassen Hände. Dabei hatte ich wirklich geglaubt, es falle nicht auf. Es fiel mir ja selbst kaum auf.

»Ich bekomme einfach nichts runter«, gab ich zu.

Felio hob eine Augenbraue.

»Ich bin nicht krank oder so«, versuchte ich zu erklären, damit er sich keine Sorgen machte. »Ich habe nur so viel …« Wie sollte ich es ausdrücken? »… nachzudenken«, endete ich schließlich, obwohl es nicht ganz passte. Dennoch war es meiner Meinung nach das Unverfänglichste, was ich sagen konnte.

»Über diesen Kerl, oder?«, stellte Felio flapsig fest.

Ich hob erschrocken den Blick. Genau dieser Unterhaltung hatte ich versucht, aus dem Weg zu gehen. Ich konnte doch wohl kaum mit Felio über Justus reden.

Doch ich brauchte nichts zu sagen, meine Gesichtsfarbe verriet mich sicher zur Genüge.

»Liebst du ihn oder ist das nur so eine lockere Sache zwischen euch?«, bohrte Felio weiter.

Meine Wangen wurden noch heißer und meine Hände fingen an, zu schwitzen.

Ich liebte Justus von ganzem Herzen und viel mehr, als gut für mich war. Aber das konnte ich nicht zu Felio sagen.

Vielleicht war es für Justus ja wirklich nur eine *lockere Sache*. Wer wusste das schon?

Mir wurde ganz elend. Warum schaffte ich es nicht, einfach etwas Lustiges zu sagen, um damit das Thema zu wechseln?

Doch da schweifte Felios stechender Blick auf einmal ab. »Wenn man vom Wolf spricht …«, grummelte er und ich sah mich um.

Justus kam durch den Wald zu uns gestapft und mein Herz begann sofort, schneller zu schlagen. Er kam mir vor wie ein Retter, denn jetzt konnte ich Felio die Antwort schuldig bleiben. Ich senkte meinen Blick, damit Felio nicht bemerkte, wie dankbar ich für diese Unterbrechung war.

»Cate«, grüßte Justus mich und ich genoss den Klang seiner Stimme. »Felio?«, setzte er mit einer gewissen Schärfe hinzu.

»Ich werd mich schlafen legen. Gute Nacht«, verabschiedete der sich knapp und verschwand eilig. Es war ein ziemlich plumper Abgang.

Doch Justus äußerte sich nicht dazu. Er hatte es ja auch provoziert.

»Darf ich?«, fragte er und zeigte auf meine Hängematte.

Ich nickte, ohne aufzuschauen, und er kletterte mir gegenüber herauf. Bei ihm sah das immer so furchtbar umständlich aus. Die Matte schwankte gefährlich, als er sich zurechtsetzte, und er klammerte sich krampfhaft an den Seilen fest. Unsere Beine lagen nun nebeneinander und ich bildete mir ein, seine Körperwärme sogar durch zwei Decken zu spüren.

»Cate?«

Seine Stimme war tief und weich, doch ich sah ihn nicht an. Mein Herz klopfte hart gegen meinen Brustkorb.

»Was ist los?«, wollte Justus wissen, als ich beharrlich schwieg. Plötzlich hob er sacht mein Kinn an. »Über was habt ihr geredet?«, fragte er so leise, dass Felio es nicht hören konnte. Dann zog er die Hand wieder zurück.

»Nichts Wichtiges«, presste ich hervor und wusste, er glaubte mir kein Wort.

Ich hatte mich geirrt. Er war nicht mein Retter, sondern stürzte mich nur von einem peinlichen Gespräch ins nächste. Und dieses hier würde noch schlimmer sein, weil es Justus war, der mir jede Lüge an der Nasenspitze ansehen konnte.

Doch er fragte glücklicherweise nicht weiter nach. Er zwang mich selten zum Antworten.

»Weißt du eigentlich, dass es schwer ist, mit dir zu reden, wenn du so bist?«, sagte er stattdessen.

Ich biss mir auf die Unterlippe.

»Wenn ich wie bin?«, erkundigte ich mich nervös und spielte mit einem losen Faden der Überdecke.

»So verschlossen.« Justus seufzte leise. »Wenn man genau sieht, dass Hunderte Gedanken durch deinen Kopf rasen, und du doch keinen davon mitteilst. Das ist frustrierend.«

Ich sah auf, bereute es aber sogleich, weil mich der Blick aus seinen dunklen Augen sofort in seinen Bann zog. Jetzt konnte ich nicht mehr einfach wegsehen.

»Also, was geht in dir vor, Cate?«

Ich wünschte mir zutiefst, ich könnte es ihm einfach sagen. Das mit Felio und den Windspielen. Der Plan, den wir gemacht hatten. All die Geheimnisse, aber noch mehr von meinen Gefühlen für ihn. Was er für mich war. Was es mir bedeutet hatte, als er mit mir tanzte. Mein Empfinden, als er mich gestern so angesehen hatte.

Doch mein Mund blieb stumm und ich begann unter meinen Decken zu schwitzen.

Mühsam kämpfte ich mich aus ihnen hervor und seufzte ebenfalls.

Justus wartete immer noch geduldig darauf, dass ich etwas sagte. Warum konnte er das Thema nicht einfach fallen lassen?

Auf der anderen Seite wollte ich ihn aber an dem teilhaben lassen, was ich dachte. Doch es war so verdammt schwierig!

Ich schluckte schwer und versuchte, mich zu konzentrieren. Der Wind kam zu mir, strich mir zur Unterstützung über den Kopf.

»Es fällt mir schwer, über das zu reden, was ich denke«, brachte ich schließlich zusammen und in Justus' Gesicht entstand ein Lächeln. Er hatte wahrscheinlich nicht mehr mit einer Antwort gerechnet. »Und es ist immer so peinlich«, sagte ich leise und schaffte es endlich, den Blick von seinen Augen loszureißen.

»Vielleicht sollten wir schlafen gehen und morgen weiterreden?«, bot er an und ich wusste, dass er es mir nur leicht machen wollte. Doch gleichzeitig war ich enttäuscht, dass er schon wieder gehen wollte. Ich hatte ihn heute den ganzen Tag kaum gesehen und sehnte mich danach, jeden Augenblick bei ihm zu sein. Selbst wenn es peinlich wurde.

»Jetzt kannst du ja endlich wieder in deinem Bett schlafen«, sagte ich und schaffte es sogar, zu lächeln.

»Ich wollte eigentlich draußen schlafen«, äußerte Justus, als wäre es nur eine Nebensächlichkeit.

»Hier?!«, fragte ich viel zu hoffnungsvoll und sah ihm erstaunt in die Augen.

»Ähm, ja.« Er senkte den Blick, als könne er meinem nicht mehr standhalten, und blinzelte. »Wenn es dir nichts ausmacht«, fügte er hinzu und nickte in Felios Richtung.

Das süße Gefühl der Freude machte sich in mir breit.

»Ja! Ich meine, nein! Nein, es macht mir nichts aus.« Meine Mundwinkel zogen sich unweigerlich nach oben, obwohl ich versuchte, mich zusammenzureißen. Schließlich musste ich ihm nicht direkt auf die Nase binden, wie sehr ich mich darüber freute.

»Gut.« Er stand auf und auf seinem Gesicht erschien ebenfalls ein strahlendes Lächeln. »Dann gehe ich mein Schlafbündel holen.«

Wir redeten bis lange in die Nacht hinein über alle möglichen Dinge. Über das perfekte Wetter, unsere Reise vom letzten Jahr und den kommenden Winter. Justus erzählte von Dante, der langsam das Gefühl hatte, seine Kräfte unter Kontrolle zu bekommen. Und ich berichtete ihm von dem, was Felio Mei und mir über das Windvolk erzählt hatte.

Und irgendwann waren meine Augen so schwer, dass ich mitten im Satz einschlief.

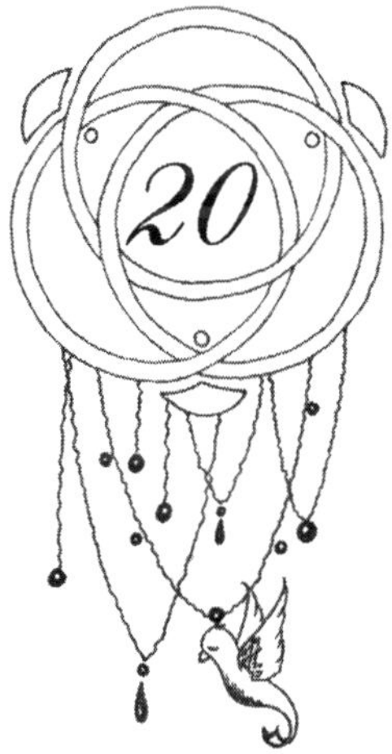

20

Ich erwachte, als der Wind mir über die Wange strich.

Nur noch ein bisschen, sagte ich und wollte ihn wegscheuchen. Doch er war gar nicht hier.

Er kam gerade aus den Bäumen zu mir gerauscht.

Das bin ich nicht. Das ist Justus, raunte er mir zu.

Ich war augenblicklich wach und öffnete verwirrt die Augen.

Justus zog die Hand zurück, mit der er mir eine Haarsträhne aus dem Gesicht gestrichen hatte. Es war ein bisschen wie im Traum. Ich hatte schon so oft von ihm geträumt.

Er stand neben meiner Hängematte, sah auf mich herab, ein Lächeln auf den Lippen. Er war bereits vollständig bekleidet, den Jagdbogen und den Köcher über der Schulter. »Guten Morgen, kleiner Vogel«, sagte er sanft und ich rieb mir ungläubig die Augen. »Hast du Lust, mit mir zur Jagd zu gehen?«

Langsam setzte ich mich auf. Der Morgennebel kroch bereits über den Boden. Es musste kurz vor Sonnenaufgang sein.

»Was gibt es denn zu jagen?«, murmelte ich und fasste meine Haare im Nacken zusammen. Dann fischte ich nach meinen roten Schuhen, die an einem Ast hingen.

»Ich habe vor ein paar Stunden einen Hasen gesehen«, erzählte Justus und lehnte sich an den Baum neben mir, während er auf mich wartete.

Ich schwang meine Beine aus der Hängematte, schlüpfte in die Schuhe und band eilig die Schnürsenkel zu. Vor ein paar Stunden? Hatte er denn nicht geschlafen?

Als ich mich wieder aufrichtete, packte Justus mich überraschend an der Taille, hob mich aus der Hängematte, als würde ich nicht mehr wiegen als ein Kissen, und zog mich hinter sich her in den Wald.

Seine Hand war wunderschön warm, im Gegensatz zu meinen Eisfingern, und das Verliebtheitsgefühl war schlimmer als jemals zuvor.

Ich mochte es, mit ihm auf die Jagd zu gehen. Da meine Füße nicht zwangsläufig den Boden berühren mussten, war ich sehr geschickt darin, leise zu sein. Außerdem half mir der Wind, indem er so wehte, dass die Tiere uns nicht witterten.

Ich entdeckte den ersten Hasen in einem großen Feld aus Waldklee und gab Justus mit den Händen ein Zeichen.

Er sah ihn ebenfalls, zog lautlos einen Pfeil aus dem Köcher und legte ihn an. Konzentriert spannte er die Sehne und neigte den Kopf leicht.

Ich betrachtete ihn, wie er dastand, so groß und stolz, so wunderschön, mit seinen dunklen Haaren und den vor Anspannung zusammengezogenen Augenbrauen.

Mein Herz schlug mir bis zum Hals.

Der Pfeil sauste durch den halbdunklen Wald und traf sein Ziel so präzise, dass ich einen begeisterten Hüpfer machte.

Er war ein wirklich guter Schütze. Ich war so wahnsinnig stolz auf ihn, dass ich nicht anders konnte, als ihm meine Arme um den Bauch zu schlingen. »Das war ein perfekter Schuss!«, rief ich und erschrak gleich darauf vor meiner eigenen Überschwänglichkeit.

Sofort ließ ich ihn los.

»Entschuldige!«, wisperte ich.

Er musste sich offensichtlich das Lachen verkneifen. Wenn wir zu laut waren, würden wir alles Wild im Umkreis verscheuchen. Falls wir das nicht bereits getan hatten.

Justus wuschelte mir mit der Hand durchs Haar und ich schaute ihn dafür gespielt böse an, aber eigentlich war ich gerade ziemlich glücklich. Wir zwei, allein unterwegs!

Es kam mir vor, als sei es ewig her, dass wir das letzte Mal zusammen jagen gewesen waren. Als Kinder hatten wir das oft getan, zusammen mit Van und Angu. Doch seit die beiden selbst Väter waren, blieb ihnen dafür keine Zeit.

Den Hügel hoch gibt es noch mehr Hasen, flüsterte der Wind und ich dankte ihm für die Information.

Es dämmerte bereits und so wurde es leichter, sich auf dem unebenen Waldboden fortzubewegen.

Ich zeigte in die Richtung, die der Wind mir gewiesen hatte, und Justus nickte. Er fragte nicht, wieso, sondern folgte mir den Hügel hinauf, der an manchen Stellen so steil war, dass wir ganze Stücke klettern mussten.

Insekten schwirrten durch den Wald, Blätter rauschten über unseren Köpfen im warmen Wind und die Vögel begannen lauthals, ihr morgendliches Konzert anzustimmen.

Auf dem Weg zum Kamm des Hügels sahen wir nur einen einzigen Hasen, der jedoch vorzeitig Reißaus nahm.

Endlich brach ich oben durch das Dickicht und blieb wie angewurzelt stehen. Der Hügel war höher als erwartet und auf der hinteren Seite weggebrochen, wodurch eine steil abfallende Kante entstanden war. Vor mir breitete sich ein riesiges Tal aus.

»Justus!«, rief ich aufgeregt und lächelte breit. »Beeil dich und schau dir diesen Ausblick an!«

»Der wird auch noch da sein, wenn ich mich nicht beeile«, erwiderte er amüsiert, sputete sich aber trotzdem.

Am Horizont ging eben die Sonne auf und beschien sanft die Kronen der hellen Bäume und die dahinter liegenden Felder. Am Himmel hingen orange- und rosafarbene Wolkenfetzen und der Rest verwandelte sich langsam in sattes Blau.

Es war traumhaft schön. Seufzend ging ich bis zur Kante. Die Sonne beim Aufgehen zu sehen, gefiel mir noch besser als Hefegebäck. Falls man mich zwischen den beiden Dingen zur Wahl stellen sollte.

Der Wind fuhr mir fröhlich durchs Haar und zerrte am Rock meines Kleides. *Komm mit mir der Sonne entgegen*, flüsterte er verführerisch und ich lächelte wehmütig.

Ich kann nicht, erwiderte ich und streckte die Arme aus, sodass er angenehm an meinen Fingern zog. *Du weißt, ich will bleiben.*

Doch der Wind ließ sich nicht entmutigen und kreiste weiter fröhlich um mich herum. Dabei nahm er einige Blätter vom Boden auf, die zuerst um mich herumtanzten und dann in den Himmel segelten. Ich lachte laut und drehte mich im Kreis, dass der Rock um meine Beine wirbelte.

»Fall nicht runter!«, warnte Justus mich mit einem Lachen in der Stimme.

Ich blieb zu ihm gedreht stehen. Er lehnte lässig an einer Birke und beobachtete mich mit unergründlichem Blick.

»Etwa so?«, fragte ich herausfordernd und tat so, als ob ich einen Schritt über die Kante machen wollte.

Justus zuckte sofort zusammen, sein Gesichtsausdruck entglitt ihm und er kam hastig auf mich zu.

Offensichtlich hatte ich ihn erschreckt und das gefiel mir auf skurrile Art mehr, als ich dachte. Ich lachte ihn aus, für seinen instinktiven Drang, mich in so einer Situation zu beschützen.

Er zog finster die Augenbrauen zusammen.

»Das ist nicht witzig, Cate!«, mahnte er streng und ich musste noch mehr lachen.

»Natürlich ist das witzig«, prustete ich und tanzte an der Kante entlang. »Mach dir keine Sorgen. Ich kann nicht runterfallen«, versicherte ich ihm und grinste. »Auch wenn ich es nicht soll, aber ich kann fliegen, Justus.«

Doch er packte mich am Handgelenk und zog mich ein Stück vom Abgrund zurück.

Verwundert sah ich ihn an. Machte ihm das wirklich so viel aus?

Seine dunklen Augen ruhten auf mir und als sich unsere Blicke trafen, stand, nur ganz kurz, die Zeit still.

»Ich … ich habe was, ähm, für dich. Ein Geschenk.« Abrupt ließ er mich wieder los und griff nach der ledernen Tasche, die immer an seinem Gürtel hing. Bedächtig zog er etwas heraus und reichte es mir.

Ich öffnete die Hände und er legte einen kleinen Gegenstand hinein. Erstaunt nahm ich ihn hoch und betrachtete ihn näher. Es war ein Anhänger an einem ledernen Band, ein aus Holz geschnitzter Vogel, der gerade die Flügel aufspannte, um davonzufliegen. Er war filigran und wunderschön. Wenn man genau hinsah, konnte man den melancholischen Blick des Tieres sehen.

»Das ist wirklich für mich?«, fragte ich ungläubig und sah zu Justus auf, der viel zu nah vor mir stand.

»Gefällt er dir? Ich dachte, der Vogel passt ganz gut zu dir.«

Ich konnte nicht antworten, so gerührt war ich.

Justus hatte mir ein Geschenk gemacht. Nur für mich. Schon wieder. Er musste unglaublich viel Zeit und Mühe investiert haben, obwohl es nur so klein war.

Die Gefühle in mir machten Kopfstand und ich spürte, wie mir Tränen in die Augen traten. Ich bemühte mich, sie wegzublinzeln, was nicht so gut gelang. Oh verdammt! Schnell wischte ich mit dem Ärmel darüber.

»Danke«, brachte ich schließlich heraus.

Justus nahm mir das Band ab und öffnete einen kleinen metallenen Drehverschluss. Auffordernd hielt er mir die Kette hin.

Ich drehte ihm den Rücken zu und schob mein Haar zur Seite, damit er mir das Band mit dem Anhänger anlegen konnte.

Seine Finger streiften dabei sacht meinen Hals und ich bekam eine Gänsehaut, die sich auf meinem ganzen Körper ausbreitete.

Plötzlich legte er von hinten die Arme um meine Taille. Er neigte den Kopf und seine Lippen berührten ganz sanft meinen Nacken.

Bei allen Winden! Mir wurde augenblicklich so schwindlig, dass ich sicher gefallen wäre, wenn Justus mich nicht gehalten hätte. Mein Herz holperte und begann dann zu rasen, als wollte es aus meiner Brust ausbrechen.

Justus drehte mich vorsichtig zu sich und seine Hände fühlten sich durch den Stoff meines Kleides heiß an. Ich schaute in seine kohlschwarzen Augen, die mich mit einem so sehnsüchtigen Blick bedachten, dass sie beinahe glommen, und ich vergaß, zu atmen. Die Welt um uns herum schien nicht mehr länger zu existieren.

Sein Mund berührte meinen und ich schloss wie von selbst die Augen. Seine Lippen waren so warm und weich und entfachten in mir ein loderndes Freudenfeuer, aus dem die Funken nur so stoben und meinen ganzen Körper kribbeln ließen.

Der Kuss war sanft und vorsichtig, als fürchtete Justus, er könnte mich kaputt machen. Doch schnell wurde er mutiger und noch wärmer. Mit einem Arm zog er mich fester an sich, mit der anderen Hand strich er von meiner Wange unter mein Haar, zum Nacken und dann die Wirbelsäule entlang nach unten.

Ich glaubte, jeden Moment ohnmächtig zu werden.

Und plötzlich wurden seine Lippen so heiß, dass ich mich beinahe daran verbrannte.

Erschrocken löste ich mich von ihm und taumelte zurück. Mein Atem ging stoßweise, als sei ich gerannt. Mit zitternden Fingern berührte ich meinen Mund, der sich ein bisschen wund anfühlte.

Justus, der ähnlich schnell atmete, sah mich verwirrt an.

Es war mir nicht möglich, einen klaren Gedanken zu fassen, und so blickten wir uns eine Weile nur an.

»Ich …«, begann Justus schließlich mit belegter Stimme, »ich wollte dich nicht überfallen.«

Mich nicht überfallen? Na ja, das war ihm ja nicht wirklich gelungen. Er hatte mich geküsst.

Bei allen Winden, er hatte mich geküsst! Ich schlug die Hände vor die brennenden Lippen.

Er liebt mich!, schrie mein Inneres.

Der Wind sauste um uns herum, ruhelos und ziemlich aufgedreht.

Justus hatte sich nicht von der Stelle bewegt. Er sah mich immer noch an und mit jedem Moment, der verging, ohne dass ich etwas sagte, wirkte sein Blick besorgter und ein wenig mehr gehetzt.

»Du hast mich verbrannt«, flusterte ich und nahm die Hände von den Lippen, damit der Wind sie kühlen konnte.

Trotzdem hätte ich Justus am liebsten sofort wieder geküsst. So etwas hatte ich noch nie zuvor erlebt.

Er liebt mich, jubelte meine innere Stimme immer wieder, obwohl er das eigentlich nicht gesagt hatte.

Er hatte schließlich schon andere Mädchen geküsst, und die hatte er nicht geliebt.

Aber ich wusste, dass es bei mir anders war, dass er mich nicht geküsst hätte, wenn er mich nicht lieben würde. Er war ein verantwortungsbewusster Mann. Er würde unsere Freundschaft nicht für einen Kuss riskieren.

Justus brauchte eine Weile, um zu verstehen, was ich gesagt hatte. Er schien genauso aufgewühlt zu sein wie ich, denn seine Körpertemperatur war mittlerweile so heiß, dass die Luft um ihn zu flimmern begann.

»Oh, tut mir leid«, sagte er schließlich. »Das habe ich nicht mit Absicht gemacht.« Er schloss die Augen, brauchte einen Moment und das Flimmern verschwand.

Ich musste mir ein hysterisches Lachen verkneifen. Gerade Justus, der immer dafür sorgte, dass alle sich zusammenrissen und ihre Kräfte unter Kontrolle hatten, verlor sie wegen eines Kusses.

Eines Kusses mit mir!

Er öffnete die Augen und ein Grinsen breitete sich auf seinem Gesicht aus. »Ist dir klar, dass du fliegst?«

Ich erschrak und zwang meine Füße schnell wieder auf die Erde zurück.

Doch ich war so unbeschreiblich glücklich, dass es mir schwerfiel, auf dem Boden zu bleiben.

Die Sonne strahlte inzwischen hell vom wolkenlosen Himmel.

Die anderen waren bestimmt schon wach und vielleicht war Tanja bereits dabei, das Frühstück zuzubereiten. Wir konnten nicht ewig durch die Wälder streunen.

Justus hatte wohl ähnlich gedacht, denn er sammelte seine Sachen auf. »Lass uns zurückgehen«, schlug er vor und ging auf die sanfte Seite des Hügels zu, an der wir heraufgekommen waren.

Ich eilte zu ihm, meine Füße berührten den Boden immer noch kaum. Das Hochgefühl ließ mich übermütig werden und ich griff nach Justus' Hand.

Überrascht sah er mich an und sein Lächeln wurde noch strahlender. Ein Grübchen zeigte sich auf seiner Wange. Noch etwas zaghaft verschränkten wir unsere Finger ineinander und ich hob wieder ein Stück vom Boden ab. Ich spürte es ganz genau, doch ich konnte es einfach nicht verhindern.

»Cate!«, ermahnte Justus mich, aber ich hörte, dass er es nicht wirklich ernst meinte.

»Soll ich dir was zeigen?«, fragte ich ihn, denn es gab etwas, das ich schon immer hatte ausprobieren wollen, und Felio hatte mir gestern verraten, wie es funktionierte.

»Was denn?«, wollte Justus wissen, als ich nichts mehr sagte.

Ich nickte demonstrativ nach unten und er folgte meinem Blick.

»Wow! Cate!«, rief er erschrocken.

Und ich musste so laut lachen, dass wir auf dem ganzen Rückweg sicher keinen Hasen mehr sehen würden.

Denn Justus schwebte an meiner Hand gut eine Elle über dem Boden.

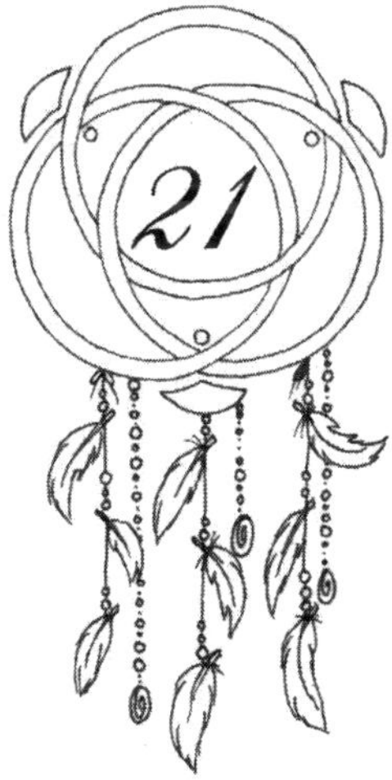

Verträumt schlenderte ich durch die Gassen des kleinen Dorfes, in das Tanja uns geschickt hatte, um blaues und rotes Band für die Haare und Kreide für den Unterricht der Kinder zu kaufen.

»Wie schön! Schau dir das an, Cate!«, rief Mei von einem Straßenstand aus und hielt ein silbernes Kettchen hoch, an dem bunte Glasperlen baumelten. Ich ging zu ihr und sah es mir an.

»Es ist ein Fußkettchen«, erklärte uns die junge Frau am Stand, an deren Ohrläppchen riesige goldene Ringe hingen, die fast auf den schmalen Schultern auflagen.

»Wie viel kostet es?«, wollte Mei wissen und bekam einen annehmbaren Preis genannt, dem sie nicht widerstehen konnte. Sie zog ihr Geldsäckchen aus violetter Seide hervor, in dem sie ihr Erspartes aufbewahrte, und kaufte es.

Ich ließ meinen Blick währenddessen die Straße entlangschweifen und beobachtete einen alten Mann, der Gemüse kaufte und sich zwischen zwei angebotenen Kohlköpfen nicht entscheiden konnte. Kinder trieben einen Holzreifen die Straße hinunter und ein paar schwatzende Mädchen trugen weiße Wäsche in Kappafellkörben nach Hause. Die Welt schien heute viel fröhlicher zu sein. Auch der Wind tanzte vergnügt durch die Gassen.

»Wieso lächelst du eigentlich den ganzen Morgen schon so schön?«, sprach mich Mei plötzlich an.

Erschrocken zuckte ich zusammen und meine Gedanken schweiften zu Justus und dem Kuss bei Sonnenaufgang. Sofort begannen meine Wangen zu glühen.

Was Mei natürlich sofort sah.

»Ist irgendwas passiert?«, wollte sie wissen und bedachte mich mit einem halben Lächeln.

»Was soll denn passiert sein?«, fragte ich, klang dabei aber wohl nicht sehr überzeugend. Ich war eine miserable Lügnerin.

»Ach komm schon, Cate! Kannst du nicht einmal was preisgeben?«, ereiferte sich Mei und stieß mir spielerisch den Ellenbogen in die Seite.

Wir gingen weiter zu einem Weber, der uns auf der Suche nach Bändern empfohlen worden war.

Mein Grinsen wurde noch breiter und Mei regte sich dadurch nur noch mehr auf. Doch wie sollte ich ihr den Grund für mein ständiges Lächeln erklären? *Dein Bruder hat mich geküsst!* wäre zu direkt, oder?

Obwohl … eigentlich gar keine so schlechte Idee. Vielleicht könnte ich es ihr ja sagen. Ich müsste sie nur bitten, es niemandem zu erzählen. Ob das funktionierte?

Wir betraten das Haus des Webers und suchten unter den Tausenden Bändern, die von der Decke herabhingen, die aus, die uns am besten gefielen. Mei fand sie absolut überteuert und begann eine hitzige Diskussion mit dem Weber, der sich jedoch weigerte, seine Preise zu verhandeln. Schließlich bekamen wir sie aber für die Hälfte und Mei strahlte, als sei sie die Königin der Welt. Der Händler allerdings war froh, sie los zu sein.

Ich musste die ganze Zeit lachen. Es war mir unmöglich, meine gute Laune zu unterdrücken, nichts schien sie zu trüben. Mei hatte recht. Ich lächelte heute wirklich mehr als sonst. Aber es gab ja auch allen Grund dazu.

Bei allen Winden, ich war so furchtbar verliebt.

»Sagst du's mir jetzt?«, fragte Mei das gefühlt hundertste Mal.

Ich war so wahnsinnig glücklich, dass ich wirklich das Bedürfnis hatte, es ihr zu sagen. Ich holte tief Luft und hakte mich bei ihr unter. »Wenn ich es dir erzähle, musst du es für dich behalten«, sagte ich ernst.

Sie nickte eifrig und grinste wie ein Honigkuchenpferd.

»Ich meine das ernst! Du darfst es niemandem sagen! Auch nicht Ayo!«, versuchte ich, der Sache noch etwas Nachdruck zu verleihen.

»Ja, Cate, ich schwör's!« Meis Augen glänzten vor Wissbegierde.

Mein Mund wurde ganz trocken. Konnte ich das wirklich? Wenn ich ihr sagte, dass Justus mich geküsst hatte, würden dann nicht haufenweise unangenehme Fragen folgen?

Würde sie es gutheißen?

Plötzlich hatte ich Angst, doch sie sah mich so erwartungsvoll an, dass ich unmöglich einen Rückzieher machen konnte.

Ich blieb stehen und sie stellte sich mir gegenüber.

Verzweifelt versuchte ich, den Kloß in meinem Hals runterzuwürgen.

»Justus …«, begann ich und musste mich räuspern, um weitersprechen zu können.

»Oh Mann! Mach's nicht so spannend!«, beschwerte sich Mei und packte mich an den Oberarmen. Es fehlte nur noch, dass sie mich schüttelte.

»Bedräng mich nicht so«, maulte ich, streifte ihre Hände ab und ging weiter. Es war wirklich schwierig, so etwas offen auszusprechen.

»Du machst es einem auch verdammt schwer«, konterte Mei.

Ich musste wieder lächeln. Schließlich konnte ich nicht erwarten, dass jeder so viel Geduld mit mir hatte wie Justus.

»Er hat mich geküsst!«, platzte es aus mir heraus.

Mei blieb abrupt stehen und starrte mich mit großen Augen an. »Ist das dein Ernst oder willst du mich aufziehen?«, fragte sie unsicher und ich wusste nicht, was ich von dieser Reaktion halten sollte. Wahrscheinlich hätte ich es ihr besser nicht erzählen sollen. Mein Gesicht wurde immer heißer und ich zog verschämt die Schultern hoch.

»Bei allen sengenden Feuerstürmen, es ist dein Ernst!«, rief sie aus und packte mich schon wieder bei den Armen. »Und wie hat er es angestellt? Hast du ihn abgewiesen oder den Kuss erwidert? Wann war das? Heute Morgen?«, bestürmte sie mich und ich blinzelte verwirrt.

Dann nahm ich plötzlich eine Bewegung wahr, die meine Aufmerksamkeit auf sich zog, und blickte an Mei vorbei in eine schmale Gasse neben uns.

Dort stand Felio und winkte mich zu sich. Dringlichkeit lag in seinem Gesicht.

Ich sah wieder zu Mei, die mich immer noch anstarrte und alle paar Sekunden eine neue Frage stellte.

»Entschuldige mich kurz«, bat ich, machte mich aus ihrem Griff los und lief zu Felio, der sich ein Stück weiter in die Gasse zurückgezogen hatte.

»Was ist los?«, wollte ich wissen.

Er wirkte gehetzt und friemelte nervös an den Trägern seines Rucksacks.

»Wir müssen los!«, sagte er und linste an mir vorbei zu Mei, die uns irritiert ansah.

»Was meinst du mit *Wir müssen los*?« Ich starrte ihn schockiert an. Wollte er etwa sofort nach Berill gehen? Wir hatten doch einen Plan, und der besagte, dass wir uns erst heute Abend wegschleichen und wieder da sein würden, bevor jemand etwas merkte.

»Wir müssen auf der Stelle aufbrechen!«, bestätigte Felio meine Befürchtung und hob im selben Moment abwehrend die Hände. »Bitte, Cate! Du musst mir jetzt vertrauen. Es ist von großer Wichtigkeit, dass wir jetzt gehen!«

Ich sah ihm in die Augen, blau wie das Meer, Angst stand darin. Was war passiert?

Was hatte der Wind ihm gesagt?

Ich wollte den Wind selbst fragen, als ich mich im letzten Moment daran erinnerte, dass ich ihn nicht nutzen durfte, um etwas über Felio in Erfahrung zu bringen.

Bei meinen letzten Versuchen war er für Stunden verschwunden gewesen. Aber da hatte ich noch nicht gewusst, wer Felio war.

»Gut«, gab ich nach, »aber lass mich Mei schnell Bescheid sagen.«

Ich wollte aus der Gasse laufen, als Felio mich am Arm zurückhielt.

»Felio, ich kann nicht einfach abhauen. Die anderen machen sich doch Sorgen, wenn ich für einen Tag verschwinde, ohne jemandem Bescheid zu sagen«, machte ich ihm mit mehr Bestimmtheit klar, als ich es von mir gewohnt war. Dann entzog ich ihm meinen Arm und lief zu Mei, die mich verwirrt ansah.

»Was ist denn mit Felio?«, fragte sie und ich nahm sie bei der Hand. Ihr Blick war besorgt. Sie schien zu ahnen, dass etwas nicht in Ordnung war.

»Mei, Felio und ich müssen schnell etwas erledigen«, eröffnete ich ihr. »Aber wir kommen so schnell wie möglich zurück. Also mach dir keine Sorgen und sag den anderen, dass sie sich auch keine machen müssen.«

Mei zog die Stirn kraus. »Wo müsst ihr denn so plötzlich hin?«

Ich hatte keine Zeit für Erklärungen. Außerdem waren Felio und ich darüber übereingekommen, es niemandem zu sagen. Ich wollte Mei nicht in Gefahr bringen!

»Ich erklär's dir, sobald wir zurück sind. Es tut mir leid! Ist es in Ordnung, wenn ich dich allein lasse?« Die Wörter waren aus mir herausgesprudelt. Es fühlte sich seltsam und ziemlich ungewohnt an.

Mei nickte und ich lächelte sie zuversichtlich an, damit sie auch wirklich wusste, dass alles gut war. Dann ließ ich ihre Hand los und eilte wieder zu Felio.

»Folge mir«, wies er mich an und ich rannte ihm nach, in das Gewirr der Gassen. Der Wind folgte uns rauschend, aufgeregt, und trieb uns immer schneller voran.

Nervös saß ich auf einem Ast und sah der Sonne beim Untergehen zu.

Neben mir lehnte Felio am Baumstamm. Er hatte seine Arme vor der Brust verschränkt und grübelte seit geraumer Zeit über etwas nach, über das er offensichtlich nicht reden wollte. Sprach ich ihn dennoch darauf an, wich er meinen Fragen aus.

Mit ihm zu schweigen, war nicht so wie mit Justus. Es betrübte mich, wenn er nicht mit mir redete, und ich suchte fieberhaft nach einer Frage, die geeignet war, diese bedrückende Stille zu beenden.

Ich seufzte.

»Ist es wirklich so, dass der Wind sich auflöst, wenn ich versuche, ihn nach dir zu fragen? Geht es dir mit mir auch so?«

Felios Blick war starr in den Sonnenuntergang gerichtet, doch dann blinzelte er und sah mich erstaunt an. »Was hast du gesagt?«, hakte er nach und ging in die Hocke, um mich besser ansehen zu können.

Endlich hatte ich ihn dazu gebracht, zu antworten.

»Ich wollte nur wissen, ob es tatsächlich so ist, dass ich den Wind nicht nach dir fragen kann. Oder ob du das absichtlich machst. Als ich es versucht habe, hat sich der Wind aufgelöst und war für ein paar Stunden verschwunden.«

Er starrte mich immer noch voller Erstaunen an und schien darüber nachzudenken. »Der Wind löst sich auf, wenn du nach mir fragst?«

Ich nickte.

Felio zog nachdenklich die Augenbrauen zusammen. »Ich weiß es nicht genau. Vielleicht liegt es daran, dass ich …« Er stockte. »Ich habe mit dem Wind eine Art Schutzwand um mich errichtet. Sie schützt mich vor unnötiger Aufmerksamkeit. Als wäre da die Luft einfach dichter, weißt du?« Er lächelte leicht.

Ich lächelte unwillkürlich zurück. »Das kenne ich. Möglicherweise prallt der Wind dann an sich selbst ab, wenn er versucht, dich zu sehen!«

Diese Erklärung klang zumindest in meinen Ohren am logischsten. Der Wind stand sich einfach selbst im Weg!

»Möglich«, bestätigte Felio und setzte sich neben mich auf den Ast. »Und er löst sich dann auf?«, hakte er noch mal nach, ließ seine schlaksigen Beine baumeln und sah wieder in den Sonnenuntergang.

»Na ja, er entzieht sich mir. Ich finde ihn erst wieder, wenn er völlig erschöpft seine Bahnen um mein Windspiel dreht.«

Ich dachte an das schreckliche Gefühl, das ich hatte, wenn der Wind nicht bei mir war. Wie um mich zu beruhigen, kam er zu mir und zog fröhliche Runden um meinen Körper.

»Das ist äußerst interessant«, murmelte Felio. Es klang seltsam in meinen Ohren. Doch er wandte mir den Kopf zu und lächelte ganz normal wie zuvor.

Zu gern hätte ich ihn gefragt, warum wir am Morgen so übereilt aufgebrochen waren. Doch irgendwas schien ihm Angst zu machen und ich würde ihn nicht drängen, wenn er nicht darüber sprechen wollte.

Also saßen wir hier im Wald vor Berill und warteten auf die Nacht. Solange es noch hell war, wäre es viel zu riskant, zur Festung zu fliegen, um die Windspiele zu holen.

Ich arbeitete bereits seit dem Nachmittag daran, dass der Wind uns ein paar dunkle Wolken zusammenschob, damit der Mond und die Sterne versteckt wurden.

Der Wind tanzte heiter mit meinen Haaren und rauschte gleichzeitig durch die Blätter des Baumes, auf dem wir saßen. Er war glücklich! Ich war heute mit ihm gelaufen, so geschwind wir konnten, und dann hatten Felio und ich uns an der Hand genommen und wir waren ein ganzes Stück geflogen. Noch nie war ich so eine große Strecke geflogen, und noch nie so schnell. Wenn Justus das wüsste, wäre er sicher sehr wütend auf mich.

Justus! Sofort kribbelte es in meinem Magen.

Er hatte mich geküsst! Ich konnte es immer noch nicht fassen.

Doch dann wich die Überschwänglichkeit der Erkenntnis, dass er sicher stinksauer auf mich sein würde, weil ich einfach mit Felio abgehauen war. Bestimmt würde er mich anschreien. Was, wenn er mich dann nicht mehr mochte?

Ich schluckte schwer. Meine Gedanken drehten sich im Kreis.

Zögerlich tastete ich zu dem kleinen hölzernen Vogel, der um meinen Hals hing. Ich betrachtete ihn zum hundertsten Mal an diesem Tag und fuhr mit dem Zeigefinger sacht über die zum Abflug aufgespannten Flügel. Er war wunderschön und gab mir das Gefühl, dass Justus mich wirklich gernhatte.

Ich verkniff es mir, den Wind nach ihm zu fragen und ob er mich möglicherweise vermisste. Oder sich Sorgen machte. Oder rasend vor Wut war.

Oh, ich wollte es gar nicht wissen! Ich würde es noch früh genug erfahren. Obwohl ich es trotz allem kaum erwarten konnte, wieder zurückzukehren. Selbst wenn er mich anschrie, war das besser, als ohne ihn zu sein.

Ich seufzte.

So nett Felio auch war, er war nicht Justus. Nur bei ihm fühlte ich mich wohl und beschützt. Ich wünschte mir, ich hätte ihm gesagt, was wir vorhatten.

Die Sonne verschwand und die Wolken zogen sich dichter zusammen. Bald war es so finster, dass ich die Hand nicht vor Augen sehen konnte.

Wir warteten immer noch. Meine Lider wurden schwer und ich musste aufpassen, dass ich nicht vom Ast rutschte.

Dann stand Felio unvermittelt auf. »Ich denke, es ist so weit«, sagte er und half mir auf. »Wie wir besprochen haben: Du fliegst hoch, holst die Windspiele und ich warte hier für alle Fälle.«

Ich nickte, obwohl es mir missfiel, dass ich allein in die Festung des Landesfürsten musste. Aber Felio hatte schon recht, dass zwei fliegende Personen schneller entdeckt wurden als eine.

Falls ich bis zum Morgen nicht zurück war, konnte er bei den Feuerleuten Alarm schlagen.

Ich hörte das Rascheln von Stoff. Felio reichte mir einen Beutel zum Umhängen. Er hatte ihn wohl gerade aus seinem Rucksack geholt.

»Ich versuche, mich zu beeilen«, versicherte ich und lächelte. Es fiel mir allerdings schwer, da meine Nervosität immer schlimmer wurde. Außerdem plagte mich mein Gewissen. Ich wollte den Fürsten nicht bestehlen. Und ich hätte es Justus sagen sollen!

Was, wenn dich jemand gesehen hat? Sie werden dich jagen! Bist du etwa übergeschnappt?!, hörte ich ihn in meinem Kopf schreien und atmete tief durch, um mich zu beruhigen.

Bei allen Winden, wie sollte ich ihm das nur erklären?

Jetzt war es zu spät, einen Rückzieher zu machen. Er würde so oder so sauer sein, ob ich die Windspiele nun stahl oder nicht.

Ich ergriff Felios Hand, um mir Mut machen zu lassen. Er reichte sie mir, ohne zu zögern. Egal wie seltsam er manchmal war, im Herzen war er doch ein guter Kerl, da war ich mir sicher.

Mit einem stillen Seufzen erhob ich mich in die Luft und ließ mich vom Wind tragen. Ich stieg so hoch, dass die Stadt weit unter mir lag. Sie war wirklich groß. Nicht so riesig wie die des Feuervolkes, aber doch beachtlich. Durch ihre Mitte zog sich ein Seitenarm des Afon, der vom Egralin-Gebirge aus in Richtung Südosten ins Meer floss.

Er teilte die Stadt in zwei Teile. Die edle Oberstadt und die schäbige Unterstadt.

Ich hatte von Elyssabed einmal aufgeschnappt, dass sich in der Unterstadt nur Diebe und Bettler herumtrieben, es bestialisch stank und äußerst gefährlich war, sich dort aufzuhalten. Sie würde keinen Fuß dorthin setzen und ich würde es mitten in der Nacht auch nicht tun.

Eilig flog ich im Schutz der Dunkelheit unter den finsteren Wolken, die den Himmel bedeckten. Die Festung lag höher als der Rest der Stadt und ich näherte mich vorsichtig den hellen Türmen.

Einer der Höfe war noch hell erleuchtet. Ich hielt mich im Schatten und spähte nach unten. Der Wind trug mir Musikfetzen zu und ich konnte tanzende Gestalten ausmachen, die fröhlich feierten.

Sie feiern ein erfolgreiches Turnier, bei dem …

Ich schnitt ihm das Wort ab, da ich mich auf etwas anderes konzentrieren musste.

Führ mich zu dem Raum, in dem ich die Windspiele gesehen habe, bat ich ihn und er wehte gleichmütig um meinen Kopf herum. Dann drehte er und zog mich mit sich zur gegenüberliegenden Seite der Festung, hinauf zu einem der höchsten Türme.

Schon von Weitem sah ich den Pavillon, in dessen Fenstern die leichten weißen Gardinen flatterten.

Der Wind fuhr hinein und wirbelte die Tücher auseinander.

Ich kam näher und hielt nach Menschen Ausschau, die mich möglicherweise sehen konnten.

Ist dort jemand?

Der Wind tanzte um mich herum.

Im Pavillon nicht, aber im Raum dahinter sitzt ein Professor. Er katalogisiert die Schätze des Fürsten.

Ich erschrak.

Wie soll ich denn hinein, wenn er dort ist?, rief ich stumm und ballte verzweifelt die Fäuste. Ich hatte angenommen, dass ich allein sein würde. Wie dumm ich doch war. Es waren schließlich die Schätze des Fürsten, natürlich wachte jemand über sie.

Unentschlossen setzte ich mich so geräuschlos wie möglich auf das Dach des Pavillons. Die Aufregung und die Angst, gesehen zu werden, lähmten mich.

Sie würden mich jagen und töten, genau wie Justus es mir immer predigte.

Dumme, dumme Cate!

Aber ohne die Windspiele wollte ich auch nicht zurück. Ich war jetzt so nah dran!

Es war ein Risiko, dessen war ich mir die ganze Zeit bewusst gewesen oder hatte mir zumindest eingeredet, es zu wissen. Und es war wichtig, dass die Windartefakte in unserem Besitz waren. Das hatte selbst Justus gesagt!

Wenn dieser Professor nur im Nebenraum war, würde er mich möglicherweise gar nicht hören, wenn ich leise genug war. Ich musste nur in den Pavillon schleichen, die Windspiele einpacken und wieder verschwinden.

Ganz einfach, Cate!, sagte ich mir, um mich zu beruhigen, ehe ich mich langsam erhob.

Ich stockte noch ein paar Augenblicke nervös und ängstlich und blickte über die schlafende Stadt. All diese Menschen hatten weder eine Ahnung, dass ich hier oben war, noch, dass es mich überhaupt gab.

Ich riss mich zusammen und zählte bis drei, bevor ich über die Kante trat und langsam auf einen Fenstersims schwebte.

Vorsichtig griff ich nach dem Vorhang und schob ihn einen Spaltbreit auf. Der Raum dahinter lag verlassen da und wurde nur von schwachem Kerzenschein beleuchtet, der vom Nebenzimmer hereinschien.

Ich glitt in den Pavillon und trat still in die Mitte. Dies war der Raum, den mir der Wind gezeigt hatte. Die tanzenden Gardinen, die Säulen aus weißem Stein und die Stadt, die ich draußen erahnen konnte, wenn der Wind den Blick darauf frei machte.

Doch der Raum war leer.

Als ich mit den Windspielen gesungen hatte, hatten sie an der Decke gehangen, geklimpert und in der Sonne geglitzert. Doch jetzt war die Decke dunkel und leer. Ich blickte auf Haken, die man in die Dachbalken gedreht hatte, aber an keinem hing etwas.

Sie sind weg!

Ich zögerte, den Wind zu rufen, um ihn danach zu fragen. Wenn es um die Artefakte ging, bekam ich immer nur schwammige oder überhaupt keine Antworten von ihm. Nur als ich mit ihm und Felio gesungen hatte, waren sie mir klar erschienen.

Konnte ich die Windartefakte ohne Felio rufen, um zu erfahren, wo sie hingekommen waren?

»Wie bist du hier reingekommen?«, fragte eine aufgeregte Stimme und ich fuhr erschrocken herum.

In der Tür stand ein Mann, groß und hager, mit weißem Gesicht und einer Lampe in der Hand.

Oh nein! Was sollte ich tun? Er hatte mich gesehen! Ich flog zwar im Moment nicht und zum Stehlen war ich auch noch nicht gekommen, aber wie sollte ich ihm eine plausible Erklärung für mein Eindringen liefern?

Weglaufen war nicht möglich. Er stand in der einzigen Tür, und wenn ich zum Fenster hinaussprang, wusste er gleich, wer ich war.

Sofort zog der Wind sich zusammen, spiegelte meinen Schock und bildete einen Schutz um mich.

Der Mann starrte mich wortlos an.

Mein Herz raste, mein Puls pochte mir in den Ohren, die Füße bleischwer, erwiderte ich seinen Blick wie ein verschrecktes Kaninchen.

Bei allen Winden, Cate! Beweg dich!, spornte ich mich an, doch es half nichts. Die Angst lähmte mich.

Der Wind verstärkte seinen Schutz und meine Haare begannen zu wehen.

Es vergingen mehrere Augenblicke, bis der Mann sich rührte. »So kann das nicht weitergehen«, sagte er und fuhr mit den Fingern über die seltsamen Amulette, die um seinen Hals hingen. »Wenn wir weiter hier stehen und uns anstarren, ist es bald morgen.«

Das hatte ich nicht erwartet. Ich blinzelte verwirrt. Der Wind stockte und verfing sich in den Vorhängen.

»Mein Name ist Tantarus Low. Ich bin Völkerkundler«, stellte sich der Mann doch tatsächlich vor und neigte den Kopf zum Gruß.

Ich war immer noch unfähig, zu sprechen.

»Und Ihr seid?«

Ich leckte mir über die trockenen Lippen. Unmöglich konnte ich ihm sagen, wer ich war! Erwartete er, dass ich mich zu ihm setzte und eine Tasse Tee mit ihm trank?

Ich schluckte. »Ich … ich ziehe es vor, meinen Namen nicht zu nennen«, flüsterte ich, weil meine Stimme nicht mehr hergab.

Tantarus Low begann zu lachen und hängte die Lampe an einen Haken an der Wand. »Äußerst interessant. Ich nehme an, du hast dich nicht verlaufen? Wenn es so wäre, hätte ich gesehen, wie du durch den Saal gehst. Und das bist du nicht!«, rief er, lachte erneut und ließ sich auf den Sims des nächsten Fensterbogens nieder. Er trug ein einfach gewebtes Gewand und viele skurrile Ketten mit wunderlichen Anhängern.

Ich wusste nicht so recht, wie ich ihn einschätzen sollte, und so beäugte ich ihn weiterhin misstrauisch aus der Entfernung.

»Also bist du wohl die Wand nach oben geklettert. Denn geflogen kannst du wohl kaum sein.«

Ich schrak zusammen, als er das Fliegen erwähnte, und bemühte mich, es zu verbergen, aber sicher stand es mir auf die Stirn geschrieben, dass er damit ins Schwarze getroffen hatte.

Tantarus Low hörte abrupt auf, zu lachen, starrte mich an und seine Augen wurden immer größer. Er ahnte etwas und mein Herz begann zu rasen. Als er sich vom Fenstersims erhob, wich ich zurück.

Was hatte er vor?

Ich versuchte, mir auszurechnen, ob ich schneller an der Tür wäre, als er mich erreichen würde. Aber es sah eher schlecht aus.

Er machte einen Schritt auf mich zu und ich schob mich noch weiter nach hinten, was ihn innehalten ließ. Langsam hob er die Hände, um mich zu beruhigen. Es half nicht viel, denn ich fühlte mich wie ein in die Enge gedrängtes Tier.

Der Wind frischte auf und blies die Vorhänge auf.

Gehetzt suchte ich erneut einen Fluchtweg. Doch der einzige Weg, ihm zu entkommen, war aus dem Fenster. Dann würde aus seiner Vermutung klare Gewissheit und das wollte ich wiederum auch nicht.

Oh Kappadreck! Wenn Justus nur hier wäre!

Der Wind wurde noch stärker und begann, wie ein kleiner Sturm durch den Pavillon zu brausen. Ich gebot ihm mit aller Konzentration, die ich aufbringen konnte, still zu sein. Wenn er sich so verräterisch verhielt, konnte ich auch gleich aus dem Fenster davonfliegen. Der Mann wüsste es dann so oder so.

»Ich will dir nichts tun. Ich schwöre es«, sagte Tantarus Low sanft und trat einen Schritt zurück. »Du bist ein Windkind, nicht wahr?« In seiner Stimme schwang etwas mit, das beinahe wie Ehrfurcht klang.

Ich schluckte schwer. Bei allen Winden, er wusste, wer ich war!

»Ich werde dich nicht verraten«, fuhr er fort und setzte sich langsam wieder auf den Fenstersims. Die Hände behielt er oben. »Ich habe dein Volk in den letzten Wochen studiert und ich bin äußerst fasziniert«, begann er euphorisch, zu erzählen, nahm den Blick aber nicht von mir. »Ich hätte mir nicht träumen lassen, dass ich jemals einem von euch begegnen würde. Gibt es noch mehr? Wie viele haben überlebt?«

Ich war verwirrt. Er klang, als ob er sich wirklich freute, dass ich am Leben war. Aber war das möglich? Oder wollte er mich nur in falscher Sicherheit wiegen?

Er stammte nicht aus dem Süden. Weder seine Größe noch die Kleidung passte hierher, und erst diese seltsamen Wangenknochen …

Ich hatte nicht die Absicht, auf seine Fragen zu antworten. »Wo sind die Windspiele?«, fragte ich leise und versuchte dabei, nicht so zitterig zu klingen.

Die Augen des Professors wurden groß und dann zogen sie sich die Augenbrauen zusammen. »Oh nein«, seufzte er so unheilvoll, dass meine Knie vor Angst weich wurden. »Es tut mir furchtbar leid, aber …«, er räusperte sich, »sie wurden heute gestohlen!«

Ich starrte ihn an, konnte nicht begreifen, was er da sagte. Wieso sollte jemand die Windspiele stehlen? Doch dann erinnerte ich mich daran, dass ich gerade selbst im Begriff gewesen war, das zu tun.

Vielleicht log er ja auch.

»Wieso sollte ich dir glauben?«, rief ich patziger als beabsichtigt.

Was konnte ein anderer damit wollen? War es so, wie Felio gesagt hatte? Konnten auch andere sich der Kräfte bemächtigen, die darin gespeichert waren?

Bei allen Winden! Mir wurde schlecht bei dem Gedanken, dass jemand mit der Macht des Windvolkes Unfug treiben könnte.

Der hagere Mann nickte bedacht. »Warum solltest du mir glauben?«, sinnierte er über meine Frage, die ich schon fast wieder vergessen hatte. »Ich weiß es nicht«, gab er zu und faltete die Hände im Schoß. »Der Geschichte eures Volkes nach zu urteilen, tust du wahrscheinlich gut daran, einem normalen Menschen keinen Glauben zu schenken.« Er sah auf seine dürren langgliedrigen Finger, drehte an einem der unzähligen Ringe und hob dann den Blick wieder zu mir. »Es wurde heute ein Turnier veranstaltet, bei dem mich der Fürst gebeten hatte, dabei zu sein. Ich war also nicht hier, als sie gestohlen wurden. Ich kann auch nicht erklären, wie die Diebe reingekommen sind. Die Wachen vor der Tür haben nichts gesehen. Die Diebe müssen also wie du geflogen oder eben die Wand hinaufgeklettert sein. Ich habe mir die Mauer angesehen, es scheint mir nicht unmöglich.«

Es irritierte mich, dass er voraussetzte, ich sei hier reingeflogen, ohne den kleinsten Beweis.

Ich sah an mir hinunter. Na ja, ich sah wirklich nicht aus wie jemand, der eine Wand nach oben geklettert kam.

Und was, wenn diejenigen, die die Windspiele gestohlen hatten, auch geflogen waren?. Seit ich Felio getroffen hatte, wusste ich schließlich, dass ich nicht die einzige Überlebende war. Warum sollte es nicht noch mehr geben?

Doch war es Zufall, dass die Windspiele gerade jetzt gestohlen worden waren? Was war der Auslöser, dass jemand gleichzeitig mit uns auf die Idee gekommen war, sie zu stehlen?

Ich musste zu Felio zurück und mit ihm darüber reden. Wir würden die Windartefakte erneut suchen und dann Gewissheit haben. Dann wüsste ich auch, ob Tantarus Low die Wahrheit sprach.

»Wenn sie nicht hier sind, muss ich jetzt wieder gehen«, erklärte ich und sah aus dem Fenster auf die schlafende Stadt.

Der Mann wusste nun, dass es mich gab. Was sollte ich also mit ihm tun?

Das Feuervolk hätte ihn sicher umgebracht. Doch ich konnte das nicht. Ich konnte nicht einen Unschuldigen umbringen, nur weil er wusste, wer ich war. Und schon gar nicht, wenn er mich weder bedrohte noch mir sonst irgendwie feindlich gesonnen war.

Würde er Alarm schlagen und mich verraten, sobald ich weg war? Würden sie mich jagen? Ja, er hatte gesagt, er würde es nicht tun. Aber dann war da wieder die Sache mit der Glaubwürdigkeit.

Wind, rief ich stumm und er kam sofort zu mir. *Was ist dieser Mann für ein Mensch?*

Ich fühlte mich seltsam, den Wind danach zu fragen, so wie jedes Mal, wenn ich Dinge in Erfahrung brachte, die ich eigentlich nicht wissen konnte. Doch jetzt schien es mir wirklich angebracht.

Ein Neugieriger, flüsterte er und ich wusste seine Stimmung nicht richtig einzuschätzen. Einerseits wirkte er, als mache er sich wenig Sorgen um meine Sicherheit, andererseits war er aber gleichzeitig bereit, mich zu verteidigen, wenn es sein musste. *Gutmütig ist er auch*, wisperte er und tanzte zu den Vorhängen.

Als hätte der Mann unsere stille Unterhaltung gehört, stand er plötzlich auf und trat einen Schritt auf mich zu. »Ich will dir wirklich nichts Böses. Gestattest du mir nur eine Frage, bevor du gehst?«

Ich zuckte erneut zusammen, bemühte mich aber, zu ihm aufzusehen.

Er war vor die Lampe getreten und sein Gesicht wurde nur noch schwach beleuchtet. Das knochige Aussehen verstärkte sich durch die tiefen Schatten.

Würde er mich wirklich nicht verraten, wenn ich ihm eine Frage beantwortete?

Der Mann holte tief Luft und fingerte nervös an seinen Amuletten herum. »Ich bin nicht von hier, wie du sicher schon bemerkt hast, und ich habe von deinem Volk erst erfahren, als ich an den Hof des Fürsten kam. Keiner, den ich nach dem Windvolk gefragt habe, hat mir eine richtige Antwort gegeben. Und das, was ich gelesen habe, ist auch nur sehr lückenhaft. Doch ich habe von Großem gelesen.« Seine Stimme bekam einen leicht verträumten Klang. »Davon, dass ihr fliegen könnt und den Wind leitet. Dass ihr Dinge nur mit eurem Willen bewegt habt und es in seltenen Fällen sogar vorkam, dass jemand unter euch das Wetter beeinflussen konnte. Es klingt so unglaublich, dass ich es kaum zu glauben vermag. Also, ist das wahr?« Tantarus Low bedachte mich mit einem erwartungsvollen Blick.

Ich sah den Wissensdurst in seinen Augen, selbst in dem schlechten Licht.

Was sollte ich sagen? Er wusste über mein Volk scheinbar mehr als ich. Dass man mit dem Wind Dinge bewegen konnte, ohne sie zu berühren, war mir neu.

Also, wollte ich diesem Mann vertrauen?

Justus wäre dagegen, aber er war nicht hier und *ich* musste jetzt eine Entscheidung treffen.

Was soll ich tun?, fragte ich den Wind, auch wenn ich wusste, dass er keine Entscheidungen fällen konnte, weil er eben nur der Wind war und es an mir allein lag, dies zu tun.

»Falls du mich doch verraten solltest, werden sie mich umbringen.«

Tantarus Low nickte ernst. »Ich weiß«, erwiderte er traurig.

Ich atmete tief durch und wagte, was ich noch nie gewagt hatte. Ich demonstrierte meine Kräfte einem gewöhnlichen Menschen.

Ohne weitere Umschweife hob ich mich ein Stück vom Boden ab, bevor mich der Mut wieder verlassen konnte.

Tantarus Low schnappte nach Luft. »Fantastisch«, wisperte er ehrfürchtig. »Und all das andere?«

Ich landete wieder und spürte den Stein unter meinen Füßen. »Ich bin mir nicht sicher«, sagte ich und blinzelte. »Ich habe noch nie probiert, Dinge zu bewegen, ohne sie zu berühren.«

Tantarus Low tastete nach dem Fenstersims, um sich zu setzten, allerdings ohne mich aus den Augen zu lassen. »Und das Wetter?«, wollte er wissen und lächelte beinahe vor Begeisterung.

Wenn ich nicht so Angst haben müsste, dass er mich verriet, hätte ich ihn sicher gemocht, diesen seltsamen Mann, der sich so brennend für mein Volk interessierte.

Ich zeigte in den Himmel. »Die Wolken sind von mir, damit mich das Mondlicht nicht verrät«, antwortete ich ein wenig stolz.

Wie absurd die Situation war! Ich stand hier und erzählte einem Fremden, wer ich wirklich war und was ich konnte. War ich denn noch zu retten?!

Ich musste hier weg. Zu Felio, um mit ihm herauszufinden, wo die Windspiele abgeblieben waren.

»Ich gehe jetzt!«, kündigte ich also an und wandte mich zum Fenster.

Tantarus Low erhob sich prompt. »Sehe ich dich wieder?«, rief er und streckte eine Hand in meine Richtung, als wollte er mich berühren, obwohl das ganze Zimmer zwischen uns lag.

»Ich weiß nicht«, antwortete ich wahrheitsgemäß und kletterte auf den Sims zu meiner Rechten. Der Wind wehte den Vorhang zwischen den Professor und mich und ich verschwand, so schnell ich konnte, in die Nacht.

Es dauerte eine Weile, bis ich Felio fand. Er hatte ein kleines Feuer entzündet, das mich schließlich zu ihm führte.

Unweit davon landete ich auf dem Waldboden und rannte das letzte Stück auf ihn zu.

Er fuhr erschrocken hoch, als ich durch ein Gestrüpp auf die Lichtung stolperte, beruhigte sich aber, als er mich erkannte. Jedoch kam die Panik zurück, als er den leeren Beutel an meiner Seite sah.

»Was ist passiert?«, rief er und lief mir entgegen. »Geht es dir gut?« Er legte mir den Arm um die Schulter und führte mich zur wärmenden Feuerstelle.

»Sie wurden gestohlen!«, platzte ich heraus und setzte mich auf den Stein, an dem Felios Rucksack lehnte. Der stand offen und im Gras daneben lagen zwei aufgeschlagene Päckchen mit Brot und Käse.

Felio hatte Essen für uns vorbereitet.

»Wie meinst du das?«, fragte er verunsichert und hockte sich neben mich.

»Die Windspiele! Sie waren nicht mehr da. Sie wurden heute Nachmittag von jemandem gestohlen«, versuchte ich, es ausführlicher zu erklären und wieder zu Atem zu kommen. So schnell zu fliegen war ganz schön anstrengend.

»Das … Aber … Das ist doch unmöglich!« Felio starrte mich entsetzt an. Sein Blick veränderte sich, wurde wütend. »Von wem?«, fuhr er mich an und ich zuckte zurück.

»Woher soll ich das wissen?«

Warum war er denn plötzlich so aufgebracht? Ich konnte doch nichts dafür!

Er sprang auf und lief nervös auf und ab. »Gut, dann müssen wir sie eben wieder rufen, um zu erfahren, wo sie sind!« Er streckte mir sofort die Hände entgegen.

Verwirrt und auch ein wenig eingeschüchtert von seinem hektischen Verhalten, stand ich zögerlich auf. Nicht unbedingt glücklich mit der Situation, ergriff ich seine Finger und schloss die Augen.

Seine Hände waren kalt und feucht. Ich musste mich zwingen, ihm meine nicht wieder zu entreißen.

Nur mit Mühe lenkte ich meine Konzentration auf den Wind, der über unseren Köpfen durch die Baumkronen rauschte und begann, stumm zu singen. Der Wind stimmte sofort ein und ich konnte die Windspiele im Rucksack neben mir sehen. Vier eingewickelte kleine Päckchen, die sangen, auch wenn der Wind sie kaum erreichte.

Moment, vier?

Sofort hörte ich auf, zu singen, entzog Felio meine Hände und starrte ihn entgeistert an.

»Wieso ist mein Windspiel in deinem Rucksack?«, rief ich und trat einen Schritt zurück. »Hast du es gestohlen?«

Er schluckte sichtbar und fuhr sich mit der Zunge über die Lippen. »Ich wollte … dass … dass sie alle zusammen sind, wenn wir die vom Fürsten geholt haben«, stammelte er und ballte die Hände zu Fäusten.

»Aber warum hast du mir nicht gesagt, dass du es mitnehmen willst?« Ich sah in sein schuldbewusstes Gesicht.

»Ich … Es tut mir leid, Cate«, murmelte Felio, kniff die Lippen zusammen und senkte den Blick.

Warum war er heute nur so seltsam? War ihm nicht klar, dass man nicht einfach die Sachen anderer Leute nehmen konnte, wie man wollte?

Aber wenn er seit zwölf Jahren allein gewesen war und sich nur durchgebracht hatte, indem er stahl, dann war es nur verständlich, dass er es nicht besser wusste.

Ich versuchte, tief durchzuatmen, um meinen Ärger zu besänftigen. Es war jetzt nicht der richtige Zeitpunkt zum Streiten. »Lass uns einfach die Windspiele finden«, sagte ich und hielt ihm meine Hände hin.

Er nickte und ergriff sie hastig. Es schien, als hätte er Angst, dass ich es mir anders überlegen könnte.

Wieder schloss ich die Augen und versuchte, mich zu konzentrieren. Es fiel mir jetzt noch schwerer und ich brauchte eine ganze Weile, um in das Lied hineinzufinden. Doch schließlich trug mich der Gesang davon.

Der Wind zog mich über den Wald und die Stadt hinweg, in die Richtung, aus der wir am Morgen gekommen waren. Und dann sah ich sie.

Vor Schreck ließ ich Felios Hände los und taumelte zur Seite.

Konnte das wahr sein? Wie hatte das passieren können?

»Und?«, drängte Felio und ich sah blinzelnd zu ihm auf.

»Justus hat sie«, brachte ich heraus und glaubte es selbst kaum.

Ich hatte die Windartefakte in einer Tasche gesehen. Eine Tasche an Justus' Sattel, der auf einem Pferd in Richtung der Wagen ritt.

Warum hatte er die Windspiele? Es ergab überhaupt keinen Sinn. Er hatte doch rein gar nichts von alledem gewusst. Was ging hier vor?

»Sag das noch mal!«, forderte mich Felio auf. Seine Gesichtszüge wirkten angespannt und ausdruckslos.

»Justus hat die Windspiele! Er reitet zurück zu den Wagen«, erwiderte ich und begriff es immer noch nicht. War Justus der Dieb, der die Windspiele gestohlen hatte? Wie, verdammt, war er in den Pavillon gekommen? Geklettert war er sicher nicht. Nicht in dieser Höhe!

»Bei allen Winden!«, entfuhr es Felio und er hielt sich den Kopf.

Warum hatte Justus das getan?

Meine Finger wanderten wie von allein an meine Lippen. Und mir fiel nur eine logische Erklärung ein: Er hatte es für mich getan!

Der Gedanke daran entfachte in mir ein wahnsinniges Glücksgefühl. Meine Wangen wurden heiß.

Selbst wenn ich mit ihm ein ernstes Wörtchen reden musste, sobald ich zurück war.

Wie konnte er nur so etwas Gefährliches tun, ohne mir Bescheid zu sagen?

»Wir können einfach zurückgehen!«, jubelte ich und konnte mir ein breites Lächeln nicht verkneifen. Wir konnten endlich zu den anderen zurück. Ich konnte zu Justus zurück!

»Mach du das Feuer aus, dann packe ich zusammen«, schlug ich vor und drehte mich eilig zu Felios Rucksack. Ich verschnürte Brot und Käse in ihren Tüchern und steckte sie vorsichtig ein.

Und dann traf mich etwas schmerzhaft am Kopf. Sterne tanzten mir vor den Augen und die Wucht des Schlages warf mich zu Boden. Bevor ich ohnmächtig wurde, nahm ich noch eine verschwommene Gestalt wahr, die über mir stand. Es war Felio, einen dicken Stock in der Hand.

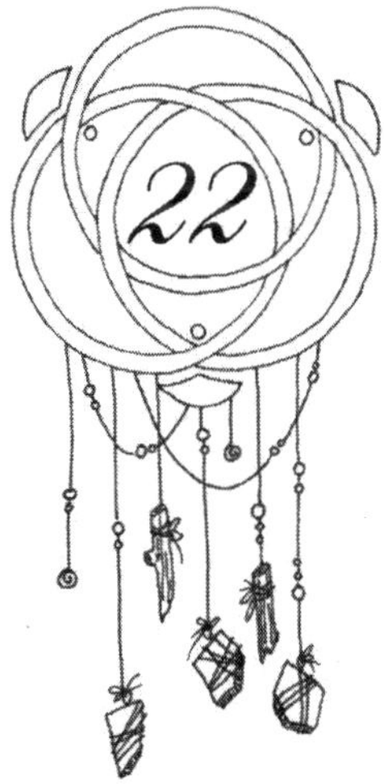

22

Justus starrte verträumt in die Wolken. Verlegen fuhr er sich durch die Haare, während er an Cate dachte.

Erst vor wenigen Stunden hatte er sie geküsst, obwohl er das ursprünglich gar nicht geplant hatte.

Klar, Gedanken hatte er sich viele gemacht, wie er ihr die Kette am besten schenken könnte, was er sagen sollte, wie sie vielleicht reagieren würde. Wobei das bei ihr immer schwierig war.

Doch sie hatte sich über das Geschenk gefreut, so viel stand fest.

Als sie dann die Haare aus dem Nacken gestrichen hatte, damit er ihr die Kette anlegen konnte, hatte er plötzlich nicht mehr widerstehen können. Er hatte sich schon seit einer Weile zurückhalten müssen, sie nicht ständig zu berühren. Und nachdem seine Lippen die weiche Haut an ihrem Hals erst einmal berührt hatten, ging es nicht anders, als auch ihren Mund zu wollen.

Hoffentlich hatte er sie nicht zu sehr überrumpelt.

Er schmunzelte, denn sie war ja nicht gerade abgeneigt gewesen, und es begann, in seinem Magen wie in einem Bienenstock zu flirren. Cate war in seinen Armen geschmolzen wie Wachs in der Sonne.

Hanna wuselte aufgeregt durch die Gegend. Sie erinnerte gewissenhaft alle daran, dass heute der Tag war, das Nachrichtenfeuer zu entfachen, sonst hätten sie es wahrscheinlich vergessen.

Es war genau einen Monat her, dass die Feuerleute sich das letzte Mal in ihrer Stadt gemeldet hatten. Und es wurde nicht gern gesehen, wenn sie sich verspäteten. Das machte den Angehörigen zu Hause nur unnötige Sorgen.

Marc schichtete Holz auf, was Hanna mit Argusaugen überwachte.

Justus hatte vorgehabt, zu helfen, doch nachdem er vor lauter Gedankenlosigkeit nur im Weg gestanden hatte, setzte er sich lieber auf einen Holzklotz. So ließ er auch mal die anderen machen und gestattete sich, weiter vor sich hin zu träumen.

Er sah seiner Mutter dabei zu, wie sie dem Hasen das Fell abzog, den sie am Morgen geschossen hatten.

Und da war auch schon wieder nur Cate in seinen Gedanken. Er seufzte laut.

Als sie zurückgekommen waren, hatten sie gerade das Frühstück verpasst, was ihm aber ziemlich egal gewesen war.

Irgendwie hatte er geglaubt, die anderen würden es ihnen ansehen, dass etwas vorgefallen war. Aber niemand hatte etwas gesagt. Nicht mal einen bedeutungsvollen Blick hatten sie ihm zugeworfen.

Es schien alles wie immer zu sein. Dabei hatte sich alles verändert. Auch wenn er nicht sagen konnte, was es genau war, das den großen Unterschied machte. Er hatte ihre Hand gehalten, woraufhin sie ihn wunderschön anlächelte und er wusste, dass er immer bei ihr bleiben würde.

Das war vorher auch schon so gewesen und doch fühlte es sich ganz anders an.

Mei war auf sie zugekommen, hatte Cate wie so oft gefragt, ob sie mit ins Dorf kommen würde, um einzukaufen, und schon war sie von seiner Seite verschwunden.

Und jetzt saß er hier und ärgerte sich, dass er nicht mitgegangen war. Er fühlte sich einsam ohne sie, bildete sich ein, die Wärme ihrer Hand in seiner zu spüren, wenn er nur an sie dachte.

Hanna eilte an ihm vorbei, um das Räucherwerk aus einem der Wagen zu holen, und zog damit seine Aufmerksamkeit auf sich.

Justus beobachtete sie, wie sie aufgeregt danach suchte, eine Handvoll nahm und dann mit freudigem Gesichtsausdruck zurückrannte. Sie war schon immer fleißig gewesen, aber in letzter Zeit übertrieb sie es. Was ging da vor?

Laila setzte sich umständlich und schnaufend zu ihm und lächelte ihn an. Justus sah zu ihr und dann auf ihren Bauch, der so kugelrund war, dass er sich manchmal fragte, wie seine Schwester noch aufrecht laufen konnte.

Er und Laila waren sich altersmäßig am nächsten. Doch da sie immer schon auf eigenen Füßen gestanden und seinen Beschützerdrang bewusst abgelehnt hatte, war ihre Beziehung nicht so tief wie zwischen ihm und Mei.

»Weißt du, was mit Hanna in letzter Zeit los ist?«, fragte er sie, um sich von seinen Gedanken abzulenken.

Laila begann zu lachen.

»Sie ist verliebt. Das sieht man doch«, antwortete sie und zeigte auf den Holzstapel für das Nachrichtenfeuer.

»Und in wen?«, wollte er verdutzt wissen.

»Bist du schwer von Begriff oder tust du nur so?«, erkundigte sich Leila amüsiert und streckte die Beine aus. »Huh. Justus, kannst du mir sagen, wie es meinen Füßen geht? Ich habe sie lange nicht mehr gesehen.«

Jetzt lachte auch er. »Soweit ich das sehe, geht es ihnen gut. Tun sie weh?«

»Und wie. Aber ich denke, es dauert nicht mehr lange, bis das Baby kommt.« Sie stöhnte angestrengt, streifte sich die Stoffschuhe von den Füßen und wackelte mit den geschwollenen Zehen.

»Es ist so weit!«, rief Hanna aufgeregt und strich sich noch dreimal über die Haare, um sicherzugehen, dass ihre Frisur richtig saß.

Dann entzündete Dante das Feuer mit seiner Hand und die anderen versammelten sich darum.

Tai und Angu hatten die Gegend durchstreift, um sich zu vergewissern, dass niemand in der Nähe war, der nicht sehen sollte, was sie hier trieben.

Felio war nach dem Frühstück in den Wald gelaufen und seitdem nicht mehr aufgetaucht. Es war absolut ruhig.

Hanna trat vor, kaute nervös auf ihrer Unterlippe und warf das Räucherwerk in die Flammen, das sofort in orangefarbenem Rauch aufging.

Alle warteten auf den Knall, mit dem der Gesandte aus der Stadt durchs Feuer kommen würde.

Es tat einen gewaltigen Knall und Ulan trat aus den Flammen.

»Ich grüße euch! Schön, euch zu sehen«, begrüßte er sie und klopfte sich etwas Ruß von den Kleidern.

Ulan war ein junger Mann vom *Clan der wandernden Feuer*, und die hatten ihren Namen nicht umsonst. In Ulans Familie war die Gabe, von einem Feuer in ein anderes zu schauen, verbreitet. Ein paar konnten, so wie er, auch dazwischen hin und her wandern.

Allerdings war es gefährlich, einfach so in irgendeinem Feuer aufzutauchen. Daher markierten sie ihr Feuer durch ein bestimmtes Räucherwerk, wenn die Luft rein war. So konnte Ulan von seinem Feuer zu Hause zu ihnen ins Lager wechseln, ohne ein Risiko einzugehen.

Und da war er nun. Genau wie jeden Monat kam er vorbei, berichtete ihnen, was in der Stadt los war, was der Rat an Beschlüssen gefasst hatte, und nahm ihre Geschichten mit nach Hause.

Justus mochte ihn. Sie hatten als Jungen zusammen gespielt und heute teilten sie die rationale Art, zu denken, und die ruhige Gelassenheit.

»Alles in Ordnung in der Stadt?«, erkundigte er sich und klopfte Ulan auf die Schulter.

Dieser nickte.

»Nichts Ungewöhnliches. Die üblichen Zankereien im Rat«, gab er zur Antwort und reichte Kai die Hand. Dann kam er zu Beress und Abdell. »Oh, Beress!«, rief er, als er sie entdeckte. »Fiss hat ihr Kind bekommen. Einen Sohn. Sie haben ihn nach seinem Großvater benannt!«

Ihr Ältester, Raska, lebte mit seiner Frau Fiss und dem Rest der Familie in der Stadt und das Neugeborene war Enkelkind Nummer fünf.

Sie tauschten noch mehr Neuigkeiten und Stadttratsch aus und Justus versuchte, all dem zu folgen, obwohl er sich wenig dafür interessierte. Soweit er wusste, Ulan auch nicht, doch die Frauen erwarteten von ihm solche Nachrichten und so horchte er immer seine Schwestern aus, bevor er die Wagenleute besuchen kam.

Hanna stand dicht neben Ulan, strahlte ihn die ganze Zeit über an und irgendwann fiel Justus auf, dass die beiden die Hände ineinander verschlungen hielten.

Deshalb war Hanna also so aufgeregt hin und her gerannt. Ulan und Hanna! *Sieh mal einer an.*

Justus stellte fest, dass sie erstaunlich gut zusammenpassten. Dass ihm das nicht vorher aufgefallen war, wunderte ihn aber nicht. Für so was hatte er kein Auge.

Nachdem ausreichend Nebensächlichkeiten ausgetauscht waren, kam Ulan auf ein für Justus interessanteres Thema zu sprechen. Sie hatten sich gemeinsam in die Sonne gesetzt. Die Kinder waren mit Bree und Felice weiter draußen auf der Wiese und spielten im hohen Gras Verstecken.

»Ihr werdet es nicht glauben, aber die Windalchemisten haben eine Nachricht an uns geschickt«, eröffnete Ulan und nahm Hanna den Becher mit Wasser ab.

Das war mal eine echte Neuigkeit!

Die Windalchemisten waren ein kleines Volk, das weit oben an der Schneegrenze des Egralin-Gebirges hauste und die Häuser direkt an den glatten Fels gebaut hatte.

Sie waren Nachkommen eines Windvolk-Angehörigen, der vor Hunderten Jahren mit einer menschlichen Frau ein Kind gezeugt hatte. Ihre

Kräfte hatten sich im Laufe der Generationen so verwässert, dass sie nur noch ein schlechter Abklatsch des Windvolkes waren.

Sie lebten völlig von der Welt abgeschottet und die Einzigen, die noch wussten, dass es sie gab, waren vereinzelte Feuerleute.

Justus hatte sich einmal ein wenig mit ihnen beschäftigt, um Cate ein bisschen besser zu verstehen. Doch sie hatten kaum noch etwas gemein mit dem Windvolk, waren sehr abweisend gewesen und so hatte er es vorgezogen, Cate nichts von ihrer Existenz zu erzählen.

»Sie sagen, der Neffe ihres Oberhauptes sei der Idee verfallen, er könnte sich der Macht des Windvolkes bemächtigen, wenn er nur alle Windartefakte besitzt! Verrückt, oder?«, meinte Ulan und schüttelte den Kopf. »Wusstet ihr, dass das Windvolk genauso Artefakte besessen haben soll wie wir?« Ulan schien von dieser Tatsache begeistert zu sein und merkte offenbar nicht, wie sich Justus neben ihm versteifte.

Ihn trafen diese Worte, als hätte ihn jemand geohrfeigt. »Was?!«, kam es entsetzt aus seinem Mund, während er hochfuhr und Ulan panisch anstarrte.

»Was ist denn los? So abwegig ist die Idee doch gar nicht!«

»Ich weiß«, wehrte Justus ab, weil das nicht der Punkt war. »Cate besitzt sogar eines davon. Aber …«

Weiter kam er nicht, denn plötzlich wurden viele Stimmen laut. Es hatten wohl mehr zugehört als gedacht.

»Ist das dein Ernst?«, platzte es aus Marc heraus, und auch sein Vater starrte Justus irritiert an.

»Warum haben wir das nicht gewusst?«, wollte er wissen und Tante Fin verschränkte genervt die Arme vor der Brust.

»Wieso hast du uns nicht davon erzählt?«

Justus griff sich an den Kopf.

Er hatte gerade ganz andere Sorgen, denn ihm war ein schlimmer Verdacht gekommen. »Das ist doch erst mal egal«, übertönte er die anderen. »Was, wenn Felio dieser Windalchemist ist?«, fasste er sein schlechtes Gefühl in Worte.

»Wie kommst du denn darauf?«, wollte Ayo irritiert wissen, die neben ihrer Schwester im Gras saß und aus Gänseblümchen einen Kranz flocht.

Ulan sah verwirrt aus. Hanna redete leise auf ihn ein und erklärte ihm vermutlich den Sachverhalt.

»Jahrelang haben wir gedacht, Cate sei die Letzte ihres Volkes, und plötzlich taucht dieser Typ auf, der behauptet, vom Windvolk zu sein, und offensichtlich Dinge kann, die kein normaler Mensch könnte«, erklärte Justus und spürte, wie die Unruhe in ihm stärker wurde. »Aber der Wind verhält sich ihm gegenüber nicht wie bei Cate«, fuhr er fort und es schauderte ihn bei der Vorstellung, dass Felio Cate hintergangen hatte. Wahrscheinlich benutzte er ihre Gutmütigkeit sogar, um an seine eigenen Ziele zu gelangen. Es passte einfach alles zusammen.

Er hatte ihm von Anfang an nicht getraut und das Gefühl gehabt, dass da etwas faul war. Und dann noch die Art, wie er Cate immer angesehen hatte. Ihm lief ein kalter Schauder den Rücken hinab und er musste achtgeben, dass die Eifersucht seine Gedanken nicht beherrschte.

»Weil du jetzt auch der Windexperte bist«, spottete Miso, ohne ihn anzusehen, und zog eine Grimasse. »Hätte Cate das nicht gemerkt, wenn er nicht vom Windvolk wäre?«, warf sie ein und ein paar andere nickten.

»Reg dich ab, Justus«, sagte Marc und boxte ihm mit der Faust freundschaftlich gegen die Schulter. »Du bist doch bloß eifersüchtig, weil sie sich so gut verstehen.«

Justus konnte kaum glauben, dass selbst Marc ihm in den Rücken fiel. »Wieso seid ihr plötzlich alle auf seiner Seite? Hat er euch derart eingewickelt?«, empörte er sich und bekam nur wenig Reaktion von den anderen. »Woher soll Cate denn wissen, ob er wirklich vom Windvolk ist? Sie weiß nichts von den Windalchemisten und vom Windvolk ebenso wenig. Wenn ich der Letzte meines Volkes wäre, würde ich auch auf jeden reinfallen, der ein Streichholz anzünden kann!«, wurde er noch lauter und spürte, wie die Wut in ihm überhandnahm. Seine Körpertemperatur stieg bereits an.

Alle starrten ihn an und er starrte zurück.

»Ich will mich ja nicht einmischen, aber ich gebe Justus recht«, meinte Ulan ruhig. »Wir sollten es wenigstens in Betracht ziehen. In der Nachricht stand, dass sie uns das nur mitteilen, weil sie befürchten, dieser junge Mann findet vielleicht zu euch. Schließlich habt ihr das einzige lebende Windkind bei euch. Es hieß aber auch, er wisse eigentlich nichts von Cate«, endete er und ein spürbarer Wandel ging durch die Feuerleute. Einer nach dem anderen schien in Erwägung zu ziehen, dass Felio nicht der war, für den er sich ausgab.

Justus seufzte innerlich auf. Er wusste nicht, ob er sich darüber freuen oder sich ärgern sollte, dass seine Familie offensichtlich lieber Ulan glaubte als ihm.

»Wie wär's, wenn ihr ihn einfach mal fragt?«, schlug Ulan vor, der wie Justus die Gesichter der anderen studierte. Das war endlich mal eine Idee, mit der man was anfangen konnte.

Kai erhob sich und klopfte Justus auf die Schulter. »Gut. Lasst uns ihn fragen gehen«, sagte er schlicht und wandte sich zum Wald. Van und Tai schlossen sich an.

Sie fanden Felio an der Stelle, an der er letzte Nacht geschlafen hatte. Er saß auf seiner Hängematte, die Beine im Schneidersitz, die Hände im Schoß, die Augen geschlossen. Die Feuerleute hatten ihn umringt, bevor er sie bemerkte.

Doch als er die Augen aufschlug, lächelte er sie an. »Hey, Leute!«, grüßte er sie fröhlich und sah in die finsteren Gesichter, die ihn umzingelt hatten. Sein Lächeln schwand langsam. »Was ist passiert?«, erkundigte er sich und sah von einem zum anderen.

Justus und sein Vater tauschten einen Blick mit den anderen beiden. Alle waren dafür, dass Kai sprach. Van und Tai hielten sich gern im Hintergrund und Justus war gerade zu aufgewühlt, um Wortführer zu sein.

Kai nickte und sah zu Felio, der sich so klein wie möglich machte.

Was für ein Feigling!, dachte Justus und verschränkte die Arme vor der Brust. Er konnte den Kerl nicht ausstehen.

Es hatte ihn ziemlich getroffen, dass Cate plötzlich von einem anderen Mann so begeistert war. Auch dass sie bei ihm saß und sich angeregt mit ihm unterhielt, wo Justus ihr selbst nach all den Jahren noch jedes einzelne Wort entlocken musste.

Ja, Marc hatte recht. Er war eifersüchtig auf Felio, über alle Maßen sogar, aber das änderte nichts daran, dass er möglicherweise ein Betrüger war.

»Uns ist eine Nachricht zugetragen worden, Felio. Ein Freund von uns hat uns berichtet, dass dein Onkel, der Windalchemist, dich sucht«, sagte Kai ruhig.

Justus achtete auf die kleinste Regung in Felios Gesicht. Wäre er der Gesuchte, würde er sich bestimmt verraten. Wenn nicht, würde er nicht wissen, wovon Kai redete.

Doch er hätte ihn gar nicht so intensiv betrachten müssen, denn im nächsten Moment sprang Felio gehetzt aus seiner Hängematte, das Gesicht vor Angst verzerrt, und stürmte auf die Lücke zwischen Justus und Tai zu.

Aber Justus war schneller. Er kannte die Reaktionen, die man haben konnte, wenn man den Wind als Unterstützung nutzte, und hatte damit gerechnet. Er schnappte sich Felio und nahm ihn in den Schwitzkasten.

Der kleine Dreckskerl schrie auf und zappelte wie ein Fisch im Netz, was Justus doch ein wenig Genugtuung verschaffte. Zu viert schleppten sie ihn ins Lager zurück und schlossen ihn fürs Erste in den blauen Wagen ein.

Alle waren fassungslos.

»Was sollen wir jetzt mit ihm tun?«, fragte Van schließlich und sah in die Runde.

Die anderen waren ihnen neugierig entgegengekommen und wollten wissen, was passiert war. Felio hatte immer noch geschrien, sie beschimpft, ihnen vorgeworfen, keine Ahnung zu haben. Und dass sein Onkel ein Schwachkopf sei, auf den niemand hören sollte.

Es war erschreckend und niemand zweifelte mehr daran, dass er es war, vor dem die Windalchemisten gewarnt hatten. Er war nicht vom Windvolk!

Justus stemmte die Hände in die Seiten und wollte sich gar nicht vorstellen, wie Cate das aufnehmen würde.

Bis gerade hatte die Bestätigung, recht gehabt zu haben, ein Hochgefühl in ihm ausgelöst. Doch die Erkenntnis, wie sehr es Cate verletzen würde, traf ihn hart und nahm ihm jegliche Schadenfreude.

Wie erzählte man jemandem, der gedacht hatte, einen winzigen Teil seiner Vergangenheit gefunden zu haben, dass es nur ein Betrug war? Es würde ihr das Herz brechen.

Er konnte sich gut daran erinnern, wie es gewesen war, als er sie aufgelesen hatte. Wie sie ihr erklären mussten, dass jeder, den sie gekannt hatte, nicht mehr am Leben war. Er sah ihr kleines Gesicht vor sich, das kalkbleich zu Tanja aufgesehen hatte, mit riesigen Augen, während sie seine Hand zerquetschte.

Und all die Tränen. Tagelang hatte sie geweint, sich jede Nacht mit Albträumen gequält.

Bei allen sengenden Feuerstürmen, was würde dieser Betrug ihr antun? Was hatte Felio ihr damit angetan?!

Wut flammte so plötzlich in ihm auf, wie zuvor die Schadenfreude erloschen war.

»Wir werden ihn töten!«

Kai legte ihm eine Hand auf die Schulter. Er schüttelte sie ab, wollte nicht, dass ihn jemand beruhigte. Sein Körper war schon wieder viel heißer, als er sollte.

»Wir können ihn doch nicht einfach umbringen«, versuchte Kai, ihm zu erklären.

Aber er wollte es nicht hören.

»Wisst ihr, was er Cate damit antut? Er hat ihr gesagt, er sei vom Windvolk. Und sie hat es geglaubt!«, sagte er eindringlich und zeigte anklagend auf seinen Wagen.

»Und ihn zu töten hilft ihr?«, erwiderte Kai gereizt und blickte ihm in die Augen.

»Jetzt beruhigt euch wieder!«, schritt Tanja ein und stellte sich zwischen sie. »Findet ihr nicht, dass wir auf Cate warten sollten, bevor wir das entscheiden? Ich finde zumindest, dass sie da ein gewisses Mitspracherecht hat!« Sie sah von einem zum andern.

Justus schnaubte widerwillig. Er gab es ungern zu, aber sie hatte recht. Auch wenn es ihm davor graute, Cate die Wahrheit zu sagen. Lieber hätte er das Problem gelöst und sie damit nicht zusätzlich belastet.

»Wo ist Cate?«, fragte Hanna, die dicht bei Ulan stand und sich an seinen Arm klammerte.

»Sie ist mit Mei in die Stadt gegangen«, antwortete Justus und ließ die Schultern sinken.

Es kam Justus vor, als hätten sie eine halbe Ewigkeit gewartet, bis Mei am Waldrand entlang auf die Wagen zuspazierte. Er sprang sofort von seinem Holzklotz auf und lief ihr entgegen.

Auch die anderen wurden aufmerksam.

»Wo ist Cate?«, rief Justus, als er bemerkte, dass Mei allein war.

Mei kam näher. Ihr Gesicht wirkte nachdenklich. Sie hatte ihn scheinbar gar nicht gehört.

»Wo ist Cate?«, wiederholte er und Mei sah auf.

»Ich versteh's nicht. Sie ist mit Felio mitgegangen und hat gesagt, sie müssten was erledigen, aber wir sollen uns keine Sorgen machen.«

Justus starrte sie ungläubig an. Mit Felio? Das war doch nicht möglich!Er drehte sich hektisch um, rannte zu seinem Wagen, riss beinahe den Riegel aus der Wand, als er ihn hastig öffnete und die Tür aufschwang.

Der Wagen war leer!

Justus konnte es nicht fassen. Wo war Felio hin? Wie war dieser Mistkerl entwischt?

Und dann sah er das rußige Loch in der Decke.

Felio hatte die Bretter ausgehebelt und war hinausgeklettert.

»Kappadreck!«, schrie er und schlug die Tür so ungestüm zu, dass der ganze Wagen schaukelte.

»Was ist denn passiert?«, wollte Mei wissen und sah verstört in die Runde.

»Felio ist nicht vom Windvolk«, erklärte Marc ihr und legte ihr beruhigend den Arm um die Schultern. »Er ist sozusagen ein Betrüger.«

Mei schlug die Hände vor den Mund und riss die Augen erschrocken auf. »Wie kann das sein?«, wollte sie wissen, doch Justus hörte ihr nicht mehr zu.

Panik flutete seinen Körper wie Säure und er ballte die Hände zu Fäusten. »Wir müssen sie zurückholen!«, rief er und begann, hektisch hin und her zu laufen.

Hatte er sich nicht erst vor ein paar Tagen geschworen, sie nie wieder aus den Augen zu lassen? Wieso war er, verdammt noch mal, nicht mit ins Dorf gegangen?

Er musste sofort los, Cate finden und sie zurückbringen. Er musste sie einfach zurückhaben!

Verzweifelt raufte er sich die Haare. Wie konnte sie nur mit Felio mitgehen? Einem Betrüger! Was würde er mit ihr anstellen? Dieser Dreckskerl!

»Bree!«, stieß er aus.

Sie hatte sich zu Ayo ins Gras gesetzt, um zu erfahren, was gerade vor sich ging und warum alle so aufgewühlt waren. Ihr Gesicht verlor jedoch jegliche Farbe, als Justus mit großen Schritten auf sie zukam.

»Nein, Justus!« Sie stöhnte auf und wich nach hinten zurück. »Nein!«, sagte sie jetzt etwas energischer.

Doch er packte sie bei den Schultern und hob sie auf die Füße.

Wieso war dieses Kind nur so verstockt? Wie tief konnte Hass denn gehen? Hatte sie nichts aus dem letzten Mal gelernt, als sie sich geweigert hatte, nach Cate zu suchen, und seitdem niemand mehr etwas mit ihr zu tun haben wollte?

Selbst Ayo, die als Einzige noch zu ihr hielt, starrte sie jetzt mit böser Miene an.

Am liebsten hätte Justus Bree geschüttelt und ihr Gewalt angedroht, damit sie ihre Gabe einsetzte, um Cate zu suchen. Aber das würden die anderen wohl nicht zulassen.

Was konnte er also tun, um sie umzustimmen? Bree war stur und Drohungen perlten für gewöhnlich an ihr ab. Aber sie war auch stolz und strebte nach Anerkennung.

Also gab es nur eine Möglichkeit, auch wenn sie vielleicht ein bisschen drastisch war. Doch Justus würde alles tun, damit er Cate wieder in Sicherheit wusste.

Er sank vor ihr auf die Knie. »Du musst, Bree«, beschwor er sie und sah ihr in die grünen Augen. »Ich flehe dich an! Bitte!«, sagte er und kämpfte seinen Stolz hinunter, der ihn in den Nacken biss.

Bree hatte die Lippen aufeinander gekniffen, unwillig, zittrig.

Bebte ihre Unterlippe?

Justus ließ nicht locker. »Was muss ich tun, damit du mir hilfst, Bree? Alles, ich tue alles!«, versuchte er, ihr klarzumachen, doch sie wandte sich ab.

»Bree!«, sagte Ayo energisch. »Mach nicht noch mal denselben Fehler!«

Plötzlich kamen Brees Mauern ins Schwanken, sie schlug die Hände vors Gesicht und begann zu schluchzen. »Ich kann's nicht!«, jammerte sie.

»Natürlich kannst du!«, mischte sich Mei ein und trat zu ihr. Soweit Justus wusste, hatte sie seit dem Tag, an dem Bree das erste Mal ihre Hilfe verweigert hatte, kein Wort mehr mit ihr geredet.

Bree schlug abwehrend in die Luft, als Ayo ihr eine Hand auf den Rücken legen wollte. »Ich kann es nicht und konnte es noch nie!«, kreischte sie und ließ die Arme sinken. »Wisst ihr eigentlich, wie demütigend es ist, wenn die Person, die ihr am wenigsten leiden könnt, sich auch noch eurer Kräfte entzieht?! Ich weiß nicht, wie sie es macht, aber sie hat wohl keine Körpertemperatur.«

Alle sahen zu Bree. Was für eine Offenbarung!

»Warum hast du uns das nicht früher gesagt?«, rief plötzlich Tanja, die sich ebenfalls erhoben hatte und nun zu ihr gelaufen kam.

»Ja, natürlich!«, keifte Bree und stampfte mit dem Fuß auf. »Lieber stehe ich als die Böse da, als mich von diesem Windkind so erniedrigen zu lassen!«

»Was ist mit Felio?«, fragte Justus, der endlich seine Stimme wiedergefunden hatte.

»Dasselbe«, zischte sie und warf ihren dicken roten Zopf nach hinten. »Entschuldigt mich jetzt bitte!« Sie drehte sich auf dem Absatz um und stolzierte in den Wald.

Ayo lief ihr nach und Mei sah recht unentschlossen aus, ob sie den beiden folgen sollte oder nicht. Unsicher sah sie zu Justus.

Er entließ sie mit einer Handbewegung. Sie nickte ihm zu, lächelte dankbar und rannte den beiden hinterher.

Justus' beste Möglichkeit, Cate zu finden, hatte sich gerade in Luft aufgelöst. Verfluchter Mist!

»Und was machen wir jetzt?«, fragte Marc.

Wenn er das nur wüsste!

»Wieso hat Felio Cate überhaupt mitgenommen? Hat Mei nicht gesagt, sie wollen etwas *erledigen*?«, fragte Tanja und sah sie unglücklich an.

Hinter ihnen räusperte sich Ulan und sie drehten sich zu ihm um. »Ich kenne Felio nicht und Cate nur wenig. Aber denkt ihr nicht, dass sie die Windartefakte suchen gehen werden, wenn dieser Kerl glaubt, er könne daraus mehr Macht ziehen?«, schlug er vor. »Ich meine, falls die Windartefakte auch nur ein bisschen wie unsere funktionieren, müsste Cate doch die Fähigkeit besitzen, sie ausfindig zu machen.«

Justus blinzelte. Ulan hatte recht! Die Feuerleute waren durch das Feuer mit den Artefakten verbunden und ihr Oberhaupt war sogar dazu fähig, sie vor seinem inneren Auge erscheinen zu lassen. So konnte er immer sicher sein, dass sie in Sicherheit waren.

Wenn Cate wirklich die Letzte ihres Volkes war, wäre sie dann nicht automatisch deren Oberhaupt?

»Du hast recht!«, rief er »Felio wird Cate brauchen, um herauszufinden, wo sie sind, und dann werden sie sie holen gehen!«

Ein grober Plan entstand in seinem Kopf und er schöpfte ein wenig Hoffnung daraus. Hoffnung, die er dringend brauchte, um nicht vollkommen durchzudrehen. Doch die Panik, die dicht unter der Oberfläche lauerte, hinderte ihn am klaren Denken.

»Da wir also nicht herausfinden können, wo Cate ist, müssen wir die Artefakte finden und mitnehmen. Früher oder später werden die beiden zu uns kommen, wenn sie sie haben wollen!« Er sah in die Runde und bekam skeptische Blicke zugeworfen.

»Und woher sollen wir wissen, wo die Artefakte sind?«, warf Marc ein.

Das war wirklich ein Problem. Seine Hoffnung schwand wieder. Warum war es nur so schwer, logisch zu denken? Sein Kopf fühlte sich an, als müsste er durch Grütze hindurch, um zu guten Ideen zu kommen.

»Wie sehen sie denn aus?«, fragte Ulan. »Wenn wir wissen wonach wir suchen müssen, könnten meine Familie und ich zumindest durch so viele Feuer wie möglich schauen. Vielleicht entdecken wir welche.«

Justus nickte.

»Es sind Windspiele«, erklärte er. »Ein Gebilde aus Röhren, die nach unten hängen, und Muscheln …«

»Das Windspiel ist ein Windartefakt?«, stieß Hanna aufgeregt hervor und riss dabei vor Überraschung ihre Hand aus der von Ulan. »Dann weiß ich, wo sie sind!«

»Was?!«, riefen alle durcheinander und Hanna hatte Mühe, sie zu übertönen.

»Der Landesfürst hat sie«, verkündete sie. »Als Elyssabed in unserem Wagen geschlafen hat, hat sie es erwähnt, als sie das Windspiel sah.«

Justus konnte nicht fassen, was für ein Glück sie hatten. Berill war nicht weit. Mit guten Pferden war es ein Ritt von höchstens anderthalb Stunden.

Und nun war auch klar, warum Felio Cate gerade jetzt mitgenommen hatte. Sie waren näher an der Hauptstadt als zu irgendeinem anderen Zeitpunkt ihrer Reise.

Justus würde sich sofort auf den Weg machen müssen, wenn er die Artefakte vor Felio bekommen wollte. Er bezweifelte allerdings, dass Cate bei Tag übers Land flog, und reiten konnte sie auch nicht. Daher gingen sie die Strecke wohl zu Fuß und würden bis zum Abend brauchen. Er hatte also gute Chancen. Selbst wenn sie schneller waren, würden sie sich nicht vor Einbruch der Dunkelheit in die Festung trauen.

Vorausgesetzt, die Artefakte waren auch dort.

Verdammt! Viel zu viele unbekannte Faktoren.

»Marc!«, rief er und stürmte zu seinem Wagen. Dort öffnete er eine Truhe und nahm seine Waffen heraus. Den Bogen, die Pfeile und sein Jagdmesser. Die Wurfmesser und ein Tomahawk reichte er an Marc weiter, der sie verdutzt entgegennahm.

»Du meinst das echt ernst, was?«, kommentierte dieser und steckte sich die Wurfaxt in den Gürtel.

»Wir brauchen Pferde!«, knurrte Justus und trat ins Freie.

Doch Kai versperrte ihm den Weg.

»Was?!«, fragte Justus herausfordernd.

»Es ist eigentlich nicht unser Kampf, Justus«, sagte Kai mit gezwungen ruhiger Stimme und sah ihn eindringlich an.

»Doch, das ist er!«, widersprach Justus ihm heftig. »Vielleicht nicht der unseres Volkes, aber der unserer Familie. Und es ist mir egal, ob du glaubst, es sei gefährlich. Ich werde gehen!«, erklärte er und wollte sich schon an ihm vorbeischieben, als dieser ihm die Hand auf die Schulter legte.

Justus hoffte inständig, dass sein Vater ihm nicht befehlen würde, zu bleiben. Denn er war nicht nur sein Vater, sondern auch das Oberhaupt seines Clans, und gegen einen strikten Befehl zu verstoßen, wurde im Feuervolk hart bestraft.

Doch er würde trotzdem gehen. Ohne Cate wäre sein Leben ohnehin wertlos, da konnte er es auch mit einer Strafe aufnehmen!

»Passt auf euch auf! Verratet euch nicht! Und Pferde werdet ihr sicher im Dorf leihen können«, sagte er, was fast einer offiziellen Erlaubnis gleichkam.

»Danke«, erwiderte Justus und sein Vater seufzte nur. Ihm war sicher bewusst, dass dieses *Danke* nicht nur seinen Ratschlägen galt.

Justus rannte am Waldrand entlang, in Richtung des Dorfes. Marc war dicht hinter ihm und er war erleichtert, dass sein Bruder ihm ohne weitere Aufforderung gefolgt war. Selbst wenn er manchmal ein Schwachkopf war, der oft mehr mit dem Inhalt seiner Hose dachte als mit dem Kopf, konnte man sich doch immer auf ihn verlassen.

Besonders, wenn es sich um heikle oder gefährliche Dinge handelte.

Sie erreichten rasch ihr Ziel und fanden ohne Probleme einen Stallmeister, der ihnen zwei schwarze Postpferde lieh, mit denen sie auf dem schnellsten Weg in die Stadt gelangen konnten.

Und dann galoppierten sie auch schon über die Felder. Nach etwa einer Stunde kamen die Stadtmauern von Berill in Sicht.

Justus ging im Kopf mehrere Möglichkeiten durch, wie er es anstellen sollte, an die Windspiele heranzukommen.

Er würde sie stehlen müssen.

Felio hatte wahrscheinlich einen ähnlichen Plan ausgeheckt. Doch wie er ihn einschätzte, würde er, genau wie Cate, auf die Nacht warten wollen. Feige wie er war.

Also mussten sie es angehen, solange die Sonne noch am Himmel stand.

Sie betraten die Stadt durchs Südwesttor und stellten ihre Pferde in einer Stallung in der Nähe des Tores unter. Es war reger Betrieb auf den Straßen und so ließen sie ihre Waffen ebenfalls dort, um nicht zu viel Aufsehen zu erregen.

»Und jetzt? Willst du einfach so in die Festung spazieren?«, fragte Marc, lehnte sich an einen Pfeiler der Stallung und musterte Justus.

»Glaubst du, das funktioniert?«

Marc lachte auf.

»Nein!«, sagte er schlicht. »Wir kennen die Gegend hier viel zu wenig und in der Festung sind wir auch nie gewesen.«

Justus raufte sich erneut die Haare. Er konnte keinen klaren Gedanken fassen. Die Angst, Cate vielleicht nicht wiederzusehen, lähmte ihn.

»Fällt dir auch etwas ein, was uns hilft?«, fuhr er seinen Bruder an, obwohl er das nicht verdient hatte.

»Bist du nicht derjenige, der uns hier so schnell wie möglich hergetrieben hat, um deine holde Maid zu retten?«, erwiderte Marc leicht gereizt und stieß sich mit dem Fuß vom Pfeiler ab.

»Ja … Nein! Der Plan ist, die Windspiele zu stehlen, bevor Felio und Cate es tun. Wie stiehlt man also etwas, das wahrscheinlich gut bewacht wird?«

Justus' Hoffnung schrumpfte wieder. Er zog nachdenklich die Augenbrauen zusammen. Wie dumm von ihm, einfach loszustürmen, ohne sich vorher Gedanken darüber zu machen. Er hätte sich am liebsten selbst für seine Dummheit geohrfeigt.

»Man fragt am besten jemanden, der so was öfter macht«, erwiderte Marc, ebenfalls in Gedanken, und kratzte sich an der Stirn.

»Und an wen hast du da gedacht?« Justus griff nach jedem Strohhalm.

»Wie wär's mit der Diebesgilde?«

Justus starrte seinen Bruder ungläubig an.

»So was gibt's?«, fragte er und dachte an die Geschichten, die Marc den Kindern erzählte. »So in Wirklichkeit?«, vergewisserte er sich, weiterhin skeptisch.

Marc rümpfte die Nase und hob stolz das Kinn.

»Glaubst du, ich will dich verarschen? Ich rede schließlich mit den Frauen, mit denen ich schlafe. Und die wissen manchmal 'ne ganze Menge.«

Justus wollte es gar nicht so genau wissen.

»Aber wie kommen wir an die ran? Ich denke nicht, dass das so einfach ist.«

Er sah hinaus auf den Platz.

Leute in bunten Kleidern tummelten sich dort unter der Vormittagssonne. Sie saßen an Tischen, die am Straßenrand aufgebaut waren, redeten und tranken Tee. Es gab einige kleine Geschäfte und auch ein paar Kinder, die zusammenstanden und sangen, während sie einen Hut durch die Menge wandern ließen.

»Eine Stadt hat immer Augen und Ohren. Wir müssen nur die richtigen Leute auf uns aufmerksam machen, dann kommen sie zu uns«, behauptete Marc und sah sich ebenfalls auf dem Platz um.

»Klingt sicher einfacher, als es ist«, erwiderte Justus und seufzte in sich hinein.

Doch Marc steuerte auf einen Mann zu, der mit verschlissener Hose und ohne Schuhe auf dem Boden an die Wand gelehnt döste. Vor ihm stand ein verbeulter Zinnbecher, in den ab und zu jemand etwas hineinwarf.

Marc kramte aus seiner Hosentasche eine Handvoll Münzen und

hockte sich dazu. Dann ließ er klappernd eine davon in den Becher fallen.

Der Bettler öffnete ein Auge und sah wenig interessiert zu ihm auf. Sein Bart und das Haar waren wirr und schmuddelig.

Justus rümpfte die Nase, als der Wind ihm den unangenehmen Geruch eines ungewaschenen Körpers entgegenwehte.

Was wollte sein Bruder von so einem Kerl?

»Ich hätte da mal ’ne Frage«, sprach Marc den Mann an und warf eine weitere Münze in den Becher.

Das zweite Auge öffnete sich und blinzelte in die helle Vormittagssonne.

Marc lächelte schief. »Wir suchen nach ein paar Leuten, die uns helfen können.«

Noch eine Münze fiel in den Becher.

»Und was für Leute sollen das sein?«, raunte der Mann mit brüchiger Stimme und entblößte eine unvollständige Reihe schwarzer Zähne.

»Am besten jemand, der dafür sorgen kann, dass Gegenstände unbemerkt den Besitzer wechseln.«

Erneut klimperte es im Becher.

Justus hätte seinem Bruder nicht so viel Geschick zugetraut.

»Ist es etwas, was der jetzige Besitzer nicht freiwillig hergibt?« Der Stadtstreicher lachte und warf den Kopf nach hinten.

»Könnte man so sagen«, sagte Marc schmunzelnd und Geld klapperte ein weiteres Mal.

Die Augen des Mannes wurden zu schmalen Schlitzen. Er musterte Marc und Justus eingehend. »Folgt der schwarzen Sonne. *Zum trunkenen Schwätzer*. Fragt nach Fristan«, grummelte er schließlich, und eine letzte Münze landete im Becher.

»Vielen Dank.« Marc erhob sich und streckte seinen Rücken durch. »Auf geht’s!«, forderte er Justus mit breitem Grinsen auf.

Justus schüttelte den Kopf. »Wie viel hast du dem Kerl gegeben? Fünf Indas?«

»Sechs! Aber jetzt haben wir wenigstens einen Anhaltspunkt«, erwiderte Marc zufrieden und schob die Hände in die Hosentaschen. »Und du wirst mir alles zurückzahlen!«

Wie der Bettler gesagt hatte, waren in den angrenzenden Straßen überall mit Kohle schwarze Sonnen an die Hauswände gezeichnet.

Es dauerte nicht lange, besagte Schänke zu finden. Auch auf dem Schild an der Tür zeigte sich dieses Zeichen.

Ein bulliger Mann stand davor, beäugte sie aus kleinen, aber wachen Augen und versperrte ihnen den Weg, als Justus nach der Türklinke greifen wollte.

»Was wollt ihr?«, blaffte er und starrte sie grimmig an. Justus war überrascht, dass es hier wirklich jemanden gab, der mit ihm auf Augenhöhe war. Die Südländer waren im Allgemeinen eher kleiner geraten.

Justus starrte den Mann nicht minder finster an. Dieser Kerl stand zwischen ihm und einem wichtigen Schritt zur Erfüllung seines Plans. Jeder Moment, den er sich mit ihm beschäftigen musste, raubte ihm kostbare Zeit. Der Stand der Sonne zeigte, dass es bald Mittag wurde.

»Wir suchen nach Fristan«, sagte Marc schnell.

Der Türsteher schien ebenfalls leicht irritiert zu sein, dass ihm eine so große Person gegenüberstand, die sich durch seine Statur nicht abschrecken ließ.

Einen Moment lang glaubte Justus, er würde sie nicht durchlassen.

Doch dann holte der Mann tief Luft und gab die Tür frei.

»Ich behalte euch im Auge!«

Rasch betraten sie den Schankraum. Durch einige Glasfenster fiel Licht herein und zwischen den Fenstern hingen zusätzlich Öllaternen, um den Raum zu beleuchten.

Eine farbenfrohe Gesellschaft aus Frauen in bunten Gewändern und Männern, die lachend zusammensaßen, bevölkerten die Gaststube.

Justus sah sich jeden gründlich an, um herauszufinden, wer von ihnen Fristan sein könnte. Doch sie wirkten alle genauso gewöhnlich wie die Menschen, die er sonst aus den Dörfern kannte.

Bis auf einen. Justus fiel das schwarze Haar eines Mannes auf, der an der Seite an einem Tisch saß, umringt von anderen Männern.

Justus trat näher heran, um den Schwarzhaarigen gründlicher zu betrachten, und er kam ihm bekannt vor.

Dieser Mann war zwar nicht Fristan, aber er war der Sohn des Landesfürsten! Eindeutig!

Und der Kerl zu seiner Linken war sein Begleiter gewesen. Sein wirrer Lockenkopf war ebenfalls unverkennbar.

Justus gab Marc ein Zeichen, um ihn auf die beiden aufmerksam zu machen.

Als der sie entdeckte, zog er scharf die Luft ein.

»Ist das nicht der Typ, der Elyssabed mitgenommen hat?«, raunte er und Justus nickte.

Im selben Moment wurde der Sohn des Landesfürsten auf sie aufmerksam und erhob sich von seiner Bank.

»Wen haben wir denn da? Neulinge!«, rief er und alle Köpfe drehten sich zu ihnen. Viele Blicke musterten sie feindselig und Geflüster wurde laut.

Justus wurde ein wenig nervös unter all der Aufmerksamkeit, zeigte es aber nicht, sondern straffte die Schultern. Was zuerst wie ein gewöhnliches Wirtshaus mit zufällig zusammengekommenen Gästen gewirkt hatte, entpuppte sich zu einer verschworenen Gemeinschaft. Und einer Meute hungriger Hunde durfte man keine Angst zeigen.

Deshalb stand der Kerl vor der Tür, der ihnen den Einlass hatte verwehren wollen. Hier kam nur rein, wer auch dazugehörte. Und sie taten es eindeutig nicht.

Was allerdings der Sohn des Landesfürsten hier suchte, war sicher interessant.

»Habt ihr euch verirrt?«, fragte der Schwarzhaarige. Lachend wies er auf die freien Stühle an seinem Tisch.

Justus trat näher und bemühte sich, seine Unsicherheit zu verbergen. Er schob sich einen Stuhl zurecht und setzte sich.

Der Stuhl knarrte heftig unter ihm. Aber das passierte öfter. Die Möbel im Süden waren eher für kleinere Menschen gemacht worden.

»Nein, ich denke nicht! Wir suchen nach Fristan«, sagte Justus, während Marc sich neben ihm niederließ.

Die Augenbrauen des Fürstensohns hoben sich und er sah erstaunt in die Runde.

»Fristan? Und von wem habt ihr diesen Namen?«, wollte er wissen und winkte eine der Schankdirnen heran. »Zwei Honigbier für unsere Neuankömmlinge!«, rief er ihr zu und sie verschwand wieder hinter die Theke.

Justus war die ganze Sache nicht geheuer. Eigentlich suchten sie nach jemandem, der ihnen bei einem Diebstahl helfen konnte, und jetzt saßen sie in einer ihnen feindlich gesinnten Schänke und tranken Bier mit dem Sohn des Mannes, den sie auszurauben gedachten.

Irgendetwas war da doch faul!

Marc öffnete den Mund, um wohl eine Erklärung abzugeben.

»Wir haben unsere Quellen«, sagte Justus schnell und starrte den Fürstensohn an.

»Gut. Ihr wollt es also nicht sagen. Dann spielt mit uns«, eröffnete der dunkelhaarige Mann belustigt und etwas in seinen Augen blitzte auf.

Justus knirschte mit den Zähnen. »Wir haben keine Zeit für Spiele«, knurrte er genervt und verschränkte die Arme vor der Brust.

»Wenn ihr nicht spielt, sehe ich keine Veranlassung, Fristan für euch zu rufen«, flachste der Fürstensohn und zuckte mit den Schultern. »Solltet ihr gewinnen, habt ihr einen Gefallen bei mir gut! Wie klingt das?«

Der Lockenkopf neben ihm rieb sich freudig die Hände.

Justus wusste nicht, was er davon halten sollte. Offensichtlich kannten die beiden Fristan und vermutlich auch die anderen am Tisch.

Einen Gefallen beim Sohn des Landesfürsten gutzuhaben, konnte ihnen nur helfen.

»Was soll das für ein Spiel sein?«, brummte er und lehnte sich zurück.

»Völlig gleich. Ihr seid die Gäste, also bestimmt ihr es«, bot der dunkle Krieger an und grinste breit.

»Hey! Symmon spielt gegen den Fremden!«, rief einer der Männer vom Nebentisch, woraufhin etliche interessiert zu ihnen herübersahen. Es war also nichts Ungewöhnliches, dass der Fürstensohn hier saß.

Justus schüttelte den Kopf. Für diesen reichen Einfaltspinsel war wohl alles nur ein Spiel. Doch wenn es nicht anders ging, würde er es zumindest versuchen.

Sein Blick wanderte durch den Raum, auf der Suche nach einer Idee, als eine junge Frau an ihren Tisch kam und zwei große Humpen Bier abstellte. Dann zog sie eine Schachtel Streichhölzer aus ihrer Schürze, entzündete die Kerze auf dem Tisch und entfernte sich wieder.

Kerzen wurden wohl nur für echte Gäste entzündet, stellte Justus fest. Auf jedem Tisch stand eine, aber nur die ihre brannte.

Und da kam ihm die zündende Idee. Er konnte sich ein gemeines Grinsen kaum verkneifen.

Justus griff nach der Kerze auf dem Nebentisch, entzündete sie an der Flamme der anderen, stellte sie auf den Tisch und sah den Fürstensohn an.

»Hier. Wer seine Hand länger ins Feuer halten kann!«

Marc, der gerade an seinem Bier nippte, verschluckte sich und hustete ausgiebig.

Der Fürstensohn schien darüber nachzudenken. »Alles klar. Euer Spiel, eure Regeln«, stimmte er schließlich zu, nahm einen großen Schluck aus seinem Glas und krempelte den Ärmel des schwarzen Hemdes nach oben. »Auf geht's!«

Justus streckte die Hand vor und hielt sie über die Flamme der einen Kerze. Fast hätte er gelacht, weil es viel zu einfach war.

Der Sohn des Fürsten tat es ihm gleich.

Zuerst passierte nichts. Doch dann verzerrte sich langsam das Gesicht seines Gegenübers. Er biss die Zähne zusammen, bis er es nicht mehr aushielt und die Hand wegzog.

»Scheiße!«, fluchte er und versenkte sie im kühlen Bier. »Verdammt! Wie machst du das?«

Justus zog seine Hand zurück. Ihn hatte die Flamme gerade mal lauwarm gekitzelt. Es war wirklich kein faires Spiel gewesen. Doch das konnten die anderen ja nicht wissen.

»Gewohnheit«, behauptete er und gönnte sich jetzt doch ein breites Lächeln.

»Kann es sein, dass wir uns kennen?«, fragte der Fürstensohn plötzlich.

Justus nickte zögerlich. Doch warum sollte er nicht die Karten auf den Tisch legen? Er würde dadurch nur noch mehr Überlegenheit beweisen.

»Vor drei Tagen hast du deine Schwester bei uns abgeholt, Fürstensohn«, sagte er und griff nach seinem Bier.

Marc hatte schon die Hälfte von seinem Humpen geleert und saß immer noch. Es konnte also nicht vergiftet sein.

»Er weiß, wer ich bin!«, meinte Symmon überrascht und lachte laut los. »Ja, jetzt erinnere ich mich an euch. Die Welt ist klein, was?« Er stieß seinen rechten Banknachbarn in die Seite, der bisher unauffällig geblieben war.

Der Mann war schon ein wenig älter und die hellen Haare trug er in kleinen Zöpfen am Kopf fest geflochten. Der Rauch seiner Pfeife stieg in Ringen in Richtung Decke.

»Was sagst du dazu, Fristan?«, sprach der dunkle Krieger ihn an und der Mann nickte.

Das war also Fristan. Er hatte die ganze Zeit am Tisch gesessen.

Justus musterte den Mann genauer, der ungefähr um die vierzig sein musste. Er war von muskulöser Statur und erwiderte die Begutachtung durch den langsam aufsteigenden Rauch seiner Pfeife.

Was er wohl in ihm sah? Einen Zigeuner?

Fristan erhob sich. »Ich sage dazu, dass es mich sehr interessiert, was die beiden Herren zu mir geführt hat. Folgt mir!«, gebot er und die Männer um ihn herum machten ihm respektvoll Platz.

Justus und Marc beeilten sich, seiner Aufforderung nachzukommen.

Gemeinsam betraten sie ein Hinterzimmer ohne Fenster, das nur von einigen Öllampen beleuchtet wurde. Gerade mal ein Tisch und ein paar Stühle standen darin.

Justus beschlich ein mulmiges Gefühl.

Hinter ihnen schloss der Sohn des Fürsten die Tür, setzte sich und stellte seinen Humpen auf den Tisch.

Justus musste nicht einmal hinsehen, um zu wissen, dass sein Bruder sich fragte, warum er sein Bier hatte stehen lassen.

Neben dem Fürstensohn ließ sich sein Begleiter mit dem wirren Lockenkopf nieder und schaute interessiert von einem zum anderen.

»Nehmt Platz!«, forderte Fristan sie auf.

Justus blieb nahe der Tür stehen und verschränkte die Arme vor der Brust. »Wir stehen lieber.« Das alles war ihm nicht geheuer. Und was machte der Sohn des Fürsten schon wieder hier? Er linste zu ihm herüber, wie dieser die Brandwunde auf seiner Handfläche begutachtete.

»Falls du dich wunderst, er gehört zum inneren Kreis«, sagte Fristan, der Justus' Blick scheinbar gefolgt war. »Und glaub mir, ich weiß, wie seltsam sich das anhört. Der Sohn des Landesfürsten im stillen Kämmerlein mit dem Oberhaupt der Diebesgilde!« Er lachte leise und lehnte sich zurück. »Aber jetzt zu euch. Wer seid ihr?«

»Ich bin Justus und das ist mein Bruder Marc«, erwiderte Justus. »Wir sind hier, weil wir Hilfe brauchen … bei einem Diebstahl.« Die letzten Worte waren ihm verdammt schwergefallen.

»Und da kommt man natürlich zu mir!« Fristan breitete selbstgefällig die Arme aus. Die Pfeife hing ihm schief im Mundwinkel. »Ich versichere euch, dass alles, was wir in diesem Raum besprechen, unter uns bleibt. Selbst wenn wir uns entscheiden sollten, euch nicht zu helfen, bei eurem … Diebstahl«, versicherte er. »Berufsehre!« Fristan unterstrich sein Versprechen mit einem schiefen Grinsen.

Justus wusste nicht, was er von ihm halten sollte. Und auch nicht, wie er sein Anliegen vorbringen konnte.

»Wir brauchen etwas, und zwar noch heute, bevor die Sonne untergeht«, blieb er weiterhin vage und schielte immer wieder zum Fürstensohn hinüber, der nicht mal mit der Wimper zuckte, während er ungerührt sein Bier trank.

»Da hat es jemand eilig«, stellte Fristan trocken fest. »Was ist es, und vor allem: Wem gehört es?«

Justus überlegte, wie er es ausdrücken sollte. Es war nicht so einfach, zu sagen, was er wollte, wenn der Sohn des Landesfürsten dabeisaß und mithörte. Aber er konnte es nicht ändern, und darum zu bitten, den Fürstensohn von der Unterhaltung auszuschließen, wäre nur verdächtig gewesen. Wobei er ohnehin nicht in der Position war, eine solche Forderung zu stellen.

Also, am besten kurz und schmerzlos. »Windspiele – und sie befinden sich wahrscheinlich im Besitz des Landesfürsten!«

Fristans Blick wanderte zu dem dunklen Krieger, der langsam den Bierkrug absetzte und Justus aus schmalen Augen maß.

»Was will ein Zigeuner mit den Windspielen des Windvolks?« Das Erstaunen in seiner Stimme war nicht zu überhören.

Justus schluckte. Wie sollte er das erklären?

Was sagte er, ohne das Windvolk zu erwähnen? Der Fürstensohn wusste offenbar, woher sie stammten, und seinem Ausdruck nach zu urteilen, war ihm auch bewusst, dass sie etwas Wichtiges oder zumindest Wertvolles waren.

Aber wenn der Sohn des Fürsten gemeinsame Sache mit der Diebesgilde machte, musste er mit seinem Vater nicht unbedingt in allem übereinstimmen. Wer ließ sich schon mit Gesindel ein, wenn zu Hause alles gut lief?

Konnte es also sein, dass er ihnen helfen würde, seinen eigenen Vater zu beklauen?

Und was wäre mit Cate, wenn er versagte und es ihm nicht gelingen sollte, die Männer zu überzeugen?

Ein Stein lag ihm im Magen und rumorte darin herum. Was, wenn er Cate nie wiedersah, nur weil er sich nicht gut genug anstellte?

Er sah dem Fürstensohn in die Augen. »Für uns sind sie um einiges wichtiger als für ihn! Vielleicht sogar lebenswichtig!«

»Wichtiger für euch als für ihn?«, wiederholte der Mann in Schwarz bedächtig, fuhr sich über die Stirn und sah ihn ehrlich interessiert an. »Um wessen Leben geht es hier? Um deines?« Er zeigte auf Marc. »Um seins?«

Justus holte tief Luft. Jetzt musste er seine Worte noch weiser wählen. »Jemand … der in schlechte Gesellschaft geraten ist. Diese *Gesellschaft* wird sich die Windspiele heute Nacht holen wollen, egal, was wir tun. Wenn ich nicht schneller bin, wird sie …« Justus stockte. »… wird jemand in Schwierigkeiten geraten.«

»Sie! Es geht also um eine Frau?«, mischte sich Fristan wieder ein.

»Ja.« Jetzt hatte Justus doch das Bedürfnis, sich zu setzen. Er zog sich einen Stuhl heran und ließ sich darauf nieder.

»Wenn ihr mich fragt, klingt das interessant. Deinen Vater haben wir schon länger nicht mehr hochgenommen, Symmon«, feixte Fristan.

Justus kam es irgendwie unangebracht vor, so gelöst zu sein. Fristan versuchte offensichtlich, die Spannungen zu lockern.

Der Fürstensohn sah sehr nachdenklich drein. »Ich denke auch«, sagte er dann und der Lockenkopf neben ihm sah ihn bestürzt an.

»Sind diese Windvolk-Dinger nicht so ziemlich der wichtigste Schatz deines Vaters?«, wisperte er ihm zu, doch Justus hatte ihn trotzdem verstanden.

»Aber unser neuer Freund hier hat es vorhin sehr treffend ausgedrückt«, erwiderte Symmon laut. »Sie sind *im Besitz* des Landesfürsten. Er hat nicht gesagt, sie gehören ihm. Und der Meinung bin ich auch!«, endete er und erhob das Glas. »Lasst es uns angehen!«

Justus hätte gern aufgeatmet. Doch die Sache war seinem Gefühl nach nicht so glatt, wie sie klang. Im Kopf des Fürstensohns ging offenbar etwas vor und Justus konnte nur sagen, dass ihm das nicht gefiel. Trotzdem verspürte er eine gewisse Erleichterung. Sie waren ihrem Ziel einen riesigen Schritt näher gekommen.

Marc, der sich die ganze Zeit im Hintergrund gehalten hatte, setzte sich ebenfalls an den Tisch. Die Planung konnte beginnen.

Justus und Marc schlenderten zwischen Symmon und Uro durch einen Dienstboteneingang in den hinteren Teil der Festung. Die Uhr im Turm hatte gerade vier geschlagen.

Sie unterhielten sich über Belanglosigkeiten und grüßten freundlich alle Mägde und Knechte, die an ihnen vorbeieilten.

Wer hätte gedacht, dass es so einfach werden würde? Justus jubilierte innerlich, auch wenn da etwas war, das ihm der Sohn des Fürsten verschwieg.

Symmon war ein umgänglicher Mann mit kreativen Ideen und einer manchmal etwas unangebrachten Portion Humor. Doch er hatte zugestimmt, ihnen zu helfen. Schließlich hatte Justus ja noch einen Gefallen bei ihm gut.

Aber das war nicht der Grund, warum er es tat. Justus konnte spüren, dass mehr dahintersteckte. Etwas, das mit dem Windvolk zusammenhing. Die offene Abneigung, die er gegen seinen Vater hegte, war nicht allein der Grund.

Und doch konnte Symmon unmöglich von Cate wissen.

Aber genau das war die Ursache für Justus' komisches Gefühl bei der Sache. Als ob der Fürstensohn wüsste, dass er die Windspiele dem Windvolk wiedergeben würde.

Ihr Plan war eigentlich einfach. Symmon und Uro waren in der Festung zu Hause und keiner würde sie aufhalten, wenn sie hineingingen.

Sie hatten vor, in das Zimmer unter dem *Saal der Schätze* zu gehen und von dort an der Außenmauer auf den Balkon hinaufzuklettern.

Beide behaupteten, schon hundertmal an den Wänden emporgeklettert zu sein und dass es ganz leicht sei.

Justus war sich da nicht so sicher. Wie es geklungen hatte, war der *Saal der Schätze* im oberen Teil der Festung untergebracht. Er wollte sich nicht vorstellen, auf was für einer Höhe er gezwungen wäre, aus dem Fenster zu steigen.

Vom Klettern mal ganz zu schweigen.

Ihm war es nicht einmal geheuer, drei Ellen hoch in einer Hängematte zu schlafen. Es machte ihn nervös, keinen festen Boden unter den Füßen zu haben. In schwindelerregender Höhe an einer Hauswand entlangzuklettern … Ihm wurde schlecht, wenn er nur daran dachte.

Doch dann wanderten seine Gedanken zu Cate, zu ihrem blassen Gesicht mit den tanzenden Sommersprossen auf der Nase und ihrer zarten Statur; und schließlich zu Felio, diesem dreckigen Bastard, der sie mit sich geschleppt hatte, damit sie ihm die Windartefakte besorgte.

Die Wut vertrieb sofort die Ängste, die er vor Höhen hegte, und festigte seine Entschlossenheit.

Sie gingen durch einige Gänge, ein paar Treppen hinauf und kamen an eine große Tür, die auf einen Wehrgang hinausführte.

»Ab jetzt müssen wir vorsichtig sein«, meinte Symmon, schob einen Türflügel auf und stand prompt drei jungen Frauen gegenüber. Verdutzt sah er sie an.

»Symmon«, sagte Elyssabed und warf arrogant ihr Haar zurück. Sie stand da, das Haupt hoch erhoben, in einer hellblauen schimmernden Robe. »Was tust du denn hier?«

»Ich? Dasselbe könnte ich dich fragen«, konterte Symmon ruhig und wollte die Tür wieder zudrücken, doch Elyssabed trat rasch hindurch und ihre aufgeplusterten Freundinnen folgten ihr.

»Wir machen einen Spaziergang, wollten uns aber nicht die Füße auf den Straßen dreckig machen«, erwiderte sie spitz und reckte ihre Nase in die Luft. »Es treibt sich nun mal nicht jeder in schmutzigen Gegenden herum, so wie du und dein kleiner Freund das zu tun pflegen.«

Erst jetzt bemerkte sie Justus und Marc.

Ihr fiel das blasierte Lächeln aus dem Gesicht. »Justus?«, stieß sie überrascht hervor und starrte ihn mit riesigen Augen an.

»Marc?«, fragte die junge Frau zu Elyssabeds Rechten. Sie war schön und trug ihr blondes Haar in einem hohen Knoten auf dem Kopf.

»Oh nein, verdammt!«, stieß Marc leise aus.

Justus sah ihn irritiert an.

»Hallo, Elena«, begrüßte Marc die Frau und zwang sich zu einem Lächeln. »Was treibt dich denn hierher?«

»Ich bin zu Besuch bei meiner lieben Freundin, der Fürstentochter Elyssabed«, prahlte Elena affektiert und klimperte mit den Augen.

Jetzt erkannte auch Justus sie. Beinahe wäre ihm ein Fluch entwichen. Lady Elena! Sie war die Tochter dieses Bürgermeisters, die Marc in seinem Wagen vernascht und die dann irrtümlich angenommen hatte, es handle sich um Liebe. Oh verfluchter Kappadreck! Die Welt war aber auch klein.

»Was machen die hier?«, blaffte Elyssabed ihren Bruder an, nachdem sie ihre Fassung zurückerlangt hatte, und reckte das Kinn, um ihm in die Augen zu sehen.

Symmon hatte nicht nur das dunkle Haar der Nordländer, sondern auch deren Größe. Zwar lange nicht die von Justus oder Marc, aber die Menschen hier im Süden mussten schon den Blick anheben, um ihm ins Gesicht zu sehen.

Symmon räusperte sich.

Was für ein Durcheinander.

Elena schob sich an der Fürstentochter vorbei und hakte sich bei Marc unter, der automatisch vor ihr zurückzuweichen versuchte.

»Also … wen meinst du genau?«, wich der Fürstensohn ungeschickt der Frage seiner Schwester aus. Ganz offensichtlich fiel ihm keine passende Ausrede ein.

»Sie sind hier wegen … des Turniers!«, rief Uro. »Waffenloser Kampf …«

Symmon sah ihn irritiert an. Doch dann nickte er.

»Ja, richtig«, bestätigte er und klopfte Uro auf die Schulter.

»Wegen des Turniers? Was für eine Überraschung«, sagte Elyssabed und lächelte leicht unterkühlt.

»Nicht wahr!«, erwiderte ihr Bruder, offenbar selbst verblüfft.

Justus starrte die beiden entgeistert an.

»Wir werden uns den Kampf natürlich ansehen. Eigentlich waren wir sogar gerade auf dem Weg dorthin«, flötete Elyssabed sichtlich zufrieden und tastete nach einer schweren Edelsteinkette an ihrem Hals.

Justus' Blick blieb für einen Moment an dem teuren Geschmeide hängen. Er sah, wie sich die Sonne in den tiefroten Steinen brach, und wurde von einem seltsamen Gefühl ergriffen, das ihm die Nackenhaare aufstellte.

Er wusste kaum, wo ihm der Kopf stand. Elyssabeds plötzliches Auftreten und dann auch noch Lady Elena. Was war das für ein Turnier?

Und wenn sie wirklich teilnehmen mussten, wie sollten sie dann an die Windspiele rankommen?

»Marc!«, platzte er heraus. »Marc ist hier, um daran teilzunehmen. Ich bin nur dabei als … Unterstützung.«

Was für einen Blödsinn man doch von sich gab, wenn man nicht wusste, was man sagen sollte.

Marc, der gerade versuchte, die kichernde Elena von seinem Arm loszumachen, sah verzweifelt zu ihm. »Was tust du da?«, presste er zwischen zusammengebissenen Zähnen hervor, während ihm das Mädchen »Ich werde nur für dich jubeln!« ins Ohr kreischte.

»Was soll ich sonst tun?«, zischte Justus zurück und Marc seufzte.

»Sollten wir nicht langsam los?«, fragte eine leise Stimme und Justus fuhr ein heftiger Stich in die Brust. Die dritte der jungen Frauen hatte gesprochen und im ersten Moment hatte sie wie Cate geklungen.

Sie war klein und hager, ihr Haar von einem hellen Braun und gerade lang genug, um auf ihren schmalen Schultern aufzuliegen. Sie hatte so schüchtern geklungen, dass er sie kurz verwechselt hatte.

»Wir sind auf dem Weg, Macadamya. Hetz uns nicht!«, fuhr Elyssabed das arme Mädchen an, das betroffen den Kopf senkte.

Justus' Bedürfnis, sie in Schutz zu nehmen, war fast überwältigend. Er musste sich selbst sagen, dass sie nicht Cate war, obwohl sie große Ähnlichkeit miteinander hatten.

Ihr fehlten jedoch die Sommersprossen und das Stupsnäschen, und errötet war sie auch nicht.

»Ist Marc denn schon angemeldet?«, erkundigte sich Elyssabed und legte ihre Handflächen aneinander.

»Nein«, antwortete Symmon ihr. »Am besten, ihr nehmt ihn gleich mit und erledigt das mit ihm. Wir kommen nach. Ich habe Justus versprochen, ihm … meinen … Helm zu zeigen«, stammelte er.

Justus hätte sich am liebsten mit der flachen Hand gegen die Stirn geschlagen. Ob sie das schlucken würde?

»Gut, wenn ihr meint«, stimmte Elyssabed zu, selbst wenn ihr zweifelnder Gesichtsausdruck nicht ganz verschwand. »Was auch immer ihr

Männer so zu tun pflegt.« Sie wedelte mit den Händen in der Luft herum.

Offensichtlich hielt sie ihren Bruder und dessen Gesellschaft für etwas beschränkt. Zum Glück war sie viel zu sehr mit sich selbst beschäftigt, um weitere Fragen zu stellen.

»Lasst uns gehen!«, forderte sie Elena und Macadamya auf und die drei rauschten mit Marc im Schlepptau, der sich gezwungenermaßen mitschleifen ließ, den Gang hinunter.

»Ich habe gehört, dass Joel, der Knochenbrecher, am Turnier teilnimmt«, hörte Justus Elyssabed noch sagen, als sie um die Ecke bogen. »Es heißt, er könne einen Stier an den Hörnern packen und von sich schleudern!«

Justus folgte Symmon und Uro durch die schwere Tür auf den Wehrgang hinaus und von dort weiter in den hinteren Teil der Festung.

Bei allen sengenden Feuerstürmen, was hatte er Marc da eingebrockt? Er hoffte für seinen Bruder, dass das mit dem Stier nur ein Gerücht war.

Sie erreichten unbemerkt den angestrebten Raum und Symmon stieß das Fenster auf.

Justus schaute nicht raus, er wusste auch so, dass es hoch war.

Uro hatte ihm erzählt, dass im *Saal der Schätze* zurzeit ein Professor arbeitete, der die Sammlung des Fürsten katalogisierte. Doch der saß jetzt an der Seite des Herrschers und beobachtete, wie die Turnierdisziplinen *Schwertkampf* und *Kampf zu Pferd* ausgetragen wurden.

Symmon zog schwarze Tuchmasken aus einer Tasche, die lässig über seiner Schulter gehangen hatte, und warf Justus eine zu.

Die Spannung in ihm stieg und er war so nervös, dass er zwanghaft seine Körpertemperatur niedrig halten musste, um nicht plötzlich eine unglaubliche Hitze auszustrahlen.

Draußen zwitscherten die Vögel und die Turmuhr schlug halb fünf.

Justus folgte Symmons Beispiel, zog sich die Maske über das Gesicht und knotete sie am Hinterkopf fest, was seine Sicht einschränkte. Wie sollte er denn unter solchen Umständen eine Wand hinaufklettern? Na ja, vielleicht war in diesem Fall ein eingeschränktes Sichtfeld sogar von Vorteil, dann konnte er wenigstens nicht versehentlich nach unten sehen.

Uro zog ein Seil aus Symmons Tasche und legte es sich um den Körper. Dann kletterte er behände über den Fenstersims, wechselte von dort weiter an die Wand und hangelte sich an den breiten Fugen des Steines nach oben.

Justus bewunderte seine Geschicklichkeit und seinen Mut.

Es dauerte nur wenige Momente, bis Uro den oberen Stock erreichte und sich auf den mit weißem Tuch verhängten Balkon schwang. Dann kam das untere Ende des Seils wieder nach unten.

Symmon schnappte es sich und band es Justus um den Bauch.

»Es wäre sicher leichter, wenn du uns das allein machen lässt«, murmelte er.

Er hatte vermutlich recht damit. Doch sie hatten das schon besprochen.

Justus musste einfach dabei sein, die Windspiele mit eigenen Händen einpacken und darauf achten, dass alles mit größter Sorgfalt geschah. Er hätte keinen Seelenfrieden, wenn nicht er es wäre, der dafür sorgte, dass Cate zu ihnen zurückkam.

Außerdem ließ es ihn nicht in Ruhe, was wohl in Symmons Kopf umging, und so war es ihm lieber, den jungen Krieger nicht mit den Windspielen allein zu lassen.

Als der Fürstensohn sich noch einmal versichert hatte, dass der Knoten auch hielt, ging Justus zum Fenster und kletterte auf den Sims. Krampfhaft versuchte er, nicht nach unten zu sehen, und wandte sich der Mauer zu. Sein Magen flatterte, während er mit einem leichten Schwindelgefühl kämpfte. Wie konnte Cate das nur aushalten? Wie konnte sie sich nur danach sehnen, zu fliegen?

Er zwang sich zur Konzentration. *Für Cate!*, beschwor er sich und biss die Zähne zusammen. Falls er abrutschte, würde ihn ja immer noch das Seil halten; hoffte er zumindest.

Die Fugen zwischen den Mauersteinen waren tief. Es war leicht, sich daran festzuhalten und sich Stück für Stück nach oben zu arbeiten. Es lief erstaunlich gut und dann war da auch schon Uros Hand, die seine ergriff und ihn wieder auf festen Boden hievte.

Erleichtert atmete Justus auf.

»Wow! Ich bin beeindruckt. Sicher, dass du so etwas noch nie gemacht hast?«, fragte Uro im Flüsterton und versuchte, Symmons Knoten zu lösen, was sich als schwierig herausstellte. Und da tauchte auch schon Symmon auf, der sich geschickt an den Fugen entlanghangelte, um den oberen Stock zu erreichen.

Nachdem das Seil um Justus' Bauch entfernt war und er seine Fassung wiedergefunden hatte, sah er sich um.

Sie standen in einem luftigen Pavillon, von dem aus man eine wunderschöne Sicht über die ganze Stadt hatte, die in der Nachmittagssonne ruhig unter ihnen lag.

Justus jedoch wurde schlecht. Er war gerade in so einer Höhe geklettert? War er denn noch ganz bei Sinnen?

»Die sind wirklich schön«, hörte er Uro sagen und drehte sich um. Er und Symmon standen in der Mitte des Pavillons und starrten fasziniert an die Decke.

Auch Justus hob den Blick. »Das sind sie.« Er streckte zögerlich die Hand aus, um eines der Windspiele zu berühren, die über ihm hingen.

Er hatte es geschafft. Hier waren sie, und er hatte sie vor Felio! Er und Cate würden zu ihnen zurückmüssen, um sie zu bekommen, und dann würde er sie nicht mehr einfach so gehen lassen.

Doch es war später noch Zeit, darüber nachzudenken. Jetzt mussten sie sie erst einmal einpacken und wieder von hier verschwinden.

Justus löste das erste Windspiel vom Haken.

Symmon hielt ihm schon ein weiches Tuch entgegen, in das er es einschlagen konnte.

Es dauerte eine Weile, alle Windspiele von der Decke zu holen, sorgfältig einzupacken und in einer Tasche zu verstauen. Die Zeit schien sich endlos auszudehnen und Justus erwartete jeden Moment, entdeckt zu werden. Nervös sah er immer wieder zu dem schmalen Durchgang, der in den eigentlichen Saal führte und ebenfalls mit einem weißen Tuch verdeckt war.

Auch Symmon und Uro wurden langsam unruhig und beeilten sich noch mehr. Als das letzte Windspiel verstaut war, perlte ihnen der Schweiß von der Stirn.

Schnell warf sich der Fürstensohn die Tasche um und stieg über die Brüstung, während Uro Justus das Seil wieder umband.

Hinunterzuklettern stellte sich um einiges schwieriger heraus als hinauf und er brauchte bestimmt viermal so lange. Zu seinem eigenen Pech machte er den Fehler, nach unten zu sehen. Augenblicklich drehte sich alles in seinem Kopf.

Er kniff die Augen zusammen und klammerte sich mit aller Kraft an den groben Stein, bis sich seine Nerven wieder beruhigt hatten. Dann kletterte er weiter, noch vorsichtiger als zuvor, bis seine Füße das Fensterbrett erreichten und er überglücklich in den Raum sprang.

»Bei allen sengenden Feuerstürmen! Ich lebe noch«, stieß er keuchend aus und sank auf den mit dickem Teppich ausgelegten Boden.

»Interessanter Ausruf. Habe ich bisher noch nie gehört«, sagte Symmon, der die Tasche auf dem Boden neben ihm abstellte und die Tuchmaske vom Gesicht zog.

Justus zuckte zusammen. Hatte er sich etwa mit seiner Gedankenlosigkeit verraten? Konnte man durch so einen Ausspruch darauf kommen, dass es das Feuervolk gab?

Er schüttelte den Kopf. Wie paranoid man sein konnte, wenn man sein Leben lang eingebläut bekommen hatte, sich bloß nicht erwischen zu lassen.

Er öffnete umständlich den Knoten des Seils, band die Tuchmaske ab und griff nach der prall gefüllten Tasche. Tief durchatmend drückte er die Windspiele an seine Brust und dachte an Cate. Warum hatte sie ihm nicht gesagt, was sie vorhatten?

Felio war doch sicher nicht plötzlich damit angekommen. Mei hätte etwas anderes erzählt, wenn sie dazu gezwungen worden wäre.

Justus schluckte gegen den Kloß an, der sich in seinem Hals bildete. Sie mussten es gemeinsam geplant haben. Schließlich hatte Mei beteuert, Cate hätte ihr gesagt, dass sie was erledigen müsste. Doch Mei war sehr verwirrt gewesen. Hatte Cate es also wirklich so gesagt?

Was, wenn sie die Absicht hegte, gar nicht zu ihnen zurückzukommen? Wenn sie vorhatte, bei Felio zu bleiben? Es wäre nicht das erste Mal, dass sie weglief.

Felio hielt sie möglicherweise gar nicht unter falschen Tatsachen bei sich, um sie danach zu hintergehen. Vielleicht machten die beiden gemeinsame Sache und Cate hatte so eine Möglichkeit gefunden, frei zu sein. Frei von den Zwängen, die er ihr auferlegte, wenn er ihr verbot, zu fliegen oder den Wind zu sehr zu leiten. Frei vom Feuervolk, dem sie sich nie richtig zugehörig gefühlt hatte, egal wie oft sie ihr gezeigt hatten, dass sie ein Teil der Familie war.

Aber das hätte sie ihm doch sicher gesagt, oder? War er nicht ihr bester Freund?

Und dann war da noch die Sache mit dem Kuss. Sie mochte ihn doch, oder nicht? Zumindest hatte es den Anschein gehabt. Natürlich war kein klärendes Wort zwischen ihnen gefallen, aber das war nicht weiter ungewöhnlich für sie.

Was, wenn er sie einfach überrumpelt hatte? Was, wenn er ihr seine Gefühle offenbart hatte und sie das nicht wollte? Wenn er ihr den Kuss aufgezwungen hatte? Würde sie das dazu bringen, zu gehen, ohne es ihm zu sagen? Sie war nicht gut mit Worten und floh vor Problemen eher, als sich ihnen zu stellen.

Justus fühlte sich, als müsse sein Kopf platzen, von all den Gedanken, die ihn zunehmend verrückt machten.

Es war bestimmt anders! Felio hatte sie unter Vortäuschung falscher Tatsachen weggelockt und nutzte ihre Naivität und ihre Gutmütigkeit aus, um zu bekommen, was er wollte! Es musste einfach so sein.

Justus wandte seine Aufmerksamkeit Uro zu, der gerade durchs Fenster stieg und ebenfalls die Maske vom Gesicht schob.

Besser, er dachte nicht weiter über so etwas nach und konzentrierte sich darauf, hier erst einmal heil rauszukommen.

Da er jetzt die Windspiele hatte, würden Cate und Felio so oder so zu ihm kommen müssen. Dann würde er sie zur Rede stellen und diesem Mistkerl den Hals umdrehen!

»So. Wow! Hätte nicht gedacht, dass das sooo einfach werden würde«, witzelte Uro und klatschte animierend. »Wir sollten jetzt schnell nach Marc sehen.«

Symmon streckte Justus die Hand hin und half ihm auf die Füße.

Seine Beine fühlten sich von der Kletterei immer noch weich an.

Sie eilten die Gänge entlang, die sie gekommen waren, und Justus schien der Weg plötzlich viel kürzer als zuvor.

Schnell kamen sie an den Wehrgang, an dem sie Elyssabed und ihre Freundinnen getroffen hatten. Nachdem Symmon die Flügeltür hinter ihnen geschlossen hatte, atmete er befreit auf.

»Jetzt haben wir es geschafft! Wenn uns wirklich niemand gesehen hat, wird keiner darauf kommen, dass wir es gewesen sind. Es führt keine Spur zu uns«, behauptete der Fürstensohn und schenkte Justus ein breites Grinsen.

Justus atmete ebenfalls erleichtert auf. Er hatte keine Lust, wegen Diebstahls aufgeknüpft zu werden.

»Dann sollte ich Marc holen, damit wir von hier verschwinden können«, schlug er vor und hielt den Riemen der Tasche mit den Windspielen fest umklammert.

»Das geht nicht.«

Er sah den Fürstensohn irritiert an.

»Er muss an dem Turnier teilnehmen. Sonst fällt meiner lieben Schwester auf, dass da was nicht stimmt. Und wenn bekannt wird, dass die Windspiele fehlen, wird ihr Verdacht sofort auf uns fallen«, erklärte Symmon mit einem genervten Zug um den Mund.

Justus konnte sich nur zu gut vorstellen, wie Elyssabed sich aufspielen würde. »Wie lange geht das Turnier?«, wollte er wissen.

»Ich schätze, dass die ersten zwei Disziplinen bereits abgeschlossen sind und *waffenloser Kampf* als Nächstes ansteht. Es gibt eher wenige, die da antreten.«

Uro nickte zustimmend. »Joel, der Knochenbrecher, hat einen ziemlich miesen Ruf. Eigentlich will sich niemand für ein mickriges Preisgeld und einen Kuss von der Fürstentochter das Rückgrat brechen lassen.«

Justus fand das alles andere als erbaulich.

»Wie stark ist dieser Joel?«

Marc würde hoffentlich nicht sofort auf ihn treffen. Er musste ihm nur vermitteln, seinen ersten Kampf zu verlieren, dann konnten sie gehen.

»Na ja, soweit ich weiß, bringt er selten jemanden um, aber er gilt als ungeschlagen und ist ziemlich skrupellos. Er stammt aus einem Gebirgszug im Norden und ist bestimmt so groß wie du«, erklärte Uro seelenruhig.

Was für ein verdammter Mist!

Sie eilten auf einem anderen Weg durch die Festung, der sie weiter in das Areal und schließlich hinaus auf einen großen Platz führte, auf dem sich viele edel gekleidete Menschen auf den Tribünen tummelten.

Sie erklommen eine von ihnen, die mit vielerlei bunten Bannern behangen war, und kämpften sich durch die Menschenmenge nach vorn.

In der Arena unter ihnen wurde gerade Pferdemist zur Seite gekehrt und ein Kreidekreis auf den Steinboden gemalt, der als Kampfplatz diente.

Uro erklärte Justus, dass keiner der Kämpfer aus dem Kreis treten dürfe, sonst hatte derjenige verloren. Doch die größere Ehre sei es, seinen Gegner zu Boden zu werfen und ihn unten zu halten, bis die Menge bis zehn gezählt hatte.

Einfache Regeln! Und wenn Marc gegen Joel, den Knochenbrecher, antreten sollte, konnte er immer noch schnell den Kreis übertreten, um ungeschoren davonzukommen.

Justus erblickte Elyssabed und ihre Freundinnen ganz in ihrer Nähe auf einer Bank. Sie saßen in dem für die Höheren bei Hofe abgetrennten Bereich.

Elena sah in ihre Richtung und begann, wild mit den Armen zu winken.

»Was sagt ihr? Bei ihnen ist noch Platz und die Aussicht ist perfekt«, sagte Uro und ging los, ohne auf eine Antwort zu warten.

»Muss das sein?«, jammerte Symmon und trottete hinter seinem Freund her. »Elyssabed echauffiert sich doch bloß wieder.«

»Stell dich nicht so an und lass mir den Spaß«, tat Uro seinen Einwurf ab. »Du kannst dich ja zu Elena setzen. Wunderschön und strohdumm.«

»Steh ich nicht drauf«, behauptete Symmon, beendete aber seinen Protest.

Wortlos folgte Justus den beiden. Die Idee, nah bei Elyssabed zu sitzen, fand er nicht gerade toll. Allein schon, weil er eine Tasche voller Diebesgut bei sich hatte.

Doch seine Hauptsorge galt Marc.

Sein Blick streifte unaufhörlich über die Ränge der Tribüne und in jeden Winkel unten auf dem Platz, um seinen Bruder ausfindig zu machen.

»Ist es möglich, noch mal mit Marc zu sprechen?«, fragte er.

Symmon schüttelte den Kopf. »Er wird irgendwo in einem Vorbereitungsraum sein. Die lassen da niemanden rein. Die Spiele beginnen schließlich gleich.

»Nicht mal dich?«

Symmon überlegte kurz und zog die Augenbrauen zusammen. »Doch, sicher. Aber wenn du da jetzt hinwillst, verzögert sich alles und ihr kommt noch später weg.«

Justus seufzte lautlos. Gern hätte er seinem Bruder gesagt, dass er einfach nur verlieren musste, damit sie schnell nach Hause konnten.

Doch das wusste Marc bestimmt selbst. Und dafür wollte er jetzt nicht alle warten lassen und so unnötige Aufmerksamkeit auf sich ziehen. Je eher sie hier wegkamen, desto besser.

Die Frauen rutschten auseinander, als Uro sich frech zwischen Elena und Elyssabed quetschte. Symmon setzte sich auf Elenas andere Seite und Justus ließ sich neben dem schüchternen Mädchen nieder, das er vorhin irrtümlich für Cate gehalten hatte. Sie saß still da und sah sich neugierig um.

Auf ihrem Schoß saß ein kleines, fein säuberlich frisiertes hellbraunes Hündchen mit einer goldenen Kette um den Hals und ließ sich von ihr hinterm Ohr kraulen.

Elyssabed reckte pikiert die Nase und versuchte, die Männer nicht mal eines Blickes zu würdigen, während Elena sofort lebhaft mit Symmon und Uro zu reden begann.

Das Mädchen neben Justus sah immer wieder zu ihnen und versuchte, dem Gespräch zu folgen, doch Elyssabed versperrte ihr die Sicht.

Es dauerte eine Weile, bis sich die Fürstentochter erbarmte und sich dem armen Mädchen mit einem Seufzen zuwandte. »Gib dich lieber nicht mit denen ab. Sie sind vulgär und unserer Gegenwart nicht würdig«, raunte sie ihr zu und richtete dann den Blick auf Justus. »So wie er zum Beispiel. Als ich ihn kennenlernte, drohte er mir damit, mich tot in einem Straßengraben zu verscharren«, fügte sie lauter hinzu und das Mädchen mit dem Hündchen machte große Augen.

»Wirklich?« Ängstlich schielte sie zu ihm hinüber.

Justus wusste nicht, was er dazu sagen sollte oder ob er sich die Antwort nicht lieber sparte. Schließlich konnte es ihm egal sein, was Elyssabed über ihn dachte.

Doch das Mädchen neben ihm berührte sein Herz, ohne dass er es wollte. Selbst wenn sie jetzt, so aus der Nähe und unter genauerer Betrachtung, Cate gar nicht mehr so ähnlich sah, wollte er ihr trotzdem keine Angst einflößen.

»Du hast uns zuerst bedroht. Ich wollte dir nur einen Schreck einjagen, um meine Familie zu beschützen«, sagte er ruhig. Er überlegte, ob es sinnvoll wäre, auch zu erwähnen, dass sie ihn dennoch angefallen hatte, um ihn zu küssen.

Aber er ließ es lieber sein.

Seine Gedanken schweiften zu Cate. Mal angenommen, sie mochte ihn. Und so sah es zumindest aus, da sie seinen Kuss doch so bereitwillig erwidert hatte. War sie dann damals überhaupt wegen der Streitereien weggerannt, die er mit ihr gehabt hatte? Oder war es wegen des Kusses gewesen? Hatte Cate geglaubt, zwischen Elyssabed und ihm sei etwas?

Vielleicht mochte sie ihn ja sogar noch mehr, als er bisher angenommen hatte. Er hoffte inständig, sie würde schnell zu ihm zurückkommen, damit er sie fragen konnte.

Justus konnte aus den Augenwinkeln sehen, wie das Mädchen ihn verhalten musterte. Dann zupfte sie an dem seidenen Ärmel ihrer Freundin und flüsterte ihr etwas zu.

Diese seufzte theatralisch. »Ist das dein Ernst?«

Das Mädchen nickte und lächelte scheu.

»Gut, wie du willst.« Die Fürstentochter strich sich eine verirrte Strähne aus der Stirn. »Darf ich bekannt machen? Das ist Macadamya. Sie ist die Tochter eines Lords, der meinem Vater sehr nahesteht«, stellte sie ihm das Mädchen vor. »Und das ist Justus, der Zigeuner«, sagte sie nun mit triefendem Spott in der Stimme. Ihr Gesicht zeigte keinerlei Freundlichkeit, obwohl sie lächelte. »Sie sieht Cate sehr ähnlich, nicht wahr?«, fügte sie spitz hinzu.

»Ich sehe aus wie wer?«, erkundigte sich Macadamya mit leiser Stimme, zog die Unterlippe verlegen zwischen die Zähne und sah dadurch Cate nur noch ähnlicher.

»Wie eine Freundin«, erklärte Justus schnell.

»Wie seine Geliebte!«, spuckte Elyssabed die Worte förmlich aus und sah ihn feindselig an.

Seine Geliebte. Justus wäre beinahe rot angelaufen, aber er konnte sich gerade noch zusammenreißen. Sie musste natürlich denken, Cate sei seine Geliebte. In der Nacht, in der er sie abgewiesen hatte, hatte sie auch noch den Wagen räumen müssen, in dem sie geschlafen hatte, damit die halb erfrorene Cate mit ihm in einem Bett schlafen konnte. Nur ungern dachte er daran zurück, wie bleich und kalt sie gewesen war und wie lange es gedauert hatte, sie wieder zu wärmen.

Und doch hatte er es genossen, neben ihr zu liegen, die ganze Nacht, sie zu halten und sich gewiss zu sein, dass sie da, wo sie sich befand, in Sicherheit war.

»Sie ist nicht meine Geliebte«, erwiderte Justus, bemüht, den gleichmütigen Ton beizubehalten, und konnte dabei nicht verhindern, dass er nun doch heiße Ohren bekam. Zwanghaft hielt er seine Körpertemperatur konstant, was ihm zunehmend schwerer fiel.

Elyssabed hob ungläubig die Augenbrauen.

Hinter ihr reckten Symmon, Uro und Elena die Hälse, um mitzuhören.

Seit wann lauschten sie schon?

»Ach ja? Aber du liebst sie!«, fauchte Elyssabed.

Justus presste die Lippen aufeinander.

Woher wusste sie das? Sah man ihm das etwa an oder riet sie einfach nur ins Blaue?

»Geht es ihr gut? Hat sie dir etwa einen Korb gegeben? Deine komische kleine Freundin, hm?«, lästerte Elyssabed weiter und verscheuchte mit der Hand eine Fliege.

»Wie ist sie denn so?«, fragte Macadamya mit lieblicher Stimme, der die seltsame Stimmung zwischen der Fürstentochter und ihm scheinbar völlig entging.

»Sie ist ein hinterlistiges Miststück, das so tut, als sei es deine Freundin, und dir dann in der Nacht einen Dolch in den Rücken rammt!«, fuhr die Fürstentochter sofort auf und verzog genervt das Gesicht. »Und dann immer dieses verstrubbelte Haar. Als würde der Wind persönlich ihren Kopf frisieren!«, keifte sie weiter.

Justus wurde zunehmend wütend.

Elyssabeds bösartiges Verhalten zeigte, dass sie das niederträchtigste Biest des ganzen Landes war. Und die Anspielung mit dem Wind gefiel ihm noch weniger.

Er hatte sie mit Argusaugen bewacht und sie ausgehorcht, nur um sicherzugehen, dass sie weder die Feuerleute noch Cates wahres Wesen ergründete. Und er hatte keinerlei Anzeichen dafür gesehen.

Gärte es jetzt nach? Erkannte sie im Nachhinein Dinge, die ihr damals nicht aufgefallen waren? Oder war das mit dem Wind nur eine Redewendung gewesen, die sie gebrauchte, um sich über Cate lustig zu machen?

»Ist sie wirklich so?«, fragte Macadamya in absoluter Unschuld und sah zu Justus auf.

»Nein, natürlich nicht. Sie ist schüchtern, still und sehr nett«, erwiderte er, ohne den Blick von Elyssabed abzuwenden, die er am liebsten mit den Augen niedergebrannt hätte. Aber über solche Fähigkeiten verfügte er zu seinem Bedauern nicht.

Daher gab er sich damit zufrieden, sie niederzustarren und jede Regung in ihrem Gesicht zu lesen, um den kleinsten Hinweis darauf zu finden, ob sie wusste, wer Cate wirklich war. Doch er fand nur Wut und Eifersucht.

Dann wurde er abgelenkt.

Ein kleiner Mann in der Mitte der Arena kündete den ersten Kampf an. Aufgeregtes Murmeln ging durch dic Reihen.

Justus richtete sich auf, damit er besser sehen konnte.

Zwei Unbekannte traten gegeneinander an und es war nicht sonderlich spektakulär. Zuerst rangen sie ein bisschen miteinander, dann stieß der größere mit einem gezielten Schubs den anderen aus dem Ring.

Dann trat Marc an. Sein Gegner wurde als Tüfoll, der Gewaltige, vorgestellt. Doch als sich die beiden gegenüberstanden, war der Feuermann locker einen Kopf größer, was Tüfoll allerdings nicht davon abhielt, sofort auf ihn loszugehen.

Marc wich dem Mann reflexartig aus und der Schwung, den der geholt hatte, um Marc umzustoßen, beförderte Tüfoll aus dem Kreis.

Das Publikum brüllte vor Lachen, während Marc zuerst irritiert war, dann jedoch die Arme in die Luft reckte.

Die Menge klatschte und Elena brüllte Marcs Namen.

Die anderen um sie herum stimmten ein, bis sie alle im gleichmäßigen Rhythmus »Marc, Marc, Marc!« schrien.

Justus fuhr sich mit den Händen über das Gesicht. Na toll! Gleich den ersten Kampf gewonnen, ohne seinen Kontrahenten berührt zu haben.

Da die Menge tobte, wurde schnell der nächste Gegner reingeführt, mit dem Marc es aufnehmen sollte. Es war der Sieger aus dem vorherigen Duell.

Justus konnte sich nicht an den Namen erinnern, doch die hässliche Narbe über seiner Nase war unübersehbar.

Narbengesicht machte nicht den gleichen Fehler wie Tüfoll. Er stand einfach nur da, die Fäuste erhoben, und wartete darauf, dass Marc zuerst angriff.

Und das tat er. In seinem Übermut und angeheizt von der Menge, schnellte er nach vorn und versetzte seinem Gegner einen Stoß.

Narbengesicht schlug nach ihm, doch Marc duckte sich und zog ihm mit einem Tritt die Beine unter dem Körper weg.

Das Publikum lachte und applaudierte, als Narbengesicht mit einem lauten Rums zu Boden ging. Marc machte einen Satz und setzte sich mit Schwung auf den Rücken des am Boden Liegenden.

Der zappelte und versuchte immer wieder, nach Marc zu treten, während die Menge von zehn abwärts zählte.

Als Narbengesicht sich bei »zwei« fast befreit hätte, sorgte ein gezielter Schlag ins Genick dafür, dass seine Gegenwehr endgültig erstarb.

Der Ohnmächtige wurde von drei Männern vom Platz getragen und Marc reckte die Fäuste in die Luft. Lachend stand er in der Mitte der Arena und ließ sich bejubeln.

Und Justus ging langsam auf, dass sein Bruder vielleicht doch nicht wusste, dass er verlieren sollte, damit sie schnell von hier wegkamen.

Eilig sprang er auf und machte einen Satz über das Geländer der Tribüne auf den Kampfplatz hinunter.

Marc sah ihn sofort und kam zu ihm gelaufen. »Na, hat alles geklappt?«, wollte er wissen.

Justus packte ihn am Kragen, zog ihn in den Schatten eines Durchgangs und bedachte ihn mit einem bösen Blick.

Der Ansager kündigte den nächsten Kampf an. Zwischen Solly, dem Tückischen, und Joel, dem Knochenbrecher.

»Hast du etwa vor, das Turnier zu gewinnen?«, fuhr Justus ihn schroff an.

»Was? Eigentlich nicht. Der Erste hat sich ja quasi selbst besiegt und bei Nummer zwei hab ich mich hinreißen lassen«, sagte Marc jetzt sichtlich verlegen.

Justus seufzte. Er kannte seinen Bruder. Sobald man ihm zujubelte, wollte er der Gewinner sein. »Es wäre leichter, wenn du einfach verlierst und wir nach Hause kommen. Als Sieger wollen die uns hinterher vielleicht noch dabehalten und mit uns feiern!«

Marc hob eine Augenbraue.

Justus wusste genau, was das hieß. »Nein!«, blockte er sofort ab. »Keine Feier! Kein Bier, keine Mädchen und auf keinen Fall bleiben wir hier länger als nötig! Wenn die rausfinden, dass ihnen etwas fehlt, will ich über alle Berge sein, klar?«, fuhr er Marc an.

Enttäuschung zeichnete sich im Gesicht seines Bruders ab. Beleidigt verschränkte er die Arme vor der Brust. »Klar.«

Dann wandten sie sich dem Kampf zu. Joel, der Knochenbrecher, war ein hünenhafter Kerl mit Armen und Beinen so dick wie Baumstämme.

Er hob gerade seinen Gegner in die Luft und schleuderte ihn mit einem Faustschlag nicht nur aus dem Kreis, sondern bis zum Rand der Tribüne, wo der arme Kerl bewegungslos liegen blieb.

»Gut«, sagte Marc mit belegter Stimme und schluckte sichtlich den Kloß in seiner Kehle hinunter. »Gegen den will ich nicht kämpfen.«

»Der wird aber dein nächster Gegner sein, wenn er den folgenden Kampf gewinnt!«, rief eine bekannte Stimme von oben.

Sie hoben überrascht die Köpfe.

Symmon stand mit Uro am Geländer und sah zu ihnen hinab.

Marcs Gesicht wurde eine Spur blasser. »Hat er irgendwo eine Schwachstelle?«, fragte er den Fürstensohn.

Doch der lachte nur.

»Du kannst ja versuchen, ihn zu kitzeln«, schlug Uro vor und grinste frech.

Das konnte ja heiter werden!

Der nächste Kampf hatte begonnen und die Menge jubelte erneut demjenigen zu, der scheinbar die Oberhand hatte. Der Sieger würde wieder gegen Joel antreten müssen.

Diesmal dauerte es länger, da die beiden sich ebenbürtig waren. Doch das nützte dem Gewinner hinterher wenig, denn der Knochenbrecher schlug ihm bereits in der ersten Sekunde die Nase ein. Dann prügelte er noch etwas auf ihn ein, bevor er ihn mit einem lässigen Tritt aus dem Kreis fegte.

»Ich denke, jetzt bist du dran. Sei einfach schneller als er«, riet Justus seinem Bruder, klopfte ihm auf die Schulter und versuchte, sich nicht anmerken zu lassen, wie wenig ihm das alles gefiel.

Marc sah ihn zweifelnd an.

»Und wenn es dir zu viel wird, kannst du ja immer noch so tun, als seist du gestolpert und aus dem Kreis gefallen!«, riet Symmon von oben.

Der Ansager in der Arena rief Marcs Namen.

Joel, der Knochenbrecher, stand zu allem bereit im Kreidering und starrte ihm boshaft entgegen. Die Menge jubelte, die Sonne sank langsam dem Horizont entgegen und Justus wurde immer nervöser.

Marc trat seinem Gegner gegenüber.

Auf den Tribünen wurde es mucksmäuschenstill und der Ansager eröffnete den Kampf.

Justus wusste nicht, ob er hinsehen wollte. Hoffentlich war sein Bruder schnell genug, um da ohne Knochenbrüche rauszukommen.

Marc standen die Schweißperlen bereits auf der Stirn, noch bevor er den Kreis erreichte. Justus befürchtete, dass er den Kampf viel zu ernst nehmen und versuchen würde, ihn zu gewinnen, obwohl er doch verlieren sollte.

Joel bewegte sich zuerst. Er warf sich nach vorn, um Marc aus dem Ring zu stoßen. Der wich jedoch rechtzeitig aus.

Der Knochenbrecher stolperte allerdings nicht aus dem Kreis, sondern wirbelte zurück und trat Marc mit einem gezielten Tritt die Füße weg.

Krachend landete Marc auf dem Hintern. »Verflucht!«, brüllte er und bemühte sich, wieder auf die Beine zu kommen.

Doch Joel hatte ihn schon am Kragen gepackt und hob ihn in die Luft.

»Na, Jüngelchen. Du willst also mit den Großen spielen, was?«, verspottete er Marc, der verzweifelt versuchte, sich loszureißen. Der Hüne schüttelte ihn, lachte großkotzig und holte zum Schlag aus. Seine gewaltige Faust landete gekonnt auf Marcs Wangenknochen, er packte ihn noch fester und machte sich bereit, seinen Gegner aus dem Kreis zu werfen.

Doch Marc umklammerte verzweifelt Joels Arm und ließ sich nicht abschütteln, egal wie heftig dieser ihn zu schleudern versuchte.

Marc griff nach, holte mit dem rechten Bein aus und rammte seinen Fuß direkt in Joels Magengrube, woraufhin dieser ihn erschrocken freigab. Der Knochenbrecher taumelte zurück und hielt sich den Bauch. Damit hatte er wohl nicht gerechnet. In seinem Blick spiegelte sich blanke Wut und sein Kopf lief dunkelrot an.

Marc sprang auf und rieb sich den Hintern. Er war bereits das zweite Mal darauf gelandet.

Justus konnte sehen, wie es ihn ärgerte, sodass er den Entschluss fasste, zu gewinnen.

Verdammt! Er hatte es geahnt.

Joel schüttelte seine Arme und schnaubte gefährlich. Marc verfolgte jede Bewegung seines Gegners, bereit für den nächsten Angriff.

Der Knochenbrecher stürmte erneut auf ihn zu und Marc lächelte überlegen.

Justus schwante nichts Gutes. Sein Bruder war zu arrogant.

Prompt unterschätzte er seinen Gegner, denn der Frontalangriff stellte sich im nächsten Augenblick als eine Finte heraus. Nachdem sich Marc zur Seite gedreht hatte, um ihm auszuweichen, schnellte Joels Faust vor und krachte mit Wucht gegen Marcs Rippen.

Justus hielt den Atem an.

Marc klappte zusammen, der Ohnmacht nahe, und knallte im Fallen mit der Stirn gegen das Nasenbein seines Gegners.

Das Publikum war vor Anspannung so still, dass man das Knacken hören konnte, als Joels Nase unter dem Zusammenstoß brach.

Tränen schossen dem Knochenbrecher in die Augen und er taumelte zum wiederholten Mal zurück. Doch diesmal einen Schritt zu weit. Sein linker Fuß übertrat die weiße Kreidelinie des Kreises.

Die Zuschauer sprangen jubelnd von ihren Plätzen und Marc mühte sich nach Luft ringend auf die Knie.

Er hatte gewonnen.

Joel heulte auf und hielt sich die Nase, die heftig blutete.

»Verdammt!«, rief Justus und die Menge tobte noch lauter, als der Ansager Marc auf die Beine half und ihn zum Sieger des heutigen Turniers erklärte.

Justus hätte am liebsten seinen Zorn hinausgeschrien. Sie würden hierbleiben müssen, bis die Siegerehrung vorbei war, und darauf warten, dass die anschließende Feier weit genug fortgeschritten war, um sich unbemerkt aus dem Staub zu machen. Sein Bruder hatte manchmal einfach mehr Glück als Verstand, hatte er doch gerade einen Kampf gewonnen, bei dem er zu Boden gegangen war.

So ein Kappadreck! Warum war Marc auch so stur?

Justus legte eine Hand auf die Tasche, deren Riemen sich quer über seine Brust spannte. Es beruhigte ihn, die Windspiele nah bei sich zu haben. Wenigstens hatte er das Wichtigste erledigt.

Die Tasche war prall gefüllt und klimperte verräterisch, wenn er sich zu schnell bewegte. Er würde in den nächsten Stunden höllisch aufpassen müssen.

Bald, sagte er sich. *Bald sehe ich Cate wieder!*

Und allein dieser Gedanke gab ihm die Kraft, alles Weitere durchzustehen, wenn es sein musste.

Ich erwachte mit schrecklichen Kopfschmerzen.

Jeder Lichtstrahl stach in meinen Augen, dass ich dachte, ich müsste mich gleich übergeben.

Was war denn nur passiert? Was hatte ich getan, dass mein Kopf so schmerzte? Etwa getrunken?

Mei hatte mir erzählt, wie schrecklich es war, am Morgen aufzustehen, wenn man am Abend zuvor zu viel Wein erwischt hatte

Aber seit wann trank ich Wein?

Ich schaffte es, die Augen einen kleinen Spalt zu öffnen, sodass ich das Moos und Laub sehen konnte, auf dem mein Gesicht lag. Ich war im Wald. Natürlich, wo sonst?

Doch als ich die Hand heben wollte, ging mir auf, dass noch mehr nicht stimmte. Ich konnte mich kaum bewegen. Davon hatte Mei nichts erzählt!

Ich hob angestrengt den Kopf und sah träge über meinen Körper bis zu den Füßen, die jemand mit einem groben Strick zusammengebunden hatte. Und meine Hände auf dem Rücken fühlten sich auch danach an.

Bei allen Winden! Mühsam drehte ich mich auf die Seite und schaffte es erst nach mehreren Versuchen, mich aufzurichten. Der Rücken tat mir abscheulich weh, mein Schädel schien zu platzen, Laub und Erde klebten mir an der Wange.

Krampfhaft versuchte ich, mich daran zu erinnern, wie ich hierhergekommen war, aber in meinem Kopf herrschte nur Leere.

Wind!, rief ich stumm. *Was ist passiert?*

Doch ich erhielt keine Antwort.

Ich rief noch einmal und ein drittes Mal, aber der Wind antwortete nicht. Nicht einmal die Blätter in den Bäumen rauschten. Es war unheimlich still um mich herum.

Wo war er? Warum war er verschwunden? Ich hatte doch gar nicht …

Felio! Mit einem Mal waren meine Erinnerungen wieder da. Wir waren weggegangen, um die Windartefakte zu holen, die allerdings plötzlich in Justus' Besitz gelangt waren, und dann hatte er mich niedergeschlagen. Dieser hinterhältige Mistkerl! Er hatte mich ohnmächtig geschlagen und gefesselt zurückgelassen.

Ich versuchte, meine Hände in der engen Schlinge zu drehen, doch das grobe Seil schnitt mir so schmerzhaft in die Haut, dass ich es sofort wieder sein ließ.

Plötzlich durchfuhr es mich eiskalt. Hatte *er* mir etwa den Wind genommen? Das durfte doch nicht wahr sein!

Warum hatte ich Felio auch erzählt, dass der Wind verschwand, wenn ich ihn nach ihm fragte? Mist! Mist! Mist! Der Mistkerl hat dieses Wissen gegen mich verwendet. Aber woher hätte ich auch ahnen können, was er vorhatte?

Warum hatte er das überhaupt getan?

Wut flammte in mir auf und ich hätte gern irgendwo dagegen getreten. Am liebsten gegen Felios Bein. Aber er war nicht hier und ich war gefesselt.

Einige Zeit saß ich einfach nur da und versuchte, für alles eine Erklärung zu finden. Vergebens.

Als ein Rascheln nicht weit von mir erklang, horchte ich auf. War da ein Tier?

Ich wollte den Wind rufen, damit er für mich nachsah, doch er blieb verschwunden. Ich würde ein Windspiel benötigen, um ihn zurückzubekommen. Aber mein Windspiel hatte jetzt Felio und die anderen waren bei Justus. Am liebsten hätte ich frustriert losgeheult, wenn mein Kopf nicht so furchtbar geschmerzt hätte. Oh, verfluchter Kappadreck!

Auf einmal drang ein Summen an mein Ohr. Ich lauschte angestrengt. Das war kein Tier. Jemand summte eine Melodie. Es war ein Mensch. Ein Mensch, der mir helfen konnte!

»Hilfe!«, brachte ich mühsam heraus und hustete erst einmal. Mein Hals war furchtbar trocken und meine Zunge schwer.

»Hilfe«, nahm ich einen zweiten Anlauf und diesmal gelang es. »Hilfe!«

Mein Kopf zersprang beinahe und schwarze Punkte tanzten mir vor den Augen.

Angestrengt blinzelte ich sie weg und da hockte plötzlich ein Mann vor mir. Ich konnte ihn nur unscharf sehen, der Blick getrübt durch den anhaltenden Schmerz.

Der Mann war schon etwas älter und stank entsetzlich nach Bier und Tabak. Sein Haar war strähnig und wirr und seine Kleider sahen nicht gerade neu aus.

»Na, hübsches Ding. Was machst du denn hier?«, fragte er und musterte mich unverhohlen.

»Helft mir«, sagte ich verzweifelt und versuchte, klarer zu sehen. Mir war so übel, dass sich mir beinahe der Magen umdrehte.

»Aber natürlich!«, versicherte er mir und grinste. Er hatte nicht mehr alle Zähne und die verbliebenen waren schwarz verfärbt. »Ich bringe dich zu einem Ort, an dem es dir besser gehen wird.«

»Danke«, wollte ich gerade sagen, als mich der Mann grob packte und wie einen Sack Mehl über die Schulter warf.

Erschrocken schnappte ich nach Luft, als die plötzliche Bewegung meinen Kopf heftig pochen ließ.

»Was tut Ihr da?«, rief ich, doch er achtete nicht darauf, sondern stapfte mit mir durch den Wald. »Was tut Ihr? Warum bindet Ihr mich nicht los?«, versuchte ich es noch einmal, diesmal energischer.

»Hast du was gesagt, hübsches Ding?« Er hielt inne.

»Bindet mich los!« Der Schmerz machte mich ganz wirr.

»Aber Mädchen, ich denke nicht mal dran!«, blaffte er und nahm seinen schwankenden Schritt wieder auf.

Ich spürte, wie ich würgen musste. Wieso wollte er mir nicht helfen? Und was hatte er mit mir vor?

»Wenn ich dich losmache, rennst du mir womöglich weg und dann bekomme ich für dich nicht einen mickrigen Inda!«, rief er heiser und lachte dreckig.

Bei allen Winden, was hatte er mit mir vor?

»Aber … Ich verstehe nicht«, versuchte ich, zu sagen, als er sich ein Stück drehte und mir den Blick auf eine Mauer freigab. War das die Stadtmauer von Berill?

»Ha, mindestens viermal Silber wirst du wert sein. Vielleicht sogar fünf, wenn du unberührt bist.«

Mir lief es eiskalt über den Rücken.

Wenn ich unberührt war?

Da ging es mir auf und ich kniff die Augen zusammen. Er wollte mich an ein Freudenhaus verkaufen!

Panik vernebelte meine Gedanken zusätzlich zu den sengenden Kopfschmerzen und ich wünschte mir nichts sehnlicher, als wieder bei Justus zu sein.

Warum war ich nur von ihm weggegangen? Er hätte nie zugelassen, dass mir so was passierte.

Verzweifelt versuchte ich, mich zu wehren, zappelte und schlug mit den Beinen aus. Doch der Alte packte mich nur noch fester, sodass ich mich kaum mehr bewegen konnte.

»Hörst du wohl auf! Stell dich nicht so an. So ein Hungerhaken wie du kann froh sein, wenn er regelmäßig was zu beißen bekommt. Sie werden sicher nett zu dir sein.« Erneut lachte der Mann dreckig. »Wenn du ein bisschen nett zu ihnen bist.«

Mir wurde noch elender.

Ich kannte diesen Ton. Marc hatte ihn manchmal an sich, wenn er anzügliche Witze erzählte. Oh bitte nicht!

Wir kamen an ein unauffälliges kleines Tor in der Mauer, das kaum zu sehen war. Der Mann klopfte einen bestimmten Rhythmus und wurde eingelassen.

Rasch passierten wir einen mit Brettern beschlagenen Gang und erreichten einen kleinen Platz. Nichts Offizielles, keine Soldaten. Wahrscheinlich ein Schmugglertor.

»Gleich sind wir da, hübsches Ding«, verkündete der Mann, atmete schwer und schlug mir mit der flachen Hand auf den Po.

»Argh«, knurrte ich. Wie konnte er es wagen? Wenn ich mich doch nur wehren könnte. Wenn der Wind bei mir wäre! Aber ich war hilflos, gefesselt. Wut kroch langsam in mir hoch.

Er ließ mich wie einen nassen Mantel auf den Boden vor eine Türschwelle klatschen.

Meine Wut verlosch im stechenden Schmerz meines Kopfes.

Bei allen Winden, mein Kopf!

Er stellte einen Fuß auf meine Schulter, damit ich nicht wegkriechen konnte, und schlug fest gegen die rot lackierte Tür.

Die Straße war kaum belebt und stank noch schlimmer als der Mann. Sicher waren wir in der Unterstadt.

Oh, Elyssabed hatte ja so recht gehabt! Wie sehr sie sich auch manchmal angestellt hatte, hier wollte ich wirklich nicht sein.

Eine gebückte Gestalt huschte an uns vorbei. Ich wollte um Hilfe rufen, als sie schon in der nächsten Gasse verschwand. Es musste doch jemanden geben, der mir helfen konnte.

Der Mann schlug noch mal gegen die rote Tür, hinter der sich nichts regte.

Sehnsüchtig sah ich in den Himmel. Wolkenfetzen zogen über das klare Hellblau. Ich konnte von hier die Sonne nicht sehen, aber es war sicher irgendwann am Vormittag.

Dass niemand aufmachte, gab mir ein wenig Hoffnung. Der Mann hatte den dreckigen Stiefel von meiner Schulter genommen und ich schaffte es, mich etwas aufzurichten.

Kurz danach ging in der Nähe die Tür einer heruntergekommenen Schänke auf und vier junge Männer traten in die Gasse. Sie waren wesentlich besser gekleidet als der Alte, der mich verschleppt hatte. Sie gingen die Straße hinunter, weg von mir.

Ich dachte nicht lange nach und schrie, so laut ich konnte. Mein Kopf schien dabei zu explodieren, doch das war mir egal.

»Hilfe! Helft mir!«

Der stinkende Mann fuhr erschrocken zu mir herum und versetzte mir einen Tritt gegen die Brust. Alle Luft wurde mir mit einem Schlag aus den Lungen gepresst und ich rang verzweifelt nach Atem. Mein Blick wurde schummrig, die Ohnmacht drohte, mich in die Tiefe zu ziehen.

»Bist du wohl still, du dummes Gör!«, keifte er mich an.

Doch ich war noch nicht am Ende. Verzweifelt kämpfte ich um mein Bewusstsein. Wenn ich es verlor, wäre es vorbei!

»Hey, du!«, rief eine fremde Stimme. »Was tust du da mit dem Mädchen?«

Ich blinzelte und konnte die jungen Männer sehen, die stehen geblieben waren und zu uns herübersahen. Einer der vier hatte sich aus der Gruppe gelöst und war näher getreten.

»Helft mir«, keuchte ich kaum hörbar und versuchte, die aufkommende Übelkeit zu unterdrücken.

»Sie ist meine Leibeigene!«, fuhr der stinkende Mann die anderen an. »Ich kann mit ihr machen, was ich will!«

Der Jüngere starrte ihn misstrauisch an, nickte jedoch und wollte sich wieder zum Gehen wenden.

Nein! Wenn sie gingen, war ich verloren! Dann würde mich dieser Drecksack verkaufen wie ein Tier.

Ich riss mich zusammen, sammelte alle Kraft, die ich noch hatte, und holte zitternd Luft. Es gab nur eine einzige Person in Berill, die ich kannte und auf die ich mich berufen konnte.

»Das ist nicht wahr! Ich bin eine Freundin von Elyssabed«, ächzte ich und hoffte inständig, laut genug gewesen zu sein.

»Still!«, polterte der Alte und schlug mir mit der flachen Hand ins Gesicht.

Mein Kopf explodierte und mein Magen krampfte sich zusammen. Hustend übergab ich mich auf der dreckigen Türschwelle.

»Elyssabed? Die Fürstentochter?«, fragte eine andere Stimme.

Und wieder jemand sagte: »Sie kam mir doch gleich so bekannt vor! Ist das nicht die Tochter von diesem schnöseligen Lord?«

»Verdammt, du hast recht!«, bestätigte ein Vierter.

Schon wurde ich wieder gepackt und in die Luft gehoben. Mir war so schwindlig, dass ich mich nicht bewegen konnte.

»Sie gehört mir!«, kreischte der Alte in wilder Aufregung direkt an meinem Ohr.

»Nimm deine dreckigen Finger von ihr, du räudiger Hund!«, rief eine tiefe Stimme.

Alles drehte sich, die Welt wirbelte herum und dann knallte meine Stirn gegen etwas Hartes.

Als ich diesmal erwachte, pochte der Schmerz immer noch in meinem Kopf, allerdings sehr viel erträglicher, und auch die Übelkeit war einigermaßen zurückgegangen.

Ich bewegte mich vorsichtig, übereilte nichts und stellte fest, dass ich nicht mehr gefesselt war … und in einem Bett lag!

Erschrocken öffnete ich die Augen und setzte mich auf. Sofort war das Schwindelgefühl wieder da und auch der Kopfschmerz wurde sogleich schlimmer.

Ich stöhnte auf und hob die Hände an den Kopf. Jemand hatte mir einen Verband angelegt. Behutsam ertastete ich das grobe Leinen mit den Fingerspitzen.

Ein seltsamer Druck engte meine Brust ein und als ich in den Ausschnitt meines Kleides sah, entdeckte ich einen riesigen sich ausbreitenden blauen Fleck.

Ich fühlte mich also nicht nur furchtbar, ich sah auch so aus.

Vorsichtig blinzelte ich in den Raum. Er war nicht besonders groß und Staub tanzte im Licht der Mittagssonne, das durch das verglaste Fenster hereinfiel. Es gab das Bett, auf dem ich saß, drei Hocker und einen groben Tisch. Auf diesem stand eine Keramikvase mit ein paar Margeriten. Ansonsten war das Zimmer schmucklos. Nicht einmal Bilder hingen an den Wänden.

Keine Ahnung, wie lange ich einfach nur so dasaß. Was sollte ich auch tun? Jemand hatte mir die Schuhe ausgezogen und ich konnte sie nirgendwo entdecken. Meine Kopfschmerzen wurden langsam besser, doch ich verspürte einen quälenden Durst.

Wo war ich? Nach einem Freudenhaus sah es nicht gerade aus. Nicht, dass ich je in einem gewesen war, aber ich kannte Geschichten und die hatten anders geklungen, was mich sehr beruhigte.

Hatten die Männer mich gerettet und in ein Gasthaus gebracht? Oder war ich jetzt in noch größeren Schwierigkeiten als zuvor? Schließlich hatte ich kein Geld bei mir und konnte meinen Aufenthalt nicht bezahlen.

Vorsichtig wandte ich meinen Blick ab und sah aus dem Fenster. Das Glas war trüb. Langsam stand ich auf und öffnete den Riegel. Der Fensterflügel ließ sich nur schwer bewegen.

Unten auf der Straße eilten die Menschen geschäftig herum. Sie waren einfach gekleidet, doch die Gegend wirkte nicht halb so dreckig und verkommen wie die, die ich zuerst gesehen hatte. Allerdings befand ich mich weiterhin in der Unterstadt, denn ich konnte in der Ferne, auf der anderen Seite des Flusses, die Türme der weißen Festung sehen.

Wind!, rief ich stumm, in der Hoffnung, er wäre mittlerweile zu mir zurückgekehrt. Angestrengt horchte ich nach draußen, sah ein paar Fahnen flattern, doch sein Bewusstsein kam nicht zu mir. Ich streckte den Kopf zum Fenster hinaus und meine Haare wehten mir ins Gesicht, wie bei jedem anderen Menschen auch. Diese Erkenntnis tat mir fast mehr weh als mein Kopf und ich wünschte mir nichts sehnlicher, als endlich wieder zu Hause zu sein. Mit dem Wind, in meiner Hängematte. Und bei Justus.

Ob ich mich wohl einfach rausschleichen konnte? Vielleicht würde man mich ja gar nicht bemerken.

Aber es war ein sehr langer Weg zu den Wagen, wenn der Wind nicht bei mir war. Und reiten konnte ich nicht. Vorausgesetzt, die Feuerleute waren überhaupt noch dort.

Möglicherweise waren sie ja ohne mich weitergezogen. Vielleicht dachten sie, ich würde sie schon finden. Oder sie glaubten, ich hätte sie verlassen, zusammen mit Felio!

Ich blinzelte die Gedanken fort und schalt mich, so wenig Vertrauen zu haben. Zumindest Justus würde nie denken, ich wäre einfach gegangen. Er wusste, dass ich ihn liebte!

Und an Felio wollte ich gar nicht erst denken. Denn das verwirrte mich nur noch mehr und trieb mir die Wut in den Bauch.

Hinter mir fiel die Tür ins Schloss.

Erschrocken fuhr ich herum.

Ein Mann stand im Zimmer. Er war zu groß, um aus dem Süden zu stammen, und die dunklen Haare bestätigten das. Finster sah er zu mir.

Für einen Moment hatte ich das Gefühl, ihm schon einmal begegnet zu sein, doch es wollte mir einfach nicht einfallen und so konzentrierte ich mich lieber auf das Hier und Jetzt.

Langsam entfernte ich mich vom Fenster und schob mich zurück zum Bett. Einen Schritt nach dem anderen.

Der Blick des Fremden folgte mir. »Es scheint dir besser zu gehen«, stellte er fest und trat weiter in den Raum. Er verschränkte die Arme vor der Brust und sah hochmütig auf mich herab.

Offensichtlich wollte er mich einschüchtern. Und auch wenn ich es wusste, funktionierte es. Ich hatte Angst vor ihm.

Halt suchend klammerte ich mich an den Bettpfosten, der oben mit einem einfachen Knauf verziert war.

»Meine Leute haben dich aufgelesen und mitgebracht, weil sie irrtümlich dachten, du wärst die Tochter eines Lords, die dir, wie ich zugeben muss, verdammt ähnlich sieht!«, warf er mir an den Kopf, zog sich einen Hocker heran und setzte sich vor das Bett. »Aber ich kenne das Mädchen, für das du gehalten wurdest, zu gut, als dass mir das Gleiche passiert wäre.«

Ein unguter Schauder rann mir den Rücken hinunter.

»Also stellt sich jetzt die Frage: Wer bist du?« Seine Stimme war tief und hatte etwas Drohendes.

Meine Knie zitterten und ich setzte mich widerstrebend auf die Bettkante. Ich wollte den Mund öffnen, um ihm zu sagen, wer ich war, schloss ihn aber wieder.

Was sollte ich denn erzählen? Dass ich Cate hieß? Und dann? Dass ich zu einer Gruppe gehörte, die wie Zigeuner mit Wagen durch das Land zog?

Oh nein, als Nächstes würde ich nur wieder gut verschnürt vor der Schwelle eines Freudenhauses landen.

Was sollte ich ihm also sonst sagen?

»Ich bin eine Freundin von Elyssabed«, brachte ich heiser heraus und wünschte mir, man hätte mir etwas zu trinken angeboten. Meine Kehle war so trocken wie die Ostwüsten. Die Angst saß mir zudem wie ein großer Kloß im Hals.

»Das wüsste ich!«, dröhnte der Mann und erhob sich so schnell, dass ich es kaum mitbekam. Er griff mit seinem langen Arm über das Bett und packte mich unsanft an der Schulter.

Ich hatte nicht einmal Zeit, aufzuschreien, da drückte er mich schon aufs Bett und beugte sich bedrohlich über mich.

»Weißt du, was wir hierzulande mit Lügnern machen?«, zischte er und hielt mein Kinn so in seiner Linken, dass ich ihn ansehen musste. »Wir schneiden ihnen die Zunge raus«, flüsterte er an meinem Ohr und mir schien das Blut in den Adern zu gefrieren.

»Nein«, jammerte ich. Zu viel Panik war in mir, um noch klar zu denken.

Der Mann setzte ein Knie auf die Bettkante und zog ein Messer aus seinem Stiefel.

Er wollte doch nicht wirklich …?!

»Nein. Nein!«, wimmerte ich und versuchte, nach ihm zu schlagen.

Er packte mich jedoch grob an den Armen.

»Hilfe!«, schrie ich verzweifelt und Tränen schossen mir in die Augen. Bei allen Winden, ich wollte einfach nur wieder bei Justus sein.

»Justus!«, heulte ich seinen Namen, nur um ihn gesagt zu haben, um mir Hoffnung zu geben.

Kaum hatte ich ihn ausgesprochen, war der Druck auf einmal verschwunden.

Der Mann hatte losgelassen und ich nutzte den Moment, rollte mich zur Seite und sprang aus dem Bett.

Viel zu hastig stürzte ich auf das Fenster zu, wünschte, es wäre ein Ausweg. und klammerte mich an das Fensterbrett. Das Holz war rissig und wirkte alt.

Meine Beine trugen mein Gewicht kaum noch, so sehr schlotterten sie. Ich hielt mir den schmerzenden Kopf und versuchte auszurechnen, wie tief es vom Fenster aus nach unten ging.

Zwecklos! Ohne den Wind war es einfach zu tief.

Der Mann richtete sich auf. »Justus?«, fragte er erstaunt.

Ich wandte mich ihm zu. Es gefiel mir nicht, dass er seinen Namen sagte.

»Großer Kerl, breite Schultern, dunkle Haare, redet nicht viel?«, fügte er hinzu und betrachtete mich eingehend.

»Wie bitte?«, flüsterte ich, weil ich nicht verstand, was er wollte, und umfasste das Fensterbrett noch fester.

»Justus, der Kerl, nach dem du geschrien hast, ist er groß und redet nicht viel?«, wiederholte der Mann langsam, als sei ich ein Kind, das ihn nicht richtig verstehen konnte.

Ja, Justus war groß und redete nicht viel. Aber woher sollte jemand wie er das wissen?

Ich nickte und griff unbewusst nach der Kette, die er mir geschnitzt hatte. Das glatte Holz des kleinen Vogels zwischen meinen Fingern beruhigte mich ein bisschen.

»Er war hier. Gestern erst. Mit seinem Bruder.« Der Dunkelhaarige sah mich prüfend an.

»Marc oder Van?«, fragte ich automatisch.

»Marc«, antwortete er und ein Lächeln erschien auf seinem Gesicht. Ein freundliches, echtes Lächeln.

Ich schöpfte Hoffnung.

Wir redeten offenbar vom selben Justus! Vielleicht wurde jetzt alles wieder gut.

»Dann bist du wohl Cate.«

Im ersten Moment war ich erschrocken, dass er meinen Namen kannte. Doch dann fragte ich mich nur, ob Justus von mir erzählt hatte.

War ich ihm wichtig genug, dass er mit anderen über mich sprach? In meinem Herzen glomm ein kleiner Funke.

Moment! Wie konnte ich nur so bescheuert sein und jetzt in Tagträumerei verfallen?

»Du redest wohl auch nicht viel«, bemerkte der Dunkelhaarige und klopfte aufs Bett. »Setz dich!«, forderte er mich auf und ich gehorchte zögerlich.

»Ich heiße Symmon.«

Ich blinzelte überrascht. Den Namen hatte ich doch schon mal gehört!

Elyssabed hatte ihn geschrien. Ja, an dem Tag, an dem sie abgeholt worden war, von …

Ich sprang auf. »Du bist Elyssabeds Bruder!«, krächzte ich und räusperte mich dann verhalten. Mein Hals war so trocken.

»Richtig!« Symmon lachte auf. »Und du bist doch keine Lügnerin!«

»Oh doch, die bin ich«, erwiderte ich leise und hoffte, dass er mir dafür jetzt nicht mehr die Zunge rausschneiden würde. »Elyssabed und ich sind nicht gerade befreundet.« Ich ließ mich wieder auf die Bettkante sinken.

»Wer ist schon mit der befreundet?«, brummte er mehr zu sich selbst. »Hast du Hunger?«, fragte er unvermittelt,

Ich schüttelte leicht den Kopf, was mir sofort einen Stich versetzte.

»Durst«, brachte ich stattdessen heraus.

Symmon nickte. Er verließ das Zimmer, sprach draußen mit jemandem und kam wieder zurück.

»Ich muss mich entschuldigen«, sagte er ernst und sah mir in die Augen. »Ich dachte, an dir sei irgendwas faul. Ich kannte dich nicht, obwohl du behauptet hast, meine Schwester zu kennen, und dann siehst du auch noch fast so aus wie eine ihrer, na ja, *Freundinnen*!« Er betonte das Wort abschätzig, als würde er wirklich nicht glauben, dass Elyssabed Freunde hatte. »Also habe ich versucht, dir Angst zu machen, damit du redest.«

»Ihr schneidet Lügnern nicht die Zunge raus?«, fragte ich vorsichtig und zwang mich, mit der Zunge nicht über meine trockenen Lippen zu fahren.

Er lachte laut und stemmte die Arme in die Seiten. »Wenn das so wäre, hätten wir alle keine mehr, glaub mir!«, behauptete er amüsiert.

Es klopfte an der Tür und Symmon rief herein.

In der Tür stand eine junge Frau. Sie trat leise ein und stellte einen großen Krug und zwei Becher auf den Tisch. Dann lächelte sie uns zu und verschwand so still, wie sie gekommen war.

Der Fürstensohn schenkte ein und reichte mir den Becher.

Gierig setzte ich ihn an die Lippen, trank und verschluckte mich beinahe daran. Es tat unglaublich gut, als das kalte Wasser meinen wunden Hals hinunterfloss. Ich gab den Becher zurück und Symmon füllte ihn ein weiteres Mal, ohne ein Wort dazu zu sagen.

Dann klopfte es erneut an der Tür. Doch der Besucher wartete nicht auf ein *Herein*, sondern stürmte das Zimmer. Es war ein Mann mit der Statur der Südländer und einem hellbraunen Lockenkopf.

Ich erinnerte mich an ihn. Er war auch dabei gewesen, als Elyssabed bei uns abgeholt worden war. Wie war noch gleich sein Name?

»Uro!«, rief Symmon fröhlich. »Du wirst nicht glauben, wer das Mädchen ist!«

»Dann sag es mir«, erwiderte Uro gelassen und zog sich einen Hocker heran.

»Darf ich vorstellen: *Cate*!«, eröffnete er verschwörerisch und wies mit der Hand auf mich.

Uros Augen wurden immer größer. »Nicht wirklich! Cate? Das Mädchen von Justus?«

Mein Herz begann zu rasen. Ich wurde als *das Mädchen von Justus* bezeichnet? Als sein Mädchen! In meinem Bauch flatterten die Schmetterlinge durcheinander und meine Wangen färbten sich rot, wie albern es auch sein mochte.

»Er hatte wohl gar nicht so unrecht damit, dass sie in schlechte Gesellschaft geraten ist«, stellte Symmon fest. »Der alte Stadtstreicher, der sie gefunden hat, behauptete, sie hätte bereits gefesselt im Wald gelegen. Und er schwört, dass die erste Kopfwunde schon da gewesen ist.«

Ich verstand nicht ganz, worum es ging, aber vielleicht lag das auch daran, dass ich immer noch Kopfschmerzen hatte. Vorsichtig betastete ich noch einmal den Verband. Hatte ich geblutet?

Wind!, rief ich stumm, doch gleich darauf fiel mir wieder ein, dass er ja nicht da war, und das machte mein Herz schwer. Ich musste zurück. Ich brauchte ein Windspiel. Und vor allem brauchte ich Justus.

Zaghaft wandte ich mich an Symmon und Uro. Die beiden waren offensichtlich befreundet, wie ich an ihrem unbekümmerten Umgang miteinander leicht erkennen konnte.

»Ich muss nach Hause«, unterbrach ich unvermittelt ihre Unterhaltung.

Sie sahen erst mich und dann wieder einander an.

»Bitte! Ich muss zurück«, wiederholte ich viel zu leise und ärgerte mich darüber. Doch ich war müde und hatte nicht die Kraft dafür.

»Ich denke nicht, dass du mit den Kopfwunden irgendwo hingehst. Du kannst ja nicht mal gerade stehen, wie willst du da eine Fahrt mit der Kutsche aushalten oder reiten?«, wollte Symmon wissen und klang dabei mitfühlender, als ich es ihm zugetraut hätte.

»Aber ich muss! Ich sollte schon heute Nacht zurück sein. Justus weiß doch gar nicht, wo ich bin!«

Und ich fühlte mich ohne den Wind furchtbar schwach und elend.

Symmon seufzte laut und Uro kratzte sich am Kopf.

»Ich kann dir anbieten, einen Boten zu ihm zu schicken«, schlug der Fürstensohn vor. »Aber ich kann dich auf keinen Fall reisen lassen. Zumindest jetzt noch nicht.«

Ein Bote, damit konnte ich mich arrangieren. Er würde Justus immerhin sagen, dass es mir gut ging. Dann kam er vielleicht, um mich abzuholen, mit oder ohne Windspiel. Hauptsache, er war da.

Also nickte ich. »Ja, bitte. Wisst ihr denn, wo sie sind?«

»Ich glaube, Justus sagte was von südlich von Berill, bei Kalor«, überlegte Uro.

»Ja«, bestätigte der Fürstensohn und deutete mit dem Kopf in Richtung Tür. »Sag unten Bescheid.«

Uro stand auf.

»Irgendeine besondere Nachricht, die du ihm zukommen lassen willst?«

Ich dachte an das Windspiel. Aber das Risiko wollte ich dann doch nicht eingehen. Schließlich würde ich sie sonst noch mit der Nase draufstoßen, dass ich etwas mit dem Windvolk zu tun hatte.

»Nein. Danke«, schlug ich das Angebot aus und sah auf meine nackten Füße. Wo waren eigentlich meine Schuhe?

Uro nickte, verließ das Zimmer und ließ Symmon und mich allein.

»Gut, Cate, verzeih, dass ich so neugierig bin. Aber wie kamst du gefesselt in den Wald?« Der Fürstensohn sah mich erwartungsvoll an.

Was sollte ich ihm sagen? Ich konnte kaum erzählen, dass ich hergekommen war, um seinen Vater zu beklauen.

Doch da kam mir ein seltsamer Gedanke. Tantarus Low hatte gesagt, die Windspiele seien gestern gestohlen worden. Und mit dem Wind hatte ich sie bei Justus gesehen. Aber der war Symmon begegnet und augenscheinlich waren sie im Guten auseinandergegangen.

Das passte nicht so recht zusammen, also beschloss ich, mich aufs Wesentliche zu beschränken.

»Mein Begleiter«, ich scheute mich, Felios Namen auszusprechen, »hat mich mit einem Stock niedergeschlagen und dort zurückgelassen.« Ich verspürte eine tiefe Enttäuschung in meinem Inneren.

»Warum hat er das getan?«, stellte der Fürstensohn genau die Frage, die ich selbst nicht beantworten konnte.

»Ich habe keine Ahnung«, gab ich zu und vermied es, Symmon in die Augen zu sehen. »Ich weiß nur, dass er jetzt auf dem Weg zu Justus sein muss.«

Ich trank noch ein bisschen Wasser aus dem Becher, den ich immer noch hielt. Die Kopfschmerzen wurden wieder schlimmer und es war anstrengender als gedacht, hier zu sitzen und zu reden.

Symmon hatte recht gehabt. Ich war nicht in der Lage, zu reiten. Mal davon abgesehen, dass ich gar nicht wusste, wie das ging.

»Wegen der Windspiele«, ergänzte Symmon. Es war keine Frage, sondern eine Feststellung.

»Woher …?«

Symmon hob abwehrend die Hand.

»Ich habe Justus geholfen, sie von meinem Vater zu stehlen. Und ich weiß auch, dass du und dein Begleiter genau deswegen hergekommen seid«, eröffnete er viel zu gelassen und ich schnappte erschrocken nach Luft.

»Ich kenne die Umstände nicht. Dafür hat Justus zu wenig geredet und Marc zu sehr darauf geachtet, was er sagt.« Aufrichtigkeit lag in Symmons Blick. »Aber ich bin nicht dumm, Cate! Ich weiß, dass hier etwas vor sich geht, und ich glaube, du bist der Schlüssel zu diesem Wirrwarr.«

Er holte tief Luft. Es schien, als versuche er, in mein Innerstes zu blicken.

»Also sag mir, Cate, ganz ehrlich …«

Ich hatte das Gefühl, mich auf das Schlimmste gefasst machen zu müssen.

»Gehörst du zum Windvolk?«, fragte er mich und seine stahlgrauen Augen schienen mich zu durchbohren.

Mein Herz setzte aus, ich war für einen Moment unfähig, zu denken. Meine Sicht verschwamm und in meinen Ohren ertönte ein ekelhafter Pfeifton. Der Augenblick dehnte sich, als wäre die Zeit stehen geblieben, und dann kam die Welt um mich herum wieder zurück, traf mich wie ein Schlag.

Verdammt, ich konnte doch so schrecklich schlecht lügen!

Gerade wollte ich den Mund öffnen, aber es war bereits zu spät. Der Fürstensohn musste mir die Antwort im Gesicht angesehen haben.

»Ich hab's gewusst«, flüsterte er.

Plötzlich sprang er so heftig auf, dass sein Hocker nach hinten wegkippte. »Ich hab's gewusst!«, rief er und packte mich an den Schultern.

Ich spürte, wie mir das Blut aus dem Gesicht wich. Was würde er mit mir tun, jetzt, da er es wusste?

Er wird mich töten. Wahrscheinlich wird er mich mit bloßen Händen erwürgen!, schoss es mir durch den Kopf und mir wurde schrecklich schwindlig. Ich bekam kaum noch Luft, Panik betäubte meine Sinne. Bei allen Winden.

Mein Magen rebellierte, zog sich schmerzhaft zusammen und ich konnte mich gerade noch wegdrehen, bevor ich mich auf den Dielenboden übergab.

»Tut mir leid, tut mir leid!«, drang Symmons Stimme zu mir durch und klang leicht panisch. Er hatte mich losgelassen und war einen Schritt zurückgetreten. »Verdammt. Ich wollte dich nicht erschrecken! Wirklich, es tut mir leid!« Er reichte mir einen neuen Becher mit Wasser. Der andere lag auf dem Boden und hatte einen Sprung. Ich hatte ihn wohl fallen gelassen.

Mir war so furchtbar schlecht. Stöhnend zog ich die Knie an und rutschte ein Stück weiter auf das Bett. Weg von Symmon.

Der hielt mir immer noch den Becher entgegen und sah mich reumütig an. Er hatte mich wirklich nicht erschrecken wollen, das konnte ich sehen. Und obwohl ich misstrauisch hätte sein müssen, wusste ich, dass er mir nichts tun würde. Seltsam, das war schon der zweite Mensch, der wusste, wer ich war, und mich nicht umbringen wollte.

Aber wie Tantarus Low sah auch Symmon nicht wie ein Südländer aus. Wirklich merkwürdig, wo er doch der Sohn des Landesfürsten war.

»Puh! Geht's wieder?«, wollte er wissen und stellte den Becher, den ich nicht entgegengenommen hatte, auf den Tisch.

Ich wollte nicken, wagte es aber kaum, so sehr schmerzte mein Kopf.

»Hm, also … Ich … muss dich noch was fragen.« Symmon hob den Hocker vom Boden auf und setzte sich darauf. Dann sah er mich prüfend an. »Dieser Mann, dein *Begleiter* … Wie heißt er und wie sieht er aus?«

Überrascht sah ich ihn an. Ehrlich gesagt hatte ich etwas anderes erwartet. Was wollte er denn von Felio? Wusste er etwa, dass auch er vom Windvolk war?

»Wieso willst du das wissen?«

»Er hat dich niedergeschlagen und du weißt nicht, warum. Außerdem ist er auf dem Weg zu Justus, wo wir ebenfalls hinwollen. Ich dachte nur, falls man ihm zufällig begegnet, könnte man ihn herbringen, damit ein wenig Licht in die Sache kommt.«

Das machte tatsächlich Sinn. Wenn sie Felio aufgriffen, würde ich endlich wissen, was hier los war. Und ich wollte mein Windspiel zurück!

Plötzlich war die Wut wieder da, die ich empfunden hatte, als ich gefesselt im Wald gelegen hatte. Falls Symmons Leute ihn fanden, würde ich ihm erst mal gewaltig gegen sein Schienbein treten.

»Felio«, sagte ich. »Er ist blond und schmal gebaut, aber nicht schmächtig. Er sieht aus wie ein typischer Südländer und hat einen alten Lederrucksack bei sich. Und Windspiele.«

Symmon grinste und sah dabei verwegen aus. »Daran werden wir ihn sicher erkennen. Danke.« Er erhob sich. »Es ist das Beste, wenn du jetzt ein bisschen schläfst. Ich schicke jemanden, der hier sauber macht.« Er nickte mir zum Abschied kurz zu und dann war er auch schon verschwunden.

Mein Magen rumorte, verschonte mich aber vor weiterem Erbrechen. Vorsichtig krabbelte ich vom Bett und trank noch ein paar Schlucke Wasser. Die Erschöpfung forderte jedoch immer mehr ihren Tribut und so legte ich mich wieder hin. Das Bett war bequem und durch das geöffnete Fenster kam frische Luft herein.

Lange starrte ich an die rissige Decke.

Blut rauschte mir in den Ohren und ich wusste nicht recht, womit sich meine Gedanken zuerst befassen sollten. Die Abwesenheit des Windes quälte mich jeden Moment. Doch alle anderen Probleme waren nicht weniger anstrengend.

Der Fürstensohn wusste, dass ich zum Windvolk gehörte. Wie war er so schnell darauf gekommen? Was ging hier nur vor sich?

Er hatte mich nicht angriffen und war mir auch nicht feindlich gesinnt, aber meine Angst blieb. Was, wenn es öffentlich wurde, dass noch jemand aus dem Windvolk lebte?

Wenigstens war ich nicht bei den Wagen, so konnte ich leugnen, dass sie es wussten oder ich zu ihnen gehörte.

Wo wir beim nächsten Problem waren: Justus.

Ein Stich fuhr mir ins Herz. Oh Justus! Wieso war er hergekommen, um die Windspiele zu stehlen? Was ergab das alles für einen Sinn?

Ich seufzte. Es waren zu viele Lücken in dem Bild, um es klar zu erkennen.

Und wie sehr ich ihn vermisste!

Ich drehte mich auf die Seite und rollte mich unter der weichen Federdecke zusammen.

Jetzt, hier, wo ich Zeit zum Durchatmen hatte und mein Körper sich müde und zerschlagen anfühlte, vermisste ich ihn mehr als jemals zuvor. Seinen Trost und seine Sorge um mich. Einen Beschützer, der seine Arme um mich legte und von dem ich wusste, dass er mir bei allen Problemen beistehen würde. Bei ihm war ich nie allein.

Ich hätte es ihm sagen sollen! Oh, dumme Cate!

Langsam kam mir der Verdacht, Felio hatte mir nur eingeredet, Justus nichts zu erzählen, damit er ihm nicht im Weg stand. Justus hatte ja nie ein besonders gutes Bild von ihm gehabt, warum sollte Felio ihm also vertrauen?

Aber warum hatte er mich niedergeschlagen?

Wenn er vorhatte, die Windspiele von Justus zu fordern, warum hatte er mich nicht mitgenommen? Es wäre für ihn doch viel leichter gewesen, mit ihm darüber zu reden, wenn ich dabei war. Oder nicht?

Irgendwo an dieser Stelle fehlte mir etwas, um das Bild vollständig zu sehen. Was war es also?

Ich betastete wieder meinen Kopf, der unter dem Verband zwei geschwollene Stellen aufwies, die bei jeder Berührung abscheulich wehtaten.

Warum hatte Felio mich geschlagen? Und gefesselt? Und mir den Wind genommen?

Dieser stinkende Haufen Kappadreck! Wenn ich den in die Finger bekam! Am liebsten hätte ich irgendwas zerschlagen, aber ich kam nicht mehr hoch, so furchtbar müde fühlte ich mich.

Und im nächsten Moment war ich auch schon eingeschlafen.

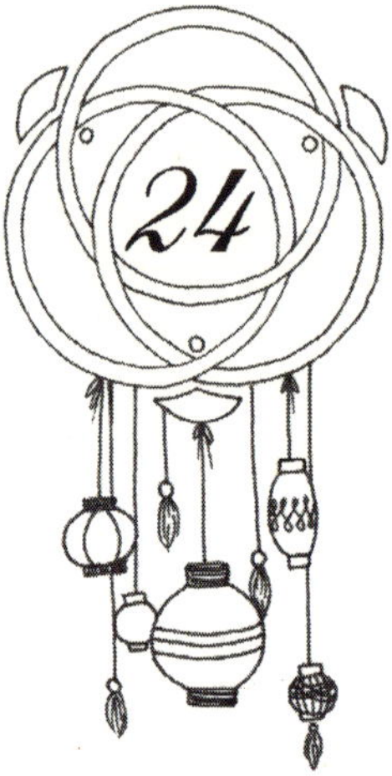

Ich schreckte aus dem Schlaf, als ich spürte, wie sich mir der Wind näherte. Sofort schlug ich die Augen auf, mein Herzschlag beschleunigte sich und ich rief nach ihm.

Aber er antwortete nicht. Hatte ich nur geträumt?

Das Gefühl des sich nähernden Windes hielt jedoch an und meine Sehnsucht nach ihm nahm zu.

Ich lag immer noch in dem Bett, in dem ich eingeschlafen war.

Jemand war hier gewesen, hatte mein Erbrochenes aufgewischt und das Fenster geschlossen. Auch der Krug mit dem Wasser fehlte.

Schnell schlug ich die Decke zurück und wollte aufstehen, um das Fenster zu öffnen, damit der Wind hereinkonnte, wenn er wirklich zu mir zurückkehrte. Mir wurde jedoch sofort wieder schwindlig und mein Kopf schmerzte noch immer, allerdings schon sehr viel erträglicher.

Ich wartete, bis das Schwindelgefühl ein wenig abgeklungen war, erhob mich dann vorsichtig und öffnete das Fenster.

Es war dunkel und die Kühle der Nacht tat mir gut. Rosafarbene Schlieren am Horizont waren die Vorboten des nahenden Morgens. Ich hatte also den restlichen Tag und die folgende Nacht geschlafen.

Intensiv horchte ich nach draußen und versuchte, den Wind zu mir zu ziehen. Sein Bewusstsein war noch da, ich konnte es spüren, aber es war zu weit entfernt, um es zu erreichen. Außerdem kam es aus der anderen Richtung.

Irritiert drehte ich mich gerade um, als leise die Tür geöffnet wurde.

Es war Uro mit einer Kerze, der mich überrascht ansah. »Du bist wach«, sagte er erstaunt und blieb in der Tür stehen. »Darf ich reinkommen?«

Ich nickte.

Uro betrat das Zimmer, stellte die Kerze auf dem Tisch ab, legte ein Bündel daneben und ließ sich auf den Hocker fallen. »Unsere *Boten* haben den Mann gefunden, der dich niedergeschlagen hat.«

»Felio!«, rief ich, weil es mich so sehr erstaunte. Sie waren ihm also begegnet. »Wo ist er? Kann ich zu ihm?«

»Woanders«, erwiderte Uro und kratzte sich verlegen am Kopf, »Symmon verhört ihn gerade. Es könnte also eine Weile dauern, bis du ihn sehen kannst.«

Schrecken erfasste mich. Taten sie ihm etwas an? Ich hatte ja am eigenen Leib erfahren, was es hieß, von Symmon *verhört* zu werden.

Ein harter Klumpen bildete sich in meinem Bauch.

»Ihr dürft ihm nicht wehtun«, flehte ich.

Uro musterte mich erstaunt.

»Er hat dich geschlagen und du willst trotzdem, dass wir ihm nicht wehtun?«, fragte er verwirrt und schob mir das Bündel hin, das er auf den Tisch gelegt hatte. »Das ist übrigens für dich. Ein Geschenk.« Ein Lächeln erschien auf seinen Lippen.

Ich blinzelte irritiert, griff aber nach dem Bündel. Gedanklich war ich noch bei Felio. »Er ist ein Freund. Ich weiß nicht, warum er das getan hat, aber ich will trotzdem, dass …«

Ein verräterisches Klimpern ließ mich verstummen.

Konnte das sein?

Ich legte das Bündel zurück auf den Tisch und öffnete es.

Tatsächlich! Es waren die vier in Tücher eingeschlagenen Windspiele. Als Erstes sah ich eine blaue Muschel, dann die silbernen Röhren, und es fühlte sich wie ein Stück Heimat an, wie ein Rettungsanker in all den Unsicherheiten.

Ich nahm es bei der Aufhängung und hielt es vor mich in die Luft. Es schimmerte im Licht der Kerze.

Wind!, rief ich und wartete. Aber es passierte nichts. Verzweiflung ergriff mich. Was, wenn der Wind niemals zu mir zurückkehren würde?

Doch in diesem Augenblick nahm ich das Rauschen wahr, das sich uns näherte. Die Fahnen draußen flatterten wild, ich hörte ein Klirren, dann fegte ein gewaltiger Windstoß zum Fenster herein, dass es krachend gegen die Wand schlug und das Glas in tausend Splitter zersprang.

Die Kerze erlosch augenblicklich, Uro wurde beinahe von seinem Hocker gestoßen.

Ich lachte lauthals, meine grenzenlose Freude ließ mich sogar die Kopfschmerzen vergessen.

Der Wind tanzte um mich herum und summte sein Lied zusammen mit dem Klimpern des Windspiels. Er freute sich fast noch mehr als ich, dass er endlich wieder bei mir war. Und er war erschöpft, sodass er erst einmal einige Runden um die Röhren drehte. Mit jedem Kreis, den er zog, wurde er stärker und dann begann er, an den Tüchern der anderen drei Windspiele zu zupfen.

»Oida! Was war das denn?«, rief Uro entgeistert und schüttelte erschrocken den Kopf. Er starrte mich an, als hätte ich mich gerade vor seinen Augen in ein Kappa verwandelt. »Symmon hat's mir gesagt, aber ich wollte es nicht glauben«, flüsterte er und rührte sich nicht von der Stelle.

Ich achtete kaum auf ihn und begann, die anderen Windspiele auszuwickeln. Ich hielt ihm zwei entgegen. »Halt mal!«

Die beiden anderen hob ich in die Luft und der Wind drehte sich zwischen ihnen hin und her. Es dauerte nur wenige Augenblicke, bis er wieder seine volle Kraft hatte und auf mich einstürmte.

Mein Haar, das jemand zusammengebunden hatte, löste sich aus dem

Band und ich musste den Verband festhalten, damit der Wind ihn nicht ebenfalls herunterriss. Er zog an meinem Kleid, strich um meine Beine und Arme und rief nach mir.

Ich bin hier, versicherte ich ihm im Stillen und ließ die Windspiele auf den Tisch sinken.

Uro tat es mir gleich. Als ich ihn ansah, begann er, nervös auf dem Hocker hin und her zu wippen.

Er wusste es also auch und er hatte gesagt, Symmon hätte es ihm verraten. Wie vielen Leuten hatte der Fürstensohn es noch erzählt?

Wind!, rief ich ihn und genoss es so sehr, dass er mir antwortete.

Nur Uro. Sie teilen alle Geheimnisse miteinander.

Damit beruhigte er mich ein wenig.

Was tun sie mit Felio?, fragte ich ihn, bevor mir einfiel, dass ich das ja nicht durfte. Ich machte mich darauf gefasst, den Wind festzuhalten, sobald er mir entgleiten wollte. Aber es passierte nicht. Er blieb bei mir. Kein Sog, kein Auflösen.

Sie haben ihn an einen Stuhl gefesselt und drohen ihm. Es geht ihm aber gut, teilte er mir mit und sauste weiter um mich herum. *Er hat Angst. Er ist der Artefakte beraubt!*

Er war der Artefakte beraubt?

Warum ist das wichtig?, wollte ich von ihm wissen.

Der Wind erzählte mir viele unwichtige Dinge, doch ich konnte es spüren, wenn er etwas für wichtig hielt.

Er hat sich ihrer Macht bedient, wisperte er und brauste draußen wie ein kleiner Sturm. *Er hat sie benutzt und einen Schutz errichtet, der mich gefangen nimmt. Er hat die Artefakte missbraucht, um dich zu belügen.*

Ein ungutes Gefühl machte sich in mir breit. Der Wind war wütend auf Felio! Ich konnte seine Wut spüren. Egal, was ich je gemacht hatte, er war niemals auch nur im Entferntesten sauer auf mich gewesen. Was hatte dieser Dreckskerl nur getan, um ihn so zu erzürnen?

Inwiefern hat er mich belogen?, fragte ich und versuchte, ihn zu beruhigen, indem ich mit den Fingern durch ihn hindurchzog.

»Was tust du da?«, quatschte Uro dazwischen. Ich hatte ganz vergessen, dass er da war.

»Ich … ähm …« Mir viel einfach nichts ein, was ich ihm sagen konnte. Er wusste zwar, dass ich vom Windvolk war, aber ich band ihm sicher nicht auf die Nase, dass ich gerade mit dem Wind redete. Doch ich wollte all die Dinge erfahren, die dieser mir zu erzählen hatte.

Um in Ruhe mit ihm zu reden, musste ich Uro loswerden.

Wie auf Kommando knurrte mein Magen plötzlich so laut, dass es selbst Uro gehört haben musste.

»Ich werde dir mal was zu essen besorgen«, sagte er prompt und erhob sich. »Dein Magen klingt ja wie eine hungrige Bestie.« Er lachte und verließ das Zimmer.

Erleichtert seufzte ich auf und ließ mich auf die Bettkante sinken.

Wind, forderte ich ihn auf, mir meine Frage zu beantworten.

Er hat dich belogen. Er ist nicht vom Windvolk. Er gehört nicht zu mir!, brauste er und schlug das leere Fenster erneut gegen die Wand.

Ich konnte das nicht begreifen. Das war unmöglich. Felio konnte fliegen! Ich hatte es doch gesehen.

Er zieht seine Kräfte aus den Windartefakten. Jetzt, da sie ihm genommen sind, kann er nichts mehr. Sein Blut ist verwässert. Die Zeit fordert ihren Tribut, säuselte er weiter.

Ich verstand nicht alles, was er sagte, aber die Hauptsache kam an: Felio war nicht vom Windvolk! Und er hatte mich belogen!

Das war hart. Es schmerzte, dass ich kaum Luft bekam. Mein Brustkorb drückte sich zusammen, als ob ein Amboss auf mir läge.

Meine erste Intention war, dem Wind vorzuwerfen, dass er mich anlog. Doch das war unmöglich. Er konnte nicht lügen. Felio aber schon!

Wieso hatte er das gemacht? Warum hatte er mir erzählt, er wäre vom Windvolk? Warum hatte er mir die Hoffnung gegeben, ich sei nicht allein geblieben?

Bei allen Winden. Es tat so weh, als ob mir jemand einen Speer in den Bauch gerammt hätte. Ich konnte die Tränen nicht zurückhalten.

Der Wind versuchte, mich zu trösten. Ich spürte, dass es ihm leidtat, es mir so schonungslos beigebracht zu haben. Aber er war nun mal der Wind und konnte nicht anders handeln. Er strich mir über die Arme und den Nacken.

Wieso?, fragte ich verzweifelt.

Weil er die Windartefakte will. Und ohne deine Hilfe hatte er keine Aussicht darauf, flüsterte er an meinem Ohr.

Ich atmete zitternd ein.

Ich hatte schon vorher gemerkt, wie fixiert er auf sie gewesen war. Er hatte ja sogar meines aus dem Wagen geklaut.

Wenn ich so zurückdachte, hatte es viele Anzeichen gegeben, die ich ignoriert hatte, weil ich hatte glauben wollen, dass ich nicht als Einzige von meinem Volk übrig geblieben war.

Der Wind berührte ihn nicht so wie mich. Ich hatte es von Anfang an gespürt. Er redete nicht mit ihm. Und dann hatte Felio mich die Windspiele ganz allein suchen lassen. Es war durch die Berührung unserer Hände keine Verbindung zwischen uns entstanden.

Obendrein hatte er mich ganz allein losgeschickt, um die Windspiele aus der Festung zu stehlen, und mich mit fadenscheinigen Argumenten abgespeist. Ich hatte sie geglaubt, weil ich es glauben wollte.

Dumme Cate!, sagte ich zu mir und lehnte mich auf dem Bett zurück, die Handballen an die Augen gepresst. *Wie konntest du nur so dumm sein?*

Justus hatte es gemerkt! Davon war ich jetzt fest überzeugt. Er hatte ihm die ganze Zeit nicht über den Weg getraut, mir gesagt, ich solle vorsichtig sein und ihm nicht blind vertrauen. Und das hatte ich nun davon!

Jetzt sehnte ich mich noch mehr nach Justus. Niemals hätte ich so einfach mit Felio weggehen sollen. Mein schlechtes Gewissen quälte mich nun noch heftiger. Ich war so dumm und Justus würde stinksauer sein, wenn ich heimkam und ihm alles erzählte.

Wind!

Wenigstens war er wieder da. Jetzt fühlte ich mich nicht mehr ganz so verloren und schutzlos.

Was macht Justus? Ist er sauer auf mich?

Wenn er es mir sagte, wusste ich wenigstens, worauf ich mich gefasst machen musste.

Nein.

Grenzenlose Erleichterung durchströmte mich.

Er macht sich Sorgen. Er weiß, dass Felio nicht vom Windvolk ist. Er hat die Artefakte gestohlen, damit du zu ihm zurückkehren musst, murmelte er ein wenig widerstrebend und ich richtete mich überrascht auf.

Er wusste es? Und er hatte die Artefakte gestohlen, weil …

Jetzt ging mir ein Licht auf! Justus hatte die Windspiele und Felio und ich hätten zu ihm gemusst, um sie zu holen. Doch dann wäre Felio aufgeflogen und das konnte er nicht riskieren.

Deshalb hatte er mich niedergeschlagen! Er musste gewusst haben, dass Justus im Bilde war.

Ich schüttelte den Kopf, weil alles so erschreckend klar war. Bei allen Winden, in was war ich da nur reingeraten?

Felio, ein Betrüger. Justus, der sich aufgemacht hatte, um einen Weg zu schaffen, mich zurückzubringen.

Oh Justus! Mein Bauch begann zu flattern und neue Tränen stiegen mir in die Augen. Ich musste wissen, was er gerade tat, wünschte, mich einfach aus dem Fenster zu erheben und zu ihm zu fliegen.

Wieder wandte ich mich an den Wind.

Männer sind ins Lager eingefallen und haben alle Wagenleute mitgenommen. Sie sind Justus und Marc aus der Stadt hinausgefolgt, zischte der Wind.

Ich sprang vom Bett auf.

Die schreckliche Nachricht erstickte meine Euphorie. Schwankend klammerte ich mich an den Bettpfosten.

»WAS!«, schrie ich entsetzt und hielt mir mit einer Hand den pochenden Kopf. Der Schmerz war schlagartig zurückgekehrt.

Warum? War es der Fürst? War es wegen der Windspiele?, drängte ich den Wind, zu antworten.

Es war nicht der Fürst, säuselte er und strich mir wieder den Nacken entlang.

Wer dann?, verlangte ich zu wissen, doch der Wind schwieg. *Wind, wenn nicht der Fürst, wer dann und warum?*, drängte ich ihn, zu antworten.

Der Wind fühlte sich unwohl. Was war denn los?

Ich weiß es nicht, flüsterte er.

Wie kannst du es nicht wissen?

Das war noch nie passiert. Manche Angaben von ihm waren lückenhaft gewesen oder kryptisch, aber niemals hatte er etwas nicht gewusst.

Es waren Männer. Sie kamen aus der Stadt. Ich weiß nicht, wer sie geschickt hat. Ich weiß nicht, wieso.

Der Wind tänzelte beschämt um mich herum. Er spürte, dass ich mit seiner Antwort nicht zufrieden war, konnte es jedoch nicht ändern.

Mir wurde wieder schlecht und ich setzte mich vorsichtig auf die Bettkante.

Wo wurden sie hingebracht? Geht es ihnen gut?

In eine Burg, keine acht Meilen von hier. Es gibt keine großen Verletzungen. Nichts allzu Schlimmes, sagte der Wind. *Noch nicht.*

Das Blut gefror mir in den Adern.

Ich musste zu ihnen. So schnell es ging! Ich musste sie da rausholen.

Die Männer … Sie wollen Informationen, sagen sie. Die Wagenleute weigern sich, zu reden, fuhr der Wind fort.

Ich schnappte nach Luft.

Geht es um mich?

Ich hatte kaum gewagt, diese Frage zu stellen. Aber ich musste es wissen.

Ja.

Mein Kreislauf kippte. Bei allen Winden! Ich presste die Hände fester an den Kopf, bis der stechende Schmerz nur noch ein Pochen war. Sie wollten mich!

Sie hatten Justus wegen mir entführt! Ich hatte sie alle in Gefahr gebracht!

Woher wussten sie von mir?

Ich dachte angestrengt nach. Und dann fiel mir Tantarus Low ein, der Völkerkundler. Hatte er mich verraten?

Er ist tot, raunte der Wind.

Ich erstarrte.

Was?! Wieso?, brachte ich mühsam heraus. Alles war so schrecklich, dass ich kaum atmen konnte.

Männer kamen zu ihm. Sie haben ihn erstochen, kurz nachdem du ihn verlassen hattest.

Der Wind brauste durchs Zimmer, spiegelte meine Gefühle.

Ich rang um Fassung.

Wurde er wegen mir getötet?, erkundigte ich mich, auch wenn ich es gar nicht wissen wollte.

Ich weiß es nicht.

Schon wieder. Wie konnte es sein, dass jemand etwas vor dem Wind verbarg?Langsam stand ich auf und trat an den Tisch. Mein Magen rebellierte, doch ich ignorierte ihn. Ich wusste nicht, warum man Tantarus Low getötet hatte, aber mein Gefühl sagte mir, dass es meinetwegen passiert war.

Ich atmete tief ein und aus.

Kannst du mir sagen, wo die Burg ist, in die man die Wagenleute gebracht hat?

Der Wind streifte meine Finger, versuchte, mich zu beruhigen. Ich schüttelte ihn ab, war zu aufgewühlt, um mich trösten zu lassen.

Die anderen Artefakte sind auch dort. Wenn du sie rufst, werden sie dir antworten, flüsterte er, während ich mit zittrigen Fingern die Windspiele wieder in die Tücher einschlug und zu einem Bündel verknotete.

Der Idee des Windes folgend, schloss ich die Augen. Ich konnte die Artefakte ganz allein rufen, das war mir jetzt klar. Doch es dauerte unendlich lange, mich darauf zu konzentrieren und nicht ständig an Justus zu denken. Die Feuerleute in Gefangenschaft, bedrängt, erpresst. Was würden sie ihnen antun?

Hoffentlich wussten die Leute, die sie gefangen genommen hatten, nichts von der Feuerkunst.

Zaghaft sang ich mit dem Wind, dessen liebliche, leicht melancholische Melodie beruhigend auf meinen Geist und meine angeschlagenen Nerven wirkte. Es führte mich zuerst zu den Artefakten, die ich in den Händen hielt. Dann zog ich weiter. Hinaus aus dem Zimmer, über die Unterstadt, die in der aufgehenden Sonne funkelte, und Richtung Nordwesten. Dort lag, umgeben von Wald, eine steinerne Burg mit hohen Mauern und dunklen Türmen. Sie stand hoch erhoben auf einer Klippe, tief unter sich eine strömende Windung des Afon.

Ich flog durch ein schmales Fenster und eine Treppe hinunter in einen dunklen Kellerraum. Dort stand eine Truhe, fest verschlossen. In ihrem Inneren klimperten die Windspiele.

Erschrocken öffnete ich die Augen und holte zitternd Luft. Der Raum, in dem ich saß, kam mir plötzlich noch kleiner vor als zuvor.

Und Justus und die anderen sind dort?

Ich eilte mit dem Bündel zur Tür. Natürlich hätte ich auch zum Fenster hinausstürmen können, aber es war mittlerweile so hell, dass mich die ganze Stadt gesehen hätte, wenn ich jetzt davonflog.

In einem Kerker, in den Tiefen der Burg, flüsterte der Wind.

Ich trat auf den Flur hinaus.

Zu meiner Linken führte der Gang zu weiteren Türen, rechts ging eine Treppe nach unten. Ohne lange zu überlegen, rannte ich die Stufen hinunter.

Meine Füße berührten kaum den Boden und ich übersprang die letzten Stufen. Eilig lief ich um eine Ecke und fand mich in einem großen Raum voller Tische und Stühle wieder. An einer Theke, hinter der ein Mann mittleren Alters lehnte, saßen drei Männer auf den erhöhten Stühlen. Sie steckten die Köpfe zusammen und redeten leise miteinander.

Einer von ihnen war Uro, sein Lockenkopf war unverkennbar. Neben ihm saß Symmon.

Der Mann an der Theke entdeckte mich als Erster. Er hob das Kinn und nickte in meine Richtung, sodass die anderen verstummten und sich nach mir umwandten.

Ich kannte die anderen beiden nicht, doch der Wind flüsterte mir zu, dass der Ältere Fristan hieß und der offizielle Anführer der Diebesgilde war. Der Mann neben Symmon wurde *Wisper* genannt, wegen seines Geschicks mit Tieren.

Diebesgilde? Wieso saß der Sohn des Landesfürsten mit dem Anführer der Diebesgilde zusammen?

Kappadreck! Ich hatte gedacht, ich könnte mich ungesehen davonschleichen. Was sollte ich ihnen sagen, wenn sie fragten, wo ich hinwollte?

Wie erstarrt blieb ich stehen.

Konnte ich ihnen sagen, dass die Wagenleute gefangen genommen worden waren? Würde es sie überhaupt interessieren?

Na ja, Symmon hatte zumindest gesagt, dass er Justus und Marc geholfen hatte, die Windspiele zu klauen. Warum sollte er ihnen dann nicht noch einmal helfen wollen?

Doch was sollte ich sagen, wenn sie wissen wollten, woher ich das wusste? Nein, ich konnte sie auf keinen Fall um Hilfe bitten.

Die Männer starrten mich an und ich trat ein Stück aus dem Schatten des Durchganges.

Irgendwie fühlte ich mich, als hätte ich sie belauscht, obwohl ich von der Unterhaltung nichts mitbekommen hatte.

Nervosität stieg in mir auf. Die anderen sagten immer noch nichts. Als mein Gesicht heiß wurde, sah ich auf meine Füße.

Meine Zehen waren ein wenig schmutzig vom staubigen Boden. Zögerlich hob ich wieder den Kopf.

»Wo sind meine Schuhe?«, fragte ich und klammerte mich an das Bündel, in dem die Windspiele leise klimperten.

Die Männer sahen einander an. Scheinbar hatte keiner von ihnen eine Ahnung, wo sie hingekommen waren.

Uro erhob sich. »Dein Essen braucht ein bisschen, aber du kannst schon mal einen Apfel haben«, sagte er schnell, griff über die Theke und hielt mir das rotbackige Obst entgegen.

Das hatte ich total vergessen! Wie auf Kommando knurrte mein Magen wieder.

Die Männer lachten und ich wurde wohl noch röter.

»Ich brauche meine Schuhe!«, versuchte ich es noch einmal und sah zu Symmon.

»Wofür?«

Selbst wenn ich nicht vorgehabt hätte, zu gehen, hatte ich zumindest das Recht auf meine eigenen Schuhe!

Vielleicht war ich ja eine Gefangene und es war mir bisher nicht aufgefallen. Aber warum?

Weil ich vom Windvolk war und sie es wussten?

»Ich muss gehen!«, eröffnete ich und bemühte mich, entschlossen zu klingen.

Mit raschen Schritten durchquerte ich den Schankraum.

Ich musste zu Justus! Ich musste den Feuerleuten helfen!

Der Fürstensohn sprang sofort auf und versperrte mir den Weg. Forschend sah er mich an. »Mooooment! Was ist los?«

Er packte meinen Arm und schob mich zu einem der Stühle an einem langen hölzernen Tisch. Unsanft drückte er mich darauf und starrte mich finster an.

»Ich muss wirklich los!«, versuchte ich, abzulenken, und wollte wieder aufstehen, aber Symmon ließ es nicht zu.

Die anderen Männer sahen schweigend zu.

»Dein Gesicht ist ein offenes Buch, meine Liebe. Du solltest uns besser sagen, was los ist«, raunte er gefährlich und mir lief es kalt den Rücken hinunter.

Versuchte er etwa, mir wieder Angst zu machen? Oder war das seine Art, Besorgnis zu zeigen?

Ich schluckte. Was sollte ich sagen? Ich konnte schließlich nicht erklären, was ich wusste.

»Justus … Ich muss zurück«, flüsterte ich, weil meine Stimme nicht mehr hergab. Verdammte Schüchternheit! In solchen Momenten wünschte ich mir, einfach ein bisschen kesser zu sein, so wie Mei oder sogar Bree.

Symmon trat zu meiner Erleichterung einen Schritt zurück. »Du kannst nicht zurück!«, sagte er ernst.

Mich überkam das Gefühl, zu fallen. Die Übelkeit, die ich bisher erfolgreich unterdrückt hatte, wurde heftiger. Ich fühlte mich schrecklich. Also war ich doch eine Gefangene!

Symmon rieb sich das Gesicht. Erst jetzt sah ich, wie müde er wirkte. Unter seinen Augen waren dunkle Ringe. Hatte er nicht geschlafen?

»Wie sage ich dir das?«, meinte er mit einer Spur Verzweiflung in der Stimme und legte die Hände in den Nacken.

Ich war eine Gefangene. Er würde mir sagen, dass er mich nicht gehen lassen konnte, weil ich vom Windvolk war!

Bei allen Winden!

Der Wind zog schützend um mich herum und war zu allem bereit.

Und da kam mir eine Idee. Wenn sie doch sowieso wussten, dass ich vom Windvolk war, konnte ich mir im Notfall vielleicht den Weg mithilfe des Windes *freikämpfen*.

Schwer schluckte ich gegen den Kloß in meinem Hals an und versuchte, mich darauf vorzubereiten, Symmon mit einem Windstoß die Füße unter dem Körper wegzuziehen.

»Die Leute, mit denen du durch die Gegend reist … Nun ja, unser Bote war dort und keiner war mehr da. Die Wagen standen noch, total zerwühlt. Wir vermuten, dass sie entführt wurden«, sagte er stockend und ließ mich dabei keinen Moment aus den Augen.

Zuerst war sein Blick besorgt gewesen, doch jetzt, nachdem er geendet hatte, sah er mich groß an.

»Du weißt es schon!«, fuhr er mich plötzlich an und ich zuckte zurück.

Was konnte dieser Mann denn noch alles an meinem Gesicht ablesen?

War es so offensichtlich gewesen, dass ich es wusste?

Wahrscheinlich.

Symmon drehte sich zu Uro. »Hast du es ihr erzählt?«, fragte er ihn scharf und der schüttelte den Kopf, den Apfel immer noch in seiner Hand.

»Ich habe kein Wort darüber verloren«, versicherte er.

Symmons Blick wanderte wieder zu mir.

»Gut. Was weißt du noch? Hast du eine Ahnung, wer es war?«

Ich schwieg und überlegte, ihn einfach mit einem Windstoß gegen die nächste Wand zu schleudern und dann schnell von hier zu verschwinden. Aber das wäre sicher dumm gewesen.

Denn ich hatte, ehrlich gesagt, nicht den blassesten Schimmer, wie ich Justus und die anderen allein aus dem Keller dieser Burg befreien sollte. Eigentlich brauchte ich Hilfe!

Kann er mir helfen?, fragte ich den Wind.

Er befiehlt die schwarze Garde. Elitesoldaten. Er ist Teil der Diebesgilde. Er hat Einfluss.

Ich wertete es als *Ja*.

Gut, dann eben so!

Ich nahm allen Mut zusammen, schluckte den störenden Kloß in meinem Hals hinunter und beschloss, das Wagnis einzugehen, jemandem zu vertrauen, den ich kaum kannte. Entgegen der schlechten Erfahrung, die ich gerade hinter mir hatte.

»Ich weiß nicht, wer es war«, sagte ich.

Symmon seufzte und wollte sich bereits abwenden.

»Aber ich weiß, wo sie hingebracht wurden«, fügte ich hinzu und der erstaunte Blick des Fürstensohnes schnellte zu mir zurück.

»Da gibt es eine Burg, nordwestlich von hier. Sie steht auf einer Klippe über dem Afon.«

Symmon starrte mich an. Er hatte den Mund geöffnet, um etwas zu sagen, doch es kamen keine Worte heraus.

»Klingt mir sehr nach Lord Pekas Landresidenz«, sagte Fristan und lehnte sich über den Tresen. »Also schon wieder *er*!« Der Anführer der Diebesgilde verzog genervt das Gesicht.

Symmon musterte mich eingängig und ging vor mir in die Hocke, sodass er mir beinahe auf Augenhöhe war. »Woher weißt du das?«, raunte er. Seine Augen verengten sich zu Schlitzen.

Angestrengt riss ich mich zusammen, um nicht zurückzuweichen. Mir war klar gewesen, dass diese Frage kommen würde, und doch hatte ich gehofft, er würde sie nicht stellen, so wie auch Justus mich nie danach gefragt hatte.

Ich hatte ihm nie gesagt, dass der Wind mit mir redete. Ich hatte es schon hundertmal vorgehabt und dann doch nicht den Mut gefunden. Umso länger ich das Geheimnis gehütet hatte, desto schwerer war es mir gefallen, es zu versuchen.

Doch nun suchte ich fieberhaft nach einer Erklärung. Bevor ich es Justus nicht gesagt hatte, würde es auch kein anderer erfahren.

Ich klammerte meine Hände um das Bündel auf meinem Schoß. »Sie haben die Windspiele dort hingebracht und ich … ich habe eine Verbindung zu ihnen.« Ich hoffte inständig, der Fürstensohn würde sich mit diesem Brocken Wahrheit zufriedengeben.

Er packte mich unsanft am Arm. »Du vermutest also, dass sie auch dort sind«, wollte er misstrauisch wissen.

Nun zuckte ich doch zurück.

Was sollte ich jetzt nur sagen?

Seine Miene verfinsterte sich immer mehr. »Woher weißt du es also?«, fuhr er mich an und ich presste die Lippen aufeinander.

Ich konnte es ihm einfach nicht sagen. Mein Schädel dröhnte. Ich versuchte, mich loszureißen, doch er verstärkte schmerzhaft seinen Griff.

»Ich wiederhole mich ungern«, zischte er und schüttelte mich unsanft. »Hör zu! Wenn du mir nicht antwortest, werde ich gar nichts tun, um deinen Leuten zu helfen. Dann können sie in den Verliesen von Pekas Burg verschimmeln!« Eisige Kälte lag in seinen Worten. »Es gibt Gerüchte, er hätte da nette Foltermaschinen.«

Mein Herz sackte mir wie ein Stein in der Brust nach unten.

Nein! Das durfte nicht sein!

»Sie werden wohl ein paar Tage leiden, bevor sie schmählich zugrunde gehen!«, wagte er doch tatsächlich, zu sagen, nur um mich zu verletzen, und ich schluchzte auf.

In mir kamen plötzlich Erinnerungen hoch, Bilder, die ich vor Jahren verdrängt hatte. Eine Frau, der von einem Soldaten die Kehle aufgeschlitzt wurde. Ein Mann, der blutend vor mir zusammenbrach. Schreie und Feuer überall.

Mein Volk war damals gestorben und hatte mich allein zurückgelassen. Jetzt waren die Wagenleute alles, was ich hatte! Ich durfte nicht zulassen, dass ihnen etwas geschah.

Die Angst, die sich wie ein fester Knoten um mein Herz gelegt hatte, platzte mit einem Mal und verwandelte sich in Wut. Heißer, beißender Zorn, der meinen Körper durchdrang und mich innerlich verbrannte.

Dieser verdammte Scheißkerl von einem Fürstensohn! Dachte er, er konnte mit mir machen, was er wollte? Würde er *meine Familie* wirklich im Stich lassen, nur weil ihn eine Laune trieb?! Oder glaubte er, er konnte alles aus mir herauspressen, wenn er mir nur genug Angst einjagte?

Das konnte ich auch!

Der Wind explodierte in meinen Haaren und schlug Symmon mit heftigem Druck nach hinten. Er stürzte zu Boden, zu geschockt, um zu begreifen, was gerade mit ihm passierte.

Die Wut schlug immer größere Flammen in mir. Und das war gut so! Ich war immer mutiger, wenn ich sauer war.

Schnaubend stand ich auf und trat auf den Fürstensohn zu, der sich benommen von dem Schlag an den Kopf fasste.

Der Wind flatterte gespenstisch durch mein Kleid und meine Haare. Das Bündel mit den Windspielen, das ich weiterhin fest in der Hand hielt, klimperte in einem merkwürdigen Rhythmus.

»Wage es nicht, mir zu drohen!«, schnauzte ich ihn an. Er starrte mich mit weit aufgerissenen Augen an. »Diese Menschen sind meine Familie! Die einzige, die ich habe, und ich ziehe es vor, sie zu retten. Wenn ihr mir helfen wollt, tut es. Falls nicht, hätte ich jetzt gern meine Schuhe!«, zischte ich bedrohlich.

»Verdammte Scheiße! Was geht hier eigentlich ab?«, rief Fristan und ich wandte den Blick zu den übrigen Männern, die starr am Tresen standen, unfähig, sich zu rühren.

Ich hatte alle Vorsicht fahren lassen! Und wenn schon, es wussten sowieso schon zu viele Menschen. Auf ein oder zwei weitere kam es auch nicht mehr an.

Selbst die Männer, die die Wagenleute gefangen hielten, wussten von mir. Aber woher?

Mit wenigen Schritten war ich bei Uro, der erschrocken vor mir zurückwich, und riss ihm den Apfel aus der Hand, den er umklammert hielt.

»Also«, sagte ich fauchend und starrte die Männer nieder. »Wer ist dieser Lord Peka?«, verlangte ich zu wissen und biss in den Apfel.

Er schmeckte sauer.

25

Vom Wind erfuhr ich, dass dieser Lord der Berater des Fürsten war und eine Tochter hatte, mit der mich Fristans Männer verwechselt hatten. Seine Frau war vor fünfzehn Jahren an Schwindsucht gestorben, er reiste viel und mochte Nüsse und getrocknete Früchte.

»Du bist kühner, als ich dachte!«, rief Symmon und rappelte sich vom Boden auf. »Damit können wir arbeiten!«

Er bedeutete mir mit einem Wink, mich wieder zu setzen, und ließ sich neben mir nieder.

»Lord Peka ist kein einfacher Mann«, sagte er. »Er ist der, auf dessen Meinung mein Vater am meisten Wert legt. Und er ist einer derjenigen, die das Windvolk auf dem Gewissen haben.«

Ein Frösteln überlief mich.

»Er war der Hauptbefürworter. Doch es kommt noch besser. Zur selben Zeit erhob sich im westlichen Meeresgebiet jemand im Beraterstab des dortigen Landesfürsten und unterbreitete seinem Fürsten exakt denselben Plan!«

»Wie kann das sein?«, fragte ich, obwohl ich die Antwort bereits wusste. Verschwörung!

»Zufall ist es sicher nicht gewesen«, sagte Fristan und ließ mich keinen Moment aus den Augen.

Niemand sprach es aus, doch ich wusste, dass sie alle ahnten, dass ich vom Windvolk stammte.

»Natürlich waren die beiden Landesfürsten auch damals schon miteinander verfeindet«, fuhr Symmon fort. »Ihr gemeinsames Vorhaben, das Windvolk loszuwerden, einte sie für kurze Zeit, nur um sie danach zu umso erbitterteren Gegnern zu machen. Jetzt kämpfen sie um das Land und der Krieg, den sie heute immer noch führen, hindert beide Länder daran, sich in irgendeiner Weise weiterzuentwickeln. Ich kann nicht verstehen, warum mein Vater so dumm ist! Aber Lord Peka schürt das Feuer weiter und wir wissen aus zuverlässigen Quellen, dass auch der Berater des Landesfürsten im Westen das Gleiche tut.«

»Was hat Lord Peka denn davon, wenn Krieg herrscht?«, wollte ich wissen und bereute es, den Apfel gegessen zu haben, der nun in meinem Magen rumorte.

»Seine Ziele kennen wir nicht. Aber er hat viele Spione. Am Hof, in der Stadt und wahrscheinlich auch im ganzen Land. Sie kommunizieren nur schriftlich miteinander.« Symmon runzelte die Stirn.

»Vielleicht macht er es zur Dokumentation«, schlug Wisper mit klangvoller Stimme vor. Er hatte bisher geschwiegen und ich hatte noch keinen Eindruck von seinem Charakter.

»Sicher nicht! Er verbrennt alles, nachdem er es gelesen hat. Es ist absurd. Selbst wenn er einem Mann Befehle gibt, der direkt vor ihm steht, tut er das in Briefform. Ich habe es selbst schon gesehen«, warf Uro ein und gestikulierte dabei mit den Händen.

»Dieser Mann führt irgendetwas im Schilde und nun haben wir einen echten Grund, ihn hochzunehmen!« Symmon sah zu mir. »Lass uns deine Leute befreien. Und vielleicht bekomme ich ja dann ein paar Antworten.«

Mir war klar, dass diese Anspielung nicht allein dem Lord galt, sondern auch mir.

Uro und Symmon verschwanden kurz nach unserer Unterredung aus dem Wirtshaus, das den seltsamen Namen *Zum trunkenen Schwätzer* trug. Sie wollten mich gegen Mittag abholen.

In der Zwischenzeit badete ich und bekam frische Kleider. Meine roten Schuhe tauchten ebenfalls wieder auf, und zwar an den Füßen eines Jungen, der im Schankhaus die Kartoffeln schälte. Na ja, was sollte man auch anderes erwarten in einem Haus, das der Diebesgilde gehörte.

Symmon ließ mich vor sich auf dem Pferd sitzen und dann ritten wir auf Schleichwegen aus der Stadt. Vor den Mauern trafen wir auf einen Trupp schwarz gerüsteter Soldaten, die aufgesattelt und voll bewaffnet auf ihren Anführer warteten.

Die schwarze Garde war die Leibgarde des Fürstensohns. Ein Trupp, der dazu diente, den zukünftigen Landesfürsten zu schützen. Denn das würde Symmon werden, wenn sein Vater eines Tages starb.

Ich hatte mir einen Fürsten immer würdevoll vorgestellt und konnte mir nicht im Geringsten ausmalen, dass er einmal der Herrscher des östlichen Meeresgebietes sein würde.

Das war ja, als wenn man Marc zum Clanoberhaupt machte!

Zusätzlich war die schwarze Garde eine Einheit, an der der zukünftige Landesfürst seine kämpferischen und strategischen Fertigkeiten erproben konnte. Und ich musste zugeben, darin machte sich Symmon gar nicht schlecht.

Der Wind erzählte mir von gewonnenen Schlachten und klugen Hinterhalten und lenkte mich so von meinen Sorgen ab, die mir wie ein tobendes Tier in die Brust bissen.

Auf dem Rücken eines Pferdes zu sitzen, fühlte sich ungewohnt an und mein Hintern tat mir weh. Symmon saß hinter mir und hielt die Zügel.

Die Kopfschmerzen hatten nachgelassen und klangen nur noch dumpf in meinem Hinterkopf. Fristans Frau hatte mir den Verband abgenommen. Eine Beule zeigte deutlich die Stelle, an der mich Felios Stock getroffen hatte. An der Stirn, kurz unter dem Haaransatz, hatte ich eine kleine Platzwunde davongetragen. Wahrscheinlich war ich irgendwo dagegen gestoßen, als der Stadtstreicher mit mir vor Fristans Männern davonlaufen wollte.

Kaum zu glauben, dass es erst gestern gewesen war. Es kam mir vor, als sei es Ewigkeiten her, so viel war seitdem passiert.

»Noch diesen Hügel hinauf, dann können wir die Burg sehen«, informierte mich Symmon.

Ich verkrampfte mich.

Bald waren wir da. Bei Lord Pekas Festung, hoch oben auf einer Klippe. Ich bekam eine Gänsehaut bei dem Gedanken.

Wir rasteten unweit des Waldrandes im Schutz der Bäume. Die Blätter raschelten vertraut über unseren Köpfen, was mir einen bitteren Geschmack von Heimat bescherte. Es war eine Scheinzuflucht, die mir vorgaukelte, am richtigen Ort zu sein. Und doch war es ohne meine Familie nicht dasselbe.

Symmon nickte mir zu, ihm zu folgen, und wir gingen ein Stück in den Wald hinein.

»Gut, jetzt können wir reden«, sagte er, nachdem er sich versichert hatte, dass niemand in Hörweite war. Mir wurde mulmig zumute. »Heute Morgen wusstest du über Dinge Bescheid, die du nicht wissen konntest. Zuerst dachte ich, du wärst möglicherweise ein Spion, und habe dir mal wieder Angst gemacht. Was für mich aber nach hinten losgegangen ist.« Er räusperte sich verhalten.

Ich holte tief Luft. Mein Ärger von heute früh war längst verflogen.

Doch es beunruhigte mich, dass er wieder damit anfing, denn auch jetzt wollte ich ihm nicht darauf antworten. Irgendwie hatte ich gehofft, er würde die Sache auf sich beruhen lassen – wie Justus.

Ich schluckte. Konnte es sein, dass Justus es immer gewusst und deshalb nie gefragt hatte?

»Mittlerweile habe ich meine Meinung geändert. Denn es ist unmöglich, dass ein Windvolkmädchen mit Lord Peka unter einer Decke steckt!« Er sprach den Namen aus, als sei er etwas Bitteres, das man ausspucken musste. »Offensichtlich willst du mir nicht sagen, woher du die Dinge weißt. Sei es deine mysteriöse Windzauberkraft oder Wahrsagerei, das ist mir relativ egal. Aber ich muss noch mehr wissen, wenn du mehr weißt!«

Ich nickte zögerlich. Noch wagte ich nicht, erleichtert aufzuatmen, und machte mich auf seine Fragen gefasst.

»Gut.« Symmon wischte sich aufgrund der Hitze den Schweiß von der Stirn. »Wo in der Burg sind deine Leute?«

Ich fragte den Wind.

»Im Kerker, unterirdisch«, gab ich seine Antwort weiter und fühlte mich äußerst seltsam, all das preiszugeben.

»In Ordnung. Wie viele Wachen sind in der Burg?«

Der Wind rauschte durch die Bäume und flüsterte mit dem Rascheln der Blätter.

»Hundertdreiundzwanzig Männer in Rüstkleidern.«

Der Fürstensohn sog scharf die Luft ein. »Also doch Zauberei und kein Zufall«, raunte er und ein leichtes Lächeln tauchte auf seinen Lippen auf. »Welche Farbe hat das Untergewand von Lord Pekas Tochter?«

Ich stockte. Bitte was?

Rosa mit blauen Stickereien, säuselte der Wind und ich schüttelte den Kopf, um den Gedanken wieder loszuwerden.

»Ist das wirklich wichtig?«, wollte ich entrüstet wissen.

Symmon lachte schallend.

Dieser Dreckskerl!

»Nein! Aber du weißt es, oder?«, erkundigte er sich belustigt und ich wandte den Blick ab. Natürlich konnte ich mal wieder nicht verhindern, dass mir meine Verlegenheit anzusehen war.

Symmon räusperte sich und wurde wieder ernst. »Entschuldigung«, sagte er und lehnte sich an einen Baum. »Warum hat ein Lord hundertzwanzig Soldaten in einer Burg, die mitten im Nirgendwo liegt? Auffälliger geht es ja kaum.«

Dann wandte er sich um.

»Uro, Alasar!«, rief er durch den Wald und die beiden Angesprochenen hoben die Köpfe. Symmon winkte sie heran.

»Die Burg wird von hundertzwanzig Männern bewacht!«, eröffnete er ihnen ohne Umschweife, nachdem sich die beiden zu uns gesellt hatten. »Etwas viel für eine einfache Landresidenz, meint ihr nicht?«

»Und woher habt Ihr diese Information, mein Herr?«, wollte Alasar mit einem Stirnrunzeln wissen.

»Darf ich vorstellen«, sagte Symmon, trat beiseite und gab den Blick auf mich frei. »Alasar, das ist Cate. Cate, das ist der Hauptmann der schwarzen Garde, Alasar!«, stellte er uns einander vor.

Ich nickte ihm zu und überlegte sogar flüchtig, ob ich nicht einen Knicks machen müsste, so wie die Damen es bei Hofe sicher vor ihm taten. Doch ich ließ es sein, weil der Wald der falsche Ort dafür war und ich außerdem keine Ahnung hatte, wie das ging.

Das Haar des Hauptmannes wies etliche graue Strähnen auf, aber er war für sein Alter ein recht gut aussehender Mann. Er strahlte eine gewisse Würde aus, etwas, das bei Symmon wohl nicht vorhanden war.

Mit zusammengekniffenen Augen musterte er mich. »Und woher hat sie diese Information?«, verlangte er, zu wissen.

»Zweitrangig, Hauptmann«, ging Symmon sofort dazwischen und sah ihn eindringlich an. »Dadurch werden es nicht weniger Männer. Was für eine Taktik schlägst du vor?«

Der Hauptmann fühlte sich sichtlich unwohl. Er rang die Hände und neigte dann den Kopf vor Symmon. »Mein Herr, darf ich frei sprechen?«, fragte er unterwürfig, was nicht zu seinem grimmigen Gesichtsausdruck passte.

»Natürlich«, erwiderte Symmon. »Ich bitte darum!«

»Mein Herr, um was geht es hier überhaupt? Ist es nicht ein bisschen riskant, den Landsitz des fürstlichen Beraters anzugreifen, ohne einen wirklichen Grund vorweisen zu können? Wir sind Euch untertan und Ihr gebt die Befehle. Aber Ihr könnt Eure Männer nicht zum Spaß oder aus Ärger über gewisse Personen in den Kampf führen!«, rügte er Symmon überraschend heftig.

Dieser zuckte nicht einmal mit der Wimper. »Als wir das letzte Mal ausrückten, war es, um meine kleine Schwester spazieren zu führen, und da habt ihr euch nicht beschwert. Aber darüber hinaus sei versichert, dass wir nicht zum Spaß Lord Pekas Burg angreifen. Ich weiß aus sicherer Quelle, dass Lord Peka der Dieb der Windspiele ist, die vorgestern verschwunden sind«, sagte Symmon und beugte sich etwas vor. »Außerdem würde ich meine Hand dafür ins Feuer legen, dass er für die Ermordung von Tantarus Low verantwortlich ist. Es ist etwas im Gange, Hauptmann. Etwas Schwerwiegendes. Und unser verehrter Lord Peka steckt mittendrin!«

Ich bemühte mich, mir mein Erstaunen nicht anmerken zu lassen. Das mit dem Diebstahl war eine glatte Lüge gewesen. Wirklich erstaunlich, wie jemand so schamlos lügen konnte, ohne rot zu werden.

»Außerdem sind gestern Nacht circa zwei Dutzend Menschen, die in der Nähe von Kaloll gelagert haben, entführt und auf diese Burg verschleppt worden. Schon allein um sie zu befreien, müssen wir da rein.« Symmon sah seinen Hauptmann ernst an.

Der runzelte die Stirn. »Wenn so viele Wachen auf der Burg sind, sollten wir sie am besten vorn ablenken, während wir versuchen, von hinten in die Burg einzudringen. Innerhalb der Festung ist ihre Überzahl bedeutungslos.«

»Klingt gut. Ein Täuschungsangriff als Ablenkungsmanöver?«, stimmte Uro eifrig zu und fuhr sich mit der Hand durch die Locken.

»Dafür haben wir nicht genug Männer«, verwarf der Fürstensohn die Idee. »Sonst noch Vorschläge?«

»Ihr könntet so tun, als ob Ihr ihm einen öffentlichen Besuch abstatten wolltet«, versuchte es der Hauptmann erneut, schüttelte aber gleich darauf den Kopf. »Nein, eher nicht. Erstens würde es die Wache nicht alarmieren, sodass sie abgelenkt wären, und zweitens ist es viel zu auffällig! Lord Peka würde den Braten riechen, wenn Ihr ihn unerwartet besuchen kommt. Besonders wenn er all das getan hat, was Ihr ihm zur Last legt!«

Symmon lehnte sich wieder an den Baum und verschränkte die Arme vor der Brust.

Uro legte nachdenklich eine Hand an die Stirn.

Der Wind rauschte durch die Blätter.

»Es sollte etwas sein, das der Wache Angst macht und gleichzeitig Lord Pekas Aufmerksamkeit auf sich zieht. Rücken wir einfach mit einer Armee an, macht er nur die Tore dicht und verschanzt sich«, erläuterte der Hauptmann. »Es hilft uns wenig, wenn wir ihn wachsamer machen, statt ihn abzulenken!«

»Eine Frau also«, witzelte Symmon unerwartet und Uro konnte sich das Grinsen kaum verkneifen.

»Gefährlich, fürwahr. Und reizvoll. Aber nicht genug, um Lord Peka Angst zu machen«, erwiderte Alasar, als ob der Vorschlag wirklich ernst gemeint gewesen wäre, und bedachte Uro mit einem tadelnden Blick. Jetzt war nicht die Zeit für Scherze.

Etwas, das er fürchten und das ihn gleichzeitig interessieren könnte? Was würde seine Aufmerksamkeit fesseln? Sicher etwas, das er haben wollte.

Die Windspiele vielleicht? Aber davor müsste er sich nicht fürchten. Außerdem hatte er die meisten davon. Was wollte er mehr?

Was wusste ich noch?

Als es mir plötzlich aufging, verwunderte mich meine Blindheit im selben Maß, wie die Idee mich erschreckte. Der Wind wirbelte mir um den Kopf, als wollte er mich aufhalten, es auszusprechen.

»Mich.«

Die drei Grübler drehten sich sofort zu mir um.

»Nichts für ungut, Cate. Aber du siehst für unseren Plan ein wenig zu jung aus! Ich denke nicht, dass du ihn reizen könntest«, sagte Symmon, doch ich wehrte seinen Einwurf mit einer Handbewegung ab.

»Das meine ich nicht!« Welch absurder Gedanke, dass ich jemanden reizen könnte. »Er hat die Wagenleute entführt und die Windspiele an sich genommen. Die Dinge, die mir am meisten bedeuten! Er will mich!«

Symmon sah mich verwundert an.

»Er muss wissen, dass es mich gibt. Ich weiß zwar nicht, wie, aber er muss es wissen! Warum sonst sollte er sie entführen?«, versuchte ich, ihm klarzumachen. »Du hast selbst gesagt, dass Lord Peka den Fürsten dazu verleitet hat, das Windvolk anzugreifen. Warum sollte es jetzt anders sein?«

Symmon nickte langsam.

Ich sah ihm an, wie seine Gedanken rasten.

»Er weiß es, weil die Windspiele gesungen haben«, sagte er langsam, und ich sah ihn fragend an. »Vor etwa einer Woche begannen die Windspiele plötzlich, zu singen. Tantarus Low, der Professor, hat es bemerkt und es meinem Vater mitgeteilt. Lord Peka war dabei und hat reges Interesse daran gezeigt. Jetzt ist der Professor tot und die Windspiele sind im Besitz des Lords.« Symmon lachte freudlos auf und streckte die Fäuste zum Himmel. »Verdammt, ich habe gewusst, dass du der Schlüssel bist!« Dann wandte er sich an Uro und den Hauptmann. »Wir schicken sie vor das Tor! Perfekt, einfach perfekt!« Er sprang fast in die Luft vor Begeisterung, besann sich aber schnell wieder seiner Situation. »Und peinlich, weil es nicht mir eingefallen ist«, fügte er etwas betreten hinzu.

Uro schüttelte den Kopf.

»Bei allem Respekt, mein Herr«, erwiderte Alasar. »Aber wie soll denn ein Mädchen gefährlich für hundertzwanzig Soldaten sein?«

Ich atmete tief durch. Das konnte ich nur auf eine Weise erklären.

Jetzt war der Zeitpunkt gekommen, meinem ewigen Versteckspiel für immer *Lebewohl* zu sagen.

Wenn ich Justus retten wollte, würde ich Lord Peka offen entgegentreten müssen. Und somit würde es auch die schwarze Garde wissen. Ob ich es ihnen gleich offenbarte oder sie es später mit eigenen Augen sehen würden, war somit egal.

Der Wind begann, engere Kreise um mich zu ziehen, und bildete so eine Schutzwand.

Inständig hoffte ich, Symmon würde den Hauptmann aufhalten, falls er mich nach meiner Offenbarung angreifen sollte.

»Ich … ich gehöre zum Windvolk.«

Der Wind heulte auf und verstärkte den Wall um mich. Ich wusste nicht mal, ob er damit jemanden aufhalten konnte, der mir wirklich schaden wollte. Und ich hatte auch wenig Lust, es auszuprobieren.

Hauptmann Alasar starrte mich mit offenem Mund an. Scheinbar waren ihm die Worte ausgegangen. Wenigstens etwas. Das war immerhin besser, als wenn er sein Schwert gezückt hätte.

»Ich weiß ehrlich gesagt nicht, ob ich wirklich gefährlich sein kann. Aber ich könnte, na ja, alle Fenster zertrümmern«, schlug ich vor, damit wir im Plan weiterkamen und der Hauptmann den Schreckmoment überwinden konnte. Vielleicht würde er so auch glauben, dass ich von Nutzen war, und den Entschluss, mich zu töten, wieder verwerfen. »Oder ein Gewitter hervorrufen«, machte ich einen weiteren Vorschlag.

»Du kannst Gewitter machen?!«, rief Uro entgeistert und glotzte mich an. Selbst sein Mund war aufgeklappt. »Langsam verstehe ich, warum die Leute euch für gefährlich gehalten haben«, murmelte er mehr zu sich und zog die Augenbrauen zusammen.

Die Augen des Hauptmannes wurden noch größer. Ich half ihm offensichtlich nicht wirklich, den Schreck schneller hinter sich zu bringen.

»Wie wär's mit Orkanböen?«, schlug Symmon vor.

Ich runzelte die Stirn.

»Weiß nicht, habe ich noch nie gemacht«, sagte ich und wusste im selben Moment, dass es nicht stimmte. Ich hatte schon einen Orkan hervorgerufen und wäre darin beinahe erfroren.

»Das wäre zumindest ein Plan«, stellte der Hauptmann fest und sah mich prüfend an. »Wenn sie wirklich vom Windvolk ist.«

Mir fiel ein Stein vom Herzen und die Windwand um mich herum lockerte sich.

»Ist sie, keine Sorge«, warf Symmon ein. »Ich habe mir ihren Zorn schon zugezogen. Ich weiß also, wovon ich rede.«

Hauptmann Alasar sah zu ihm und hob fragend die Brauen.

Musste er das jetzt auf den Tisch bringen?

Schlimm genug, dass ich meiner Wut freien Lauf gelassen hatte. Und dann waren auch noch Zuschauer dabei gewesen. Selbst wenn Fristan und Wisper versprochen hatten, nichts zu sagen, war es mehr als dumm gewesen.

Ich seufzte. Falls ich wirklich als Ablenkungsmanöver dienen würde, wäre das eh hinfällig.

Von der restlichen Planung zog ich mich zurück und setzte mich ins weiche Moos, den Rücken an eine alte Eiche gelehnt.

Die Männer in ihrem schwarzen Rüstzeug aßen, kontrollierten ihre Waffen und redeten leise miteinander.

Die Spannung, die auf ihnen lastete, war fühlbar. Die Spannung vor einem Angriff.

Doch sicher waren sie nicht halb so aufgeregt wie ich.

Es war meine erste *Schlacht*. Zumindest die erste, an der ich aktiv teilhatte.

Meine Gedanken wanderten wie von allein zu all den schrecklichen Erinnerungen. Zu all dem Geschrei, dem Feuer, dem Rauch und der furchtbaren Angst, die ich gehabt hatte. Doch dann zwang ich mich, weiterzudenken. An die Dunkelheit des Wasserfasses, an Justus' Hand, die meine gehalten hatte. Seine beruhigende Stimme und seine dunklen Augen, die mir immer wieder versichert hatten, dass ich in Sicherheit war, dass er mich beschützen würde.

Mein Herz krampfte sich noch stärker zusammen und ich musste mich beherrschen, um nicht in Tränen auszubrechen.

Justus! Er hatte versprochen, mich immer zu beschützen, und jetzt war er in einem Kerker eingesperrt. Nur wegen mir!

Ich zog die Knie an, schlang die Arme darum und lehnte meine Stirn daran. Der Wind kam zu mir und fuhr mir sanft durchs Haar.

Was hatte ich falsch gemacht, dass es so weit gekommen war? Ja, ich war noch nie die Vorsichtigste gewesen und hatte meine Kräfte nicht richtig unter Kontrolle, gerade wenn meine Gefühle mit mir durchgingen.

Wind, wie geht es ihnen? Was tun sie?, fragte ich und hob die Hand zu ihm. Er schmiegte sich gleich daran und tanzte um meine gespreizten Finger.

Viele Blessuren. Nichts Lebensgefährliches. Justus hat einen Kinnhaken kassiert, als die Wachen Mei geholt haben, flüsterte er und mein Herz wurde zusammengequetscht. *Seine Lippe ist aufgeplatzt und seine Nase hat geblutet.*

Mir war innerlich so kalt, dass meine Unterlippe zu zittern begann.

Wo haben sie Mei hingebracht?, wollte ich wissen und flehte stumm, dass es ihr gut ging.

In einen Raum. An einen Tisch. Dort waren vorher schon Ayo, Tanja und Dante. Sie holen sie einzeln heraus.

Und was tun sie in dem Raum?

Konnte er mir nicht das sagen, was wichtig war?

Man schiebt ihnen einen Bogen Papier zu. Sie dürfen nicht mehr sprechen, raunte der Wind.

Ich blinzelte irritiert.

Damit hatte ich nicht gerechnet. Folter oder Schmerzen, ja. Aber Papier? Ich hatte angenommen, dass man sie verhören würde. Ihnen Fragen stellte. Über mich, über das Windvolk, über die Windspiele. Aber ein Zettel?

Steht etwas auf dem Zettel?, fragte ich also weiter.

Ja, antwortete der Wind.

Natürlich stand da etwas. Was sollten sie sonst damit?

Und was?, setzte ich hinterher und verfluchte, dass es so mühsam war, die Fragen richtig zu stellen.

Und was?, echote der Wind und drehte eine Runde um meinen Kopf.

Ja, was steht auf dem Papier?

Was steht auf dem Papier? Ich verstehe nicht. Ich ballte verzweifelt die Hände zu Fäusten. Verdammt, was war so schwer daran, zu verstehen? Ich wollte doch nur wissen, was darauf stand!

Mein Kopf schnellte in die Höhe, als mir eine Idee kam. Nein! Das konnte nicht sein!

Wind!, rief ich und er kam hinter meinem Ohr hervor. *Kannst du lesen, was darauf steht? Kannst du lesen?*, drängte ich ihn.

Aber er zupfte nur an ein paar Haaren.

Lesen, flüsterte er und wirkte verwirrt. *Es sind schwarze Zeichen auf dem Papier. Schwarz auf weiß. Zeichen.*

Ich schluckte schwer und stützte meinen Kopf. Der Wind konnte nicht lesen. Er konnte nicht wissen, was sie den Wagenleuten mitteilten, weil er nicht lesen konnte, was auf dem Zettel stand. Aber warum sollte jemand etwas aufschreiben, wenn man es doch auch sagen konnte? Was machte das für einen Sinn, außer dass der Wind es dann nicht ….

Bei allen Winden!

Ich schreckte hoch und verlor beinahe das Gleichgewicht.

Sie wussten es! Sie wussten, dass ich mit dem Wind reden konnte! Deshalb schrieben sie alles auf, damit ich es nicht erfahren konnte.

Das war auch der Grund, warum Lord Peka vom Briefverkehr so besessen war. Er wusste es.

Mein Kopf begann wieder wehzutun und ich musste mich an einem Baumstamm abstützen.

Lord Peka machte das sicher nicht erst seit Neustem, sonst hätte der Wind mehr über ihn gewusst. Seine Informationen über den Lord waren tatsächlich mickrig gewesen.

Wie dumm ich doch war, zu glauben, sie würden denken, es wäre keiner vom Windvolk übrig. Denn wer würde sich die Mühe mit den Briefen machen, wenn er sich sicher sein konnte, dass es niemand über den Wind erfuhr? Er hatte also die ganze Zeit gewusst, dass es noch jemanden von uns gab, nicht erst als die Windspiele zu singen angefangen hatten. Oder es wenigstens geahnt.

Dumme Cate! Dumme, dumme Cate! Ich hätte viel vorsichtiger sein müssen. Schon immer!

Panisch schlug ich die Hände vors Gesicht und lief hin und her, um mich wieder zu beruhigen. Mein Atem ging viel zu schnell und mein Herz raste, als sei es auf der Flucht.

Bei allen Winden!, wiederholte ich immer wieder.

Was, wenn Lord Peka mich erwartete? Was, wenn er genau wusste, wer ich war? Wenn er wusste, wie er mich aufhalten konnte?

Felio hatte es schließlich auch geschafft.

Wie ging es dem eigentlich?

Felio ist in einem Zimmer eingesperrt, in einem Haus, das der Diebesgilde gehört. Er schreit herum und weigert sich, zu essen. Er flucht auf dich.

In zwei Sprachen, sagte der Wind unaufgefordert und kicherte in sich hinein.

Mir war absolut nicht nach Gekicher zumute und ich fragte mich, warum der Wind schadenfroh sein, aber nicht lesen konnte.»Alles in Ordnung? Du siehst ein bisschen blass aus«, sprach mich Symmon an und ich sprang mit einem spitzen Schrei zur Seite.

Er hob beschwichtigend die Hände. »Ich bin es nur. Tut mir leid, dass ich dich erschreckt habe.«

»Sch… schon gut.« Zitternd ließ ich mich wieder ins Moos fallen.

»Möchtest du etwas essen?«, fragte er mich behutsam und hielt mir Brot und ein Stück Käse hin.

Ich wollte schon ablehnen, doch sein Gesicht sagte mir, dass er mich trotzdem dazu nötigen würde, also nahm ich es wortlos entgegen.

Er setzte sich neben mich an den Baum, biss in eine Karotte und beobachtete, wie ich lustlos an dem Brot herumkaute.

Ich schmeckte nichts. Es hätte auch Stroh sein können, ich hätte es nicht gemerkt.

»In einer halben Stunde geht es los«, informierte mich Symmon mit ruhiger Stimme.

Verstohlen sah ich zu ihm auf.

»Wir werden am Waldrand entlang zur anderen Seite der Burg reiten und von dort aus versuchen, durch die Hintereingänge in die Burg zu gelangen.« Er zeichnete mit einem Stöckchen Formen und Muster in den Waldboden, die nichts zu bedeuten schienen. »Du wirst hier warten«, er zeigte auf den Wald vor der Burg, »und langsam bis zweihundert zählen. Dann gehst du von vorn heran und machst Radau! Verstanden?«

Ich nickte.

Er seufzte und spannte den Kiefer an. Er war wohl doch nicht so gelassen. Das gab mir ein bisschen Trost.

»Symmon?«, wandte ich mich an ihn und er sah mich an.

»Ja, Kleines?«, gab er zurück und meine Wangen erröteten. Er hatte mich *Kleines* genannt!

Ich räusperte mich. »Bevor es losgeht … Nun ja, darf ich dich was fragen?«

»Klar. Nur zu.« Er lächelte aufmunternd.

Ich musste zugeben, dass er auf seine Art ziemlich gut aussah. Sicher hatte er viele Verehrerinnen – und das bestimmt nicht nur in der Unterstadt.

»Im Gasthaus, gestern. Woher hast du es gewusst? Dass ich vom Windvolk bin?«

Es war wichtig, denn nur so konnte ich vielleicht den Fehler entdecken, mit dem ich mich verraten hatte.

»Gut geraten, würde ich sagen«, erwiderte er jedoch viel zu salopp.

Ich sah ihn überrascht an. Wie sollte man so was denn raten?

Symmon lachte. »Es gab natürlich ein paar Hinweise, die mich zu der Vermutung gebracht haben, dass wohl noch jemand von euch am Leben ist.«

Gespannt sah ich ihn an.

»Ich denke, es ging damit los, dass die Windspiele gesungen haben«, er kratzte sich an der Stirn, »und dass sich gerade Lord Peka so dafür interessiert hat. Da war schon klar, in welche Richtung das Ganze gehen würde. Und dann tauchten nur wenige Tage später Justus und Marc auf, um die Windspiele zu stehlen, für eine Frau, die in seinen Augen mehr Anspruch darauf hatte als mein Vater. Da verstärkte sich natürlich mein Verdacht. Kurz danach trafen wir auf Elyssabed, die sich wie wild in ein Gespräch mit ihm stürzte!«

Symmon lachte plötzlich auf und ich erschauderte unangenehm, als er sie und Justus zusammen erwähnte.

Sofort drängte sich mir das Bild auf, wie sie ihn geküsst hatte, und mein Herz krampfte sich zusammen. Doch ich verbannte es gleich wieder aus meinen Gedanken.

Er liebt sie nicht, er liebt sie nicht.

»Du musst ihr ganz schön eins ausgewischt haben«, amüsierte sich Symmon und biss noch einmal in die Karotte. »Sie ist mit einer Bitterkeit über dich hergezogen, wie ich es selten erlebt habe. Aber dann sagte sie etwas Eigenartiges. Sie hat es sicher nicht so gemeint, aber es hat gut gepasst.« Er schnippte den Strunk der Karotte in eine Hecke und lehnte sich zurück. »Sie sagte: *Als würde der Wind persönlich ihren Kopf frisieren.*«

Ich zuckte zusammen.

»Ich hätte mir nicht mal was dabei gedacht, wenn Justus in dem Moment nicht genauso zusammengezuckt wäre wie du gerade.« Symmon grinste jetzt noch breiter. »Und als Nächstes tauchst du auf. Ohnmächtig, verletzt und leicht wie eine Feder.«

»Ich bin genauso schwer wie andere Mädchen mit meiner Größe!«, protestierte ich.

»Bist du nicht«, sagte er nüchtern und schüttelte vehement den Kopf. »Und vergiss nicht, zu essen!«

War das so? War ich wirklich leichter? Nachdenklich biss ich wieder in das Brot und brach dazu ein Stück vom Käse ab.

»Den letzten Anstoß hat mir deine Kette gegeben«, fuhr er fort und zog einen grünen Apfel aus seiner Tasche.

»Aber die hat gar nichts damit zu tun, dass ich vom Windvolk bin.« Ich zog die Nase kraus. »Justus hat sie mir gemacht«, flüsterte ich und mein Gesicht lief tiefrot an.

»Und der hat sich natürlich nichts dabei gedacht, einem Windvolkmädchen einen solchen Anhänger zu machen, kleiner Vogel«, erwiderte er mit hochgezogenen Augenbrauen und eindeutig ironischem Unterton.

Kleiner Vogel.

Ich legte Brot und Käse auf meinen Schoß, als mir der Magen flau wurde. Mit beiden Händen umklammerte ich den Holzanhänger.

So nannte Justus mich auch manchmal. Seinen kleinen Vogel.

»Na ja, dann habe ich dich gefragt, und da war es klar«, beendete Symmon seine Erklärung und erhob sich kauend. »Tu mir den Gefallen und iss wenigstens die Hälfte. Es muss ewig her sein, dass du wirklich was gegessen hast.«

Damit lief er zu Uro, der verzweifelt darum bemüht war, sich von seinem Pferd nicht das Essen stehlen zu lassen.

Symmon hatte recht. Meine letzte Mahlzeit war ewig her. Der Apfel am Morgen, ja. Aber davor?

Diese Verliebtheit hatte mich ganz wirr gemacht und mir den Appetit geraubt. Und jetzt war es die Angst.

Ich seufzte und bemühte mich, Brot und Käse aufzuessen. Wenigstens wusste ich nun, wie der Fürstensohn darauf gekommen war, dass ich zum Windvolk gehörte. Und ich war mir noch nicht sicher, was ich davon halten sollte.

Der Wind spielte währenddessen versonnen mit ein paar Haarsträhnen.

26

Angespannt zählte ich langsam bis zweihundert. Mit jedem Augenblick, den ich allein war, nahm meine Nervosität zu.

Was, wenn unser Plan nicht aufging? Wenn ich es nicht schaffte, sie ausreichend abzulenken? Wenn ich nicht genug Kraft hatte, um für sie wie eine Gefahr auszusehen?

Schließlich hatte ich so etwas noch nie gemacht. Immer hatte man mir gesagt, ich dürfe meine Kräfte zu meinem und zum Schutz der anderen nicht einsetzen.

Und jetzt war es genau anders herum!

Woher sollte ich also wissen, was ich konnte?

Hundertachtundneunzig, hundertneunundneunzig, zweihundert.

Es war so weit! Das Herz schlug mir bis zum Hals.

Eilig vergewisserte ich mich, dass der Wind bei mir war, und trat mit weichen Knien aus dem Schutz der Bäume. Zittrig ging ich auf dem festgestampften Weg auf das Burgtor zu. Es war geschlossen und ragte vor mir empor. Als ich es erreicht hatte, blieb ich stehen und sah hinauf auf die Burgmauer.

Ich fühlte mich winzig im Vergleich zur Riesenhaftigkeit dieses Tores und der steinernen Mauern, nahm allen Mut zusammen und holte tief Luft.

»Hey!«, schrie ich, so laut ich konnte, doch es rührte sich nichts. Ich rief noch mal und noch mal.

Endlich tauchte ein Gesicht auf der Mauer auf. Ein Mann in Rüstung und mit einer Armbrust bewaffnet stand auf dem Wehrgang. Neben ihn traten noch zwei weitere Wachen.

Der Wind wehte über den freien Platz, zupfte an meinem Kleid und meinen Haaren und versuchte, mir Mut zu geben.

»Was willst du denn hier?«, rief der Mann in der Mitte. Er war größer als die beiden anderen und als er näher an den Mauerrand trat, konnte ich das breite Grinsen in seinem Gesicht sehen. »Im ersten Moment dachte ich, du bist die Tochter des Lords. Du siehst ihr verdammt ähnlich, Häschen!«

In meinem Inneren zog sich alles zusammen. *Häschen?* Es gefiel mir nicht, von irgendeinem fremden Mann so genannt zu werden.

»Das hat man mir schon mal gesagt!«, erwiderte ich trotzig.

Stark sein, Cate! Und mutig wie ein Bär. Na ja, oder wenigstens so stur wie ein Kappa.

»Ich bin hier …«, begann ich viel zu leise, räusperte mich und versuchte es noch einmal. »Ich bin hier, weil ihr meine Leute gefangen haltet!«

Die Wachen lachten. »Du meinst doch nicht etwa die Zigeuner?«, rief der Mann, hängte die Armbrust an seinen Gürtel und lehnte sich lässig mit den Armen auf den Mauerrand.

»Ich verlange ihre Freilassung!« Meine Stimme klang viel zu hoch und zu piepsig.

Die Männer auf der Mauer lachten immer lauter und klopften sich auf die Schenkel. Ich musste für sie ein wahrer Witz sein.

Langsam begann die Wut in meinem Bauch zu glühen. Ich kniff die Lippen zu einem schmalen Strich zusammen und ballte unbewusst die Fäuste. Ihnen würde das Lachen noch vergehen.

Ihr Sprecher wischte sich Lachtränen aus den Augen und sah wieder auf mich herab. »Ich kann dich hinbringen, wenn du willst«, bot er mir gönnerhaft an und stützte sich wieder mit den Armen auf die Mauer. Sein Blick zeigte Überheblichkeit.

Ich überlegte einen Moment, auf das Angebot einzugehen. Wenn ich bei ihnen war, konnte ich immer noch meine Windkräfte einsetzen, um sie zu befreien.

Doch ich schlug es mir gleich wieder aus dem Kopf. Schließlich war ich das Ablenkungsmanöver und nicht der Rettungstrupp.

Symmon und seine schwarze Garde waren bestimmt schon auf der anderen Seite der Burg. Ich sollte allmählich zur Sache kommen.

In den Vorhof zu gelangen, war allerdings nicht die dümmste Idee. Dort konnte ich vermutlich eine Menge Verwüstung anrichten, die sie in helle Aufruhr versetzen würde.

»Ich verlange ihre Freilassung!«, sagte ich noch einmal, diesmal mit mehr Überzeugung.

Der Wachmann spuckte aus. »Einen Dreck verlangst du!« Sein Ton war von einem zum anderen Moment unfreundlich geworden. Es war ihm wohl langsam zu blöd, sich mit mir abzugeben. »Du wirst dich schön zu den anderen Zigeunern bringen lassen!« Er stieß seinen Nebenmann an. »Geh sie holen!«, befahl er schroff.

»Warum ich? Geh doch selbst!«, blaffte dieser zurück und zuckte genervt mit den Schultern.

»Dann behalte sie wenigstens im Auge.« Damit verschwand der Kerl aus meinem Blickfeld.

Dumpfe Stimmen brüllten Befehle.

Sie wollen dich in die Burg holen lassen, flüsterte der Wind und ich stand wie versteinert da, denn meine Gefühle waren widersprüchlich. Einerseits wollte ich hineingelangen, wenigstens in den Vorhof, andererseits hatte ich furchtbare Angst davor, von Männern ergriffen und eingesperrt zu werden.

Ich schüttelte den Kopf und versuchte, ruhig zu bleiben. Schließlich hatten sie keinen Schimmer, wer ich war. Hoffte ich zumindest.

Ich umklammerte kurz den hölzernen Anhänger an meinem Hals

und atmete tief durch. Ich tat das hier nicht für mich, sondern für Justus. Und für Mei. Und für Marc. Und für alle anderen.

Eine Tür, die im Gegensatz zum Tor winzig wirkte, öffnete sich und zwei gerüstete Männer kamen heraus. Sie schlenderten mir entgegen, ihre Armbrust lose am Gürtel baumelnd.

Sie nahmen mich offensichtlich kein Stück ernst. In ihren Augen war ich wohl nicht mehr als ein freches kleines Mädchen mit blassem Gesicht und schmächtiger Statur.

Meine Wut wurde stärker.

Die beiden Männer stellten sich links und rechts von mir und führten mich, die Hand locker auf meinem Rücken, vorwärts.

Und ich ging mit.

Dass es sie gar nicht stutzig machte, dass ich mich nicht wehrte? Hielten sie mich für so einfältig, dass ich mich freiwillig von ihnen einsperren lassen würde?

Wir passierten die Tür und betraten den kreisrunden Innenhof. Er war nicht besonders groß. Vor mir ragte das Haupthaus in die Höhe, dunkel und mit kleinen Fenstern. Rechts von mir stand ein schmuckloses Nebengebäude, das mit der Mauer zu verschmelzen schien. Es sah neuer aus als der Rest, da der Stein durch die Witterung noch nicht dunkel geworden war.

Ein paar Wachen blickten neugierig zu mir herüber.

Ein spitzer Schrei ließ mich zusammenfahren und zog sofort meine ganze Aufmerksamkeit auf sich.

Drei Wachen hatten gerade das Nebengebäude verlassen, eine junge Frau zwischen sich eingekeilt. Ihre Hände lagen in Ketten, die vielen dunklen kleinen Zöpfe hingen ihr wild ins Gesicht und ein böser Bluterguss zog sich über ihre rechte Gesichtshälfte.

Bei allen Winden! Es war Mei. Meine Mei! Was hatten sie nur mit ihr gemacht?

»Cate! Nein!«, kreischte sie. Sie machte einen Satz auf mich zu und wurde sofort von den Wachen zurückgehalten. »Lauf weg! Lauf!«, schrie sie mir zu und ich war wie erstarrt.

Die Soldaten hielten Mei an den Armen fest, während sie noch einmal versuchte, sich loszureißen.

»Sei still!«, brüllte einer sie an, doch sie achtete nicht auf ihn und zerrte mit aller Wucht an ihren Ketten.

Eine der Wachen hob den Arm und die Erkenntnis traf mich wie ein Blitz, löste mich aus meiner Starre, ließ die Wut in meinem Bauch aufflammen. Er wollte sie schlagen. Aber ich würde das nicht zulassen!

»Nein!«, rief ich und wie von allein schnellte meine Hand nach vorn. Der Wind schoss unter meinem Haar hervor, meinen Arm entlang und traf mit voller Wucht die Wache, die zum Schlag ausgeholt hatte. Wie ein nasser Sack knallte der Mann gegen die Mauer des Nebengebäudes, verlor dabei seinen Helm und klappte in sich zusammen. Das hatte der Drecksack nun davon, die Hände an meine Freundin legen zu wollen.

Mit einem Mal erfasste mich das Gefühl von Macht. Ich war stärker, als ich geglaubt hatte, und ich würde tun, was getan werden musste.

Um uns herum brach das Chaos aus. Wachen zogen ihre Schwerter, fummelten ihre Armbrüste von den Gürtelschlaufen und riefen wild durcheinander.

Meine Wut war entfesselt, der Wind heulte lautstark über den Burghof und wirbelte Staub in die Luft.

Ich machte einen Satz nach vorn, sodass die Wachen neben mir ins Leere griffen, rannte zu Mei und sprengte die beiden Männer, die noch bei ihr standen, mit einer Druckwelle von ihr weg.

Ich hörte das Klicken vieler Armbrüste, deren Sehnen einrasteten, und stellte mich schützend vor Mei.

»Was tust du?!«, kreischte diese in meinem Rücken, aber ich hatte keine Zeit, darüber nachzudenken. Meine Nerven waren gespannt wie die Sehnen der Armbrüste. Ich starrte zu den Wachen, die immer mehr zu werden schienen.

Ein freudloses Lächeln stahl sich auf meine Lippen. Wenn das mal kein gelungenes Ablenkungsmanöver war, dann wusste ich auch nicht.

»Schießt!«, rief von irgendwo eine Stimme und gut zwei Dutzend Pfeile sausten auf uns zu.

Mei schrie auf und versuchte, mich mit sich zu Boden zu reißen.

Erschrocken ließ ich den Wind auf die Geschosse los, der sie mit einer Böe aus der Bahn brachte. Sie prasselten gut sechs Schritt neben uns gegen die Mauer.

Ich griff nach Meis Hand, schnellte wieder auf die Füße und zog sie mit.

»Windvolk …«, trug mir der Wind das Flüstern der Männer zu und ich sah den Schrecken in ihren Gesichtern.

Mein Leben lang hatte ich mich vor Leuten wie ihnen gefürchtet, gedacht, ich wäre ihnen ausgeliefert, wenn sie mich fassten.

Doch nun waren sie diejenigen, die sich vor mir fürchteten. Jetzt nahmen sie mich ernst!

Entschlossen schickte ich den Wind los, der jede Wache einzeln von den Füßen holte. Reihenweise fielen sie zu Boden, wie Herbstlaub. Ihre Waffen schlitterten über das Pflaster davon.

Ich wandte mich Mei zu. Sie starrte mich mit weit aufgerissenen Augen an.

»Wie geht es den anderen?«, versuchte ich, sie aus ihrer Starre zu befreien. Sie reagierte jedoch nicht, kam über das Entsetzen nicht hinweg. Doch dafür hatte ich jetzt keine Zeit. Ich packte sie an den Schultern und schüttelte sie sanft, aber bestimmt, während ich mit dem Wind eine Handvoll Männer gegen eine Mauer drückte, die zu uns vordringen wollten.

Mei blinzelte und schluckte hart. »Nicht so gut.«

Mein Herz wurde schwer. Ich nahm ihre Hand in meine, wie sie es Hunderte Male bei mir getan hatte. Sie ließ es zu, drückte sogar meine Finger.

Der Wind hatte mir bereits gesagt, dass es ihnen nicht gut ging. Doch jetzt, wo ich neben der zitternden Mei stand und den schlimmen Bluterguss in ihrem Gesicht sah, wurde mir erst bewusst, wie schrecklich das hier wirklich war.

Sie waren mit Gewalt verschleppt und in Verliese gesperrt worden. Sie wurden misshandelt und konnten sich nicht wehren, ohne sich zu verraten.

Mir kamen wieder die alten Bilder in den Kopf. Blut auf den Straßen,

Geschrei und blitzende Schwerter. Und mein Herz wurde zu einem schmerzenden Klumpen Eis.

Nein, diesmal nicht! Diesmal würde man mir meine Familie nicht nehmen! Entschlossen reckte ich mein Kinn.

Diesmal hatte ich die Macht es zu verhindern.

Wind!, rief ich im Stillen, schickte meine Gedanken zu den Toren des Hauptgebäudes und schlug mit einem heftigen Windstoß dagegen. Sie knarrten gefährlich und die Mauern, in denen die Angeln hingen, begannen zu bröckeln.

Heute würde ich persönlich dafür sorgen, dass ich nicht wieder alles verlor, was mir wichtig war. Niemals würde ich Justus kampflos aufgeben, selbst wenn ich dafür die Kraft aus den Windspielen entfesseln müsste.

Kaum hatte ich das gedacht, spürte ich sie auch schon. Die Windspiele in den Tiefen der Burg und die, die ich in der Stadt zurückgelassen hatte. Ihre Kraft strömte zu mir, der Wind trug sie mit sich und erfüllte mich mit einer Stärke, die ich nie gekannt hatte.

Beherzt griff ich wieder nach den Toren, ließ den Wind sich ballen und riss sie aus dem Rahmen. Es krachte, Holz barst, Splitter flogen durch die Luft. Ich schleuderte sie zur Seite und scherte mich nicht darum, dass die Mauern zu beiden Seiten nachgaben, die Erde zum Beben brachten und Staubwolken in den Himmel wirbelten.

»Los!«, rief ich Mei über den Krach hinweg zu und sie verschränkte unsere Finger. Fest und zu allem bereit. Mei war auf meiner Seite.

Wir rannten über den Platz und in das gähnende Loch, das ich in die Mauer gerissen hatte. Der Wind sauste uns wie ein Sturm hinterher.

Und wenn ich die Burg Stein für Stein auseinandernehmen musste; ich würde die Wagenleute finden und retten!

27

Die Burg erzitterte ein weiteres Mal und Symmon hielt inne. Wilde Schreie und das Bersten von Stein drangen an sein Ohr.

Was auch immer das Windkind da draußen veranstaltete, es war gewaltiger, als er es je für möglich gehalten hatte.

Und es funktionierte fantastisch!

Sie hatten einen der Dienstboteneingänge am hinteren Teil der Burg gestürmt. Ein Eingang, der mit zwei oder drei Wachleuten mit Leichtigkeit zu verteidigen war. Doch sie waren bisher keiner einzigen Wache begegnet.

Die schwarze Garde schwärmte in kleinen Gruppen aus. Sie waren schließlich nicht nur wegen der Zigeunertruppe hier. Lord Peka führte etwas im Schilde und Symmon musste endlich herausfinden, was es war.

Der Fürstensohn, Uro und drei weitere Gardisten waren gerade einen Gang, der in den oberen Teil der Burg führte, entlanggeeilt, als ein

Erdbeben die Burg erschütterte. Bilder fielen von den Wänden, Vasen zersplitterten und einer der Soldaten wäre beinahe zu Boden gestürzt. Staub rieselte von der Decke.

»Verdammt! Was tut sie da?!«, keifte Symmon, lief mit Uro den Gang nach unten und spähte aus dem leeren Fensterrahmen hinaus. Tausend Glassplitter lagen auf Boden und Fensterbrett.

Symmon versuchte, etwas zu erkennen, doch es wehte ihm nur eine Staubwolke entgegen. Entweder machte Cate ihren Job verdammt gut oder es ging gerade etwas ziemlich schief.

»Mein Herr!«, rief einer der Gardisten und Symmon wandte sich vom Fenster ab. »Wir haben ein Arbeitszimmer und zwei Bibliotheken entdeckt.«

»Perfekt! Nehmt alles mit, was uns irgendwie weiterbringt!«, befahl Symmon und wollte dem Soldaten folgen, als ein weiteres Beben die Burg erschütterte. Er klammerte sich an den leeren Fensterrahmen und konnte gerade noch auf den Sims springen, als die Decke herunterstürzte.

»Verflucht! Cate!«, brüllte er nach draußen und hustete von dem Staub, der ihm aus dem Gang entgegenschlug.

»Symmon!«, hörte er Uro durch den Schuttberg panisch rufen.

»Ich bin in Ordnung! Wie geht's bei euch?«

»Sind ausgewichen. Kommst du da irgendwie weg oder müssen wir dich ausgraben?« Uro hustete laut.

Symmon wischte sich den Staub mit seinem Hemdärmel aus den Augen und versuchte sich umzusehen. Die Fugen zwischen den Steinen an der Außenmauer waren perfekt, um zum nächstgelegenen Fenster unter ihm zu klettern. Vorausgesetzt, die Erde bebte nicht wieder und würde ihn in die Tiefe reißen. Doch ob er nun drinnen von Steinen erschlagen wurde oder draußen in den Abgrund stürzte, war auch egal.

»Ich klettere von außen ein Stockwerk tiefer. Sucht einfach weiter nach Hinweisen!«, rief er und wartete nicht auf eine Antwort. Er krallte sich an den Fenstersims, verlagerte sein Gewicht und ließ sich ein Stück hinunter, um mit den Füßen Halt an der Mauer zu finden.

»Fall nicht runter!«, konnte er Uro noch rufen hören und brachte sogar ein spöttisches Lächeln zustande. *Scherzkeks!*

Symmon glitt gerade durch das untere Fenster in den Gang, als eine weitere Erschütterung die Burg erfasste. Die Wände erzitterten, der Putz rieselte ihm auf den Kopf und er konnte nur knapp verhindern, dass ihn das herabstürzende Gemälde von Macadamyas Hund Coco begrub. Das Vieh war auch so schon unausstehlich, aber jetzt wurde er sogar noch von seiner Abbildung attackiert.

Das Beben verebbte und er eilte den Flur hinunter, in der Hoffnung, wieder auf seine Männer zu stoßen. Er wollte gerade eine Treppe nach oben steigen, als er Schreie vernahm.

Eine Frau schrie in Todesangst!

Sofort wandte er sich um und rannte den Flur hinunter, den Schreien entgegen. Mit Schwung bog er um eine Ecke und wäre beinahe mit dem Teppich unter seinen Füßen gegen ein Zierschränkchen gerutscht. Aus den Augenwinkeln erhaschte er einen Wachmann, der ein schreiendes Mädchen in ein Zimmer stieß.

Symmon sah sich kurz um, ob nicht weitere Wachen in der Nähe waren, zog das schmale Kurzschwert aus der Lederscheide an seinem Rücken und schlich zu der Tür, durch die sie verschwunden waren. Der Kerl hatte sich nicht einmal die Mühe gemacht, sie zu schließen.

Von drinnen kamen erstickte Schreie.

Symmon spähte in den Raum.

Der Mann hielt das Mädchen zu Boden gedrückt und presste ihr seine große Hand auf den Mund. Panisch hatte das arme Ding die Augen aufgerissen und versuchte ,mit den Beinen zu strampeln, während der Wachmann ihr den Rock nach oben schob. Eine Kaskade roter Locken züngelte um ihren Kopf.

Der Mistkerl hatte Nerven, bei diesem Chaos noch einem Mädchen Gewalt antun zu wollen.

Doch plötzlich stockte sie in ihrer Bewegung, war wie erstarrt und Symmon hielt inne. Abrupt riss sie den Kopf zurück und biss dem Mann, der sie zu Boden drückte, so fest sie konnte in die Hand. Der Wachmann brüllte auf und zog sich erschrocken zurück.

»Steh nicht so rum und hilf mir, verdammt!«, kreischte sie außer sich und Symmon zuckte zusammen.

Wie hatte sie ihn gesehen?

Doch das konnte er sich später fragen.

Er lockerte die Schultern, stürmte dann ins Zimmer und rammte ohne weitere Vorwarnung die Hüfte des Wachmanns mit seinem vollen Gewicht.

Dieser wurde zur Seite geworfen und landete wie ein zappelnder Käfer auf dem Rücken. Symmon war mit einem Satz über ihm und rammte dem widerlichen Kerl das Schwert zwischen die Rippen.

Röchelnd zuckte der Soldat noch einmal mit den Armen und blieb dann reglos liegen.

Symmon hatte schon so viele grausige Männer getötet, dass er nur Ekel empfinden konnte, als er auf den untersetzten, ungewaschenen Körper blickte. Mit einem kräftigen Ruck zog er das Schwert aus dem Toten und wischte es an der Hose des fetten Kerls sauber, bevor er es zurück in die Scheide steckte.

Der keuchende Atem des Mädchens drang an sein Ohr und er wandte ihr den Blick zu. Sie versuchte, auf die Füße zu kommen, knickte aber immer wieder ein, sobald sie den rechten Fuß belastete.

»Bist du verletzt?«, fragte er und beugte sich zu ihr hinunter.

Sie schrak zurück, als er nach ihrem Knöchel greifen wollte, und funkelte ihn aus grünen Augen böse an.

»Fass mich nicht an!«, fauchte sie und schob sich mühsam ein Stück von ihm weg. Rote Strähnen hingen ihr ins Gesicht, eine klebte viel zu verführerisch an ihrer Unterlippe.

Symmon schnaubte. Er konnte sich gut vorstellen, warum der Mann sich gerade dieses Mädchen geschnappt hatte. Ihre Bluse war zerrissen und zeigte den Ansatz eines üppigen Busens.

»Ich hatte zwar jetzt eher so was wie *Danke für die heldenhafte Rettung!* erwartet, aber das tut es scheinbar auch«, meinte Symmon spöttisch und musste sich gleich darauf wieder an der Wand abstützen, da ein weiteres Beben die Mauern erzittern ließ. Eine Kommode stürzte um und einige Zierteller zersprangen klirrend auf dem Boden.

Jetzt reichte es aber! Genervt stürmte er zum Fenster und riss es auf. Zumindest das, was davon noch übrig war.

»Verdammt, Cate! Hör auf, uns alle umzubringen!«, brüllte er nach draußen und hoffte, das Windkind würde es hören. Oder durch irgendeine andere Zauberkunst wahrnehmen.

»Cate?«, fragte das Mädchen, das sich an der Wand nach oben zog und ihn entgeistert anstarrte. »Cate ist hier?«

Er nickte und musterte sie. Der Rock ihres grünen Leinenkleides war an der Seite aufgerissen und entblößte einen bunt gemusterten Unterrock und ein Stück von ihrem blassen Bein. »Du gehörst zu den Wagenleuten?«

»Ja«, erwiderte sie, presste sich mit dem Rücken an die Wand und versuchte mit den Überresten der Bluse, ihr Dekolleté zu verdecken.

Er hatte zu Anfang gedacht, sie wäre eine der Dienstmägde. Doch natürlich sah sie viel mehr nach einer Zigeunerin aus als nach der Magd eines Lords. Allein schon diese Flut an rotem Haar, die sie sich auf dem Hinterkopf zusammendrehte, und der herausfordernde Blick einer freien Frau mit starkem Willen zeugten davon.

»Welch ein Zufall. Ich bin hier, um euch zu befreien.« Symmon trat langsam auf sie zu.

»Wieso sollte ich Euch glauben?«, sagte sie bissig, bückte sich rasch und hob eine der Keramikscherben auf, um sich zu bewaffnen.

»Weil du keine Wahl hast, Kleines.« Er ging einen weiteren Schritt auf sie zu und schlug ihr die Scherbe aus der zitternden Hand.

Ein erschrockener Schrei entwich ihrer Kehle und schon hatte er sie gepackt und auf seine Arme gehoben.

Doch so einfach machte sie es ihm nicht. Sie zappelte, schlug nach ihm, kratzte und warf ihm wüste Schimpfwörter an den Kopf, von denen selbst er noch nie gehört hatte. Und das imponierte ihm mehr, als es sollte.

Dennoch trug er sie unbeirrt weiter und bemühte sich, der Überlegene zu bleiben. Als der Boden unter ihnen wieder zu wackeln begann und hinter ihnen wegbrach, klammerte sich die wilde Katze plötzlich doch an ihn und schrie vor Schreck auf.

»Ruhig, ruhig«, versuchte er es mit sanfter Stimme und presste ihren Körper fester an sich, um ihr Sicherheit zu suggerieren. »Ich bring dich hier raus, Kleines«, versprach er und beschleunigte die Schritte. Er eilte eine Treppe hinunter und dann einen langen Gang entlang. Wenn er sich nicht sehr täuschte, würde er dort auf seine Männer und dahinter auf den Hintereingang stoßen.

»Bree«, sagte das Mädchen in seinen Armen.

»Wie bitte?«, fragte er und spähte dabei um eine Ecke.

»Mein Name ist Bree«, wiederholte sie und drückte ihr Gesicht verschreckt an seine Schulter.

»Freut mich.« Symmon musste lächeln, da sich ihre Abwehrhaltung rasch gelegt hatte. »Symmon«, stellte er sich vor und musste eilig nachgreifen, damit das Mädchen ihm nicht aus den Armen rutschte, als sie sich schlagartig aufrichtete.

»Elyssabeds Bruder?«, rief sie überrascht und er lachte.

Richtig, die Wagenleute hatten ja seine Schwester beherbergt.

»Bleib stehen«, flüsterte Bree plötzlich so eindringlich, dass Symmon sofort innehielt. »Hinter der nächsten Ecke stehen Männer.«

Er verstand zwar nicht, woher sie das wusste, doch er hatte auch keine Zeit, sie danach zu fragen. Behutsam setzte er sie auf dem Boden ab, umschloss den Griff seines Schwertes und sah vorsichtig um die Ecke.

Am Ende des Flures sammelte sich gerade eine kleine Gruppe schwarzer Gardisten. Erleichtert atmete Symmon auf und ließ das Schwert wieder los.

»Hey!«, rief er und die Männer drehten sich zu ihm um.

Symmon wandte sich zu dem rothaarigen Mädchen, das sich an der Wand abstützte und zu ihm aufsah.

»Das sind meine Leute.« Er bot ihr den Arm, um sie wieder hochzunehmen.

Bereitwillig ließ sie sich von ihm hochheben und legte ihm die blassen Arme um den Hals, damit er sie besser halten konnte.

Er ging zu seinen Männern, als Thorben, einer der jüngsten Gardisten, auf ihn zukam. »Der vordere Teil der Burg ist komplett eingestürzt, mein Herr! Hauptmann Alasar hat alles, was wir finden konnten, rausschaffen lassen. Wir sind hiergeblieben, um Euch zu suchen.« Der Blick des Gardisten wanderte zu dem Mädchen.

»Sie gehört zu den Wagenleuten«, erklärte Symmon und Bree lugte zwischen zwei roten Haarsträhnen zu dem Soldaten hinüber. Ihr Blick war fast schüchtern, aber davon würde er sich nicht täuschen lassen. Eine biestige Katze war sie! Es fehlte nur noch, dass sie anfing, zu schnurren.

»Soll ich sie Euch abnehmen?«, bot Thorben an, doch sie klammerte sich nur fester an Symmon.

Er hätte beinahe aufgelacht. Vorhin hatte sie ihn noch mit einer Keramikscherbe bedroht und nun hing sie an ihm wie eine Ertrinkende an einem Stück Treibholz.

»Ich denke nicht. Danke«, erwiderte er und das Mädchen legte ihren Kopf wieder an seine Schulter. »Aber wir sollten hier raus, was?«

Thorben nickte und sie schlossen zu den anderen Gardisten auf.

Doch da zuckte Bree plötzlich zusammen. »Nein!«, rief sie und wollte sich aus Symmons Arm lösen. »Wir müssen meine Familie holen! Sie ist in den Verliesen gefangen!«, brachte sie panisch heraus.

Er zog sie enger an sich, um nicht mit ihr umzufallen.

»Das Windkind holt sie schon raus«, sagte Thorben und zog die Stirn kraus. »Dafür reißt sie sogar die Burg ein.«

Bree erstarrte, ihre Hände krampften sich in Symmons Nacken zusammen. Sie blickte den Gardisten mit großen Augen an.

»Windkind?!«, flüsterte sie sichtlich entsetzt.

»Ja, wir wissen, was sie ist! Sie hat es uns gesagt, um euch zu befreien«, antwortete Symmon. Er nahm an, dass sie es ebenfalls gewusst hatte, da er sich nicht vorstellen konnte, dass Cate ihre Leute in Unwissenheit gelassen hatte.

Sie nahmen die Treppen nach unten und wichen immer wieder herumliegenden Trümmern aus.

Bree sagte kein Wort mehr und verhielt sich seltsam still.

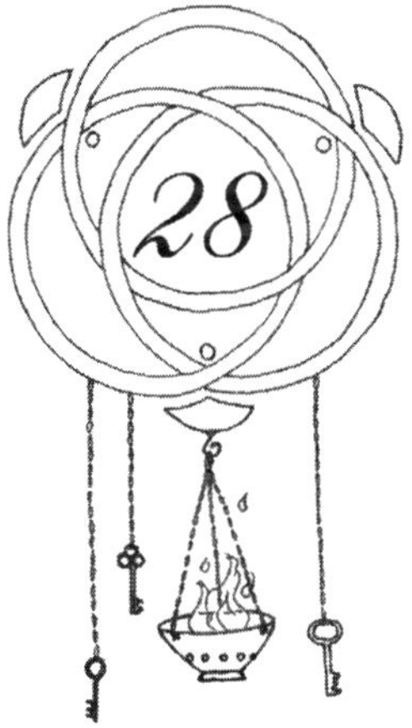

Getöse drang gedämpft bis in den Kerker. Die Wände erzitterten, Staub und kleine Steinchen rieselten von der Decke.

Justus blinzelte verwirrt und sah zu Marc, der sich in einer Ecke zusammengerollt hatte und schlief. Er hatte keine Ahnung, wie sein Bruder es anstellte, hier drin Ruhe zu finden. Auch er war erschöpft, doch an Schlaf war nicht zu denken.

Die Schuldgefühle, die ihn plagten, trugen auch nicht gerade zum inneren Frieden bei.

Hätte er nicht darauf bestanden, mit Marc in die Stadt zu reiten und den Landesfürsten zu bestehlen, wären sie sicher nicht hier. Die Männer, die sie bei den Wagen angegriffen hatten, waren ihnen offenkundig von der Stadt aus gefolgt.

Bree hatte sie zwar frühzeitig bemerkt, aber wer hätte ahnen können, dass sie sie alle in einen Gitterwagen verfrachten würden. Jede Gegenwehr war im Keim erstickt worden, als die Männer Juju zu fassen bekommen und dem weinenden Kind ein Messer an die Kehle gehalten hatten.

Was hätten sie tun können?

Verdammt!

Wieder und wieder dachte Justus alles durch. Überlegte, wo sie einen Fehler gemacht hatten, wo man sie gesehen hatte.

Allerdings war er nicht davon überzeugt, dass die Männer vom Fürsten selbst geschickt worden waren. Die ganze Sache wirkte eher wie etwas, das man für sich behielt. Und dann war da noch all die Geheimniskrämerei der Wachleute und der Männer, die sie befragt hatten.

Außerdem glaubte er, dass Symmon sie gewarnt hätte, wäre es so gewesen.

Er konnte sich aber nicht sicher sein, denn es ging hier um die Windspiele; und um Cate, was ihm furchtbare Angst einjagte.

Die Fragen, die sie auf Zetteln zugeschoben bekommen hatten, zeigten eine eindeutige Richtung. Sie wussten, dass noch jemand aus dem Windvolk lebte und es ein Mädchen war.

und Marc die Windspiele gestohlen hatten, vermuteten diese Leute sicher, dass sie etwas mit dem Windkind zu tun haben mussten. Was ja nicht falsch war.

Die nächste Erschütterung ließ Marc aus dem Schlaf hochfahren.

»Was war das?«, stieß er verschlafen hervor.

Justus starrte an die Decke, von der Staub herunterrieselte, und zuckte mit den Schultern.

Sie durften eigentlich nicht miteinander sprechen. Noch so eine Seltsamkeit, die man ihnen aufzwang. Selbst in den Verhören war kein einziges Wort gefallen. Immer nur Fragen auf Zetteln, die er sich geweigert hatte, zu beantworten.

Soweit er wusste, hatten auch die anderen geschwiegen. Jeder, der bisher geholt worden war, war mit Stolz erhobenem Haupt zurückgekommen. Geschunden und geschlagen, aber nicht gebrochen. Justus hoffte, dass sie das alles schaffen würden.

Vor etwa einer Stunde hatten sie Mei geholt.

Ihm stand der Angstschweiß auf der Stirn, wenn er daran dachte, und dankte im Stillen dafür, dass sie flach war wie ein Brett und für Männer wenig reizvoll.

Seine Nase hatte zum Glück aufgehört, zu bluten. Sie war zwar noch geschwollen, fühlte sich aber nicht gebrochen an.

Am Ende des Ganges konnte er seit einigen Stunden Leilas Jammern hören. Die Wehen hatten zum denkbar schlechtesten Zeitpunkt eingesetzt. Allerdings war die Fruchtblase noch nicht geplatzt. Es blieb also noch ein bisschen Zeit. Wenigstens waren Tante Fin und Hanna bei ihr.

Wieder erzitterte das Gewölbe, diesmal heftiger als zuvor.

»Klingt wie ein Erdbeben«, murmelte Marc nachdenklich und setzte sich ächzend auf, seinen Arm an die Brust gedrückt. Er hatte jede Menge Blessuren von dem Kampf mit dem Knochenbrecher. Und dann hatte er sich noch mit einer der Wachen angelegt, als sie versucht hatten, ihn in die Zelle zu sperren.

Justus schüttelte den Kopf. »Es gibt in dieser Gegend keine Erdbeben«, erwiderte er leise und lauschte weiter.

Eine Tür wurde aufgeschlagen und aufgeregte Stimmen brüllten wild durcheinander.

Justus sprang sofort auf die Füße und eilte an die Tür, um durch den Gitterschlitz zu spähen.

Er schnappte nur wenige Worte auf, doch es war genug. Seine Augen wurden immer größer.

Marc kämpfte sich auf die Füße und kam zu ihm. »Was ist los?«, fragte er und drängte sich neben ihn.

»Sie werden angegriffen«, erwiderte Justus und richtete seine Aufmerksamkeit wieder auf die Männer im Gang. Die Wachleute stritten, wer von ihnen zu bleiben hatte und wer sich oben ins Gefecht stürzen sollte.

Erneut erzitterten die Mauern. Viel heftiger als zuvor.

In der Zelle am Ende des Ganges konnte er Leila keuchen hören.

Ansonsten war es still, doch die Stimmung veränderte sich schlagartig, als fünf der sechs Wachmänner durch die Tür nach oben verschwanden und nur einen einzelnen zurückließen.

Das war ihre Chance. Einen Mann zu überwältigen, war ein Leichtes, wenn sie erst einmal die Tür aufgebrochen hatten.

»Marc!«

Dieser hob fragend die Augenbrauen.

»Draußen ist nur noch ein Wachmann. Wir brennen uns durch die Tür!«, kündigte Justus an.

Marc sah in erschrocken an.

»Bist du sicher? Wenn der Kerl das sieht und uns entkommt …«

»Dann wird er immer noch denken, wir hätten irgendwie Feuer gemacht«, unterbrach er Marcs Einwand und sah ihn finster an. »Außerdem wirst du ihn nicht entkommen lassen!«

Marc schluckte, trat einen Schritt von der Tür zurück und atmete tief durch.

»Bereit«, sagte er schließlich und Justus entfachte mit den Händen mehrere Feuerbälle, die er nacheinander in die Luft warf.

Marc atmete tief ein und verwandelte mit seinem Atem jede der Flammen in eine mannshohe Feuerwolke, die er gegen die raue Tür spie.

Das Holz war alt und trocken und entzündete sich schneller als erwartet. Rauch stieg auf und zog durch den Gitterschlitz.

»Verflucht, was tut ihr da drin?«, brüllte der Wachmann. Seine Unsicherheit war ihm deutlich anzuhören. Offensichtlich behagte es ihm nicht, allein über die Zellen zu wachen.

Justus schoss noch einige Feuerbälle gegen die Tür, versuchte, die größtmögliche Hitze hineinzulegen, bis die Eisengitter zu glühen begannen.

»Drei, zwei, eins, LOS!«

Gemeinsam traten sie kraftvoll gegen die Tür, die laut knirschte. Wieder und wieder, bis die Angeln endlich nachgaben und die Tür mit einem grässlichen Krachen aus dem Rahmen brach.

Mit der Armbrust im Anschlag erwartete der Wachmann sie bereits mit einigem Sicherheitsabstand. »Keine Bewegung!«, rief er und starrte zitternd zu ihnen.

»Schnapp ihn dir«, befahl Justus seinem Bruder und entzündete zwei Feuerbälle.

Der Soldat erstarrte, als wäre er in Stein verwandelt. Die blanke Angst war unübersehbar in seine Augen getreten.

Marc war bei ihm, bevor er die Armbrust auf ihn richten konnte, griff nach seinem Kopf und brach ihm mit einer sauberen Drehung das Genick.

Der Wachmann sackte in sich zusammen.

»Er hat sich vor Schreck in die Hose gepinkelt«, stellte Marc trocken fest.

Justus verschwendete keinen Gedanken mehr an den Toten.

»Schnapp dir die Schlüssel und dann nichts wie raus hier, solange die da oben mit anderem beschäftigt sind!«, rief er Marc zu und eilte zur ersten Zellentür.

Seine Mutter lugte durch den Gitterschlitz. »Was tut ihr da?«, fragte sie verängstigt und machte Kai Platz, der neben ihr auftauchte.

»Seid ihr wahnsinnig?«, fuhr er Justus an, der selbst durch die schmalen Schlitze den wutentbrannten Blick seines Vaters sehen konnte.

»Möglich«, antwortete er knapp und fing den Schlüsselbund auf, den Marc ihm zuwarf.

Schnell hatte er die Tür geöffnet und eilte zur nächsten. Innerhalb weniger Augenblicke waren alle Kerkerzellen offen und die Feuerleute versammelten sich im Gang.

Tai und Janko stützten die arme Leila, die sich schluchzend den Bauch hielt. Fin stand hinter ihr und strich ihr beruhigend über das Haar.

Der Keller erzitterte und sie sahen an die Decke.

»Was ist da oben nur los?«, sprach Kai die Frage aus, die sie sich alle stellten, und nahm die kleine Sally auf den Arm, die sich an sein Bein geklammert hatte. Felice trug Juju, die glücklicherweise zu schlafen schien.

Garan hatte an jeder Hand einen der Zwillinge und sah hoffnungsvoll zu den anderen. »Ist doch egal, oder? Lasst uns lieber hier abhauen.«

Die Zwillinge nickten eifrig.

»Fehlt jemand, außer Mei?«, erkundigte sich Marc.

»Bree«, rief Ayo, die sich an Dante klammerte.

»Wo ist sie?«, wollte Miso wissen, die immer wieder zu Garan und ihren Kindern sah.

»Sie wurde geholt, kurz nach Mei«, erklärte Ayo mit ängstlichem Blick.

Ihr Bruder legte ihr die Arme um die Schultern.

»Sie befragen sie sicher«, versuchte Dante, sie zu beruhigen, und drückte sie an sich. »Wir sollten erst mal hier raus, bevor noch was einstürzt und wir begraben werden.«

»Gut, dann los!«, sagte Justus, nachdem er einen Blick mit seinem Vater und Van gewechselt hatte.

Sie hielten sich dicht beieinander, die Kinder immer zwischen sich, und eilten die Treppe hinauf, auf der auch die Wachen nach oben verschwunden waren. Alle Türen, an denen sie vorbeikamen, standen weit offen, als hätte jemand nicht die Zeit gehabt, sie wieder zu schließen.

Justus sah sich um. Es fühlte sich seltsam an, keiner Menschenseele zu begegnen.

Ein Grollen rollte heran und alles bebte so stark, dass sie sich festhalten mussten, um nicht hinzufallen.

Leila schrie auf und sackte nach vorn.

»Kappadreck!«, fluchte Fin von hinten. »Die Fruchtblase ist geplatzt! Das Kind kommt!«

»Es wird sich wohl noch ein wenig gedulden müssen«, erwiderte Kai verbissen, gab Sally an seine Frau ab, eilte zu Leila und nahm sie kurzerhand auf die Arme. »Weiter!«

Sie hetzten durch ein Labyrinth aus steinernen Fluren und mussten Umwege gehen, wenn der Gang vor ihnen verschüttet dalag. Das Donnern wurde lauter und sie stießen unerwartet auf die Quelle des Tumults, als sie am oberen Ende einer breiten Treppe ankamen, die in eine Halle hinunterführte.

Abrupt verharrten sie, ohne wirklich zu begreifen, was sie da sahen.

Die Decke und große Teile der Wände waren eingestürzt, alles lag in Trümmern und Balken ragten aus dem Schutt.

Vor sich konnten sie den Himmel sehen, an dem sich dunkle Wolken zusammengezogen hatten, die ab und zu durch einen zuckenden Blitz erhellt wurden.

Männer in Rüstungen versuchten, Schutz hinter Mauerstücken und zertrümmerten Möbeln zu finden, um von dort mit ihren Armbrüsten auf das zu zielen, was all das Chaos zu verantworten hatte.

In der Mitte des Saals schwebte in einem Wirbel aus Wind, Staub und kleineren Gesteinsbrocken eine junge Frau, die wie der Zorn des Himmels höchstpersönlich wirkte. Ihr Haar peitschte in einem wilden Kranz um ihren Kopf. Ihre Arme wirbelten durch die Luft und schickten immer neue Windstöße, die Wände zertrümmerten, bis ganze Stockwerke einstürzten, die mit heftigem Krachen und gewaltigen Erschütterungen niedergingen.

Jeder Pfeil, der auf sie abgeschossen wurde, prallte an einer unsichtbaren Windwand ab oder wurde in den Wirbel hineingezogen, der sie umgab und sich langsam durch den Boden fraß.

»Unfassbar«, brachte Justus atemlos heraus, als er es wieder schaffte, einen klaren Gedanken zu fassen. Cate! Seine Cate, die im Alleingang eine Burg auseinandernahm und einen wahren Wirbelsturm erzeugte.

»Ist das Cate?«, fragte Marc mit kratziger Stimme und starrte ungläubig in die Halle.

»Ja, das ist sie«, bestätigte Justus und wusste nicht, ob er wahnsinnig wütend oder unendlich stolz auf sie sein sollte.

Augenscheinlich offenbarte sie gerade ihre wahre Herkunft, ungeschminkt wütete sie mit ihren Kräften und schlug alles kurz und klein.

Doch andererseits war es unbeschreiblich, wie mächtig sie war. Nichts konnte ihr etwas anhaben, niemand kam an sie heran. Sie war die Herrin des Windes, der Zorn der Stürme, und dabei so wunderschön, dass es wehtat. Ihm stockte schier der Atem, sein Herz zog sich sehnsüchtig zusammen, als er sie betrachtete.

»Cate!«, rief eine Stimme, die eindeutig Mei gehörte.

Ihr Blick richtete sich sofort nach unten, zum Absatz der Treppe, an dem eine Gestalt kniete, die ebenfalls in einen kleinen Windwirbel eingeschlossen war. Mei, die mit ausgestrecktem Arm zu ihnen heraufzeigte.

Cate hob den Blick. Zuerst spiegelte sich Unglaube darin, doch ihre Lippen verzogen sich sogleich zu einem Lächeln, so strahlend wie die Sonne selbst. »Justus!«, hallte ihre Stimme geisterhaft durch den Wind, bis in den letzten Winkel der Halle, und wurde als Echo von den wenigen noch stehenden Wänden zurückgeworfen. Erneut versank eine davon unter mächtigem Getöse im aufsteigenden Staub.

Doch Justus konnte auf nichts anderes achten als auf Cate, die gekommen war, um sie zu befreien.

29

Ich konnte es kaum fassen.

Ungläubig saß ich auf einem Moosteppich am Waldrand und sah dabei zu, wie Hanna einem der schwarzen Gardisten den Arm verband. Neben mir saß Ayo, die Dantes Rücken mit einer stinkenden Salbe von Fin einrieb.

Neben mir schlief Mei, den Kopf auf meinem Schoß. Ich strich ihr versonnen durch die kleinen Zöpfchen, die ziemlich zottelig aussahen. Der Bluterguss in ihrem Gesicht wurde immer dunkler und das linke Auge schwoll langsam zu.

Seufzend beugte ich mich zu ihr hinunter und gab ihr einen flüchtigen Kuss auf die Schläfe.

Ich wusste nicht, ob ich mich freuen sollte, dass alle wieder in Sicherheit waren, oder furchtbar schämen, weil ich für all ihr Leid verantwortlich war.

Und es war nicht wenig. Die meisten von ihnen hatten üble Blutergüsse und Prellungen. Juju wechselte zwischen heulen und schlafen und alle wirkten schrecklich erschöpft.

Der Wind strich mir beruhigend den Nacken entlang. Er schien so klein und unscheinbar, jetzt, wo ich wusste, was für eine Kraft ich durch ihn entfesseln konnte.

Die Sonne war längst untergegangen und die Gardisten hatten viele kleine Feuerstellen auf der Wiese ausgehoben, um den Platz zu erleuchten und sich an den prasselnden Flammen zu wärmen.

Ich tastete nach dem prallen Bündel neben mir, das geheimnisvoll klimperte. Thorben hatte die Windspiele in den Trümmern der Burg gefunden und zu mir gebracht.

Vor uns im Mondschein lag die Ruine, die ich hinterlassen hatte. Die Wehrmauer war nur noch zu erahnen, das Nebengebäude nicht mehr existent und im Haupthaus prangte ein riesiges Loch, als hätte ein Gigant mit der Faust hineingeschlagen.

Und das alles war ich gewesen!

Ich konnte mich kaum daran erinnern. Immer wieder spukten mir Erinnerungsfetzen im Kopf herum, wie ich einen Wachmann durch die Luft schleuderte oder Pfeile abwehrte. Doch es wirkte so surreal und so weit entfernt, als wäre es jemand anderes gewesen. Nicht ich, die schüchterne Cate, sondern eine Naturgewalt, die irgendwo zwischen dem Wind und den Windspielen zurückgeblieben war.

Symmon, Uro, Hauptmann Alasar und einige der anderen Gardisten kamen auf ihren Pferden aus dem Wald geritten, hielten an und saßen ab. Ich blickte auf und Symmon sah zu mir herüber. Er schüttelte mit wütendem Blick den Kopf.

Lord Peka war ihm also entwischt. Er war aus der Burg geflohen, als ich angefangen hatte, sie zu zerstören. Der Wind hatte mir erzählt, dass er versucht hatte, die Windspiele mitzunehmen. Da der Gang vor ihm einstürzte, war es ihm aber nicht mehr möglich gewesen. Dann war er durch einen geheimen Seitenausgang geflohen.

Symmon hatte die Verfolgung aufgenommen, hatte ihn aber nicht stellen können.

Der Wind erzählte mir von einem verborgenen Haus im Wald und ich würde dem Fürstensohn später davon berichten.

Doch im Moment gab es für mich nichts Wichtigeres, als Mei über den Kopf zu streichen und in den klaren Sternenhimmel zu blicken, der nun zu sehen war, nachdem sich die Gewitterwolken im Nichts aufgelöst hatten.

Was für ein Tag!

Dumpf meldeten sich meine Kopfschmerzen zurück und das Zittern meiner Hände erinnerte mich daran, dass ich heute kaum etwas gegessen hatte.

Viele von uns hatten sich bereits schlafen gelegt. Es war eine milde Sommernacht und es reichten ein trockener Fleck und ein Umhang, um es bequem zu haben. Viele der Soldaten hatten ihre Umhänge und Decken an die Wagenleute verliehen.

Ein Stück weiter, am Waldrand, hatten sie ein kleines Zelt aufgestellt, in dem Leila vor etwa einer halben Stunde einen Jungen geboren hatte. Obwohl die Geburt anstrengend und sämtliche Hilfsmittel improvisiert gewesen waren, war alles gut gegangen und der kleine Cheo war gesund und munter. Tai war zu uns gelaufen und hatte uns stolz seinen Sohn gezeigt. Dabei war es ihm wohl völlig entfallen, dass er eigentlich ein Mädchen hatte haben wollen.

Mei seufzte im Schlaf und murmelte etwas von Grillfisch und Zitronenmelisse. Ich musste lachen. In manchen Dingen war sie ihrem Bruder einfach zu ähnlich.

Auch ich seufzte.

Justus!

Wir hatten nicht mehr miteinander geredet, seit dem Morgen, an dem er mich geküsst hatte. Und es fühlte sich an, als sei es Ewigkeiten her. Es war seitdem so viel passiert und ich hatte Angst, was er sagen würde, wenn wir uns das nächste Mal gegenüberstanden.

Mein Magen zog sich zusammen und das Atmen fiel mir schwer. Ich tastete mit der Hand nach meinem wummernden Herzen, um es zu beruhigen, und kam dabei an den Bluterguss, der sich nicht mehr so schlimm anfühlte wie noch am Morgen.

Justus würde mir sicher jede Menge Vorwürfe machen. Ich war, ohne ein Wort zu sagen, mit Felio davongelaufen, hatte mich mit der Diebesgilde eingelassen und dann aller Welt offenbart, dass ich vom Windvolk stammte. Mal ganz abgesehen, in was für Gefahren ich mich begeben hatte, um ihn und die anderen zu retten. Er würde mir tagelang Vorträge halten, wie unvorsichtig ich gewesen war und wie dumm. Vielleicht würde er mich auch einfach nur anschreien. Oder nie mehr mit mir reden.

Ich könnte es nicht ertragen, wenn er nie wieder mit mir reden würde, dann schon eher, wenn er behauptete, dass der Kuss nur ein Versehen gewesen war oder eine Spielerei, die er nicht ernst gemeint hatte.

Vorsichtig strich ich Mei ein Zöpfchen aus dem Gesicht und betrachtete dabei scheu Justus' Silhouette, die sich dunkel gegen eines der Feuer abhob. Schon an seiner Haltung konnte ich sehen, dass er angespannt, aber nicht sauer war – so gut kannte ich ihn.

Er stand mit einigen Soldaten, seinem Vater und seinen zwei Brüdern etwas abseits. Sie sprachen über das weitere Vorgehen.

Symmon und Uro gesellten sich zu ihnen.

Sie beschlossen, dass wir die Nacht erst einmal hier verbrachten, um im Morgengrauen jeweils zu zweit auf einem Pferd zurück in die Stadt zu reiten. Dort würden wir essen und anschließend mit einem gemieteten Kappakarren zu den Wohnwagen fahren, die noch bei Kalor am Waldrand stehen mussten.

Ich konnte zwar nur wenig verstehen, aber der Wind berichtete mir von der geplanten Vorgehensweise.

Es war seltsam, dass es mir jetzt nicht mehr so sehr wie heimliches Lauschen vorkam, wenn er mir erzählte, was genau um mich vorging. Viel zu lange hatte ich dem Wind verboten, zu reden, und war dadurch nur in Schwierigkeiten geraten. Ich würde in Zukunft also versuchen, mehr zuzuhören und mehr wissen zu wollen, ohne gleich ein schlechtes Gewissen zu bekommen.

Doch der Wind konnte keine Gedanken lesen, wie gern ich auch gewusst hätte, was Justus gerade dachte.

Ob er wohl auch manchmal einen Gedanken an mich verschwendete?

Ob er später zu mir kommen würde?

Und schon wieder dieses beklemmende Gefühl in meiner Brust. Einerseits Furcht und andererseits Sehnsucht, die ihn weit fort oder nah zu mir wünschten.

Oh verdammt! Ich schüttelte den Kopf und beschloss, dass ich besser schlafen gehen sollte. Dabei machte ich mir wenigstens keine unnötigen Gedanken.

Ein Rascheln ließ mich aufschrecken. Bree stand vor uns und ließ sich neben Ayo zu Boden sinken. »Hey«, summte sie und Ayo lächelte sie an.

Dann wandte sich Bree unvermittelt an mich. »Hallo, Cate.«

Ich hätte mich beinahe umgesehen, ob hinter mir noch jemand war, der *Cate* hieß und den sie gemeint haben könnte.

Doch sie sah mir unverwandt in die Augen und lächelte sogar ein wenig. Verschreckt starrte ich zurück, fragte mich, was wohl als Nächstes passieren würde. War das eine neue Art von ihr, gemein zu mir zu sein?

»Ich wollte dich … Also ich wollte sagen, dass … Es …«, stammelte sie plötzlich los und senkte den Blick auf ihre Hände, die sie auf ihrem Schoß zusammengefaltet hatte. »Ach, gut, dass du da bist«, brachte sie schließlich zusammen und tätschelte kurz mein Knie. Eilig erhob sie sich wieder und warf noch einen schnellen Seitenblick auf Dante, der neben Ayo auf dem Boden döste, bevor sie davonrauschte.

Ich wusste nicht, was ich sagen sollte. Was war das denn gewesen?

»Das ist ihre Art, *Entschuldigung* zu sagen«, erklärte Ayo leise und bettete den Kopf auf den Bauch ihres Bruders.

Bree hatte sich bei mir entschuldigt! Aber wofür?

Ich blinzelte in den Himmel. Na ja, egal, was sie wirklich gemeint hatte, *Gut, dass du da bist* fühlte sich verdammt gut an. Vor allem, wenn es von Bree kam. Bree, die mich noch nie freundlich angesehen hatte, die nie ein Wort mit mir gesprochen und immer behauptet hatte, ich gehörte nicht dazu.

Vielleicht gab es ja doch Hoffnung auf ein freundschaftliches Verhältnis zwischen uns.

Ich nahm mir vor, ihr meinen Platz im Wagen zu geben, sobald wir zurückkamen, und mich von den anderen nicht deswegen beschwatzen zu lassen. Wenn es notwendig war, konnte ich immer noch bei Mei mit im Bett schlafen. Das hatten wir als Kinder auch gemacht.

Ich musste gähnen und spürte, wie die Müdigkeit schwer an mir zog. Vorsichtig hob ich Meis Kopf von meinem Schoß und bettete ihn auf einer Extraschicht Moos. Tanja hatte sie vor einiger Zeit mit einer dunklen Pferdedecke zugedeckt und ich versicherte mich, dass sie nirgendwo heruntergerutscht war.

Dann legte ich mich neben sie, kroch mit unter die Decke und schlief viel schneller ein, als ich für möglich gehalten hatte.

Ich erwachte im Morgengrauen. Nebelfetzen schwebten über dem Boden und der Himmel war verhangen.

Mein erster Blick ging zu dem Bündel, das neben meinem Kopf lag. Es war noch genau da, wo ich es hingelegt hatte, und ich schloss beruhigt wieder die Augen.

Ich seufzte müde und tastete kurz nach Mei, um zu sehen, wie weit sie entfernt lag. Doch Mei war nicht mehr bei mir.

Vorsichtig drehte ich mich um und blinzelte verwirrt in das schale Licht des Morgens.

Ich konnte nur mit Mühe einen Aufschrei unterdrücken. Neben mir lag Justus. Mein Herz setzte sofort zum Galopp an. Wie war denn das jetzt wieder passiert?

Nicht durchdrehen, Cate! Nicht durchdrehen!

Ich hielt kurz die Luft an.

Wind!, rief ich im Stillen und er kam sofort zu mir.

Ich musste nicht einmal fragen, da plauderte er schon los.

Justus lag bei Marc. Marc hat ihm immer die Decke weggezogen. Dann kam Justus zu Mei. Doch Mei wurde es zu warm und sie ist zu Tanja geflohen.

Es gab also eine ganz gewöhnliche Erklärung. Es war reiner Zufall und doch ließ sich mein Herz kaum beruhigen.

Ich überlegte, was ich jetzt tun sollte. Natürlich hätte ich einfach aufstehen können, aber dafür war ich noch zu müde.

Allerdings konnte ich jetzt, da ich wusste, wer mit mir unter der Decke lag, sicher nicht mehr einschlafen.

Unentschlossen musterte ich Justus' Gesicht. Er sah aus wie immer. Bis auf die Wunde an der Lippe und einer Schramme, die sich über Nase und Stirn zog. Das Haar war voller Tau und strubbelig. Eine Strähne hing ihm in die Augen.

Vorsichtig rutschte ich ein wenig näher zu ihm und spürte sofort seine wunderbare Wärme. Ich konnte nicht widerstehen und schob mich noch ein paar Fingerbreit mehr an ihn heran. Als mein Arm versehentlich seine Brust streifte, begann mein ganzer Körper, zu kribbeln.

Ich betrachtete weiter sein Gesicht und seufzte leise. Wie gut er roch!

Mein Magen flatterte und ich hob langsam meine Hand, um ihm die verirrte Haarsträhne aus der Stirn zu streichen. Sein Haar war schon wieder so lang. War es schon so lange her, dass ich es ihm geschnitten hatte?

Doch ich war zu unvorsichtig. Als ich ihn berührte, begannen seine Augenlider zu flackern. Schnell schloss ich die Augen und versuchte, mich schlafend zu stellen.

Bei allen Winden, was hatte ich mir nur dabei gedacht? Was würde er denken, wenn er jetzt aufwachte und mich direkt neben sich fand? Warum war ich nicht aufgestanden?

Es blieb eine Weile still, während ich angestrengt lauschte. Vielleicht bestand ja die Möglichkeit, dass er wieder eingeschlafen war.

»Ich weiß, dass du wach bist, Cate«, raunte Justus und mir wäre um ein Haar das Herz stehen geblieben. »Du bist wirklich die schlechteste Schauspielerin, die mir je begegnet ist«, flüsterte er mit einem Lächeln in der Stimme.

Langsam öffnete ich die Augen.

Er lächelte wirklich. Sehr verschlafen zwar und müde … doch unglaublich gut aussehend.

»Was hat mich verraten?«, fragte ich leise, damit keine peinliche Stille entstand.

»Du bist rot geworden.« Sein Lächeln wurde zu einem Grinsen. »Darf ich dich was fragen, ohne dass du mir sofort davonläufst?«, wollte er wissen und musterte mich eingehend.

Meine Wangen glühten förmlich und mein Mund war trocken wie die Wüste, doch ich nickte.

»Warum liegen wir zusammen unter einer Decke?«, fragte er mich mit einem amüsierten Unterton.

Mein erster Gedanke war wirklich, zu fliehen. Doch ich riss mich zusammen und räusperte mich leise, in der Hoffnung, meine Stimme kehrte zu mir zurück.

»Mei war es zu warm und sie ist zu Tanja gegangen«, wisperte ich und ermahnte mich, weiter zu atmen. Inständig hoffte ich, dass sich ein Loch unter mir auftat oder wir von einem Bären angefallen wurden, damit er mir nicht weiter so peinliche Fragen stellen konnte.

Er schloss die Augen und seufzte tief. »Die anderen schlafen noch alle?«, erkundigte er sich unvermittelt.

Der Wind zog weite Kreise um uns und bestätigte mir, dass bis auf eine Nachtwache weiter entfernt keiner außer uns beiden wach war.

»Ja«, antwortete ich leise und war ein bisschen erleichtert darüber. So konnte Justus wenigstens nicht laut werden, wenn er mir Vorwürfe machte.

Tief atmete ich ein und beschloss, es hinter mich zu bringen. Besser jetzt als später.

»Bist du wütend auf mich?«, fragte ich freiheraus und versuchte, in seinen Gesichtszügen zu lesen.

Er öffnete überrascht die Augen und ich sah rasch woanders hin.

»Nein«, sagte er schließlich, nachdem er mich eine Weile einfach nur angesehen hatte. Ich war unterdessen tausend Tode gestorben.

»Aber warum hast du mir nichts gesagt?« Seine Stimme hatte einen seltsamen belegten Unterton. War es Enttäuschung? Oder doch Wut?

Ich schluckte schwer und fingerte an den Fransen der Pferdedecke.

»Ich dachte, ich bringe dich und die anderen in Gefahr, wenn ihr wüsstet, dass wir den Fürsten bestehlen wollen«, flüsterte ich und fühlte mich dabei furchtbar elend. Es war eines der Argumente gewesen, die ich geglaubt hatte und die jetzt im Nachhinein wie schlechte Ausreden klangen.

Erstaunlicherweise atmete Justus erleichtert auf. »Du wolltest also nicht mit Felio durchbrennen oder so?«

Wie kam er denn auf die Idee? Ich und Felio?

Wusste er denn nicht, dass ich nur ihn liebte? Ich war davon ausgegangen, dass er meine Liebe für ihn nie in Zweifel ziehen würde.

Ich schaute in seine schwarzbraunen Augen und sah, dass er diese Frage völlig ernst gemeint hatte. Er hatte tatsächlich Angst, ich könnte Felio ihm vorziehen.

Gerade wollte ich ihm antworten, ihm sagen, wie unsinnig das war, als er seine Arme nach mir ausstreckte und mich zu sich zog. Es kam so plötzlich, dass ich nun wirklich vergaß, zu atmen. Und zu denken. Und alles andere auch.

Ewigkeiten schienen zu verstreichen, in denen ich einfach in seinen Armen lag, die Wärme und Nähe genoss und mich fragte, wie ich jemals außerhalb seiner Umarmung hatte existieren können. Wie von selbst kuschelte ich mich an ihn und seufzte, als er eine Hand unter mein Haar schob und mit seinen warmen Fingern sanft meinen Nacken umfasste. Ein wohliger Schauder lief mir über den Rücken. Meine Hand ruhte auf seiner Brust und er lehnte seinen Kopf an meinen.

»Bitte geh nie wieder weg«, flüsterte Justus so nah an meinem Ohr, dass seine Lippen ganz sacht meine Haut berührten, und zog mich noch fester an sich. »Ich tue alles für dich, aber geh nicht mehr weg.«

Die Sonne blendete mich, als ich langsam die Augen öffnete. Wann war ich wieder eingeschlafen?

Halb richtete ich mich unter der Pferdedecke auf und blinzelte in das geschäftige Treiben ringsherum.

Justus lag nicht mehr an meiner Seite. Ich entdeckte ihn ein Stück weiter, beim Satteln der Pferde. Alle waren in Aufbruchstimmung.

Die Gardisten räumten ihre Sachen zusammen, die Feuerleute löschten die Glut in den Feuern und die Mädchen flochten sich gegenseitig die Haare. Die Pferde standen schon bereit.

»Aufstehen, Schlafmütze!«, rief Marc mir zu und zog mir die Decke weg. Dann lachte er. »Oh Mann, das wollte ich schon immer mal sagen. Aber ich war noch nie vor dir wach.« Er reichte mir die Hand und half mir auf die Füße. »Wir brechen gleich auf.«

Ich versuchte, meinen knittrigen Rock mit den Händen zu glätten, und ärgerte mich ein wenig, dass mich niemand früher geweckt hatte. Ich mochte es, als Erste wach zu sein.

Wir wurden alle zusammengerufen.

Tai verkündete uns, dass wir immer zu zweit auf einem Pferd reiten würden. Jeweils ein Gardist und einer der Wagenleute. In spätestens vier Stunden wären wir in der Stadt. Dort würden wir Essen und zwei Karrenwagen organisieren, mit denen wir zu den Wohnwagen zurückfuhren. Symmon hatte beschlossen, uns mit der schwarzen Garde bis dorthin zu begleiten. Nur um sicherzugehen.

Dann wurden alle auf die Gardisten verteilt.

Alle bis auf mich.

Unschlüssig standen die übrigen Gardisten herum, beobachteten mich aus den Augenwinkeln und stritten leise miteinander.

Sie haben Angst vor dir, wisperte der Wind und ich wandte meinen Blick seufzend der Burgruine zu. Trümmer, Gesteinsbrocken, vereinzelt noch ein paar Mauern. Ich hatte diese Burg so gut wie dem Erdboden gleichgemacht. Da musste ich mich über ihre Reaktion wirklich nicht wundern.

War es damals auch so gewesen? Hatten die Menschen das Windvolk deshalb getötet? Weil wir unberechenbare Naturgewalten waren? Ich hatte mich immer gefragt, wie jemand wie ich gefährlich sein könnte. Nun hatte ich die Antwort.

Mit den Augen suchte ich nach Justus und entdeckte ihn zu meiner Überraschung direkt hinter mir. Er lächelte mir zu und seine warme Hand strich unauffällig meinen Rücken entlang. Mein Körper antwortete mit einer Gänsehaut und einem Kribbeln im Magen.

»Das wird schon. Mach dir keine Gedanken«, versuchte er, mich zu beruhigen, doch seine Miene sagte etwas anderes. Er machte sich ebenfalls Sorgen.

Wegen mir? Weil die Menschen jetzt Angst vor mir hatten?

Wie würde das in Zukunft weitergehen? Wenn selbst die Leute, die eigentlich auf unserer Seite waren, sich vor mir fürchteten, was war dann mit Fremden? Menschen, die schon früher dafür gewesen waren, uns zu töten? Menschen wie Lord Peka zum Beispiel.

Konnte Justus mich vor ihnen beschützen?

Ich schaute weg, damit er mir nicht ansah, was ich dachte.

Konnte ich es ihm und auch seiner Familie zumuten, mich weiterhin mitzunehmen?

Ja, sie hatten mich immer beschützt. Zuerst hatten sie mich aus den brennenden Trümmern meines alten Zuhauses gerettet und mich dann bei sich behalten. Immer waren sie für mich da gewesen.

Doch die Situation hatte sich verändert. Es war nicht mehr geheim, dass jemand aus dem Windvolk am Leben war. Viele kannten mich jetzt, wussten, wer ich war. Auch Menschen, die mir nicht vertrauten und ich ihnen ebenso wenig. Sicher würde Symmon seine Gardisten zum Schweigen verpflichten können. Aber was war mit den Leuten, die aus der Burg geflohen waren? Was war mit all den Soldaten und Lord Peka?

»Sie kann mit mir reiten!«, sagte plötzlich eine raue Stimme und ich hob überrascht den Blick.

Hauptmann Alasar trat vor und nickte mir zu. Die Gardisten schienen erleichtert aufzuatmen.

Seufzend löste ich meine verkrampften Finger aus dem Rock meines Kleides. Ich hatte gar nicht gemerkt, dass ich sie so zusammengekrallt hatte. Die Fingerknöchel waren kalkweiß. Der Wind hatte aufgefrischt und wehte in einer kühlen Brise um unsere Köpfe.

Symmon rief zum Aufbruch und alle gingen zu den Pferden. Justus nahm meine Hand in seine, drückte sie und fuhr mit dem Daumen über meinen Handrücken, bevor er mich wieder losließ und zu einem der großen schwarzen Streitrösser ging. Er ließ mich dabei nicht aus den Augen, auch nicht, als er hinter einem grimmig dreinschauenden Gardisten aufsaß, und klopfte demonstrativ auf den Beutel, den er sich über die Schulter geworfen hatte.

Darin waren die Windspiele, die er für mich trug, damit sie mich beim Reiten, das nicht gerade meine Stärke war, nicht zusätzlich behinderten.

»Cate«, sprach mich der Hauptmann an und wies zu einem der Pferde. Unsicher folgte ich ihm und ließ mich auf den Rücken des Tieres heben.

Ich hätte auch hochfliegen können. Doch aus Angst, die Gardisten damit nur noch mehr zu beunruhigen, ließ ich es sein.

Hauptmann Alasar schwang sich wortlos hinter mir in den Sattel.

»Achtung, es geht los«, warnte er mich, gab seinem Pferd ein Zeichen und es trabte langsam an.

Der Fürstensohn führte den Zug an. Zu meiner Überraschung saß Bree bei ihm. Ich musste zweimal hinsehen, um es zu glauben.

Der Wind kam zu mir, schmiegte sich liebevoll an meine Arme und spielte dann ein bisschen mit meinen Haaren.

Symmon hat sie gestern gerettet, raunte er und ich verscheuchte ihn mit der Hand.

Ich würde ihm bald Einhalt gebieten müssen, wenn ich nicht wollte, dass er mir einfach alles erzählte. Zwar hatte ich beschlossen, in Zukunft mehr darauf zu hören, was er zu sagen hatte. Doch die persönlichen Belange der Wagenleute sollten wie bisher ihre Sache sein und nicht meine.

Obwohl es schon ein interessantes Bild war, der Fürstensohn und unsere widerspenstige Möchtegern-Prinzessin.

Aber egal, was da zwischen den beiden war, es konnte sowieso nicht sein. Bree wusste das. Die Gesetze des Feuervolkes waren da sehr eindeutig. Keine Liebesbeziehungen zu Menschen, die nicht vom Feuervolk waren!

Ich schluckte und dachte an Justus. Er kannte die Gesetze ebenfalls. Mein Herz wurde schwer. Selbst falls er es wirklich ernst mit mir meinte, durfte er eigentlich nicht mit mir zusammen sein.

Seufzend schüttelte ich den Kopf über diese Unsinnigkeit. Wieso dann das alles? War ich wirklich so belanglos, dass Justus sich das erlauben konnte?

Auch wenn ich mir das oft einzureden versuchte, damit meine Hoffnungen nicht zu übermächtig wurden, konnte ich es mir ehrlich gesagt nicht vorstellen. Nicht nach dem Kuss vor ein paar Tagen. Nicht nach der Umarmung von heute Morgen. Nicht nach den Worten, die er mir zugeflüstert hatte.

Das konnte nicht einmal ich mir schlechtreden. Es war eine Tatsache. Justus liebte mich. Doch wie sollte es mit uns weitergehen?Noch schienen die anderen nicht zu wissen, was zwischen uns war, schließlich hatten wir immer zusammengehangen. Doch lange konnte es nicht dauern, bis sie die Veränderung bemerkten. Dafür war meine Fähigkeit, jemandem etwas vorzuspielen, einfach zu schlecht.

Und Mei hatte ich es ohnehin gesagt. Ich hatte ihr erzählt, dass Justus mich geküsst hatte.

Oh Cate! Was hast du nur getan?

Wenn also der Zeitpunkt kommen würde, an dem die anderen es merkten und es uns verboten, könnte ich dann so weiterleben wie zuvor? So tun, als wären wir nur gute Freunde? Oder gar Geschwister?

Mein Magen zog sich bei diesen Gedanken schmerzhaft zusammen und ich musste mir eingestehen, dass ich es wohl nicht konnte.

Würden sie mich dann wegschicken? Wohin sollte ich gehen?

Tränen stiegen mir in die Augen und ich blinzelte sie eilig weg. Bei allen Winden, wie war das alles nur passiert? Warum hatte ich mich überhaupt in Justus verliebt? Wie dumm war ich nur gewesen?

Niemals hätte ich gedacht, dass sich Justus in mich verlieben könnte, dass je der Tag kommen würde, an dem er mich küsste. Mich! Das unscheinbare, kleine, sommersprossige Ding, das ihm seit zwölf Jahren hinterherrannte.

Und jetzt, da das alles passiert war, steckte ich in der Klemme.

Angenommen, ich könnte es tatsächlich, würde so tun, als sei zwischen uns nie etwas vorgefallen, und neben ihm leben, als ob ich ihn nicht liebte … wie würde dann die Zukunft aussehen?

Würde Justus es hinnehmen, mich vergessen und weitermachen wie vorher?

Irgendwann würde er sich vielleicht in ein Feuermädchen verlieben, sie heiraten und sie würde ihm viele kleine, wunderschöne Feuerkinder schenken.

Hilfe, mir war so schlecht, dass ich glaubte, mich jeden Moment übergeben zu müssen.

Doch allein die Vorstellung, dass Justus ein anderes Mädchen heiratete und ich vor ihm stehen musste, um ihm zu gratulieren, während er sie in den Arm nahm und küsste …

Ein Schluchzen entrann meiner Kehle.

»Alles in Ordnung?«, fragte der Hauptmann sanft.

Ich nickte schnell.

»Bist du sicher? Du wirkst erschöpft. Soll ich eine Pause ausrufen lassen, damit du dich ausruhen kannst?«, bemühte er sich weiter, doch ich schüttelte heftig den Kopf.

Ich schluckte den Kloß in meinem Hals hinunter und versuchte zu sprechen. »Nein, es geht schon, danke«, brachte ich dünn zustande und räusperte mich. »Haben wir einen Schluck Wasser?«, fragte ich und Alasar reichte mir einen halb leeren Wasserschlauch

»Kannst du austrinken«, sagte er, nahm die Zügel wieder in beide Hände und richtete seine Aufmerksamkeit scheinbar auf den Weg vor uns.

Ich spürte jedoch, dass er auf jede Regung von mir achtete.

So grimmig er auch immer dreinschaute, ich war mir sicher, dass er einen weichen Kern hatte.

Er hat eine Tochter in deinem Alter, flüsterte der Wind. *Ihr Name ist Svelenja. Sie mag dunkle Rosen und den Geruch von frischem Brot.*

So war das also.

Doch der Gedanke hielt nicht lange an.

Stattdessen erträumte ich mir, was wäre, wenn dieses Gesetz für mich nicht gelten würde. Vielleicht bestand ja die Möglichkeit, dass es für mich als Windkind anders war. Schließlich hatten sie mich auch in ihre Stadt gelassen, obwohl das per Gesetz genauso verboten war.

Was, wenn Justus mich heiraten konnte, falls er das überhaupt wollte? Was würde ich ihm für Kinder gebären?

Justus war darauf angewiesen, viele Nachkommen zu zeugen, die die Kräfte des Feuervolkes in sich trugen. Er würde schließlich das nächste Oberhaupt seines Clans werden.

Nachdem Felice bei Jujus Geburt beinahe gestorben war, hatte Van, der älteste der Brüder, sein Recht als Erstgeborener an ihn abgetreten. Andernfalls hätte er Felice verstoßen müssen, um eine Frau zu nehmen, die ihm weitere Kinder schenken konnte. Natürlich hatte es außer Frage gestanden, dass Van seine Felice jemals hergeben würde, und so war die Reihe nun an Justus.

Doch wenn Justus mich nehmen würde, wie könnte er dann Oberhaupt seines Clans werden? Was, wenn unsere Kinder alles Windkinder waren oder sie gar keine Kräfte hatten?

Die Kraft des Feuervolkes würde sich so nicht weiter verteilen, egal wie viele Kinder wir bekamen.

Er würde das Anrecht abgeben müssen. Und zwar an *Marc*!

Bei allen Winden! Ich würde ihm die Zukunft kaputt machen *und* den *Clan des Feuersturms* ins totale Chaos stürzen!

Ich konnte mir einfach nicht vorstellen, dass Justus dieses Opfer in Kauf nahm. Und wenn, wie könnte ich zulassen, dass er so etwas für mich aufgab?

31

Wir waren seit vier Tagen zurück bei den Wagen, die wir in einem miserablen Zustand vorgefunden hatten. Lord Pekas Männer hatten alles herausgerissen, was darin gewesen war, und es achtlos auf der Wiese und im Wald verteilt. Ich vermutete, sie hatten nach Hinweisen auf mich oder die Windspiele gesucht.

Nur mithilfe der schwarzen Garde und der Dorfbewohner von Kalor schafften wir es, alles in kürzester Zeit wieder auf Vordermann zu bringen.

Symmon und seine Männer waren nun im Begriff, in die Stadt zurückzureiten. Zum Abschied sagte er, ich sollte ihn bei Gelegenheit besuchen, damit er immer auf dem Laufenden war.

Die Feuerleute dankten ihm und der Garde sehr herzlich.

»Der Dank ist ganz meinerseits. Ihr habt schließlich maßgeblich dazu beigetragen, einen Verräter zu entlarven«, erwiderte er.

Lord Pekas Aufzeichnungen hatten Symmon, Uro und Hauptmann Alasar schreckliche Geheimnisse offenbart.

Der Lord war Teil einer geheimen Bruderschaft, die die politischen Geschicke auf der ganzen Welt zu lenken versuchte. Indem er den Krieg im Land gefördert hatte, war seine Macht gewachsen und der Geheimbund hatte unbemerkt seinen Geschäften nachgehen können. Der Krieg machte sie reich. Darum hatte Lord Peka erst vor Kurzem angeordnet, die Fehde zu vertiefen, indem er versuchte hatte, Elyssabed zu entführen und es den Soldaten des westlichen Meeresgebietes in die Schuhe zu schieben.

Was beinahe auch geklappt hätte, wenn wir sie nicht gerettet hätten.

Nach dieser Offenbarung würde selbst der Landesfürst einsehen müssen, dass Lord Peka ein schlechter Einfluss für ihn gewesen war, und hoffentlich die Möglichkeit in Betracht ziehen, mit dem westlichen Landesfürsten Friedensverträge auszuhandeln. Was Symmon zumindest gefallen würde.

Nachdem ich ihm von Lord Pekas geheimem Unterschlupf erzählt hatte, hatte er ein paar Männer ausgesandt, um ihm nachzujagen. Der Lord war allerdings immer noch nicht erwischt worden.

Wir erfuhren, dass Spione des Fürsten am westlichen Hof berichtet hatten, dass auch der Berater des dortigen Landesfürsten auf und davon sei.

Doch was das alles mit mir und dem Windvolk zu tun hatte, wusste ich nicht.

Symmons Abschied schmerzte mich ein wenig. Auch wenn wir beide oft nicht einer Meinung gewesen waren, hatte er mir doch in den schwierigsten Situationen beigestanden und ich sagte ihm schweren Herzens Lebewohl.

Damit war ich aber nicht die Einzige.

Bree trat jetzt zu ihm, stellte sich auf die Zehenspitzen und hauchte ihm einen Kuss auf die Wange.

Überraschung trat in Symmons Gesichtszüge und die Röte kroch an seinen Ohren empor.

Er räusperte sich vernehmlich und richtete sich noch ein Stück weiter auf. »Kann ich dich wiedersehen?«, fragte er sie hoffnungsvoll.

Doch Bree lachte nur.

»Nein«, sagte sie kess, wirbelte herum, dass ihr feuerrotes Haar nur so flog, und stolzierte davon.

Doch Symmon schien nicht enttäuscht zu sein. Ich hatte eher den Eindruck, sie hatte seinen Jagdinstinkt nur zusätzlich geweckt.

Auch ihm schien es schwerzufallen, einfach zu gehen. Doch dann schwang er sich auf sein Pferd, nickte mir noch einmal zu und galoppierte seinen Männern hinterher.

Ich half Ayo gerade dabei, die Vorhänge in unserem Wagen wieder anzubringen, als sie einen freudigen Schrei von sich gab.

Durchs Fenster hatte sie Hanna entdeckt, die mit Ulan von ihrem Spaziergang zurückkehrte.

Hannas blondes Haar, das sie bisher mit einem roten Band zusammengeflochten hatte, fiel ihr offen auf die Schultern und wurde nur durch ein schmales Zöpfchen geziert, das mit einem violetten Band umwickelt war.

Die Wagenleute hatten beschlossen, Ulan durch ein Signalfeuer zu sich zu rufen, um einen Bericht der letzten Tage abzugeben, der in der Feuerstadt sicher für Aufruhr sorgen würde.

Die ganze Zeit hatte Ulan dabei Hannas Hand gehalten und sie danach um einen Spaziergang zu zweit gebeten.

Jetzt war auch klar, wieso.

Violett war die Farbe des *Clans der wandernden Feuer*, Ulans Clan. Hanna würde ab heute diese Bänder in den Haaren tragen.

Ayo eilte aus dem Wagen und ihrer Schwester entgegen, um sie zu umarmen. Auch die anderen kamen zu ihr.

Für die meisten war es keine große Überraschung, dass Hanna nach ihrem Spaziergang mit Ulan mit der neuen Farbe und so *verheiratet* wiedergekommen war.

Für mich allerdings schon. Ich hatte nicht gewusst, dass sich die beiden schon so lange mochten.

Wenn ich sie so sah, freudestrahlend vereint, lief mir ein kalter Schauder den Rücken hinunter. Denn es führte mich in meinen Gedanken wieder zu dem Entschluss, den ich bezüglich Justus gefasst hatte.

Ich riss mich jedoch zusammen und ging ebenfalls auf das glückliche Paar zu.

»Meinen Glückwunsch zur Hochzeit«, gratulierte ich Hanna und umarmte sie sogar.

Ulan stand neben ihr und wurde gerade von Mei beglückwünscht.

»Ich wollte sie schon letzte Woche fragen. Aber der Zeitpunkt schien mir unpassend«, erklärte Ulan gerade seinem neuen Schwiegervater Abdell und konnte es sich nicht verkneifen, mir einen Blick zuzuwerfen.

Ich zog mich von all dem Trubel schnell wieder zurück, setzte mich auf die Stufen des grünen Wohnwagens und sah, wie Justus lachend bei Ulan stand.

Mein Brustkorb zog sich schmerzhaft zusammen, als ich ihn so fröhlich sah.

In den letzten Tagen hatte ich mich von ihm ferngehalten, was nicht schwer gewesen war, da es ausreichend zu tun gegeben hatte.

Morgen würden wir weiterreisen, zum nächsten Dorf und in den Alltag zurück. Hanna würde uns allerdings noch heute verlassen und mit Ulan in die Feuerstadt ziehen, um dort ihr neues Heim einzurichten.

Bree freute sich darüber fast zu sehr, denn dadurch bekam sie endlich den langersehnten Platz im Wagen der Frauen. Und sogar noch ein unteres Bett!

Ich seufzte, wohl zum hundertsten Mal heute, und senkte den Blick, als Justus zu mir herübersah. In den letzten Tagen hatte er mich ständig angesehen, mit diesem Blick, der mein Herz zum Schmelzen und meinen Entschluss jedes Mal ins Wanken gebracht hatte.

Doch ich musste stark bleiben. Für ihn und nicht zuletzt für mich.

Als ich aus den Augenwinkeln sah, dass er herüberkam, stand ich wie zufällig auf, ging in den Wagen und schloss die Tür hinter mir. Mein Herz klopfte wie wild und ich hätte heulen können, so furchtbar fühlte ich mich.

Ich lehnte mich an die Tür und sank auf den Boden. Die Knie angezogen und die Arme darum geschlungen, saß ich da und wartete, dass meine Gefühle aufhörten, mich derart zu quälen, und dass mein Körper das Zittern einstellte.

Bei allen Winden.

Neben mir stand der Korb mit dem Nähzeug. Mein unfertiges Kleid lag noch immer darin.

Als ich mich beruhigt hatte, erhob ich mich vorsichtig und tastete nach dem Schlafbündel, das auf meinem Bett lag. Es war unmerklich größer als sonst und klimperte, wenn ich dagegen stieß. In meinem Fach war noch ein zweites Bündel, in das ich ein paar Kleidungsstücke, einen Wasserschlauch und etwas Brot und Käse geschnürt hatte. Alles war bereit. Aber war ich es auch?

Ich atmete tief durch und trat aus dem Wagen.

Draußen wurden gerade die Instrumente ausgepackt, um Hannas Vermählung gebührend zu feiern. Bree stimmte ein heiteres Lied an, das Hanna besonders mochte, und die Ersten stellten sich zum Reigen im Kreis auf.

Hochzeiten waren beim Feuervolk keine große Sache. Ich hatte gehört, dass bei den Nordstämmen die Vermählungszeremonie sechs Stunden und die anschließende Feier eine Woche dauerte.

So etwas gab es beim Feuervolk nicht. Wenn ein Mann eine Frau heiraten wollte, fragte er sie einfach. Sagte sie *Ja*, flocht der Mann ihr ein Band in der Farbe seines Clans ins Haar und schon waren sie für immer verbunden. Es war von Familie zu Familie verschieden, ob danach gefeiert wurde und wie.

Die Wagenleute pflegten Hochzeiten mit Musik und Tanz zu feiern. So wie ziemlich alles, was es zu feiern gab.

Ich stand abseits, im langsam länger werdenden Schatten des Wagens, und beobachtete, wie sie fröhlich musizierten, sangen und tanzten. Sie waren so ausgelassen, dass wohl niemand vermuten würde, sie hätten vor wenigen Tagen noch in einem Verlies gesessen. Geschlagen und in Ketten.

Wegen mir!, dachte ich wieder und wieder. *Wegen mir ist das alles passiert!*

Erschrocken zuckte ich zusammen, als Justus sich neben mir räusperte. Ich hatte nicht gemerkt, dass er neben mich getreten war. Er stand so dicht bei mir, dass ich seine Wärme spüren konnte. Mein Magen begann zu flattern und gleichzeitig wurde mir speiübel vor Angst.

»Hey, Cate«, sagte er, als ich nicht zu ihm aufsah.

Ich konnte ihm nicht antworten, so groß war der Kloß in meinem Hals.

»Cate?«, fragte er mit Sorge in der Stimme.

Ich hob endlich den Kopf. Doch als ich in seine warmen dunklen Augen sah, liefen meine sogleich über. Dabei wollte ich gar nicht weinen, aber ich konnte es nicht aufhalten. Tränen kullerten über meine Wangen.

Justus wurde unscharf und verschwamm.

Schnell ergriff er meine Hand, zog mich zwischen den Wagen hindurch und ein Stück weiter in den Wald, an die Stelle, an der vor Kurzem noch Felios Hängematte gehangen hatte.

Felio. Das war auch so eine Sache für sich.

Der Wind hatte mir von den Windalchemisten erzählt. Und von Felios Familie, von seinen Eltern, die sich um ihn sorgten, von dem Onkel, der sich furchtbar über seinen Neffen und diese wahnwitzige Idee ärgerte, durch die Windartefakte so zu werden wie ich.

Ulan hatte Felios Onkel Bescheid gegeben und der Wind hatte mir mitgeteilt, dass dieser ihn gestern bei der Diebesgilde freigekauft hatte. Er dürfte sehr froh gewesen sein, denn sie hatten ihn gezwungen, Kartoffeln zu schälen und den Boden sämtlicher Schankhäuser in der Unterstadt, die zum größten Teil der Diebesgilde gehörten, mit einer winzigen Bürste zu säubern.

Ich wusste noch nicht, ob ich Felio seinen schändlichen Verrat verzeihen würde. Das würde sicher Zeit brauchen. Zeit, die ich gerade nicht dafür erübrigen konnte.

Justus hockte sich vor mir nieder und sah zu mir auf. Sein Gesicht war von Sorgenfalten durchzogen. Mir fiel auf, dass seine aufgeplatzte Lippe schon fast verheilt war.

»Cate?«, sprach er mich wieder an und ich schluckte schwer. Ich würde es ihm sowieso sagen müssen. Warum war es da jetzt nicht genauso gut wie in ein paar Stunden?

Doch die Angst lastete auf meiner Brust wie ein schweres Gewicht, das mich zu erdrücken drohte.

»Bitte rede mit mir. Was ist denn los?«, versuchte er, zu mir durchzudringen, und griff nach meinen Händen.

Das machte die Sache nur noch schwieriger für mich, also entzog ich sie ihm.

»Ist es wegen Hanna? Oder habe ich etwas falsch gemacht? Tut dir was weh?«, gab er sein Bestes, um mich zum Reden zu bewegen.

Ein Schluchzen stieg in meiner Kehle auf. Er wollte nach mir greifen, mich in den Arm nehmen, und ich wünschte mir nichts sehnlicher, trat aber hastig einen Schritt zurück.

»Ich kann nicht«, weinte ich und sah in seinen Augen, dass ich ihn verletzte. »Ich kann nicht bei dir bleiben.«

»Was?« Justus sah mich ungläubig an und ließ langsam die Arme sinken.

»Du hast gesagt, ich soll dich nicht mehr verlassen, aber ich muss«, sprudelte es plötzlich aus mir heraus. Jetzt, wo die ersten Worte gesagt waren, kam der Rest einfach nach. »Ich werde weggehen.«

»Was?«, fragte er noch einmal, schien nicht zu begreifen, was ich gesagt hatte. Ich konnte es ja selbst nicht fassen.

»Ich bin nicht vom Feuervolk. Ich darf nicht bei dir sein. Ihr habt Gesetze dagegen! Und ihr habt schon für weniger jemanden zum Tod verurteilt ...«

»Nein, nein, Cate!«, redete er auf mich ein und erhob sich wieder. »So ist es nicht. Sie würden eine Ausnahme machen.« Er fuhr sich nervös durch die Haare. »Das Gesetz spricht sich gegen Menschen aus, die unser Geheimnis nicht kennen. Aber du kennst es! Es ist egal, dass du nicht vom Feuervolk bist!«

»Ist es nicht!«, widersprach ich ihm und krallte meine Finger in den groben Stoff meines Rockes.

»Cate, du musst mir glauben! Ich habe das schon mit meinem Vater besprochen. Er war der gleichen Meinung. Ich darf mit dir zusammen sein!« Wieder griff er nach meinen Händen.

Ich war nicht schnell genug, sie ihm noch einmal zu entziehen.

Bei allen Winden, er hatte gesagt, dass er mit mir zusammen sein wollte!

Mein Atem ging viel zu schnell und mein Herz raste. Mir wurde schwindlig.

Es gilt nicht für dich, Cate. Das Gesetz steht dir nicht im Weg, flüsterte meine innere Stimme.

Beinahe hätte ich meinen Entschluss aufgegeben und meinen Egoismus siegen lassen.

Doch im letzten Moment riss ich mich zusammen und erinnerte mich an die anderen Gründe, die ich hatte, wegzugehen.

Selbst ohne die erste Begründung waren sie stark genug.

»Du wirst eines Tages das Oberhaupt deines Clans. Wie kannst du mich da nehmen? Ich werde dir keine Feuerkinder gebären«, flüsterte ich.

Justus versteifte sich. Ich hatte es gewusst! Er würde sein Vorrecht nicht abgeben wollen! Nicht, wenn es nicht sein musste.

»Das weißt du doch gar nicht!«, widersprach Justus viel zu heftig und ich sah, wie Ärger in ihm aufstieg. Er wurde wütend, weil ich recht hatte und ihm die Argumente ausgingen.

»Aber du auch nicht!«, sagte ich mit aller Entschlossenheit, die ich aufbrachte. Ich konnte mich nur gegen ihn durchsetzen, wenn ich stark blieb. »Außerdem bin ich eine Gefahr für euch!«

Justus machte den Mund auf, doch diesmal ließ ich ihn nicht zu Wort kommen.

»Schau dir den Bluterguss im Gesicht deiner Schwester an!«, rief ich und er zuckte zusammen, als hätte ich ihn geschlagen. »Das ist wegen mir passiert! Ihr wurdet wegen mir entführt! Weil ich bei euch bin! Und jetzt ist es noch gefährlicher!« Zittrig holte ich Luft. »Lord Peka weiß, dass es mich gibt, und die schwarze Garde weiß es und alle anderen, die bei Lord Pekas Burg waren. Und es wird nicht lange dauern, dann weiß es das ganze Land!«

Justus' Gesicht war blass wie das eines Geistes. »Ich werde dich beschützen, Cate!« Seine Stimme war nur noch ein Hauchen.

»Das kannst du aber nicht!«, fuhr ich ihn an und riss ihm meine Hände weg. »Ich bringe deine Familie in Gefahr!« Und dann setzte ich sogar noch einen drauf, von dem ich wusste, dass es einen wunden Punkt treffen würde. Denn es war das Stärkste, was ich vorbringen konnte. »Und möglicherweise sogar dein Volk!«, warf ich ihm an den Kopf.

Justus starrte mich fassungslos an. Keiner im Feuervolk würde etwas tun, das sie gefährden würde. Man hatte es ihnen von Kind auf eingebläut, sich niemals zu verraten. Sie handelten alle danach und es gab in diesem Fall absolut keine Ausnahmen.

Meine Sicht war von meinen Tränen schon zu verschwommen, um noch klar zu sehen, doch ich hätte schwören können, dass auch Justus Tränen in den Augen standen.

»Aber ich liebe dich!«

Nein!

Ich taumelte, stürzte nach vorn und direkt in seine Arme.

Fest drückte er mich an sich, nicht bereit, mich je wieder loszulassen.

Er liebt mich, dröhnte es in meinem Kopf, dass es wehtat. Bei allen Winden, er hatte es gesagt! Und doch musste ich gehen.

Laut schluchzend klammerte ich mich an seinen Hals.

Er drückte sein Gesicht in meine Haare. »Bitte bleib. Bitte bleib bei mir«, flüsterte er mir zu und wiegte mich sacht hin und her.

Vehement schüttelte ich den Kopf. Ich musste gehen. Am besten jetzt! Je länger ich bei ihm war, desto schwerer fiel es mir, ihn loszulassen.

Justus, Justus, Justus!, schrien mein Kopf und mein Körper und doch wusste ich, dass es falsch war, zu bleiben.

Ich nahm alle Willenskraft zusammen und löste zitternd die Hände von seinem Hals. »Lass mich gehen«, schniefte ich erstickt und stemmte mich gegen seine Brust.

»Nein!« Verzweifelt zog er mich noch fester an sich.

»Bitte, Justus! Sei doch nicht dumm. Du musst mich gehen lassen«, versuchte ich es wieder, aber sein Griff lockerte sich nicht.

»Nein, nein, nein! Das kann doch nicht wahr sein!«, jammerte er verzweifelt und presste seine Stirn gegen meine.

Warum machte er es mir nur so schwer? Warum tat er mir das an?

Ich schluckte schwer und griff zu dem einzigen Mittel, das ich gegen ihn zur Verfügung hatte. »Es tut mir leid, Justus«, sagte ich und sah ihm ein letztes Mal in die Augen, die so dunkel waren, dass sie fast schwarz erschienen, strich mit der Hand seine Wange entlang.

Und dann rief ich den Wind.

Er sauste aus den Baumwipfeln herab, wie ein Falke, der sich auf seine Beute stürzte, und schlug Justus so heftig von mir weg, dass er rückwärts zu Boden stürzte. Sogleich erhob ich mich in die Luft, damit er mich nicht mehr erreichen konnte.

»Es tut mir leid«, wiederholte ich leise, machte kehrt und sauste zurück ins Lager. Ich würde meine Bündel so schnell wie möglich holen und dann verschwinden müssen, bevor Justus mich noch einmal in die Finger bekam. Denn ein zweites Mal würde ich mich nicht gegen ihn wehren können. Mein Herz würde mich zwingen, bei ihm zu bleiben, egal, was mein Verstand dazu sagte.

Dafür hätte ich keine Kraft!

»Nein! CATE, NEIN!«, brüllte Justus mir hinterher und mein Herz zerbrach in viele kleine Splitter.

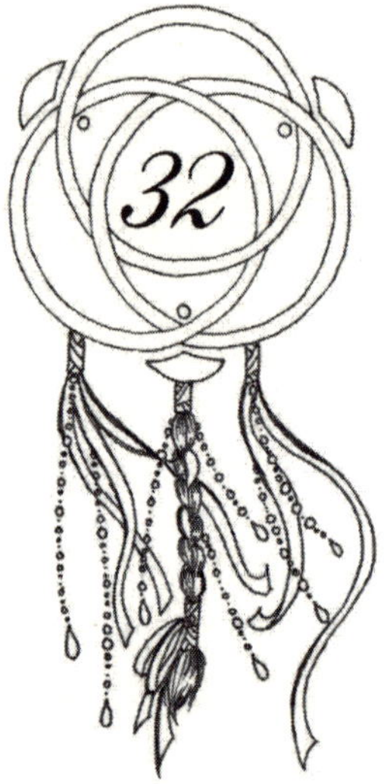

Vier Monate waren vergangen und ich hatte jeden einzelnen Tag davon gezählt.

Gedankenverloren starrte ich in die Endlosigkeit des Himmels, der sich vor mir erstreckte. Ich schickte den Wind, um aus einem der Wolkenfetzen, die träge durch die graue Weite zogen, eine Blume zu formen. So vertrieb ich mir oft die Zeit, wenn ich müde vom Lesen war.

Ein Buch mit nachtblauem Seideneinband lag aufgeschlagen auf meinen Knien.

Es handelte von den Gebräuchen und Festen des Windvolkes.

Olaim hatte es zusammen mit seinem Vater geschrieben, der jetzt schon mehr als drei Jahrzehnte tot war. Damals hatte das Windvolk noch große Zeiten gehabt.

Die nächste Wolke machte ich zu einem Baum und atmete tief durch.

Ich vermisste den Wald. Das Rauschen der Blätter, das weiche Laub und die lockere Erde unter meinen Füßen, den Geruch von Harz oder

Bucheckern sammeln, mit Eichhörnchen um Haselnusssträucher streiten.

Hier oben gab es nur ein paar dürre Sträucher und knorrige Kiefern, die um ihr Überleben kämpften.

In der letzten Zeit war ich immer seltener nach unten geflogen, um in dem kleinen Wald am Fuß des Berges spazieren zu gehen. Der Winter war ins Land gekehrt und überzog alles mit einer weißen glitzernden Schicht Eis.

Doch hier merkte man nichts von den Jahreszeiten. Hier oben an der Schneegrenze auf den Gipfeln des Egralin-Gebirges herrschte ewiger Winter. Es war immer kalt.

Genau wie in mir.

Sämtliche Flammen waren erloschen und ich spürte in meinem Inneren nichts als Kälte und gelegentlich einen Stich von den Splittern in meiner Brust, die einst mein Herz gewesen waren. Gleichgültigkeit bestimmte jetzt den größten Teil meines Lebens, nichts bewegte mich mehr. Nicht einmal die Bücher über mein Volk oder die Windräder und die aufwendige Mechanik, die damit verbunden war und den Menschen hier oben den Alltag erleichterte.

Der Wind kam zu mir und zupfte an meinen Haaren und den Zipfeln meines Wollumhangs. Er wollte, dass ich mit ihm kam.

Ich lächelte, doch mehr aus Gewohnheit als aus echter Freude. Vorsichtig klappte ich das Buch zu und legte es auf einen kleinen Sockel.

Dann erhob ich mich in die Luft. Ich drehte mich um die eigene Achse und schraubte mich langsam nach oben.

Der Wind wirbelte um mich herum. Ich konnte seine Freude spüren, die wie ein sanftes Echo durch meinen leeren Geist hallte.

Manchmal fühlte es sich an, als sei ich gar nicht mehr da. Als sei ich vor langer Zeit gegangen. Zusammen mit dem Schmerz. Als sei ich nun der Wind selbst.

Ich breitete die Arme aus und wünschte mir, es wäre ein bisschen wärmer, sodass er durch meine Kleider wehen könnte.

Ein Geräusch drang an meine Ohren und ich sah zurück auf die Hochterrasse, wo ich das Buch abgelegt hatte.

Felio stand dort und sah mit sehnsüchtigem Blick zu mir herauf. Der Wind wehte ihm die blonden Locken aus dem Gesicht. Seine Wangen waren von der Kälte gerötet.

Ich hielt meinen Schal fest, damit er mir nicht vom Hals rutschte und in der Tiefe verschwand. Dann schwebte ich dem Felsen entgegen, von dem ich abgehoben hatte, und ließ mich neben Felio auf die kleine ummauerte Terrasse sinken.

Er räusperte sich. »Ich soll dich holen. Das Essen ist fertig.«

Vorsichtig drückte ich mich an ihm vorbei, sah ihm nicht in die Augen und griff nach dem blauen Buch. Die Seide fühlte sich in meinen klammen Händen kalt an. Viel zu schnell eilte ich ins Haus zurück. Ich hatte keine Angst vor Felio, aber ich scheute die Fragen, die er stellen konnte.

Behutsam schloss ich die Tür hinter mir und wickelte mich erst einmal aus dem dicken Schal. Meinen Umhang hängte ich an einen Haken an der Wand.

Ich schlüpfte aus meinen einfachen roten Lederschuhen und stellte sie fein säuberlich neben die Schneestiefel, die ich nie trug, weil meine Füße den Boden sowieso kaum berührten. Das Rot war der einzige Kontrast zum tristen Leben hier oben.

Schnell schüttelte ich den Kopf, verbot mir, darüber nachzudenken, und lief in die Küche. Sie war der wärmste Ort im ganzen Haus. Ich kauerte mich vor den offenen Kamin.

Als Natalia mich entdeckte, zuckte sie erschrocken zusammen.

»Cate!«, rief sie tadelnd und legte sich eine Hand auf die Brust. »Kannst du nicht einen Mucks machen, wenn du reinkommst? Du bist wie ein Gespenst.«

Sie rührte ein letztes Mal das Essen um, nahm den Topf vom Herd und wuchtete ihn auf den mächtigen Eichentisch.

Es gab Eintopf. Ich hatte keine Ahnung, was für einen, und konnte es auch nicht erkennen. Brav setzte ich mich an den Tisch und wartete auf Olaim, Felio und Trevia.

Olaim war Felios Onkel und das Oberhaupt der Windalchemisten. Natalia war seine Frau und Trevia die Tochter der beiden. Felio schimpfte oft über seine Cousine und behauptete, sie würde ihm Sachen aus seinem Zimmer stehlen. Was nicht ganz falsch war. Doch wahrscheinlich lag das in der Familie.

Seit Felio von zu Hause abgehauen war, um seinen Unfug mit uns allen zu treiben, hatten seine Eltern ihn zur Strafe zu seinem Onkel geschickt, der ein strenges Auge auf ihn hatte und ihn in den alten Schriften unterrichtete.

Auch ich nahm an dem Unterricht teil, wenn ich die Muse dazu hatte. Ansonsten las ich für mich allein in den Büchern der großen Bibliothek der Windalchemisten, die seit Jahrhunderten die Weltgeschichte dokumentieren.

Olaim hatte mir einmal erzählt, dass das kleine Volk der Windalchemisten früher auch ein wanderndes Volk gewesen war, ähnlich wie die Wagenleute.

Doch ich konnte mir das kaum vorstellen.

Die Windalchemisten und die Wagenleute hatten so gut wie nichts gemeinsam. Sie waren zurückgezogene, stille Menschen, deren Umgang oft so unterkühlt war wie die Umgebung, in der sie lebten.

Aber wo hätte ich sonst hingehen sollen?

Zuerst hatte ich es allein versucht, ein paar Wochen auf einem großen Baum gelebt, wie ein wildes Kind, und hatte die meiste Zeit damit verbracht, zu weinen und zu versuchen, alles zu vergessen.

In der Nähe war ein breiter Fluss gewesen und auch ein See, an dessen Ufer es viele Beeren gab. Es war einsam gewesen und abgelegen.

Doch es hatte mich wieder zu anderen Menschen gezogen. Ein kleiner Bauernhof war meine Wahl gewesen und ich hatte geholfen, die Kappas zu melken und Butter zu rühren.

Jedoch nur eine Woche lang, dann war die Neuigkeit ins Dorf gekommen, einer vom Windvolk habe überlebt und ein Mitglied des Fürstenhofes bedroht.

Nackte Angst hatte mich in den Nacken gebissen und ich war mitten in der Nacht verschwunden, in der Furcht, sie könnten mich finden und im Schlaf erschlagen.

Danach war ich am Meer gewesen. Es war wunderschön und hatte meine aufgewühlte Seele tatsächlich ein wenig beruhigt.

Doch der Winter rückte unaufhaltsam näher, die Nächte wurden kälter und ich hatte sogar Angst, mir ein Feuer zu machen. Was, wenn jemand den Rauch sah und nachschauen ging?

Mein Schlaf war immer unruhiger geworden, bis mich die Albträume so sehr gequält hatten, dass ich nur noch im Sand gesessen hatte, ohne zu essen und ohne zu schlafen, Tag um Tag.

Ich wünschte mir einfach, zu sterben und die Flut meinen toten Körper mit sich nehmen zu lassen. Doch der Wind ließ das nicht zu. Er drängte mich, ermutigte mich, zwang mich, aufzustehen.

Und dann gab es nur noch einen Ort, an den ich gehen konnte.

Ich ließ mich einfach vom Wind dorthin treiben, dachte nicht viel darüber nach und landete an einem frühen Morgen auf der Terrasse von Olaim, dem Windalchemisten.

Felio fand mich dort kurze Zeit später, wie ich auf der Mauer saß und in den Himmel starrte.

Er fragte nicht, warum ich gekommen war. Keiner hatte mich das gefragt. Sie hatten mir zu essen gegeben, eine Kammer, in der ich schlafen konnte, und Kleider gegen die Kälte. Sie bemühten sich, freundlich und zuvorkommend zu sein, sodass ich mich willkommen fühlte.

Aber nicht geliebt.

Na ja, vielleicht merkte ich es auch nicht, weil ich innerlich tot war. In mir regte sich nichts. Keine Zuneigung für die Menschen hier. Nicht einmal Hass oder Ärger gegen Felio, der mich so frevelhaft hintergangen und verraten hatte.

»Cate?«, sprach Felio mich an. Ich hob den Kopf und sah ihn an. Sein Gesicht war blass. Er rieb die Hände gegeneinander und hauchte hinein, um sie zu wärmen.

Wie so oft stand ich an der Mauer der Terrasse und starrte in den Himmel.

»Ich weiß, du redest nicht viel. Aber seit du hier bist, hast du nicht einmal drei ganze Sätze gesagt.« Er sah mich forschend an.

Ich zuckte nur leicht mit den Schultern. Was sollte ich darauf sagen? Hatte ich wirklich so wenig gesprochen?

Der Wind strich mir über den Nacken. Ich hatte vergessen, einen Schal anzuziehen.

»Und du hast noch kein einziges Mal gelacht«, setzte er hinzu und zog die Augenbrauen zusammen. »Du bist nicht einmal rot geworden«, wurde er etwas heftiger und packte mich so unvermittelt am Arm, dass ich zusammenzuckte. »Ich weiß, du willst nicht darüber reden. Und alle anderen wissen es auch. Keiner hat sich bisher getraut, dich überhaupt … Ach verdammt! Cate, was ist passiert? Du bist schließlich nicht wegen mir hier!« Felios Blick aus seinen meeresblauen Augen bohrte sich in meinen.

Ich drehte den Kopf weg. Er hatte die Fragen schon so lange auf der Zunge, ich hatte das gewusst.

Aber ich wollte nicht darüber reden, das hatte er ganz richtig erkannt. Wenn ich davon sprach, würde ich mich erinnern. An Namen und Gesichter und an Gefühle und Schmerz und an …

Krampfhaft riss ich mich zusammen. Beinahe hätte ich an *ihn* gedacht. Mein Atem ging schneller und mein Brustkorb schien enger zu werden. Ich durfte mich nicht erinnern! Wenn ich es tat, würde alles wieder von vorn losgehen.

Felio ließ mich so plötzlich los, wie er nach mir gegriffen hatte, und ich taumelte ein Stück zurück.

»Was haben sie dir angetan, dass du sie verlassen hast?«

Erstaunt hob ich den Blick. Was?

Nein, nein! Ich darf mich nicht erinnern. Ich darf nicht versuchen, ihm alles zu erklären!

Doch egal, wie sehr ich es mir einredete, ich schaffte es nicht. Mei kam mir in den Sinn, wie sie lachend auf dem Wagendach saß. Dante, wie er stirnrunzelnd versuchte, ein Geschicklichkeitsspiel zu lösen, das Abdell ihm geschnitzt hatte.

Nein! Panisch schob ich all das beiseite und versuchte, mich auf die Endlosigkeit des Himmels zu konzentrieren. Himmel und Wolken und nichts anderes. Nichts, das mir wehtun konnte.

Felio trat einen Schritt auf mich zu und ich wich vor ihm zurück, bis ich mit dem Hintern an den rauen Stein der Mauer stieß.

»Sieh mich an, Cate, und sag mir, was los ist! Du bist ja nur noch ein Geist. Ein Schatten deiner Selbst!«, polterte er schroff.

Mein Blick zuckte immer wieder zu ihm.

Ich hatte gewusst, dass er irgendwann Antworten wollte. Aber ich hatte nicht damit gerechnet, dass er so wütend sein würde.

Zaghaft machte ich den Mund auf, um etwas zu sagen. Doch ich brachte keinen Ton heraus. Verhalten räusperte ich mich.

»Ich kann das nicht mit ansehen!«, warf er mir an den Kopf. Schmerz trat in seine Augen. »Ja, ich war echt fies zu dir und habe versucht, dich auszunutzen. Ich habe nur an mich gedacht und wie toll es wäre, so zu sein wie die Windleute, von denen ich so viel gelesen hatte. Und dann habe ich dich getroffen. Ich habe mir gewünscht, so zu sein wie du. Gleichzeitig habe ich mich wahnsinnig geärgert! Du hattest all diese tollen Fähigkeiten und hast sie nicht genutzt. Du hast dich von den Menschen in deiner Umgebung unterdrücken lassen. Und ich dachte, wenn du die Kräfte nicht willst, warum soll ich sie dann nicht haben?«

Ich konnte ihn nicht länger ansehen. Wollte auch nicht weiter zuhören. Das war mir einfach alles zu viel!

Hastig drehte ich mich von ihm weg, die Hände auf den kalten Stein gepresst, und schickte den Wind, dass er mir mehr Wolkenfetzen hertrug, die ich formen konnte.

Felio stellte sich neben mich und schwieg. Er blicke ebenfalls in den Himmel, beobachtete den Lauf der Wolken und sah zu, wie ich aus einer viele kleine Kringel machte.

»Es tut mir leid, Cate«, flüsterte er dann, rieb sich die Augen und steckte die Hände tief in die Taschen seiner Wolljacke.

Es war wirklich kalt heute, doch ich spürte es kaum, war zu sehr darauf bedacht, nur die Wolken zu sehen, eins mit dem Wind zu sein.

»Das, was ich getan habe, war echt Kappadreck!«

Ich sah ihn flüchtig von der Seite an.

Er biss sich auf die Unterlippe. »Weißt du, ich habe dir mal gesagt, dass du frei sein könntest, wenn du nicht bei den Wagenleuten bleibst.« Er seufzte.

Mein Magen krampfte sich zusammen.

»Aber ich habe mich geirrt.«

Er hatte den Blick in die Ferne gerichtet. »Ich mag meine Familie nicht sehr. Hast du sicher gemerkt.« Freudlos lächelte er und sah mich aus den Augenwinkeln an. »Ich dachte, wenn ich von ihnen fort bin, bin ich frei. Aber ich lag falsch! Es ist nicht das Weggehen, das dich frei macht, sondern die richtige Familie!«

Irritiert starrte ich ihn an, versuchte, die Bedeutung seiner Worte nicht an mich ranzulassen.

»Was auch immer vorgefallen ist …«, er seufzte tief, suchte nach den passenden Worten, »… du musst zurückgehen, Cate! Ich habe dich nur bei ihnen lachen sehen. Und dein Lachen fehlt mir.«

»Ich kann nicht zurück.«

Felio blinzelte erschrocken. Er hatte wohl nicht mehr erwartet, dass ich etwas dazu sagen würde.

»Ich bringe sie in Gefahr, wenn ich bei ihnen bin«, flüsterte ich und wusste sofort, dass ich zu viel gesagt hatte. Die Mauer in mir, die meine Gefühle zurückhielt und die ich über Monate hinweg errichtet hatte, bekam Risse.

Felio schien darüber nachzudenken und hob nur vieldeutig eine Augenbraue. »Findest du nicht, die können ganz gut auf sich selbst aufpassen?«

Er stemmte sich auf die Mauer, setzte sich darauf und ließ die Beine in die Tiefe baumeln. Er war mit Höhen aufgewachsen und hatte keine Angst.

Kurz spielte ich mit dem Gedanken, ins Haus zu gehen. Doch sicher würde er dieses Gespräch so oder so fortsetzen wollen. Schließlich gab es hier oben ja sonst nichts zu tun.

Also setzte ich mich neben ihn und hoffte, dass es kein großer Fehler war.

»Was hat eigentlich dein Kerl dazu gesagt, dass du ihn verlässt?«, wollte Felio wissen.

Erschrocken schnappte ich nach Luft. Sofort kniff ich die Augen zusammen und versuchte, an das Rauschen des Meeres zu denken oder irgendetwas anders. Nur nicht an *ihn*.

Der Wind wirbelte um meinen Kopf herum und versuchte, mich zu trösten. Doch ich schickte ihn weg. Ich wollte nicht getröstet werden!

»Verstehe«, stellte Felio fest. »Er war also nicht begeistert.«

»Können wir über etwas anderes reden?«, sagte ich gepresst.

»Ich weiß zwar nichts Genaues, aber es war ziemlich offensichtlich, dass ihr ganz schön heftig ineinander verliebt seid«, sagte Felio, ohne auf meinen Einwand einzugehen. »Wenn ich nur an die Blicke denke, die er dir immer zugeworfen hat, wenn du nicht hingesehen hast. Hilfe, ich dachte, er würde mir den Kopf abreißen, wenn ich zu nah an dich rangekommen bin.«

Ich will das nicht hören! Ich will das nicht hören!, schrie es in mir, und doch begann mein Herz, schneller zu schlagen.

»Weinst du etwa?«, fragte Felio plötzlich und ich schrak zusammen.

Sofort hob ich die Hand, um meine Wangen zu berühren. Sie waren feucht von meinen Tränen.

»Lass mich in Ruhe!«, rief ich so laut, wie ich es zustande brachte, ohne dass mir die Stimme brach, und erhob mich in die Luft.

Ich beschleunigte und flog in die Wolken, damit er mich nicht sehen konnte. Damit mich niemand sehen konnte.

Die Tränen waren einfach nicht zu stoppen, egal wie sehr ich es versuchte. Die Mauer in meinem Inneren bröckelte immer weiter.

Nein! Ich musste es unter Kontrolle bringen!

Der Wind kam zu mir. Er war besorgt.

Erzähl mir etwas. Egal was, bat ich ihn und er umgab mich mit einem warmen Hauch.

In den Nordländern beginnt die Zeit der Winterfeste. Überall stehen Kerzen. Jedes Haus ist hell erleuchtet. Auch die Straßen, begann er und ich war ihm dankbar für die Belanglosigkeit des Themas. Mit geschlossenen Augen versuchte ich, es mir vorzustellen und dabei gleichmäßiger zu atmen.

Im Südosten gibt es eine kleine Insel. Sie heißt Frohlin. Dort ist es immer warm. Ich wehe die Hitze der Wüste hinüber. Die Insel ist zu dieser Jahreszeit voller Schmetterlinge.

Ich kauerte mich in der Luft zusammen, zog die Beine an und drückte das Gesicht gegen meine Knie.

Auch das versuchte ich mir vorzustellen, doch meine Konzentration entglitt mir immer mehr und richtete sich auf die größer werdenden Risse in der Mauer und auf das, was dahinter lag.

Ich habe Angst um dich, sagte der Wind plötzlich und ich zuckte zusammen.

Was? Ich hatte oft erlebt, wie er sich um mich sorgte oder sogar Angst hatte. Doch noch nie hatte er es in Worten ausgedrückt.

Er ruft nach dir, flüsterte er an meinem Ohr und sauste dann in großen Kreisen um mich herum.

Ich hielt mir die Ohren zu, als ob es was nützen würde. Mir war schrecklich schlecht.

Du willst es nicht hören. Aber ich höre es! Ich höre, wie er nach dir ruft.

Energisch wollte ich den Wind wegscheuchen, doch er gab nicht nach, egal wie sehr ich nach ihm schlug.

Jeden Tag und jede Nacht. Sogar im Schlaf! Windkind, Justus ruft nach dir!

Justus!, hallte es in meinem Kopf wider und die Mauer brach zusammen. Sofort war der beißende Schmerz wieder da. Angst, Sehnsucht, Einsamkeit. Abscheuliche erdrückende Einsamkeit, die mich innerlich zu zerreißen drohte. Die Scherben meines Herzens stachen mir in die Brust.

Justus, Justus, Justus!

Ich sah ihn vor mir, ein Wolfsgrinsen auf den Lippen, wie er mürrisch Holz hackte, wie er meine Hand nahm, fühlte, wie warm seine Finger waren. Wie er für mich da war, wie er mit Mei schimpfte, wie er sich mit Marc ein Stockduell lieferte und … wie er mich küsste.

Bei allen Winden! Wie konnte ich es ertragen, weiterhin ohne ihn zu sein?

Er ruft nach dir. Jetzt!, wisperte der Wind eindringlich.

Eine Welle aus Liebe und schrecklicher Sehnsucht überkam mich.

Ich kann nicht zu ihm gehen, sagte ich und ließ mich langsam nach unten sinken, um zu Olaims Haus zu finden.

Der Wind trieb mich in die richtige Richtung.

Doch, kannst du! Du willst es. Und dann kannst du es auch.

Es irritierte mich, dass der Wind plötzlich so eigenwillig war. Solche Dinge hatte er noch nie zu mir gesagt.

Schnell näherte ich mich der Terrasse, die komplett in einer Wolke verschwunden war. Der Himmel war voll davon; sicher weil ich mich hatte verstecken wollen.

Warum jetzt? Warum erzählst du es mir jetzt? Warum nicht gestern oder letzten Monat?

Ich will, dass du frei bist, flüsterte er.

Ich dachte an das, was Felio gesagt hatte. Der Wind hatte es wohl auch gehört und verstanden.

Du bist nur frei, wenn du bei ihm *bist.*

Lautlos landete ich auf den Fliesen, die grau im Nebel der Wolke verschwammen. Es war dunkler als vorhin. Der Abend nahte.

Ich schloss die Augen und versuchte, tief durchzuatmen.

Wenn ich zurückgehe, war alles umsonst. Dann werde ich immer eine Gefahr für sie sein, erklärte ich dem Wind, obwohl er das längst wusste. Er strich mir wieder den Nacken entlang, was mich erschaudern ließ. Es war wirklich verdammt kalt.

Das Feuervolk steht vor einem Umbruch. Viele glauben, dass sich bald einiges ändern wird, säuselte der Wind und ich seufzte, weil es wieder einmal eine seiner kryptischen Antworten war.

Über das alles würde ich erst einmal nachdenken müssen.

Die Nacht brach herein und ich saß mit angezogenen Knien vor dem offenen Kamin. Zwischen meinen Fingern drehte ich den kleinen hölzernen Vogel, den Justus mir geschnitzt hatte. Ich hatte ihn seit Monaten nicht mehr getragen, ihn in einem Kästchen unter dem Bett eingeschlossen, in der Absicht, es nie wieder zu öffnen.

Felio lugte zur Tür herein. »Du bist wieder da«, sagte er und blieb im Türrahmen stehen.

Ich nickte nur. Mein Kopf war voller Gedanken, Erinnerungen und Gefühlen, die ich so lange verbannt hatte.

»Und?«, fragte Felio und trat langsam näher. Ein Lächeln entstand auf seinen Lippen, als er mich betrachtete. »Wow, du bist wirklich wieder da!«, rief er und setzte sich neben mich auf den warmen Steinboden.

Ein Scheit im Feuer verkohlte und stürzte in sich zusammen. Ich legte eins nach und beobachtete die Flammen. Feuer erinnerte mich immer an Justus. Natürlich.

Die letzten Wochen hatte ich allerdings nicht mehr als eine einfache Wärmequelle darin gesehen. Ich war so starr gewesen, dass die Hitze nicht bis zu meinem Herzen vordrang. Jetzt, da der Damm gebrochen war, konnte ich gar nicht mehr anders, als an Justus zu denken. Was er wohl tat? Wie es ihm ging?

Sicher waren er und die anderen in der Stadt. Schließlich war es Winter, da reisten sie nie. Viel zu kalt, sagten sie dann und schüttelten sich. Ich musste mir ein Grinsen verkneifen. Sie hassten Kälte, sie hassten Nässe und sie hassten Höhe. Was für ein seltsames Volk.

»Du wirst weggehen, stimmt's?«

Ich sah Felio von der Seite an und nickte bedächtig.

Er seufzte leise. »Hab ich mir fast gedacht.« Kurz zog er die Nase kraus. »Aber weißt du, wenn's dir bei ihnen irgendwann nicht mehr so sehr gefällt, dann kannst du ruhig wieder hierherkommen. Ich meine, du bist echt hübsch und nett und so. Du und ich, wir würden sicher ein tolles Paar abgeben. Meinen Onkel würde das bestimmt freuen«, murmelte er und ich sah ihn erstaunt an.

Was?! Plötzlich musste ich lachen, sein Vorschlag war einfach zu wahnwitzig.

Und auch Felio lachte. »Na toll. Jetzt, wo du zu ihm zurückgehst, lachst du wieder«, scherzte er und doch nahm ich den kleinen Schmerz in seiner Stimme wahr.

Sanft berührte ich seinen Arm. »Es tut mir leid«, sagte ich und spürte, wie sich meine Wangen verfärbten. Es war ein schönes Gefühl, wieder ich zu sein, mit allem, was dazugehörte.

Felio nickte und seufzte abermals. »Ach, kein Problem. Ich pack das schon«, wehrte er ab und ich lächelte.

»Wann wirst du aufbrechen?«

»Jetzt!«, beschloss ich und konnte es plötzlich kaum noch erwarten. Sofort erhob ich mich auf die Füße und eilte in den Flur.

Felio kam mir hinterher. »Aber es ist mitten in der Nacht!«, rief er. »Willst du nicht wenigstens bis morgen warten?«

Doch ich ging nicht darauf ein, warf mir den Wollumhang über, schlüpfte in meine roten Lederschuhe und wickelte mir hastig den Schal um den Hals. »Sag deinem Onkel und deiner Tante Danke für alles.«

Im nächsten Augenblick riss ich die Tür auf und stürmte auf die Terrasse.

Er lief mir nach. »Cate, du hast die Windartefakte vergessen!«, rief er mir zu und schlang sich frierend und ziemlich verunsichert die schlaksigen Arme um den Körper. Seine blonden Locken tanzten im Wind.

»Ich denke, ich werde sie in deiner Obhut lassen«, entschied ich und lächelte ihn an. »Aber stell keinen Unfug damit an.«

Ich war die Letzte meines Volkes, wer sollte mit den Artefakten sonst etwas anfangen können, außer den Windalchemisten, die zumindest einen winzigen Funken Windkunst in sich trugen. Felio würde sie sehr viel besser gebrauchen können als ich. Außerdem wusste ich inzwischen, dass es völlig egal war, wie weit ich von ihnen entfernt war, wenn ich sie rufen wollte. Also war es gleich. Sie waren in Sicherheit und Felio würde ich einen großen Gefallen tun.

Zuerst starrte er mich ungläubig an, dann lächelte er glücklich.

»Danke!« Er hob zum Abschied die Hand. »Und lass dich mal wieder blicken!«

»Mach ich«, versprach ich, wandte mich ab und atmete noch einmal tief die kalte Luft ein. Dann rannte ich über die Terrasse auf die Mauer zu, schwang mich darüber und schoss wie ein Feuerwerkskörper in die Luft.

Der Wind tobte ausgelassen um mich herum und gab mir die Hoffnung, dass alles wieder gut werden könnte.

Bring mich zu ihm, bat ich ihn und tauchte in die Wolken ein.

Vollkommen still lag die Feuerstadt da, die sich unter mir den Hang hinab ausbreitete. Nur vereinzelt waren Wachlichter zu sehen.

Der *Clan der Feuerstürme* wohnte im Winter in einem riesigen Haus oberhalb der Stadt. Das restliche Jahr bewohnten es Justus' Großeltern und die Familien von Kais jüngeren Brüdern.

Selbst wenn im Winter alle da waren, standen noch genügend Räume leer.

Justus' Zimmer lag im zweiten Stock, unter dem Dach, und eines der Fenster stand sperrangelweit offen, was mich bei der Kälte sehr wunderte.

Ich landete geräuschlos auf dem Fensterbrett und spähte in die Dunkelheit des Raumes. Vorsichtig glitt ich hinein und sah mich flüchtig um, als sich meine Augen an die Lichtverhältnisse gewöhnt hatten. Es schien alles wie immer zu sein und ein Gefühl von Vertrautheit flutete meinen Geist. Allerdings war es genauso kalt wie draußen und das war äußerst ungewöhnlich. Normalerweise war Justus' Zimmer der wärmste Ort im ganzen Haus.

Ich zog die Schuhe aus, stellte sie unter das Fenster, das ich so leise wie möglich schloss, um die Kälte nach draußen zu verbannen.

Im Zimmer war es weiterhin still und ich atmete tief durch.

An der Wand stand ein großer Tisch aus dunklem Holz, auf dem allerlei Papier herumlag. Daneben hoben sich die Regale ab, auf die ich als Kind immer geklettert war, wenn Justus keine Lust hatte, mit mir zu spielen. Einmal war ich mit einem umgefallen. Das war ziemlich schmerzhaft gewesen und Justus hatte das halbe Haus zusammengeschrien, damit schnell jemand kam, um meine Kratzer und Prellungen zu versorgen.

Ich trat weiter in den Raum, damit ich um die Ecke sehen konnte.

Als der Pfosten von Justus' Bett in Sicht kam, hielt ich inne und versuchte, meinen schnellen Atem zu beruhigen. Bei allen Winden, warum war ich denn plötzlich so nervös? Hatte ich mich nicht den ganzen Flug hierher genau darauf gefreut?

Ich streifte den Wollumhang über den Kopf und legte ihn auf einen mit Samt bespannten Hocker, der an der Wand stand.

Meine Hände zitterten, nicht nur vor Kälte.

Was, wenn er sich in der Zeit verändert hatte, die ich fort gewesen war? Was, wenn er mich nicht mehr mochte, wenn er mich verstoßen würde? Oder wenn ich mich verändert hatte?Flüchtig berührte ich meine glühenden Wangen und strich meine Haare zurecht. Sie waren länger geworden und ringelten sich ein wenig.

Ich zwang mich, noch einen Schritt vorzutreten – und noch einen. Dabei hielt ich die Luft an.

Vor mir sah ich im schwachen Licht des Mondes Justus' Bett.

Es war riesig, viel zu groß für eine Person, und hatte einst seinem Urgroßvater gehört. Als Kind hatte ich hier oft übernachtet und wir hatten uns immer einen Spaß daraus gemacht, längs und auch quer darin zu liegen, ohne dass unsere Füße überhingen.

Mühsam versuchte ich, gegen den Kloß zu schlucken, der sich in meinem Hals bildete. So viele Erinnerungen! Wie hatte ich das alles einfach vergessen können?

Noch ein paar Schritte, dann hob ich mich einen Fingerbreit vom Boden, damit die Holzdielen nicht knarren konnten.

Als ich Justus sah, verschlug es mir regelrecht den Atem und ich wusste plötzlich nicht mehr, was ich tun sollte.

Sein Haar war kurz und strubbelig, die Gesichtszüge entspannt. Die dunklen Wimpern lagen wunderschön auf seinen Wangen und er atmete gleichmäßig. Mein Blick blieb an seinen Lippen hängen, die so schön geschwungen waren. Ich ermahnte mich, weiter zu atmen.

Eigentlich hatte ich vorgehabt, ihn zu wecken. Aber jetzt empfand ich eine so überwältigende Zärtlichkeit, dass ich es nicht über mich brachte.

Warum war ich nur mitten in der Nacht gekommen?

Ich biss mir auf die Unterlippe und überlegte, ob es mein Zimmer wohl noch gab. Wer weiß, vielleicht hatten sie es ausgeräumt, nachdem sie ohne mich in die Stadt gekommen waren.

Doch ich konnte meinen Blick nicht von Justus losreißen, den Raum nicht verlassen, um nachzuschauen. Zu sehr genoss ich es, ihn zu sehen, in seiner Nähe zu sein.

Und dann bewegte er sich und ich schrak so heftig zusammen, dass ich beinahe einen Stapel Bücher hinter mir umgerissen hätte. Doch ich schaffte es gerade noch, ihn abzufangen, bevor er polternd zu Boden fallen konnte.

Justus fuhr sich im Schlaf mit der Hand über das Gesicht. »Cate«, murmelte er meinen Namen und schnaufte leise. »Cate.«

Mein Herz krampfte sich zusammen. Ich ließ die Bücher Bücher sein und lief zu ihm, ohne weiter darüber nachzudenken.

Er hatte mich gerufen! Im Traum, genau wie der Wind gesagt hatte.

Aufgeregt krabbelte ich aufs Bett und streckte die Hände nach Justus aus, wollte ihn berühren … zögerte schon wieder.

Ich war so nah bei ihm, dass ich seine Wärme spürte. Mein Bauch wurde ganz flau und kribbelte so schlimm, dass ich mich kaum konzentrieren konnte.

Bei allen Winden. Ich hatte ganz vergessen, wie warm er war.

Vorsichtig legte ich mich neben ihn, so nah ich es wagen konnte, ohne ihn zu berühren. Verdammt, und wie gut er roch! Ich war wie berauscht.

Und meine Füße waren immer noch eiskalt.

Behutsam schlüpfte ich unter die Decke und sofort umfing mich eine wohlige Wärme., Wärme, die ich in den letzten vier Monaten vermisst hatte. Erst jetzt merkte ich, wie kalt es in mir gewesen war.

»Oh Justus«, flüsterte ich und streckte die Hand aus, um seine Wange zu berühren. Seine Haut war ganz warm und die kurzen Stoppeln seines Bartes pikten mir in die Fingerspitzen.

Justus seufzte leise und ich hielt inne und lauschte.

Wachte er auf? Wie sollte ich erklären, dass er mich hier so plötzlich neben sich vorfand?

Mein Gesicht war heiß, sicher hatte ich überall rote Flecken. Mein Herz raste.

Lange horchte ich auf Justus' Atem, sah zu, wie sich sein Brustkorb hob und senkte, spürte seine Wärme und saugte all das gierig in mich auf.

Mein Herzschlag beruhigte sich langsam und zu meiner Überraschung stach es nicht mehr in meiner Brust. Es fühlte sich auch nicht mehr zersplittert an. Justus' Wärme hatte die Splitter wohl einfach geschmolzen und wieder zusammengefügt.

Ich lächelte. Obwohl ich mich ein wenig schämte, hier mit ihm unter einer Decke zu liegen, fühlte ich mich doch so geborgen wie schon lange nicht mehr. Das heißt, seit ich das letzte Mal neben ihm geschlafen hatte.

Das war Ewigkeiten her.

Wie hatte ich nur weggehen können? Wie hatte ich ihn nur jemals verlassen können?

Justus …

Ich erwachte, als die Sonne bereits hoch am Himmel stand. Verwirrt blinzelte ich in das grelle Vormittagslicht und wusste im ersten Moment nicht, wo ich war.

Doch dann erkannte ich das Zimmer und fuhr erschrocken auf.

Verdammt, ich war eingeschlafen! Warum war ich nur eingeschlafen?

Justus lachte leise und in meinem Magen begannen Hunderte Schmetterlinge zu flattern. So musste es auf der Insel Frohlin sein!

Zögerlich drehte ich mich zu ihm um, in der Angst, ich könnte mir das alles nur einbilden.

Er lag, den Kopf auf eine Hand gestützt, neben mir. Sein Haar war verstrubbelt, sein Oberkörper nackt.

»Du hattest Schlaf nachzuholen, was?«, erkundigte er sich belustigt und mir lief beim dunklen Klang seiner Stimme eine Gänsehaut den Rücken hinunter. »Du kannst gern weiterschlafen, wenn du willst. Mein Bett steht dir jederzeit zur Verfügung«, meinte er großzügig und rollte sich auf den Rücken, ohne mich aus den Augen zu lassen.

Mein Gesicht brannte. Ich ließ mich schnell zurückfallen und zog mir die Decke über den Kopf, damit ich nicht sehen musste, wie sehr ihn meine Scham amüsierte.

Bei allen Winden!

Justus lachte weiter.

»Das ist nicht witzig!«, rief ich und unterdrückte gerade noch den Impuls, mit den Beinen zu strampeln. Ich war in sein Bett gekrabbelt und neben ihm eingeschlafen.

Peinlich, Cate! Sehr, sehr peinlich!

Er lachte noch lauter und zog mir die Decke vom Gesicht.

Schnell versuchte ich, sie wieder zurückzuziehen, drehte den Kopf zur Seite und zuckte benommen zurück. Sein Gesicht war meinem viel näher, als ich erwartet hatte.

Er sah mich an und sein Blick, der erst so amüsiert gewesen war, veränderte sich, wurde weicher und dann so glühend heiß, dass er mich zu versengen drohte. Hitze stieg in mir auf und mein Bauch flatterte so heftig, dass ich kaum atmen konnte.

Seine Augen hielten mich fest, ließen mich alles um uns herum vergessen. Alles wurde unwichtig. Die Zeit, die ich nicht bei ihm gewesen war, wurde bedeutungslos und auch all der Schmerz und die Einsamkeit lösten sich in Nichts auf.

Da war nur Justus. Nur wir beide.

Er drehte sich langsam wieder auf die Seite und streckte die Hand nach meinem Gesicht aus. Ich hob es ihm entgegen, wünschte mir, von ihm berührt zu werden.

Er legte seine Hand an meine Wange und meine Haut begann zu prickeln. Sanft strich er mit den Fingern zum Ohr und dann den Hals entlang. Er war so schön warm. Ich schluckte schwer.

»Cate«, flüsterte Justus mit rauer Stimme und ich erschauderte. Bei allen Winden, wie sehr ich ihn vermisst hatte!

Die Gedanken rasten wirr durch meinen Kopf.

Justus, Justus!, riefen sie, doch ich brachte keinen Ton über die Lippen, die sich gerade nichts sehnlicher wünschten, als endlich geküsst zu werden.

Er stützte sich auf den Arm auf, schob sich noch näher zu mir und beugte sich dann langsam, viel zu langsam, über mich.

Ich hatte das Gefühl, zu vergehen, wenn er mich nicht sofort küsste.

Worauf wartete er denn? Konnte er nicht sehen, wie sehr ich ihn wollte? Wusste er nicht, dass ich nur wegen ihm zurückgekommen war?

Ich hob den Kopf, um den Abstand zwischen uns zu verringern, doch er drückte mich nach unten.

Zitternd atmete ich ein und schloss die Augen. Ich konnte seinen heißen Atem auf meinem Gesicht spüren. Er war so nah. Wie sollte ich so viel ertragen, wo ich in den letzten vier Monaten nur leer gewesen war? Es hatte nicht einmal einen tröstenden Gedanken, keinen schönen Traum und auch keine Hoffnung für mich gegeben. Und jetzt überflutete mich alles auf einmal! Mein Herz schien überzulaufen.

Als seine Lippen jedoch meine Wange berührten, entfuhr mir ein enttäuschter Laut, der wie das Mauzen einer Katze klang, und ich öffnete sofort die Augen. Ungläubig starrte ich ihn an.

Die Wange? Ich konnte es nicht fassen. Warum küsste er mich auf die Wange? Hatte ich so lange auf ihn verzichtet, um jetzt nur einen Kuss auf die Wange zu bekommen?

Justus lachte heiser an meinem Ohr. »Was war das denn?«, erkundigte er sich amüsiert und seine Augen glühten wie heiße Maronen.

Bei allen Winden, hatte er schon immer so gut ausgesehen oder war er in den letzten Monaten noch attraktiver geworden?

Doch so leicht war ich nicht von meiner Empörung über den Wangenkuss abzubringen und schnappte nach Luft.

»Kannst du …«, begann ich und verlor den Rest des Satzes, als sein Daumen mein Schlüsselbein entlangstrich.

Ich blinzelte, verzweifelt darum bemüht, nicht ohnmächtig zu werden, als seine Hand zurück zur Schulter und dann an meiner Seite entlangfuhr.

Hilfe, er brachte mich um den Verstand!

»Bitte …«, hauchte ich und war mir nicht sicher, ob er mich hören konnte.

Doch als ich das Lächeln auf seinen Lippen sah, wusste ich, dass er es vernommen hatte. Er grinste ein verschlagenes Wolfsgrinsen und machte immer noch keinerlei Anstalten, mich endlich zu küssen.

»*Bitte* was?«, fragte er viel zu provokant und wickelte sich eine meiner verirrten Haarsträhnen um den Finger.

Wollte er mich wirklich zwingen, es auszusprechen? Wie konnte ich ihm sagen, dass ich von ihm geküsst werden wollte? Es war mir schon fast zu peinlich, es zu denken, wie sollte ich es dann erst aussprechen?

Verzweiflung ergriff mich, weil ich es nicht schaffte, meine Gefühle auszudrücken.

Mein Herz zog sich sehnsüchtig zusammen. Ich hielt es einfach nicht mehr aus, musste es ihm anders verständlich machen.

Hitze stieg in mir auf, als ich meine Hände um seinen Nacken legte und mich an ihn zog. Mein Gesicht ganz nah an seinem. Unsere Nasespitzen, die sich sanft berührten.

Und dann, endlich, küsste er mich.

Ich wusste kaum, wie mir geschah, doch die Reaktion meines Körpers war überwältigend. Unten und oben verkehrten sich, mir wurde furchtbar schwindlig und ich spürte seine Hände an meinem Rücken und an meiner Seite. Das Gefühl, innerlich zu brennen, wurde immer stärker, als er mich zurück in die Laken drückte.

Schnappend holte ich Luft, als sich unsere Lippen für einen Moment voneinander lösten, und klammerte mich gleichzeitig an ihn.

»Vergiss nicht, zu atmen, kleiner Vogel«, flüsterte er an meinen Lippen und stützte sich auf die Ellenbogen auf, damit ich tiefer Luft holen konnte. Bedacht berührte ich sein Gesicht, seine breiten Schultern, und fuhr die Linien der Tätowierungen an seinem Oberarm nach. Sie schimmerten blau und manchmal, wenn sich im Arm die Muskeln anspannten, sah es so aus, als flackerte das Feuer im Symbolkreis.

»Cate«, sagte er und unsere Blicke trafen sich. Er sah mich durchdringend an und mir wurde ein wenig mulmig zumute. »Jetzt, wo du hier bist, werde ich dich nicht mehr gehen lassen.« Mit einer Hand strich er mir durchs Haar.

Mein Herz setzte kurz aus. »Ich habe auch nicht vor, wieder wegzugehen«, brachte ich mühsam heraus und versuchte zu lächeln, was nicht so leicht war, bei der Aufregung, die in mir herrschte.

Justus atmete vernehmlich auf, beugte sich näher zu mir und schlang zärtlich die Arme um meinen Körper.

Ich schloss die Augen. Jetzt, wo ich hier bei ihm war, seine Stimme hörte, seine Wärme fühlte, würde ich es sowieso nie wieder schaffen, wegzugehen.

Justus seufzte in mein Haar, küsste flüchtig meinen Hals, rollte sich auf den Rücken und zog mich einfach mit sich, sodass ich auf seinem Bauch lag.

Verlegen stützte ich den Kopf auf die Hände, die ich über seiner Brust verschränkte und sah ihn an.

Eine dicke Strähne fiel mir ins Gesicht und ich wollte sie gerade wegstreichen, als ich sie aus den Augenwinkeln bläulich schimmern sah. Verwundert griff ich danach und wollte sie betrachten, als mir aufging, was ich da in den Haaren hatte.

Erschrocken keuchte ich auf und sprang so hastig auf die Füße, dass das ganze Bett wackelte. Die Strähne war zu einem schmalen Zopf geflochten, umwickelt mit einem blauen Band.

Das konnte doch nicht wahr sein?!

Justus setzte sich auf und ich sah, dass er sich das Lachen nur mühsam verkniff.

»Hast du den gemacht?«, rief ich entgeistert und fuchtelte mit dem Zopf in seine Richtung.

»Natürlich«, antwortete er und griff nach mir, um mich wieder zu sich zu ziehen, doch ich entwand mich ihm.

»Warum?« Meine Stimme überschlug sich.

Justus' Gesicht wurde ernst. »Ich hatte Angst, du verschwindest wieder. Ich wollte dich … irgendwie halten«, stammelte er und streckte die Hände nach mir aus. »Aber du hast gesagt, du bleibst!«, erinnerte er mich an meine Worte und fuhr sich mit der Zunge nervös über die Lippen. »Du kannst ihn auch rausmachen, wenn du … mich nicht willst.« Das Atmen schien ihm schwerzufallen.

Fassungslos starrte ich ihn an und sah dann auf den Zopf in meiner Hand. Ich konnte das einfach nicht glauben. Meine Knie gaben nach und ich sank aufs Bett. Konnte das wirklich sein? War es möglich, dass …?

Ich schluckte schwer. »Ich bin mit dir verheiratet?«, flüsterte ich und fühlte mich, als würde mein Herz jeden Moment vor lauter Freude platzen.

»Wenn du ihn nicht wieder aufmachst, ja.« Justus sah mich erwartungsvoll an.

Ich wusste nicht, was ich sagen sollte, und umklammerte mit beiden Händen den Zopf.

Justus wollte mich als seine Frau!

Niemals würde ich diesen Zopf freiwillig aufmachen.

Ich konnte es nicht glauben. Er wollte mich heiraten! Nein, falsch. Er hatte mich bereits geheiratet!

Er liebt mich! Und das, obwohl ich weggegangen war.

Ein Windhauch drang durch das geschlossene Fenster und schubste mich sanft in Justus' Richtung. Ich lächelte. Zwar war mir bisher nicht bewusst gewesen, dass ich es als wichtig empfand, aber es tat gut, zu wissen, dass der Wind es befürwortete.

Ich rutschte näher zu Justus, der die Arme nach mir ausstreckte, um mich auf seinen Schoß zu ziehen.

»Werd ich nicht«, versicherte ich ihm und hauchte ihm einen Kuss auf die Lippen.

Und dann lag ich plötzlich wieder in den Kissen und Justus küsste mich, bis mir ganz schwindlig war.

Die Zeit verging und es war immer noch ganz ruhig. Die Sonne zog weiter ihre Bahn und ich genoss es einfach, in Justus' Armen zu liegen.

Meine Gedanken waren ganz bei ihm und eine Frage tauchte in meinem Kopf auf.

»Aber jetzt kannst du sicher nicht das Oberhaupt deines Clans werden.« Ich zeichnete mit dem Finger die Adern an seinem Unterarm nach.

»Unwichtig«, erwiderte er und beobachtete mich mit glühenden Augen. »Ich habe das Recht schon vor Monaten an Marc abgegeben.«

Ich starrte ihn an.

Justus lachte heiser, entzog mir seinen Arm und setzte sich auf. »Wenn ich dich nicht haben konnte, wollte ich auch keine andere haben. Und dann hätte sich das mit den Feuerkindern sowieso erledigt gehabt.« Er zuckte mit den Schultern und schwang die Beine aus dem Bett. »Und jetzt gehen wir runter!«, rief er übermütig und stand auf. »Meine Mutter wird denken, ich sei nun endgültig aus Sehnsucht nach dir zu Tode gekommen, wenn ich mich nicht bald blicken lasse.«

Er umfasste mit seinen großen Händen meine Taille und hob mich aus dem Bett, als wöge ich nicht mehr als eines der Federkissen.

Ich wusste im Moment nicht, was mich mehr beunruhigte. Dass Marc Oberhaupt eines Feuerclans werden sollte oder Tanja zu begegnen.

Ich hatte mich von keinem von ihnen verabschiedet. Was dachten sie wohl jetzt von mir?

Justus zog mich an der Hand aus dem Zimmer und die Treppen hinunter, als habe er es plötzlich ganz eilig, mich den anderen zu zeigen.

Selbst mit Justus an meiner Seite bildete sich jäh ein schwerer Klumpen in meinem Magen.

Ich konnte schon von fern das Klappern von Töpfen hören und zog an Justus' Arm, um ihn aufzuhalten, versuchte ihm zu sagen, dass es mir Angst machte, den anderen wieder unter die Augen zu treten, und dass ich mich erst darauf vorbereiten musste – dass ich ja nicht mal Schuhe anhatte.

Letzteres wäre wohl eine überflüssige Bemerkung gewesen, denn Justus trug nur eine lose Leinenhose am Leib, sonst nichts.

Im nächsten Moment stieß er die Küchentür auf.

Es roch nach gebackenem Fleisch, Dinknerkraut und süßen Kartoffeln. Die Vormittagssonne schien hell durch die bunten Glasfenster und zeichnete schöne Muster an die Wände. Alles war so vertraut.

Das hier war der Ort, an dem ich aufgewachsen war.

Die Anwesenden hoben sofort den Blick, als die Tür mit Schwung gegen die Wand krachte. Als sie mich erblickten, glotzten sie mich an, als wäre ich ein Geist.

Tanja war da, ein Küchenmesser in der Hand. Mei und Ayo saßen zusammen mit ein paar von Meis Cousinen auf einem der Tresen und hatten mitten in der Unterhaltung gestockt, die Münder noch halb offen. Marc lehnte in einer Ecke, einen angebissenen Apfel in der Hand.

Ich stand wie ein verschrecktes Reh neben Justus und klammerte mich an seinen Arm. Der schmale, blau umwickelte Zopf fiel wieder nach vorn und mein Gesicht wurde zum wiederholten Mal an diesem Morgen heiß und sicher knallrot.

Der Wind wehte durch den Kamin herein, tanzte mit dem Rock meines Kleides und freute sich.

»Hallo, ihr«, sagte ich, weil ich das Gefühl hatte, etwas sagen zu müssen, um die unangenehme Stille zu durchbrechen, und drückte mich näher an Justus.

»Cate?«, rief Mei, die als Erste ihre Stimme wiederfand, und sprang vom Tresen.

»Oh Cate, mein Kind!« Tanja ließ das Messer klirrend zu Boden fallen und kam auf mich zugeeilt, um mich in die Arme zu schließen.

»Verdammt, ich glaub's nicht! Was hast du denn da in den Haaren?!«, brüllte Marc.

Plötzlich bestürmten sie mich alle, drückten mich, lachten und weinten sogar und wärmten mich mit ihrer Freude und ihrer Liebe.

Ich war wieder zu Hause, bei meiner Familie, und mein Herz flatterte erleichtert und ungehalten in meiner Brust.

Ich sah zu Justus, dem Mann, den ich so sehr liebte, und lächelte. Er erwiderte mein Lächeln und strich mir mit dem Daumen über den Handrücken.

Nie mehr würde ich diese Hand loslassen!

Er beugte sich zu mir und küsste mich sanft auf die Lippen, was bei den anderen einen Jubelschrei

auslöste.

Und jetzt fühlte ich mich wahrhaftig frei.

Ende

Ich danke:

Meinem edelmütigem Mann **Manuel**, der mir immer wieder versichert hat, dass es gut ist und viele Nachtstunden mit mir an der Story gebastelt hat.

Meiner romantischen Verlegerin **Nadine**, für ihren Glauben in dieses Buch und ihre so wunderbare Unterstützung. Der inspirierenden **Ney**, die mich auf den Zeilengold Verlag gebracht hat und mich mit ihrem Mut auch mutiger gemacht hat.

Meiner wunderbaren Schwester **Rebecca**, die schon immer meinen Geschichten gelauscht hat. Meiner verträumten **Mama**, für ihren festen Glauben, dass ich eines Tages Schriftstellerin werde. Meinem zielstrebigen **Dad**, der mir als Kind gezeigt hat, wie man Feuer macht. Meinem kreativen Bruder **Raffaele**, weil sein Humor so viele meiner Figuren beeinflusst, ohne dass er es weiß.

Dem aufmunternden **Mark**, der immer zugehört hat und der blöden Ente, die dafür gesorgt hat, dass er ein kaputtes Knie hatte und viele Stunden auf meiner Couch verbringen musste. Dem zerstreuten **K.-P.**, der mich durch fiese Tricks dazu gebracht hat schneller zu schreiben. Dem mitreißenden **Simon**, unserm schwarzen Kaiser und seiner abgefahrenen Fantasie, die einen immer wieder auf neue Ideen bringt. Der fröhlichen **Svenja**, meinem Sonnenschein, die dafür sorgt, dass einem nie das Lachen vergeht („Der Club des voll krass abnormalen Feuer-Pony-Sturm-Clans!“ - 4ever). Joel, dem Knochenbrecher, für seine reife Leistung, K.P. den Fuß zu brechen, gerade als Marks Knie wieder in Ordnung war.

Den Zauberschwestern **Laura** und **Rubina**, fürs Probe lesen, Komponieren und ihrem wundervollen Sinn für Romantik. Der emotionalen **Jenny**, die Cates Gedanken wie keine andere nachvollziehen kann und mich so immer wieder bestätigt hat. Dem unendlich talentierten **Josh Groban**, dessen Musik mich einfach inspiriert.

Und **Gott**, weil alles nur durch seine Hand gegeben ist.
Danke.